長編時代小説

玄海 ―海の道

後編

金敬鎬（キム キョンホ） 著（目白大学教授）

松本逸也 監修（元朝日新聞編集委員）

目次

後編の主要登場人物

オタア・ジュリア

文禄・慶長の役の時に、日本に連れられた少女である。小西行長の宇土城に送られて、養女になる。カトリックの洗礼を受け信者になる。篤実な信者になった彼女は、加藤清正に宇土城が占領された時に、徳川家康のいる伏見城に送られる。信仰のために朝鮮に帰ることも諦める。家康のカトリック弾圧の折に、流刑を受け、伊豆諸島の中で最も西に離れた孤島の神津島に島流しされ、そこで生涯を閉じる。

リ・ジョショウ（李如松）

明国の武将である。彼の祖父は朝鮮出身で、禿魯（トクノ）という地域に住んでいたが、官員を殺し、明国に亡命した。文禄・慶長の役に明国の総兵官として、朝鮮に派遣される。小西行長の占領している平壌城を攻め、小西行長の率いる一番隊を南に後退させる。

クァンヘグン（光海君）

宣祖の次男で王世子に指名される。宣祖と一緒に避難するが、分朝（朝廷を二つに分ける）し、勤王兵を集めるために東北方面で倭軍に抵抗を行う。先王が死亡した後、十五代目の王になるが、反乱が起こり王位から引き下ろされる。

カン・ウソン（康遇聖）

朝鮮の晋州（チンジュ）出身。十歳頃に秀吉の甥である秀勝の率いる九番隊が晋州城を攻めた時に捕虜になる。加藤光泰の領地に捕虜として連れられた彼は漢字が読めることで嫡男である貞泰の傍で勤めることになる。戦争が終わり、十年間日本に滞在した後、家康政権と朝鮮政府との交渉で捕虜を返す時に朝鮮に戻る。朝鮮に戻った後、覚えた日本語をまとめ『捷解新語』という日本語学習書を編纂する。この本は朝鮮の通訳養成機関である司訳院の教材になり、朝鮮語史と日本語史の重要な研究資料である。

イ・グァル（李适）

朝鮮の武官出身。光海君政権を倒す反乱軍に参加する。反乱が成功裏に終わり、新王となった仁祖に信頼される。平安北道の兵馬節度使兼副元帥に任命されるが、論功行賞に不満を抱き、再び反乱を起こす。降倭である鳥衛門たちの鉄砲能力を高く評価し、側近にする。反乱が失敗に終わり部下の軍官たちに殺害される。

黒国

　朝鮮の北方にある咸興（ハムフン）地方に陳大猷（チン・デュ）という人物がいた。朝鮮の壬辰年（1592）、日本の文禄元年には還暦を迎えていた。実父は従仕郎という官職を務めた陳潭（チン・ダム）である。従仕郎は正九品の官職で、九品といえば品階の末端職だった。彼の先代は江陵（カンルン）出身だったが、咸興に移って定着した。父親が官僚試験である科挙に合格したので両班になった。

「官職の位は末端かもしれないが、科挙では一番の成績だった」

　本当は、科挙に一番ビリで合格したが、周りにはそのように嘘をつき自慢していた。

「末端の職にとどまって昇進できないのは私の能力のせいではなく、出身地のせいだ」

　彼は機会がある度に周囲の人々に不満を吐露した。当時、辺境地域の咸興出身者に対する差別があった。だから能力があっても昇進できないというのが口実だった。是非はともかく、出世に不満の多い彼はその不満解消を息子の陳大猷を通じて満たそうとした。

「科挙合格のために勉強を熱心にしなければならない。そうしてこそ出世して偉くなる」

　出世欲が異常なほど強い彼は、学問を人格を養うものではなく出世の道具と思っていた。だから末端官職で終わってしまったことに未練がましく、果たせなかった昇進の夢を息子に叶えさせようとした。

「あの子は落ち着きがないから……」

しかし書堂（子どもの塾）の師匠は、彼を「小細工に長けた子ども」と評価していた。彼も学問にそれほど興味を持っていなかった。それでも幼い彼は、「父が知れば、その失望が大きく、家から追い出されるだろう」と思い、勉強するふりをした。何度か科挙を受けたが、予備試験である小科の初試にも受かることができなかった。

「小科だけでも合格してくれ」

執念深い実父もさすがに彼に失望し、期待を捨てるところだった。それが、運が良かったのか、三十六歳になる宣祖九年（1569）にやっと小科を三等で合格した。

「めでたい。めでたい」

父親は、彼が大科（本試験）に合格したように喜んだ。小科は予備試験である。つまり、この試験に合格した者には本試験の大科を受験する資格が与えられた。小科に合格すれば、成均館（ソンギュンガン）（儒学を教える機関）に入学して修学をした後、大科を受験できる資格が与えられた。しかも、小科を合格した者を進士（ジンサ）と呼び、待遇した。官位が与えられることはなかったが、官僚になる大科の受験資格を持つだけでも待遇されたわけである。

　小科に合格した彼は、成均館に入って儒学を学びながら大科の準備をしていたが、歳でもあるし本気ではなかった。その間、彼の父親が世を去った。期待と監視をする父親がいなくなると、それほど学問に興味を持たない彼は大科を諦めてしまった。

「咸鏡道出身の私を庇ってくれる朝廷の大臣はいないだろう」

周辺にはそう言い訳をした。が、内心では大科に自信もないし、小科に合格しただけでも十分に両班扱いされるのでそれで満足した。

「進士様、進士様」

実際に村人たちは彼を「進士様」と呼び、崇めた。小科に合格しただけでも両班としてみなされ、地域の有力者としての待遇を受けた。地方の役所である官衙の長も彼を有力者として待遇した。都の近くには進士が溢れるほどいたが、都から遠く離れた咸興ではそうではなかった。それに彼には実父が従仕郎という官職として勤めながら、蓄えた財産も十分あった。財産もあるし、両班としての待遇を受けて過ごすことができた。

「敢えて大科を受けるために苦労する必要はない」と彼は考えたのだ。

文禄の役（1592）が起こる直前、咸鏡道の観察使（道の責任者／従二品）が赴任した時のことだった。当時、咸興には観察使の勤める監営（役所）があった。新任の観察使の赴任を祝うために咸興地域の有志らは祝賀宴を設けた。もちろん、進士の陳大猷も含まれていた。

「ご赴任をお祝い申し上げます。都から遠く離れた辺境ですので、料理や妓女が漢城に比べると劣ると思われます。それでも地域の有志が誠意を持ち、最善を尽くして準備しました。ご理解とともにお楽しみください」

大きな螺鈿（らでん）の膳の上には山海の珍味が豊富に置かれ、宴会の席には咸興で有名な芸女が総動員されたため漢城の酒宴と比較しても劣ることはなかった。

「ありがとうございます。地方の勤務が初めてなので不便がないわけではないですが、地域の有志の方々がこうして歓待してくれるので非常に嬉しいです」

期待以上の歓待に新任の観察使は大変満足した。

「咸興は辺境ですので、長い道のり大変だったと思います。公私多忙とは存じますが、今日だけでも公務はお忘れになり、お楽しみください」

陳が有志の代表として歓迎の言葉を述べた。

新任の観察使は相槌で感謝の気持ちを表した。それから宴が始まり和やかな雰囲気に進んだ。宴たけなわになったところで観察使が突然、言い出した。

「ところで佐郎（正六品）を務めた文様はどこにいますか？」

観察使が言った文様とは文徳教（ムン・ドクキョ）という人物のことだった。刑曹（法務）佐郎の官職を歴任した者で、立派な人柄の持ち主で、朝廷でも賞賛が絶えなかった人物だった。

「文佐郎のことですか。実は病気のため出席できないとの通知がありました」

吏房（秘書役）がすぐに事情を説明した。すると、

「それは残念だ。お体の調子が悪くて来られないのであれば、こちらが行くのが礼儀であろう。直ちに訪れ

ると伝えてくれ」

文は地元の名門家の長男として生まれ、幼い頃から賢く、学問が優れていた。年齢は陳より十歳若いが、彼より三年も早く小科に合格した。そして、成均館で修学し、大科に合格して朝廷に出仕した。その後、刑曹左郎を経て興徳県監（従六品）を歴任した。が、党派争いに幻滅した彼は、すべての官職から退き郷里の咸興に戻ってきた。清廉の士である彼は咸興に戻った後は、もっぱら著述活動と郷里の子への教育に没頭していた。

学問の水準が高く、彼の文筆は都の朝廷にまで広く知られていた。

「文氏に比べれば陳氏は足元にも及ばない」

地域で公然と出回っている噂だった。実際、大科に合格し、朝廷の大臣を務めた文と、小科に合格した陳は天と地の差があった。しかも朝廷でも名望が高いので、咸興に赴任する官僚は必ず文を先に訪れるのが一種の慣例になるほどだった。

「奴がいるので、私の価値が下がる」

陳は、文に競争意識を持った。しかも目の敵のように思った。妬みが憎しみに変わってしまった。文さえいなければ、自分は郷里の長老として尊敬と待遇を受けると思い込んだ。

「今に見ろ。あいつの恥部をさらけ出してやる。そうなれば人々は私のことをもっと崇めるだろう」

文は、陳に何の害も与えたことはなかった。なのに彼は勝手に恨みを抱いていた。劣等感からくる恨みだった。彼は、隙があれば文徳教をこき下ろそうとした。が、清廉で人々からの信望高い文には、けちをつける余地がなかった。二人の人柄をよく知る村人は誰も陳の言いがかりに同調しなかった。

新任の観察使が、文を訪れると言い出すと目ざとい官員一人が直ちに役所を抜け出した。

「くそ。なんであんな奴を」

文を妬んでいた陳は、不満をあらわに妓生が注ぐ菊酒を一気に飲み干した。

一方、観察使は酒宴を開いてくれた有志に感謝の気持ちはあったが、参加者が陳のような進士級ばかりだったので、退屈な表情を浮かべ始めた。

その時、「観察使様、文様がお見えになりました」秘書役の吏房が、文が来たことを伝えると、観察使の顔色がたちまち変わった。そして、笑顔で「わざわざありがとうございます。ご病気中と聞きました。わざわざお出ましくださり申し訳ありません。感謝いたします」

「いいえ。朝廷に勤めた者として新任の観察使の赴任を祝うことは当然のこと。これしきの病で欠席などはできません」

「いいえ、そんなことよりお体を大事にしていただきたいです。お目にかかりたかったので本当にありがとうございます。どうぞ上座にお座りいただき、少しでもお楽にしてください」

文が宴に合流すると、観察使は今までと違ってにこやかになった。嬉しくて口がむずむずしている様子だった。学問を全うし、人生の道理を求める人には、山海の珍味や美味しい食べ物より、物事の本質を理解し合い、交遊ができる人との交流こそが大事で、嬉しいものだ。いくら山海の珍味でも喉を通れば終わってしまう。しかし、人生の道理と物事の本質を理解し合う人物と一緒にいるだけでもその人香（人の香り）は長く残るものである。

文が参加し、主賓である観察使の顔に絶えず頬笑みが浮かび、満足の様子を見せると同席の有志たちも喜んだ。宴の雰囲気はますます盛り上がった。

「みっともない奴が現れ、せっかくの酒宴をだめにしやがって！」

観察使の隣に座っていたが、文が現れた時から片隅の席に下がった陳だけが腹を立てた。ねたみで彼の表情が歪むと、「陳様、顔色がよくありません。どこか具合でも悪いのですか」

「いいえ、はい。急にむかむかしてきたので」

「それはそれは、そうしたらご自宅にお帰りになって休んだ方が良いのでは」

「ああ、はい。恐縮ですが、それではこの辺で失礼させていただきます」

観察使が陳の表情が歪んでいるのを心配すると、陳は席を離れることにした。

「くわっ、ぺっ」

祝宴を抜け出た陳は、痰を吐き出しながら観察使を恨んだ。

『俺たちが準備した祝宴なのに自宅に帰れって？　今に見ろ、こいつら。病気を装って顔も出さない文には吏房（下級官吏）を送り、顔を少ししかめたからといって家に帰れって！　差別しやがって。よくも辱めを』

へそを曲げた彼は、すべてのことが自分が見下されて起こったことだと恨みを抱いた。

それから半年が経ち、文禄の役が起こった。陳の耳にも「倭軍が侵入してきた」という噂が届いた。

「進軍を急げ」

一方、開城を出た清正は、指揮下の兵士たちに進軍を促した。臨津江の戦いで大勝を収めた彼は咸鏡道に向かっていた。

「この地図を見ろ。色でそれぞれの地域を区分しておいた。肝に銘じ担当地域を占領せよ」

清正が朝鮮に渡る前だった。秀吉は朝鮮の八道を描いた地図に色を塗って地域を区分し、各領主らの担当地域を配分した。

南の方面である慶尚道は白、全羅道は赤、忠清道は青、北の方面である江原道と平安道は黄、黄海道は緑、咸鏡道は黒に塗り分けられた。そして、黒で塗った咸鏡道を清正に任せた。

『朝鮮だけでなく明国を征伐しよう』

秀吉が、清正に咸鏡道を任せると、野心に燃えた彼は自分に任せられた咸鏡道を平定した後、さらに北の明の領土まで征伐すると心に決めた。

「地理や道に詳しい現地人を捕まえて来い」

開城を出て、東北に進軍している清正は咸鏡道の山勢が険しく、進軍が思うように進まないと現地の朝鮮人を捕虜にして道案内を強いた。

当時、咸鏡道を管轄する観察使は柳永立（ユ・ヨンリプ）という人物だった。

「倭軍が来ています」

観察使に「倭軍が近づいた」という報告だった。

「軍勢はどうだ？」

「鎧と兜をしています。精鋭軍のようです。数は一万を越えます」

「それなら先手を打った方が良い」

監営（役所）にいた柳永立は、先手を打つことにして「南兵使を呼び入れろ」と命じた。南兵使とは、咸鏡南道の兵馬節度使を略した称号で、北方の陸軍の総責任者だった。当時は李渾（イ・ホン）が南兵使を務めていた。

「倭軍の先鋒隊を攻撃し、彼らの北進を止めろ」

観察使の柳は、南兵使の李に指揮下の兵士一千を渡した。待ち伏せし、敵軍を迎撃するという指示だった。

「承知しました」

李は直ちに兵を率いて鉄嶺（チョルリョン）方面に南下した。

「倭軍が江原道の方からやって来ます」

東南には金剛山が高く聳え、金剛山の北の方には安辺（アンビョン）という大きい村が位置していた。

「丘の上に登って待ち伏せせよ。敵軍を奇襲攻撃する」

安辺を通って鉄嶺まで来た南兵使の李は、下が丸見えの鉄嶺峠に陣を張った。そこで一気に打って出る戦略だった。小競り合いだったが、彼はすでに楊州（ヤンジュ）で侵略軍と接戦し勝利した経験があった。

「倭軍が現れました」

「軍勢はどうだ」

「数え切れないほど多いです。我が軍の十倍は超えています」

「十倍も」

斥候の報告を聞いた李の顔色が変わった。ところが斥候が見たのは、清正が率いる二番隊の主力ではなく、後方支援軍の毛利が率いる四番隊だった。四番隊の毛利は江原道を任せられたので北にある咸鏡道に北進することはなかった。が、朝鮮軍はそれを知るすべがなかった。

「数的に劣勢だ」

李は、状況が不利だと感じ戸惑い始めた。

その最中に「右側からも倭軍が現れました」との報告があった。

「ナニ？　右からも」

その軍勢は清正の率いる二番隊だった。李は前方の相手を警戒していたが、思いがけない右方向から「倭軍が現れた」ことに頭が真っ白になった。

「もしかすると、別動隊じゃないのか」

「大軍ですので別の軍勢と思われます」

「こりゃ大変だ」

李は麾下（きか）の兵士だけでは到底勝ち目がないと思った。しかも、大軍が両側から現れたという報は、既に兵士たちの間で早くも広まっていた。戦意を失った彼は、「戦いは無理だろう。逃げなきゃ」と言い出した。数的に叶わないと思った兵士たちの士気は急激に低下した。

「解散した方が良い」と李が、将校たちに後退の命令を出すとすぐ兵士たちは、「倭軍に捕まれば殺される」と我先に逃げ出した。

戦況が不利になった場合、躊躇なく後退するのも作戦の一つである。その際には隊列を維持したまま、敵の隙を狙うのがセオリーだ。ところが、指揮官の李はそうはしなかった。指揮体制が崩れると兵士らは各々、勝手に生き延びる道を図った。兵士たちはバラバラに丘の下に逃げてしまった。李自身も側近だけを連れて咸興北方にある甲山（カプサン）に逃げた。

一方、清正は朝鮮人の案内人を前に歩かせ、江原道の鉄原（チョルウォン）を経て鉄嶺（チョルリョン）を越えた。朝鮮軍は一人残らず退散したため、鉄砲を一発も撃つことなく軍事要衝地である鉄嶺を越え、無事に安辺に入った。

「ああ、やっと着いた。道が険しく死ぬかと思ったよ」

武装した状態で軍馬を率いて険しい山嶺を越えた兵士たちは、生き返ったように大きく息をした。強行軍で兵士たちは疲れ果てていた。

「食糧を集めろ。抵抗する者は殺してもよい」

清正は安辺を占領した後、すぐに食糧の調達を命じた。食糧事情がよくなかったからだ。清正の命令により、疲れ切っていた兵らは早速、住民の穀物と家畜を略奪し始めた。

「アンデョ（ダメです）。クゴルガジゴガミョンアンデョ（それはだめです）」

食糧や家畜を奪われた村人は兵士に泣きついた。

「うるさい、静かにしろ」

朝鮮語が分からない二番隊の兵士らは村人を蹴ったり殴ったりした。

「泥棒のような倭兵が村に入って暴力を振るっているのに、上様はどこへ行き、官吏は一体、何をしているんだ」

役所から何の連絡もなく安辺の村人は、二番隊兵士の勝手放題の略奪をただただ座して受けざるを得なかった。村人は、二番隊兵士のみならず朝鮮の官員らをも恨んだ。

「倭軍が鉄嶺を越えて、安辺に入った」という噂はたちまち咸鏡道全域に広まった。

「どうする。戦うのは到底無理だ。逃げないと殺されてしまうぞ」

咸鏡道地域の官長たちは皆、逃げ腰だった。

「早く逃げよう」

彼らは任地を離れ、二番隊の兵士を避け、北の方面に逃げ出した。

「官長や兵士、皆、いなくなった。もう頼れる人は誰もいない。このままでは皆殺しにされるぞ」

村人たちは、わずかに残った食糧を背負い、家族を連れて森の茂った山中に身を隠すしかなかった。

「進軍しろ！」

安辺で略奪した食糧で兵士を満腹させた清正はさらに北上を命じた。清正の率いる二番隊は、さらに北の咸州（ハムジュ）方面に進んだ。途中、朝鮮軍の抵抗はほとんどなかった。まさに無風状態で二番隊の勢いは破竹の勢いで北上した。

兵士がいなくなった咸興府をわずか二日で無血占領した。咸鏡道の咸興は、朝鮮王朝の太祖である李成桂（イ・ソンゲ）が育った場所で、朝鮮王朝発祥の地だった。四通八達へと道が広がり、交通の要衝地として観察使が滞在する監営が置かれた地域の中心地だった。

「早くここを逃げ出そう」

「どこへお出でになりますか」

「倭軍が追っかけてこないように山中に逃げよう」

責任者である観察使の柳は側近と召使いを連れて山中に逃げた。しばらく山道を逃げ回っていたが、疲れて、山中にいるのが嫌になっていた。

「あの下に見える村は、どこだ？」

「北青（プクチョン）の村です」

「ここはもううんざりだ。あの村に行こう」

観察使は山中に潜んでいるのに耐えられず北青に向かった。ところが、そこには清正の先遣隊である相良(アイラ)が駐屯していたため、村の入口で捕まってしまった。

「服装から役人のようだが、職責は何だ？」

「私はただの下級官吏にすぎません」

「まことか？　偽りではないな！」

相良は柳を咎めた。が、彼の服装が武官のものではなく文官の服装だったので、それほどの警戒心を抱かなかった。警戒が疎かになると、地域に詳しい地元出身の官員が、夜陰に乗じて二番隊陣営に忍び込み、柳を背負って逃げ出した。柳が観察使だったので、官員の金は彼を助け出せば、彼が兵士を集めて侵略軍と戦ってくれると思った。それで命をかけて彼の脱出を助けた。ところが、脱出に成功した柳はそのまま王のいる義州に逃げてしまった。

「観察使は、地域を守る責任者なのにどうしてここに来たんだ」

「恐縮ですが指揮下の兵士たちがいないので……」

咸鏡道の責任者である観察使が管轄地域を放棄し、遠い義州まで逃げてきたのを見た王は、その情けない姿に呆れてしまった。

「官職を剥奪する」

一方、北進した清正の二番隊はさらに北の霊興(ヨンフン)地域にまで勢力を拡大した。そして、その先遣隊が霊興に入った時、入口に立ち木が置いてあった。そこには次のような漢文が刻まれていた。

「王子二人従這裡逃到了北方（二人の王子がここに来て、北へ逃げた）」

「これは、どういう意味だ」

清正は漢字に詳しい側近に聞き、朝鮮の王子が北方に逃げたことを知った。朝廷に不満を抱く者の仕業だった。彼らは兵士たちに直接会うとどんな災いに遭うか計り知れなく間接的に知らせたのである。

「直ちに追いかけろ」

清正は、鍋島に地域の管轄を任した後、直接、朝鮮の王子を捕らえるつもりで別動隊を連れ、北に進んだ。

そして、清正の命令を受けた鍋島は咸興を指揮所と定めそこに駐屯した。

〈わが軍に敵対しなければ何の危害も加えない。住民らは普通に日常生活を営め。我が軍に抵抗する者は内通せよ。協力する者には褒美をとらす〉

鍋島は咸興監営（役所）に陣を張った。まず咸興の民を安心させ、協力を求めた。その効果のせいか大きな騒ぎもなく、他の地域とは違って義兵が出没するなどの煩わしさはなかった。たまに兵士らが民家を略奪したり、朝鮮人を殺害したりしたが、大きな戦にはならなかった。

「殿！　村人がおなご（女子）を連れ、殿にお目にかかりたいと言っております」

鍋島は監営（役所）で側近と食糧調達について議論していたところ、家臣からそのような報告を受けた。

「朝鮮人がおなごを。理由を聞いてみたか？」

真ん中に座っていた鍋島は、「おなご」という言葉が気になった。

「いいえ。理由は分かりませんが、この地域の貴族のようです。話によれば我が軍を歓迎したいということです」

「面白い。連れてきなさい」

会議を終えた鍋島は好奇心から監営の広い庭に出た。大きな門をくぐって初老の朝鮮人男性が庭に入ってきた。続いて若い女が頭を下げて付いてきたのが見えた。紺色の朝鮮のチョゴリ（上着）に茶色のチマ（スカート）を掛けていた。貴品があった。

「何の用事で来たのか聞け」

通訳の言葉を聞いた朝鮮人は、朝鮮語で何かを答えその女を前に立たせた。

「自分は朝鮮の両班（貴族）ですが、我が軍を歓迎するということです。その印として娘を殿に捧げると言っています」

通訳の兵士は、にこにこしながら伝えた。

「あのおなごをか？」

鍋島はいぶかしがりながらも、その女を上から下まで舐めるように見渡した。

「はい、そうです」

通訳の答えを軽く流し、鍋島は女を品定（しなさだ）めするように見つめた。髪を後ろで縛り、顔は白粉をしたわけでもないのに白かった。肌もきれいだった。領地を離れ荒い玄界灘を渡り、進撃ばかりしてきた。鍋島は、女がそばにいて欲しかった。しかし、戦続きでなかなか実現はできなかった。鍋島は、自身の下半身が反応するのを感じ、思わず笑みがこぼれた。

「理由を聞いてみろ」

「申し上げます。昔から朝鮮の朝廷に不満を持っていたそうです。そして、この地域にはその朝廷から恩恵を受けて、我が軍に反感を持っている者も多くいるそうです。自分が先頭に立って、その者らを探し出せると言っています」

そう語るその男は、ほかでもなく陳大猷だった。

女は妾の娘である桂香（ケヒャン）だった。陳は清正軍が咸興を占領し、朝鮮軍がすべて逃げたことを知って、占領軍に寝返ることを決心した。それで自分の娘ではあるが、正室でない妾から生まれた娘を連れて鍋島を訪れたのだった。

「それはありがたいことじゃ。褒美をとらそう」

鍋島は、陳に褒美として持っていた短刀を差し出しながら、「誠実を持って我が軍のために働け。手柄を立てれば、さらに褒美として官職を与えようぞ」と言った。

「恐縮でございます」

陳はまるで王にでも謁見するように頭を下げ両手で短刀を受け取った。そして両手を合わせ、地面に頭を付けてお辞儀をした。鍋島の前を退き、門を出る前に通訳に朝鮮語で話した。

「夜になって退屈であれば仲間と一緒に私の家にお出でください。お酒と御馳走を用意しておきます」

そして、通訳に自分の家を教えた。朝鮮語で話し合う二人を周辺の兵士らが怪しげに見ると、通訳は慌てて「おなごを置いていくので、よろしくと言われました」と周辺をごまかした。

「はあ、はあ」

鍋島からもらった短刀を腰に巻いて家に戻る陳の歩き方は、普段とは違っていた。外股で足を開き、肩を後ろにふんぞり返ったその姿はまるで偉い官職に付いた官吏の動作そのものだった。

「皆の者。今夜、大切なお客さんが来るから御馳走を用意しなさい」

「はい」

直ちに下僕らに酒と料理を用意させた後、彼は奥の内室に入った。

「絹があるだろう。絹を使うから少し用意せよ」

賄賂として使うために妻に絹を用意させた。日が暮れて四方が暗くなると、朝鮮語通訳が兵士六名を連れて、陳の家にやってきた。兵士らは鎧を身にまとい、腰には刀をつけて槍を手にしていた。

「ようこそお越しくださいました。おい、お客人を中に案内しなさい」

陳は通訳の兵士を案内し、下僕らはその他の兵士を案内した。兵士たちは最初は少し警戒をしていたが、中庭にムシロが敷かれその上に大きな御膳があるのを見て目を丸くした。

「こりやすごい。酒もあるじゃないか」

「ご足労ありがとうございます。些細なものですが、どうぞ召し上がってください」

通訳の兵士は「カムサハムニダ（ありがとうございます）」と、朝鮮語で礼を言い、先にムシロに座った。

「座れ、座れ」

通訳の兵士が座ると同行の兵士たちも槍を塀の内側に斜め掛けて置き、膳に飛び付いた。

「美味い、美味い」

彼らは焦るように料理を口に入れた。と言うより、噛まずに飲み込むのだった。

「これは酒だぞ。飲め、飲め」

「ほっぺたが落ちるほどだ」

兵士らは騒々しく喜びながら料理を口に詰め込み、酒をがぶ飲みした。

「まるで獣のようだな」

下僕たちは料理を運びながら、兵士が荒っぽく両手で食べ物を摘むのを見て下品だと舌打ちした。

「食え、ハハハ」

兵士は料理で空腹を満たして大満足したのか、笑いが止まらなかった。

「ちょっと、すみません」

陳が通訳の兵士に近づいて耳打ちした。

「何か？」

いぶかしがる通訳に、陳は客間を指差し、彼の袖を引いた。

「何か、言いたいことがあるのか」

「はい」

陳は通訳の兵士を客間に案内した。

「どうぞ上座にお座りください」

陳は、通訳を丁重にもてなした。部屋の中にはもう一つの御膳が用意されていた。そこにも料理と酒が入った磁器があった。

「お、これは、これは」

「では、一杯どうぞ」

「ありがとう」

通訳は、陳が注ぐお酒を一気に飲んだ。

「この酒はうまいぞ」

「これは、お体に良い薬酒です。もう一杯、どうぞ」

「聞いたことはあるが、飲んだことはない。ありがとう」

通訳は二杯目も一気に飲み干し満足した。そして、陳は箪笥の前に用意しておいた絹の反物を通訳に差し出した。

「これを、どうぞ」

陳は、通訳が自分にとって出世につながる綱だと思っていた。日本語が分からない彼は、通訳がいなければ自分の意思が占領軍の指揮官らに伝えられないと思った。料理を準備して招待したのもその一環だった。

「これは、何ですか？」

「絹の反物です」

「絹？　これを私に」

「はい、そうです」

「おお、ありがとうございます」

通訳は陳の賄賂に驚き、開いた口がふさがらなかった。通訳にとって初めて受け取る賄賂で、しかもこれは大変貴重な反物だった。朝鮮語は少しできるが下級兵士である彼は、今まで賄賂などを貰ったことはなかった。

「そして、これから何か必要なことがあれば何でもおっしゃってください。命を掛けて何でもやります」

「いや、そう言われると心強いですね。おそらく大きなご褒美があるでしょう」

賄賂を貰って通訳は、陳の行動が気に入り褒め称えた。

「ところで、私はあなたのことをどう呼べばいいですか？」と、陳が聞いた。

「私の名はサブロウです。三郎様と呼んでくれればありがたいです」

三郎は九州・佐賀の出身だった。父親が朝鮮と交易をしていたため、幼い頃から朝鮮語を学んだ。成長してからは交易のために何度か釜山浦を訪れたことがあった。今回は佐賀の領主である鍋島の命を受け、朝鮮に渡ってきた。海を渡ってからはろくに休みもなく進軍してきた。以来、これまでずっと兵食として、米と塩、味噌の配給だけで腹をこしらえてきた。なのに陳が用意してくれた食べ物はまさに山海の珍味と言っていいほどのご馳走だった。今まで食べたことのない料理だらけだった。

「美味い。美味い」

三郎は陳の話を適当に聞き流し、ひたすら料理を食し、酒を飲むのに忙しかった。

「ヨギエヌンマシッシヌンゲマナ（ここには美味しい物が多い）」

たまに三郎の発する朝鮮語が聞き取れないこともあったが、陳は顔の表情で言葉の意味を推測し、答えた。

「そうですか。たくさん召し上がってください」

「ところで、主君に捧げたおなごは綺麗だったな。もしかして他のおなごはいないですか？フフフ」

酒で赤面した三郎は、ふっくらとした水炊きの鶏足を手で握ってむしゃぶりながら聞いた。満腹になり、酒が入れば次は色欲だ。

「オナゴ？」

三郎が朝鮮語を使いながら日本語で「おなご」と言ってしまったので、日本語が分からない陳はその意味を問い返した。

「だから、うん、おなご、何という。漢字で女と書く」

「はい、分かりました。アニョジャ（婦女）のことですね。え〜と、私の娘は大将に捧げましたので私の妾しかいませんが、それでもよろしいですか？」

酔いが回り大胆になった三郎は、もしやと思いながら聞いたのだが、陳が自分の妾の話を持ち出したので一瞬、酔いが覚め真顔になった。

「本当ですか。いいんですか？」

「結構です」

陳の答えに三郎は喜んだ。

「貴方は神様、いいえ仏様です」

「じゃ、今夜、再度来てください。一人でです。準備しておきます」

「分かりました。ありがとうございます。必ず一人で来ます」

約束をした二人は客間から出てきた。三郎が先に、陳が後に続いた。

「二人で何をしたの？　ハハハ」

外にいた兵士たちは酔っ払い、二人を揶揄した。大きな膳の料理はほとんどなくなっていた。腹いっぱいで酒に酔った兵士たちは横になったり叫んだりしていた。

「お腹いっぱいになった。では、帰ろう」

三郎は仲間を急かした。そして、陳は兵士を見送りながら三郎にはそっと目くばせした。

兵士を帰した陳はすぐに妾の部屋を訪ねた。

「筆と墨を持って来て」

そして、紙に「呉奈考（おなご）」と、女を意味する日本語の「おなご」を朝鮮語の漢字音で書き留めた。重要な単語だと思い、忘れないためだった。

「何をしてるんですか？」

傍にいた妾が聞くと、陳は紙を折って懐に入れながら、

「君！　これからやるべきことがある。顔に白粉を塗って、身繕いしなさい」

「こんな夜にどうかしましたか？」

「私を助けて、今夜、倭兵と寝てほしいんだ」

「えっ！　どういう意味ですか？　まさか、それはいけないですよ。いくら私が妓生の出で妾だといっても、私はあなた様の娘を産んだ身です。今さら、他の者と寝るなんて、どうしてそんな道理に反することをおっしゃるんですか」

妾は涙を流しながら陳に反発した。陳は静かな声で
「そうじゃなく、私を助けて欲しいからだ。君を信用するから頼んでいるんだよ。私のことを理解し、私に

仕えるんだと思ってほしい。すべては出世のためである。この恩は忘れまい」

「どういうご事情なんですか？」

妾はしくしく泣きながら理由を聞いた。陳は自分が小科のみに合格した身分なので、今の朝廷では絶対に官職に就けず、出世は無理であることを説明した。

「だから出世できる唯一の道は倭軍に協力することなんだ。うまくいけばこの地域を管理する首長になれる」と妾を説得した。

「事情がそうで、そこまでおっしゃるなら承知いたしました」

それから一刻ほどして、三郎が再び現れた。

「よろしいですか？」

恥ずかしげな三郎を陳は、妾のいる部屋に案内した。部屋は入口の横に並んでいて、主に下僕が過ごしているところだった。奥にある妾の部屋ではなく下僕の部屋に案内したのは陳の自尊心だった。三郎にしてみれば、下僕の部屋であれ、奥の部屋であれ構わなかった。そして、妾が部屋で三郎を迎え、蝋燭（ろうそく）もつけずに服を脱がせ、情事を交わした。

儒教の経典を学び、科挙の小科に合格し、村では地域有志としての待遇も受け、両班だと威張っていた男が、なんと出世のために自分の娘と妾を他人に捧げたのである。朝鮮で両班が待遇されるのは人の模範になるからだった。道理を身をもって実践するから崇められるのに、陳は儒教の教えである「一夫従事（一人の夫のみに従うこと)」を捨てたわけである。

「ありがとう」

ことを済ませた三郎は、笑顔で陳に礼を言った。それから三郎は陳の家を頻繁に訪れ、陳は彼を通じて自分が望むことを鍋島に伝えた。なお、陳は村に残っていた朝鮮の人々を集め、徹底して占領軍の手先になるようにした。

「貴様ら、恥ずかしくないのか。この地を侵した倭軍と戦えずとも、手先になるとは……」

「寝ぼけたことを言うんじゃない。世の中が変わったことを知らないのか?」

陳と彼に協力する人々は、占領軍や自分らに少しでも反抗の気配を見せる村人を鍋島軍に告げ口し処罰した。陳に憎まれた多くの人々が罪もなく被害を受けた。

「この際、目の敵である文の家門を潰そう」

文徳教の家門に恨みを抱いていた陳は、両班の彼を占領軍に敵対的と告発した。そして、三郎と数人の兵士を引き連れて文の家を訪ねた。

「門を開けろ、早く! すぐ開けないと門を壊す」

文徳教は外出中で、弟が留守番をしていた。義侠心の強い若者だった。二番隊が咸興に入ってきたのを見て、村人を集め占領軍に抵抗することを企んでいた。下僕が門を開き、陳と三郎が家に攻め込むように入った。

「無礼であろう。勝手に入るな!」

弟の善教（ソンギョ）が、ズカズカと庭に入った陳と三郎を一喝した。弟も陳が兄の徳教を妬んでいることを知っていた。

「お前が倭軍に抵抗するために何かを企んでいることをよく知っているぞ。徳教はどこだ？」

「留守である」

「私が言っていた者です」

陳は三郎に向かい、文善教を指差した。

「捕らえろ！」

三郎の指示に兵士三人が弟に槍を向けた。そして、抵抗する彼の両肩を押さえ、跪（ひざまず）かせようとした時だった。

「貴様ら、何をしているんだ！　天が怖くないのか？」

客間の戸ががらりと開き、雷が落ちたような大声が聞こえた。文徳教の父だった。白髪混じりの老人だが、鋭い目つきでその声は甲高く明瞭だった。

驚いた兵士の一人が槍を手に客間に近づき、縁側に立つ老人の下っ腹に向かって槍を突き出した。一瞬だった。

「ううっ。天下の無頼漢め」

兵士が槍を引き抜くと瞬く間に腹部から鮮血が滲み、老人は縁側から庭に転がった。

「お父様！」

「イノム（こいつ）」

これを見ていた文善教が走り出し、兵士の背中を足で蹴った。すると、別の兵士が彼を後ろから刺した。

「ううっ」

「アボニム（お父様）」

刺された彼は庭に倒れ、血を流した。それでも這って仰向けになっていた実父を抱いて絶叫した。儒教の教えの一つが「君師父一体（王と師と親は同じの意）」である。つまり王と父親と恩師は同じで忠誠と親孝行、尊敬の心を持つということだが、王のような親が突然、血を流し死んで行くのを見て、彼は狂った。

「こいつら絶対に許せない」

怒りに包まれた彼は怒鳴り、起き上がろうとした。

「イヤーッ」

ほぼ同時だった。文善教の怒りの叫びと兵士の槍が交錯した。

「ううっ」

悲痛なうめき声を上げ、文善教は父の上に倒れた。

咸興で徳望の高かった文氏家門の親子があっけなく息を引き取った。文氏家門の突然の悲劇だった。陳の劣等感から起きた呆れた事件だった。しかし、当事者の陳は、罪のない二人が目の前で血を流して死んだのに瞬きもしなかった。愚かな者は、何事も悪いことは他人のせいにするのが常である。陳は自分の能力と努力が足りなかったことを文氏家門のせいだとした歪んだ性格の持ち主だった。良心がある者なら他人に被害を与えたことに、反省するのが普通だが、彼にはそんなことは一切なかった。文氏の家族は、彼と同じ村に住んだというだけで彼に恨まれて、被害に遭ったことになる。

「徳教が戻ってきたら直ちにこの私に知らせなさい。そうしなければただではおかないぞ、分かったか。みなあの世に行きたくなければ言われた通りしろ」

陳は、突然、目の前で夫と子を失い、魂が抜けたような姿で号泣している文徳教の老母と下僕らに厳しい声で警告した。

「ああ、神はいないのか。なんということであろう」

長男の文徳教が留守だったため、女と下僕らで二人の葬儀が行われた。

「アイゴー、アイゴー（ああ、なんてことだ）」

悲嘆に包まれた慟哭が村全体に広がった。

「惨いことで、可哀そう」

残っていた村人は皆、文氏の悲劇に舌を打った。そして、喪が終わって十日ほど過ぎてからだった。

「マニム、マニム（奥様、奥様）」

文徳教の母が家中で首をつった。下僕が気づいたときにはすでに息はなかった。

「まさか！」

その後、故郷に戻った文徳教は、両親と弟が亡くなったことを知り、悲しみに包まれた。

「何ということだ。到底、儒教の教えでは説明できない不道理だ。これからどうやって学童に人の道理を教えられるか」

あってはならない非道徳と惨さを経験した彼は、数ヵ月後、静かに目を閉じて恨みの多いこの世を去った。

一方、陳が咸興で占領軍を後ろ盾として朝鮮の人々を苦境に追い込んでいるとき、二人の王子を追って、北上した清正は甲山にいた。

そして、周辺に貼り紙を配った。

「我が軍に抵抗する者は許さない。しかし、不穏勢力を告発したり、協力する者には褒賞を出す」

朝鮮語で書かれた貼り紙の内容が村人に伝わり、噂はあっという間に広まった。

「抵抗さえしなければ、大丈夫だそうです」

「そうか。私も聞いたが本当かな」

不安で村人は三々五々集まってささやいた。

「ほら。洞窟の中に両班が隠れているぞ」

「本当に両班なの」

「そうだよ。この目で見たよ」

「その両班を捕まえて倭軍に突き出せば、褒美が貰えるってえわけか」

「そうだな。さっさと行こうぜ」

以前から咸興の人々は人材登用や出世で、中央から差別を受けているという被害者意識が強かった。

「王朝の始祖がこちらの出身なのに咸鏡道を差別するなんて」

朝鮮王朝の太祖、李成桂は、本貫（本籍）が全州（チョンジュ）であるため、朝鮮王朝の発祥地を全州とすることが多いが、実は咸興だった。中央から派遣された官吏は、咸鏡道が辺境にあったため咸興での勤務を左遷と感じる者が多かった。そんなことから派遣された官吏は、地方の長として勤務地の民に善政を施すというよりは一日も早く都の漢城に戻れる方法を探すことに没頭した。そのため、管轄地で財物を掻き集め、朝廷の重臣、特に人事を司る部署の吏曹（イソ）の官吏に多くの賄賂を贈った。

賄賂は主に地域の特産物が多く、当然、地域民の供出だった。しばしば税金を厳しく取り立てる苛斂（かれん）誅求（ちゅうきゅう）が行われた。このようなことが官長が変わるたびに起きた。いわば、前任者が後任の官長にこれを誇らしげに話し、後任の官長はこれを当然のこととして季節毎に厳しく現物税を取り立てた。長い間、悪い慣行として続いた。能力より朝廷に贈る賄賂で出世が左右されたので、官長らは村民の膏血を絞ることに没頭した。このようなことが繰り返されれば繰り返されるほど苦労するのは村民だった。このような背景から、貪（たん）官汚吏（かんおり）（私欲を満たす汚れた官吏）に不満の多かった咸鏡道の村民の一部は、占領軍に協力することに躊躇はあまりなかった。

「上様がなんだ。飯を食わせてくれればありがたいが、いつも悪い官吏を派遣し、我らのものを奪うだけじゃないか。我らには食うものをくれるのが上様であり、仏様だぜ。さあ行こう！」

洞窟に隠れていた者は、南兵使である李だった。彼は鉄嶺で二番隊を怖がり、側近と一緒に逃げまくって甲山まで来た。甲山は高山地域で、道もなく人通りがほとんどない僻地だった。その甲山に着いた李は、そこでも兵士を集めることよりも身の安全を先に考えた。彼は山の下にある洞窟を発見し、そこに隠れていたが村人に気付かれた。洞窟に隠れて暮らす者が官吏だったことを確認した村人は占領軍からの褒美を目当てに、斧や鍬などを手に洞窟に押し寄せた。

「貴様ら、俺を誰だと思ってるんだ。南兵使だぞ」

李は、自分を捕まえに来たのが最初は占領軍の兵士と思ったが、村人と分かり怒鳴りつけた。李は自分の職責で村人がひるむと思ったが、逆だった。

「おや、南兵使ならもっといい。ご褒美がもっと大きくなるぜ。捕まえろ」

村人たちは洞窟から李を引きずり出し、ぐるりと取り囲んだ。

「この逆賊めら、殺してやる」

李は権威だけでは村人を制圧することができないと思い、刀を抜き振った。

「おや、俺たちを殺すつもりか」

李がいくら武官出身とはいえ洞窟に隠れ、衰弱していた。刀の振りに鋭さはなかった。二、三回、刀を振っただけで李の足はふらついた。

「こら、これを食え」

村人の一人が李の足がもつれるのを見て、隙を狙い鍬で李の肩を打った。

「ううっ」

李は大きな声を上げて地面に倒れると、左右にいた村人が彼の胴体めがけて殴った。それは両班らに対する怒りの仕返しだった。しばらく彼は力なく横たわった。

「世の中が変わったんだぞ」

恨みを晴らす村人たちは、両班が支配していた朝鮮は滅びたとして李の首を切り落とした。

「倭軍に渡せば褒美がもらえる」

「行こう、行こう」

村人たちは直ちに占領軍陣営を訪ね、李の首を渡した。

「約束の通りご褒美をやる」

「よかった。またやろうぜ」

占領軍から褒美を受け取った村人たちは大いに喜んだ。それから両班狩りは村全体に広まった。褒美を貰ったことで村人たちは両班狩りがやみつきになった。

二人の王子

小西行長の率いる第一番隊が平壌城に押し寄せることを知った朝鮮の王、宣祖は、朝廷を分割するという大臣らの提案を受け入れた。存続を考えてのことで念のために朝廷を二つに分けるということだった。それにより、王世子だった光海君（クァンヘグン）は東北方面の江界（カンゲ）に行き、勤王兵を集めることとなった。一方、臨海君と順和君の二人の王子は咸興の方面に避難することとなった。つまり、王子らは東の方面で勤王兵を集め、遠征軍に抵抗する戦略をとったのである。そして、王は王子らと別れて、西北方面の義州に向かう予定だった。

ところが、臨海君と順和君の二人の王子の気性は暴悪だった。臨海君は長男で、王世子になった光海君の実兄。序列では最上位だったが、気性が乱暴だという理由で、王世子になれず実弟の光海君にその権利を取られた。弟の順化君も性情が暴悪で、彼の悪行は知らない人がいないほどだった。特に酒癖が酷く、酔って無理矢理、民家に押し込み、その家の娘を強姦したことや些細な理由で人を殺したこともあった。大臣たちが彼の罪を問い、何度も弾劾を建議したが、王子という理由ですべてがうやむやに処理された。王室の悩みの種といわれる人物だった。

王が分朝を宣言し、彼らと別れようとした時、彼らは泣きながら誓った。

「お父様、勤王兵を集めて必ず倭軍を追い出します」

二人に対し、父親である王はこう諭した。

「どこへ行っても善良な民を愛し、恩徳を施すようにしなさい。そうすれば民はお前たちを親のように慕って集まるだろう」

「はい、肝に銘じます」

王子たちは僻地の咸鏡道へと進んだ。分朝を行い、彼らを東の方面に派遣したねらいは、危機に瀕している朝廷を救うためだった。東北方面に派遣された王子らの任務は地方の首領たちと力を合わせ勤王兵を集め、敵軍を撃退することだった。ところが、咸鏡道に着いた臨海君と順和君は本来の任務を忘れ、むしろ民に迷惑ばかりをかけた。

「兵糧を出せ。あるものをすべて出せ。これらは勤王兵のために使うのだ。倭軍を追い出せば、後で朝廷から返す」

「いいえ、だめです。この穀物は命綱なんです」

「従え。そうしなければ大罰を受けるぞ」

二人の王子はむやみに村民の穀物や財物を取り立てた。まさに略奪だった。しつこく抵抗する村人の家には穀物を奪った後、放火をしたこともあった。

「変わっていない」

二人の王子に仕えた大臣らは、困り果てた。

「王子様、民に迷惑をかけては勤王兵を集めることが難しくなります。是非、民に善政を施してください」

右議政（正一品）が王子らに助言したが、正に「馬の耳に念仏」だった。

「何を言ってるんだ。分朝というのは朝廷を分けたという意味です。ここにいる私たち二人はもう一つの朝廷です。二人が国であり、王です。王命に背く者はすべて逆賊である」

二人はまるで自分たちが王であるかのようにあちこちで横暴な振る舞いを行った。ただでさえ咸鏡道では地域差別という意識が根強く、朝廷に対する反感が強かった。度を越えた彼らの行為は枯れ葉に火をつけたと同様だった。

「悪い奴らだ。親に恵まれ王子になっただけでとんでもない奴らじゃ」

勤王兵は集まるどころか、むしろ反感を持つ者ばかりが増えた。

咸鏡道の会寧（フェリョン）に当時、鞠景仁（クッ・ギョンイン）という人物がいた。彼は全州出身だった。そこで罪を犯し会寧に逃げ、身分を偽って官庁の下級官員をしていた。彼の叔父も会寧から近い鏡城（キョンソン）府の下級官員を務めていた。彼らは官員を務めながらも、普段から朝廷に強い不満を抱いていた。そんな時に、「倭軍が朝鮮に入ってきた」という噂を聞き、鞠景仁が叔父のもとを訪ねた。

「倭軍が会寧に入ってきています。いま、二人の王子が会寧にいるので、彼らを捕まえて倭軍に渡せば、大きな褒美を受けることは間違いないですよ」

「それはいい考えだ。どうせ朝鮮は滅びる。倭軍から官職を授かるかもしれないな」

朝廷を裏切ることを決めた二人は、朝廷に反感を抱く者たちを集めた。そして、

「速やかに行動しましょう。早ければ早いほど手柄が認められるでしょう」

「そうだな。そうしよう」

鞠景仁をはじめ集まった一団は王子一行を捕らえることにした。

「私が会寧府の下吏の身分を利用して、王子一行に接近します。その隙を見て護衛兵を始末し、王子一行を捕らえましょう」

鞠が計画を明かすと、叔父が答えた。

「よし！　念のため腕っ節の強いのを連れて行きな」

「分かりました。叔父様は倭軍に連絡して二人の王子を引き渡す支度をしてください」

「分かった」

鞠は、謀議の通り八人の男を連れて王子一行に接近した。

「会寧府の下吏として食べ物と着る物を持って参りました」

「おお、ありがたい。そちらのような忠臣がいる限り、朝鮮は決して滅びない」

二人の王子は鞠の行動に非常に喜んだ。宮廷で楽な生活をしていた彼らにとって、僻地での生活になかなか慣れずにいた。勤王兵も思うとおりに集まらなかった。そんなところに鞠の出現はまさに千軍万馬を得たことに匹敵するほどだった。

「恐縮でございます」

「ここにお酒もありますので、お好きにどうぞ」

「おお、これはこれは」

酒が運ばれると王子や随行員らは喜んだ。王子の護衛を担う武官らも杯を上げて鞠に感謝を表した。王子一行は酒を飲み、どんちゃん騒ぎをし、すっかり気が緩んだ。護衛兵らも酔ってよろめいた。

「やれ！」

鞠が刀を抜き、これを合図に一団は護衛兵を先に斬った。

「ううっ、ううっ」

無防備だった護衛兵が血を流しながら倒れる。

「これは何の仕業か！」

驚いた二人の王子が大声を上げた。

「静かに、言われる通りにしろ。さもなければ王子であれ、誰であれ死んでもらうぞ」

鞠は全ての護衛兵を倒した後、二人の王子に太刀で威嚇した。

「分かった。命だけは……」

目の前で護衛兵が殺されると、二人の王子と他の大臣らは鞠の指示に従い、跪いた。

「こいつらを一人残らず縛れ」

二人の王子と随行員全員を縄で縛り付けた。そして、鞠の叔父の通報で駆け付けた二番隊兵士に彼を引き渡した。

二人の王子の他にも随行員の中には高官が多くいた。その数二十を超えた。

「朝鮮人が二人の王子を捕まえました」

「おほ、早く連れてこい」

清正は、二人が王子であること、一緒の者は大臣だと聞いて驚いた。

「あっぱれだ」

清正は、大いに喜んだ。二人の王子が咸鏡道に現れたという噂を聞き、彼らを追って会寧にまで来たが、手がかりもなく何度も無駄足をしていた。そんな折に、朝鮮民が勝手に味方に協力し、二人の王子と随行員の大臣まで捕らえたことに、彼の大きな口が横に裂けるほど喜んだのだ。

「今回の参戦で最も大きな手柄だ」

彼は直ちに朝鮮の二人の王子を捕虜にしたという書札を作成し、秀吉に伝令を出した。そして、

「手柄に褒美をとらそう。何か希望があれば言いなさい。何でもいいぞ」

有頂天になった清正は、鞠と一団に褒美としての希望を聞いた。

「いま、ここには朝鮮出身の管理責任者がいません。任してくだされればしっかり管理し、忠誠を尽くします」

「そうか。それはいいことだ。君を管理責任者に任命する。しっかり働け」

清正は鞠に判刑使制北路という職位を与え、彼に管理を任せた。清正から官職を授かった鞠は、その後、積極的な順倭（倭軍に順従した朝鮮人の名称）」となった。

「こいつらを全員捕らえろ」

彼らはまさに権力を手に入れ、天狗のように振る舞った。自分たちの言いなりにならない者や村に潜む両班や官吏を探し出し清正軍に告発した。清正は、鞠が朝鮮の捕虜を連れてくる度に褒め上げ、褒美として財物を与えた。鞠の一行は、ますます活動の範囲を広げ、周辺地域にまで捜索を拡大した。彼らに咎められた村人はどんどん増えた。

二人の王子は、清正の命により南方面の後方に護送した。

そして、「豆満江（トウマンガン）を渡り、満州の女真族を征伐する。地理に詳しい者を先頭に立たせよ」と言い出した。かねてから抱いていた満洲地域を平定するということだった。

「満州を征伐して、その広い地をこの私が治めよう」

野心に満ちた清正は、朝鮮民を案内人として豆満江を渡った。そこで、女真族と遭遇し何度か衝突した。当時の女真族は、もうあちこちに散らばって暮らす蛮族ではなかった。ヌルハチが登場し満州族を一つにまとめ、国としての体制を整えていた時期だった。

女真族は敏捷で、得意な乗馬を最大の武器とする騎馬民族だった。馬上で弓を使いこなし、機敏な動きで矢を射た。神出鬼没で、山の森に逃げ隠れたかと思えば、突然、平原に現れたりした。

「パン、パン、パン」

清正の軍は、満州族が現れると鉄砲を放ったが、広大な満州地域でリスのように素早く動く彼らには鉄砲もあまり役立たなかった。清正の率いる二番隊は地理にも疎く、苦戦を強いられた。

「一体、あいつらの本拠はどこなんだ。野戦ではなく根拠地を襲撃すべきだ」

「彼らには一定の根拠地がありません。遊牧し移動しながら生活しています」

朝鮮人の嚮導（きょうどう）（道案内）が女真族の生活を説明すると、清正は呆れた表情で独り言を言った。

「野蛮人じゃないか」

それから清正は真剣に考えこんだ。そして、晴れやかな顔をしてこう言い放った。

「これじゃあ、ろくに戦もできず、敵将を捕らえて降伏させることは難しいなあ。こんな地を抑えても、治めることは困難だろう。未練は早く捨てた方が良い」

清正は満州の広大さと女真族の生活習慣を知り、満州を諦めた。

「撤収しろ」

満州進出に失敗した彼は、再び豆満江を渡って二人の王子を前もって送っておいた鏡城に向かった。会寧は豆満江の国境で、南方面にまっすぐ行くと東海に達する。そこに鏡城があった。

清正が鏡城に向かう頃には、もう冬が近かった。北方の寒さは厳しかった。初めて経験する寒さだった。

日本の九州・肥後（熊本）は暖かく雪も珍しい。しかし、鏡城は寒くて雪も多かった。冬には常に雪が降り続き、海風も冷たかった。

「殿。寒さで兵士たちが苦しんでいます」

清正は内心、秀吉が管轄地として決めた咸鏡道だけでなく満州まで支配したかった。が、満州では苦戦を強いられ撤収するしかなかったので、悔しい気持ちで一杯だった。なのに、鏡城で寒さに震える兵士の姿を見て唖然とした。

「どうすれば良いか？」

「一旦、暖かい南の方面に後退し、春に戻ればよいと思います」

「うむ」

清正の心は動揺した。内心は鏡城に留まりたいが、既に兵士たちの士気はドン底に落ちていた。

「自然を相手には致し方ない。残念だがとりあえず退こう」

建前としては兵士たちが寒さに耐えられず、士気が低下したのが後退の理由だった。が、実際、清正自身も身を切られるような北方の寒さには耐えがたかった。

「別働隊を残して本陣は南下する」

清正自身は本陣と共に南に後退するが、占領地域の管理のため吉州（キルジュ）と咸興にそれぞれ五百と千人余の別働隊を駐屯させた。清正は彼らに二つの任務を与えた。

「第一は、地域をしっかり防御すること。第二は、朝鮮の民から税金を集めておくこと」

春に戻ってくれば兵士たちの兵糧が必要だからだった。

こうして清正は本陣を率いて南下した。

「倭軍が一部だけ残して撤収した」

清正が会寧と鏡城から撤退すると噂はすぐに広まった。

「兵士を集めて倭軍を攻撃しましょう」

咸鏡道の評事（正六品の武官）である鄭文孚（チョン・ムンブ）だった。彼は山奥に避難していた官吏や村民たちを集めた。正式な官軍ではない義兵を組織した彼は、直ちに鞠の叔父が掌握していた鏡城府を攻撃した。後ろ盾の清正軍が消えたので彼らの威勢は微々たるものだった。

「逆賊を討て！」

鄭率いる義兵が役所に押し寄せると、順倭（倭軍に協力する者）の朝鮮人は支離滅裂になり、逃亡した。

「あの者の首を斬って、晒せ！」

鏡城府を掌握した鄭は、鞠の叔父を捕らえて処刑し、首を晒した。

「逆賊が処刑されたぞぉ」

朝鮮の諺で「足のない噂が千里を走る」と言うのがある。順倭を率いた鞠が処刑されたという噂は一瞬にして咸鏡道全域に広がった。

「我らも、このままではいられません」

息を殺して隠れていた村人が義兵組織を作り、あちこちで立ち上がった。会寧地域に住んでいた儒学者の呉も仲間と義兵を集めた。

「逆賊の鞠景仁を捕らえなければならない。彼の叔父のように首を晒すべきだ」

「同感です」

呉は、義兵を率いて鞠のいる会寧の官衙（役所）を攻めた。清正軍が退いたので、そこには鞠と順倭の一部のみが残っていた。

「逃げろ」

彼らは、圧倒的な数の義兵に立ち向かうことはできなかった。多くが逃げ、鞠景仁は生け捕りになった。

「言われなくても自分の犯した罪は分かっているだろう。身の安全のために国と朝廷を裏切った罪が一つ、仇である倭軍に仕え、同胞を虐めたり告発したりした罪が二つ。死んでもその罪を償う事はできない。死刑に処する」

そして、鞠と一緒に捕まった一味は、すべて即決で処刑された。

彼らの首級が斬り落とされると義兵は歓声をあげ士気を高めた。

「さあ、逆賊の首を役所の前に晒せ」

義兵将を務める呉が言った。すると、誰かが言った。

「ここでの晒し首もいいですが、こいつの首級を鏡城にいる味方に送りましょう。我らが立ち上がったことを知らせ、互いに力を合わせた方がよいのではないでしょうか」

「ごもっとも」

呉はその提案を受け入れ、鞠の首級を直ちに鏡城にいる鄭に送った。

〈心強いです。これから明川城にいる倭軍を攻撃に行きます。合流を願います〉

評事職である鄭は、呉の率いる義兵に合流を願いながら牛肉と米を送った。

官軍を率いる鄭は義兵の士気を高め、義兵の力を借り明川城を攻撃することにした。この時、明川城には下級官吏出身の順倭が管理していた。他の地域と同じくそこもすでに占領軍がおらず、順倭だけが城を守っていた。鄭は会寧の義兵を合流させ、すぐに攻撃をしかけた。

あっという間に明川城は朝鮮軍と義兵により奪還された。

捕虜となった順倭はすべて斬刑に処された。

鄭の率いる朝鮮軍と義兵が、鏡城と明川城を奪還したという噂は咸鏡道全域にたちまち広がった。これをきっかけに鄭の傘下に入る義兵が増え始めた。わずか数日間で彼の指揮下に集まった義兵の数は七千を超えた。鄭は「勤王兵」の旗を掲げ、占領軍と裏切りの順倭を追い詰めた。勢いを増した鄭は、占領軍が駐屯している吉州城も包囲した。吉州城には、清正が地域を管理するために残した別働隊の精鋭が駐屯していた。

朝鮮軍と義兵の連合軍が吉州城を隙間なく囲むと、占領軍の兵士らは出入りが困難になった。彼らは味方との連絡もままならなく苦戦を強いられた。

「吉州城が完全に包囲され、孤立したそうです」

「何だと！　ろくに戦いもできない朝鮮兵に囲まれて動けないとは、話にならん。突破して追い払えと伝えろ」

安辺にいた清正は、北方の戦況を聞き目尻を上げて怒った。ところが、伝令将は、「朝鮮軍の数があまりにも多く、戦況は厳しいです。城が包囲され、食糧の調達もままならず飢えているようです」と改めて状況を詳しく説明した。

「うむ、寒さの上に食糧まで足りないか。それは大変だろう」

「兵の損失を防ぐためにしばらく南に引き下げるべきと思います」

側近の佐々が、後退を提案した。すると頑固な清正も仕方がないと悟った。

「仕方あるまい。城を捨てるしかないな。春になり再び奪えばよい」と指示を出した。ところが、包囲網が堅く、城を出るのも容易ではなかった。

「援軍を送らなければ城を抜け出すことすら難しい状況です」

「分かった。わしが直接行って連れてくる」

悲観的な伝令将の報告を聞いた清正は苛立ち、自らが兵を率いて吉州城に行こうとした。

「殿！　それはいけません。危険です」

「じゃあ、どうすりゃいいんだ！」

進退極まった清正は怒りまくった。実は、それより少し前、漢城の味方から書信が到着していた。このような内容だった。

〈慶尚道方面で義兵が現れ、各地の防御線が危険な状況。可能な限り早く漢城に撤収してください〉

書状を送ったのは、秀吉の命令で海を渡ってきた石田三成だった。正に泣き面に蜂だった。

「畜生」

状況を知る側近の佐々は、「殿は漢城にお出でになり、ここは私たちにお任せください」と提案した。

「援軍を連れて吉州城の兵を救います。脱出に成功すれば追って殿の本陣に合流します」

「一体、何でこんなことになってるんだ」

朝鮮入りして以来、清正は朝鮮軍といくつかの戦に連勝し意気揚々だった。ついでに満州まで支配しようとしていた。北方の寒さから一時凌ぎするつもりで南下したのに、突然、戦況ががらんと変わった。好戦的で頑固だった彼も、さすがに寒さと突然の戦況の悪化に戸惑った。

しばらく、考え込んだ清正は、「よかろう。その通りにせよ」

清正は、佐々の提案を受け入れた。

「必ず兵を救出し退却せよ。少しの間違いもあってはならない」

そして、佐々に五百の兵士を預けた。

「肝に銘じます」

「もし、朝鮮軍の抵抗が激しい場合は、二人の王子を処刑すると脅せ」

「承知いたしました。では」

佐々は直ちに吉州城に向かった。そして、死傷者を出したものの吉州城に孤立した兵士を連れ、安辺に戻ることができた。

「あっぱれだ」

佐々が安辺に着いた時、漢城に向けて先に発ったはずの清正がそこに居残って、佐々の手柄を高く称賛した。清正が安辺に居続けた理由は、その地域に対する未練があったからだ。彼は自分が咸鏡道のみならず満州までも支配したかった。

「冬が過ぎれば、軍を再整備して占領地を広げることができるのに」

清正は占領地を手放し、漢城に後退することを、到底受け入れ難かった。一方、漢城にいた総大将の宇喜多は清正が自分の命令を無視すると思い、再び伝令を送ってきた。

〈直ちに撤収せよ。さもなければ抗命と見なす〉

宇喜多が送ってきた書状は正に命令書だった。いくら清正が頑固であっても、度重なる命令に逆らうことはできなかった。なぜなら宇喜多は秀吉が任命した朝鮮地域の総大将だったからだ。彼の命令に反発することは、正に秀吉の命令に背くことと同じだった。

「畜生、臆病者めが」

「仕方あるまい。漢城に向かえ」

清正は旧暦二月中旬、捕まえた二人の王子を連れて安辺から撤退を始めた。二番隊が安辺を出る時も大雪が降った。朝鮮に渡ってきた二番隊の兵士たちは、最初は九州では珍しい雪を見て喜んでいた。ところが、次第に四方が雪に埋もれ、肌に染み込む北方の寒さには疲弊した。

「何で、こんなに雪が降るんだ。もううんざりだな」

白く雪に覆われた城外は景色として見るには良いが、暮らすには大変だった。それで、撤収が決まると兵は内心喜んだ。

「ギュッ、ギュッ」

先頭に立った清正と近衛隊は雪上にはっきりとした馬の蹄と足の跡を残した。その跡を追って兵士らは付いて行った。二万に近い兵の足跡はごちゃごちゃに広がって、だんだん硬くなっていった。

列の末にごちゃごちゃになった足跡の上を滑りながら追って来る者たちが見えた。彼らの服は汚れ、灰色になったチョゴリ（朝鮮服の上着）とズボンを履いていた。他ならぬ清正軍に協力した順倭の朝鮮人だった。鍋島に協力した陳と妾、娘もそこにいた。

「どこに行くのですか？」

「俺も知らない。しかし、ここに残っていたら反逆の罪でいつ死ぬか分からない。倭兵に付いて行くしかないんだ」

後方で二十名ほど朝鮮人が固まって朝鮮語で話し合っていた。

「お父様、お母様。私は行きたくないです」

陳の娘は、言葉も通じない占領軍の慰み者になるのが嫌で拒んでいた。

「死にたいのか。ここに残ってどうするつもりなんだ。義兵に捕まれば逆賊にして即、首が飛ぶぞ。何、寝ぼけたことを言ってるんだ。黙って付いて来い」

陳と倭軍の協力者は、撤退が決まると付いて行くことを決めた。一方、村に残った者はほとんど処刑されたと、後になって伝わった。

明国の総兵官、李如松

李如松（リ・ジョショウ）は明国の武将である。彼の祖父は元々、朝鮮平安道の禿魯（トクノ）という地域に住んでいた。人より頭一つくらい身体が大きかった。ある日、川の水を管理する官員と水税問題で言い争いになった。彼は無理強いする官員を両手で押しのけたが、その官員はあっけなく倒れて死んでしまった。

「官員を殺してしまった。ここではもう暮らせない。逃げよう」

一家の長だった彼は、親族を連れて鉄嶺の険しい峠を越えた。そして咸鏡道の山村に移住した。周囲が山に囲まれた咸鏡道では官の取り締まりなどはなかった。生き延びるために、彼は親族と一緒に山の斜面を削り田畑を作った。そして、食糧のために一生懸命に耕し生計を立てた。田畑ができるとそこに小さな同族の村落ができた。いわば焼田畑民の村だった。苦労はあったが、彼はそこに暮らし家系を繋いだ。そして、子が生まれ、成長した。その一人が李成梁（リ・セイリョウ）だった。李如松の実父である。成梁は親譲りか人より首一つ大きい体つきだった。体格もたくましく力の持ち主だった。

「将来的に、武将として出世するだろう」

彼の体格と力を見た親と村人たちは彼に期待した。彼も幼い頃から褒め言葉を聞いて育ったせいか、「武将として出世しよう」と心中、そのような意欲が芽生えていた。

「イヤーッ、イヤーッ」

「力ではお前に比肩する者はいないだろう」

青年になり、気骨はさらに大きくなった。しかも武術を修練していたので、彼の力に匹敵する同年代はほとんどいなかった。彼と相撲を取ると皆、舌を巻いて尻込みをした。物心が付いてからは武術だけでなく武官職の科挙（官僚試験）のために本も読んだ。

「武官職は決まったも同然だ」

熱心な彼を見て誰もがそう思った。ところが、科挙を受けようとして、彼の出身と身分が問題となった。彼の父親が過去を隠すため身分を証明できる全てを捨てたため、身分を証明するすべがなかった。結局、彼に受験は許されなかった。

「ちぇっ…、出身と成分で国の棟梁となる材木の将来が塞がるのか。こんなところに何の希望があるだろう。『民を天として思え』という儒教の教えはどこにあり、王の慈悲はどこにあるのか。出生を立証できなければ、いくら才能があっても、夢を広げることすらできない。こんな国に未練はない」

彼はそのまま中国の遼東に渡り、明国に帰化した。明国の人になった彼は、最初は末端兵士である兵卒として軍務に従事した。丁度、その折に満州では北方蛮族、つまり女真族が勃興した。そして彼はその討伐戦に参戦した。力持ちで体が大きく、武術を身につけた彼は多くの戦で本領を発揮した。手柄をあげたことで彼は明の朝廷から遼東地方の方伯（地方の首長）の官職を授かった。

「両班だけが出世できる国、朝鮮を捨てて良かった。もし、その地に残っていたら賎民の身分で差別され、苦労ばかりしただろう。それだけではない。両班に生まれたといって偉ぶる奴らに膏血を吸い取られ、おそらく腹が立って早死にしてしまっただろう。でなければ、親父のように官員と大喧嘩をして逃げ回ったかもしれない。その地を抜け出し本当に良かった」

地方の方伯であるが、官位を授かったことに彼は喜んでいた。正に感無量で、胸一杯だった。それだけ彼の心の中には両班の国である朝鮮に対する恨みが大きかった。彼にとって、朝鮮は祖国としての懐かしさよりも、差別を味わせた国だった。武将として出世しようと努力した自分の忠誠と国への愛が差別によって憎しみに変わったのである。

「愛が憎しみに変わるとさらに怖くなる」

という謂れがあるように、祖国で差別を味わった彼は、むしろ祖国からの裏切りによる憎しみが非常に大きかった。

「たかだか辺境のちっちゃな国であるくせに」

明の方伯として出世すると、朝鮮自体が小さく見えるようになった。方伯になった彼は、統率力に長けていたので、満州族を上手く統治し、一部の満州族を兵士として従わせた。当時、満州地方では女真族が頻繁に反乱を起こしていた。

「私に付いて来い。戦功を立てれば褒美を与えよう」

彼は指揮下の兵を率い、いくつかの反乱を鎮圧した。その時、彼に協力した女真族の一人が、後に満州を統一するヌルハチだった。

とにかく、女真族の反乱を鎮圧したことにより彼の名声は遼東地方だけでなく明の都まで広まった。遼東地方の満州族が勃興し、明朝としても頭を悩ませていた。彼の活躍に明の皇帝は喜び、彼を遼東地方の総兵に任命した。総兵とは総司令官に当たる官職のことであった。名将として彼の名前がたちまち中国全土に広まった。

「朝鮮の使節がお礼に参りました」

「そうか。連れてこい」

彼が遼東の責任者になると、朝鮮から派遣された使節は必ず彼に礼を尽くさねばならなかった。使節の責任者は、ほとんど王の側近か、王室の偉い人ばかりだった。ところが、朝鮮では偉いかもしれないが、彼にとっては朝貢国の大臣にすぎなかった。使節は彼の前では腰を低く曲げなければならなかった。

「わしのことを知っているのか？　もともと朝鮮生まれだ。そちらの国である朝鮮で武将になろうとしたが、科挙を受けることさえできなかった。私はそれで朝鮮を捨て天子の国であるここに帰化したのだ。ウハハハ。そなたらが賎民と差別し科挙も受けられない者だが、ここでは総兵官になったのだ。そなたらが賎民扱いした者に礼儀を表するこのことをどう説明すればいいのか。ウハハハ」

李成梁は、朝鮮の使節が訪れる度に必ず上座に座って見下ろしながら使節をからかった。朝鮮の使節は彼の前で赤面し、戦々恐々とするしかなかった。

「ここは朝鮮とは風習や慣習が違う。朝鮮では偉いかもしれないが、ここでは違う。気を付けた方が良いぞ」

朝鮮の使節が途方に暮れた表情を見せれば見せるほど、彼は使節を虐めるのを楽しんだ。

なお、彼は精力も溢れたのか、本妻と妾との間に生まれた息子のうち、九名が武将として活躍した。その中、四人が参将として正二品以上の職を歴任し、人々は彼の息子らの勇猛性について「李家の九名の虎将」という意味で、「李家九虎将」と呼んだ。如松は、彼の長男だった。彼も実父の成梁に似て気骨があった。実父の影響を多く受けた彼は、幼い頃から武将になることを夢見た。青年になってからは実父に従って戦場に赴き、父の参将（副官）としても活躍した。そして、多くの軍功を立てた。実父や兄の活躍に刺激され、彼の弟たちも武将として成長した。父親をはじめ、親子が多くの武功を立てると明の朝廷は彼の家門を名門家として認めた。

文禄の役が起きる少し前、遼東地方で女真族の反乱が起きた時だった。長男の如松が征伐軍の大将に任命され、彼は弟たちと共に乱を迅速に平定した。如松はその功績が認められ、提督の官職を授かった。

兵部尚書の石星はこの如松の功績と昇進を耳にし、彼に飛脚を送った。

〈朝鮮の情勢が危うい。李将軍を総兵官に任命するので直ちに指揮下の兵士を連れ朝鮮に渡ってほしい〉

皇帝から全権を委任された石星は、李如松を援軍の総兵官として任命する措置を行った。

「承りました」

兵部長官の命令を受けた李如松はすぐ朝鮮に向かった。李如松が朝鮮との国境である鴨緑江に着いたのが文禄元年（1592）の十二月上旬だった。

「お待ちしていました、総兵官様」

彼より先に遼東に到着していた官吏の宋応昌（ソウ・オウショウ）が李如松を迎えた。

「兵はどのくらい集まったのか。これから朝鮮に渡らなければならない。兵士と兵站の状況を報告しなさい」

「はい。急いで集めましたが、兵士の数は四万三千です。もし、足りないと仰ればもっと集めておきます」

「四万あれば十分だろう。ご苦労だった」

李如松は宋の労をねぎらった。四万なら敵軍を撃退するには十分と思った。

「楊元（ヨウ・ゲン）は左脇将、李如栢（リ・ジョハク）は右脇将を務めろ」

楊は如松の腹心であり、如栢は彼の実弟だった。総兵官である如松は、自分が中軍を務め、最も信頼する部長と弟に左、右の脇将を任せた。

「八千の兵を残す。後方から兵站支援をしてくれ」

兵站の調達のために八千の兵力を遼東地域に残した。李如松は朝鮮の兵站状況がよくないと推察し、遼東から兵站を調達するつもりだった。野戦経験が豊富なだけに戦において兵站がより重要であることをよく知っていた。

「では、出陣だ。先鋒隊はまず川を渡れ。川を渡った後、先方の様子をよく観察せよ」

まず、遊撃将に兵士一千を与え、先鋒隊として鴨緑江を渡らせた。師走（陰暦十二月）の鴨緑江はカチンカチンに凍っていた。

氷上には、北風が冷たい音を立てて吹いていた。

「なんて冷たいんだ。寒さが身にしみるぞ」

厚い綿入れの服にもかかわらず、厳しい寒さは遼東の兵たちの肌を刺した。

先鋒隊が無事に川を渡り、大きな旗を左右に振った。「安全」という合図だった。李総兵官が右手に握っていた軍配を高く持ち上げた。

「全軍進軍！」

それを見て指揮官が兵に進軍命令を出した。

「ブウーン、ブウーン」

河岸から鳴り出したラッパの音が川の上に広がった。

「川を渡る」

如松は脇将である楊元と弟の如栢を左右に従え、神輿（みこし）のような駕籠（かご）に乗って川を濆った。彼は鎧と兜の代わりに赤い絹の服を身にまとっていた。駕籠も色とりどりの絹で飾られていた。その様（さま）は武将ではなく、貴族の諸侯の姿だった。

川が凍っていたため、明軍は船を使わず、徒歩で氷上を渡河した。真っ白に凍った川の上を冷たい北風が音を立てて吹き抜けた。それでも兵は一糸乱れず総兵官の乗った駕籠の後ろに付いて進軍した。

「川が凍っていて幸いだ。馬と大砲、兵站を船で運ぶとなると手数と手間がかかっただろう」

鴨緑江の冷たい風が頬をなでると、冷気を感じた兵士たちは自らを慰めるようにつぶやいた。

総兵官の前後にいる近衛の旗が北風になびいた。川を渡る兵士の槍が天を突き、旗が川を覆った。総兵官の駕籠を囲んだ軍勢は士気が高く、壮観を演出した。

「殿下、天朝の大軍が鴨緑江を渡ってきました」

明の大軍が鴨緑江を渡ったという知らせが朝鮮王のいる行在所（あんざいしょ）にも伝わった。

「大軍だと。数はどれくらいになるのか？」

「鴨緑江を覆っており、隊列が丘まで続いたそうです。肉眼でも四万は超えるそうです」

「おお、それはそれは。間違いなく本当の援軍だろう」

先日、趙承勲（チョウ・ショウグン）が先発隊を率いてきて、平壌城の一番隊に敗れ、逃げ出したことがあった。それを知る王は、「大軍」と聞き、顔色が明るくなった。

「では、余が天朝の兵士を出迎えよう」

王が承旨に言うと、「恐縮でございます。そうなされば間違いなく天軍の士気が高まるものと思われます」

「早く支度をしなさい」

王の指示で、義州の官衙（役所）にいた王と大臣らは迎賓館に向かった。洪純彦（ホン・スンウォン）が訳官として王に従った。

王は漢城を抜け出した折に、急ぐあまりに王が身に纏う龍袍（よんぽ）を持たず、平素の服のみで飛び出していた。そして、王は絹の上に模様もない普段着を着て迎賓館で李如松を迎えた。ところが、鴨緑江を渡ってきた李如松の服装は、武将の鎧ではなく、華やかな色彩の絹の服に装飾がぶら下がっていた。しかも、李は堂々とした体格である。彼は背筋をまっすぐ伸ばして王に接し、中背である王は腰を曲げて李如松を迎えたので、李如松が王で、王が臣下に見えた。

「こちらの不徳と過ちで皇帝にまでご心配をおかけすることになりました。そして、天朝軍がこのように遠くまで遠征するというお手数とご苦労をおかけすることになりましたこと、誠に申し訳なく思います」

王は明の皇帝に対し申し訳ないという意味で頭を下げたのだが、李如松はまるで自分が皇帝になったように挨拶を受けた。そして、軽く微笑みながら声を低くして通訳に言った。

「皇帝のご慈悲とご配慮で援軍を派遣しました。天子の援軍が来た以上、これからは何の心配もないでしょう。敵はすぐに殲滅されるか、逃げることになりましょう」

李如松は傲慢な態度で話したが、洪は丁寧な朝鮮語に変えて通訳した。それを聞いた王は再び頭を下げた。そして、嬉しそうな表情で李如松の左右に並んでいる武将にも丁寧に腰を曲げて礼を示した。

「シエシエ（謝謝）」

左右の脇将は両手を合わせて王に返礼を示した。すると、後方で誰かが咳払いをした。気になって王がちらっと見たら他ならぬ趙承勲だった。彼は副総兵の資格で李如松に従ってきたのだった。すでに王と会っていた彼は自分の存在を知らせるつもりで咳払いをしたのだった。ところが、王は知らぬふりをして彼には礼を表さなかった。彼が平壌城の戦いに敗れた後、明国に戻り朝鮮側を誹謗中傷したことを知っていたからだ。

「では、すぐさま南下します」

朝鮮側の迎賓が終わると、李如松は直ちに義州を発ち、南に進んだ。

「よかった、よかった」

以前、明兵に被害を受けたことがある義州の朝鮮民は、明の大軍が川を渡って来ると怖気づいて緊張したが、すぐに南下したため胸をなでおろした。

南下した李如松の明軍は正月三日に粛川(スクチョン)に到着した。平壌から二十里離れた地だった。

「お疲れ様です、大将軍。ようこそ、お待ち申しておりました」

そこでは朝鮮の大臣である柳成龍(ユ・ソンリョン)が明軍を迎えた。彼は平壌以北における全ての軍務を管掌する責任者だった。

「大将軍の御尊名はかねがね伺っておりました。いずれお目にかかりご挨拶をと願っておりましたが、なかなかお目にかかることができませんでした。倭乱が勃発し、このような混乱の局面でお目にかかることになり申し訳なく存じます。やっとお会いできて光栄に思います」

学識や人格が感じられる柳の丁寧な挨拶を聞いて、李が答えた。

「倭敵の侵入に遭いご苦労なことでありましょう。天兵が来たからには心配ご無用です。朝鮮の軍務を総括するという役であれば、我が天朝軍が戦いに不便がないように後方支援をお願い申したい」

李は王の前とは違って、威張ることもなく真摯に頼む様子だった。

「仰せの通りに最善を尽くします。必要なことがあれば何でも仰ってください。ここに倭軍の兵力と配置などを記録しておきました。役立てて頂きたいです」

柳は、自分が準備した平壌の地図を丁寧に渡した。地図には平壌城の地形が詳しく表示されており、一番隊の配置が分かりやすく記入されていた。受け取った地図をしばらく凝視した李は、改めて柳を見つめ直した。そして、言った。

「武将でもない貴殿がこれを？　これは肝心たるもの。大いに役に立つでしょう。兵法をよくご存じのようですね」

「恐縮でございます」

相手に関する情報が乏しい李は、柳から渡された地図に非常に満足した。歓迎を受けた時には戦を知らないただの文官だと思い、むしろ戦を邪魔するのではないかと憂慮した。が、地図を見て、柳に対し興味津々な表情に変わった。

「ところで、敵の戦力はどうですか？」

認識と態度が変わった李は、柳にさまざまなことを聞き始めた。

「槍を持った兵士たちはあまり怖くありませんが、鉄砲隊は威力があり、手強く、警戒が必要です。朝鮮の兵士が多くやられたのはその鉄砲です」

「心配ご無用。我が軍には大砲があります。大砲に比べれば鉄砲は子どもの玩具にすぎないでしょう」

相手の鉄砲を怖がっている柳の話に李は、柳が鉄砲の威力を誇張していると思い、そう言い返した。

「とにかく、知彼知己、百戰不殆。(相手を知り、己を知れば戦に負けることはない)と言われています。相手の戦力を探ってみましょう」

李如松が『孫子』の「謀攻篇」の句を引用すると、柳は、「不知彼而知己、一勝一負。不知彼不知己、毎戦必殆。(相手を知らず、己を知れば、一度勝って一度負けるかもしれないが、相手も知らず、己も知らなければ、すべての戦に負ける)」という、その後の句を思い出し「はい」と答えた。

すると李如松はすぐ、「和平を装って倭軍を誘引しろ」

傍にいた側近にそう指示した。

「はあ。直ちに遂行します」

査大受（サ・ダイジュ）という武将だった。査は、先発隊を率いてそのまま順安に下った。順安の先が平壌で、平壌の南の外郭には大同江が流れていた。順安は北側から平壌に入る入口で、大同江は平壌の南側の入口だった。

「平壌城に入り、倭将にこの書札を渡せ」

順安に到着した査はすぐに平壌城にいる行長に使節を送った。行長は明の使節が平壌城に来たという報告を受けた。

「やっと帰ってきたか」

行長は、査が送ってきた使節を沈惟敬が送った者と誤認した。沈が明国に戻った後、彼からの消息を待ち続けていた。沈が提案して成立した五十日間の休戦期間はとっくに過ぎた。なのに彼からは何の連絡もなかった。

「今後どうすべきだろう」

行長は沈からの連絡を待ちながら悩んでいた。全ての戦線は膠着状況になり、行長は平壌城に足止めになっていた。しかも、日本にいる秀吉からは再三にわたり戦況報告するように催促があった。

「どうすればよいか」

秀吉から求められることは朝鮮の王を生け捕りし、明国を討つことだった。ところが、長い遠征で兵は疲弊していた。兵量も足りずこれ以上、北上すれば後方が危なかった。途方に暮れた行長が頼る解決策は、沈から届く講和だけだった。

ところが、「少し変だな」と行長は首をかしげた。

沈が城まで直接来ずに使節を通し書状を送ったという報告を聞いた行長は一瞬そう思った。沈は一次会談の際には近衛も従わず訪ねてきたほどだった。

〈講和交渉をしたい。今、順安にいる。来てほしい〉

使節から渡された書札の内容だった。

「うむ、何らかの事情があるだろう。とにかく城に案内せよ」

行長は直ちに側近の竹内に迎接使として順安に行くように命じた。

「中国語の通訳が必要です」

「分かる者を連れて行きなさい」

中国語と日本語の通訳には中国出身の張大膳（チョウ・ダイセン）という男が選ばれた。彼はもともと中国浙江省の人だった。官員だったが、浙江省が倭寇に襲撃された際に捕虜として日本に連れ去られていた。長崎の奴隷市場で人身売買され、九州の肥後に住んだ。漢字が分かる識者で、日本語を漢字で記録し日本語を身につけた。中国語式発音が独特ではあったが、長い間日本に住んでいたので、母語の中国語と外国語の日本語が喋れた。行長は明との講和交渉を予見し、彼を朝鮮に同行させた。

通訳の張を帯同して順安に出向く竹内は、彼以外にも鉄砲兵と足軽を連れていた。一方、順安にいた査は、あちこちに伏兵を配置し待ち伏せした。

「わざわざ、ありがとうございます。ご好意に感謝します」

張の通訳を通じて互いに挨拶と御礼の言葉が交わされた。査の顔から笑みが消え、陰険な表情が一瞬見えた。

「こちらへどうぞ」

そして、再び頬笑みを浮かべながら竹内を案内した。実は、査は竹内を行長と勘違いしていた。

「敵将を捕らえるいい機会だ」

査は、竹内と近衛兵を親切に接する振りをした。

「袋のねずみだ」

竹内らを陣幕の中に引き込んだ査はそう思った。

「ほお、これは」

陣幕の中には横に広い食卓が置かれ、その上には海の幸が用意されていた。歓迎の雰囲気に竹内が反応した。

「わざわざこんな御馳走を用意してくださり誠にありがとうございます。ところで私は代理で来た者です。直ちに城に案内いただくように言われましたので、速やかに城に向かいたいのです」

竹内は自分を行長と勘違いしていることに気付き、伝えた。すると通訳を通して聞いていた査の表情が一瞬で変わった。

「何だって！」

代理だったことを知った彼はがっかりした。すると一人で食卓の前にどっかり座った。そして、酒が入った瓶を持ち上げ磁器の器に酒を注いだ。

「お疲れです。大将がいらっしゃると思い用意したが、折角なので飲みましょう」

食卓を挟んで査と竹内、そして通訳の張が座った。近衛兵らは食卓から少し離れたところで竹内を囲んでいた。残りの兵士は陣幕の外で待機していた。

「さあ、とりあえず酒を受け取りください」

査が竹内に酒を注ぎ、そうして杯が何度も回った。飲みながらも査は何かを考え込む表情で、酒に弱い竹内は酔いが回り警戒が緩んでいた。朝鮮に渡ってきて戦には連戦連勝しながらも、握り飯一つで飢えを凌ぐこともあり、いまだ配給は十分ではなかった。

竹内と張は「旨い」と謝謝を連発した。

「ちょっと失礼します」

査が小便でもするような仕草で陣幕の外に出た。

「おい、これを食べてみな」

竹内が立ったままの近衛兵に食卓の食べ物を手で取り進めた。

「来る前に早く食え」

と同時に、陣幕の外から騒然とした音が聞こえた。

「何かあったのか？」

竹内が張と一緒に席から立ち上がろうとした。

「ブヤオウドン（不要動／動くな）」

槍や剣を手にした明兵が入ってきた。

「何のことですか？」

張の口から中国語が飛び出した。明兵は竹内ら一行を全て捕縛した。

「騙された」

陣幕の外で待機していた鉄砲兵と足軽のうち何人かは竹内が捕らえられるのを見て逃げだした。

「捕らえろ」

「パン、パン、パン」

念のために火縄に火を付けていた鉄砲兵が逃げながら発砲をした。後を追って来た明兵が鉄砲の轟音に肝を潰して身を隠した。そして、五名が無事に平壌城に辿り着いた。

「何と！」

生還した兵士から報告を受けた行長は予想と違った結果になり、大変驚いた。竹内が捕らえられたこともそうだったが、それより講和交渉が決裂したことに大いに失望した。

「策略です。明軍が講和する気であれば使節を捕まえるはずがありません」

内藤如安（ないとうじょあん）の見方だった。

「うむ」

行長は彼の意見に頷くしかなかった。

「講和交渉は当分難しいだろう。全軍は直ちに防御態勢に入れ。明軍は必ず攻撃を仕掛けて来る」

「はあ」

行長の命令により、平壌城内の兵士らは慌ただしく戦闘態勢に変わった。平壌城の防御のため、城内には防御陣地を築き、堀を掘ったりした。城壁から視野の良いところに見張りを立てて、城壁毎に鉄砲隊を配置した。傾斜面の城壁からは下方が良く見え射程圏が確保できた。

「私は何をいたしましょうか？」

「おお、キム、捕虜たちに仕事をさせろ」

「分かりました」

汚れたチョゴリと幅広ズボンの男が兵士と日本語で話し合っていた。その男の日本語は少し訛っていた。服装から見て朝鮮の良民であることは明らかだが、日本語で会話していた。日本の兵士も他の朝鮮人とは違って、彼には監視や警戒をせずに親密に接する様子だった。

「イゴルナルナヨ（これを運びましょう）」

彼は、朝鮮の人々が集まりうずくまっているところに行って、朝鮮語で話した。話しながら顔をあげた。その顔は他でもない金ソバンだった。東莱城で捕虜となり、荷物運びとしてここまで連れて来られた。東莱城の戦いの後、空き家に隠れていたが捕虜となり、妻と息子、娘と離れてしまった。

「倭軍に協力するなんて逆賊になるぞ。倭敵の手先になるとは」

金ソバンが朝鮮人に指示すると中年の男が低い声で彼を非難した。

「何だと」

その声を聞いた金ソバンは敏感に反応した。

「何でもありません」

一緒にいた人が喧嘩を止めようとその男を庇った。

「では、私と一緒にこれを城壁に運びましょう。でないと罰を受けますよ」

金ソバンは怒りを抑えた後、自ら先に石を拾い城壁に運んだ。朝鮮の人々は金ソバンに従った。

『いくら何でも僕の気持ちを推し量ることはできないだろう』

東莱城で捕虜となった金ソバンは一番隊と常に行動を共にした。漢城に北上する時、尚州の戦と忠州の戦を経験した。戦の度に荷物を運んだ朝鮮人捕虜は、太い縄で縛られたまま後方に座らされた。そして兵士の監視を受けた。戦が終わると、首に太い縄が掛かったまま、兵站を担当した兵士の指示を受けた。捕虜の彼らは軍需物資を背負って車を引き、一番隊と強行軍をともにした。ろくに食べることもできず気力が衰えて倒れる捕虜もいたが、彼らはそのまま捨てられた。幸いなことに捕虜となり従う者には虐めたり、苦しめたりはしなかった。逆に逃げたり、仮病を使う者は容赦なく処刑された。

「妻と子を探すためには付いて行くしかない」

金ソバンは捕虜として捕まった後、妻と子どもたちのためにひたすら耐えた。

「いずれ必ず探し出す」

重い荷物を運びながらも彼は兵士の目を避けて、自分が辿ってきた道を注意深く、頭に刻んでおいた。

「うわぁ、ここが上様のいらっしゃる都城なのか」

漢城の東大門を通過した時、自分たちが捕虜であることも忘れ、雄大な城門と城壁を見上げた。しかし、金ソバンはひたすら妻と二人の子の安否を気遣い、漢城の雄大な城門などに目が届くはずがなかった。

漢城を占領した一番隊はそこで約十日間、滞在した。指揮部が治安維持の名目で都城の朝鮮の人々に普段のように生業をすることを保障した。しかしながら、釜山鎮城と東莱城から捕虜として連れてきた者たちを放してくれることはなかった。

「捕虜は捕虜、都城の人は都城の人」

理由は至極簡単だった。

「僕らに何の罪があるのか。城にいて捕まったというだけじゃないか」

「そうだ、そうだ」

「何でだ。都城の人は人間で、僕らは動物扱いか」

「ここまで重い荷物を運び、助けたのに褒美どころか差別するなんて。逃げるしかない」

「そうだ。それしかない」

皆、不満を抱いていた。それもそのはず、都城の人々には自由が許され、捕虜になった彼らは、拘束され続けていた。

ところが、金ソバンにはそんな不満の声も耳に入らなかった。

『妻と子を探すためには倭軍を離れまい。一緒に行動しないと』

占領軍である一番隊が漢城に滞在する間、彼は妻と子の消息を知るためにあらゆる努力をした。まず、朝鮮語が話せる兵士を見つけ出した。対馬出身の兵士の中には朝鮮語を話す人が多かった。

「あのう、お話があります」

「うん。何なんだ？」

彼は、人柄がよさそうな人に近づいた。

「あのう、これをどうぞ」

金ソバンは朝鮮語で声を掛け、ズボンの腰の部分を丸めて指輪を取り出した。大事に隠していた物で、周りを一瞥して兵士の手にそれを握らせた。

「妻がいないのに玉の指輪を大事にしても仕方がない。妻と子が見つかれば、もっと良いものをやればよい」

それは妻の指輪だった。避難する際に持ってきた。

「イゲモヤ？（これは何物か？）」

兵士も朝鮮語で返した。

「玉の指輪です」

兵士は手のひらの指輪を見た後、ちらっと金ソバンの上下を見回した。

「何を望んでるのだ？」

兵士が理由を聞くと、金ソバンは声を低くしてささやいた。

「私に言葉を教えてください」

「言葉？　我が言葉をいうのか？」

「はい、そうです」

「何のつもりだ？」

兵士は金ソバンを横目で睨みながら追及した。彼の名は与右衛門（よえもん）。対馬の出身で、商人の家系だったため、幼い頃から朝鮮語を習った。

朝鮮では、朝廷に司訳院（サヨクウォン）（通訳養成所）を設置し、中国語である漢学と倭学、女真学、モンゴル学の四つの通訳部署が設けられていた。朝鮮の科挙制度は、大きく文科、武科、そして雑科に分けられていた。雑科には文、武科の受験が禁じられた庶子出身が主に受験した。雑科には医科と訳科などがあり、訳科を選んだ者たちが司訳院に属し、通訳と外交の業務を担当した。外交を大事にする朝鮮としては国家機関が官吏として通訳を養成し、活用した。

一方、日本では朝鮮のような朝廷の機関がなかった。戦国時代に入って、京都にある朝廷が有名無実で、中央政府の役割を果たすことはできなかった。したがって、朝鮮との外交と通訳は対馬が担っていた。対馬では朝鮮の司訳院のような公的機関を設置することはできず、代わりに商人集団にその役割を任せた。対馬には昔から朝鮮との交易を専門とする六十人の商人集団があり、彼らが朝鮮との交易を独占していた。

当時、日本の貿易中心地は堺だった。堺が南蛮、つまり西洋を対象にした交易の中心地なら、中国の山東半島や朝鮮を対象にした交易の中心地は対馬だった。交易のためには相手の言葉を理解することは必須だった。朝鮮語や朝鮮文化に詳しい通訳は信頼された。朝鮮に詳しい彼らはそれだけ情報も多く商売の利益にも直結した。いわば朝鮮語の能力で結ばれた人脈により交易の成敗が左右されたのである。朝鮮語を駆使する能力と人脈は、まさに彼らの貴重な家宝だった。よって、商人集団は交易に必要な朝鮮語を絶対、他人には教えなかった。家伝として家門の若者にだけ伝授された。

対馬の島主は朝鮮の朝廷と外交をする時、彼らが長い間、蓄積してきた言語能力と人脈を外交手腕として活用した。朝鮮から通信使が渡ってきたり、公式の接触があった際には、必ず臨時に採用され、通訳や外交を担当した。だから、商人集団を通さずに朝鮮と外交を進めることは難儀だった。つまり、日本において朝鮮との窓口は彼ら商人集団が主導権を握っていたと言っても過言ではなかった。

今回の朝鮮出征にも通訳と交渉のために島主の義智は商人の家から十三人を連れてきた。与右衛門はその一人だった。家風によって、幼い頃から武術よりも朝鮮語と漢学を学んだ。年齢は二十代後半だったが、何度も朝鮮と山東半島に行ったことがあった。

朝鮮出征に狩り出され、兵士兼通訳を担当したが、もともと兵法や戦には疎かった。だから戦が始まると彼はいつも後方にいて修羅場を避けてきた。

「どうか助けてください。妻と子が東莱城で兵士に連れ去られたんです」

金ソバンは、必死に東莱訛りの早口な朝鮮語で、助けを乞うた。

「何だって。ゆっくり話してみて」

訛りが強く、聞き取り辛かったのか、与右衛門は金ソバンを落ち着かせた。

「はい。女房と子ども二人が兵士に捕まって連れて行かれました」

金は、今度はゆっくり喋った。

「それは気の毒だ。しかし、捕虜であるそなたが我が言葉を学んでどうするつもりだ」

「捕虜は海の向こうに連れて行かれたそうです。なので妻と子を探しにそこへ行くつもりです。是非、お助けください」

「海を渡って、我がところに行くというのか？」

「そうです」

「どこに連れて行かれたかも分からないだろう」

金ソバンの話を聞いた与右衛門は、彼の話を聞き哀れに思った。

「言葉が分からなければ、あの地で何もできないでしょう。地獄に落ちても必ず妻と子を探し出すつもりです」

与右衛門は、対馬にいる自分の妻と子どものことを思い出した。彼の気持ちが伝わってきた。

「分かった。暇の折に少しずつ教えてやろう」

与右衛門は玉の指輪を懐に入れながら快く答えた。

「カムサハムニダ（有難うございます）」

その後、与右衛門は暇がある度に金ソバンに日本語を教えた。朝鮮語を学んだ経験があるから教え方が上手だった。幸い、一番隊は漢城に滞在しながら捕虜を厳重に監視しなかった。監視が緩んだため多くの捕虜が逃げたが、逃げた捕虜を特別に捕らえようともしなかった。すでに、漢城と周辺地域を占領した指揮部は、都城の朝鮮民に通行証を発給するなど、なるべく占領地の良民が自由に生業に従事し、元の生活を取り戻すよう勧めていた。荷物運びなどに必要ならいくらでも動員できたため、捕虜を厳しく取り締まる必要を感じなかったからだ。金ソバンもその気になればいつでも逃げることができた。

しかし、金はそうはしなかった。

『死んでも倭軍についていないと妻と子に会えなくなる』

釜山鎮城と東莱城から連れてこられた捕虜の中、そのように思った者は金ソバン以外にも何人かいた。

「家族がどこに連れて行かれたかを知るには、ここに留まるしかない」

「それもそうだし、ここから逃げたとしても一体、どこへ行くんだい。下手すればまた捕まって、死ぬか、飢え死にするかだ」

「ここに連れられてきた時に見ただろう。朝鮮の兵士など一人もいないよ。どこへ行っても倭兵だらけだよ」

実際、うまく逃げたとしても行き場がない人が多かった。彼らは故郷を離れたのは初めてだったし、地理も知らなかった。下手に逃げて捕まって死ぬより彼らに協力したほうがましと思う人も多くいた。

「倭軍の中にも良い人はいる」

「それはそうだ。朝鮮の官吏の中にも良い人がいるし、夜叉のような悪い人もいる。倭軍にも良い人はいるはず」

「あの与右衛門とかいう倭兵は、朝鮮語も上手だが僕らのような捕虜を虐めたりすることはしない。僕らを畜生扱いする朝鮮の悪質官吏よりはましだ」

捕虜としての生活が決して良いはずはなかった。ところが、今は離れた家族との唯一の繋がりが一番隊だった。同じ目に遭った彼らは、互いにかばい合った。中でも金ソバンの意思は特に強かった。息子の福男が生まれ、どれほど喜んだか。娘が次々と生まれた後に授かった息子だった。家長として後継ぎができ嬉しかった。他に何も望むことはなかった。

『絶対、倭国に行って、妻と子らを救い出す。そのためには倭国の言葉を知らなければならない』

彼は猛烈に日本語を学んだ。

「これはヤリ（槍）です」

「あれは何ですか？」

「あれはテッポウ（鉄砲）です」

与右衛門に自分が知りたい言葉をどう表現するのかを聞きながら、必死に真似して覚えた。しかし、単語が多くなり覚えづらく、ついつい忘れがちだった。

「ええと、ええと」

金ソバンが教わった単語を表現できず、もたもたすることが多くなった。

「難しいだろう。繰り返し覚えるためには書いておくしかない」

「そうですね。言葉が似ていて覚えづらいこともあります」

「でも良い方だ。ともかく諺文（おんむん）（ハングル文字）は書けるのか？」

「はい。書けます」

与右衛門も、金ソバンの学ぶ意欲が凄く、だんだん真面目になった。そして、金が自分より年上だということを知り本気になった。彼は、丁寧に自分の経験を活かして金に日本語を教えた。

「これを読んでみて」

「はい、これは何ですか？」

そこに書いてあるのが日本語の仮名というものだ。よく見てその横に書かれてある諺文を読んでみなさい。

「ひと（히토 -hito）、やり（야리 -yari）、てっぽう（뎃포 -teppo）、めし（메시 -meshi）」

「よくできたね。そうやって書いておけば忘れないから、これからはそうしなさい」

「分かりました。ありがとうございます」

「ウハハハ」

金ソバンが自分の朝鮮語を聞いて日本語で答えると、与右衛門は金ソバンの機転に感心し笑った。

「ところで、スッ（朝鮮語で炭）は何と言いますか？」

「スッは炭と言うが、なぜ？」

「筆がないからです。炭があれば日本語を書いておきたいです。紙の代わりに服を裏返しにして内側に書いておけばいいですが、筆がないと書けません。筆があっても墨や硯が必要であり、たとえ墨があったとしても、それを持ち歩くことはできません。代わりに炭は携帯しやすいし、筆の代わりに使えるからです」

「それは妙案だ。炭ならいくらでもあるからね」

金ソバンは、炭で日本語を服の表に書き、覚えた。少しずつ日本語が上達し、金ソバンは与右衛門のほかにも兵士たちに日本語で話しかけたりした。流暢ではなかったが、金ソバンが日本語で話しかけると、最初は「ナニ？」と思ったようだが、それが日本語だと気づいて反応を見せた。

「え、どこで習ったの？」

「与右衛門様が教えてくれました」

「そうか。大したもんだ」

金ソバンが日本語ができるのを知った兵士らは、彼に以前よりは優しく接してくれた。与右衛門がいない時には捕虜に関することで簡単なことは金ソバンが通訳をした。

金ソバンは、身につけた日本語を通じて兵士から妻と子どもに関する情報を探った。

「捕虜は対馬と九州に連れて行かれた。東莱城で捕虜になった者なら恐らく主君の領地に連れて行かれただろう。民家に連れて行かれたら農業と雑事をし、城内なら城での雑事を手伝うだろう」

「そこは安全ですか？」

「城にいれば安全だが、民家に連れて行かれたら人身売買で売られることもある」

「見つけられますかねえ？」

「何か方法はあるだろう」

金ソバンが兵士から得た情報は一緒にいた朝鮮の捕虜にもそのまま伝わった。

「可能性はある」

捕虜たちは行方知らずの家族に対し、わずかながらも希望を抱くようになった。金ソバンは兵士らと積極的に交流した。日本語はますます上手になった。

漢城から北上し、平壌城に駐屯するようになると一番隊の指揮部にも金ソバンの日本語能力と協力的な姿勢が伝わった。すると、兵士たちは金ソバンを捕虜としてではなく仲間のように接した。つたない日本語能力だったが、簡単な意思疎通はできた。金ソバンは、兵士らと朝鮮の人々との間にあった言葉の壁を超えた人になった。彼の努力によって、兵士からの虐めは減った。一番隊が平壌城に入城した後、多くの平壌の人々に労働を強いたが、その時も金ソバンが通訳をした。言葉が通じないからといって馬鹿にされたり、虐められたりすることはほとんどなかった。そのような経緯があり、金ソバンに朝鮮民の仕事を統括するようにした。

ところで竹内が明軍に騙され捕まったという報告を聞いた行長はすぐ側近を集めた。対馬の島主・義智をはじめ玄蘇、内藤如安らが集まり、明軍の動きや今後の戦術について意見交換を行った。

「おそらく明軍と朝鮮軍が連合して攻撃にくるでしょう。城に籠り、防御戦を展開するのが有利でしょう」

平戸城主の松浦が言い切った。

「こちらは敵陣です。籠城戦は援軍が来るという前提がなければ取ってはいけない戦術です。城が包囲され、出入りができないと我が軍は身動きが取れなくなり枯死してしまいます。籠城戦よりは戦線を分散させた方が良いと思います。援軍が来なくても生きられる道です。本陣はここの城に置き、一部は城外に出て外郭に拠点を置いて彼らを阻む戦術がいいでしょう。戦況が悪くなった場合には後退することができるようにすべきです。籠城を選んで包囲されるとここで全滅する可能性があります。絶対、避けるべきでしょう」

行長の軍師役である内藤如安が、松浦の籠城戦に反対した。

「他に意見はないか？」

行長が手を挙げて他の領主の意見を求めた。

すると、対馬の島主・義智が如安の意見に賛同した。

「内藤様のお話には一理あります。仰せの通りここは敵陣です。籠城戦は下手すると背水の陣になりかねません。後方支援隊の黒田隊が援軍を送ってくるという保障もありません。城の前には川があるので、渡ることも難儀でありましょう。城を出るべきです」

呼応するように、行長がきっぱり言った。

「いずれも一理はあるが、戦闘においては一番良い戦術を立てるべき。長期戦が続くことを想定すれば、背水の陣を敷くことは良い策とは思わない。勝つことも重要だが、兵士の犠牲をなるべく防がなければならない。戦線を分散させた方が良いだろう」

そして、行長の本陣である肥後隊と対馬隊は平壌城に残り、その他の各部隊は平壌の外郭に分散配置された。

一方、明軍の総司令官の李如松が平壌に向かって南下した後、朝鮮朝廷は判書（正三品）の韓応寅（ハン・ウンイン）と判官の李徳馨（イ・ドクヒョン）に明軍を援護するようにした。そして、妙香山（ミョヒャンサン）にいた僧兵一千五百と四溟（サミョン）大師が率いる僧兵七百が明軍に合流した。

平壌進撃のため主力部隊を率いて粛川（スクチョン）に陣を張っていた明軍総司令官の李如松の元に報告が届いた。

「敵将を捕虜にしました」

「それは大きな収獲だ。直接、尋問するので到着するまで待ってほしい」

敵将の竹内を捕らえたという報告を受けた李は急かした。

「近衛隊は従え！」

李は近衛隊十数旗だけを従えて、順安に向かった。

「平壌城の軍勢や情報を教えれば命は保障する」

李は捕らえられた竹内を直接審問し、懐柔した。

張の通訳を聞いた竹内は口を固く閉じ、「殺せ！」を連発した。

「頑固者」

死ぬ覚悟で口を閉じている竹内の気迫を見て、李は困った。

「申し上げます」

通訳の張が言い出した。

「何だ？」

「兵の数は一万五千くらいです。そして、主力は鉄砲隊です」

張大膳は平壌城の状況を李に詳細に伝えた。

「そうか。分かった」

李は竹内からは何の情報も得られなかったが、張を通じ多くの情報を得ることができた。ついでに張は自分が倭寇に捕らえられたことや仕方なく一番隊に従軍せざるを得なかった状況をくどくどと説明した。

「うむ、分かった」

李は彼のことを聞き、中国語と日本語の通訳として陣中に留まることを許可した。

衝突

時は、年が明けて六日ほど過ぎた、日本の年号で文禄二年、朝鮮では癸巳年（1593）の正月六日だった。

「全軍、出陣だ！」

宿川に陣取っていた明軍が動き始めた。李如松は華やかな鎧をまとい、馬上の人となった。

総司令官が先頭に立つと明軍兵士が彼の後に従った。明軍の軍勢は、まさに天地を揺るがす勢いだった。隊列の後方には車輪付きの大砲が連なった。

「あれは、何？」

「有名なブルリャンキ大砲じゃないか」

明軍の最後方に付き従っていた朝鮮兵が、大砲を見て奇異な表情を浮かべた。

当時、中国では西洋人をフランク族（ゲルマン族）と呼んでいた。そして、西洋からマカオに入ってきた大砲を漢字で「仏狼機」と書いた。中国語の発音では、フランジだが、朝鮮語の漢字音ではブルリャンキ（仏狼機）だった。

「南蛮からの大砲で、砲弾が一里も飛ぶ恐ろしい兵器なんだって」

「では倭軍の鉄砲より強いんだね。それは良かった。あれ一発で倭軍も終わりだな」

「そうだな。心強い」

朝鮮兵たちは、砲身が長く大きな新式の大砲を見つめ、戦いに勝つのは間違いないと喜び、騒ぎ立てた。

「倭軍が城を出て外郭のあちこちで待ち伏せをしています」

斥候により一番隊の動きが総司令官に届いた。

「左脇隊と右脇隊は分散せよ。倭軍を見たら先制攻撃しろ」

「パン、パン、パン」

ところが、郊外で待ち伏せしていた一番隊の兵士らが明軍より先に攻撃を仕掛けてきた。

「気をつけろ」

攻撃を受けた明軍は一瞬たじろいだ。がその瞬間、あの大砲が火を噴いた。

「ドン、ドン」

明軍の反撃である。太鼓を鳴らし、大声をあげながら押し寄せる明軍の勢いはまるで巨大な怒濤そのものだった。

「キャー」

砲弾とともに一番隊兵士の身体が宙に飛び散った。

「鉄砲で阻止できる軍勢ではない。城に後退せよ！」

待ち伏せしていた松浦隊は明軍の大砲攻撃に驚いた。続いて波のように押し寄せる明軍の人海戦術には対抗するすべがなかった。外郭で待ち伏せをしていた兵士たちは平壌城に退くしかなかった。すると明軍は遠くから城を取り囲んだ。

「倭兵は鉄砲をうまく扱います。気をつけるべきです」

「我が軍には一里を飛ぶ大砲がある。心配ご無用」

明軍に従っていた柳が相手の鉄砲を警戒するように言うと、総司令官の李はそれを無視した。既に野戦で相手を追い込み、自信満々だった。

平壌城は自然の山を利用して造られた城だった。高句麗時代の首都、平壌を防御するために建てられた堅固な城だった。内城と外城に分けられ、さらに北には北城があった。そちらには牡丹峰（モクダンボン）と呼ばれる峰が高く聳えていた。城の南は、東からの大同江が西に流れていた。

「東は右脇隊、西は左脇隊に任す」

李総司令官は大同江が流れる平壌城の南側はわざと開けておいた。正月の厳冬で大同江はカチカチに凍りついていた。

一方、行長は峰が聳える北側に鉄砲隊を配した。鉄砲隊は主力であるから上から下へ銃撃するために有利な地形を利用して配置した。

「敵を誘引して城から引き出せ」

包囲を終えた明軍が先に動いた。命令を受けた副総兵の呉が兵を率いて北側の峰に向かった。朝鮮の僧軍が後に付いた。

「パン、パン、パン」

北側で待ち伏せしていた鉄砲隊が一斉に発砲した。

「キャー」

明軍と朝鮮の僧兵の数人が撃たれて転がった。

「退却せよ」

明軍指揮官の呉はすぐ退却命令を出し、明軍兵士たちは下に逃げるふりをした。

「わあぁ・・・」

それを見た一番隊の兵士らが追いかけてきた。足の速い兵士たちが追い付き、逃げる明軍を槍で刺した。

その時だった。

「わあぁ」

傾斜の下に身を隠していた明軍が逆襲してきた。

「待ち伏せだ」

先に走った足軽の多くが明軍の反撃を受けた。

「退け！」

足軽たちは再び坂に戻ろうとしたが、明軍に包囲され百人以上が倒れ地面に転がった。

「敵に騙されるな」

その後も相手をおびき出すために明軍は何度も駆け引きをしたが、一番隊の兵士けまるで地面に打ち込まれた岩のように動かなかった。両軍とも先に攻撃を仕掛けず、そのまま日が暮れ、膠着状態が続いた。

「寒い、寒い」

平壌の寒さは厳しかった。雪混じりの風は肌を刺した。

明軍の兵士は遼東出身が多く、寒さに慣れていたが一番隊の兵士たちはそうではなかった。

「戦いの前に凍え死にしそうだ」

対馬や九州はもともと冬でも氷が張ることは珍しい。明兵は鎧の中に綿入れの服を着ていたが、一番隊の兵士のほとんどは玄海灘を渡ったときの春服そのままだった。

「鉄砲隊はそのまま警戒を。槍隊は焚き火をし、交代で見張りをするように」

日が落ちて冷え込み、寒さがさらに厳しくなると指揮部は焚き火をした。

「ほお、ほお、凍死すると思った」

城内のあちこちから焚き火が上がり周囲が明るくなると、焚き火をしない明軍の兵士たちが寒さを感じた。いくら寒さに慣れているといっても寒いのは寒い。

「寒気が肌に染みこむんだよ」

「そうだ。早く攻めた方が得策ではないのかな」

「手足が凍りつくと戦もろくにできない」

「戦をするつもりでなければ撤収すべきだ。こんなに寒いのに待ち伏せは無理だぞ」

兵士たちの状況を知った李総司令官も焦り始めた。

「吉日がいつなのか。占いをしてみろ」

李は占術師に、攻撃に適した吉日を占ってもらった。

「正月の八日と出ました」

「それじゃ、明日じゃないか」

「左様でございます」

「諸将らに言う。明日の朝、総攻撃をするから兵士たちに一日だけ我慢しろと伝えろ。これから軍備を点検させ、朝飯はしっかり食べさせろ。戦が始まれば終わるまで飯を食う暇はない」

そして、翌日の朝が明けた。

「さあ、総攻撃だ。左脇隊と右脇隊は東と西を担当せよ。中軍は私に従え」

李は占いに合わせて総攻撃を命じた。自らは中陣を担い平壌城の入口である七星門(チルソンムン)に向かって進んだ。黒い馬に乗っていた彼の左右前後には約二百名の近衛兵が護衛をしていた。黒毛が光る馬上で黄金色の鎧と兜をかぶった総司令官の姿は遠くからも目につくほど華やかだった。甲冑の腰には龍が彫られた黄金色の鞘(さや)が花で飾られていた。恐ろしいほどの威厳があった。彼が乗った黒馬が「パカパカ」と足音をたてて歩くたびに黄金色の大将旗が風にはためいた。彼を取り囲む近衛兵らは一団となって動いた。権威あふれる総司令官の後方には、鎧で武装した兵が列を作り、威勢を振るいながら平壌城に向かった。

「パン、パン、パン」

突然、相手の陣営から鉄砲の音が聞こえてきた。

「危ない」

兵士がたじろぐと、「止まるな。前進せよ。ぐずぐずする者はここで死ぬことになるぞ」

李は微動だもせず、将校らはたじろぐ兵に檄を飛ばした。と同時に、李を囲んでいた近衛兵が大きな旗を二回ぐるぐると振った。総攻撃の合図だった。

「わあ、わあっ」

これを機に中陣と左脇、右脇から歓声が上がった。

「大砲を撃て！」

李総司令官の命令が出されると、大砲から火玉が噴き出した。轟音が遠くまで鳴り響いた。真っ赤な砲弾で城壁が崩れた。周りには瓦礫とほこりが白く立ち上がった。

「キャ～ア」城壁の上から悲鳴が響いた。

「反撃しろ」

「パン、パン、パン」鉄砲音が響いた。

「うっうっ」

今度は、明兵の唸り声が聞こえた。明軍の大砲の音が雷の音なら、一番隊の兵士が放つ鉄砲の音は鉦を打つ音のように小さかった。ところが、一番隊には鉄砲に長けた兵が多く命中率が高かった。明軍の大砲は音が大きく、心理的に相手を脅かせることはできたが、鉄砲は音は小さいが殺傷力が高かった。

「下がるな！」

鉄砲攻撃を受け、兵が立ち止まると李は自ら先頭に立った。

「パン、パン、パン」

すると鉄砲隊の攻撃が、李と近衛兵に集中した。

「前進せよ」

近衛兵の何人かが鉄砲玉を受け倒れたにもかかわらず、李は退かず前に進んだ。

「伝令！　諸将に知らせろ。最初に城壁を登った兵士と部隊に五千両の銀貨を下賜（かし）すると」

「はあっ」伝令が馬を回し、走り去った瞬間だった。

ピューン、という音が耳元で聞こえたのと同時に、乗っていた黒馬が膝を曲げて跪いた。

「しまった！」

前に傾いた李は、慌てて馬の頭から滑り落ち、運よく地面に着地した。呻く馬の腹部を見ると赤い血が滲み出ていた。よく見ると豆のような穴から血が吹き出ていた。

「畜生！」

「殿！　早くこちらに」

黒馬が倒れるのを見た副将が別の馬を連れてきた。戦場で馬はよく狙い撃ちされ、怪我をする。そのため司令官級の武将には常に予備の副馬を伴っていた。

「よし」李は副馬に乗り換えた。

「下がるな。皆殺せ」

彼は沸き上がる怒りを抑えきれず、先鋒に立って指揮を続けた。

彼が先鋒を走ると兵の士気も上がり、歓声が高く鳴り響いた。

「すごい勢いだな」

一方、平壌城にいた一番隊は明軍が大砲を撃ちながら大軍勢で攻めて来るのを見て慌てた。数的には間違いなく劣勢であった。しかも、大砲から放たれた砲弾で城壁が崩れ、大きな穴ができた。

「朝鮮民を前方に立たせよ」

指揮部は捕虜として連れてきた多くの朝鮮人を盾にした。城壁の上に朝鮮民を立たせ、明軍の攻撃を躊躇させる意図だった。朝鮮人捕虜を前に立たせ、鉄砲隊はその後ろに身を隠して明兵を狙撃した。

「ドン、ドン、ドン」

ところが、明軍の大砲は後方に配置されていたので、城壁の朝鮮民がいるのをわきまえることはできなかった。明軍の砲兵は城壁に向かって大砲を放ち続けた。

前列にいた朝鮮民捕虜は犠牲になった。明軍の戦術は人海戦術だった。後方から放つ大砲で援護を受けながら、弓、槍、刀などの兵士が次から次へと押し進む戦術である。先鋒が銃弾に倒れると、次の隊列が前に出た。

近づく明兵を鉄砲で狙い撃ちするが、遠くから飛んで来る砲弾には対抗するすべがなかった。砲弾が落ちた城内から、火炎が燃え上がった。

砲弾が落ちる度に、城壁に立たされていた朝鮮民捕虜から悲鳴があがり、土埃と砲煙が立ちあがった。城壁を挟んで城の内外は砂埃と煙で覆われた。その様（さま）は無間地獄だった。

「作戦を変えるべきです。このままでは支離滅裂、勝ち目はありません。兵を後方に回すべきです」

明軍の攻撃があまりにも激しく、危うさを感じた内藤如安が行長に申し出た。

「うむ、そうせよ」

行長の命令により外城に分散していた兵は後ろに下がり、内城に集結した。朝鮮民の捕虜も一緒に内城に連れてこられた。内城の兵士らは城門をしっかりと閉め、城壁の上の防御に身を隠した。鉄砲隊を中心に明軍の進撃を阻止する戦術だった。

一番隊の兵士が外城から退却すると勝機を得たと明軍は内城に攻めてきた。

ところが、内城に集結した鉄砲隊は今までの倍以上の勢いで、鉄砲攻撃を行った。明軍で多くの犠牲者が出た。しかも、一番隊の兵士が内城に退くと明軍の大砲攻撃も大きな効力を発揮できなかった。外城は外からも見えたが、内城は大砲がある位置からは見えなかった。だからといって闇雲に大砲を撃つなどできなかった。砲弾は明国から運ばなければならない。明国から朝鮮まで運搬するには多くの日数を要した。

「総兵官様、死傷者が多く出ています」

「仕方あるまい。兵士を外城の外に後退させろ。だが包囲を緩めるな」

外城と内城のあたりで死傷者が多く出たことを受けて、李は無謀な攻撃を避けた。彼は攻撃を中止させ、平壌城を外城から包囲させる一方、戦列を整えた。

「敵の首級です」

外城の下には、一番隊と明軍の戦死者が多く散らばっていた。明軍は相手の首のみを集めた。敵の首級はそのまま戦功として認められるからだ。それをみた明軍の書記官は、〈倭軍の首級、千個以上〉と記録した。

一方、外城に退いた李総司令官は、兵を休ませる一方、通訳の張大膳を呼び、親書を渡した。

「敵を揺さぶろう」

竹内と共に明軍に捕らわれていた張は、通訳として李の書札を持って平壌城に向かった。張は不安だった。倭軍が自分を「裏切り者」として殺すかもしれないと思った。

「敵将からの書状です」

彼は、手をぶるぶる震わせながら李総司令官の書状を行長に渡した。

「これはどういう意味か。通訳してみろ」

漢文で作成された書札を、行長は張に訳するように指示した。味方にも漢文に詳しい者はいたが、行長はわざわざ張に命じた。

「戦況はすでに決している。今でもすぐに殲滅することができるが無意味な殺生を避けたいのだ。貴様らに機会を与える。降伏すれば兵の命は助かる」

内容を聞いた行長は、「どう思うか、皆の意見を聞こう」と、行長は集まった各領主らに問うた。

「軍勢や戦力からみて勝算はありません。休戦をしここを離れるのが得策でありましょう」

義智がずばり言った。

「太閤殿下の御許諾なしに引き揚げれば、後で問責を受けると思うのですが、何か対策はありますか?」

即時撤退を義智が主張すると、松浦が秀吉を気にして述べた。

「ぐずぐずしていたらここで全滅するかもしれません。後退し、漢城の味方と合流すべきです。太閤殿下の許可を待つ暇はありません」

内藤如安が義智案に反駁した。

「うむ」

行長は板挟みになり、戸惑った。

「和平交渉を申し入れたふりをしてください。そうしながら撤収準備をすれば敵を欺けます。この機を逃すと二度と機会はないと思います」

内藤如安が、考え込んでいる行長に意見を伝えた。

「他に方法がないならそうせよ。兵士の命は大事、無駄死にを防ぐべきだ」

厳しい表情で行長が言うと彼の決定に反論する領主はいなかった。誰の目にも戦況は悪かった。兵士らの士気も低下していた。十ヵ月を超え、外地で戦と野営ばかりで兵はもう疲れ果てていた。それでも戦に勝機があれば士気が上がるが、戦況が不利になると士気は落ちるのが戦の本質だ。実際、長い遠征で兵士らは皆、戦に嫌気がさしていた。

〈降伏は不可。和平を望むなら応じる。和平条件次第で我が軍は平壌城を出る。退路を塞がなければ戦わずに後退する。しかし、退路を塞ぐなら死ぬ覚悟で最後まで戦う〉

行長の書状を張に渡した。張は平壌城を出た。

「寿命が十年は縮まった」

平壌城を出た張は安堵の溜息をついた。

「ご苦労であった」

張が両手で渡す書札を受け取った李は張を労った。そして、策がうまく伝わったと思った。

「倭軍は烏合の衆で、戦が始まれば飯前に終わるはず」

李は朝鮮との国境、鴨緑江を渡って平壌に来る時までずっと相手を見下していた。自ら率いる四万の兵力なら平壌城の敵軍は簡単に制圧できる思った。が、初戦で決して侮れる相手ではないことを認識した。数的には明軍より少なかったが、鉄砲の火力は組織的に動いていた。これまで相手にしてきた北方蛮族とは比較にならないほど組織的に訓練された精鋭軍だった。

「壊滅させるには相当な犠牲が伴うだろう。戦わずして勝つ兵法こそが上策だというではないか」

明軍には既にかなりの犠牲者が出ていた。李は相手を朝鮮から退却させれば十分に戦功が認められると考えた。「派遣の目的を十分達成でき、皇帝にも褒められるだろう。兵士の犠牲を防ぎ、倭軍を追い払えれば一石二鳥であろう」

李は直ちに返信を送った。

〈戦わずに退却するのであれば認めよう。ただし、南門を使え〉

そして、朝鮮軍側には、「退却する倭軍を攻撃するな」と釘を刺した。

それを受けた朝鮮軍側は、

「到底、受け入れることはできません。我が国土を蹂躙し、民を虐殺した仇である倭軍をそのまま放すなんてあり得ません。皇帝が援軍を派遣したことは、このような結果を望んだことではないと思われます。もう一度、お考え直しください」

朝鮮の大臣である柳成龍が、直ちに総司令官・李如松の陣幕を訪れて撤回を請うた。

「戦術の一環です。城の外から城内の敵を攻撃するのは非常に不利です。兵の犠牲が多く、ひとまず倭軍を平壌城からおびき出さなければなりません。倭軍が城を出て後退すればすぐ退路を遮断し殲滅します」

柳が激しく反発すると、李はその場凌ぎで答えた。

「そうでしたら大丈夫でしょう。軽率に行動したことをお許しください」

「まあ、こちらの説明不足もあったでしょう」

李の言葉を信じた柳は、朝鮮軍を独自に行動するようにさせた。

「敵が城を出たら、攻撃せよ」

一方、李と密書を取り交わした行長は、退却を進めた。

「明軍がどう出るか分からないので、分散して退却をすべきです」

一番隊指揮部は、李如松の約束に半信半疑だった。そして、万が一のために待ち伏せに備えた。

「先発隊は、南門を出ればそのまま川を渡れ。そして、後発隊は後方を警戒しろ」

各部隊を二手に分けた。先発隊が南にある大同江を無事に渡ると、後発隊が続いて川を渡ることとした。

全滅を防ぐためだ。各兵士にはそれぞれ十日分の食糧が支給された。

「おい、キム、お前はどうする？」

与右衛門が金ソバンに尋ねた。

「一緒に連れて行ってください」

金ソバンが同行を頼むと、与右衛門は彼に生米十日分を渡した。金ソバンと一緒に行動をする捕虜を除いて、他の朝鮮民には何も与えずにそのまま城に放置した。

空は清明で、冷たい夜だった。

「静かに！」

暗闇の中で対馬隊が先頭に立ち、行長の肥後隊が続いた。先発隊は足音を立てずに平壌城の南門を抜け出た。夜陰に乗じて平壌城を出て大同江に下りた。大同江は凍っていた。対馬隊は静かに凍った川を滑りながら渡った。無事に渡った彼らは河岸に置いてあった渡舟に火を付けた。

「よし。全員、渡れ」

行長は、味方が無事に川を渡った合図を確認し、平壌城を抜け出した。

一方、大同江の対岸から炎が上がるのを見て、李は相手が退却していることに気づいた。しかし、追撃命令を出さなかった。

一方、朝鮮軍官の李時言（イ・シオン）は、「倭軍を追撃し殲滅せよ」という指令を受けたが、指揮下の兵士だけでは危険と判断した。とはいえ上官の命令を無視するわけにもいかず、「後を追うがあまり近づくな」と、追撃するふりをした。

「平壌城の倭軍がすべて逃げた」

平壌からの急報が王に伝わったのは翌日の未明だった。

「さすが天朝の兵だ」

明軍が戦をして倭軍を追い払ったと思った王は、大変喜んだ。

「直ちに明軍に使節を送り、軍功を称えなさい」

それから、「全羅道と慶尚道に宣伝官（王の命令を伝える武官）を送れ。各地域の水使らに軍船を徴発し、海から倭軍の退路を遮断し必ず殲滅するようにせよ」と檄を飛ばした。

王は、平壌城の戦いで明軍が大勝したと判断、逃げる倭軍を海で殲滅するように命じたのだ。

一方、行長の第一番隊が城を抜け出した翌日、李は平壌城に入った。

「よかった。大きな手柄になる」

結果的に相手を追い払うこととなった彼は、大きな戦果を挙げたと意気揚々だった。内心、退却した相手指揮部に感謝の気持ちを伝えたいほどだった。

ところが、「逃げる倭軍を追い打ちしなければなりません。その根を断つべきです」と、李に朝鮮側からの請願が伝わった。朝鮮の王からも〈倭軍を追撃し殲滅してほしい〉という書信が矢継ぎ早に届いた。

「しつこい」

心の中ではそう思ったが、援軍総司令官として朝鮮側の要求を無視するわけにもいかなかった。

「倭軍を追撃せよ」

彼は弟の李如伯を大将にして左脇軍と右脇軍に退却する敵軍を追撃するよう命じた。

「承りました」

李如伯は直ちに平壌を発ち、南下した。

「平壌から開城に続く道に倭軍の姿はありません」という報告が総司令官の李如松に届いた。すると彼は安全を確保したと判断し、「では開城に進め」と言った。

明の追撃軍は、正月二十五日に開城入りした。

その時、既に行長の一番隊は漢城に撤収していた。

「漢城に駐屯する倭軍の戦力を探れ」

無血で開城に入った李如松は、副総兵の査に騎馬隊三百旗を与え偵察を命じた。

一方、京畿（キョンギ）防御使の高彦伯（コ・オンベク）は、王から明軍の道を案内するように命じられた。武官出身の高は、明軍の偵察とともに臨津江を渡り、都城の西大門の近くまで行き周辺を偵察した。

「倭軍はすべて都城の中に撤収しています」

報告を受けた査は、倭軍の士気が低下したとみて開城の李に伝令を送った。

〈都城の周辺で倭軍の姿は見られません。全て都城に入って閉じ籠もっています。倭軍の士気が低下したことと思われます〉

査の報告を受けた総司令官の李は、漢城攻撃のため軍事会議を開いた。意見は二つに分かれた。

「諜報によると倭軍指揮部は各地に分散していた兵を漢城に集結させているそうです。敵の数が我々より多いので軽率に攻撃に出ると苦戦する可能性があります。北京から来る援軍を待って、数的に優勢が確保された後に進撃しても遅くはありません」

遊撃将の銭世禎（セン・セティ）の慎重論だった。

即座に、李如伯が反論した。

「倭軍は海を渡ってきて、長い戦いに疲れているはずです。一挙に攻撃すれば壊滅させることができます」

遼東出身の将校たちは、李如伯の意見に同調した。彼らは、「牛の角を引っ張ったなら一気に外せ」と攻撃を主張した。

「朝鮮民の被害が甚だしいです。一日も早く漢城にいる倭軍を追い出さなければ、その被害はさらに大きくなります」

朝鮮側の代表として出席した柳も、李如伯の意見に同調した。

一方、開城で甲論乙駁（こうろんおつばく）している間に、坡州（パジュ）を陣取っていた査は朝鮮の高彦伯の案内で高陽（コヤン）の方面に向かっていた。そこで倭軍偵察隊と遭遇した。百名程度の部隊だった。

「攻撃だ！」

査の騎馬隊は、六十余の首を取る戦果を上げた。

明軍は歓声を上げ、査も直ちに開城にいる李に戦果を報告した。

〈倭軍は、我が軍を見て戦う意思もなく半分以上が逃走しました。敵の士気が落ちていることは間違いありません。今すぐ漢城を攻撃すれば容易く占領できると推察します〉

査の報告とは別に、朝鮮側の柳が上げた報告にも、「漢城にいる倭軍の一部はすでに退却を開始、南下しているようです」と敵軍の動静が記されていた。

李如松は、査と柳の報告内容が一致することを確認すると、今こそ勝算ありとみなし、「よし、直ちに漢城へ進め！」と出征命令を下した。すると、南兵（中国南方）出身の遊撃将・銭が進言してきた。

「倭兵は平壌から退きましたが、漢城には大軍が駐屯しています。少将に先発隊を任せてください。先発隊を率い、漢城の倭軍の戦力を確かめます。総兵官様はここでお待ちいただき、後続の援軍と朝鮮軍との連合隊を率いていらっしゃってください。倭軍を漢城から追い出すのも大事ですが、兵の犠牲も減らすべきです」

銭の話が終わると、「意図はわかるが、戦には流れがある。機会はそう容易くやってこない。今が最も適期と判断する。今を逃すわけにはいかない」

李は断固として銭の提案を振り切り、周りを見ながら言った。

「まず、この私が精鋭を率い直接、敵情を探索する。総攻撃かどうかはその後に決める。敵に隙を与えてはいけない。諸将も近衛隊を率いて従え」

正月二十六日の夜明けだった。李は精鋭兵三千名を率いて開城を出た。華麗に武装をした李如松、副総兵や参謀長の李寧（リ・ネイ）が従った。

その年の陰暦（旧暦）の正月は、陽暦（西暦）で二月だった。とはいえ下旬となれば春めいていた。その日は三寒四温（寒さが三日続くと、後の四日は温かい）の四温にあたり暖かかった。沿道は氷も溶けてどろどろの状態だった。兵士は水の溜まった道を苦労して臨津江にたどり着いた。が、臨津江も氷が溶けて船なしでは渡ることができなかった。

李総司令官はすぐ川に詳しい朝鮮人を探し求めた。

「水深の浅い場所に案内せよ」

朝鮮民の案内に従って明軍は恐る恐る川を渡った。

「うっ、冷たい」

吹く風は春めいたが、まだまだ冬だった。馬に乗って渡河する指揮官には冷たさを感じなかったが、兵の足は水に浸かり寒さでしびれた。動きも鈍くモタモタしていると、「早く渡れ！」と、指揮官が急き立てた。

「ここから漢城まではどのくらい残っているのか？」

李如松は、もどかしい表情で道案内に聞いた。

「ここは漢城から北に八里離れた場所です」

「八里もあるのか」

李は予想より遅い進軍に焦りを感じた。

「もっと早くせよ」

「道が悪く、兵が疲れています」

側近が状況を伝えた。精鋭兵を率いて自信満々の李は、とにかく早く漢城の占領軍を追い出したかった。

ところが、思ったより進軍に手間取り、川を渡り終えた時には日が暮れていた。李は舌打ちした。くたびれているのは兵だけではなかった。軍馬も鼻から荒い息を吐いていた。

「仕方ない。ここで駐屯だ」

李如松は、これ以上の進軍は無理と判断、そこで野営することにした。

その時、漢城では宇喜多を中心として領主らが喧々諤々（けんけんがくがく）（意見がまとまらない様子）の戦略会議を繰り広げていた。

「明軍の大軍が参戦した以上、戦略を変えねばならない」

石田三成だった。朝鮮の状況が膠着状態に陥ると秀吉は急遽、彼を派遣した。会議では秀吉の命を受けてきた石田が会議を主導していた。秀吉が直接派遣してきたため、彼の一言は秀吉の言葉と同じとみなされた。

「明兵が漢城に向かっているという報告ですので、漢城以北に哨兵を配置すべきです」

明軍の南下を懸念し、指揮部は、開城から漢城に入る途中の一里先に兵力を配置した。

「明軍の先鋒隊が坡州に入りました」

宇喜多の家臣、十時（とどき）だった。彼は斥候隊からの報告を受け、直ちに漢城の本陣にその状況を伝えに来た。

「明軍の先発隊を奇襲して、敵の鋭鋒をくじく必要があります」

石田の提案を受けた宇喜多は、直ちに明軍を攻撃するように命じた。

「わが隊に任してください」

石田が言い出した。

「それはいけません。わが軍に雪辱の機会をください」

今度は行長が先鋒を主張した。

すると、小早川が立ち上がった。

「今回の奇襲は非常に重要です。奇襲攻撃が成功するか否かによって、今後の戦況が変わるでしょう。奇襲攻撃を成功裏に導くには、経験豊富なこちらに先鋒を任してください」

年老いた彼は、痰がからむ特有の重い声で一座を制圧するように言った。大きな体格の老将が立ち上がり、悲壮な表情で言い出すと、それに反発する者はいなかった。

「かたじけない」と小早川が諸将に会釈をすると、宇喜多が加えた。

「完璧な勝利のためには兵力を増やす必要があります。参加を希望する隊がいるので連合隊を作った方がいいでしょう。小早川様は連合隊の総大将を願います」

「妙案です。賛成です」

石田が同調し、会議に参加した領主らのほとんどが賛同した。連合隊の編成は、第一隊に立花が率いる三千の兵が先鋒に立ち、第二隊は連合隊の主軸で小早川率いる八千、第三隊は毛利の五千、第四隊として吉川の四千の兵力で、合計二万の兵力で編制された。さらに、後方支援隊としては宇喜多を総大将とし、黒田、石田らが率いる二万余の兵力が後に続くこととなった。

一方、坡州で陣取っていた明軍の先発将、査の指揮下の兵力は約二千、案内の役割をする高の率いる朝鮮兵が一千だったので合わせて三千の兵力だった。

「倭軍が北上しています」

その頃、査は総司令官の李が率いる本隊を首を長くして待っていた。

「兵力は？」

「大軍です。二万は超えています」

「総兵官が一刻も早く合流してくれないと危ない」焦る査に、「南側に倭軍出没。兵力五百余」と斥候からの報告があった。

「何、五百余？　思ったより少ないじゃないか」

査は相手が二万を超えるという報告を受けていたので、五百余という報告に、たちまち自信を膨らませた。

「ムズムズしているところに良かった。一緒に敵を攻撃しましょう」

相手の数が少ないことを知った査は、欲を出し、朝鮮軍指揮長の高に奇襲攻撃を提案した。

「……、承知しました」

高はしばらくためらったが、査の提案を受け入れた。後で何と言われるか分からなかったからだ。地理をよく知る朝鮮軍が先鋒を担い、査の率いる明軍が後に続いた。

「敵を撃つ」

戦功を欲しがる査が敵兵を発見し、躊躇なく攻め始めた。

攻撃を仕掛けられた部隊は十時の率いる別動隊だった。彼は宇喜多の武将で斥候をしていた。

「敵です」

「反撃せよ」

「パン、パン、パン、パン」

奇襲攻撃に動揺したが、すぐに戦列を整え反撃した。斥候隊だけに精鋭で、身の動きが敏捷だった。闇雲に襲いかかる朝明連合軍に向かって鉄砲を放し、接近戦を繰り広げた。

数的に多い朝明連合軍は、斥候隊の鉄砲と長槍に苦戦した。

「騎馬隊が先に進め！」

指揮長の査は、坂の上から攻撃してくる斥候隊を防ぐため、騎馬隊を先頭に立たせた。ところが遼東兵の優れた騎馬術も狭い山道ではその威力を発揮できなかった。明軍の犠牲者はみるみる増えた。

「くそ。退却せよ」

奇襲に失敗したことに気づいた査が退却命令を下した。

「退け、退け」

「うわあ」

後退する明軍騎馬隊と歩兵が坂道で入れ乱れた。

「パン、パン、パン」

すると、鉄砲に続いて足軽が槍で後ろから明兵を刺した。

「ギャー」

坂道には、明軍の死体が転がり修羅場と化した。

「先発隊が倭軍にやられています」

総兵官・李の命令で先に進んでいた副将がこれを知り、李に報告した。

「直ちに進撃し、援護せよ」

李は直ちに副将に七千の兵を預け、彼はすぐに如石嶺（ヨソクリョン）に向かった。

「大砲を撃て！」

「ドン、ドン、ドン」

明軍の陣営から砲声がとどろき、その後、ドカン、ドカン、と砲弾が爆発した。明軍が誇る仏狼機砲だった。威力は大きく、斥候隊の兵士は度肝を抜かれた。

「おっと」

砲弾が近くに落ちると兵士らは戸惑った。

「援軍だ。逃げずに攻めよ」

砲声が響き、斥候隊兵士らが戸惑う姿を見ると、今まで逃げていた朝明連合軍の兵の士気が上がった。

彼らは方向を変えて逆襲に切り替えた。斥候隊兵士たちが狼狽し始めた。戦は士気に大きく左右される。

「退け。戻れ」

全滅させるつもりで明軍を追っていた十時は、戦況が不利に変わったことに気づき、直ちに退却を命じた。先頭に立って明兵を攻撃していたが、退却が始まると最後尾に残された。十時け馬に乗っていたから逃げようとすればいくらでもできたが、彼は兵の退却の道を開こうと単身で明軍に立ち向かった。すぐ明兵が彼を取り囲んだ。

「いやーっ」

孤軍奮闘する彼を明軍の槍が刺した。落馬した彼に明軍が飛びかかり首級を取った。

「わあー」と明軍の歓声があがった。

十時が戦死すると指揮長を失った斥候隊は支離滅裂状態になった。そのまま彼らけ峠を越えて南の方面に退いた。

「あの程度なら十分制圧できる」

相手が無気力に退くと、明軍の副将は自信に満ちていた。彼が率いる兵力七千と朝鮮軍を合わせると約一万に達した。

「南から倭軍、約三千が近づいています」

再び、報告があった。

「よし、進め」

数の面で優勢と思った明軍は南に進んだ。そして、両軍が遭遇したのは碧蹄館(ピョクチェグァン)だった。明軍が先に動いた。

「引き下がるな。援軍が来ている」

指揮長の立花が兵を督励した。

「数的に不利です。このままだと壊滅する恐れがあります」

「ここで押されてはいけない。辛抱すれば援軍が来る。死ぬ覚悟で踏ん張れ」

立花は側近の武将を必死に励ました。

「戦え！」

彼らは死に物狂いで奮戦した。それからしばらく経つと、後方から喊声(かんせい)が上がった。総大将を務める小早川の率いる本陣だった。約八千の勢力。指揮将・小早川は百戦錬磨の武将だった。両軍は正面から衝突した。

「パン、パン、パン」

「ドン、ドン、ドン」

鉄砲と明軍の大砲の音が入り混じった。鉄砲と大砲の轟音が鳴り響く中、肉薄戦が始まった。両軍が入り乱れると小早川隊の方が有利だった。兵士たちは相手を狙い鉄砲を撃ちながら攻撃することができたが、明軍の大砲はそうはいかなかった。

小早川隊の攻撃が激しくなり、再び明軍が押され始めた。

明軍はやむなく退却した。

「追うのは止めぇ」

老練な小早川は待ち伏せを懸念して追撃を禁止した。

〈倭軍に押されています。援軍が必要です〉

明軍は総兵官の李に伝令を送り援軍を要請した。碧蹄館での戦闘報告を受け、李の目尻が上がった。

「全軍、直ちに進軍せよ。倭軍に明軍の威力を見せろ」

彼は、怒ったように側近に命じた。

李如松は、左右脇将と近衛隊のみを率いて先に峠を越え、碧蹄館に進んだ。一方、碧蹄館で明軍を撃退した小早川は、自分の八千の兵を再び編成し、要衝地に分散し、待ち伏せをさせた。そして、明軍を誘引するために望客峴（マンゲクヒョン）峠に約五百の兵を配置した。

望客峴は、客を望む峠の意味で名付けられた場所である。明の使節が来た際、その使臣を碧蹄館の前まで案内し、この峠からその後ろ姿を眺めながら見送っていることから名付けられたところだ。坂の傾斜は緩やかで長い峠だった。

「あっちに倭軍がいます」

李如松に、望客峴の上に陣を取る小早川隊の情報が伝わった。

「目障りだ。邪魔する者を壊滅しろ」

李の命令で旗本の軍勢が二手に分かれた。両側から挟み撃ちする戦術だ。一方、明軍が望客峴に押しかけるのを見た小早川は、側近の粟屋と井上に兵士三千を与え、敵の本陣を狙うように指示した。

敵の主将、李の周辺の警備が薄くなっているのを見てその隙を狙った。

「わああ」

三千の兵力が、自分に向かってくるのを見て、李は「うん？　あれは何だ」と呟き、すぐ隙を突かれたことに気づき慌てた。

「防げ」近衛兵に敵軍を阻止するよう命じた。総兵官の近衛兵は、敏捷で優れた精鋭だった。まず右翼に迫る粟屋の兵を狙った。近衛兵の反撃を受けた粟屋隊が押され始めた。

「全軍、出撃せよ。目標は敵の本陣だ」

先鋒隊が押されると丘の上にいた小早川は全軍に命令を発した。

パン、パン、パン、鉄砲が発射された。

「敵将を狙え」

小早川は徹底して総兵官の李を狙った。指揮長の首を取れば戦は終わる。

兵士たちは本陣に向かって縦隊で突入した。肉薄戦になり両軍は入り乱れた。

鉄砲の破裂音が鳴り響き、悲鳴が上がった。今度は、明軍が押され始めた。

「後退するな。反撃しろ」

後方にいた副総兵と参将は、相手が本陣に押し寄せるのを見て、総兵官を守るために兵に檄を飛ばした。

そして直接、馬を走らせた。総兵官は彼らの兄だった。

「こいつら、死ね」

勇猛な二人が太刀を振ると血が飛び散った。

一方、明軍の近衛隊に押され後退した井上は、敵将の大将旗を見つけた。

「敵将を捕らえる機会だ」

彼は急ぎ、群れから飛び出した。

そして阻む明兵を倒しながら道を開いた。彼は腕前に自信があった。

「ギャー」と声を上げて、主将を囲んでいた近衛兵が次々に倒れ、李の前に隙ができた。

「いりゃっ！」

井上は馬の腹部を蹴り正面から突っ込んだ。

「危ない！」

李の傍にいた有昇が李の前に飛び出した。そして、井上の刀を受けた。彼は、総兵官が危険だと判断して体で阻止したのだ。

「ううっ」

有昇の体から血が吹き出した。

「貴様！」ところが、彼は馬から落ちながらも総兵官を守る一念で、自分の短刀で井上の馬の腹部を刺した。

ヒヒーン。刺された馬の脚がふらつくと、井上も体の重心を失った。

「おっと」彼は手綱を引いてバランスを取ろうとしたが、悲鳴を上げた馬とともに横に倒れた。

先に地面に落ちた有昇は、井上と馬が地面に倒れるのを見て安堵し、何かを呟きながら目を閉じた。彼は若い頃、遊郭の娘にほれ込んだことがあった。ところが、その娘はお金がなければ遊郭を抜け出すことができなかった。それを知った彼は公金を横領して娘を救おうとした。ところがすぐに公金を横領した事実が発覚し、娘を救うこともできなく獄に入れられた。この事情が大将である李如松の耳に入った。彼の武勇と人柄を評価していた李如松は、彼を獄から出し、さらにその娘を遊郭から救い、彼の妻にしたのであった。

有昇は李如松を恩人と思っていた。その恩人のために恩返しができたと思い、満足したのか、彼は笑みを浮かべながら息を引き取った。

一方、井上の奇襲に側将の有昇を失った李如松は失望した。それに相手が絶えず自分を狙って入ってくるのを知って動揺した。

「これ以上は危険だ。後退せよ」李如松は、直ちに後退を命じた。

「デン、デン、デン……」

戦場に退却を促す音が響き渡った。

「敵将を捕らえろ。逃すな」

小早川は、明軍が退却する気配を見て追撃命令を出した。と、その時、ドーン、ドーンと明軍から大砲が火を噴いた。

足軽らは悲鳴を上げた。度肝を抜かれた兵士たちは下がるしかなかった。平壌城にいた一番隊が恐怖を感じた、その大砲だった。轟く大砲の音は鉄砲の比ではなかった。音だけではなく、落ちた砲弾が四方に飛び散った。

「痛え、痛えっ」砲弾の破片を受けた足軽は、四散して痛みを訴えた。兵の多くが大砲にひるむと、小早川は追撃を諦めるしかなかった。

一方、小早川隊の攻撃を受け危ない目に遭った李は、北へ逃げ出した。

慌てた李は、「ハアハア」と息づかいしながらの逃走であった。

坡州に着く前、急に空の雲行きが悪くなり雨が降り始めた。人馬ともにびしょ濡れになった。氷が溶けた道はあちこちに水たまりができ、兵は泥水にまみれた。あれほど意気揚々としていた明軍の隊列は、敗残兵の姿そのものだった。

「止まるな」

李は小早川隊の追撃に怯え、何度も何度も後方を振り向いた。ぬかるんだ道は雨で前方がよく見えず、兵士に休憩などは許さなかった。

「できるだけ倭軍から離れなければ……」

目の前で近衛将を失った李は、悔しさよりあの時の惨状に度肝を抜かれていた。暗闇の中、やっと坡州に到着。その後、「点呼を行い、戦列を整備せよ」と、側近に点呼を命じた。

「殿。倭軍の首百七十余を収めました」

大砲部隊を率いた援軍将・楊元の報告だった。

「ご苦労だった」

ところが、明軍の点呼結果については報告がなかった。

「……」

李は、明軍の犠牲についてはそれ以上、聞かなかった。頼っていた近衛将が戦死するなど犠牲が決して少なくないことは推察できたからだ。

「地面がぬかるみ、兵士と大砲の移動が困難です。戦が始まれば動きの速い倭兵にやられるかもしれないです。戦より今は退き、戦列を整えるのが得策です」

右脇将の張が後退を進言した。

「う～ん」

李はしばし考え込んだ。総兵官の体面を考えれば後退は口にしたくなかった。面子が潰れることからだ。

しかし、相手とぶつかるのは避けたかった。

「危険を冒す必要はない」

考えた末、後退を決めた彼は、大義名分を作るため直ちに兵部尚書である石星に飛脚を送った。

〈私の身体の調子が良くないので、しばらく後退する〉

報告書には自分の体調が悪いという仮病を理由に書いた。そして臨津江を渡り東坡（トンパ）まで北上した。

「なるべく倭軍と離れた方が良い」

それでも安心できないと思い、「開城まで北上しろ」と命じた。

東坡は臨津江の北側にあるので、川を渡らなければならない。にもかかわらず、李如松はさらに北の開城まで退却を命じた。目の前まで接近し、自分の首を狙った井上の太刀が脳裏から離れなかった。

一方、李の報告を受けた石星は、状況を把握するため再び沈惟敬を派遣した。

「総兵官様。平壌城から倭軍を追い出したことで北京では賞賛が高いです。誠にお疲れ様でした。御身体の調子が良くないと伺いました。ゆっくりお休みください。倭軍の扱いは臣に任せてください。臣が倭軍を朝鮮から完全に追い出すようにします」

沈は、李を訪ねて世辞を言った。

「兵法にも戦わずして勝つことが最上の策と言われている。兵の犠牲を防ぎ、漢城にいる倭軍を追い出すことができればそれ以上に望むことはない」

李は、沈を信じてはなかったが、碧蹄館の戦いで大変な目にあったため戦いよりも講和に心が傾いた。

「かしこまりました。すべて臣に任せ、平壌でお体を休ませてください。必ず良いお知らせをお届けします。倭軍を漢城から退ければ、すべての功績は総兵官様のものになるに違いありません」

「よろしく」

李如松は開城にいても不安だった。一刻も早く後方の平壌に退きたかったが、名分がなくためらっていた。小賢しい沈はそれを見抜いて進言してきたのである。沈の巧みな提案を李は受け入れた。

「警戒のため駐屯軍の一部を残し、本隊は平壌に退く」

平壌に戻る際にも李は、「倭軍が平壌城を狙うと言う情報がある。なんとしても防がなければならない」という名目を掲げて北上した。沈の提案に待ってましたとばかりに飛びついた。

「明の総兵官が平壌に退きました」

明軍が平壌に退いたことはすぐさま義州にいる朝鮮の王と朝廷に伝わった。王は南下した明軍が、一日も早く漢城の占領軍を追い出すことを首を長くして待っていた。明軍が退いたという報告はまさに青天の霹靂（へきれき）だった。

「一体、どういうことだ」

王は驚き、目をむいて大臣らを見た。

呼応するように大臣の一人が言った。

「倭軍が平壌城を攻撃するという噂があるので、それを防ぎ、戦力を収拾した後、再び出征するそうです。そして、兵量も足りないのでそれを提供するように要請されました」

「まさに弱り目に祟り目ではないか」

期待していた李如松の退却に、王は自嘲の入り混じった愚痴をこぼした。

「捕虜はすべて本国に送れ」

晋州城の攻略に失敗した後、九番隊は金海城に退いた。そして、捕虜として捕らえた女、子どもは全員、日本に送ることになった。

十二歳の遇聖（ウソン）も釜山浦に連行され、おい、おいと泣いていた。朝鮮の各地から連れられてきた捕虜は全て船に乗せられた。朝鮮民は家族の名を呼びながら嗚咽した。

「お父様、お母様……」

船が釜山浦を離れると、あんなに泣いていた遇聖は腹をくくったのか、別人のように沈着冷静になった。

「殺すつもりであればここで殺すはずだ。わざわざ船に乗せて連れて行くからには、僕たちをどこかで使うためだろう。しばらくは死なない」

遇聖は十二歳とは思えないほど冷静に状況を読んだ。死ぬのは怖かった。だが、死なないという判断になると平常心に戻った。

「パリパリウムジギョ（早く動け）」

少し発音が違う朝鮮語で兵士が捕虜に命令を伝えるのを聞いた。「あの人は朝鮮人なのか、倭人なのか。もし倭人なら、どのようにして朝鮮語を学んだのか」

遇聖は、不慣れな朝鮮語を話す兵士を見て、不思議に思った。

船が沖合に出たところだった。

「ドブン」と何かが海に飛び込んだ音が聞こえた。母らしき女と手を握っていた子が海に飛び込んだのだ。

「人が海に落ちた。人が……」

捕虜たちが騒ぎ出した。

「放っておけ」

兵士たちは海に落ちた母子を救おうともせず、そのまま真っ黒な海を進んだ。

「ああ、なんと」

遇聖は嘆いたが何もできない自分の無力さを感じた。船は何事もなかったように順風に乗って前に進んだ。船は加藤光泰の領地・甲斐国へ向かっていた。

甲斐は「甲斐の虎」と呼ばれた武田信玄が支配した領地だ。彼の死後、領地は信玄の嫡子である勝頼が支配した。彼が信長に敗れて自決した後、信長の領地となったが、山崎の戦いの後は秀吉の領地となっていた。

光泰は、元は稲葉山城の城主であった斎藤の家臣だった。秀吉が一夜城を築き、稲葉山城を攻め落とした後、秀吉の目に入り家臣となった。その後、光泰は秀吉に従い多くの戦で手柄を挙げた。秀吉は武田家の甲斐を彼に与えた。

捕虜となった遇聖と朝鮮の人々は、対馬を経て甲斐へ向かった。船は小型の船で闘船と呼ばれた。主に戦闘兵や兵糧を積む船なので船の木材があまり厚くはなかった。軽いので動きは速いが、波にぶつかると激しく揺れた。九州の東から流れの速い瀬戸内海に入ると、流れがさらに荒くなり船は激しく揺れた。船が初めての遇聖と朝鮮の捕虜たちは船酔いした。

腹の中のものを全部吐き出した。甲板の下に収容された捕虜はあちこちに転がりながら吐瀉した。捕虜の服は汚物まみれになった。酷い匂いが鼻を突いたが洗うすべもなくひたすら我慢するしかなかった。

「ああ、死にそう」

遇聖の船酔いは特にひどかった。腹の中の大腸が引っ張られるような苦痛だった。吐くものがなくなり、白くくすんだ泡のようなものが口からだらだら流れた。

海に慣れていた兵士は何ともなかったが、捕虜は死ぬような苦痛を経験した。

「この船が我らをあの世に連れて行くぜ」

波打つ船の中で捕虜たちは下腹を抱えながら、やがて死ぬのだと思った。

「頼むから止めてくれ」

横たわった遇聖は、一刻も早く陸に上がってほしかった。海はまさに生き地獄だった。波は絶え間なく船べりを襲い、船は揺れに揺れた。遇聖は意識が朦朧となり、霧が立ち込めてあの世の野原のようなところを一人彷徨っていた。優しく漢文を教えてくれた父が急にどこかへ行ってしまい、いつもそばで気遣ってくれた母も見えなかった。「お母様」と呼ぼうとしたが、喉が詰まって声が出なかった。青々としていた野原が突然、真っ黒な海に変わり、波が自分に向かって襲ってきた。死んだと思ったところ誰かが棒で体を打った。

「起きろ。皆、起きろ」

意味不明の日本語が聞こえた。

「はあっ？」

驚いて目を開けたところ、兵士たちが日本語で叫びながら捕虜たちを叩き起こしていた。船酔いの末、バラバラになって倒れていた捕虜たちを兵士は棒で突いたり、蹴ったりした。船は、一時ほどではないが揺れていた。船は停泊していた。甲斐に近い三河の船着場だった。

「降りろ」

兵士たちは捕虜に日本語で大声を出した。

「降りろというのかなあ」

言葉が分からず兵士の命令を顔色と動きで判断するしかなかった。

甲斐は内陸で三河から山道を越えなければならなかった。捕虜は兵の後に続いた。磯を離れるとすぐ山道が始まった。狭い山道の両側には緑がうっそうと茂っていた。昼だが山道は暗くかすんでいた。たまに日差しが森の隙間を差したが、山道は湿っていた。捕虜の履いていた草履が滑った。

「おっと、危ない」

一列にロープで縛られた捕虜たちは、一人でも滑ったりすると将棋倒しのように五、六人が一緒に転んだ。

「はあ、はあ」

坂道で滑ったり転んだりした捕虜は息を切らした。船では船酔いが酷く、早く陸地に上がることを望んだが、ろくに食べられず山道を歩くことになると愚痴が出た。

「船の方がましだった」

船では座っていればよかったが、陸では自分の足で進まなければない。船酔いでほとんどを吐き出し、何も食べていないから相当、体力は落ちた。そんな状態で山道を登るのは大変なことだった。

「止まれ」

朝鮮の捕虜たちが疲れている様子を見た指揮将が捕虜たちの歩きを止めた。

「飯を配れ！」

兵士は握りを一個ずつ配給した。下船して初めての飯だった。空きっ腹で約十里の道を歩いてきたのだ。

狭い山道を登ると足がガタガタ震えていた。死ぬ気でここまでついてきたのだ。捕虜は、女が三十余人、子どもが九人、それに荷物運びの中年から初老の男たちが十人いた。

「助かった。腹が空いて死ぬところだった」

「腹の調子がいまだに良くない」

遇聖と子どもたちは握りをガツガツ食べたが、二人の女は食べられなかった。

「食べないと死んでしまいますよ。無理してでも口に入れてください」

朝鮮語で言葉を掛けた人は鼻筋が通った優しい目の中年男だった。正義感が強いのかずっと遇聖と子どもたち、女の面倒を見たりしてきた。

「静かに食え！」

すると、兵士の一人が日本語で大声を出した。目が小さく目尻が吊り上がった怖い顔をしていた。その兵士は捕虜が乗船した時から捕虜を虐め、女たちに絡んでいた。その彼が、陰険な笑みを浮かべて近づくと女たちは身をすくめて避けた。朝鮮の中年男は、その兵士が女を虐めたり脅したりするのを見ると大声を出して他の兵士たちに知らせ、危害を防いだ。陰険な兵士は、おそらく中年男の牽制と他の兵士の監視がなかったら、女たちが酷い目に遭っていたかもしれない。幸いに指揮将が捕虜に過酷な行為をしないよう厳命を下していたから、兵士たちは勝手なことができなかった。

「何で大声を出すんだ。分からん言葉で」

握りを食べ終わった中年男が低い声で皮肉った。

「ナニ、この野郎」

陰険兵士はまるで朝鮮語を理解したかのようにいきなり立ち上がった。そして横にあった長槍を手にした。

「コノヤロー」

中年男の頭を狙って突いた。

「おっと」

中年男は一瞬、身を屈めたが槍は頭をかすめた。たちまち血が吹き出した。槍の端にある金具に当たったようだ。中年男は尻もちついて、頭を手で触った。両手は、真っ赤な血で染まっていた。すると中年男は飛び起きて陰険男の槍を掴んだ。

「イノム、ノジュッコナジュッチャ（この野郎。一緒に死のう）」

中年男は、陰険な兵士より体がはるかに大きかった。血を見て興奮した中年男は、背が低い兵士の槍を奪おうと左右に振り回した。

「あれ」

腰には縄があったが、男の力で左右に揺らされた兵士は、隣の兵士たちに助けを求めた。ところが、同僚の兵士たちも彼の悪い癖をよく知っていたのか、ニコニコ笑っているだけで傍観していた。中年男は槍でその情けない兵士を振り回し翻弄した。

兵士は山の傾斜に惨めな姿で転がり、男はその眼前で大きく息をした。

「そこまで」

指揮将が近づき、男を制止した。男はそのまま座った。頭からは真っ赤な血が滴り落ちていて服で拭いた。他の兵士たちは笑っていた。捕虜は戸惑っていた。

と、その時だった。

「ヤアッ！」と大声が響いた。瞬間だった。

「ううっ」

転がっていた兵士が槍を持ち直して、座っている男を刺した。槍は胸に刺さった。

「コノヤロー。殺してやる」

その兵は同僚らの前で大恥をかいたと思い、悔しさのあまりに興奮を抑えられなかった。周りの兵は飯を食っていたため、転がった彼が槍を拾い、朝鮮人の男に近づいたのを気づかなかった。その隙を狙って男を槍で刺したのだ。

「ナニ、やってるのだ」

事態を見た指揮将が兵士を制止したがもう手遅れだった。

「ううっ」

胸を刺された男は、刺さった槍を両手で握り、目を開いたまま横に倒れていた。槍は正確に心臓部を突いていた。間もなく男の息が止まった。即死だった。

「仕方ない。片付けろ」

指揮将は死んだ男を見下ろし、兵に遺体を片づけるように指示した。

「おぬしは離れろ」

男を殺した兵士を引き離し、遺体を片付けた。それですべてが終わった。捕虜殺人に対する懲罰はなかった。

捕虜たちは目の前で起きた一連の事件を目の当たりにして震えた。そして事態と状況を悟った。自分たちは人間扱いされるのではなく、獣や家畜のように扱われているということを……。

兵士たちは山の草と土を浅く取り除き、そこに男を葬った。

「冥福を祈ります。黄泉を無事に渡ってください」

血まみれになった死体を浅い穴に埋めた後、捕虜たちはしばらくの間、亡者の慰霊のために祈った。兵士たちも粛然と彼らの行為を見つめた。

「出発」

騒ぎが収まり、指揮将の命令で一行は再び山道を歩き始めた。兵士たちは平然と行軍を始めたが、捕虜たちの心はそうではなかった。

「土をあんなに浅く覆うと雨が降ったら遺体が流れるだろう」

標識の石もない粗末な墓所を目に留めておこうと、捕虜たちはしきりに周辺の地形や特徴あるものを探した。

「まるで地獄のようだ。生きているのか、死んでいるのか、生と死の区別が付かない」

幼い遇聖は、捕虜になったことも目の前で起きたこともすべてが信じ難かった。槍で刺され血が飛び散り、つい先ほどまで生きていた人が目の前で絶命する姿を見るのは初めてだった。すべてのことがこの世で起きたこととは思えなかった。

あまりの衝撃で遇聖はその後、口をぎゅっとつぐみ、ただひたすら前の人の白いチョゴリを見つめ歩くだけだった。十二歳の少年の顔は、まるで人生を達観し、世渡りが苦海だと悟った老人のようだった。

船が到着した三河から甲斐までは約二十里の道のりだった。大人の早歩きでも丸一日かかる距離だった。

夜になり兵たちが松明を作り、真っ暗闇の道を進んだ。鬱蒼とした森の山道は月の光さえ通さなかった。

暦は十一月で夜は冷えた。捕虜たちは目的地も知らされず連行された。言葉も通じず、聞くこともできなかった。いま命があっても、いつ死ぬか分からない。生きていても死んだも同然だった。

「足の裏が痛い」

女と子どもたちは苦痛で顔をゆがめた。履くものもろくになく裸足だった。険しい山道を歩き続け、皮膚が剥けてしまった。

「死にそうだ。足が動かない」

白い木綿に垢（あか）が染みついたためネズミ色に変わってしまったチョゴリ（羽織）を着た女が嘆いた。

「ここで止まれば、捨てられて死ぬだけだよ。少しずつでも歩こう」

彼女より年配の女が腕をつかんで引っ張った。暗闇の中を朝鮮の人々は互いに支え合いながら歩き続けた。しばらくして、木々の枝の隙間から薄暗い光が差してきた。真っ暗だった森のあちこちにきらきらと光が輝き始めた。

「ピッポグイ〜、ピッポグイ〜」

夜明けとともに鳥の鳴き声が耳元に届いた。暗闇が去ると山鳥が日差しを歓迎し鳴き始めた。

「何も知らないあの鳥が羨ましい」

遇聖は、さえずる鳥を見て鳥になりたかった。大人は夜中、休むこともなく歩いたためか目が充血していた。

「はあ、はあ」

疲れているのは兵士たちも同じだった。彼らも絶えずあくびをしていた。朝日を背にしばらく進むと前方に渓谷が現れ、民家が見え始めた。山を下り渓谷に入ると村落が現れた。左には山が聳え、そこに大きな城塞があるのが見えた。城は木城だった。

「着いた！」

兵士が城に向かって大声をあげた。すると丸太を組んだ城門が開いた。中には広い空き地があった。あちこちに丸太が積み上げられ見張り台として使われていた。外からは単なる木城だったが、よく見れば戦のための要塞であることが分かった。あちこちに武装した兵士が城の外側を監視していた。

「こっちへ来い」

捕虜を城内の空き地に集めた。そこに城内の人々が集まった。人々は兵士に身振り手振りを交え、何か話しかけていた。が、捕虜たちには何のことか分からず、ただきょとんと見つめるだけだった。

人々が兵士に聞いた話は、「捕虜はどこから来たのか？　どのくらいかかってきたのか？」という質問だった。

以前、国内の戦でも、兵士は民間人の捕虜を連行してきたことがあった。国内の捕虜とは方言でも互いに通じ合った。ところが、今度の捕虜は全く通じない。村人は訝しげな面持ちでいろいろ聞いたが、答えはなかった。とりあえず、捕虜は一ヵ所に収容された。草屋だったが葦の屋根が高かった。

「ここが本拠地らしいな」

「うん、間違いないだろう」

「ここはどこで、この人たちは一体、何をする人々か」

「おそらく山村だろう。焼畑をする百姓かな」

「城もそうだし、こいつらは山賊かな」

朝鮮の人々の目にそう映るのは当然だった。石を堅固に積んだ晋州城に比べ、ここは木城だった。晋州城は、大きな石壁で雄大に積み上げられており、門が四通八達した邑城（ゆうじょう）だ。城内では市が開かれるほどで人々の往来が多かった。それに比べ甲斐の城は、城主が泊まる天守閣の前に広い敷地はあったが、急な山道の上に建てられていて邑城でもない山の要塞だった。朝鮮人なら、山賊が山奥に作った要塞に見えて当然だった。

「いや、山賊ではないでしょう」

「お前が、どうして分かるの？」

大人たちの話を黙って聞いていた遇聖が、口を挟むと彼らは細い目で彼を見た。遇聖の身なりや振る舞いを見て、彼が両班の子だと推察はしたが子どもの知ったか振りだと思った。

「船を降りてここへ来る時に、海岸で官員の許可を得ているのを見ました。この人たちが山賊なら官員がそのまま許可することはありえません」

「……」

「そうだな。この坊ちゃんの言う通りだ」

何人かは遇聖の説明を聞いて納得したが、一部はうなずきながら彼を注意深く見つめた。子どもであるが話し方が尋常ではなく、大人びていて両班の子息だと思ったからだ。

「お～い、飯だ。めし」

その時、兵士が握りを一つずつ配った。

「良かった。飢え死にするかと思った」

「食べさせずに飢え死にさせるなら、こんな遠くに連れてくるはずがない」

「そうだな」

配給された握りを食べながら、彼らは喋り合った。

「必要があるからこそここまで連れてきたんだろうぜ。じゃなければ飯をくれるはずがないだろう」

「すると、これからどうなるのか」

心の中の不安が完全に消えたわけではなかったが、少なくとも死を免れたという安心感は大きかった。それに食い物が入ると、思わずはしゃいでお喋りをした。腹がすいたら食べたくなり、腹がいっぱいになれば休みたくなる。

「未来何成（将来はどうなるのか）」

人々のおしゃべりから離れて、握り飯を食べていた遇聖は棒を拾って地面に心境を漢字で書いた。捕虜として連れてこられた中で、彼ほど漢字を知っている人はいなかった。女は言うまでもなく、男も遇聖のように体系的に漢文を学んだ人はいなかった。さらに、彼は諺文（ハングル文字）も身につけていた。

「메시（ご飯）」

遇聖は、日本語の発音を棒を使って地面にハングルで書いた。

この時、甲斐城の城主は、加藤光泰の次男、加藤貞泰だった。朝鮮に出征中の実父に代わって彼が城主の役割を果たしていた。代理城主だったのだが、彼はまだ十三歳にすぎなかった。当然ながら代理城主は形式的なものであり、実質的な管理は光泰の実弟である光政が担っていた。

「捕虜を軍功により配ろう」

光政は兄の光泰が送ってきた書札に基づいて領地内の侍に捕虜を配分した。

捕虜は奴隷で主に農業に従事し、子どもたちは雑事を手伝った。遇聖は雑用を手伝いながらも暇な時は木切れを拾い、地面に漢字を書いたりした。

「子どもに漢字が分かるのか」

当時、日本でも漢字を知っている人は支配層でもごく一部だった。なので遇聖を見て驚くのは当然だった。遇聖の話はすぐ光政の耳にも届いた。

「連れてこい」

光政は遇聖に紙と墨を渡し、漢字を書かせた。言葉は通じなかったが、遇聖はすぐ墨をすり、『小学』の内容である〈友也者、友其徳也（友と付き合うのはその友達の徳（気性）と付き合うこと）〉と書き下した。

「おお、これはあっぱれだ」

光政は遇聖の聡明さを見抜き、彼を代理城主である貞泰の下僕にした。漢文を知る利口な遇聖を幼い甥の傍らに置いて教育をさせるためだった。

互いに言葉は通じなかったが、幼い貞泰と遇聖はすぐに仲良くなった。貞泰が遇聖より一つ年上だったが、体格は遇聖の方が大きかった。

「これを何と言いますか？」

「草（くさ）」

遇聖は漢字を書くと必ず日本語の発音を聞いた。

「発音を記録するには漢字より諺文の方が書きやすい」

そして、漢字の横にハングルを書き添えた。

「草（구사《くさ》）」

代理城主の名「貞泰」を、遇聖は朝鮮の漢字音で「ジョンテ」と読んだ。

「ジョンテ、ジョンテ」

「どういう事か？」

貞泰が気になって聞いた。

「お名前を朝鮮漢字音で読むとジョンテと発音されます」

「うん、わかった。じゃあ、これから二人でいる時にはジョンテと呼びなさい。ジョンテ、ジョンテ。発音が面白いな」

「ハハハ……」

二人は漢字を使って遊んだ。

農作業を手伝う捕虜たちは、大人、子どもの区別なく、まるで牛のようにこき使われた。ところが幼い城主に漢文を指導する遇聖は、農作業をしないので暇であった。幼い貞泰が呼べば、直ちに駆けつけ一緒に遊んだり漢字を教えたりすることが仕事だった。貞泰は遊ぶのは好きだったが、勉強はあまり好きではなかった。日本語が分からず、遇聖は暇さえあれば日本語を勉強した。どんどん日本語の仮名にも興味を持つようになった。

「うま（馬）」

仮名遣いを学んだ後は、日本語の発音をハングルと仮名で記した。そして、その意味を漢字で書き込んだ。

「うま、（우마、馬）」

文字にすれば覚えやすかった。遇聖の日本語能力はめきめき上達した。最初は単語を理解しただけだったが、次第に文章形式になってきた。朝鮮語と日本語は語順が似ていて、遇聖には漢文に比べ日本語はそれほど難しくはなかった。

「朝鮮語の〈ウル〉を日本語では〈を〉で表現するんだ」

彼は日本語の文法を心得、文章を作った。

「ご飯を召し上がりましたか？」

「なんでうちの言葉がわかるの？」

彼の日本語を聞いた村人でさえ驚いた。

「覚えました」

「頭の良い子だな」

遇聖が日本語ができるようになると、貞泰と話す機会がさらに増えた。遇聖の日本語能力は驚くほど上達した。幼い城主に漢文を教えるためにそばに置いたが、むしろ遇聖の日本語能力が伸びた。だが賢い遇聖は、勉強嫌いの貞泰が飽きないように少しずつ漢字を教えた。貞泰は、勉強より乗馬や武術が好きだった。対する遇聖は武術があまり好きではなかった。そして貞泰が武芸を習っている時には言葉だけではなく、農作物や気候、日本の風習が朝鮮とは異なることに着目し、それを記録しておいた。

「手鍬は、手で握るから手と鍬の合成語。手は人の手、鍬は道具」

甲斐城に連れて来られて一年余。遇聖の日本語はほとんど意思疎通が可能となった。しかも漢字が分かるから漢文を書くことができ、村人は彼に舌を巻いた。

一方、朝鮮に出征していた光泰は年が明け、戦が小康状態に入ったため領地に戻ることになっていた。ところが腹を壊し赤痢になった。薬もろくに使えず結局、蔚山（ウルサン）の西、西生浦（ソセンポ）で息を引き取った。知らせはすぐ甲斐に伝わった。出征中の城主が亡くなり、新しい城主を誰かが継がなければならなかった。

「主君は貞泰様を城主代理にして出征した。当然、城主を継承すべき」

叔父の光政が後見人となり、貞泰が十四歳で城主を継ぐことになった。円滑な領地統治のため後見人が付いたが、城主は貞泰だった。領地内の事はすべて城主の承認の下で執行された。貞泰が城主になったことで遇聖の扱いも変わった。捕虜としての身分が変わったわけではないが、貞泰は遇聖を信頼していた。貞泰は遇聖から朝鮮捕虜の話を聞き、彼らに対する理解があった。

「遇聖、願いがあれば言ってごらん」

熱心に漢字の意味を確かめる貞泰が、突然、筆を置き、遇聖を見つめて聞いた。

「私に願いなんて、そんなものはありません」

遇聖は突然の貞泰の質問に戸惑い、答えをはぐらかした。

「そんなはずがない。君も故郷に親がいるんじゃないか。朝鮮では「孝」を一番の道理と言っていたではないか。遠慮せずに言ってごらん」

「実現できないことだと思っていますが、一つの願いは故郷に帰り、両親の生死を確認することです。もし生きていたら孝行を尽くしたいです」

「ほら。願いがあるのになぜ隠しているのか。願いを心に抱いて祈れば、いつか天地神明が助けてくれると聞いたことがある。願いを捨てるな。いずれは叶えられる」

「お心遣いに感謝するばかりでございます」

遇聖は漢字混じりの言葉を使いながら、城主・貞泰に感謝の気持ちを伝えた。

一方、甲斐に連れてこられた捕虜は散らばって生活していたが奴隷同然だった。

「あの、馬鹿！」

言葉が通じなくても目ざとい者は上手に、そうでない者はいつも叱られっぱなしだった。言葉ができない捕虜は獣のように扱われた。助けを求められると遇聖は懸命になって通訳をした。多くの誤解が彼の通訳で解消された。

「使われる立場で言葉が通じないのは不利だよ。言葉を覚えた方が良い」

捕虜として連れてこられて一年が経った。朝鮮民同士の往来も許され、捕虜たちも日が暮れて農作業が終わると、半月に一度ほどみんなが集まって朝鮮語で語り合った。互いの安否を確認したり、懐かしい故郷のことを語った。たまに遇聖も参加し、その都度、彼は自分が記録した日本語を朝鮮の人々に教えた。

「朝鮮では『ムル』をここでは『みず（水）』といいます」

「ここの人がしきりに『みず、みず』と言ったので私も『ムル』のことだろうと思った。でも確かめる方法がなかった。やっと分かった」

「じゃあ、『ミズジュセヨ』を何と言えばいいの？」

「ジュセヨは『ください』だから、『みずをください』と言います」

「ありがとう。言葉が分からずもどかしかった。知ってよかった」

「『コレオヤレ』って、どういう意味なの？」

夜なのに頭に朝鮮式のとんがり帽子を被ったお婆さんが聞いた。

「コレは『イゴッ』、ヤレは『へ』という意味だから、『これをしなさい』という意味です」

「そうか、ぴったりだ。言葉が分からず呆然としていたら、男女七歳不同席（男女は七歳になると同席は禁止）なのに、礼儀も知らない無礼な人が私を手で掴み、『コレヤレ』と叫んだの。恥ずかしかったわ。やっと分かった」

「男女七歳不同席とは、お婆さんが漢文を言うなんて。ハハハ」

「では、『ない』というのは？」

「『何々がない』というのは、『無い』という意味です。この間、教えたよ。覚えてないですか」

「そうだったね。発音が難しく、覚えづらいよ」

「じゃあ諺文（ハングル文字）を教えるから、書いておけばいいよ」

「本当にありがたい」

「ダイコン（大根）、ネギ（葱）、コメ（米）」

遇聖は日本語の発音を、ハングルと併記して朝鮮の人々に教えた。主に農作物に関わる単語を教えた。

「これはコメです」

「何でそれが分かったのか」

捕虜が日本語で話すと村人たちは奇妙に思った。しかし、作物の名や日常生活に関する単語を使うようになると村人との間に少しずつ意思疎通ができるようになった。そして以前より仕事が順調になった。

「私の名前はタルグンです」

「おい。タルグン」

「はい」

日本人は捕虜を名前で呼ぶようになった。

それまでは、捕虜を「おい、おい」と呼びつけていたから、誰を指すのか分かりづらかった。

「これは全て師匠のおかげだ」

「そうだ」

「人は学ばなければならないという謂れがあるが、本当にそうだね」

「それなら、もっと勉強して科挙でも受けたら」

「今からでも朝鮮に戻れば合格するぞ」

「大袈裟だよ」

「ハハハ」

夕飯を終えて丘の上に集まった捕虜たちは冗談を交わした。苦しい捕虜生活を耐える唯一の楽しみだった。遇聖の教えによって、言葉が通じないことで虐められる朝鮮民はいなくなった。

幸州山城の戦闘

一方、敗北した明軍総兵官の李如松が平壌に退いた頃、朝鮮の各地に分散していた各隊は着々と漢城に集結した。

「予想より少ない」

文禄元年に十五万余の兵が海を渡った。今、各地に残っている後方兵力を除いたとしてもあまりにも少なく、指揮部の領主たちは内心驚いた。予想より多くの死傷者だったことに改めて気づかされたのである。

総司令官の宇喜多が軍勢について心配すると、老将の小早川が兵糧のことを指摘した。

「敵の鋭鋒は避けたので簡単に攻撃を仕掛けることはないでしょう。それより兵糧不足が深刻です。兵糧が不足した状態で敵軍が攻撃してきたら相当、苦戦するでしょう」

既に年は変わり厳冬の雪が降り続いていた。兵糧の調達がままならず、悩みの種だった。ところが、本国からの支援の兆しはなく現地調達も厳しい状況だった。一年前からの戦で朝鮮全土は焦土化したため、秋に収穫し備蓄するはずの穀物は皆無だった。

「う〜む、朝鮮全土に穀物が足りないから現地調達も難しいだろうな」

宇喜多が深く息をした。

「海上の制海権も奪われたから本国から運ぶことも容易ではない。それに穀倉地帯の全羅道には踏み入れることもできず、どうしたらいいか」

朝鮮に入り一年足らずで状況は悪化の一途だった。しかも水軍は前年から李舜臣(イ・スンシン)率いる朝鮮水軍に苦戦を強いられていた。玉浦をはじめ泗川、唐浦の海戦で相次いで朝鮮水軍に敗れた。唐浦の海戦では水軍将の来島が戦死する不祥事もあった。来島戦死の知らせを受けた秀吉は激怒し、釜山浦に伝令を派遣するほどだった。

「脇坂と久喜、加藤義明は連合して朝鮮水軍を壊滅せよ。来島の敵を討つべきだ。必ず海の主導権を奪い返せ！」

脇坂安治は前年に龍仁(ヨンイン)の戦いで朝鮮陸軍を大きく敗退させたので朝鮮軍を見くびっていた。自分は龍仁で二千余の兵を率いて朝鮮の三万の大軍を撃退したのに海で朝鮮軍に敗れたという話を聞き、彼は舌打ちした。そして、秀吉の指示を受け、守っていた龍仁を宇喜多隊に預けて指揮下の兵、千五百を率いて熊浦(ウンポ)に南下した。そこで他の部隊と連合することになっていたからだ。

ところが、自信満々だった彼は、「待つまでもない。我が隊のみでも十分だ」と朝鮮の戦力を過小評価し、他の隊を待ちきれなかった。意気揚々と彼は指揮下の兵士を六十隻の船に乗せて海に出た。

彼の領地は、本土と四国の橋渡し役をしていた淡路島だった。島が領地だっただけに漁民が多く、兵士たちも船に慣れていた。その分、海戦に自信があった。

「我が軍の怖さを教えてやる」

陸戦で勝利を経験した彼の眼中には、朝鮮水軍など朝飯前だと思っていた。

「倭船十隻が見乃梁（キョンネリャン）に現れたそうです」

李舜臣の率いる朝鮮水軍は、釜山浦の南西にある巨済島に停泊し周辺海域を警戒していた。「倭船現る」は直ちに届いた。

「巡視船を出して詳しく調べろ」

水軍司令官・李舜臣はまず偵察船を出した。引き続き、「全軍は出船の準備をせよ」と次々に命令を発した。

「倭軍に違いありません」

偵察隊から報告が届いた。

「よし、出陣せよ」

見乃梁は、巨済島と高城（コソン）半島の狭い海峡だった。流れが速く暗礁の多い海域だった。李舜臣は水軍を率いて秘かに海峡に向かった。

「敵だ！」

すぐ、敵船発見の狼煙（のろし）が上がった。

「ブウ〜ン、ブウ〜ン」

脇坂軍側からホラ貝の音が響いた。

「すべての戦船は帆を上げて進め」

脇坂は直ちに全軍に戦闘準備を命じた。

「ついに出くわしたなっ」

自信に満ちた彼は先頭に立って朝鮮水軍に向かった。

「追いつけ、捕らえろ」

日本語の叫び声が勢いよく海上に広がった。

「船を回せ」

朝鮮水軍が船首を変えて逃げると、脇坂は彼らが怖くて逃げていると思い、全軍で追いかけた。海風は順風だった。脇坂の水軍に、朝鮮水軍の船は捕まりそうで捕まらなかった。

「くそ」

腹が立った兵士は鉄砲を撃ち始めた。

「パン、パン、パン」

発砲して朝鮮軍を威嚇したが揺れる船上で相手の急所を当てるのは飛ぶ蝿を取るより難しい。鉄砲は陸地では威力を発揮したが、海では陸戦ほどの威力を発揮できなかった。

「ヒュー、ヒュー」

ところが、逃げていた朝鮮の軍船がいきなり方向を変えた。そして、火花が散るように火の矢が飛んできた。朝鮮水軍の本陣は下にある閑山島（ハンサンド）の沖で待ち伏せしていた。そして追撃する倭船を見て火矢を打ったのだ。

「何だ？」

脇坂は慌てた。倭船を首尾良くおびき寄せた朝鮮軍は計画通りに逆襲を始めた。

「敵を囲め！」

倭船を誘い込んだ朝鮮水軍は、鶴が翼を羽ばたかせたように左右から倭船を包んだ。朝鮮水軍の船同士は、横に滑り、鶴翼の端で合流し、倭船を囲んでから攻撃を始めた。

「ドン、ドン」

火矢の後に大砲の音が鳴り響いた。朝鮮水軍は縮めたり広めたりしながら脇坂軍を攻撃した。朝鮮水軍の持っている大砲は、脇坂隊の鉄砲とは比較にならない火力だった。

砲弾を受けた倭船のあちこちに穴ができた。すると朝鮮水軍の船がそのまま突進し、倭船の横を突いた。

朝鮮水軍の船は、小さな関船を粉々にした。

「キャー」という叫び声とともに脇坂隊の兵士たちは海に落ちた。海流の流れは速く、兵士たちはもがきながら海に飲み込まれた。

「船を回せ」

脇坂は待ち伏せに気づき、後ろに下がろうとした。

「倭敵は一人も逃がすな」

李舜臣の命令で朝鮮水軍は倭船を包囲し砲弾で粉々に砕いた。

「主君、ここは我らに任せ、お身体を守ってください。主君を保護せよ」

側近の真鍋（まなべ）は、脇坂が下がれるように必死になって朝鮮水軍に抗った。

「後を頼む」

脇坂は戦場を抜け出した。そして金海に退いた。後ろを振り向くと六十数隻あった船がたったの十隻しかなかった。

『ああ、軽率だった。朝鮮水軍は陸軍と違う。もっと調べるべきだった』

この海戦で、脇坂は側近の家臣と指揮下の兵士の大半を失った。

「李舜臣の野郎。今に見ていろ」

脇坂は復讐を誓った。

朝鮮水軍の損傷はほとんどなかった。この海戦を朝鮮側では閑山大捷（ハンサンデチョップ）（大勝）と呼んだ。脇坂が閑山島で大敗した後、制海権は完全に朝鮮水軍が掌握した。そして、南海を掌握した朝鮮水軍は、加徳島の前まで進み、釜山に駐屯していた遠征軍を脅かした。陸地では遠征軍が主導権を握ったが、海上では朝鮮水軍が遠征軍を徹底的に封鎖した。

「朝鮮水軍を率いているのは誰か？」

「リ・シュンシン（李舜臣の日本音）と言う者です」

日本にいる秀吉は、海戦の結果を聞き、側近の石田に問うた。

「そいつは何者だ？」

「全羅地方の防御将です」

「そんな田舎者になぜやられたのか？」

「……」

石田は答えられず黙っていた。

「そうか、来島がやられたのを考えると見くびってはいけないか」

秀吉は自問自答をしていた。

「仰せの通りです。情報によれば水軍は神出鬼没で、その者が乗っている船は亀甲の形をしているようです」

「亀甲船かあ」

「亀のように蓋をしていて頑丈でぶつかると船が粉々に潰されるそうです。しかも大砲を装着していて、到底、叶わないそうです」

「うむ、朝鮮にもそんな戦略と戦術を使う優れた者がいるのか。その者を倒す対策はないのか」

「水軍を強化させねばなりません。李舜臣を除けば朝鮮水軍は大したことはありません。水軍を強化させ、海上権を掌握すべきです」

「ただではおかんぞ」

歯ぎしりをした秀吉は、「どんな手を使ってでもその者を消せ」と言い出した。そして、側近の石田を直ちに朝鮮に派遣することとした。

「兵糧が足りなく、戦況は思わしくない」

秀吉の命を受けた石田が漢城に入り、総大将の宇喜多から真っ先に言われた。石田は波頭を越え玄海灘を渡ってきたのに労いの言葉もなく、いきなり食糧不足や戦況に対する苦情を聞くと戸惑った。

『こちらの過ちでもないのに……』

朝鮮出征に狩り出された領主と兵士たちは本国にいる秀吉に不満を積もらせていた。後の災いが恐ろしいので口にしないだけだった。一部の領主は、石田が秀吉に誤った情報を与えたからこのような状況になったと感じていた。

「本国で兵糧を調達して送るとしても、制海権を奪われた現状では輸送することは難しいです。殿もご心配されています。以前、脇坂殿を中心に連合隊を作り朝鮮水軍を追い出そうとしましたが、大敗を喫し、状況がさらに悪くなっています。制海権を取り返すか、朝鮮で自主的に調達するかです」

石田の説明が終わると、宇喜多が不満げに呟いた。

「明軍が参戦したため、戦況がはかばかしくなく、調達もままならないのです。このままでは兵の士気が下がるので本国からの支援を望んでいるのです」

黙って聞いていた老将の小早川が口を出した。

「とにかく何か打開策を。全軍が危機に陥る可能性がある」

宇喜多をはじめ領主達が口を揃えて食糧不足を叫んだが、解決策はなかった。

ところが、本国にいる秀吉は清正が別途に送った戦勝報告を受け取り、朝鮮と明国が近いうちに降伏してくるものと誤解していた。石田も本国ではそのように思っていた。だが朝鮮に来て、戦況がそんなに甘くないことに気づいた。石田は秀吉に伝令を送り、戦況をありのまま報告した。それを受けて、秀吉の命令で全軍を漢城に集結させた経緯があった。

「報告でございます」

宇喜多の本陣に斥候将が入ってきた。

「何か？」

宇喜多が尋ねると、斥候将は言った。

「近郊に朝鮮軍が陣取っているという諜報があります」

「ナニ？　ということは明軍が、もうここまで迫って来たというのか」

「明軍ではなく、朝鮮軍と民兵のようです。禿山(トクサン)の朝鮮軍の一部のようです」

「何、禿山の？」

宇喜多の顔が急に歪んだ。禿山城は漢城の南にある山城だった。わずか一ヵ月前、朝鮮軍が漢城の南に陣を張っています」という報告があった。目障りと思い、指揮下の兵士を率いて出撃した。ところが、戦果はなく、いやむしろ奇襲を受けて兵を犠牲にした辛い経験をしたことがあった。

「軍勢はどの位だ？」

「約二千余でございます」

「二千でここを攻めるのは無理だろう。無視しろ」

「はあ」

斥候将が退こうとした。

「いや、ちょっと待て」

宇喜多と斥候将のやり取りを聞いていた石田が、顎を触りながら口出しした。

「その民兵を攻めるのはいかがですか。兵の士気を高めるためにも良いと思われます。食糧を保有しているかもしれないし、禍根を抱えてはいけない。追い払うべきです」

石田は朝鮮に来て、まだ戦いを経験したことがなかった。彼は斥候の報告を聞き、相手が軍民混じりの寄せ集め、烏合の衆と判断し功を立てたい欲に駆られた。

「戦況が悪く、機嫌の芳しくない殿も喜ぶだろう」

せっかく派遣されたのに秀吉に報告する良いネタがなかったので石田は返って都合が良いと思った。

「はい。それも一理あります」

宇喜多も仕返しをしたかった。

即時に、石田を中心に三万の兵が編成された。一番隊は小西行長、二番隊は石田三成、三番隊は黒田長政、四番隊は宇喜多、五番隊は吉川、六番隊は毛利、七番隊は小早川ら、漢城に集結していたほぼ全ての領主が参戦することとなった。

「進め！」

文禄二年（1593）陰暦の二月十四日の未明だった。陰暦の二月は陽暦の三月中旬なので、日中は春の気配を感じられたが、未明の風は冷たかった。総大将・宇喜多をはじめ三万の軍勢が隊列を成し、都城を出て北西の幸州（ヘンジュ）へ向かった。兵士の吐く息が白かった。

「倭軍がこちらに向かっています」

華やかな旗を立てて行進する連合隊の動きはすぐ朝鮮斥候隊の目に入った。そして、迅速に指揮将の権慄（クォン・ユル）に伝わった。

「倭軍の大軍が来るぞ。直ちに合流せよ」

権慄はすぐ水原にいる朝鮮軍に伝令を急派した。その他、勤王を掲げて組織した僧兵一千が合流した。こうして幸州山城に集結した朝鮮側の兵力は軍民を合わせて一万余になった。

「防御のために土城の前に木柵を作っておくべきです」

幸州城は山上に石の城壁があったが、防御のためにその下に二重の土塁を作っておいた。それを土城と呼んだ。主将の権は助防将の提案を受け、土城の前にさらに木柵を作るようにした。十壁が浅く不安だったのでそれを補ったわけだ。土城を挟んだ内と外に木柵がおかれ、その木柵にも兵が配置された。山頂からは配置が一目で把握できた。視界もよく山の麓まで全てが見渡せた。

「戦の勝敗は兵の数ではない。指揮官の能力と士気にかかっている」

権慄は指揮官の能力が戦いの勝敗を決することを固く信じていた。相手がいくら優勢な兵器と兵力を所持していても死ぬ覚悟で戦い、指揮すれば兵の士気は落ちない、士気さえ維持できれば簡単には敗れないと確信していた。

「ここは死守しなければならない。明軍が南下すればここを起点に都城を奪還することになる」

権慄は木柵まで下り、兵の配置を確認しながら士気を鼓舞した。その時だった。

「倭軍だあ、倭軍が来るぞ」

山頂にいた斥候が叫んだ。

「よし、来たぞ！」

権は山頂に戻った。山の下に広がる田んぼ道には、夜明け前に降った霜が白く敷いたようになっていた。東の空から日が昇ってきた。赤い太陽を背に連合隊の長い隊列が白く凍った田んぼ道を黒く覆っていた。冷え切った清明な空の下、派手な旗がはためいていた。さまざまな色や模様で装飾された旗は群れを成して動いた。旗の前には馬上の指揮将がこれまた華やかな甲冑で武装していた。隊列は長く末尾は見えないほどだった。

「よし。全軍は戦いに備えろ。すぐに戦いが始まるぞ」

主将の権は大声を出し攻撃に備えた。

一方、幸州山の北西に接近した連合隊は幸州山の麓に陣を張った。

「我が一番隊が先に登ります」

連合隊陣営では、どの部隊が先鋒に立つのか議論が行われたが、平壌城での敗北を挽回しようとする行長が先鋒に固執した。

「では武運を祈ります」

行長と諸将が挨拶を交わした。

「進め！」

一番隊は山道を登った。

「パン、パン、パン」

一年前、朝鮮に一番乗りした一番隊は、釜山鎮城と東莱城の戦いで朝鮮軍が鉄砲を恐れることをよく知っていた。よって、真っ先に鉄砲で攻撃を仕掛けた。髭がぼうぼうと伸びた鳥衛門も鉄砲を撃ちまくりながら山を登った。

「待て！　まだ矢を射るな」

主将の権は、兵士たちを木柵の後ろの土壁に待ち伏せさせていた。射手はいつでも矢を射れるように準備万端だった。相手が射程距離に入ったと思い、矢を射ろうとしたが「待った」の命令があった。

「パン、パン、パン」

山の下から登ってくる鉄砲隊は、木柵に近づきながら何度も鉄砲を発射した。土壁の土がポン、ポンと弾けた。

「あの土塁を越え、山上まで登りさえすれば肉薄戦だ。そうなれば勝利は我らのもの」

行長たち一番隊の指揮官は十分勝算があると信じていた。

「やっぱり怖がっている」

山頂にいる朝鮮側からなんら反撃がないことに、行長は敵が鉄砲攻撃を恐れていると確信した。誰もが、木柵さえ越えれば山城を奪取できると思った。

「登れ、攻撃せよ」

鉄砲の援護を受け、先鋒隊が木柵に近づいたとき、後方から様子を見ていた鳥衛門は、「ちょっと変だぞ」と感じた。あまりの静けさに異変を感じたのだ。

すると、「コンギョクヘラ（攻撃しろ）」と、いきなり山頂から朝鮮語が聞こえたかと思うと「ドーン」という落雷のような轟音が響いた。

「ヒュー、ヒュー」

続いて雨霰（あめあられ）のように風を切り矢が飛んできた。先鋒隊の前列が一瞬にして崩れ、兵士たちが山の斜面に転がった。攻撃の戦列が乱れた。

山頂から下へ向けて射る矢は威力があった。矢を受けた兵士は、悲鳴を上げて坂道を転げ落ちた。鳥衛門はぱたっと地面に伏した。釜山鎮城で、矢の威力を十分知っていた。

「ドーン、ドーン」「ドカン、ドカン」

矢に続き、爆音が響き、鉄片が飛び散った。飛撃震天雷（ピギョクジンチョンネ）という砲弾だった。

鉄片をくらった兵は呻きながらバタバタと倒れた。釜山鎮城の戦いでは経験しなかった朝鮮側の武器だった。平壌城で明軍と戦った時は、明軍の仏狼機砲に驚いた。砲弾と火薬が破裂する音に兵は度肝を抜かれたのだった。

「明軍からの支援武器か？」

今までは鉄砲の火力さえあれば犠牲も少なく楽勝だった。ところが、今度は違った。鉄砲より威力のある火力と音の凄さに兵士は鼓膜が破れるような気がした。前方の攻撃隊が崩れると、槍を手にした後方の足軽隊は将棋倒しになってしまった。狭い山の坂道で先頭がこうなると後続はこれを避けられなかった。

「下がるな」

兵士に檄を飛ばしていた指揮将も落馬し、転んだ。爆発する鉄片に驚いた馬が前足を上げて飛び上がるとバランスを崩して落馬した。隊列は一気に総崩れした。

矢の攻撃なら避けられたが、大砲にはなすすべがなかった。行長は予想しなかった朝鮮軍の新兵器に戸惑った。山頂どころか、木柵の坂道に味方の死傷者が積もった。先鋒隊のすぐ後ろにいた鳥衛門は危険を感じ、坂道に身を避けた。そして、鉄砲に装填をした時、「退け！」と行長から撤収の命令が出された。

「これ以上の犠牲はいけない」

カトリック信者である行長は兵の命を大事にしていた。

「面目ない」

戦闘に敗れ、武将としての体面は地に落ちた。

「ご苦労様でした。少し休んでください」

苦戦して退いた行長を冷笑していた石田と松田、前野は、今こそ能力を見せる機会だと思い、直ちに連合隊を編成して山に登った。自信に溢れた三人は、我先にと戦陣を切った。

一方、相手を退けた山頂の朝鮮軍は士気が上がり、雄叫びを上げていた。ところが、引き下がったはずの相手が再び登ってくると、「またやって来た」と叫び、兵の間で動揺が走った。その様子に主将の権慄は、「動揺するな。矢を大事にしなさい。近づくまでは絶対に撃つな」と将兵に厳命を下した。

朝鮮軍の軍勢は、若干の官軍と義兵がほとんどだった。軍律は厳しく、官軍も義兵も、常勝の権慄を絶対的に信頼した。

石田の先発隊が木柵に近づいた。権慄の右手が上がった。

「撃て！」

矢は鎧を突き破るほど威力があった。先発隊がバタバタと倒れると後ろの兵は体をかがめて避けた。

鉄砲隊は鉄砲を撃ちながら接近した。しかし地形的に朝鮮軍の方がはるかに有利だった。

「ドカン、ドカン」山頂から砲弾が地面に落ちると鉄片が飛び散った。

足軽たちは、バタバタと倒れた。

「なんとしてもあの木柵を破らなければ」

前野長康だった。

彼は領主なのに危険を冒して突撃隊を率いていた。自信満々に山を登ってきたが、地形的に非常に不利だということを山に登って初めて知った。何としても木柵を越えて肉薄戦に持ち込まなければ勝ち目がないと思った。木柵を越えるためには犠牲もやむ得ないと思い、突撃を決した。

近衛兵と足軽が彼の後ろに続いた。

「クルリョラ（転がせ）」

山の上から石が落ちてきた。

「下がるな」

前野は先頭に立って険しい山道を登り、檄を飛ばした。

ヒューッと矢の音がした。木柵の内側からだ。

「パッ！」矢は前野の胸を突き通した。朝鮮軍の矢は「片煎（ピョンソン）」と呼ばれ小さいが鋭かった。殺傷力が強く鎧でさえも突き破る威力があった。

矢を受けた前野は気絶した。運良く落馬せず、馬上に屈んだ。

「殿！」近衛兵が前野を支えた。大怪我をした前野は、馬に腹ばいになったまま山を降りた。矢は鎧を突き破って体の奥深くに刺さっていた。鎧のおかげで命は拾ったが指揮将を失った突撃隊は狼狽えた。矢と石攻めを受けて支離滅裂になった。前野の先発隊が総崩れすると、後方からの石田と松田はまともな攻撃もできず、前野と共に山道を下るしかなかった。

「前野様が怪我を負った」

前野が重傷を負ったという噂はすぐに広まり、指揮部には驚きとともに緊張が走った。前野は元老として、秀吉の側近を長く務めた大物だった。領主自身が戦闘で重傷を負うなど滅多にないことだった。

「戦略を変えなければ」

三番隊を率いる黒田は、肉弾戦では犠牲が大きいと知恵を絞った。そして、木の段を積み上げて望楼を作らせた。望楼からは山の頂上が一望できた。そこに鉄砲隊を配置させて援護射撃をするようにした。

望楼が設置された後は、足軽隊が山の上をよじ登ると、その望楼から激しく銃弾の雨を降らせた。

銃弾を受けた朝鮮軍兵士は血を流し、怯えた。

「パン、パン、パン」という轟音が続いた。望楼の上から放たれた銃弾はほぼ水平に飛んだ。下からの銃弾と水平にくる銃弾は、その殺傷力が異なった。しかも、銃弾は遠方から飛んできたのに対し、矢の射程は短かった。朝鮮軍側は鉄砲攻撃を阻止する方法がなかった。

鉄砲の音がする度に兵士は木や土壁の下に頭を沈めるしかなかった。

その隙をついて先鋒隊が突撃した。

「いけない。大砲を持って来い」

危機を感じた助防将が、望楼を狙い大砲を撃った。

「ドーン、ドーン」

一発目と二発目はいずれも外れ、望楼の下に落ちた。

「上を狙え」

助防将が冷静に命令を出した。

「ドーン」

三発目の砲弾が発射され望楼に命中した。

望楼の櫓がバシッと音を立てて崩れた。

朝鮮軍側から歓声が上がった。反面、援護射撃がなくなった攻撃隊は急に守勢に変わった。

「撃てえ、殺せえ」

木柵に辿り着いた足軽に朝鮮軍の攻撃が集中した。

「キャー」攻撃を受けた足軽は坂の下に転がった。

「下がるなっ」

黒田は大声を張り上げた。

「登れっ」

彼は、下がる兵士を急き立てて再び山に押し上げた。ところが、状況を変えるには至らなかった。援護の望楼が破壊され、犠牲者は増える一方だった。

「やむ得ない。山を下りろ」

犠牲者の多さを考えた黒田は、退却の指示を出さざるを得なかった。

「畜生め」

一番隊から三番隊まで間断なく攻撃を仕掛けたが、多くの犠牲を出しただけで何の成果もなかった。

総大将・宇喜多に怒りが込み上げてきた。彼は今回の戦いをそれほど難しいとは思っていなかった。味方の士気を鼓舞し、手柄も挙げるつもりで軽い気持ちで出陣してきた。

朝鮮軍の数が少ないから朝飯前のことぐらいに思い、まるで遠足にでも行くような気分で戦いに臨んだ。ところが予想以上の兵の犠牲と前野まで負傷するという結果を招いたことで、彼は憤懣やるかたなかった。

「山を登れ。皆、殺せ！」

宇喜多は四番隊を率いて細い山道に入った。興奮した彼は馬に乗って先頭に立った。総大将の彼が先頭に立つと側近たちには緊張が広がり、後に続く兵士たちも気を引き締めた。山の中腹には倒れた味方の遺体が連なっていた。

「攻めろ」

宇喜多の側近、戸川が先発隊二十名を率いて土壁の外側にある木柵に近づいた。動きが敏捷な先発隊は朝鮮軍の攻撃を避け、木柵に接近することに成功した。

「よし」

先発隊が木柵を飛び越えるのを見た宇喜多は喜んだ。そして「皆殺しだ」と叫んだ。先発隊の兵士が矢を射っていた朝鮮兵を斬りつけた。

「キャー」

急襲された朝鮮兵が次々と倒れた。それを見た朝鮮兵は木柵の後ろの土壁を登り、内側の木柵に逃げ出した。

「登れ」

先発隊将・戸川は余勢を駆って土壁を越え、内側の第二木柵に向かった。外側の木柵が崩れると内側の木柵にいた朝鮮兵が動揺した。先発隊の動きは敏捷で、皆、鋭い太刀を使いこなしていた。

「駄目だ。逃げよう」

民兵の一部が山頂に逃げようとした。

「逃げるな」

山頂でこの様子を見ていた主将の権が環刀を手に彼らに向かってきた。逃げていた民兵は権の大声に、その場に立ち尽くした。

「貴様！」

大声と同時に、権慄の環刀が水平に宙を割った。

ドサッ。一人の首が地面に転がった。

「持ち場から逃げる者は、死ぬ」

目尻が上がった権慄は、地面の首を高く持ち上げ、言った。

「お許しを」

一緒に逃げた民兵たちは愕然とした。首を手に獣のように吠える権慄の顔は、死神そのものだった。主将のすさまじい姿を目にした民兵は怖気づいた。

「逃げるも戦うも、死ぬのは同じ」

民兵は、死に物狂いで相手に立ち向かった。

勢いよく山をよじ登ってきた戸川の先発隊は、朝鮮側の激しい攻撃を受け、再び押し戻された。

「下がるな」

宇喜多は馬上から檄を飛ばした。その時だった。突然、山から大人の頭ほどの石が飛んできた。そして、叱咤する宇喜多の兜を強打した。

「ううっ」

宇喜多が馬から落ちた。

「殿！」

近衛兵がそれを見て、すぐ支えた。

「大丈夫だ」

衝撃で兜は脱げたが、幸いに深手は負わなかった。

「わぁぁぁ」

敵将が落馬するのを見て山頂の朝鮮軍の攻撃が激しくなった。

「山を下りろ」

宇喜多は攻撃を止め、山を下りた。

「いかがですか？」

宇喜多が側近に支えられ山を下りてくると、他の領主たちは唖然とした。

領主までが次々と怪我するのを見た兵士は、今回の戦いが簡単ではないことに気づきはじめた。

「各隊が個別に動くのではなく、連合して四方から一斉に攻撃すべきです」

下手すると全部隊が総崩れとなるとみて指揮部は戦略を変えた。そして、戦力の損失がない六番隊と七番隊が主力となり正面から攻撃し、他の部隊は分散して山の側面を突き破ることとした。

「我が隊が先頭に立ちましょう」

六番隊は毛利元康が先頭に立ち、七番隊の小早川が後を支えるようにした。

「パン、パン、パン」

再び鉄砲の砲撃が始まり、木柵にいた義兵がバタバタと倒れた。やはり鉄砲の威力は脅威的だった。

毛利の先発隊が、あっという間に木柵を占領した。先発隊は内側の木柵を破壊するために猛烈な攻撃をしかけた。

朝鮮軍の防戦も必死だった。

土壁を越え、木柵に攻め込む足軽の群れは、灯りを目指して飛び込む蛾のようだった。山上で投石する朝鮮兵も息が切れた。槍を握った手に力が入らず、相手の鎧を突き破ることができなかった。それでも生き残るために無意識に抵抗した。疲れ切った朝鮮兵は膝を折り曲げたまま槍を受けた。襲いかかる連合隊の波状攻撃は激しかった。髷の紐が切れ髪はボサボサになり、顔面は汗と血まみれになった。

「何か恨みでもあるのか」

死に物狂いで襲いかかる相手に、死を予感した時、こんな疑問が頭をよぎった。

「死にたければ来い。お前を殺して俺も死のう」

互いが血眼になった。いざ死ぬと決すると底力が湧いてきた。義兵は奮闘したが怒濤のように押し寄せる相手には力不足だった。

肉弾の戦場は熾烈を極めた。

「どうしよう」諦めかけた時だった。

「攻撃せよ！」

突然、山上から朝鮮語で歓声が上がった。僧兵たちが木柵に向かっていた。西北の支城にいた僧兵の援軍だった。彼らは本陣の木柵が危ないと知り、駆けつけた。頭を丸めた僧兵は果敢に毛利の先発隊を攻めた。

「畜生！　またか！」

朝鮮軍を追い込んだはずが、僧兵によって押し戻された。

「下がれ」指揮将の毛利もこの場は退かざるを得なかった。毛利隊は、遺体の散乱した山道を下りながら悔しさを滲ませた。

いつの間にか、陽は西に沈み、赤い光が差し込み始めた。朝日とともに戦が始まってから半日が過ぎた。長引く戦で死傷者だけが続出した。

連合隊側は交代で攻撃隊が山に向かったが、兵力の数が少ない朝鮮側はそうではなかった。四回の白兵戦で兵士は疲れ切っていた。刀と槍の白兵戦で、両の手に相手を刺したときに感じられる、水っぽい感触と飛び散る鮮血が脳裏を離れなかった。もううんざりだった。手にした刀や槍にはヌルヌルとした血がこびりついていた。周りの石や土にまで血糊がこびりついていた。

「これ以上、戦はうんざりだ」

木柵の周りでは血の臭いが鼻を突いた。

毛利が敗退して山を下ると、今度は百戦老将の小早川に交代した。七番隊を率いて山道を登った小早川は攻撃隊を二手に分けた。

右軍は木柵を正面から、自分は左軍を率いて森の中から側面攻撃を狙った。

隙を突く小早川の攻撃で西北の支城が崩れた。すると小早川は兵を率いて土壁を側面から攻撃した。木柵を防御していた義兵は挟み撃ちになった。

内側の木柵が突破された。木柵を超えた突撃隊が山頂に向かって突進した。

山頂から下りてきた権慄が長刀で突撃隊の三人をその場で倒した。

「かかって来い、こいつら」

唸り声を上げながら吠える獣のようだった。すると、守勢になっていた義兵が再び力を絞った。

山頂の射手は突撃隊を狙って矢を射た。弓隊は精鋭で至近距離で射る矢は正確だった。その矢に当たれば致命的だった。破竹の勢いで山頂に登ってきた突撃隊は朝鮮軍の抵抗で多くの死傷者が出た。

「下がるな。攻めろ！」

小早川も木柵を超え、突撃を叫んだがなかなか登り切るのは難しかった。すると、ゴロゴロと山頂からまた例の石が転がってきた。

続いて、熱湯だ。

「熱い、熱い」と突撃隊は逃げまくった。木柵を越えたものの小早川隊もなかなかそれ以上に進むことができなかった。進むも下がるも難しくなった。しかし、追い込まれた小早川軍はこのまま引き下がるわけにはいかなかった。自分が下がれば、敵は外郭を回り、隙をついて他の隊が総崩れになる恐れがあった。そうなれば連合隊のすべての戦術は水泡と化してしまう。

「下がるな」

小早川の最後の自尊心だった。

「従え」

彼は自ら先頭に立った。再び熾烈な白兵戦が始まった。

「討て」

「ジュギョラ（殺せ）」

両軍兵士が叫び合う朝鮮語と日本語が入れ混じった。

鉄砲と矢の音が飛び交った。小早川隊と朝鮮兵が取っ組み合って転がり、あちこちから悲鳴が上がった。

幸州山はまさに阿鼻叫喚だった。

「何の怨恨か？」

会ったことも見たこともない赤の他人同士が殺し合っている。

「矢が無くなっています」

朝鮮軍にとって矢は有効な武器だった。なのに矢が無いという。主将の権慄は、一瞬、呆然となった。「そりゃ大変だ」矢が潰えるということは敗北を意味した。権慄は目の前が真っ暗になった。

一方、山頂からの矢がまばらになると小早川は矢が無くなったと直感した。

「敵は矢が無くなったぞお。恐れずに進め！」

鉄砲隊が鉄砲を撃ち、足軽隊は山の傾斜を登った。木柵を超えた突撃隊が山頂に向かって総攻撃を行った。

その時、「殿！　あれを見てください」

山城の南の絶壁の下には漢江が流れていたが、二隻の船が旗を翻しながら近づいて来るのが見えた。

「あれは何だろう？」

「朝鮮軍だ。援軍だ」

兵士たちが騒ぎ出した。その知らせはすぐ小早川にも伝わった。

「ナニ？　朝鮮軍の援軍？」

船上には矢が山積みになっていた。巡辺使（王の特使）の李薲（イ・ビン）が京畿道（キョンギド）から船に矢を積んで川を遡って来たのだ。

「おお、援軍だ！」

援軍に朝鮮軍の兵士たちは歓声を上げた。

すると朝鮮の船から小早川隊に向けて次々に矢が放たれた。彼らは後方を遮断し、包囲するかのように漢江の流れを切って北西から山に近づいていた。

「どうしよう」

突撃隊の動きが止まり、兵士は小早川を見上げた。戦経験豊富な兵士たちは動揺を隠せず、主君の顔を伺った。小早川も迷った。

「兵士の士気が下がってしまえば戦いは無理だ」

勝算がないことに小早川は心を決めた。

「山を下りろ！」

小早川は馬を回した。

「敵が逃げるぞ。逃げるぞ」

山頂を狙っていた突撃隊の兵士は後退ができず、士気の上がった朝鮮兵に逆襲された。

「川の方から朝鮮の援軍が現れました」

小早川から報告を受けた宇喜多は、「仕方がない。後退しよう」と言った。

あまりにも兵の犠牲が多く士気もガクンと落ちていた。これでは撤退せざるを得ないと宇喜多は判断した。

晩冬の日没は早く、幸州山の陰は漢城に向かい長く伸びていた。薄暗い田んぼ道を連合隊の行列が長く続いた。彼らは悔しさのあまり、民家に火をつけ、煙が暗い夜空に白く立ち昇った。

「倭軍が撤収しています」

見張りからの報告に、幸州山の山頂の広い敷地から歓声が上がった。官軍と義兵、僧兵は互いに勝利を喜んだ。未明から始まった戦闘は日没とともに終わった。

「良かった、良かった」

相手が退く姿を見て朝鮮の軍民は抱き合って喜んだ。顔の血が乾き、赤黒く、その上に涙が流れ素肌の線が見えた。

「生き残った」という安心感で飛び跳ねて喜ぶ者もいた。世の中が厳しく、暮らしも苦労が多いが生きているだけで幸せだった。朝から続いた敵軍の攻撃は執拗で激しかった。五回に渡った波状攻撃を退けたことが信じ難かった。

それでも戦が終わると、「飢え死にしそうだ。飯をくれ」と兵も義兵も訴えた。緊張が解け、夜になり寒さが堪えた。温かい汁と飯が欲しかった。

主将の権慄はすぐ食事の支度を命じた。同時に松明を手に兵士と義兵が木柵のまわりを片付けた。真っ赤な炎と共に死体を燃やす匂いが辺りに広がった。そこの遺体だけでも二百は超えた。

〈幸州山で倭軍を撃退し、大勝を収めました〉

権慄は、報告書を書いて王に飛脚を出した。それを受けた王は嬉しさのあまりに「忠誠心が強く勇敢な者。直ちに昇進すべし」

そして、権慄に都元帥（武官の総司令官）の職を与えた。都元帥とは臨時官職だったが、戦時中にすべての軍務を統括する職責で武官の最高位だった。

一方、碧蹄館の戦いで敗れ平壌に退いた李如松の代わりに、臨津江では副総兵の査が倭軍と対峙していた。彼にも幸州山勝利の知らせが届いた。

「再度、確認を！」

査は側近を派遣し、勝利の真偽を確かめた。

「朝鮮軍の勝利は間違いありません。戦利品も多いようです」

朝鮮軍の勝利が事実との報告を受けた査は、直接、幸州山を訪れた。臨津江と幸州山は十里の道のりだった。彼は幸州山に登り報告を受けたが、正兵は少なく義兵が多いのに軍律が厳しく、一糸乱れぬ様子で士気が高いのに驚いた。

「朝鮮にこんなに優れた人物がいたのか」

彼は内心では朝鮮を見くびっていたが、幸州山で権慄に会って、それまでの偏見を捨てた。

「戦功を称えるために褒美を授けよう」

査は自分が上官のように権慄を褒め、持っていた宝剣を与えた。

「ありがたき幸せ、感泣するばかりでございます」

権慄は、査の傲慢な態度が気に食わなかったが、明軍の助けが必要なのでそれを丁寧に受け取った。

撤退

「ナニ？　朝鮮軍に敗れて帰ってきたと？」

丁度、咸鏡道から漢城に着いた清正は、幸州山での戦の結果を聞いて激怒した。撤収の命令に従い、寒さに震えながらやっと漢城にたどり着いた彼は、「無能な奴ら」と宇喜多ら戦に参戦した諸将を軽蔑した。そして、宇喜多が開いた軍事会議で、こう言い放った。

「朝鮮軍に敗れたと聞きました。四万の兵力で少数の朝鮮軍に敗れたそうですが、それは我が軍の恥でしょう。私が雪辱を果たします。指揮下の兵のみで攻略します。それが最も急務だと思います」

清正は会議の席に集まった諸領主を嘲笑し、豪語した。今すぐにでも出撃するかのように席を蹴り、起ち上がった。

「いいえ、当分は出征を控えるべきです。まずはここを死守すべきです。明軍は大軍で朝鮮に入って来ました。平壌を占領した一番隊も、明軍に押されて漢城に来ていますし、明軍がここを狙って攻めてくるのを撃退しました。清正公の二番隊を最後に、全ての部隊が戻ってきたので警戒を強化して防御に専念しましょう。太合殿の指示を待つべきです。既に本国に伝令を送っています」

宇喜多が、清正に状況説明をしながら出撃を止めた。

「戦のために海を渡ってきたのでしょう。ここに座って防御ばかりでは目的を果たすことはできない。我が隊のみでも戦います」

「個別な行動は許しません。指示を待つべきです」

執拗に出撃を言い張る清正を、宇喜多が阻止した。

「とにかく、今後の動きについては殿の指示を待ちましょう」と、石田が口を挟むと行長や他の領主が頷いた。

『臆病者め！』

不満な清正は心の中で彼を非難した。だからといって総大将の決定を覆すことはできなかった。それは秀吉に逆うことになるからだ。

「これから部隊別に地域を割り当てます。任された地域を各々防御してください」

宇喜多は領主らと相談し、防御を強化するため漢城近郊に各部隊を分散配置した。その結果、漢城を中心に遠征軍の防御線が広まった。戦は膠着状態に入り、防御線が広がったことで、その弊害は諸に朝鮮民が被ることとなった。

「こいつら、普段は従っている振りをするが、いざ戦が始まると義兵に変わり、我々を攻撃するんだ」

幸州山の戦いで民兵にやられた兵士たちは、彼らに恨みを抱き、その八つ当たりを都城の民に向けた。兵士たちは白い服を着た男を見るとわざと槍で叩いたり、棒の後ろで突いたりした。

「アパ（痛い）」

「ウェグレヨ（どうしてですか？）」

「裏切者め」

言葉が通じない兵士と朝鮮民は互いに不満を抱き、憎み合った。遠征軍が漢城を占領した後、宇喜多は通行証を発給し朝鮮民を優遇した。朝鮮民を味方に引きつけるために親和政策を取った。占領軍は朝鮮民に自由を与え、市まで保証した。都城の商人は戦争特需を享受し、兵士を相手に多くの利益を得ていた。ところが雰囲気は一変した。都城内の朝鮮民は外出する時は兵士らを避けて路地裏を通った。

なお、遠征軍指揮部は兵糧確保に直面していた。漢城に駐屯する兵は五万を超えたが、食糧を供給することもままならなかった。食糧を調達しようにも農家も底をついていた。戦が始まってもう一年。朝鮮民も飢え死にする者が出てきた。米一粒もなく、多くの朝鮮民が山野で山菜などを取り空腹を紛らわしていた。指揮将らは、都城の商人をせき立てたが、彼らも食糧を調達するすべはなかった。食糧が天から落ちるわけもない。本土からの補給もままならなかった。その背景には、朝鮮水軍に制海権を奪われていたことがある。さらに陸地でも各地で義兵が出没し、釜山浦から漢城への補給路も絶たれていた。

「これで一日を持ち堪えろというのか」

「まったくだ」

食糧が底をつくと配給がぐんと減った。握り飯も一日一回だけだ。

「だめだ。このままじゃ飢え死にだ。食糧を確保しなきゃあ」

腹を減らした兵士は規則を無視して個別に動き始めた。兵士の一部は朝鮮民を脅し食糧を奪った。それでも足りず都城の外に。東は忘憂里（マンウリ）、西は弘済院（ホンゼウォン）にまで略奪に出た。

「やめてください、それは。みんな飢え死にします」

「何を言う。抵抗する者はこれだ」

兵士らは情け容赦なかった。初めは目的が穀物だったが、次第に女を狙った。

「イジムスンア（この獣め）」

「死ね」

逆らう者は老若男女を問わず、犠牲者になった。戦況が悪化するにつれ朝鮮民は略奪と欲情を満たす対象に変わった。

都城の周辺を荒らした一部の兵士たちは、貞顕王后（九代目王の成宗の継妃）の墓である宣陵（ソンヌン）と中宗（十一代目の王）の墓である靖陵（ジョンヌン）までも毀損した。これが、後に大きな外交問題になる。

兵士たちが匪賊化すると、「倭兵を避けるのが一番」と、都城と周辺の多くの人々は山に身を隠した。指揮部は兵糧不足で、兵士が略奪をするなど規律が大きく乱れていることを危惧した。

「このままではいけない。太閤殿下に撤退を要請しましょう」

総司令官の宇喜多は、漢城に集まっていた領主らと連名で進言した。

一、明軍が参戦し戦況が思わしくありません。今春、朝鮮に渡海する予定をご延期ください。
一、兵糧が不足し兵士たちが粥を食べ耐えています。兵糧は陸路と海路がふさがり運搬がままなりません。
一、穀倉地帯である全羅道の攻略は未だ難しい状況です。
一、この状況を凌ぐためにもまず漢城を捨て、南の海岸に沿って城を築き、防御しながら兵糧を確保することが戦況を有利に取り戻す策と思われます。御許可願います。

宇喜多は、諸領主の意見を婉曲に記し、秀吉に送った。

一方、戦が膠着状態に陥ると、明国の朝廷では戦況を探るために官吏として宋応昌を朝鮮に派遣した。それを知った李如松は沈と事前に口を合わせて、彼を迎えた。

「戦は膠着状態であります。しかも兵糧が足りず倭兵たちの士気が低下しております。ここの気候が変わりやすく倭兵は馴染めず苦労をしています。今こそ倭軍と戦えば、彼らの犠牲は甚大になるはずでしょう。倭軍も漢城に退き、動きがありません。この辺で講和を仕掛けた方が良いと思います」

李如松の話に続いて、沈が「その通りです。今が講和の時でしょう」と調子を合わせた。それを聞いた宋はしばらく考え、「総兵官の意見を受け入れましょう」と答えた。

彼は朝鮮に来る前に兵部尚書の石星に会った際、「武力で追い出すことができなければ、講和を進めた方が良い」という指示を受けていた。ところが、鴨緑江を渡る前には李如松が戦いを主張するのではないかと危惧していた。もし、再び戦となれば武将の李が中心となり、自分の役割は減ってしまうと考えていた。

ところがその心配は、杞憂に終わった。

『講和交渉を成功に導けば、朝廷に能力が認められるはず』

沈の意図と一脈相通じた。意気投合した彼らは直ちに北京の兵部尚書・石星に送る書札を作成した。

〈講和を進めるために遊撃将の沈と共に参将（副将）二人を漢城に派遣します。沈は講和交渉を担当し、二人の参将は漢城にいる倭軍の軍備状況を探ります。講和の条件として、倭軍が無条件で漢城から撤収することと、捕虜となった朝鮮の二人の王子の放免を要求します〉

講和交渉を成立させ、自分の手柄にしようと宋は、戦う意欲を失った李如松と書札に進んで連署した。二人の見解が一致していることを石星に伝えるためだった。

〈貴官の見解を高く評価する。条件は遅くとも四月八日までには漢城から撤収すること〉

しばらくし、兵部尚書・石星の許可が届いた。

沈はすぐさま行長に使節を送り、講和の意図を伝えた。

「こちらからも願うことです。受け入れましょう」

漢城の指揮部は、明軍側が提示した講話交渉を受け入れることにした。よって、李如松と宋応昌は計画どおり、沈と二人の参将を講和使として漢城に派遣した。

「小西様との会談を望みます」

沈と一行は、講和使の身分で漢城に入り、以前、平壌で交渉した行長を会談の相手として名指しした。

この時、行長の一番隊は都城の外、龍山に駐屯していた。沈と参将二人は龍山に案内された。

龍山で行長に再会した沈は、一気に自説をぶつけた。

「小西様、兵士たちを見るとろくに食べることもできず、顔の骨が出っ張っていますね。本当に気の毒です。今、遼東では明軍四十万の兵力が朝鮮に向かっています。戦が始まると哀れな兵士が命を落とすことになりましょう。兵士の命を救うためにも早く講和に応じるのが上策です。講和の条件はそれほど難しくありません。まずはここ漢城から退くことです。そうなれば安全に釜山浦に行けるように保障します。そして講和に応じるという意味で、捕虜となっている朝鮮の二人の王子を釈放してください。一事が万事。そうなればすべてうまくいくはずです」

沈は巧みに同情を誘い、明の援軍派兵計画を膨らませて行長を追い詰めた。そして講和の条件を提示した。最初から朝鮮との和平を望んでいた行長は、沈を頼りにしていた。

「承知いたしました。一人で決められることではないので少々時間を頂きたい」

行長は総大将の宇喜多に、沈が提案した内容を伝え、宇喜多は直ちに諸領主を集め、意見を聞いた。

「講和なんてとんでもない。講和の代わりにわしが明軍を追い払いましょう」

武断派の清正が、即座に反発した。

対し、石田三成が背筋をピンとして言い張った。

「戦には後方の兵糧支援がなければなりません。海岸は封鎖され、本国からの兵糧の道は閉ざされています。ここでの食糧調達もままになりません。調達は、今や至難の業であります。兵士に食料を与えずに戦わせることはできません。それに今、各隊では疫病まで流行っています。この状況下では、戦より講和を受け入れ安全に南下することが上策でしょう。この戦は長期戦になります」

彼は行長と同じく文治派だった。文治派は戦を主張する武断派とは見解が違った。

「ごもっともな意見でしょう」

石田の説得に宇喜多が同調した。すると、今度は武断派の福島が口を出した。

「何を仰る。戦のために海を渡ってきて戦わずに引けなどとみっともない」

興奮した福島が激しい口調で批判した。すると、行長は、「ここで口論していても結論は出ない。本国の殿下に伝令を送り、指示を仰ぎましょう」と提案した。秀吉の許可なしで甲論乙駁しても結論に達するのは難しいことをよく知っていた。

「それが良い」

小早川が頷いた。

「そんな暇はない。その代わり明軍を攻め、勝利を報告する方が良い。そうなれば殿下は非常に喜ぶでしょう」

清正が強く反対し、戦を主張した。

「私が明の使臣と共に海を渡ります。使節を殿下に案内しご指示を伺います」

清正の意見を無視し、行長が意見を述べた。

「それは名案です。講和か戦かをお決めになる方は殿下しかいないでしょう。では、小西殿にお願いしましょう」

宇喜多が行長の意見に同意し、講和の条件をまとめることとした。

『馬鹿たれどもがぁ〜』

自説を否定された武断派の清正と福島は、すねてその場を離れた。戦を主張する武断派の二人がいなくなると話は淀みなく進んだ。

一、講和のため明朝の朝廷から日本へ講和使を派遣すること。
一、我が軍が漢城から退くと同時に、明の兵士も遼東に撤収すること。
一、我が軍の安全な撤退を保障すること。特に、朝鮮軍と義兵が後退する我が軍を攻撃しないこと。

宇喜多を中心とした諸将がまとめた講和の条件だった。

「まあ、良いでしょう」

行長を通して講和の条件を提示された沈はそれを受け入れた。彼はすぐ平壌に向かい、李如松と宋応昌に講和条件を伝えた。二人はそれに新たな条件を加えた。

一、四月八日まで漢城から撤退すること。

一、捕虜となっている朝鮮の二人の王子とその配下の者を放免すること。

行長は、明から提示された条件はそれほど難しくないと推察した。

「本国にいる太閤様の承諾を得れば交渉は成功裏に終わると思います」

ところが、「とんでもない。二人の王子を先に解放することはできない」と、王子たちを拘束している清正は明側の要求に反対した。清正は講和にも反対だったが、明軍との講和交渉を行長が担っていることにも不満を抱いていた。彼は二人の王子を人質にしている自分こそが講和交渉の代表を務めるべきだと思っていた。実際、清正は側近を明の使節の沈に送り、「わしと直接交渉をすれば二人の王子を釈放しよう」と提案をしたこともあった。

ところが沈は、好戦的で短気な清正とは、「話が通じない者とは講和などできない」と彼の提案を拒んだ。

そんな背景もあってか清正は、明との講和に目くじらを立てて反対し続けた。

「敵が撤収する我が軍を攻撃しないという保障もないのに、先に放免するなどありえない」

武断派の福島も清正の肩を持った。すると宇喜多が新しい案を提案した。

「では、こうしたらいかがでしょう。二人の王子と明の講和使節を人質にして後退し、撤収が無事に終わった際に解放することで……」

総大将の宇喜多の提案に、他の領主が賛同した。兵糧で苦しんでいた彼らは、安全さえ確保されれば一日も早く本土に近い釜山浦に南下したかった。

「良いでしょう」

〈明国の使節との会談結果を報告申し上げます。兵糧が足りないので四月八日を期日に漢城を離れたいと存じます。撤収を無事に終わらせるため、明国の勅使と朝鮮の王子らを人質に取って同行します。撤収が無事に終わった後、二人の王子は解放します。そして明国の使節を殿下のところにお送りいたします〉

宇喜多は、重ねて秀吉に撤収の許可を要請した。

すると秀吉から以下の書面が届いた。

〈撤収を認める。ただし各地に部隊を分散配置して警戒を徹底せよ。南に下っては各地に城を築城し拠点を確保せよ〉

戦況が思わしくないという報告を受け、秀吉は漢城からの撤収を許可した。

「良かったです」

秀吉の許可が下りると、一番喜んだのは行長と沈だった。行長は一日も早くこの戦を終え、領地に戻りたかった。一方、沈は講和交渉を成功裏に終わらせることができれば、その功労を認められ出世できると思っていた。

明国と日本が講和交渉をするという情報は朝鮮側にも伝わった。

「明と倭が講和交渉をするそうです」

義州の行在所にいる王には寝耳に水だった。王はもっぱら明軍のみを頼っていたからだった。

「あり得ない。朝鮮を助けに来た明軍が、敵の倭軍と講和交渉するとは。それはいけない。どんな手を使ってでも妨害する」

王は慌てた。

「何をしている。直ちに総兵館を訪ねて、我々の意思を伝えなさい」

「承知いたしました」

王が驚き、激怒したので御命を受けた柳成龍は急ぎ李如松を訪ねた。

「倭軍が講和を仕掛けているのは計略でしょう。講和交渉をする振りをして油断させるつもりでしょう。隙を見て攻撃すれば倭軍を殲滅できると思います」

李如松は、以前から柳成龍の人柄と誠実さを知っていた。

「わしも貴公と同じ考えだ。それで平壌から開城に陣を移した。ところが講和の条件として倭軍が捕虜としている二人の王子を帰し、都城から撤収するというのだ。わしは戦いたいが二人の王子の命が危ない。よって、講和にのる振りをし、まず倭軍を都城から追い出すつもりだ。その後、隙を見て奇襲し殲滅しよう」

李は、本心とは違ったことを柳に平然と伝えた。

「承知いたしました。ありがたく幸せでございます」

李の答えを聞いた柳は、その内容を王に伝えると王は安堵した。このように朝鮮側は当事者であるにもかかわらず、講和交渉から徹底的に排除されることとなった。

講和交渉を受け、漢城にいた遠征軍は撤収を始めた。

「ピリリリ」総大将の宇喜多は漢城を離れ漢江に向かう際、捕らえた妓生や才人、楽士を先頭に立たせ、楽器を奏でさせた。戦に負けて撤退するのではなく戦略に従って撤収するという印象を残すためだった。

朝鮮の民千人余が遠征軍に同行した。遠征軍に協力した人々で、朝鮮に残ることができなく、陳大猷のような順倭たちであった。

明国の使節である沈惟敬と参将二人も、清正に捕らえられた朝鮮の二人の王子、臨海君と巡和君も人質として同行した。

漢城を出た各隊は、南を流れる漢江を渡るために船を並ばせ、板をかけ、浮橋を作った。

都城を出る際、それまで静かにしていた二人の王子は漢江を前に、突然、大声で慟哭し始めた。

「泣くのをやめるように伝えなさい。釜山浦に着き、安全が確認されれば放免すると伝えよ」

二人の王子につられて同行の朝鮮民も泣いた。困った指揮部は通訳を通し、そのように安心させた。

「本当ですか」それを聞いた二人の王子は表情を変え、慟哭をやめた。

密約

遠征軍が漢江を渡って南下した時はすでに旧暦の四月だった。温かく、季節は春めいた。一年前の文禄元年の四月に海を渡ってきたから丁度一年が過ぎたところだった。朝鮮王朝が始まって約二百年。大きな戦争もなく安寧だった地が戦禍に巻き込まれ、一年が経ち再び春が戻ってきた。

侵略によりこの地の人々は苦痛にもがき苦しんでいるのに、自然は人間の営みとけ関係なく、黙々と自然の道理に従っていた。冬に凍てついた大地は、潤う水気を帯び始めた。あちこちの山野には温かい春の日を浴びて、草花が大地を埋め尽くし芽生えていた。

遠征軍の長い行列が通ると土埃が新緑の草木にかぶり、緑が灰色に変わった。戦乱は人々だけではなくこの地の草木にも災いだった。行列が通る道は、馬が走る駅路だった。幅は三、四人が通れるほどで狭かった。遠征軍は各隊別に分けられ二列で行軍したが、五万余の兵士の列は長く、まるで大蛇のように続いた。無慈悲な兵士と軍馬に踏まれ、道端の雑草は惨めに潰れていた。

「ここはどこか？」

「忠州（チュンジュ）です」

「ジンジュ？」

「いいえ、チュンジュ、チュンジュです」

「ジュンジュ？」

「そうじゃなく、チュン、ジュ」

金ソバンは、「忠（チュン）」の朝鮮音を息を強く吐いて発音し、鳥衛門はそれを真似した。

「チュン、ジュ」

「そうです。やっと発音ができるようになりましたね」

「文字では、どう書く？」

歩いていた金ソバンが手のひらにハングルで「충주（チュンジュ）」と書いてみせると鳥衛門が首を回し、それを読み上げた。

「ああ、チュンジュ。やっと分かった」

「本当に熱心だね」

後ろに付いていていた矢一が、鳥衛門を見ながら話しかけた。

「どれだけ面白いか君には分からないよ。諺文（ハングルの別名）という朝鮮の文字が分かれば言葉を簡単に書くことができるんだよ。これを学べば漢字が分からなくても文字が書けるよ」

「本当か？」

「だって、この金ソバンがうちの言葉を流暢に喋るのも全部これで書いて、覚えたからだよ」

鳥衛門は肩にかけた鉄砲を取り直し、得意げな表情で言った。

平壌城にいた時、金ソバンが作った炭の塊を尖らせたものを、いつも手にしながら懸命に何かを書くのを鳥衛門はずっと見てきた。そして彼を通して諺文を知った。好奇心半分、暇潰し半分で、その書き方と読み方を学んだ。そして、朝鮮語だけではなく自分の使う日本語も記録したのだ。

「각시（カクシ）（女）、오나고（おなご）」

朝鮮語を聞いてハングルで書き、横に再び日本語の発音を書いておくと覚え易く、言葉の勉強には最適だった。

記録したいことがあっても文字が分からなく、記憶だけでは不確かだった。

鳥衛門はそんな悩みを抱えていた、そんな時に金ソバンと出会った。二人は急激に親しくなった。金ソバンは対馬出身の与右衛門に玉の指輪を与えたが、与右衛門も忙しく、彼に教えてもらうことが難しかった。金は、兵士たちに話しかけながら日本語を学ぼうとしたが、ほとんどが捕虜である彼を無視した。金ソバンは兵士らに協力していたが、捕虜としての冷遇は変わらなかった。ところが鳥衛門は違った。彼は差別意識なく日本人、朝鮮人の区別をせず同等に扱ってくれた。鳥衛門は、金ソバンが炭で何かを書くのを見て朝鮮語とハングルに興味を持ち、金ソバンから朝鮮語とハングルを習うようになった。

「寺子屋の師匠になったようだな」

金ソバンは、鳥衛門に言葉と文字を教えながら、生まれて初めてそんな気分を感じた。今まで、人に文字を教えたことなどないのに、分かりやすく教えるにはどうしたらいいのか、彼なりに工夫を凝らした。逆に鳥衛門からは日本語を学んだ。二人は持ちつ持たれつの関係で互いの言葉を学び合った。

二人は出身や身分などに関係なく親密になった。歳は鳥衛門が少し上だったが見た目は大差がなかった。鳥衛門は、金ソバンとは友のように接した。捕虜の身分である金ソバンは、鳥衛門の親切さに感謝しつつ災いを避けるためにいつも敬語を使っていた。

「故郷は南だろう」

鳥衛門が、先を歩く金ソバンに向かって日本語で聞いた。

「東莱なので釜山浦から近いです」

金ソバンは、少し訛りはあったが、日本語で答えた。

「じゃあ、釜山浦に着けば故郷に帰れるかもね」

金ソバンが、間髪入れずに答えた。

「故郷に帰っても誰もいません。妻と子どもが捕虜として連れて行かれたそうです。私は海を渡るつもりです」

すぐ後ろを歩いていた矢一が、その話を聞いて口を挟んだ。

「海を渡る？　わが国に行くというのか？　なぜ？」

「なぜって、妻子を探しに行くつもりです」

「どこに連れられたのか知ってるのか?」

「いいえ、知りません。でも探せば分かるでしょう」

「しかし、海を渡れるかな!」

矢一が心配そうに言うと、鳥衛門は「そうか、何か方法はあるだろう。助けるよ」と、妻子の行方を心配する金ソバンを慰めた。

一方、「倭軍が、漢江を渡りました」との報告を受けた李如松は、

「本当か? 計略かもしれない。確認せよ」

副総兵の査に、漢城の状況を調べるように命じた。すぐ、敵軍が漢城を出たという情報は朝鮮側にも伝わった。

「追撃の良い機会です」と李如松を訪れた柳成龍が攻撃を勧めた。が、李はそれを黙殺した。すると、

「これ以上、明軍に頼ることはできない。我が朝鮮軍だけでも敵軍を撃たなければならない」

柳成龍は権慄と巡辺使の李薲らと協議し、撤収する遠征軍を朝鮮軍単独で攻撃することにした。

「では、急いで都城に入ります。もし倭軍が残っていたら掃討します」

権慄の提案に、「是非、鬱憤を晴らしてください」と柳成龍が承諾した。幸州山で相手を撃退した権慄を、柳は頼もしく見た。

「直ちに」

権慄は、指揮下の兵士と義兵を率いて漢城に向かった。が、報告通り、都城は空っぽだった。その頃、遠征軍は漢江を渡り龍仁を過ぎていた。

「後を追え！」

権慄は、足早に漢江へ向かった。ところが、敵軍が渡った浮き橋はすべて真っ黒な灰と化していた。

「船を探せ！　川を渡るんだ」

権慄は何とか船十隻を集め、先頭に立って川を渡ろうとした。

とその時、明軍の旗を翻しながら一団の軍卒が駆け寄った。

「どうなさいましたか？」

「わしは明軍の遊撃将、威金(イ・キン)だ。そなたは総兵官の許可を得ずに独断で軍事行動をしている。戦術を台無しにしようとするのか！」

威は、大声で権慄を叱った。返答のしようもなく、権慄は黙った。

「よく聞け！　誰も総兵官の承諾なしで、ここを渡ってはいけない」と、威は畳みかけるように厳しく命じた。

そして、威は指揮下の兵士を川辺に配置し朝鮮軍が倭軍を追撃することを徹底して阻止した。すべては李如松の命によるものであった。

『明軍は朝鮮を助けに来たのか、敵を助けに来たのか。全く分からない』

渡江を邪魔された権慄は、ひとり嘆いた。

「呆れたものだ！」

追撃を妨害された権慄は、腹が立ったが都城に戻るしかなかった。そして柳成龍にいきさつを報告した。

〈倭軍をそのままにしておけば、南海岸にいる我が民が多くの被害を受けます。倭敵が朝鮮の地でこれ以上、暴れないように追い出すべきです。そのためには撤収する倭軍を攻めるべきです〉

権慄の報告を受けた柳成龍は、相手を攻撃するように再び総兵官の李如松に申し出たが、「一人では決められない。宋応昌の意見を聞け」と、李は柳成龍のことを煩わしく思い、言い逃れに終始した。

五月初旬、宇喜多隊を始めほぼすべての遠征軍は釜山浦に着いた。約一ヵ月間の移動だった。明軍や朝鮮軍の攻撃はなく、戦は皆無だった。

〈釜山浦を中心に海岸に城を築け〉

これは秀吉からの命令だった。釜山浦を中心として南海岸に城を築き、待機するよう命じてきたのだ。

総大将の宇喜多隊が釜山浦に駐屯し、清正は東にある西生浦に城を築城した。朝鮮では倭城（ウェソン）と呼ばれる城だ。清正と犬猿の仲である行長は、反対側の熊浦に進んだ。このように遠征軍の各隊が慶尚道地域を中心に西生浦から釜山浦、加徳島、熊浦等々、十八ヵ所に城を築いて駐屯した。

それから倭城を拠点に朝鮮の南海岸を掌握した遠征軍は、日本本土としきりに連絡を取り、長期戦に備えた。

一方、漢城に入った李如松は、相手が釜山浦に到着した五月中旬に漢城を出て、ゆっくり行軍し忠州まで進軍した。この時にはすでに遠征軍の主力のみならず、後方部隊もすべて南海岸に撤収した後だった。忠州に入った李如松は、相手がすべて南下したことを知り、明軍を分散配置し自分は再び漢城に戻った。そして、明の朝廷に報告書を書いた。

〈倭兵は朝鮮の都である漢城からすべて撤収しました〉

彼の報告により明の朝廷は講和が成功したと判断し、李如松に遼東に撤収するよう命じた。その命を受け、李如松は部隊を率いて鴨緑江を渡り遼東へ帰った。

旧暦の六月に入り、釜山浦にいた宇喜多にも日本の秀吉から命令が届いた。

〈各地域の警戒を徹底せよ。そして、全軍が連合隊を形成し、前回失敗した晋州城を再攻撃して陥落せよ。そうすれば全羅道を掌握でき、食糧の心配も解決できるはずだ〉

秀吉は、去る年の十月、晋州城の攻略に失敗との知らせに激怒した。

宇喜多は直ちに連合隊を編成した。その数、五万に達した。

清正の二番隊が先鋒に立った。

「倭兵だ。倭兵が来るぞ。直ちに逃げなきゃ」

連合隊五万の大兵力が、晋州城攻撃のため昌原を経て東に移動すると東の各地はたちまち被害を受けた。

「早く逃げろ！」

朝鮮民は戦を避け、山や渓谷に避難しなければならなかった。

「倭軍の大軍が晋州に向かっている」

噂はたちまち広まった。その時、晋州城には各地から集まった朝鮮軍民の数は一万足らずだった。

〈晋州城を包囲攻撃し、反抗する者は皆殺せ〉

晋州城攻撃を前に秀吉が改めて伝令を送ってきた。その要旨は、晋州城を徹底的に踏み潰せというものだった。

一方、自薦他薦で晋州城攻撃の先鋒に立った清正は、久しぶりに爽快な気分で燃えていた。

「必ず城を陥落し、殿に勝利を報告する」

勝利のみを心に決めた清正は、晋州城攻略にあたりあらゆる戦略を立てた。まず、晋州城の周りのすべての村を燃やし、城の周辺にある堀を土で覆い、牛革の貨車を作って城壁を壊すこととした。そして、鉄砲隊に攻撃を仕掛ける作戦だ。

「パン、パン、パン」

炎天の日差しが強い陰暦、六月下旬、連合隊の鉄砲攻撃が始まった。

「矢を射ろ」

「ヒュー、ヒュー」朝鮮軍はすぐさま応戦した。そして、十日間続いた清正軍の攻撃を凌いだ。朝鮮軍の応戦もしたたかだったが、清正率いる二番隊の攻撃は執拗で、止むことを知らなかった。戦いが長引くと晋州城は完全に孤立した。

明軍にも晋州城が倭軍の攻撃を受けていることが伝わったが、明軍の指揮部は援軍を送らなかった。

「引くなっ！」

この時の晋州城の主将は、牧使の徐禮元(ソ・イエウォン)だった。彼は武科に合格した武将だった。他にも、武将として黄眞(ファン・ジン)、崔慶会(チェ・ギョンフェ)らが晋州城で奮闘していた。黄眞は弓の名手で、彼を中心に兵士と義兵は一丸となって清正軍の攻撃を防いだ。ところが、戦いが長くなり矢が尽き、食糧も底をついた。

周辺からの援軍もなく、晋州城は孤立していた。弱り目に祟り目、戦闘を率いた黄眞が鉄砲隊の銃撃で戦死した。それまで晋州城を引っ張ってきた猛将が戦死すると、急に兵士の士気が落ち戦列が崩れた。

結局、晋州城は孤立したまま清正の攻撃に耐え切れず陥落した。城に残って最後まで抵抗した武将と兵士、義兵、牧使の徐も戦死した。

「朝鮮軍の首級を切り取れ。戦勝報告のため殿下に送る」

晋州城を陥落させた清正は、首級を箱に入れ塩漬けにした。清正は牧使、徐禮元の首級を取り別に送った。徐を前の戦で戦った金時敏と勘違いしたのである。

「京に送って首を晒せ！」

清正が送った首級を秀吉は、金時敏だと思い、梟首(きょうしゅ)を命じた。

「可哀そうに。どうしてあんな残酷なことをするのか」

京の広場に晒された首に、京都の人々は殺された朝鮮人に同情を抱いた。

晋州城が陥落すると、今まで被害を受けなかった湖南地域の住民がひどい目に遭った。晋州の南江を渡った兵士らは、全羅道の内陸に進み、河東（ハドン）を経て智異山（チリサン）の麓である求礼（クレ）まで荒らし回った。今まで兵士が出没しなかった地域だ。徐々に遠征軍の勢力は広まり、晋州から西生浦に至る南海岸は完全に遠征軍の支配下になった。その後、海岸や島に次々と城を築き、本土とをつなぐ連携網を構築した。

「戦が長引くと困る」

清正のような武断派により戦が続くと、講和を望む行長は気が急いた。

晋州城の戦いを終えた後、行長は明国の使節、沈と共に海を渡り、秀吉の元を訪れた。

「講和が成立すれば、絶対守らなければならない。天地神明に誓え」と、秀吉は講和の条件として次の要求を提示した。

一、明国皇帝の姫を我国の王妃になるよう婚姻関係を結ぶ。
一、途絶えた交易を再開する。官船と商船が相互に往来できるようにする。
一、明と日本の大臣らは互いに交流し、両国が対等な関係で交流を続ける。
一、朝鮮の南の四道（慶尚左道、右道、全羅左道、右道）を我々が治める。
一、朝鮮の二人の王子と大臣は朝鮮に帰す。代わりに他の王族二人を人質に日本に送らなければならない。
一、朝鮮は永遠に日本に逆らわないことを誓う。

「交渉が決裂すれば、再び攻める」

秀吉は、行長を通じ講和交渉を進めながらも決裂に備えて、再び戦の準備をさせた。そうさせたのは清正からの報告が発端だった。晋州城を陥落させた清正は、意気揚々して秀吉に報告した。

〈朝鮮と明国を武力で十分屈服させることができます〉

「さすが清正！」

報告を受けた秀吉は、行長を通じ講和交渉を進めながら、一方で清正を通しては戦を実行する腹案を持っていた。そして、まず講和を進めるために「捕虜になった二人の王子と陪臣らを釈放してやれ」と、命じた。

戦争に疲れた兵士も交代で本国に帰国することを許した。講和が進み休戦状態になると、兵士も家臣も、そして領主も頻繁に海峡を行き来した。

秀吉の命令を受けた清正は、朝鮮の二人の王子と大臣をしぶしぶ釈放した。さすがの清正でも秀吉の指示を拒むことはできなかった。

「良かった」二人の王子は釈放が実現されると涙を流して喜んだ。その頃には、朝鮮の王も漢城に戻っていた。釈放された王子はすぐに漢城に戻された。

「捕虜になってどれほど辱められただろう。まずは体を癒やしなさい」

王は王子が味わった苦痛と恥辱を慰めた。

そして、王は「陪臣らは流刑に処する」と処断した。

罪の理由は、王子を守るべき大臣らが王子を守れず、捕虜になって恥辱を与えたという責任だった。

〈倭国は我が国の敵である。同じ天の下で共に生きるなど許されないことだ。その仇と講和をするなど目に土が入っても受け入れ難い〉

王の宣祖は、明の総兵官の李如松と宋応昌に使節を送り、講和に猛反対した。講和の条件として、清正が二人の王子と大臣を解放したのを受け入れながらも講和に反対したのである。朝鮮に滞在している李と宋を説得する一方、北京にいる兵部尚書の石星にも使節を送り、講和交渉が不当であることを訴えた。ところが、明国の大臣らは宣祖の意見を黙殺し、朝鮮朝廷を講和交渉から徹底的に除外した。

一方、行長と共に日本に渡り、講和交渉に携わっていた沈は秀吉の要求した条件を聞き困り果てていた。秀吉が提示した要求条件を僧侶の玄蘇が漢文に訳した。柔らかい表現に書き直したにもかかわらず、明の立場からすれば傲慢不遜、この上ない内容だった。

「皇帝がこのような条件を受け入れると思いますか！」

沈は、翻訳された文章を見て行長を問い詰めた。

「悩んでおります。何かいい方法はないでしょうか」行長の返答を聞き、状況を把握した沈は、「ひとまず朝鮮に渡りましょう」と、行長と共に秀吉の要求書を持って朝鮮に戻った。

「このような内容では講和どころか、むしろ災いを呼ぶことになります。この内容を持って北京に入るわけにはいきません」

「う〜ん。では内容を大幅に書き換えるしかないでしょう」

沈の提案を聞いた行長は、彼と秀吉の講和要求書を次のように改竄した。

一、豊臣秀吉を日本の王に冊封すること。
一、朝貢貿易を許すこと。

二人は講和を成立させるために、秀吉が提示した朝鮮の南地方の割り当てや、明国の姫と日本の朝廷との婚礼などの内容をすべて消してしまった。

秀吉を日本の王に冊封すれば、秀吉の歓心を買うことができるという計算と朝貢貿易の開始は、貿易を通じて利益を図ろうとする行長、自分のためだった。

「この書札を持って明に入り、交渉をまとめてください」

行長は、軍師役の内藤如安に書札を手渡した。行長は同じカトリック教徒でもあり、領主を経験した内藤如安が明との交渉役に適任だと思ったからだ。

明国の都、北京へ行くには、漢城を経て義州を通り、遼東を経て山海関を通らなければならない。如安は明軍に変装し沈に同行した。朝鮮では沈の一行を制止することはできないからであった。沈は、明の遊撃将として威勢を張り通過する地元の官長に、「宿を用意しなさい。料理を出しなさい」と優遇を求めた。

「かしこまりました」朝鮮の官長は指示に従うしかなかった。ところが、鴨緑江を渡って、遼東に入ってからは彼の官職に従う官長はいなかった。

皇帝の許諾書なしでは外国人が北京へ行くことはできない。沈が遼東に入った時、遼東地域の責任者は日本人の如安が北京に行くことを許さなかった。

「おやおや。外交使節を伴って北京へ行くというのにこれを阻止するとは」

沈は困り果てた。

「どうすりゃいい」

困り果てていた沈の耳に、李如松と宋応昌が遼東に戻ったという噂が届いた。

二人は朝鮮で自分の交渉能力を認めてくれた。沈は直ちに彼らを訪れた。

「お目にかかれて嬉しいです。講和交渉のために倭国の使節を連れて北京へ行こうとしていますが、厄介なことになっています。手を貸していただけないでしょうか」

しかし、李如松と宋応昌も立場は苦しかった。大きな戦果や功績を立てることもなく戦は膠着状態となり、遼東に呼び戻されたのである。

「講和のために北京に行くそうだが、倭国が降伏するという文書でない限り、使節は認められないだろう」

李如松と宋応昌は、口を合わせたように降伏文書を要求した。日本の降伏を引き出すことで、自分たちの功績にする下心があった。

「いやはや、困ったことになった」

沈は降伏の要求が無理であることをよく知っていたが、二人の要求を黙殺することはできなかった。仕方なくその内容を如安に伝え、頼んだ。

「う〜ん、分かりました。通行証を発行してくださるなら、私が何とかします」

行長が、結果を待ち侘びていることを分かっている如安だ。

秀吉に直接会ったことのある沈は、秀吉が降伏文書を書くなどということはありえないことをよく知っていた。しかし、為す術がなかった。行長が虚偽の降伏文書を作成してくれれば、それで良いと考えた。なお、如安が再び朝鮮に入り釜山浦までを往復するのは危険と案じ、沈は自ら釜山浦に行き、行長に会った。そして沈と行長は、秘密裏に偽の降伏文書を作成し、沈は再び遼東に戻った。

その頃、明の朝廷では日本と講和するのが上策だと主張する主和派と講和交渉を中止すべきという主戦派に分かれていた。兵部尚書・石星と朝鮮を視察した宋応昌は講和を支持した。

〈倭軍は漢城を出て南に移動していますが、未だ多くの兵士が朝鮮の南海岸に城を築き駐屯しています。これは講和ではなく再び侵略するためだと考えられます。それが証拠に晋州を攻撃したことです。倭軍は講和が成立したとしても、軍備が整えば再び朝鮮を攻めることは明白です。よって、講和交渉より朝鮮が自主防御を図られるように兵士を集めて訓練し、自ら倭の攻撃に備えるべきです〉

兵部所属の曾偉芳(ソ・イボウ)という男が神宗に上げた書状だった。

「もっとも」

皇帝がこの意見を受け入れ、再侵略に備えるように指示した。が、皇室の財政を担当する大臣らは困り果てた。

「朝鮮に駐屯している援軍に兵糧と武器を送らなければなりませんが、財政は苦しいです」

すでに朝鮮に援軍を派遣したため、かなりの軍備が費やされた。再び戦となると台所事情が逼迫するのは必定だった。

「うむ」

神宗は考え込んでしまった。講和交渉に対する賛否が真っ向から対立し、さらに皇室の財政問題が取り上げられ、皇帝はやむなく講和を採択した。

「倭国の講和使節を受け入れろ」

その間、内藤如安と沈はずっと遼東で待ち続けていた。如安が遼東に入ってから一年と五ヵ月が過ぎていた。ようやく講和使節を受け入れるという皇帝の許諾が遼東司令官に伝えられたのは、文禄三年十二月に入ってからだった。

食糧調達

内藤如安が遼東で一年半近く足踏みしている間、朝鮮の南海岸のあちこちで築城が行われていた。秀吉の命令により防御線を張るためであった。

朝鮮の城が邑城（村落全体を城壁で取り囲む城）であるのに対し、倭城は領主を護るための城だった。朝鮮では城の中に役所があり、これを中心に邑民を保護した。特別なことがない限り、村民は城を往来することができた。反面、倭城は領主の住む天守閣が中心になり、指揮下の家臣と兵士だけが城内に居住した。領主を保護するため警戒が厳しく、外部と断絶していた。城の構造も外部からの敵を防御することが目的なので、接近することを拒絶するように設計されていた。天守閣を保護する城壁は二重三重に築かれ、城郭は、くねくねと曲げるのがセオリーだった。

よって、築城の場所も倭城は高い丘陵や山の中に築城される傾向があった。築城の適地を選ぶ際にはまずもって防御に有利な地形を選んだ。適当な高さの山があれば、まず頂上の斜面を削り平地を作り、その上に天守閣を建てた。領主が滞在する天守閣を中心に前後四方に斜めに険しい城壁を築き、外部からの侵入を難しくした。

さらに、南海岸の倭城の構造には特徴があった。必ず海に面しているか、海を挟んでいるかだ。これはいずれも本国との連絡やいざという時の後退を円滑にするための深謀遠慮でもあった。

「ここがかつて倭館（日本人居留地）があった場所です」

「うむ。それならこの近くに城を建てた方が良い」

対馬島主の義智が、行長に報告し場所を決めた。行長が駐屯地と決めた熊浦は以前、倭館が設置された場所に近かった。倭館は、朝鮮と日本の交易と外交業務を執務した場所だった。対馬の家臣である勘兵衛が、釜山浦の倭館に滞在し、働いた場所でもあった。そのような理由から義智は熊浦の地形をよく知っていた。

「あの左側の山上に天守閣を建てます。そして、あの麓の小山に支城を築きます」

義智が指し示す場所は、東の方角で海に面した丘陵の野山だった。その沖合には巨済島があり、南東の海には加徳島が位置していた。明軍と朝鮮軍の攻撃を防ぎ、本国と連結できる海が繋がっているため最適の駐屯地と思われた。それに加徳島と巨済島が前を塞いでいて、船が停泊しやすい天恵の要所だった。

行長は、娘婿の義智をはじめ家臣を連れて、海に面した南の山に登り、地形を眺めた。

築城に詳しい玄蘇が、一気に地形と築城の構想を述べた。

「ここはまるでオタマジャクシが海に進もうとしているように、尻尾は陸地に、頭け海に向いているようです。陸の方は狭く海の方が広く、陸からの登り道は狭くて長い、さらに大きく曲がっています。そして、広大な海は眼前に控えています。ここを中心に内城と天守閣を築き、尻尾の陸地には長い外城の城壁を造れば誰も攻めることのできない要塞となるでしょう。そうなれば、陸地からの敵の攻撃を防ぎやすく、海に抜けやすいだけでなく海から兵糧を運びやすくなります。海側に小さな船着き場を作っておけば、関船ぐらいは随時出入りできるので本国との連絡がしやすくなります」

行長は大きく頷いた。

「では、すぐに築城を始めなさい」

行長の指示で熊浦に築城が始まった。そしてすべての兵士が築城に動員された。捕虜として連れて来られた朝鮮の人々は言うまでもなかった。鳥衛門や金ソバンも、もちろん、労役を免ぜられることはなかった。

「まず道を作り、山を削って天守閣と城壁を築け」

城地は陸側から登ると海を面した頂上までかなり急で遠かった。そこにまず道を作らねばならなかった。それも直線ではだめだ。左から右に、再び左に曲がった道で、正に蛇が這っているような曲がりくねった道を作らなければならなかった。狭い獣道の木を切り、新たな道を作るのは難儀だった。しかし、道がなければ天守閣や城壁を築くための石や木材を運ぶことはできない。さらに尖った山頂を削って平らにすることは容易なことではない。しかもまともな道具もなかった。天守閣を建てるために木を切り払い、築城に必要な大きな石を山頂まで運ぶのもすべてが人力に頼るしかなかった。とにかく、すべてが想像を絶する重労働の連続だった。

「明の使臣をもてなす天守閣は大きく盛大に作ろう」

行長は、ここを拠点に明国と講和交渉をするつもりだった。派手好きで、虚勢を張る明国の官吏が、怯むほどの華やかな天守閣を考えていた。その分、労役のしわ寄せが、捕虜と兵士たちにきた。山頂を平地にし、城壁や天守閣の主軸となる大きな石は山の下で削り、人力で運び上げなければならなかった。さらに質のよい多くの木材も必要だった。周辺に適当な木材がなければ、遠くから運ばなければならない。労役の中心は、兵士たちの監視の下、朝鮮人捕虜が担った。人足（にんそく）が足りなければ、兵士たちも一緒になって丸太を運んだ。だからといって食糧が潤沢にあったわけでもない。

「こんなにきつい仕事をさせるならもっとくれよ、食い物を。腹ぺこで仕事ができないよ」

「そうだ」

髭がぼうぼうと伸びた矢一が文句を言うと、鳥衛門が軽く相槌した。

「本当に飢え死にしそうだ。何で山の上なんかに城を作るんだ」

隣にいた若い又右衛門も愚痴を飛ばした。

一方、日本語を覚えた金ソバンは労役をしながらも、兵士と朝鮮の人々の間で通訳の役割をした。

「さあ、これを担いでみんなに付いて行きましょう」

「おい、キム。腹は空いてないのか。休みながらやれよ」

朝鮮人捕虜と一緒になって丸太を担ぎ、山に登ると、休んでいた鳥衛門が話しかけた。「空腹で死にそうです。握り二つで一日なんて、腹の皮と背中の皮がくっつくほどです」と、金ソバンは訴えた。

当時、兵士に支給された食糧は主食として一日に雑穀一合と副食としては十人を基準に塩一合、味噌二合がすべてだった。兵士たちは塩で味付け、味噌で汁を作り飲んだ。兵士たちは里芋の茎を取り、汁に入れて食べた。

ところが、捕虜にはそのようなことは許されなかった。二個の握り飯だけだった。しかも、兵士と捕虜の仕事は徹底的に区別され、捕虜らは休みなく働かされたが、兵士は交代で労働と監視をし休息も取ることができた。

捕虜らは飢えと疲労に喘ぎながら、丸太や大きな石を運ぶ重労働を強いられた。足がふらつき、細い坂道に転がり、大怪我をすることもあった。兵士は負傷すれば治療を受けたり、本国に戻ることもあったが、捕虜は怪我してもそのまま放置された。運よく傷が治れば助かるし、治らなければそのまま死ぬこともしばしばあった。怪我をして労役に服することができない捕虜には、一日一個の握りしか配給されなかった。

「回復したって、再び労役に出され、死ぬ身だろう」

怪我をして身の上を嘆き、飲み食いを一切せず死ぬことを望む人もいた。

金ソバンも待遇はそれほど変わらなかったが、日本語ができるということで兵士たちの対応は好意的だった。

「ご苦労さま。城が完成したからつらい仕事はもうないぞ。ところで、ちょっと聞きたいことがあるから日が暮れたら俺のところに来てくれ」

「分かりました」

鳥衛門の話を聞いた金ソバンは、「諺文（ハングル）に関することだろう」と思い、「食い物でも少しくれれば有難いなあ」と期待を膨らませた。仕事が終わり金ソバンは鳥衛門を訪ねた。山頂に灯る松明がかすかに照らされていた。そこに鳥衛門と仲間がいた。

「ああ、よく来てくれた。どうだ食い物が足りず苦労が多いだろう」

「はい」

金ソバンは答えながらも食い物に期待感が膨らんだ。

「でも、うちも同じだ。俺は我慢できるが、この若者たちは可哀想だ。そこで、ちょっと手伝ってもらいたい」

鳥衛門が低い声で、それも深刻な顔つきで切り出した。

「え！　どういうことですか。私に食べ物があるわけではないのに」

金ソバンは訝しげに問い返した。

「それがね～。僕はそうしたくないけどこの若者たちが腹をすかして、もうこれ以上耐えられないんだよ。このままでは死ぬか、でなければどこかに逃げるしかないって言うんだ。でも、それはいけない。そこで近くの村に行けば食い物があるんじゃないかと。我らは地理もよく分からないし、言葉も通じないので君に頼みたいのだ。助けてくれると有難いのだが」

鳥衛門は躊躇しながら本音を明かした。

「では、民家に行って、食糧を奪うと言うことですか！」

金ソバンは、鳥衛門がお人好しで、人を殺したり略奪を非常に嫌っていたことをよく知っていたので、そう言い返した。

「ううん。もう、もたないって言うんだよ」

自分の価値観にはそぐわないが、仲間のためには仕方がないのだという表情で、鳥衛門が言葉を濁すと目ざとい金ソバンは頷いた。

「分かりました。でもこの近くには民家があっても人はいません。食料を手に入れるには、遠くまで行かなければならないです。よろしいでしょうか？」

「うん。だからこの地をよく知る君に頼んでいるんだ。でも、このことはここにいる我ら以外には絶対、内緒だよ」

空腹で毎日、苦しんでいた金ソバンも心が動いた。

「助けてくれ」鳥衛門が真顔で頼み、二人のやりとりを聞いていた彦兵衛が切なる気持ちを口に出した。矢一も金を見ながら、目で助けを求めていた。矢一と彦兵衛たちはもし金ソバンが頼みを断ったら殺すつもりだった。秘密が漏れるのを防ぐためだ。

人生経験の浅い若者が戦場に狩り出され、異国の地で言葉も通ぜず、知らない相手と死に物狂いで戦い、一年余りを耐えてきた。特に恨みがあるわけでもないのにただ相手を殺し、仲間の死を多く見てきた彼らには、命を尊重する気持ちなどは失せていた。ただひたすら生存本能で一日一日を持ちこたえていた。

そんな彼らも、海を渡った時には、それなりの夢を抱いていた。「手柄を挙げれば侍として出世できる」という淡い期待に胸を膨らませていたのだ。ところが、世の中はそんなに甘くはなかった。戦が始まると相手を殺してこそ自分が生き残ることができた。殺戮が正当化され、生きるために相手を刺さなければならなかった。血を流しながら苦しむ相手を見て、早く死ぬことだけを望んだ。家畜を屠殺しても気がひけるものだが、戦が人間性をますます干からびさせた。

「ここは人が暮らす世ではない。まさに修羅場だ！」

彼らも戦の残忍さを感じていた。理不尽な戦だった。侍になるんだと言って一緒に海を渡った幼馴染みの吾郎は味方ともめて処刑された。今まで大きな犠牲を出したが、何の成果もなかった。恨みもない相手を平気で殺し、兵士でない民間人までも殺戮して平壌まで進出したが、今は退いて南海の山奥に押し込まれている。故郷が恋しかった。それも叶わず重労働の労役を強いられ、食い物もなく飢え死にの瀬戸際にいるのである。

「もううんざりだ」

鳥衛門や矢一たち若者の多くが、今や「名分のない戦い」であることに気づいていた。勢いに乗って漢城に進軍している時には気づかなかったが、平壌城で明軍に押され、釜山浦に南下した時には彼らのみならずほとんどの兵士がこの戦に懐疑的になった。やがて厭戦の気分が漂ってきていた。

さて、民家の案内を頼まれた金ソバンは、皆の顔を見回し、しばらく考え、「最初からみんながそろって行く必要はありません。危険性があるから、まず私と鳥衛門様が先に行き、調べてみます」と、言った。

金ソバンは捕虜の身分であるため、単独で山を降りることができない。そこで鳥衛門が彼を監視するふりをして一緒に山を降りた。二日後、金ソバンと鳥衛門が朝鮮人の服を持って戻ってきた。

「山を降りたら、この服に着替えたほうが良い」

「朝鮮人だと思われて危ないことはないのかなあ」

金ソバンと計画を立てた鳥衛門が垢じみた朝鮮のチョゴリを配ると、それを受け取った矢一が周りを見回しながら心配そうに言った。

「山を越えて遠くまで行かなければなりません。朝鮮側の義兵に見つかればもっと危ないです。武器はそのまま携帯してください」

金ソバンが鳥衛門の代わりに事情を説明した。

「キムが捕虜に後で米をやるからと約束し借りてきたものだ」

鳥衛門の一言で話はまとまった。

陽が落ちると夕闇が海いっぱいに広がり、あっという間に山中は一寸先が見えない闇に覆われた。真っ暗になると山頂の天守閣の方から火が灯った。

「サクサク」

暗闇から草を踏む音がする。

「シーッ、静かに！」

金ソバンを先頭に鳥衛門たちは低い声で互いの位置を確認しながら山を降りた。山の麓で、全員が朝鮮人の服装に着替え、鎧などは大木の傍の茂みに深く押し込んだ。

「この木が目印だから、よく見ておけ」

念のために鳥衛門が木に目ほどの切り傷を残した。そして歩き始めた。暗い夜道を金ソバンに続き、鳥衛門、矢一、彦兵衛、又右衛門、拓郎の順に続いた。

彼らが向かったのは熊浦から昌原に連なる山道だった。途中に仏母山（ブルモサン）という山があった。山脈は東に伸びていた。高い峰が聳えるほど山勢は険しかった。金ソバンは人通りの絶えた山脈に沿って斜めに進んだ。

「どこまで行くの？」

山を越えて約二里ほど歩いたころだった。矢一が前を歩く金ソバンに聞いた。暗闇の中、左に見えていた海岸線が消えると不安になったからだ。

「もしかして我々を朝鮮軍に引き渡すつもりではないだろうか。こんなに遠くまで来る必要があるのか？」

矢一の言葉に続き、一番後ろの拓郎が疑うような口調で彦兵衛にひそひそと話すのが、金ソバンの耳にも聞こえた。

「静かにしてください」

金ソバンが後ろを振り向くと同時に、口に人差し指を当てて「シッ」と声をだした。

「朝鮮の服装を着て日本語を話すと正体がばれます」

金ソバンは自分を疑う彼らに日本語で注意を喚起した。

「もうちょっとです。ここは昌原という所ですが、両班の家を探さなければなりません。あの水田を見てください。雑草ばっかりです。皆、田畑を捨てて避難したという証拠です。なので、良民の家から食糧を得ることは困難です。食糧を手に入れるためには大きな邸宅を探さなければなりません。朝鮮では「金持ちが滅んでも三年は食べられる物が残っている」という諺があります。両班の家にはきっと食べ物があると思います」

「キムの言う通りだ。もう少し行こう」

金ソバンの話を聞いた鳥衛門が頷きながら、矢一らを黙らせた。金ソバンから妻子を救うために日本に行くのだと聞いて以来、鳥衛門は金ソバンを信じていた。

『裏切るなら平壌や漢城にいた時にできたはず。これまで我が言葉を学び、共に行動をしてきたのに今更、我らを裏切ることはないだろう』

鳥衛門が金ソバンの肩を持つと、一行は再び静かになった。四方は真っ暗な闇に包まれた二更の亥の刻だった。鳥衛門が時刻を見計らおうとして空を見上げたところ、雲が立ち込めて星も月も見えなかった。鳥衛門も、金ソバンと一緒に周辺を見回ったが見当もつかない場所だった。しかも闇に包まれ不安が募った。そんな気持ちを払い落とすかのように呟いた。

「まさに漆黒の夜だ」

「シッ！」

金ソバンが指で口を塞ぎながら、低い声で言った。

「あそこに瓦屋根の家が見えるでしょう。あんな両班の家には、必ず何かあるはずです」

邸宅の脇を小さな川が流れていた。彼らは浅い小川をまっすぐ渡り土塀に身を隠した。後方には低い山、前方に大通りが広がっていた。立派な玄関を構える大家だった。

「門が閉まっているのをみると人が住んでいるに違いないです」

高い門を押し、金ソバンが囁くと、「どうやって入るの、門を壊すか？」と矢一が発する。金ソバンは慌てて、「それはいけません。下僕に気づかれたら大変なことになります。彼らは門の隣にある仮屋で生活しているから音がすれば、すぐにばれます。誰かが塀を越えて中から門を開けるべきです。その後、蔵を探し出し、食べ物を盗むのがいいでしょう。万一のために武器を持って戦う準備をしておいた方が良いと思います」

「分かった」

鳥衛門が塀を越えた。少し後に「カチッ、カチッ」と閂（かんぬき）を外す音がした。金ソバンが注意深く門を押した。門が開き、鳥衛門の「静かに」という声がした。

家の中に入った金ソバンは右手の人差し指を口に当てながら、左手では一行に向かって座るように何度も手を下に押し込んだ。彼はしゃがんだまま家の中を見回した。鳥衛門たちは息を殺していた。

「良いだろう」

金ソバンが用心深く慎重にしていると、矢一が声を殺して促した。金ソバンは門の横に一列に並んだ仮屋を注意深く見たが、依然として静かだった。下僕たちは気付いていない様子だった。金ソバンは座ったままもう一度、庭の中をくまなく見渡した。門からまっすぐ見えるところに縁側のある客間があり、その右に母屋があった。その裏には奥室があった。

金ソバンは体を屈めて客間の方に近づき見回した。豊作で穀物が有り余るときは雑穀を蔵に置かず、客間にある物置に置く場合もある。ひょっとしたらと思って覗いたが、麦の干物が何本か引っかかっているだけで物置の中はがらんとしていた。

「何もありませんねえ、あそこには」

足音を殺したまま金ソバンは、客間の横にある塀を覗き込み、奥室に通じる門に近づいていた。

「シーッ」

もう一度、人差し指を口に当てた。奥室に通じる小さい門は客間のすぐ近くにあり、人が入ればすぐに気づかれるからだ。奥室に通じる門を押してみたが鍵がかかっていた。金ソバンが仲間に座れと手振りをし、鳥衛門に塀を指差した。彼の仕草を見た鳥衛門は再び恐る恐る塀を越えた。奥室の塀はそんなに高くなかった。鳥衛門が軽く塀を越え、内側から門を開けた。皆、母屋の庭に入り姿勢を低くした。

「あそこ」

金ソバンが蔵を指差した。鳥衛門が足早にそっちへ近づいたが、案の定、蔵の戸には錠がかかっていた。

「これを外さないと」

鉄でできた錠前を手で掴んで独り言のようにつぶやくと鳥衛門が確認するように錠前を手で引いてみた。カタカタ、カタカタ。鋳鉄の重い錠前はびくともしない。矢一が錠前を掴み引っ張ってみた。カタカタ。錠前は依然としてびくともしなかった。

「エイッ」矢一は錠前と力を競うかのように錠前を強く引いた。

「静かに、静かに」

金ソバンが慌てて彼の手を握って止めた。

「だめです。鍵がないと開けられません。中に入って鍵を探さないと」

金ソバンは最初は穀物だけこっそり盗むつもりだったが、今は仕方がないと思った。彦兵衛と又右衛門に外の門を警戒させ、金ソバンと鳥衛門、矢一、拓郎が奥部屋につながる床に上がった。金ソバン以外の彼らの手には短刀が握られていた。手ぶらである金ソバンが先に奥の部屋の方に近づき、指に唾を付けて障子に穴をあけた。眠っているのか部屋の中は静かだった。

キギギ。金ソバンと矢一が障子をそっと開けた。二人は腰を屈め爪先立ちで部屋に入った。矢一が布団を掴みはぎ取った。

「ヌグセヨ（どなたですか）、ウェ（なぜ）」

布団の中でぐっすり眠っていた中年の女が目を覚ました。賊は男であることに気づき、羽織っていた白い下着をさっと両手で覆った。

「シーッ」

「チョヨンヒ（静かに）」

金ソバンはさっと女の口を手で覆い、耳に当てて囁くように朝鮮語で話した。

女は驚き、座り込んだ。別の男が首に短刀を当ててきた。

「ウェ、グロセヨ（なぜこんなことを）」

「声を出さなければ、何もしない。素直に蔵の鍵を出しなさい。穀物が目当てだ。騒がない方が良いだろう」

金ソバンが話すと、女は「サリョジュセヨ（命だけは）」と言いながら、部屋の小さな箪笥を指差した。気付いた矢一が、引き出しを引くと紐のついた薄くて小さな鉄があった。

「それで・・・」

矢一が鍵を取り出すと金ソバンが日本語で合図した。矢一は、障子の外で警戒をする鳥衛門に渡した。その後、矢一は再び部屋に戻って短刀を女性の顔に向けた。

「声を出せないようにしましょう」

金ソバンが矢一に話すと、彼は直ちに短刀で布団の端を切り取り、女に猿ぐつわをした。

「うん。うんうん」

「抵抗しないで、静かに、静かに」

女が抵抗すると金ソバンが腕を掴み、後ろに回して脅かした。

一方、鍵を手にした鳥衛門と拓郎、彦兵衛は蔵に入り、又右衛門は門の前で警戒を続けた。戦の経験から、皆、役割を熟知し、動きも敏捷だった。

「これを見ろ」

蔵に入った三人は、穀物が入った麻袋を見て満足した。直ちに袋を取り出し、米や麦などを掃き集めた。

陰暦五月、丁度、麦の収穫が終わった時期だった。米よりは麦が多かった。

「他は要らない。穀物だけ持っていこう」

鳥衛門は、若い拓郎と彦兵衛があれこれ欲しがると穀物だけを袋に入れるように命じた。

一方、女を見張っていた金ソバンと矢一は、闇の中に女の白い素足が一瞬輝くように覗いたのを見逃さなかった。金ソバンにも欲情が働いた。だが、すぐに「いけない。家内と子どものことを思えば……」と、自分を支配した衝動を抑えた。

「終わったよ」

しばらくすると、鳥衛門が低い声で状況を伝えてきた。

「騒ぎ立てれば、戻って家族を皆殺しにする。夜が明けるまでじっとしていなさい」

金ソバンが念を押した。床に出ると袋が六つ置かれていた。

「一つずつ背負って」

鳥衛門が袋一つを肩にかけて先頭に立った。金ソバンはその時、脇に垂れる冷たい汗を感じた。ずっと緊張の連続だった。

極度に緊張したせいか、皆、顔を赤くしていた。彼らは戦とは違った緊張を味わった。戦の前の緊張は死ぬかもしれないという恐怖だが、戦が始まれば緊張より一か八かという自暴自棄の心情になる。恐怖を隠すために大声を叫び、狂ったように相手に飛びかかった。ところが盗みはそれはと違った。相手に気づかれないように息を殺して、極度に注意しなければならなかった。相手が気づいた瞬間、全てが水の泡となるという恐れは、戦の恐怖とは違った緊張だった。

「ふー、ふー」

表門を抜け出し、脇を流れる川を渡り水田路に入り、鳥衛門が大きく息を吐いた。

「息が詰まって、死ぬかと思ったよ」

「俺は、急にお腹が痛くなって、大変でした」

矢一の言葉を受けて、又右衛門が冗談のように話すと「お前は戦の前にもそうだったろう」と彦兵衛が又右衛門をからかった。

「そうだね。緊張すると下腹部がシクシク痛くなってきて、出したくなるんだな。俺は一生悪いことはできない運命かも」

「何、言っているんだ。運命とは関係ない、腹が弱いからだよ」

拓郎も口を挟んだ。安堵のためか皆、言いたい放題だった。彼らの話を聞きながら金ソバンは振り向いた。もしかして縛っておいた女が口外したかもしれないと感じたからだ。

「夜明けまでに陣中に戻らなければなりません。途中で夜が明けたら危ないです」

「それはそうだ。おい、皆、早く歩こう」

金ソバンに催促され鳥衛門が足早に歩いた。帰り道は近く感じられた。

「ふー。ここまで来たらもう心配ないだろう」

城のある山頂が見えると、矢一が疲れを癒すかのように安堵のため息をついた。

「皆、ご苦労さん」

緊張していた鳥衛門も腰を伸ばして、皆を労った。陣地がある山裾に着いた彼らは隠しておいた服を取り出し、着替えた。

そして、山に登ると「おい、誰だ？」

哨兵が問うた。

「鉄砲隊の鳥衛門だ」

「どこへ行っていたのか？」

哨兵の詰問に、鳥衛門が袋を指さし、にやりと笑った。そして穀物を取り出し、裾分けした。

「ばれないように、はやく上がりな」

穀物を手にした哨兵は、周囲をきょろきょろ見回しながら彼らを急かせた。宿営地に戻った鳥衛門と仲間は土を掘り、そこに穀物の袋を入れた。そして、目印で木の枝を覆った。

「当分、腹を空かす事は無いだろう」

「配給をもらい、足りない時だけ食べるようにしよう。しばらくは心配ないはずだ」

又右衛門と拓郎が微笑んだ。

「とにかく噂が立たないように、口を封じるべきだ」

鳥衛門が口止めを命じた。彼らは他の兵士に気付かれないように内緒にした。ご飯を食べる際にも明かりが見えないように、陽がある時は、枯れ枝や木の葉を焚き物として使い、陽が落ちた夕方に集まって握りを作って分け合った。

「やっと生きた気がする」

若い又右衛門らは、久しぶりに満腹感を味わった。

訓練都監

一五九三年四月、宇喜多を総司令官とする遠征軍が漢城から撤退すると、王は大臣と共に漢城に戻った。ところが、宮殿の景福宮（キョンボククン）と昌徳宮（チャンドククン）が焼け落ちていた。柳成龍が急いで徳寿宮（トクスグン）に王の仮住まいを設けた。王はそこで国事を論じた。

「倭乱により殿下が宮殿を離宮することになり、恐縮の念に堪えません。二度とそんなことがあってはならないと存じます。殿下が都城を離れ、辺境の義州まで出向かざるを得なかった、最大の原因は今の防御体制にあると考えられます。倭軍が都城から退いたとはいえ、未だに南に駐屯したまま撤退していません。再侵略に備えるためにも欠点の多い防御体制を変えなければなりません」

御前会議で最も上位の軍務責任者になった柳成龍が、王に涙ながらに訴えた。王の宣祖は、中央壇上に座り、両側に文武の両大臣が並んでいた。柳成龍は右の列の手前で王に向かって伏していた。

そして真っ先に、柳成龍が防御体制の問題を提起したというわけだった。

「何か妙案でもあるのか？」

王は奥ゆかしい目つきで柳成龍を見つめながら問うた。戦乱が起き都城を離れ、北方の義州に行在所を移し、漢城に戻るまでの約一年の歳月、自分に仕えた柳を王は大層、信頼していた。

「まず、都城の防御のために中央軍を強化しなければなりません」

「朕（ちん）もそう思う。都城を防御する兵が少ない。地方が崩れれば、都城も崩れ落ちる。その挙げ句に宮廷すべて燃えてしまい、このようなことになってしまった」

「申し訳ありません。不忠をお許しください」

宮殿が焼失したことを王が指摘し、柳成龍をはじめ大臣らは皆、頭を下げ詫びた。王が自分たちを叱責したと思い、恥ずかしさから赤面した。

「殿下の御質疑にお答え申し上げます」と、柳成龍が話を続けた。

「今、宮殿と都城を警戒する体制は、国防の精鋭とは言えません。したがって、宮殿と都城を防御する編制を立て直すべきです。中央軍に所属する正兵には国が禄を支給し、彼らを精鋭として養成しなければなりません。そうすることで外敵の侵入にも都城の防御を堅固にすることができます。そして倭軍の侵奪により、多くの人々が飢えに苦しんでいます。国が禄を支給することで、彼らを救済するとともに正兵を確保することもできます。彼らを集めて訓練し、精鋭化するためには訓練都監（フンリョンドガム）を設置し、明軍の陣法と大砲の扱い方を身につける必要があります」

柳成龍が提示した訓練都監の編制と構成は、明の武将、戚繼光（セキ・ケイコウ）が著した兵書『紀效新書』の内容を模倣したものだった。戚は中国山東省の出身で参将を務めたが、国境に出没する倭寇を鎮圧する際、多くの兵法を考案した。柳成龍は『紀效新書』の軍事体系と陣法の内、三手技法と束伍法が朝鮮の防御体制に最適であると考えた。三手技法とは、三手兵、すなわち大砲と鉄砲を扱う「砲手」と弓を使用する「射手」、そして接近戦で刀と槍を使用する「殺手」に分け、敵と離れている時には砲手と射手が、短兵接戦である肉薄戦には殺手が戦いを遂行する組織的な兵法である。

束伍法は、編制を営、司、楚、旗、隊、伍とに分けた軍事組織だった。つまり各単位を五つずつにまとめた編制だった。下位単位であると伍は、五人で組織された兵士編制。伍長が責任を担い、五つの伍を束ねて隊を作った。その五つの隊を束ねて旗を作る方式だ。そのため、隊の人員は二十五名を基準とし、状況に合わせてその数を調整した。その上の単位である楚がこの束伍法の核心だった。楚には必ず三手兵を置かせた。すなわち、束伍法の軍事体系を作り、楚を中心に三手技法（鉄砲、弓、刀）を適用し、敵を退ける戦法である。そして最上単位である営には五つの司を設置したが、それぞれの営には二千から三千の兵士が属していた。

柳成龍は、明軍が取り入れているこの三手技法が戦闘で有効であることを平壌城の戦いで経験していた。

「直ちに施行せよ」

王は居並ぶ大臣の意見は聞かず、柳成龍の建議に許可を出した。

「皇恩の限りでございます」

王が承認すると、柳成龍はすぐに訓練都監の設置に着手した。まず正兵である男衆を集めた。身分の差別なく誰でも志願できるようにした。以前までは賎民や奴隷は軍役がなく正兵になれなかったが、その制限を撤廃したので多くの賎民や下奴も志願できた。しかも禄として月に米六斗が支給されることとなり、飢えに瀕した多くの男が志願してきた。

漢城に訓練都監の本部が設置された。都城の防御体制が整うと翌年（1594年）からは地方軍の編制も束伍法体制に変わった。集められた兵士はその後、束伍之軍と呼ばれたが、後に朝鮮語の「の」に当たる「之」を除き、束伍軍と呼ばれるようになった。

地方の束伍軍は中央軍の訓練都監の兵士とは違い、平時勤務はなく、たまに訓練だけを受けた。自分の生活を営みながら、戦時にだけ動員される予備役体制だった。地方の束伍軍の中心も三手兵だったのでそれぞれの兵士は兵科により訓練を受けなければならなかった。よって、彼らを訓練する多くの訓練教官が必要となった。

「射手と殺手よりも砲手を増やし、強化しなければなりません」

戦を経験し、鉄砲の威力を知った朝鮮朝廷では、殊に鉄砲を扱う砲手を養成する必要性を切実に感じた。砲手は鉄砲を撃つだけでなく、鉄砲の管理と火薬も扱わなければならない。ところが、朝鮮軍の中には鉄砲を扱える将校や軍官が少なかった。

「射手と殺手の訓練に問題ないですが、砲手の調練がままならないです」

武官出身で訓練都監の責任を担っていた訓練大将、趙儆（チョ・ギョン）が上官の柳に状況報告をすると、柳は重い溜息をついた。

「何か方法はないのか？」

「まず、火薬を取り扱える職人を集め、火薬製造から始めなければなりません」

「殿下のお許しを請おう」

「それだけではありません。朝鮮には倭兵のように鉄砲を上手く扱える将校や軍官がいません。捕獲した倭軍の鉄砲はたくさんありますが、使い方が分からず無用の長物にとっています。これを活用すべきです。鉄砲を作るためにも、これを使いこなす者が必要です。つまり調練軍官が必要です」

「それを操れる者がいなければ、誰にそれを任せるのだ。何か解決方法はあるのか？」

「ございます」

「早く連れて来い」

「申し上げにくいのですが、倭兵です」

「ナニ、倭兵？」

柳成龍は、自分の耳を疑った。

「捕虜となった倭兵を懐柔し、訓練都監の調練軍官として活用すべきです」

「敵兵である倭兵を軍官に任命するなんて、正気で言っているのか？」

「はい。訓練都監の設置目的を達成し、敵を追い出すためには敵を利用しなければなりません。『以夷制夷／夷をもって夷を制す』という言葉があるではありませんか」

「う～む」

敵兵の捕虜を訓練都監の調練軍官に任命したいという趙の提案に、柳成龍も最初は、「とんでもない」と思ったが、それしか方法がないことを理解し考え直した。

「殿下に申し上げてみよう。許可が下りるかどうかは判断し難い。成否については天地神明に祈るしかない」

趙が苦肉の策として敵兵を活用したいということは、柳にも十分理解できた。が、許可の可否は自分の判断を大きく超える力を必要とした。

「紙と筆を用意せよ」

柳成龍は自ら墨を磨った。硯に水をわずかに落とし、腕を静かに、そしてゆっくり動かした。その間、沈思黙考、ひたすら文章を頭の中で練った。

〈謹んで申し上げます。御命に従って宮殿と都城を防御するために訓練都監を設置いたしました。さらに、地方には「束伍法」により軍事編制を完成させました。ご存知のように、束伍軍の最大の長所は三手技法にあります。よって兵士を砲手、射手、殺手などの三手兵に分け、戦でそれぞれの特技によって敵を撃退するので、この三手兵の力量が戦の勝敗を左右します。そのため訓練都監では有事の際に備えて、兵士にそれぞれの特技を徹底的に訓練する必要があります。ところが、三手兵の中で特に砲術を教える訓練軍官が足りないのが今の実情です。砲手に鉄砲と火薬の扱い方、操る技を教えなければならないのに、教えられる軍官が皆無に等しいです。この問題を直ちに解決するためには、倭兵を積極的に活用しなければなりません。朝鮮に侵略し、略奪を行った倭敵の蛮行は臣も忘れたことはありません。ところが、敵との戦いで勝つことができれば、油を背負って火の中に入ることも厭いません。兵法にも『以夷制夷』があり、敵を利用し、敵を制するというのは古くから用いられる戦術の一つです。倭兵の捕虜を訓練都監の訓練官として活用できるよう御許可を願い申し上げます。倭軍に勝利するための苦肉の策であることをご統察ください」

柳成龍が王に捧げた上訴の内容である。

「備辺司(ビビョンサ)を招集せよ」王の宣祖は柳成龍の書状を読み、承旨に備辺司を召集するようにした。

備辺司とは元々、辺境に起きた乱に備えるため作られた臨時機構だった。ところが、文禄の役を経験した朝鮮朝廷と王は、備辺司の機能を拡大し強化した。その結果、議政府（国務最高機関）に代わって国政を総括させることとなった。つまり当時は既に議政府に代わり国務最高機関だった。

王命により備辺司が召集されると軍務に関係する大臣はすべて出席した。都体察使・柳成龍も当然、出席した。

「倭敵を訓練都監に属し、兵士の訓練を任せるとは正気か？」

会議が始まる前から大臣らの非難は柳成龍の耳にも届いていた。

「まさか、それは言語道断です」

自分が属していた東人派の大臣らからも柳成龍の建議を非難した。

「私が倭敵を庇う理由はありません。都城と朝廷をしっかり防御するためにそのような苦肉の策を出しました。是非ご理解ください」

柳は同じ派閥の大臣らに丁寧に説明を繰り返した。

「万一、倭兵が朝鮮の実情を知り、利用したらどうするつもりか」

「徹底的に尋問し、友好的な人物に相応しい待遇をしてあげれば変わると思います」

「確信はないでしょう」

「それはそうです。腹を割っても人の心を完全に理解するのはできないでしょうね」

「まったく、話が通じない。馬耳東風だ」

「カアッ、トェッ！」

政敵である西人派の大臣らは、露骨に唾を吐く者もいた。一年前までは西人派の領袖である尹が都体察使を務めていたが、東人派の柳成龍がそれに代わったことも彼らには不満だった。

「殿下がお出でになります」

宦官の知らせがあって、すぐに王が入った。王は龍座の壇上に上がった。が、壇上といっても床の上に低い壇を置いただけだった。宮殿である景福宮に比べると今の行在所はすべてが狭かった。

「ふむ」

全てのことが気に食わない王は、顔をしかめ咳払いをした。

「殿下、安寧でいらっしゃいますか」

王が玉座に座って咳払いをすると大臣の一人が顔色をうかがった。

「戦乱続きで気が休まらない。卿らはどうかな」

すでに承旨を通じて柳成龍の上訴内容について、大臣らの反論があるという話を聞いていたので王は、大臣らを皮肉った。

「承旨は、都体察使の上訴を大きな声で読みあげなさい」

承旨は、柳成龍の書状を行ごとに漢文で読み、朝鮮語でも読み上げた。

「うむ」

承旨が読み終わると、王は両側に並んだ大臣らを交互に見た。案の定、大臣の一人が列の前に出た。

「臣、申し上げます。あってはならないことです。斬首に処しても怒りが収まらない倭兵の捕虜を、訓練都監の訓練官にするという発想は到底あり得ません。もしそんなことがあれば朝鮮は滅びます。彼らが朝鮮の事情を把握し、倭に伝えるからです。これはまさに敵を助ける行為でしかありません。考えられない、いや、あってはならない妄言です。ご諒察くださいませ」

西人派の領袖、尹だった。歳をとった彼の前髪が霜を蒔いたように白く見えた。彼は反対意見をはっきりと表明した。他の大臣の口を封じるため先手を打つつもりだった。尹の話が終わると、王は柳に視線を向けた。

「反論しなさい」という視線だった。

「尹大臣のお言葉は度を過ぎていると思います。臣には倭敵を庇い、助ける気持ちは微塵もありません。倭敵に利用されるなどは根も葉もないことです。ご諒察くださいませ」

柳成龍は、尹の言葉に毒があると思った。ひとまず、ここではこれ以上、毒を出せないように念を押した。

柳は、それから一気に捲し立てた。

「これは、臣一人だけの意見ではありません。訓練都監の責任者である李徳馨大臣も同感です。すでに慶尚右兵使の朴晋（パク・ジン）の指揮下には多くの倭兵が投降してきて、降倭と呼ばれて活躍しているそうです。これらの降倭が朝鮮軍の味方となり、倭敵との戦いに多くの功績を挙げているという報告が続々と届いています。彼らは鉄砲に長けており、その武器を上手く扱うという噂はすでに明軍の将卒にも伝わり、明軍側では降倭を手厚く待遇しているそうです。しかも、彼らからの倭軍の戦法を戦に用いています。しかも優秀な者は明軍を訓練しているそうです。尹大臣の言葉通りなら、結果的に明軍も倭軍を助けるているということになりましょう。危機に陥った我が朝鮮を救うために、明の天子様が派遣した軍隊を、倭敵を助ける軍隊と罵倒したら恩知らずも甚だしいことになります。同じく朝鮮が降倭を活用して、倭敵を撃退しようとすることを売国行為と非難することは、先行きを見ようとしない盲目と同じと言わざるを得ません」

柳成龍は、王が神様仏様のように思っている明軍を取り挙げて尹の意見に反論し、あえて「盲目」という比喩を使った。

尹は激怒した。

「倭兵が明軍を訓練するという話は初耳です。そして、慶尚道に降倭を置いているという噂はありますが、その真偽は直接把握していません。もしかすると降倭が我が朝鮮を欺くためにわざわざ降伏したふりをしているのかもしれないです。慶尚道にいる降倭の下心はまだ誰も分かっていません。事実関係も把握せずに口軽く軽挙妄動することは許しがたいです。この件は国の存亡にかかわる大事です。ご訳察ください」

尹は「軽挙妄動」という表現で柳成龍を非難したが、反論というより事実確認を求める意見のようだった。論理的に窮地に追い込まれた時、よく使う手法だった。すなわち、事実確認を云々して論点をぼかす手法で、目の前で直ちに確認できないことを取り上げることで根拠を曖昧にし、論点をずらしてうやむやにする手法だった。

「以前、慶尚道の責任者から書状があったので、都体察使の言葉に間違いはない。そして最近、慶尚と全羅から届いた書状や報告書には、飢えに疲れた倭兵が自ら朝鮮に投降しているという内容が書いてある。さらに慶尚と全羅の観察使から投降してきた降倭をどうすればいいのかという上訴があり、大臣たちと議論しその降倭をすべて明軍に引き渡すように決めたはずだ」

王は、今更何を言うかと柳の肩を持った。

実は、明軍は行長と講和交渉をしながら、朝鮮軍に倭軍捕虜を引き渡すように伝えたことがあった。倭軍捕虜を明軍が管理し、講和交渉が成立すれば捕虜交換に活用するつもりだった。

なお、朝鮮軍の武将の中にも特に降倭の能力を高く評価し、投降した者のうち、鉄砲を使いこなす降倭は特別に扱いながら戦いに活用する首長もいた。戦場にいた武臣たちは降倭を活用して勝利を得ようとしていた。しかし、文官出身の大臣らは降倭を全て敵とみなし、処刑のみを主張した。

「降倭を訓練教官とする件については、まず慶尚道の状況を確認し、それが事実であれば慎重に決定すべき事案と思われます。ご了察ください」

西人派の一人が伏して尹を擁護した。王は柳成龍に軍配を挙げたかったが、尹をはじめ多くの大臣が反対する様子を見てためらった。

王の権威は、戦乱が勃発して以来、低下していた。多くの大臣が反対する案件を一方的に決定すると、反発が強いと王は見据えた。以前なら無視することができたが、今はそんな力はなかった。

「では、すぐ慶尚道と全羅道に調査官を派遣するようにせよ。慶尚と全羅地域の降倭の実情を調べ、その内容を報告せよ」

王は、宣伝官（王の勅令等を伝える武官）に御命を下した。

「一刻を争うと思うが、都体察使は報告が届くまで待ちなさい」と穏やかな口調で都体察使・柳成龍を慰めた。これによって彼が失望したら、王が頼りにする訓練都監がうまく機能しないと懸念した。

「恐れ多く、御礼を申し上げます」

王の気遣いを感じた柳成龍が腰を下げて、感謝の意を表した。

御前会議が終了し、直ちに慶尚と全羅地域に宣伝官が派遣された。宣伝官に任命された宋(ソン)は直ちに慶尚道右兵使を訪れた。

「都体察使の柳大臣が降倭を訓練都監の訓練教官として活用したいと上申しました。上様が備辺司の会議を招集し、大臣らの意見を尋ねたが、多くの大臣がこれに反対しました。上様は以前、兵使が届けてくれた報告を取り上げ、説明をしましたが、大臣らは頑として聞き入れてくれませんでした。よって兵使の指揮下にある降倭の実情を調べるように御命があり、参った次第であります。ここに上様の教旨（命令書）があります」

「遠いところご足労です」

慶尚右兵使の朴は、宣伝官の渡す王の教旨を両手で受け取り、王のいる北の方角にお辞儀をした。朴は武官出身で、密陽（ミルヤン）地域の府使を務めていた。第二次慶州城戦闘で手柄を挙げ功績が認められ、その後、空席だった慶尚右兵使を務めていた。

彼の元に、加藤清正が率いる二番隊所属の沙也可（さやか）という兵士が投降してきたことがあった。沙也加と彼の率いる集団は鉄砲隊に所属していた。彼らが投降の意思を伝えてきた時、朴兵使は、朝鮮の実情を探索するための計略と疑った。沙也加は予め作成しておいた降伏の弁を献上した。たどたどしい漢文で書いた文章は次のような内容だった。

「我らは日本の伊賀という地域の者たちです。この度、名分のない侵略に動員させられ、不本意ながら先鋒を任されました。ところが、朝鮮に入ってから朝鮮という国が仁義礼智信を大切にし、人々は互いに助け合い、平和に暮らしていることに気付きました。それと違って、私たちが住んでいた国は首領たちが分裂し、民を戦場に動員して殺し合うことばかりしています。この度の侵略もそのようなことから起きたものです。朝鮮の兵器は大したものではありませんし、戦にも慣れていません。しかし、それは天下泰平から来るものでありましょう。さらに、衣冠や風俗は聖人の教えに従っており、庶民も食器として磁器を使っているのを見て、これこそ人間らしい生き方だと気づきました。同じ国に住みながら、鉄砲や刀、槍を手に互いを殺し合い、人の命を獣のそれより軽視する所よりは、人倫を大切にするこちらの方がマシであります。太平を楽しみながら、人らしく暮らしたい一念で配下の兵士たちと共に投降いたします。よろしくご配慮を願います」

沙也加の出身地である伊賀では、一部の集団が大量の鉄砲を所有するようになり、戦国時代では鉄砲を使いこなす集団として広く知られていた。彼らは元々、秀吉の政敵だった佐々成政を助け、秀吉と対立していた。しかし、味方になれば優遇するという秀吉の誘いに応じ、彼の配下に入った。しかし、待遇どころか秀吉は彼らを弾圧した。以前から独立した部落を成して、領主の支配も受けなく独自に生きてきた彼らにとって、秀吉は突然、外部から現われた独裁者だった。秀吉が日本全土を統一しつつ、少しでも抵抗する勢力は徹底的に抹殺したため、やむを得ず服従したのである。

彼らが加藤清正の二番隊に属し、朝鮮に渡ったのも秀吉の命令を拒むことができなかったからだ。しかも沙也加の集団は秀吉に忠誠を誓ったこともなかった。厳密に言えば、秀吉も清正も彼らの主君ではなかった。そのため、彼らは朝鮮に投降することが、国や主君を裏切る行為とは違うと思った。

朝鮮は王を中心とした中央集権体制であるため、国家という意味が強かったが、当時、日本では各地域の領主が領地を治める封建体制だった。当時の日本には国家という概念がなかった。日本語の「くに（国）」という言葉は、主に故郷、すなわち地域の意味で使われた。国家の意味を持つようになったのは明治維新後である。なお、戦国時代には「大名」と呼ばれる地域の領主たちが互いに勢力を争っていた時期で、昨日の敵が今日の同志となる裏切りが頻繁にあり、戦場で手のひらを返して相手側に付くなどという行為は、大きな汚点にもならなかった。そういう意味で、沙也加にとって朝鮮に帰化することは、むしろ過去に対立した秀吉の支配から逃れる意味でもあった。

さて、王の教旨を一読した朴右兵使はもどかしい表情を浮かべ、「大臣らがこんなに現地の実情に疎いとは……」

彼は王の教旨を丁寧に畳み、話を続けた。

「倭兵は言うまでもなく敵でありましょう。ですが、降倭は違います。彼らは本気で我々の味方になって、敵と戦っています。彼らの活躍のおかげで、多くの戦いで倭敵を退けることができました。彼らは鉄砲を使いこなすだけでなく、勇猛で戦いを心得ています。彼らの腕前は広く知られ、最近では全羅兵営と水営でも投降してくる降倭を明軍に渡さず、朝鮮の軍営に属させ、独立部隊を作って戦に活用していると聞いています」

朴は、文官出身の大臣らが机上の空論に明け暮れていると思い、全羅兵営と水営の例まで挙げて降倭の必要性を力説した。

「そうですね。実は殿下も降倭を活用しようという都体察使の考えに同感しています。ところが、備辺司の大臣らが反対し困っているのです。殿下が、私を宣伝官として送り、実状を把握させたのは、大臣たちを説得する根拠が必要だからだと思われます」

「ご苦労様です。他はともかく右兵営で活躍している降倭の現状だけはそのまま伝えてください」

「良く分かりました」

引き続き、全羅道兵営と水営にも多くの降倭が属していることを確認した宣伝官の宋は、これをそのまま書いて王に送った。

それによって、再び備辺司の会議が召集され、宋が届けた報告書は承旨により大臣たちの前で読み上げられた。

「慶尚と全羅の兵営、水営の実情が詳しく記述されている。聞いてどのように思うか？」

「……」

宣伝官が作成した報告書の内容を聞いた大臣たちは、黙り込んでしまった。

すると、王が言い出した。

「我が国の内情を探るために倭兵たちが偽りで投降してくるかもしれないという大臣らの憂慮はよく理解している。ところが、多くの倭兵が自ら投降してきているし、実際、我が軍に属し、活躍しているのも明白であろう。なので、彼らをそのまま明軍に引き渡すよりは我が軍に編入させて活用するのも良い方法だろう。

しかも、訓練都監と束伍軍の編制では三手兵の技が戦の勝敗を左右すると聞いている。特に、砲手に鉄砲を扱える技を身につけさせるためには、投降してきた降倭を活用すべきであろう。大臣らが危惧する虚偽の投降兵と本気で投降してきた降倭を徹底的に区別すれば、皆の心配を未然に防げるだろう。苦肉の策かもしれないが、倭敵を追い払うためには必要だろう」

「ごもっともでございます」

柳成龍が床に伏しながら調子を合わせた。

「都体察使は、大臣たちが危惧することを察し、偽りで投降する降倭を徹底的に選り分けるように肝に銘じて事を遂行せよ」

「承知致しました。かたじけなく思います」

備辺使の会議を通じて降倭を活用する案は許可を得た。

〈倭兵の投降者のうち、兵器や鉄砲をよく操る者は訓練都監に送れ。そして捕虜となった倭兵のうち、従順で朝鮮に帰順する意思のある者は各兵営や水営に属させ、軍務に従事させせよ〉

王の命令は直ぐ各地域の主将に伝えられた。柳成龍も別途の通知状を作成し送った。

〈鉄砲を操る倭兵を積極的に懐柔するようにせよ。優れた者には食糧だけでなく能力によって官位も授けるという噂を広めるようにせよ〉

飛脚が走り、各兵営と水営にその内容が相次いで伝わった。

降倭

「ほー、寒い」

うずくまった鳥衛門が身震いした。彼は二重に囲まれた城郭の上で歩哨をしていた。左には矢一と拓郎が、右には彦兵衛と又右衛門が十歩ほど離れて警戒していた。

いつしか季節は移り冬になっていた。空からは白い雪が降っていたが、散発的に降る雪は一見するとしおれて落ちる桜のように見えた。

ヒューン。海からの風は絶えず、舞う雪が周りの視界を遮断した。

正月だった。南の地方とはいえ海風は冷たかった。山城から遠く離れた朝鮮人村は人足が絶えたままだった。行長率いる一番隊が山城を築城するのに村人を総動員したため、村は荒れ果ててしまった。山城の下の田畑は作物が枯れ、雑草だけが黄色く見えた。

「ふ〜う」

鳥衛門は、視線を山城の下に向けながらため息をついた。

「もう何年目かなあ」

明軍が参戦し、平壌から漢城に、そして南に下って戦線は膠着状態に陥っていた。たまに主君の行長が明の使臣と共に訪れただけで、山城はいつも静かだった。物資と食糧は常に不足していた。食糧だけではなかった。飲み水も足りなかった。飲み水はいつも捕虜を動員して山の麓の川から運んできた。毎日繰り返された。飲み水は小川から供給することができたが、食糧はそうはいかなかった。常に空腹の兵士たちには不満が多かった。

兵士たちは飢えた腹を満たすために密かに武装して山を下り、食糧調達をした。鳥衛門も仲間と一緒に密かに山城を下りて食糧を調達したことがあった。もうその食糧も底をついてしまった。

「食べ物はないのか。腹ぺこで死にそうだ」

食糧事情が厳しくなると、指揮官が兵士たちを率いて山を下り、しばしば朝鮮人の村を略奪した。陣地内では厭戦気分が広まっていた。略奪は禁じられていて、餓死寸前の兵士たちは山を下り、朝鮮軍に投降することが度々あった。指揮官にとっては食糧調達が最大の課題だった。

「腹ぺこだあ、今日は山を下りないのかな」

この日も朝から雪交じりの風が吹き、寒かった。突然、歩哨を命じられた鳥衛門は、村の若者たちと一緒に城の上に上がり歩哨に立っていた。城郭を吹き荒れるような風と撒き散らす雪が冷たかった。鳥衛門は、吹雪を避けるつもりで顔を海の方に背け、故郷の村を思った。

「故郷は冬でもこんなに寒くはないのに、皆、元気で過ごしてるのか。海を渡って何年になるか。戦に駆り出され、どれほど多くの朝鮮人を殺傷したことか」

鳥衛門は戦に虚しさを感じた。人を殺しても良心の呵責をあまり感じられなくなった。性格はますます凶悪になり、人間はどれほどまで残忍になれるのか。自分を空恐ろしく思った。

「仕方がない。望んでしたことではない。全て戦のせいだ。戦が人間を鬼にする。敵も味方もない。すべて権力者がやっていること。我らの意志ではない」

不愉快な気がして唾を吐き出した。

「ところで、太閤様が今回の戦争で得たものは何だろう」

釜山浦に上陸した後、漢城に進撃して民間人と朝鮮兵をあちこちで殺戮し、平壌まで上がった。が、今は再び追い返され、南の端で空腹と戦っている。戦には何度も勝利したが、得たものは何もなかった。多くの味方が戦死し、捨てられた。同じ村から引っ張り出されて海を渡ってきた二十歳にも満たなかった吾郎は、味方によって処刑された。

「ふう」

吾郎のことを思うと胸が痛くなった。鳥衛門は、戦を起こした秀吉や領主たちの思惑を理解できなかった。

「例え、足軽の下級兵士とはいえ人の命は大事なのだ。なのに簡単に戦を仕掛け、異国の地で戦死させるのか。何の補償もなく」

彼は普段、秀吉や領主のような権力を持った偉い人は、自分と比較にはならない非凡な人物だと思ってきた。ところが、今回の戦が侵略にすぎないことに気づき、彼らの思考や行動を到底、理解することができなくなっていた。

『名分もなく何の罪もない人たちをどれだけ無残に殺したことか。自分の意志とは関係なく名分もない戦争に引き出され、仲間がどれほど死んでいったのか』

鳥衛門は、今回の朝鮮侵略が自分のような凡人ですら「してはいけないこと」だと悟った気がした。ところが、いつも偉そうに振る舞う「偉い人」は、それに気づいていないような気がした。

「明への道を借りるためだ、と言ってはいるが、それは名ばかりにすぎない」

鳥衛門は今回の出征を通じて、秀吉たち権力者がむしろ愚かに見えた。人間味のない権力者たちの行動が情け無く感じられた。

「人が中心で、その次が天下だ。人の命を軽く思い、人の道理を知らない権力者は、酔って理性を失っただの酔っぱらいと何が違うだろうか」

幾多の戦を経験し、多くの残酷さと非人間的な姿を見てきた彼は、以前とは全く違った考えを持つようになった。一生懸命、努力すればいつかは豊かに暮らすことができると夢見ていた若者が虚しく犬死にしたことなどが衝撃となり、彼の人格形成に大きく影響した。

あまりにも多くの人々が目の前であっけなく死んでいく姿を見た彼は、「死ぬことと生きていることの間に何の違いがあるのか」と思うようになった。死ぬことは世の中から現象がなくなるだけで、魂はどこかに存在する気がした。いや、そう信じたかった。そうでなければ、どうして生き生きしていた人々が無気力に、一瞬に息を止めて固まって無言になるのか。到底理解できなかった。

「そうじゃなければ、皆、死んでどこに行くんだろう」

「あの世がある」

と聞いたが、見たことがないから信じなかった。が、本当にあの世が存在しないなら、「万物の霊長」といわれる人間の人生は無意味に思われた。

「あの世と極楽がなければ、無念に死んでいったあの若い青春の魂はどこに行って救われるだろう」

鳥衛門の思いはますます現実を超えて、死後の世界にまで繋がった。

「生きることが死ぬことであり、死ぬことが生きることであろう」

鳥衛門は玄海灘を渡る時も、船の前を打ち寄せる大波を見て観念したことがあった。この日も観念に陥り一人でつぶやいていた。

「集まれ、集まれ」

突然、城壁の上から伝令が下りてきて、手でラッパを作って、下の城壁に向かって叫んだ。

「食糧を調達する」

熊浦に滞在していた行長は、講和交渉のために明国からきた沈と本国を行ったり来たりし、その度に食糧を運んできたがそれだけで食糧不足を解決することはなかった。指揮部は食糧を厳しく制限したため一日に握り二つを配った。それで精一杯だった。行長は食糧が不足するとして兵士が山を下り、民家を略奪することを禁止した。そのため行長が熊浦城にいる際には食糧調達のために山を下りることはなかった。

それが、突然、食糧調達との伝令が出たと言うことは、その日は、行長が本国に渡り、不在だということでもあった。家臣たちは兵士が食糧のため群れをつくり山を下り、朝鮮人の村を略奪することを見ないふりをした。

「これから山を下りて食糧を調達するぞ。腹が空いた者は来い」

五島列島出身の忠衛だった。既に彼の後ろには五島列島出身の兵士がずらりと列を作っていた。

「山の麓には朝鮮の義兵があちこちに陣取っている。下手すると戦になるから武装して参加せよ」

「俺たちも行きましょう」

鳥衛門が沈黙していると彦兵衛が促した。

「そうだな。この前の食糧もなくなったから行こう」

今度は矢一が言い出した。

「キムも一緒に行った方がいい」

鳥衛門の提案で金ソバンも参加することになった。以前、民家で米や麦を盗み、しばらくの間、空腹を免れた。ところが、それも底を突いた。今では毎日、空腹でひもじい思いだった。

指揮将である忠衛は指揮下の兵士と別隊の兵士を合わせて約二百人を率いて山を下った。そこにはサルドンを捕まえて倭寇をさせた聡兵衛もいた。彼の顔は髭が伸びてもじゃもじゃしていた。彼の左右には、小頭領をしていた者たちが従っていた。彼らが朝鮮に渡ってきたのは、戦の最中に略奪をして稼ごうという下心があったからだ。釜山鎮城の戦いでは、貴重品を大いに略奪した。ところが、今は稼げるどころか、まず食べていくことを心配しなければならない状況だった。戦はすぐ終わると思って参加したが、思ったより長引いていた。

「いつ故郷に帰れるのか。風呂敷に宝物がたくさんあったって無用だ。長崎や堺に行けば、この玉の緒が米になるだろうが、ここでは無用の長物。噛んで食えるわけでもなく実にもどかしい。嫌なところだ」

戦争が長引き、故郷にも帰れない身になった。飢えに瀕した彼らは今、忠衛に付いて山を下りるしかなかった。

一方、鳥衛門に付いて山を下りる金ソバンが日本語で言い出した。

「運が良ければ変わった食い物を食べられるかもしれません」

「どういう意味か？」

金ソバンの話に鳥衛門が尋ねると、「朝鮮の習慣では正月に祖先に祭祀を行います。正月が過ぎたばかりなので餅が残っているでしょう」

金ソバンは、唾をゴクンと飲み込みながら話した。二年前に東莱城で捕虜となり、あちこちを連れ回されて以来、餅とトック（お雑煮）など口にしたことはなかった。

『正月になると子どもたちには晴れ着を着せたものだ。みんなは無事に過ごしているだろうか』

金ソバンは、ふと、日本に連れ去られた家族のことを思い浮かべた。

「日本では正月はどのように過ごしますか?」

「そういえば、正月らしい正月を迎えたのはいつだったろうか。俺たちの地元では正月になると神様を迎えるために家の中をきれいにする。仏壇には鏡餅を載せ、家族が集まって正月料理を食べるよ」

「聞いただけでよだれが出そうだ。いくら食べるものがなくても正月だけは美味しい物が食べられたのに、こっちに来てからは、ずっと腹ぺこで辛いね。一体、何のためだ」

鳥衛門の話に矢一が唾を飲み込みながら、誰かを恨むようにつぶやいた。

「ここがいい」

忠衛は、兵士を率いて西に向かった。熊浦から昌原までは山が続き、これといった農地がなかったため、彼らはさらに西に進んだ。そして、咸安(ハムアン)に入ると山の下に野原が広っていた。周辺には大きな村があり、水田には稲の根元がぽつぽつと残っていた。端には藁が積み上げられていて米作が盛んなようだ。

「村を調べろ」

忠衛が命令を下し、二百人余の兵士があちこちに散った。すぐに朝鮮民が連行された。

「食料を出せ!」

「……」

話が通じない。

「あの朝鮮人を呼んでこい」

金ソバンが呼ばれた。

「この人たちは食糧が欲しいのです。食糧のありかを教えてくれれば、何もしないです。教えてください」

「村の裏の丘に、両班の邸宅があります。そこには穀物があると思います」

事情を知った忠衛らは、両班の家を目指した。金ソバンは忠衛について行くべきかどうか戸惑ったが、彼から指示がなかったので鳥衛門のいる裏町に戻った。

一方、戦が膠着状態に入り和平交渉が進行する間、明軍は各地に駐留したまま動かなかった。

「倭国と講和を進めている間、戦いを禁ずる」

上部から命令が下り、明軍は戦を意図的に避けた。明軍が朝鮮に入ってからはすべての戦は明軍を中心に行われた。主力は明軍であり、朝鮮軍は補助戦力で彼らの指示を受けた。よって、朝鮮の官軍が独自に相手と戦うことは公にはできなかった。ところが、自発的に組織された義兵は明軍の指揮を受けなかった。

朝鮮では、各地域で有志を中心に多くの義兵が組織されていた。地域の地理に詳しい義兵は奇襲戦を繰り広げ、遠征軍を悩ませた。

当時、慶尚地域の義兵長の崔堈(チェ・ガン)は固城(コソン)に陣を張っていた。彼は武科に合格した武官で、故郷の全州にいて戦乱が起きたという知らせを聞き、義兵を集めた。戦乱が起きて二年が経った頃、彼は南海岸に敵兵が頻繁に出没し、村を略奪するいう噂を聞いた。直ちに崔堈は、指揮下の義兵を慶尚道の昌原と固城、咸安に分散して警戒していた。

「倭兵が略奪を始めました」

忠衛の率いる兵士の動きが義兵の偵察に引っ掛かり、報告された。

「よし、捕らえろ」

崔は、すぐ忠衛と兵士が出没した咸安に向かった。

「あちらにいます」

見張りの報告通り敵兵があちこちで民家を漁っていた。

「よし、罠に引っ掛かった土竜（もぐら）だ。攻撃せよ」

崔は乗っていた馬を蹴って、略奪に余念のない足軽たちを襲撃した。

義兵将である崔が先頭に立つと義兵は歓声を上げその後を従った。崔は気概のある武将だった。指揮下の義兵たちからその武人らしい大胆さ、そして温かい人間味を慕っている者が多かった。

「生かしておくな。殺せ！」

義兵が攻め込むと、忠衛は義兵を見て一瞬、戸惑った。

「何だ？」

「朝鮮軍です」

「逃げろ！」

義兵の数の多さに気付いた彼は、逃げることとした。食糧を得るのが目的であって、戦が目的ではない。

「ジャバラ（捕らえろ）」

後方から朝鮮語が聞こえた。

「パン、パン、パン」

鉄砲隊は義兵に向かって発砲をした。追撃する義兵はしばらく躊躇したが、引き下がることはなかった。戦乱の初期には鉄砲の音を聞いただけで逃げることに精一杯だった義兵だが、今はそうではなかった。戦闘を経験した彼らには、鉄砲に対する耐性ともいえる力ができていた。

「チョラ（撃て）」

その時、馬に乗った崔が飛び出し、太刀を振った。

「逃げろ！」

後ずさりした兵士たちが峠を越えて逃げると、先鋒に立っていた崔が列の後尾を攻撃し始めた。

「うわっ」

後ろにいた足軽の首が落ちた。すると彼は、勢いに乗って頂上に上り詰めた。

「わあ」

義兵が彼の後に続いて攻撃を仕掛けた。峠を下って逃げる兵士たちは慌てた。

「パン、パン、パン」

鉄砲が発砲されると、義兵は坂から石を転がしたり、投げたりした。鉄砲は再発砲に時間が掛かった。銃口を掃除し、銃弾を入れ、火薬に火を付けなければならない。

その間に峠の上からは石が飛んできた。

「キャー」

足軽たちは悲鳴を上げて倒れた。頭からは鮮血が激しく飛び散った。

「わああ」

義兵たちの士気が上がり、押され気味の足軽たちは焦りに焦った。どう考えても地の利を得た朝鮮の義兵が有利だった。

「反撃せよ！」

指揮将の忠衛も慌てた。彼は馬を走らせながら兵士を急き立てた。が、義兵がどっと攻め寄せてきたから歯が立たなかった。白兵戦で戦列が崩れると力が発揮できなくなる。結局、個人の力に頼るしかない。武術に長けた者は耐えられるが、そうでない兵士は逃げるしかない。列を作って丘の下に向かっていた兵士らは一瞬にしてバラバラになってしまった。正に烏合の衆だった。

「はあ、はあ」

朝鮮の義兵に追われて、熊浦の城まで退いた忠衛が後ろを振り向いた。兵の数を確認すると、二百人あまりいたのが百人程度になっていた。半数近くの兵士が離脱したり、義兵にやられたのだ。

「畜生！」

一方、忠衛と離れ、裏の村に行っていた鳥衛門と仲間は通訳を終えて帰ってきた金ソバンと合流した。そして、丘の上に高く聳える門構えの瓦屋根の家で穀物をあさっていた。その時に、パン、パンという鉄砲の音が遠方から聞こえた。

「何だ？　何が起こったのだ？」

驚いた鳥衛門が、矢一に状況を確認させた。彼は表門を出るとすぐに状況が分かった。

「大変だ。朝鮮兵が来る」

義兵の姿を見た矢一は、顔面蒼白となった。

「どうしようか？」

穀物を麻袋に詰めていた彦兵衛が、麻袋をしっかり握りしめながら鳥衛門の答えを待った。

「穀物を背負っては走れない。置いて行こう」

鳥衛門が肩にかけていた鉄砲を前に下ろした。そして、すぐに発砲の姿勢を取った。彼が火縄につける火種の石を取り出すと、「いや、もったいないから背負って行っこう。ダメだったら、その時に捨てよう」

「それがいい」

矢一の提案に若者が呼応した。食料が足りず、せっかく手に入れた穀物を手放したくなかった。鳥衛門は瞬間的に迷ったが、「そうしよう。少しずつ背負うように、欲張らないで」と考え直した。

鳥衛門も麻袋一つを肩にかけた。右手に鉄砲を持ち、左肩に麻袋を背負うと左に体が傾いた。

「こっちに行きましょう」

金ソバンが家の左側にあるくぐり戸を指差して案内した。麻袋を背負っていた彼らは、義兵を避けて家の裏にある丘を越えて迂回しようとした。

実は彼らが穀物を略奪している時、下僕の一人が逃げて丘の下に行ったのを鳥衛門と仲間はそれに気付かなかった。

「倭のやつらが来て略奪をしています」

「どこに。何人いるのか？」

「あの丘の上の家です。六人くらいです。刀と槍を持っています」

「よし！　捕まえろ」

「はあ、はあ」息を切らした鳥衛門らが裏山の丘を越えて下りる時だった。

「コンチャクマラ（動くなっ）」

いきなり朝鮮語が聞こえて、彼らは四方から取り囲まれた。

「逃げろ」

矢一が背負っていた麻袋を放り投げて森の中に逃げた。鳥衛門も逃げようとしたが、そのまま立ち止まった。若者を置き去りにしてはいけないと思ったからだ。一人で十分逃げ切れると思ったがそうしたら若者たちがどうなるか分からなかった。

「助けてください。私は朝鮮人です」

金ソバンが、跪いて訴えた。

「朝鮮の民がなぜ倭兵と一緒にいるのか？」

「私は東莱出身ですが、東莱城で倭軍に捕えられ捕虜になりました」

「尋問は後にして、まずこいつらを縛れ」

太刀を手にした軍官が近づき令じた。鳥衛門に続き、彦兵衛、拓郎の順にお縄となった。

「解け！」

又右衛門の番になると彼が声を荒げた。又右衛門は、義兵の手を振り切って抵抗した。鳥衛門が素直に縄を受けると他の若者も抵抗を諦めたが、性格が荒い又右衛門は反抗した。

「イノム、スンスンヒタララ（こいつ、素直に言うことを聞け）」

義兵は抵抗する又右衛門の足を蹴って跪かせ、朝鮮語で言った。

「嫌だ」

朝鮮語が分からない又右衛門は、地面に横たわり足で蹴り出して身を引こうとした。義兵が縄を持って手こずると太刀を持っていた先の軍官が、再び近づいてきた。彼は義兵将の下で軍務に携わっていたが、義兵ではなく元々、官に属していた軍官だった。

「どうした？」

「縄をかけようとするんですが、暴れるんです」

「そうか！」

跪かされた又右衛門は、朝鮮語が分からず呆然と彼らを見つめていると、その軍官が手に持っていた太刀を抜いた。すると、あっという間に「ヤッ」という声とともに真っ青な太刀が宙を切り、又右衛門の首から血が噴き出した。ドスンと頭が土の上に落ちて転がった。

「うわっ！」

縄を縛ろうとした義兵たちは突然のことに口を明けたまま青ざめた。

「ああ、又右衛門よ」

又右衛門が倒れた姿を見て拓郎が悲鳴を上げた。又右衛門が斬首されると拓郎が嗚咽をしながら立ち上がって抵抗し出した。

すると、「抵抗するな」と鳥衛門が彼を制止した。

海を渡ってくる時から鳥衛門は今回の遠征が誰のための戦いなのか、どこに大義があるのか知るすべがなかった。そのため海を渡る船の上で、矢一と若者たちを集め、真っ先に「命を大切にしなさい」と言ってきた。ところが、吾郎が味方によって首を切られ、今度は又右衛門が命を落とした。これ以上、犠牲があってはいけないと思い、鳥衛門は必死に拓郎を制止したのだ。

「我慢しろ」

拓郎は涙にまみれ絶叫する自分を、制止する鳥衛門を見つめていた。

「うむ」

鳥衛門は呻き声をあげ空を見上げた。両目から涙がぽろぽろと流れた。

「又右衛門よ、冥福を祈る。希望のないこの世だ。あの世では安らかに休め」

どさくさの中、心から又右衛門の冥福を祈った。

「降伏した倭兵は殺すなという命令があるのにそう簡単に殺すと困ります」

義兵の一人が軍官に問い詰めると、「素直に言うことを聞かない者は処刑しても良いという国法だ」

彼は、官員出身らしく事務的な口調で話を切り、その場を離れた。

「若く見えるのに、まあ、気の毒だ」

「そうだな。朝鮮人であれ、倭人であれ、人の命は貴重であろう。罪も問わず殺すのは犯罪だ」

義兵たちは又右衛門の遺体を見て哀れと思い、舌打ちした。

「その通り。あの者は人でなしだ」

義兵として参加した平民と官僚出身の心は違っていた。平民として義兵に参加した人々は、相手兵にも人之常情（人の持つ普通の心）を感じた。国は関係なく、同じ人間との立場だ。ところが、軍官を経験した官僚出身は違った。官僚出身は物事に対して、人をみるのではなく、規則や法令を中心に物事を考えた。つまり、官僚には民を支配するために定められた規則が優先だった。いつもそうだった。官員になった彼らは権力が委任されたと思い、人が生きる道理とか、善悪には関心がなかった。ただ権力に従い、自分の利益と出世に役立つことに敏感だった。権力に追従し、支配される民は管理の対象としてしか見えなかった。自分たちの損得を中心にものを考えるので、人に対する思いやりとか配慮は微塵もなかった。ひたすら勉強をし、科挙に合格して官僚になった。その後は、合法的な権力を手に入れ、民を弾圧することが彼らのやり甲斐だった。又右衛門の首を切った軍官もその類の者だった。官僚出身の彼には、敵兵の又右衛門は人とは見えなかったはずだ。むしろ自分の功績を立てるための対象にしか見えなかっただろう。

「お前は前を歩きなさい」

又右衛門の遺体を収拾した義兵たちは、金ソバンが朝鮮出身であることから、縄で縛らず、前方に立てた。だからといって監視を完全に解いたわけではなかった。義兵二人が彼の傍にぴったりと寄り添って歩いた。万一のための監視だった。

彼らが固城に向かって移動していた時、前方から他の義兵が近づいてきて叫んだ。

「倭兵を捕まえた。逃げていた奴だ」

そこには縄で縛られた男がいてよく見ると矢一だった。待ち伏せしていた義兵に捕まっていたのだ。

鳥衛門は矢一を見て、「生きていて良かった」と喜んだ。

「ごめん」と言わんばかりに、矢一は鳥衛門と仲間をちらっと見て頭を下げた。

鳥衛門たちのほかにも捕虜となった兵士は、二十人余だった。その中には倭寇出身の聡兵衛もいた。頭領の聡兵衛と小頭領の二人と手下の三人だった。彼らは倭寇出身らしく穀物のほかにも多くの貴重品を略奪して袋にいれ、背負ったので動きが鈍かった。彼らは戦より略奪のために朝鮮に渡った集団だ。

戦が始まると、常に適当に後ろでうろうろし戦が終わると略奪の先頭に立った。倭寇として略奪の経験が豊富だった彼らは貴重品がどこにあるのかよく分かっていた。長崎や堺などで高く売れそうな磁器の茶わんや玉の指輪などを漁った。その日も、他の兵士が忠衛の命令を受け、穀物を狙っていたのに彼らはこっそり抜け出して両班の家に入り貴重品を略奪した。ところが、朝鮮の義兵に見つかり捕まった。最初は抵抗したが守勢と分かるとすぐに武器を捨て降参した。

「ヨンソヘジュセヨ（勘弁してください）」

小頭領の中には、少し朝鮮語ができる者がいて彼らは両手を上げて命乞いをした。義兵将の崔は、抵抗する者はその場で処刑したが投降し、従順な者は縄で縛り連行した。

〈朝鮮の村を荒らす倭兵を捕まえました。どうすべきか指示を願います〉

駐屯地の固城に戻った崔は、直ちに漢城の朝廷に飛脚を出し勝戦報告をした。

「おお、こんな嬉しいことはない。崔は勇将で稀な忠臣。昇進させなさい」

首級と一緒に送られた報告書を読み王は喜んだ。そして彼を通政大夫（正三品）に昇進させ、地域の責任者として任命した。

〈倭軍の捕虜の中、鉄砲を扱える者は訓練都監に送れ〉

崔が捕虜を捕まえたという知らせを聞いた柳成龍は、すぐに朝廷の許可を得て飛脚を出した。命令を受けた崔は捕虜の中で鉄砲を扱う者を探すため捕虜たちを尋問した。日本語が分からない崔は、漢文で筆談をしようとしたが、捕虜の多くは漢文を理解できなかった。

「誰か、倭語を知っている者はいないか？」

義兵の中に日本語が分かる者はいなかった。捕虜の中で朝鮮語を知っている者を探したが、倭寇出身の小頭領は単語の片言しかできないので意思疎通ができるほどではなかった。金ソバンは自分が日本語を知っていることを隠していた。敵兵を助けたと疑われるからだった。

「朝鮮語が分かる者を探している」

獄中に閉じ込められた捕虜たちに義兵が大声を出して聞いたが、朝鮮語が分からない彼らはきょとんとするばかりだった。言葉の意味が分からず、もどかしい鳥衛門と矢一たちが、向かい側の獄舎に閉じ込められている金ソバンを見つめた。金ソバンはひたすら下を向き、知らぬ振りした。

「おや？」

鳥衛門と仲間が向かいの獄舎にいる、金ソバンを見つめる様子をうかがった義兵は彼らの目線の先を見た。そこには金ソバンが敷かれた藁を手でいじっていた。

「おい、倭語が話せるのか？」

「……」

「何をためらうのだ。倭語ができる者を探しているんだぞ。早く手を挙げよ。褒美があるぞ」

義兵の言葉に金ソバンは答えられずに戸惑った。

彼は可能な限り自分の日本語能力を隠したかった。敵兵を助けていたのがばれて処刑されると思ったからだ。しかし、心のどこかで、彼は日本語の能力を隠し、自分が東莱城で捕虜になった事実を告げれば処刑だけは免れるのではないかとも思った。

『だが、あえて言う必要はないだろう』と思い直し、徹底的に自分が日本語を知っている事実を隠そうとした。だが、義兵の言う「褒美」という言葉に心が動いた。

『もしかしたら助けられるかも』

朝鮮の義兵に捕まった時には、自分さえ生き残れば良いと思った。自分は朝鮮民で、鳥衛門と仲間は敵兵なので処刑されても仕方ないことだと思っていた。ところが、「褒美」と言われると、鳥衛門と仲間を救えるかもしれないという思いが頭をよぎった。立場は違うが、捕虜になって一年以上一緒に苦楽を共にした仲だった。

金ソバンは特に鳥衛門と親しく多くのことで助けられ、彼を慕っていた。生まれた国は違うが彼は自分を差別しなかった。鳥衛門は鼻筋が高く、顔の輪郭がはっきりして、正義感が強い人だった。常に自分を仲間のように接してくれた。朝鮮語にも関心が高かった。鳥衛門には朝鮮語を、金ソバンには日本語を互いに教え合い学んだ。金ソバンは、必要があるので日本語を学んだが、鳥衛門は朝鮮語が決して必要ではなかった。なのに学ぶのが好きだった。単語を羅列する片言しかできないが、ハングルを書いた紙切れを手に言葉を楽しんだ。

「捕虜になり倭兵らに連れられながら身につけたことで、そんなにうまくはできません。お役に立つかどうか分かりません」

金ソバンが控えめに答えると、「少しでも良い。とにかく早く出て来い」

義兵は金ソバンを崔の元に連れて行った。崔と側近の軍官四人がいた。

「どこで、どうやって倭語を身につけたのか？」

軍官が人を疑う目で尋ねた。

「倭兵に連れて行かれた子どもたちの状況を探り、助けるつもりで彼らの使う倭語を注意深く聞き、諺文で書きながら身につけました。妻の玉の指輪を倭兵に与えながら、教えてもらったりしました」

金ソバンは同情を買おうと東萊城で捕らえられたことと家族が兵士に連れて行かれたことを伝えた。家族の話をする時には目に涙が溢れた。

「倭敵の侵奪で多くの人々が被害を受けている。哀れなことだ」

金ソバンが、捕虜になったことと日本語を身につけた経緯を詳細に説明すると崔は頷き、彼を慰めた。

「通訳の内容はそれほど難しいことではない。鉄砲を使いこなせる倭兵を探している。鉄砲を操れるかどうかを尋ね、朝鮮側に加担する者は罪を免れる。それだけでなく食べ物もあるから腹を空かすことはないだろう」

崔の説明を聞いた金ソバンは直ぐ獄舎に戻り、鳥衛門にその内容を説明した。

「朝鮮側が鉄砲を操れる人を探しています。鳥衛門様は私が推挙します。が、他のみなさんは仕方がありません。嘘をついて後でばれたら、皆、処罰されますから」

「それはあかん。我らは生死をともにする。絶対に分かれることはできん」

金ソバンの話を聞いた鳥衛門が言い返した。

「何を言っているんですか。下手すると、皆、死ぬことになります。生きられる人は一人でも多く生きるべきです。戦争が終ったら、地元に帰って、待っている家族に今までのことを伝えられるべきでしょう。私も家族を探さなければなりません」

「いや、そう言う訳にはいかない」

鳥衛門は頑固だった。鳥衛門一人でも助けたかった金ソバンは、もどかしく途方に暮れた。

「それじゃあ、皆、一緒に処刑されたいということですか？」

「……」

鳥衛門が黙っていると、「じゃあ、こうしよう」と、矢一が言った。

「朝鮮側に我々みんなが鉄砲を扱えると伝えてくれよ。その間に、鳥衛門は我らに鉄砲の撃ち方を教えてくれればいい。今まで見てきたのである程度は分かっている。言葉だけででも教えてくれれば覚えられる。鉄砲を撃つ時、それを見て真似すればいいんじゃないか。鉄砲が撃てるのは生まれつきではないから」

「そうだ。俺が絵をかいて教えるから、そうしよう」

「だめです。嘘がばれたら、皆、死にます」

「嘘ではない。俺が鉄砲の撃ち方を教えれば彼らも直ぐ撃てる。嘘ではない」

「そんな簡単に教えられるもんですかぁ？」

「俺が教えれば、お前も直ぐ撃てる。正確に当たるかどうかは分からないが」

「そうですか。なら、そうしましょう」

金ソバンは直ぐ鳥衛門と仲間が鉄砲を操れると崔に伝えた。

「食べ物と着る物を与えろ。処遇し漢城に送れ」

直ぐに処遇が変わった。鉄砲を扱うことができると報告された者は結局、鳥衛門と彼の仲間だけだった。

崔は、鳥衛門と矢一、拓郎、彦兵衛を漢城にある訓練都監に送ることにした。一緒に捕虜となった倭寇出身の惣兵衛とその部下は南原城にいる明軍に引き渡された。

「通訳が必要だからお前も一緒に行け」

金ソバンも漢城に送られた。

「良かったです。一緒に行けって言われました」

金ソバンが鳥衛門たちと一緒に行くことになったと伝えると、

「良かった。お前がいないと困るのは俺たちだ。本当に良かった」と、鳥衛門と仲間は喜んだ。

遼東は遼河の東という意味である。発源地は二つ。その一つは中国の吉林省東南部にあるハダリンという渓谷であり、もう一つはモンゴル地域の支流である。その支流が吉林省の近くに流れ込み合流し大河を成す。大河となった遼河は、遼東半島を横断した後、西に流れ、渤海湾と黄海に流れ込む。遼河の東として名付けられた遼東地域は、明の皇都・北京からすれば東の辺境である。都城から遠く離れた辺境であるため、蛮夷（ばんい）の侵入が多い地域でもあった。この地域を管理するため、明の朝廷は遼東府を設置して警備も厳重だった。

さて講和の使節として明に派遣された内藤如安は、明の朝廷から許可が下りず、その遼東で一年以上を待った。如安は遼東に留まり、明の軍備や実情などを直接見聞きすることができたが、大砲の数、兵の数を知って非常に驚いた。当時、日本には大砲がなかったが、明軍には多数あった。

「戦が始まれば、おそらく遼東の戦力には勝つことが難しいだろう」

如安は、遼東の軍事力の規模をみて、秀吉が明国や国際情勢についてどれほど無知なのかに気付いた。

『井戸の中の蛙って、正にこれだろう。大きな犠牲を払う前に一日も早く戦を終わらせなければならない』

如安は講和交渉における自分の役割が極めて重要だと感じた。その後、しばらくして北京に入ることが許された。遼東に入り、既に一年半が過ぎていた。

『一年半も経って許可が下りるとは』

「さあ、速やかに行こう」

明の官員らに促されて、如安は随行員と共に北京に向かった。

時は文禄三年（1594）の師走だった。遼東の冷たい風が、如安と一行の顔をかすめた。

「寒い、寒い」

彼らは遼東の寒さに震えた。遼東などの東北部の寒さは尋常ではない。冬場は猛威を振ることで名高い。この年はひときわ目立った。行長の居城のある九州とは比べものにならない。遼東はまさに凍土の地だった。限りなく広がる平原を、真っ白な雪が地面を覆っていた。行長には今まで見たことのない、経験したことのない雪原だった。風は冷たく、吹きつける風は、土壁も凍らせるほどだった。

雪混じりの風は刃よりも鋭く肌を刺した。明の勅使と兵士は毛皮の厚い靴を履いていたが、如安と一行は草履を履き、その上に布を巻いただけだった。彼らが北京に到着した時、ほとんどが足を引きずっていた。足が凍り、凍傷になっていたからだ。

「ここで待ちなさい」

勅使は如安と彼の一行を使節として扱うことなく、まるで犯罪者のように扱い、言葉遣いさえも冷ややかだった。

「遼東の冷たい風の中、辛うじて北京に到着したのにこれでは罪人扱いではないか」
温厚な内藤如安もさすがに堪忍袋の緒が切れた。明の官吏たちは、「講和を装い、実情を探りに来たのかもしれない。徹底的に監視せよ」と、如安一行を疑っていた。客舎の警備は厳重で外出も禁止された。一行は事情も分からぬまま客舎に留まるしかなかった。

当時、北京には西洋から来た多くの宣教師がいた。その中にイエズス会のマテオ・リッチという宣教師もいた。彼は西洋で製作された世界地図と地理書を持ってきて、漢字に翻訳した。中国が世界の中心という中華思想に浸かっていた中国人に、地理的な世界観、世界に対するさまざまな事実を伝えるためだった。彼はイタリア出身だったが、中国語の発音と漢字を勉強した。漢字を使い、世界地図と地名を付け、中国の知識人らに普及した。「坤輿万国全図（1602）」と呼ばれる地図帳である。その地図にリッチは初めてヨーロッパを「欧羅巴」と、スペインを「以西把尔亜」と漢字で表記した。中国の漢字音を理解し、西洋語の発音を漢字で音訳した外国地名だった。この地図は中国のみならず、後に朝鮮と日本にも伝わり、西洋などの地名を漢字表記する先駆けとなった。

十六世紀末に多くのカトリック宣教師が中国で布教活動をしたが、その中心は皇都である北京だった。宣教師らは天主教の「バイブル」を漢字で「聖書」と訳するなど、北京の人々に西洋の文物と天主教を伝えようと精力的に動いた。彼らの努力で明の官僚の中にも天主教徒が多く生まれた。

如安は外出もできず、客舎に留まっていた。食事をする際には、必ず天主に祈りを捧げた。それを見た官員は、如安が信仰心にあついことを知った。ゆえに、彼が天主教徒として西洋文化に関心が高いことを察した。明の官員と如安との対話は、漢文の筆談によって行われた。如安は漢文に関する知識が豊かで、筆談はお手のものだった。当初、如安に対して警戒感の厳しかった官吏も、時が経つにつれて、次第に如安の人柄を評価し始めた。彼の振る舞いと価値観、誠実な人柄に感化された者が多かった。その結果、彼が明の実情を探るために来たという疑いは薄れつつ晴れた。

「外出を許す」

如安に好意を抱いていた官員が朝廷に上申し、如安と一行に外出許可が下りることになった。

「感謝いたします」

如安は、皇都を見学したいという希望を官員に伝えた。叶えられるとは期待していなかった。

如安は、感謝の礼として持っていた短刀を手渡した。

「謝謝。そんなつもりではありません」

「承知しております。どうぞお納めください」

「分かりました。誠意として受け取ります」

明の官員の好意で、ようやく外出の許可を得た如安ら一行は、北京の規模と賑やかさ、そして人々の往来、街中にあふれる物産を見て驚いた。

「百聞は一見に如かず、想像を絶するほどだ」

日本で宣教師らと交流をしていたから、多少は海外事情には精通していると思っていた。ところが、噂に聞いた北京はそれを遙かに超えるものだった。

「こんなに凄いものだったとは。北京に比べれば、堺などは田舎町にすぎない」

日本が誇る国際交易都市・堺は比較すらできなかった。

如安は思った。

『講和使節に来て本当によかった。明がこんな大国とも知らず、それを征伐するなどと大言壮語するのは、正に蟷螂の斧ということだ。秀吉様こそ世間知らずの井の中の蛙ではないか』

北京を見回った如安は、西洋の神父らが布教をする聖堂を知り、そこも訪れた。当時、中国と日本で布教活動をする神父は多くがイエズス会の所属だったので、日本に伝わっていた天主教の教理は一致した。

「嬉しい」

聖堂に通い、イエズス会の神父たちと親交を交わした如安は、神父を通して明国と北京の情勢を詳しく聞いた。そして、西洋の文物に関する知識をさらに広めることができた。望遠鏡や羅針盤、印刷術などの新文物にも接した。

如安は時間を見つけては宣教師たちと交流し、カトリックの教理に対する理解を深める一方、宣教の重要性にも気付いた。中国のみならず、印度のゴア、南米、そしてフィリピンなど海外でも宣教活動が活発に行われていることも聞いた。世界の多くの地域で多くの人がカトリックに帰依し、天主を信じ、愛と奉仕を通じ信仰活動をしていることを知った。如安は目が覚めるような気がした。

「我が国には天主様の上に太閤がいる。太閤の無知のせいで信仰活動も思う通りにいかない。いつか機会があれば海外に出て、思い切り信仰活動と布教活動をしたい」

如安は、講和使節という自分の役目を忘れさせるほど宣教師らとの交流に夢中になった。その日も聖堂に行こうとしていた。が、客舎に兵部尚書の石星が送った官員が訪ねてきた。

「上から命令がありました」

官員は丁寧に如安に伝えた。

「分かりました」

如安は急遽、予定を変えて、石星が勤務する兵部に向かった。

「君らはここで待っていろ」

兵部の官吏は、如安のみを案内した。如安と離された近衛の随行員はすべて武装解除された。

「抵抗すれば死ぬ」

近衛たちが武装解除に反発すると彼らは警告を受けた。そして、如安のみを室内に案内し、兵士が如安の体をくまなく調べた。武器はすべて預け、如安は室内に入った。

「遠いところまでご苦労様」

官吏と通訳の案内を受けて建物に入ると、兵部尚書の石星と偉く見える官員らが彼を待っていた。如安が礼を尽くした。だが、彼らは冷ややかな態度で如安を迎えた。彼の両側には武装した兵士が立ち、物々しかった。いざとなれば、といった殺伐とした空気が漂っていた。

「座って、これに目を通しなさい」

通訳が石星からの質問書を如安に渡した。当然だが、内容は全て漢文だった。

「うむ」

如安は、漢文をゆっくり読み下した。丹波領主や将軍の近衛長だった時、学問好きな彼は漢文の知識をかなり身につけた。通訳を通さず、彼はできるだけ直接筆答した。中国語と日本語の語順がかなり違うため、下手な通訳は誤解を招く恐れがあると考えたからだ。中国にいる西洋宣教師らとも通訳を使わずに漢文で筆談していた。

〈問。朝鮮は天朝（明国）の朝貢国なのに其方は天朝に朝貢を望んでいると言いながら、どうして朝鮮を侵略したのか〉

漢文で書かれた質問書の文章にゆっくり目を通した如安は、一つ一つ工夫しながら答えた。

〈答。天朝に朝貢することを望み、朝鮮に仲介を頼みました。ところが、三年間もそれが叶いませんでした。そのため、兵を送り、朝鮮を懲らしめ、その旨を天朝に直接伝えるためです〉

〈問。其方の侵略を受けた朝鮮が危急だと思い、天朝から援軍を送った。そうなら降伏か撤退すべきなのになぜ平壌と開城、碧蹄館で天朝軍に対抗したのか〉

〈答。此方は平壌に駐屯しながら天朝に奉公しようとしておりました。最初から戦うつもりはありませんでした。ところが、交渉に向かった我が兵士たちが明軍におびき出され、殺害されました。それを知って我が軍は生きるために防御しただけです。その争いで、我が兵士の多くが死んだり負傷しました。後で明軍の許しを得て漢城に退いたのです。その後、漢城を出て南海岸に退いたのも、明軍が参戦したことを知り、講和を進めるためでした。天朝の要請を受け入れ、捕虜となった朝鮮の二人の王子とその家臣を帰したのも講和を進めたいという我が軍の誠意です〉

〈問。講和を望むと言いながらなぜ晋州城を攻撃してそこの朝鮮良民を殺戮したのか〉

〈答。それは此方の仕業ではなく、好戦的な二番隊を率いる加藤清正が個人的な恨みでそうしたことです〉

〈問。朝鮮から全員撤退せず釜山と南海岸に駐屯したまま築城する理由は何か〉

如安は内容を吟味しながら誤解がないように必死に答えたが、事前に準備してあった明側の質問は詳細で鋭かった。

『下手に嘘をついてはすべてが水の泡になりかねない』

如安は、明側が事実を詳細に把握していないと思い、適当に作り話で答えようとしたが、質問の内容はそうではなかった。

『明側は朝鮮の状況を隅々まで知っている』

彼は、下手に嘘をつくとばれると気付いた。そうなると講和交渉は水の泡となるだけでなく、自分も生きては帰れないことを感じ取った。質問にはなるべく事実に基づき、誠実に答えなければならなかった。明側が納得のいく答えを探すために苦心しながら漢文で文章を作成した。緊張のせいか、額に冷や汗が滲んだ。

〈答。以前、明の使節を通して天朝に冊封を要請したのですが、まだ許可を得られていません。日本にいる豊臣秀吉は未だ疑いを持っています。冊封が決まりますと朝鮮に駐屯している兵士は全て撤収します。城はすべて燃やします〉

〈問。織田信長が日本の王だったが亡くなり、豊臣秀吉がその後を継いだと聞いている。すると彼が日本の王なのになぜ冊封を願うのか。その理由が何か〉

石星と明の官吏は、如安の答弁の中に少しでも嘘や矛盾がないかを見抜き、鋭い質問を繰り返した。

〈答。織田信長は武力で国王の座を奪いましたが、不満を買い側近に殺されました。豊臣秀吉は織田信長の配下の家臣でしたが、反乱者を倒して日本全国統一を果たしました。しかし、まだ国王ではなく、太閤の地位にあります。朝鮮の王が天朝の冊封を受け、民心が安定しているのを見て、それに倣い冊封を求めているのです〉

「うむ」

兵部尚書の石星は、如安が漢文で作成した答弁書を見て、頷く仕草を見せた。

「貴殿は、今ここで答えた内容について永遠に責任を負うことができるか。そうであるならこの答弁書に、以上の内容は事実と相違ありません、と署名して誓いなさい。それができればこの答弁書と其方の願いを皇帝様に捧げ、許しを嘆願する。が、もし一つでも嘘が見つかれば講和交渉は中止され、貴殿は生きて帰れることは望めない。肝に銘じなさい」

石星が中国語で話し、隣に座っていた通訳兼書記が訳した。

如安は再び文章を書いて彼に渡した。明の官吏は、如安が嘘をついていないか、月を皿のようにして彼を見た。そして、今までの話をいろいろな角度から丹念に繰り返し追及した。如安の返答に少しでも矛盾があり、自分たちの事実と釣り合わなければ、直ちに交渉を中止し、彼の首を日本に送るつもりでいた。ところが、如安の答えは、自分たちの情報とほぼ一致した。彼らは答弁に偽りがないと判断し、それをまとめて皇帝である神宗に上申することにした。最後に如安の署名を求めたのである。

〈もし自分の話に偽りがあったら死んで地獄に落ちるでしょう。真実のみに基づき、使節としてここに署名します。ついでに天主様の御名をかけて天に誓います〉

如安は、明側が提示した内容に天主を加え、カトリック教徒としての誓いを含めて署名した。

国家間の外交であれ、個人間の取引であれ、それを担当し遂行するのは人である。巧みな言葉遣いや修辞よりそれを遂行する人の人格と誠実さ、そういうことが相手に信頼を与えることであろう。そのような面で如安の誠実な態度と天主教の信者としての敬虔な姿勢、顔に現れる人柄、礼法と外交的処世術が明側の石星と官吏らの信頼を得た。行長が彼を使節として明国に派遣した理由もすべてそのような眼目からだったろう。

「簡単に宴会を用意したので一緒に参加しましょう」

尋問のようなやり取りの後、誓約書の署名が済むと友好的な石星は、如安を宴会に案内した。

「朝鮮からここまで来るのにどのくらい、かかりましたか」

「遼東で待たされてほぼ二年かかりました」

宴会席では石星は、如安に私的な話を交わすなど、如安に親密感を示した。武装した兵士は退き、緊張しきっていた今までの雰囲気は一気に和やかになった。

「個人的にお願いがあります」

宴会が盛り上がった時だった。通訳を通して、如安が石星に話しかけた。

「言ってごらんなさい」

「この請願書をご覧になって、是非お願いします」

如安は予め用意しておいた請願書を渡した。内容は次の通りだった。

一、日本には国王がいないので豊臣秀吉を国王に封じ、その夫人を王妃と冊封してください。
一、小西行長、石田三成、黒田長政、宇喜多秀家を大都督に冊封し、行長には日本の西海島を下賜して永遠に天朝の藩主とし、朝鮮と代々通交させてください。

如安の要請を受けた石星はこの内容を皇帝の神宗に捧げ、次の下命が下りた。

一、豊臣秀吉を「日本の王」に冊封する。

一、小西行長には都督の官位を、内藤如安には都督指揮使の官位を与える。

ついでに秀吉、行長、如安にそれぞれ絹二疋と銀二十疋を与えた。明の朝廷としては、如安の要請を一部だけ受け入れて恩着せがましく振舞ったのだ。が、面白いのは、秀吉と行長、如安の地位が違うにもかかわらず同じ品目の恩賞を与えたことだった。秀吉が知れば激怒するに違いない。

慶長の役（丁酉再乱）

日本の慶長二年（1597）は朝鮮では丁酉(チョンユ)年である。したがって朝鮮ではその年に、再び倭乱が起きたということで、「丁酉再乱」と呼んだ。日本では慶長に起こったので「慶長の役」である。

一年前（1596）に京都で地震が起きるなど凶事が重なると年号を文禄から慶長に変えた。和平のための行長と如安の努力にもかかわらず、秀吉は朝鮮に再侵攻を命じたのだ。

「また海を渡らねばならんのか」

「うん。この前も九死に一生を得たのに」

すぐに文禄の役を経験した兵士たちから不満が漏れた。明国との講和交渉で戦線が膠着状態に入ると多くの兵士が日本に戻っていた。が、秀吉の再侵攻の命令で、兵士たちは再び招集されたからだ。

しかも、文禄元年四月（旧暦）に海を渡ったため、それほど寒いとは感じなかった。ところが、今回は一月だった。冬の海風は非常に冷たかった。冬の海は真っ黒な色を帯びて陰鬱だった。文字通り黒い海、玄海だった。

「冷たいなあ」

各地から狩り出された兵士たちは、冷たい風が顔を刺すたびに身をすくめた。

「また、争いか」

彼らは複雑な心境で「チャップ、チャップ」と音を立てながら割れる真っ黒な海を見つめた。

秀吉は慶長の再侵攻に十五万の兵士を動員した。半農半兵の百姓はその命令を拒むことはできなかった。

講和交渉で、しばらく閉ざされていた悲劇の幕が再び開かれた。

「ところで、この前は食べる物がなくて飢え死にしそうだったが、今度は大丈夫かなあ」

「そうだあ。食い物もなく戦をするなんて、まったく無茶だったもんな」

「太閤様は何を得ようと、我々にまた海を渡らせるのか」

「本当だね。男衆が戦に狩り出されると女と子どもたちは苦労する。農作業が上手くいかず、残った家族も苦しいんだ。どうして、絶えず戦をしたがるのか。納得できないな」

秀吉の命令を受け、強制的に動員されて海を渡るものの、戦などしたくなかった。彼らは、権力者である秀吉が起こす戦に、もううんざりしていた。権力が持つ横暴さに反感を感じたが、命令に逆らうことはできなかった。逆らえば、命を落とすことになるからだ。

「ふ〜う」権力に抵抗できない自分たちの無気力さが恨めしく、ため息ばかりが出た。彼らの思いとは裏腹に、秀吉はそんな庶民の気持ちに関心がなかった。

「朝鮮の南の地域を直ちに占領しろ。失敗は許さぬ」

秀吉は、清正に朝鮮の南三道、全羅道、慶尚道、忠清道を占領するよう命じた。明国との講和の条件として朝鮮の南三道を武力で占領し、永久支配しようという下心を持っていたからだ。

ところが、これは秀吉の誤解から生まれた戦略だった。秀吉は朝鮮が日本の国内と多くの部分で大差がないと思っていた。海外に行ったことのない秀吉は国内での経験だけで、朝鮮と明国のことを理解しようとした。つまり見える空が天下だと思う「井戸の中の蛙」的な思考だった。

秀吉は、朝鮮の南三道を占領すれば、そこで収穫できる穀物をすべて自分のものにできると思った。実際、日本では地域を占領すれば自分の領地とすることができた。しかし朝鮮は日本と違った。秀吉は、朝鮮でも支配できれば民は権力に服従して素直に税を納めると思った。が、他国の支配を嫌う朝鮮の農民が、「はい、そうですか」と素直に税を納めるはずはなかった。おそらく南三道が占領されれば、農民のほとんどは農地を捨て、逃げ出す。結局、農民のいない農地は荒れ地になることは明らかだった。もし、そんなことにでもなれば、日本本土から農民を移住させなければならない。そして彼らを保護するためには大規模に兵士を駐屯させなければならない。そうして自給自足ができればよいが、できなければ日本本土から食糧を大量に運ばなければならない。本土でも自給自足ができない状況下に毎年、本土から食糧を運ぶにはあまりにも無理がある。もし、天気不順で全国的に食糧不足が生じれば、不満が続出することは火を見るよりも明らかだった。

しかも秀吉が日本を統一したとはいえ、いまだ体制は確固たるものではなかった。隙があらばと虎視眈々、その時を待つ家康をはじめ有力領主が反旗を翻すことになりかねない。容易ならざる世情であった。

「再侵略には実益がありません」

多くの領主と家臣は再侵略に反対した。ところが権力を握り、天狗になった秀吉は再侵攻に固執した。高齢の彼には情勢分析と判断能力が欠けつつあった。歳を経ると、見栄っ張りで、意固地になるのは人の常。再侵攻は、秀吉の自尊心の強さからくる意地で、武断派の煽りにそそのかされた結果だった。

一方、朝鮮軍は南海岸の海で遠征軍の水軍を撃破し続けた。朝鮮朝廷では、全羅左道の水軍将・李舜臣の功労を高く評価し、昇進させた。

〈貴殿を三道水軍統制使に任命する〉

三道水軍統制使の官職は、慶尚道、全羅道、忠清道の三道を統率する水軍司令官である。この戦で特別に作られた臨時的な職で総司令官に当たるものだ。朝廷が、彼の能力と功績を高く評価した結果だった。

李舜臣が三道水軍統制使になると、朝鮮水軍の士気は一気にあがり、彼の指揮により軍事力が大幅に向上した。李舜臣はすべてのことにおいて厳格だった。戦闘がない時でも訓練を怠らなかった。軍律に基づいて常に厳しく公正に公務を処理した。民衆に迷惑をかけず必要な兵糧を用意するため、兵士には直接、屯田（兵糧用の田畑）を耕させた。率先垂範、自らにも軍律を厳しく課したため、違反したり、賄賂をやり取りする兵たちは皆無だった。

「軍律によって厳罰せよ」

統制使は指示したことをいい加減に処理したり、適当にごまかす行為を絶対許さなかった。不正や偽りの報告が発覚した折には、地位の上下を問わず厳しく罰した。上下差別なく軍律が公正に適用され、屯田で耕作し兵糧を自給自足したので、兵士も飢えることを心配せず訓練に集中できた。以前は食糧が足りなければ周辺の民衆から略奪し、腹を満たし烏合の衆とまで呼ばれた水兵が、次第に規律正しい精鋭に変貌した。南海岸の守備を担っている水軍が精鋭に変わったことで、海岸で暮らす漁民たちは侵奪に怯えることもなく安心して生活できるようになった。

李は指揮下の水兵を漁民に変装させ、常に海を監視させていた。

「倭船が現れました」

「出船せよ！」

監視兵から報告が届くとすぐに出動し、攻撃した。組織的な動きをする朝鮮水軍は装備した大砲で睨みをきかせたため、倭船はまったく近寄れなくなった。その結果、朝鮮の南海は朝鮮水軍が完全に制海権を掌握したため、兵士が跋扈（ばっこ）することはできなくなった。その甲斐あって、海岸の漁民は戦以前のように自由に漁をすることができた。

「今日は、魚がたくさん獲れたなあ」

「すべて統制使様のお陰だ。倭兵がいなくなり安心して漁ができた」

「倭兵がいなく、すっきりしたよ」

「まったくその通り。統制使様こそ我らの恩人だ」

戦が起きるまでは漁師は水軍を決して良いとは思わなかった。助けられた事などなく、水軍をいい事に区域を問題にしたり、折角、獲った魚などを強奪するのが常だった。兵士が来たときなどは、皆どこかに逃げ出して海には日本水軍の船だらけだった。漁どころか日本水軍に頻繁に略奪されたり、女は兵士の餌食になった。抵抗して殺された者は数え切れないほどだった。哀れな民を保護するどころか、ただ奪うことしかできないのが朝廷で、その手先が水軍であった。

それまで漁民たちは、朝廷と水軍には恨みの気持ちが強かった。それが李舜臣が統制使になってからは一変して、水軍が漁民を守ってくれた。水軍の態度が変わると漁民が持っていた恨みは一掃、有り難さに一変した。

このように李舜臣が三道水軍統制官使になり、漁民の信頼を勝ち取ったことで水軍の士気も大いに高まった。

しかし、ただ一人、李舜臣にとって気になる人物がいた。慶尚の右水使・元均（ウォン・ギュン）である。武家出身の彼は、李舜臣より五歳年上。十四代目の宣祖元年（1567）に武科に合格した。李舜臣より九年も早かった。

武官になった元均は巨済県令に就任。文禄の役の一年前（1591）には全羅左水使に昇進。翌年からは慶尚右水使を担当していた。元均の立場から見れば、李舜臣は青臭い後輩で、職としても自分の後任だった。年功序列と年齢を重視した彼は、自然に李舜臣を後輩で子分のように扱った。李舜臣も、年長者で先任者である元均を、それなりに敬い待遇した。

元均は、体も大きく骨格も頑強で、何かというと短気で、部下に怒鳴ってばかりいた。それに比べ李舜臣は、均整のとれた体躯で寡黙。誰にも決して居丈高な態度で接する人ではなかった。外見だけを見れば、元均が武将らしく、李舜臣は学識ある文官のように思われた。

李舜臣は武官を希望し、武術を鍛えながら武科受検を準備した。武科を受検するにも学識は求められ、四書三経などを学ばなければならない。書籍を読み、古書と先学から真理を学び、それを忠実に実行するようにと努めた。本人は先学の教えを当然で正しいと信じていた。それだけに公私の分別は徹底し、正義や原則を重視した。公的な任務を遂行するには与えられた自分の職務を認識し、すべてのことを規律に従って処理するように努めた。私的な関係や感情を公務に結びつけないように努力した。

日本軍との最初の海戦である玉浦海戦の時にも、三隻の戦船を率いて連合隊に参加した元均が総指揮を執ると言い張ったことがあった。

「それは、いけません」

李舜臣は、年齢差を受け入れなかった。戦船を捨て兵の数も少ない彼に指揮を任すのは不合理だと思った。

「歳上にはもっと敬意を表すべきだ」と、元均は李舜臣に不満があったが、彼の指揮下の軍勢だけでは戦いは不可能だった。

「今に見てろ」

渋々ながら李舜臣の指揮を受け入れるしかなかった。元均は自分に指揮権を与えなかったことで傷つき、心の中で恨みを抱いた。玉浦海戦が大勝で終わった後も、元均は戦死した兵士の首級を取るのに忙しかった。そして、勝利を知らせる報告書を独自に書き朝廷に送った。全羅水軍と慶尚水軍の連合で収めた勝利だったから指揮将の二人が合意して報告書を作成し、連名するのが慣例だったが、彼はそのような手続きをあっさり無視した。

「慶尚右水使の功が大きい」

元均が送った報告書を受け取った朝廷では、李舜臣より元均の功が大きいと評価した。ところが後で玉浦海戦を調査した金誠一が、実状を調べ、報告書を書いた。朝廷では後になって事実を知ることになった。もし、金誠一が事実を正さなかったら元均の功が大きいという不正確な事実が歴史に残るところだった。

事実を知った朝廷は功を再評価し、李舜臣には正二品の位を与え、元均にはそれより下の位を与えた。すると、「どうして李舜臣より下なのだ」と、元均は激怒した。実は、それさえも李舜臣のお陰だったが、彼は不満を抱き、その後もずっと李舜臣のことを妬んだ。そして、徹底的に李舜臣の意見に反対し、海戦が起こると単独で行動した。戦闘中には姿をみせない彼は、戦いが終わると部下と共にどこからともなく現れ、敵味方を問わずに海に浮かぶ兵士の首級を取るのが彼の仕事だった。首級は手柄の証拠になるから、戦には参加せず手柄のみを横取りした。

「何してんだ！　戦には参加せず、自分の手柄にしようとしているだけじゃないか。あれが指揮将だなんて情けない」

水軍の兵士たちの多くが、彼のその行動を見て顔をしかめた。

「……」

しかし、李舜臣は見て見ぬふりをしていた。

「左右に広がれ。また、すぼめて。しっかり包囲せよ」

戦がない時でも李舜臣は指揮下の兵を訓練し、戦略を練った。彼には一時も休む暇もなかった。

ところが元均は違った。

「こんな酒しかないのか。賤民が飲む濁り酒じゃあなく香りのある酒を持って来い」

戦がない時には、常に酒に溺れ、女を求めた。昼も夜も酒に酔い、赤い顔をしていた。まったく指揮長としての公私の区別がなかった。

「朝廷が李舜臣を三道統制使に任命したそうです」

そんなある日、彼の耳に届いた報告だった。

「ナニ？　なぜ、年功のある俺より先に与えられるのか。これは間違いだ」

李舜臣が自分の上官となる三道統制使になると聞き、元均の嫉妬は頂点に達した。

「私の方が年長で先任者だ。あいつに職を奪われた」

彼は上官になった李舜臣の陰口を言いだし、彼を批判した。

〈李舜臣が連合隊の手柄を自分一人のものとしました。実際、戦闘で倭兵の首をとったのは臣の兵です。敵の首級をたくさんとったのは臣と我が兵です〉

元均は、自分の手柄を膨らませ朝廷に送った。

「届いた書状を見ると統制使の李舜臣より、右水使・元均の活躍と手柄が大きいのではないか」

王が大臣らに尋ねた。

「書状の内容が事実かどうかを確認しなければなりません」

王の質問に柳成龍が腰をかがめて答えた。すると王は続けて問うた。

「書状には玉浦海戦の論功も間違っていると書かれているが、誰の言葉が正しいのか」

「申し上げますが、玉浦海戦に関する論功と行賞は、第三者である金誠一の報告書によるものであります。客観的な報告であります」

「うむ」

宣祖は、柳成龍が李舜臣をひいきにしているのではないかと疑いを持っていた。が、彼の言葉通り玉浦海戦に関しては金誠一が送った報告書に基づき、戦功を論じたのでそれ以上の追及は難しかった。

「力を合わせても大変なのに、指揮将同士があれほどまでにいがみ合うと戦に影響するだろう」

元均の不満と李舜臣を非難した書状により、統制使の李舜臣と慶尚右水師の元均の不和と対立が朝廷にまで知られるようになった。

「慶尚右水使を他の地域に移すことが混乱を防ぐ方法だと思われます」

「そのようにせよ」

苦心の末、朝廷は元均を忠清道兵使に任命し、李舜臣と離した。こうして元均を転職させることで、水軍の分裂と葛藤を防ごうとした。

「柳成龍と李舜臣は近い関係です。国事には公私区別をしないと困ります。柳成龍があまりにも李舜臣を庇護しています」

こうした声が飛び火し党派の争いにまで発展してしまった。東人派の柳成龍に、西人派の誹謗が激しくなったのである。

防御体制を改編し訓練都監を組織するなど、柳成龍は王からの全面的な支持と信頼を受けた。降倭を受け入れ兵を調練できるようにしたのも彼だった。だが、彼を妬んだ西人派の大臣らは、元均と李舜臣の不和を党派争いに巻き込んだ。西人派は、柳成龍が個人的に李舜臣と親しいことを取り上げ柳を攻撃した。柳が李舜臣を擁護し、元均を卑下していると指摘した。

無論、武将の元均と李舜臣はいずれの党派にも属さなかった。それでも西人派は、柳成龍の東人派を攻撃するため、元均と李舜臣を党派争いに引き込んだのだ。

「元均こそ朝廷に忠誠を尽くし、死を惜しまぬ武人でございます。玉浦海戦だけでなくその後にあった釜山浦海戦においても元均の功が大きいという噂です」

西人派はまるで戦場を見てきたかのように元均を庇い、李舜臣を引き下ろした。そして、柳成龍まで非難した。

李舜臣も朝廷で騒がれていることを知っていたが、弁解しようとはしなかった。彼は一貫して沈黙を保った。が、元均は李舜臣を激しく非難し、自分の功を強調した。

宇喜多を始め連合隊が南に退き、明との講和交渉で争いが膠着状態に入ると、危機から逃れたと思ったのか、朝廷の大臣らは戦後の対策よりも党派争いに明け暮れた。防御に専念する武官まで引き込んで泥まみれになり、争いを繰り返した。

党派の争いが始まると何が正しいのか、どれが正論なのか、その是非を区別することすらできなかった。戦乱が勃発する以前の状況とまったく酷似していた。

一方、行長と沈の提案により明の使節が日本を訪れた。明からの提案で講和のための朝鮮通信使も秀吉元に派遣された。しかし秀吉の気まぐれでこの交渉は結局、失敗に終わり、秀吉は再び侵攻を決めたのだった。

〈加藤清正の仕業で講和交渉が失敗に終わりました。すぐにも再侵略があるでしょう。今回は加藤清正が先鋒を務めることになっています。彼は再侵攻のためにまず少数の兵力を率いて海を渡ることになっています。朝鮮の水軍は無敵なので、加藤清正を待ち伏せして海で攻撃すれば加藤清正を捕らえられるでしょう。そうなれば戦は陸地まで広がらないでしょう。加藤清正とその兵士を海で阻止すれば戦はないはずです〉

一五九六年十一月、与次郎という行長の家臣が慶尚右兵使を務めている金応瑞(キム・ウンソ)を訪ねて伝えた内容である。与次郎は対馬出身で、朝鮮語が通じ、通訳を務めて講和交渉で頻繁に朝鮮に出入りした人物である。

「其方は日本人なのになぜこれを朝鮮側に知らせたのか？　何か思惑があるだろう」

内容を知った金は与次郎を問い詰めた。

〈我が主君の行長様は清正とは犬猿の仲です。領地が接しているため頻繁に衝突しています。それに我が主君は講和交渉を通じてこの戦を終わらせ、朝鮮と良好な関係を保とうとしています。ところが、清正が頑なに反対しています。今度の再侵略も、清正が秀吉様を煽ってそうなったと聞いています。朝鮮水軍が、先鋒隊として海を渡る清正とその部隊を海に沈めれば、戦を未然に防ぐだけでなく、講和交渉も再開できると期待しています〉

行長と清正が犬猿の仲にあることは事実だが、行長が本当に政敵である清正を朝鮮水軍の手を借りて、始末しようとしたのかどうかは誰も知るよしもなかった。もしかすると朝鮮水軍を率いている李舜臣をおびき出すための計略なのかもしれない。

「待ちなさい」

右兵使の金応瑞はこの話を直ちに上官である権慄に伝えた。幸州山城で勝利を挙げた権は、当時、都元帥の職に就いていた。都元帥とは戦乱においてすべての軍務を総括する最高司令官の職責だった。

「朝廷に知らせなければならない」

権は案件の重要性を強く感じ、直ちに朝廷に報告した。

「水軍統制使にこれを緊急に知らせろ。そして直ちに水軍を率いて出征するようにせよ。倭敵が陸地に上陸できないように海で撃退せよ」

王命が下り、それを受けた都元帥の権は自ら固城半島の下方にある閑山に下った。当時、水軍の本営である統制営が閑山島にあったためだ。

全羅左水使だった李舜臣の本営は全羅左水営で、元々は麗水に置かれていた。が、統制使になった後、三道水軍の指揮を円滑にするために彼は本営を閑山島に移した。

晋州から東南に斜めに行けば固城の地域であり、さらに南に行けば、「半分は陸地で半分は海」という意味でつけられた半島が陸地に繋がっている。半島の南には閑山島が、東には大きな巨済島がある。閑山島は海からはよく見えない天恵の軍事基地だった。

「御命です。倭軍が海を渡って来るという情報があります。阻止するように言われました。遅滞なく動くべきでしょう」

「うむ」

都元帥の権が直接、御命を伝えたのに統制使はうんともすんとも言わずに考え込んだ。

「どうしたのか？」

御命が下りれば直ちに遂行するのが武臣の義務である。なのにためらう様子を見せた李舜臣を、権は変に思った。

「倭人が持ってきた情報を信用できるかどうかです。罠かもしれない。もしそうであれば朝鮮水軍は危険に陥ります」と李舜臣は呟くように答えた。

「それはそうだが、御命があったのにそれを拒めば逆賊になりかねないことを知っているのでは……」と、権は頭を抱えた。

「承知はしていますが、もしかすれば我が水軍をおびき寄せるために奸計を企てたのかもしれません。海でやられた倭敵が悔しさを露にし、切羽詰まっているとも聞いて居ります。確かな情報かどうかを確認もせず、出撃し、もし敵の罠に嵌ると大打撃になります。この海を失えば、この戦は一層、難しい戦局を迎えることになります」

李舜臣の用心深さをよく知っている権も、統制使の立場を分からないでもなかった。が、出征を促すしかなかった。

「貴公の意見はごもっともであるが、御命が下された以上は従うしかない。他に方法はない。御命に従い、倭敵を退けるのが武将の義務でありましょう」

上官である彼の役目だった。

「都元帥様。せめて斥候を出しましょう。倭軍の動きを探ってから動くべきです。もし倭軍の動きが怪しければすぐにでも出撃します」

「が、ぐずぐずしてはいられない。後に御命を遂行しなかったとして咎められてはまずい。下手をすると逆賊と濡れ衣を着せられることもあるでしょう。早く動いた方が得策です」

都元帥の権は、統制使の懸念にも一理あるとは思ったが、いくらそうであっても王の御命をないがしろにするわけにはいかなかった。いくら彼の意見が妥当だとしても、王命に逆らい、統制使の思い通りにすることはできなかった。

「承知いたしました」

権慄の助言を受け入れ、李舜臣は直ぐ海に見張りを送った。権慄は陣のある固城に戻った。

「出陣に備えろ！」

統制使は、万一に備え水軍に出陣の準備をさせた。ところが、「海に倭船が時折、見えるが大軍の動きはありません」と、見張りが報告を送ってきた。

「倭軍の動きがないのに出撃はできない。だからといって王命を無視するわけにもいかない。どうすればいいんだ」

板挟みになった統制使は苦悩した。王命に背いては逆賊になりかねない。だからと言って、相手の計略かもしれないのにむやみに海に出撃することもできなかった。水軍を危険に陥れる恐れさえあった。

「それだけは防がないといけない」

ただでさえ軍勢が足りなかった。もし、水軍の戦力が今より減ったり、全滅したりすれば朝鮮はそれこそ最悪の事態に陥ると見通していた。王命に従い出陣すべきかどうか悩んでいた統制使に、「伝令でございます」と、再び都元帥が送った伝令が戻って来た。報告書にはこう記されていた。

〈正月十五日、倭将の加藤清正が兵を率いて蔚山の麓にある西生浦に入った〉

統制使は、指で日にちを数えてみた。そして独り言を言った。

「日取りからみて、倭敵の奸計に間違いない」

つまり、権慄が閑山島に下りてきたのが正月二十日だった。清正はそれより五日も早く海を渡ってきたことになっている。

「うむ」

李舜臣は白く波打つ冷たい海を見下ろしながら、溜息混じりの呻き声を上げた。

「結果的に王命に従わないことになった。さて、どうしたものやら」

朝廷と王のことを考えると重苦しい気持ちになった。

「夕食に簡単な酒と肴を用意しなさい」

李舜臣は、重苦しい悩みや不安を打ち消そうと一人、酒を飲んだ。王への忠誠、哀れな民、戦の事、さまざまなことが頭を過ぎった。手酌もなく、一人で飲んでいるうちにそのまま眠ってしまった。

「逆賊の舜臣！　素直に従え！」

突然の叫び声が聞こえた。目が覚めた。夢だった。全身、汗で濡れていた。不吉な夢だった。

「おえっ、おえっ」

腹具合が悪く吐いてしまった。前夜に飲んだ酒と肴をすべて吐き出した。すると、今まで胸に重苦しくのし掛かっていたものがすっきりしたような気になった。

兵卒に降格

「これはどういうことだ。閑山島にいた者は何をしていたのか」

王は激怒した。清正が海を渡って西生浦に入ったという知らせが届いたからだ。王は清正を非常に憎んでいた。なぜなら彼は二人の王子を人質に取るなど、朝鮮にとって悪辣極まりない人物であったからだ。

「清正が指揮下の兵を率いて海を渡ってくるので始末するには良い機会です」との報告を聞いて、王は、「敵討ちの絶好の機会だ」と思い、命令を出した。ところが命令は実現しなかった。しかも清正は何事もなく朝鮮の地に入っているという。王は怒り心頭に発した。統制使という公な職名があるのに、「この者」と称し不満を露わにした。

「朝廷の禄を食む者が御命を無視するなど……」

王は自分の命令が無視されたと思った。それに決して忘れられることのできないほど恨んでいる清正が朝鮮に上陸したという報告を聞いた時は、血が逆流するようだった。

「その罪は大きい。この者を許すことはできない。官職を剥奪し、すぐに捕まえて来い。余が直接、尋問する」

怒った王の高い声が響き渡った。結果的に行長が与次郎を通して伝えた情報は偽りではなかった。ところが、慶尚右兵使の金応瑞から都元帥の権を通して、その後、朝廷に伝わる過程で時間がかかりすぎた。この間に清正はすでに海を渡って悠々と西生浦に入ったのだ。どうせ王命を受けた李統制使が出撃したとしても、時すでに遅しだったことになる。なのにこのような状況に関する精査はなく、清正を逃した責任のみが、全て李統制使のせいだとして転嫁された。しかも王は自分の御命が無視されたと感情的になってしまった。

「殿下、謹んで申し上げます。ただ今は戦時中でございます。一人の武官が大事です。しかも南海岸には倭軍が頻繁に出没しているそうです。なのに水軍を統括する指揮将が戦線を離れることとなれば水軍の士気が落ちます。軍の綱紀が緩む恐れもあります。もう少し調べてからにした方がよいと思われます」

柳成龍が戦時中であることを思い起こさせ、怒り心頭の王を落ち着かせようとした。

「兵書に、戦の最中には指揮将を代えるべきではないと書いてあるのは事実です。しかし、指揮将が王命に逆らって勝手に行動すれば朝廷と軍の綱紀を守ることができません。朝廷と軍律のためにも王命に逆らった者は職位の上下を問わず、罷免することが妥当です」

東人派の柳成龍の話に、西人派の尹斗洙が反論した。

「直ちに、捕らえ調べろ」

清正を、難なく朝鮮入りさせた悔しさに王の怒りは収まらず、柳成龍の意見を無視した。

「かしこまりました。仰せのとおり御命を遂行いたします」

王の厳命に朝廷の大臣らは全て跪き、反論することはできなかった。

李舜臣を捕らえるため、直ちに義禁府（罪人を尋問する機関）から官員が派遣された。

「三道水軍統制使の職を元均に任す」

王は李舜臣を罷免し、その代わり元均に統制使の職を授けた。大臣らの推薦も受けず、王は一人で人事を決めた。

「ごもっともでございます。有難き幸せでございます」

西人派の大臣は喝采し、柳成龍と東人派は沈黙した。

王命によって李舜臣は罪人となり漢城に送られた。義禁府ではすぐに取り調べが始まった。

「御命に従わず、なぜ敵将を助けたのか？」

取り調べを指揮した西人派の尹が声を上げた。

「臣がなぜ倭敵を助けることができますか。そのようなことはありません」

李舜臣は納得できない表情で答えた。

「では、なぜ出船を拒んだのか？」

「臣はただ、倭人の情報が信頼できず、確認してから出船しようとしたのです。倭人の計略にはまり、待ち伏せに引っかかることを防ぐためでした。もし水軍が敗れることになれば、南海は倭敵に掌握されることは必定。慎重を期しただけです」

「詭弁は通用しないぞ。本当のことを言った方がよい」

尹は随時、尋問の内容を王に報告した。

それを聞いた王は、「倭兵が怖くて怯えていたのではないのか」と、李舜臣を臆病者に追い込もうとした。彼を臆病者にしようとする心の奥底には、王自身の嫉妬心があった。

文禄元年（1592）に行長の第一番隊が海を渡り、破竹の勢いで漢城に北上したとき、王は怖くて王都を捨てて逃げ出した。ところが李舜臣は南海で相手と戦い、撃退した。逃げまくった王は、李舜臣を本当の忠臣と思い感謝した。それで彼に南海の総司令官の職を与えた。命を惜しまない彼の勇気を高く評価し、ある面においては尊敬もした。

ところが、民の反応が問題だった。

「王は臆病者だ。倭軍が怖くて民を捨てて逃げた。国を救ったのは勇猛な李統制使だ。民を哀れに思い、身を捨てて倭軍と戦ったのは王ではなく李統制使だ」

李舜臣に保護されたと感じた民衆は、自然と統制使を讃え、王と朝廷の大臣を臆病者と後ろ指を差した。王は、その噂を耳にしていた。王はどうしても李舜臣を臆病者にしたかった。そうしてこそ王である自分と朝廷の面子が立つと思った。民衆に褒められる英雄が臆病者になれば、自分の気分が少しは晴れるだろうと思ったのだ。

ところが李舜臣は事実のみを話すだけで、処罰を恐れ事実を曲げることはなかった。彼は、非を是と言う柔な性格ではなかった。

「実にしつこい奴だ」

李舜臣が非を認めることを拒否すると、尹も王も怒りが頂点に達した。

「さらに強めろ！」

苛立った彼らは拷問をさらに強めた。割れた磁器のかけらを床に敷き、その上に罪人を跪かせ、膝に板を置いた。その板の上に人が乗って踏んだり、重い石をのせて苦痛を加えた。拷問は苛烈を極めた。膝がつぶれる痛みだけではなく、割れた磁器の破片が肉に食い込んで出血した。破片が刺す苦痛は言葉には言い尽くせなかった。

「ううっ」

苦痛に耐え切れず、悲鳴を上げた。しかも、痛みを避けるために体をねじれないように柱に縛りつけ、苦痛を与えた。あまりにも過酷な拷問で、その刑を受けた人々はほとんど膝が砕け、終生、歩くことができなかった。後遺症の酷い、悪刑と言われた。この刑は謀反や殺人の罪を犯した者にだけ適用する刑罰だった。にもかかわらず出船しなかったという罪で拷問を科した。すべて濡れ衣を着せようという意図のほかに理由はなかった。

「罪を認めればいいのに。死ぬか、生き残っても障害者にならないか心配だ」

拷問を加える刑吏らですら、彼の身を案じた。

「御命に背いたから、自白しなければ処刑すべきです」

西人派の一部からは李舜臣を殺せと主張する者もいた。

「それはなりません」

従一品の鄭琢（チョン・タク）がその意見に猛反対し、王に嘆願書を捧げた。鄭は戦乱中に、王と共に義州まで行った人物で、正一品の右議政を歴任した重臣だ。この時、七十歳を超える老齢ながら政局を正そうと奮って出た。

〈殿下、今は戦の最中で、武将が最も必要な時でありましょう。それに舜臣は倭軍を撃退した名将であります。国家の棟梁を殺してはなりません。彼には必ず理由があるものと思われます。本人も御命を遂行しなかったことは十分に悔いているようですので、その罪を許し、国に奉仕できるように措置した方がよいと思われます。白衣従軍（階級のない兵卒）を命ずるのが上策と思われます〉

「戦時中」

嘆願書に書かれた文字が王の胸に刺さった。王も最初から李舜臣を殺すつもりはなかった。謀反を起こした訳ではない。罪を認めれば流刑に処すつもりだった。ところが意地を張るので腹が立ったのだ。結局、王と臣下の自尊心のぶつかり合いだった。それに西人派の大臣がけしかけたから、「もう死んでも仕方あるまい」という心情に変わったのだ。王は嘆願書を見て理性を戻すことができた。文章は言葉より論理的で、読む人も論理性を持つようになる。つまり文章の力が大きくはたらいたのである。

「舜臣の罪と功は等しい。嘆願書通りにしなさい」

王の決定で、李舜臣は都元帥の下で兵卒として従軍することとなり、義禁府から釈放された。閑山島の統制営から漢城に移送された後、約一ヵ月ぶりの放免だった。酷い拷問で、髪はボサボサになり、体は傷だらけだった。傷口からは未だに血が滲み出ていた。

「膝の骨が折れなくて幸いだった」

歩く度に膝と軟骨の内側の骨がずきずきうずき、足を引きずった。骨身が砕けずに歩行ができるだけでもありがたかった。獄卒たちが気の毒に思い、板上で柔らかく踏んだおかげだった。

「ふう」

義禁府を出た李舜臣は苦痛に堪えながら南に向かった。王命によって陜川(ハプチョン)で陣を張る都元帥の下に勤めなければならなかった。

「来たか。遠き道程は大変だっただろう。しばらく疲れを癒やしなさい」

権慄は、自分の忠告を受け入れなかった李舜臣のことを愚かだと思った。彼は、挨拶のために立ち寄った李舜臣を見下ろし気の毒に思った。

白衣従軍とは、階級もなければ軍服もなかった。白い木綿の羽織で兵士たちと起居を共にした。着ていた羽織は血と汗で垢まみれだったが、着替える服もなかった。一時は朝鮮の全水軍を統率する総司令官だったが、今はただの兵卒よりも低い身分だった。

『武人は地位の高低にかかわらず、与えられた立場で最善を尽くすのが本分だろう。外敵から国と民を守るのが武官の本分。武官が官位や党派によって行動や信念を変えるなら、それは武将ではなく私利私欲を求める悪官であろう』

李舜臣は侮辱をそのまま受け入れた。そして過去の地位にこだわることなく黙々と自分の役割を果たした。

「事必帰正（事、必ず正しきに帰す）」

正義感が強く、正しさを求める彼は、「世の中の事は、瞬間的に捻じ曲げられることがあっても、いずれは必ず正される」という信念の持ち主だった。指揮将であれ、一兵卒であれ、武人として自分に与えられた役割に黙々と最善を尽くすだけだった。そうすることによって、正しい評価を受けることができると信じていた。

「統制使様、それをください」

軍服も着ず、階級もないどん底状態だった。ところが、彼の人柄をよく知る兵士たちは彼を尊敬し、上官のように接した。雑事をする彼を見ると兵士たちが我先に手伝った。都元帥の権もそれを見て見ぬふりをした。

一方、彼の代わりに三道水軍統制使に任命された元均は、統制営のある閑山島にいた。統制使になって、まず先に行ったことは李舜臣の側近を外すことだった。

「裏切者ら」

元均は自分の指揮下にいたが、後に李舜臣を助けて多くの海戦で功績をあげた李英男（イ・ヨンナム）を特に憎んだ。自分を裏切り李舜臣に付いたことに恨みを抱いていた。

元均は、価値観が合わずに去った人々を裏切り者として憎んだ。三道水軍を総指揮する統制使として、全軍の力を一つにしても足りないのに彼は指揮下の武将を敵と味方に二分、排斥した。彼が統制使になってからは水軍の士気は落ちるばかりだった。

「統制使様。兵士が緩んでいます。戦がなくても兵士たちを訓練させるべきです。備えあれば憂いなし。海に出て敵の動きを偵察しなければなりません」

李英男は、元均に嫌われるのを承知で彼に訴えた。

すると真っ昼間から酒に酔って顔を赤くした元均は、彼に怒鳴った。

「生意気な奴め！」

「あいつを縛れ。棒で三十回殴れ！　私の目の前で」

「一体どうするつもりだ」

分別のある武将は元均の振る舞いに、皆、呆れていた。李永南と将校らは、もどかしさのあまり白衣従軍の李舜臣を訪ねた。そして、鬱憤をぶちまけた。

「血が逆流する思いです。戦略を練っていた運籌堂(ウンジュダン)には妓生が出入りしています。新しい統制使が女どもを連れ込み昼夜を問わず酒宴を開き、飲酒や歌舞が絶えません。将校たちは近づくこともできません。民衆は宴のため料理や酒を用意しなければ罰せられています。民は飢えを忍んでいます。統制使と女どもの宴が優先されていてるのです」

運籌堂とは、李舜臣が閑山島に統制営を設置する際に執務室の隣に建てた小さな別棟だ。執務室は公式的な性格が強く、将校たちといえども敷居が高く訪れるにはハードルが高かった。そこで、統制使は些細なことでも戦の勝敗を左右することがあるからと別棟を設け、部下たちがいつでも気軽に訪れるようにした。私的なことでもそこで相談を受けたり、さまざまな情報を交換できるようにした。そして扁額（看板）に運籌堂という称号を付けた。運籌とは「運籌帷幄」という中国の古事。運籌とは計算やおみくじを引く時に使う棒のことで、帷幄とは陣幕のことである。つまり陣幕の中で棒で占いをし、敵の動きを予測したり戦術を練ったりすることだった。中国の漢の高祖といわれる劉邦が、楚の項羽を滅ぼした後、功臣である韓信と蕭何、張良を取り上げて次のように言ったことがある。

「韓信は武功に優れ、蕭何は民の心をよく読み、張良は相手の動きを予測し、戦術をよく練る。三人の力で天下を得ることができた」

運籌という言葉は、とくに張良が棒一本で千里を見通すことを表す表現だ。古書に長けた李舜臣はこれに倣い、別棟を運籌堂と称した。将兵と随時、情報を交換し、戦略を練るために設けた戦略会議室だった。ところが元均はこれを自分の愛妾の住処にしてしまった。武将たちが腹を立てたのも無理はなかった。

とにかく、李舜臣を訪れた李英男と将校らが一様に憤慨すると、李舜臣は「うむ」と、うなるだけで何の反応もしなかった。白衣従軍は一種の謹慎である。いくら統制使の行動に問題があれども一兵卒にすぎない自分が口出すことはできないと思ったからだ。

このようにして元均が新しい統制使になってから朝鮮水軍は内部から崩壊を始めた。李舜臣から譲り受けた水軍と武器、兵糧は十分だったが、主将と将校、そして兵士がばらばらになって動いた。

「巨済島近くに倭船三隻が現れ、倭兵が山に登って木を伐採しています」

一五九七年三月の初旬のことだった。二日酔いで顔を真っ赤にした元均に見張りの報告が上がってきた。

「直ちに出陣せよ！」

一番隊兵士が伐採のために島に上がったのは、講和交渉を進めている行長が明軍と朝鮮側の慶尚右兵使・金応瑞を通して予め許可を得たことだった。「必要な材木を伐採するのみで朝鮮人には一切、害を与えない」という約束の下で伐採の許可を得たものである。ところが、慶尚右兵使はこれを元均に通知しなかった。何も知らずに報告を受けた元均は、全羅右水使と巨済県監の安衛(アンイ)に命令を下し、攻撃するようにした。

「ドン、ドン、ドン」

元均の命令を受け、出陣の太鼓が鳴り響いた。大勢の朝鮮水軍が出動したが、相手はわずか三隻の船だった。しかも相手の兵士は鎧も武装もしていなかった。ただ木の伐採にきた兵士だけだった。つまり蚊を見て刀を抜いた「見蚊抜剣（大袈裟の比喩）」だった。それでも、「許せない」と元均は指揮下の水軍に急襲を命じた。朝鮮側に許可を受けた兵士らにとってはまさに天からの雷だった。

「何だこれは！」

攻撃を受けた兵士らは驚き死に物狂いで立ち向かった。

「死ぬまい」

相手の必死の応戦を受け、朝鮮水軍では高城県令が戦死し、指揮下の水軍百四十人余が水死した。隙を突かれた一番隊兵士は必死に応戦しながら逃げた。

「首を集めろ」

この攻撃で元均は四十七の首級を収めた。朝鮮側の被害は大きかったが、元均は味方の犠牲は隠し、戦功だけを長々と書いて敵兵の首級とともに朝廷に送った。

「さすが名将だ。すぐ功労を論じ行賞しなさい。そして、今回の戦勝に参加した兵士たちには褒美として肉と米を与えよ」

元均の報告を受けた王は頬笑みながら喜んだ。李舜臣とは違って、元均は自分の気持ちをよく理解していると心強かった。

一方、「許可を得て伐採をしたのにそれを攻撃するとは」と、部下が襲撃を受けたことを知った行長は直ちに明軍と慶尚右兵使に抗議をした。これが朝鮮朝廷に伝えられ明らかになった。

「なんと。直ちに行賞を取り消せ。兵士への褒美もなしだっ！」

明軍から激しく抗議を受けた王は、驚き全てを取り消した。

「手柄を挙げたのに何の褒美もないのか。士気が低下し兵を指揮することが難しくなる」

王が論功を無視し行賞を取り消すと、元均は失望と不満を隠さなかった。それを言い訳に、海の監視や戦より酒を飲み続け宴に明け暮れた。

それから三ヵ月が過ぎ、六月に入って「釜山浦に倭軍が集結している」という諜報が朝廷に伝わった。

年初から清正を始め、遠征軍が続々と海を渡ってきていた。各隊は南海岸各地の倭城に合流し、その数およそ十五万に至った。慶長の役のことで、朝鮮では丁酉再乱と呼ばれた戦の始まりだった。

「統制営の水軍は釜山浦に出陣し、倭軍を追い払え」

王と朝廷はすぐ統制営のある閑山島に飛脚を飛ばした。ところが御命に元均は動かなかった。

「統制使は何をしているのか？」

水軍が出動せず、何の報告もなく王は苛立った。

すると元均から書状が届いた。

〈水軍だけで釜山浦に出撃することは危険です。今、加徳島の海には倭軍の大軍が陣を張っています。都元帥の率いる陸軍が加徳島を占領できなければ水軍が安全に釜山浦へ進むことができません〉

書状に、王は激怒した。

「倭敵が釜山浦を自分の家のように頻繁に出入りしているのに加徳島を占領しろというのかっ。何を寝言を言っているんだ。海と島を防御するのが水軍の役割なのに、一体、いつから水軍は海だけを守り、島は陸軍に任せることになったんだ！　統制使たる者がこれも知らずに駄々をごねるとは。今すぐ出陣するように伝えよ。そして都元帥は統制使が出撃したかどうかを、厳重に確認せよ」

王命を受けて再び、飛脚が走った。

『戦を知らない文臣たちが、朝廷で机上の空論に明け暮れ、ああしろ、こうしろと何も役立たない』

表に出さなかったが、元均は王の御命を受けて心中、腹を立てた。

「構うもんか。酒、持って来い！」

彼は自暴自棄になり妓生をはびらせ、酒浸りになった。

「朝廷も何も煩わしい」

彼は妓生に愚痴をこぼした。

動かぬ元均に王は繰り返し伝令を送った。

さすがの伝令も、元均に檄を飛ばした。

「御命でございますよ。御命を受けて統制使は直ちに海に出陣すべきです」

「分かった。出陣するからその旨を殿下にお伝えください」

元均は王の命令をこれ以上無視することはできないと思い、出陣を決意した。そして、指揮下の戦船百隻余を率いて安骨浦（アンゴルポ）に駐屯している占領軍を急襲した。

「パン、パン、パン」

倭船も鉄砲で応戦したが、あまりにも少数部隊だった。相手が数的に劣勢であることを知っていた元均は、一気に相手を押し切った。正に衆寡敵せず（少数が多数にかなわない）であり、そのまま釜山の方に逃げた。

「追いかけろ」

相手の兵士が退くと勝機を掴んだと思った元均は、倭船を追って釜山方面の加徳島まで進んだ。すると突然、加徳島の沖に相手の援軍が現れた。薩摩の島津義弘が率いる船団だった。彼は一万五千の兵を率いていた。

「パン、パン、パン」薩摩隊から激しい鉄砲攻撃が始まった。

「ド～ン、ド～ン、ド～ン」

朝鮮軍の板屋船の銃筒から砲弾が放たれた。朝鮮の船は銃筒を撃つため、接近戦より一定の距離を置く必要があった。ところが鉄砲を撃つ薩摩隊の戦法はそれとは真逆。倭船は朝鮮の船に接近しようと必死になった。朝鮮軍は水軍だが、薩摩隊は陸戦に長けた兵士たちだった。水軍と陸軍の戦法は異なっていた。

「乗り込め！」

薩摩隊の戦法は、とにかく朝鮮軍の船に近づき、乗り込むことだった。

接近戦に長けた薩摩兵士は、船に乗り込みさえすれば陸地のように戦った。あっという間に朝鮮の船二隻が薩摩兵に占拠された。それを見た元均は仲間を捨て、「逃げろ！」と発し船を回した。指揮将が真っ先に逃げ、残された兵士は皆殺しになった。

「助けて」と兵士たちは叫んだ。ところが元均は振り向きもせず退散した。この海戦で宝城郡守の安が戦死した。それに多くの将校と兵士が命を落とした。

「統制営に戻れ」

薩摩隊の攻撃を受け、気力を失った彼は逃げながらも相手が追いかけてくると戦々恐々、閑山島に退却をした。最初から望んでいた出撃ではなかったから彼には戦略も戦術もまったくなかった。ただ、御命という圧力に耐え切れず、兵を率いて多数の戦死者を出すという無意味な結果となった。

「動かないのが上策だ」

統制営に逃げ込んだ元均は、その後半月間、閉じこもっていた。すると、釜山浦の沖合にいた遠征軍は徐々に活動範囲を西に広げた。それにつれ、周辺で暮らす朝鮮の民衆が被害を受けた。

「倭軍が暴れているのに統制使は、一体、何をしているんだ！」

兵士による弊害が甚だしく、漁民や海辺の住民は不満を漏らした。

「酒色に溺れて、何もしないらしい」

「ホントか？　だめだね」

漁民たちは、統制使に失望と怒りを露わにした。李舜臣が統制使だった頃、漁民たちは何の不安もなく漁ができた。今は、生業どころか命さえ危うくなってしまった。

ところが、元均は敷布団にもたれ、愛妾が注ぐ酒をちびちび飲みながら、遊びに興じていた。

「楽器を鳴らしてみろ」

「かしこまりました。すぐ支度します」

元均が言うと愛妾は鼻音で答えた。何の対策も立てず、別棟に閉じこもり酒色に溺れていた。その彼の耳に民衆の苦しみや嘆きが聞こえるはずがなかった。

李舜臣は些細な情報でも逃さず、指揮下の将兵と頻繁に接し議論するために別棟を建てた。が、元均はそこで妾と妓女に囲まれ宴に明け暮れていた。

「ウハハハ」

「統制使様、肉料理を用意しました」

「そうか。やはり我が身を案じるのはお前しかいないんだな。旨い。元気が出てくる気がする。ウハハハ」

指揮官の能力や品性、価値観によって組織が発揮する能力は変わる。戦の最中なのに、指揮官が部下を遠ざけ、酒色に溺れていたため朝鮮水軍は頭を切られた蛇と何ら違いはなかった。本来、目下の者は目上の者や指揮官の率先垂範に従い、それを模範にする。それによって自分の振る舞いや価値観を正しくしようとする。逆に上司や指揮官が腐ると組織も腐敗し、そこには悪人が付け入り不正をはたらく。結果、悪人が善人を追い出し組織であれ国家であれ、ますます腐敗して滅びる。

元均が酒色に溺れていた七月初め、倭船六百隻余が対馬海峡を渡り、釜山浦沖に停泊した。秀吉の命令により再侵略が本格化したのである。水軍を率いていたのは藤堂と脇坂だった。

「朝鮮水軍の板屋船は、我々の船より頑丈であり、絶対正面からぶつかってはいけない。反面、我々の船は動きが速いから、五隻が一緒に動きながら板屋船を包囲して攻撃すれば大丈夫だ。板屋船は銃筒を持っているが再装填するまで時間がかかる。その隙を狙って板屋船に素早く乗り込み、突撃すれば勝ち目は大いにある」

閑山島で李舜臣に惨敗を喫した脇坂は、朝鮮水軍と一戦を構えるために同水軍を徹底的に分析し戦術を練った。そして、今まで足を踏み入れることのなかった西の全羅道海岸に進んだ。

西の熊浦には行長の城があり、その沖合いが湾と浦につながっていた。

「ここに留まった方がいい」

脇坂は全羅道地方を攻略するためには、行長の陸軍と連携すべしと考え、熊浦の沖合に停泊することを提案した。

「しかし、ここは停泊地としては危険です。朝鮮水軍の攻撃を受ければ抜け出すことが難しい」

水軍将の藤堂が、熊浦沖に停泊することに反対した。熊浦の前の沖が深く入り込んでいたため攻撃を受けるとかえって危険だと思った。

「だが、全羅地方を攻略するには熊浦に陣取っている小西隊と連携しなければならない」

短気な脇坂がすぐ藤堂の意見に反発した。

「分かりますが、安全が第一です。一部の連絡船だけを残して、他はすぐ南の加徳島に陣を張った方がいいでしょう。ここは六百隻余の大船団が停泊する場所ではありません。敵の奇襲を受ければ全滅する可能性があります」

全滅という言葉が強かったのか、脇坂も沈黙した。藤堂の提案通り連絡船のみを残し、他の戦船は加徳島に移した。

「倭軍の船が熊浦の沖合に現れました」

漁師に変装した見張りが、倭船団を確認し統制営に伝えた。

「何だって、倭軍の船？　見間違えたんじゃないのか」

真っ昼間だというのに、いつものように顔を赤くした元均は、見張りを問い詰めるように言った。

「間違いありません。両の目ではっきり見ました」

「もし違ったら命はないぞ！」

元均は、また面倒なことが起きたと見張りを叱った。

「任務を忠実に遂行したのに叱られるとは……」

見張りは呆れた表情で、元均の元から去った。

「慶尚右水使を呼べ」

慶尚右水使が姿勢を正し統制営に入ると、元均はこう告げた。

「右水使、熊浦の沖合に倭船が現れたそうだ。君は先発隊として熊浦に出陣しなさい。私は後で水軍を率いて向かう」

「……、承知いたしました」

先発隊として先に行けといわれた慶尚右水使の裵楔は、元均の命令に疑いを持ったが、ここでは従うことにした。上官の指示に逆らって、いいことはないと判断したからだ。元均は朝鮮水軍を総指揮する統制使であり、自分よりも十歳も上だった。

心中、『右水営だけでは危険、ここは統制営の水軍が総力あげた方が得策』と言いたかったが、「なんと弱虫な」などと文句をつけられそうだったので意見具申を控えたのである。

「仕方がない」と彼は、統制営を出て自分の水営に戻った。

「熊浦の倭軍を討つために出陣する」

「右水営のみでですか？」

「そうだ。統制使が後から援軍を率いて来るそうだ」

数的に劣勢だとみた裵は昼を避け、夜になるのを待った。海が薄暗くなって彼は大小の戦船二百隻余を率いて熊浦沖に向かった。

「海を良く知る漁師を前に立てろ」

視界がよくないため、水の流れに詳しい漁師を先頭に立たせた。海は漁師の縄張りだった。彼らは自分の家の庭のように潮の流れを熟知していた。小舟に乗った彼らは潮流を見極めながら自在に動いた。

「熊浦の沖合です」

右水使たちが熊浦の沖合に入ると、停泊中の倭船が見えた。ところが予想よりはるかに少なかった。

「攻撃！」

裵はためらわず攻撃命令を発した。主力は加徳島に退いた後だったので、熊浦沖の倭船は連絡船だけだった。

「ドーン」

まず、裵の板屋船から銃筒が火を吹いた。

「ドカン！」

「うわっ」海は暗闇に包まれていた。奇襲に相手は慌てた。

「突進せよ」板屋船は倭船にまっすぐに衝突した。

「ずずっ」倭船の横っ腹が割れ、兵士らが海に落ちた。暗い夜の海は、彼らを一瞬にして飲み込んだ。

「何だ？　何だ？」急襲された兵士らは慌てた。

「反撃せよ」倭船から指揮将が檄を飛ばした。

「パン、パン、パン」

すぐ反撃が始まった。続いて一隻の板屋船に四隻の倭船が囲み、鉄砲を放った。

倭船の兵士らが激しく抵抗すると朝鮮水軍は下がった。朝鮮側は板屋船など大小の軍船が約二百隻で、熊浦の倭船は中型船で五十隻ほどだった。戦力上では明らかに朝鮮水軍が優勢だったが、それを生かせず右往左往するだけだった。

倭船団は、釜山浦からすでに朝鮮の板屋船を攻略する戦術を立てていたので急襲されても三、四隻が群れを成し、板屋船を攻撃する戦術ができていた。

パン、パン、パン、暗黒の海で鉄砲の轟音が鳴り響き、火の矢が飛んだ。瞬く間に板屋船が火炎に包まれた。

「キャー」今度は朝鮮兵が海に飛び込んだ。彼らはそのまま海の闇に消えた。

「退け！　船を回せ！」

自信満々で急襲したが、相手の反撃が激しくなると褒は「これ以上の犠牲は禁物」と思い後退を命じた。十数隻の倭船を破壊したが、板屋船も十数隻以上が焼失した。しかも兵糧二百石を積んでいた船が火炎とともに消えてしまった。朝鮮軍の被害の方が甚大だった。後方から支援すると約束した統制使の元均は、最後まで現れなかった。

「統制使は現れず、右水使のみ出陣し板屋船と兵士の損失のみならず兵糧二百石を失ったそうです」

統制使の元均の横暴に不満を持っていた将校たちは熊浦の戦いの結果を都元帥の権に告げ口した。

「大きな損失では」

兵務の総責任者、権は熊浦の戦いの結果を聞いて激怒した。

「戦時には兵糧が足りず、それを確保するために軍民がどれほど苦労したことか。それを失うとは……。みんなで力を合わせなければならないのに、一体、統制使は統制営で何をしていたのか。水軍をばらばらにして敗れたことは絶対に許せない。直ちに統制使を召喚せよ。綱紀粛清のためにも見せしめにせねばならない」

怒った権は、元均の上官として職務遺棄を傍観してはいけないと思った。

「都元帥様、統制使様が到着しました」

「刑具を用意しておけ」

召喚された元均が到着したと聞き、彼は言った。

「………、刑具ですか？」

都元帥の言葉を聞き、軍官は顔色を変えた。都元帥が熊浦で失った兵糧に激怒していることは知っていたが、まさか統制使を刑具で罰するとは思わなかった。

「参りました」元均が権慄の前に現れた。昨夜の酒がまだ抜けず、肉付いた顔が赤く腫れ、息切れしていた。

「統制使を庭に」権は元均をちらっと見て、彼を前庭に連れて行くように指示した。

いきなり前庭に案内された元均は、妙な気配に権を見た。

「統制使を、うつ伏せにさせろ」権が声を上げた。「縛れ」とは言わず、「うつ伏せ」という婉曲な表現を使った。

「何かの間違いではないか」元均は都元帥を見つめ、言い返そうとしたが、両脇を掴む兵卒の手を振り払い抵抗した。

「都元帥として命じる。素直に従え！」

権の大声が響き渡った。兵卒らに肩を掴まれた元均は、狼狽した表情に変わった。権の声が霹靂のように聞こえたからだ。

「なぜ、こんなことを？」

顔面蒼白の元均は、理由を尋ねた。

「統制使はよく聞け。上様と朝廷が貴公に高い官位と多くの俸禄を与えてくださる理由は何だと思うか。そなたが偉く、立派だからだと思うか。そうではない。官位にふさわしい仕事をするために与えたのだ。ところが、倭敵が朝鮮の海に現れ、哀れな民に危害を与えているのに貴公は統制使の職分でいながら出撃もせず右水使を助けなかった。しかも統制営に閉じこもり酒色に溺れていた。その結果、貴重な兵糧や船、兵を失わせた罪は大きい。上様が貴公に統制使の地位を与えたのは朝鮮の海から倭敵を追い払い、国と民を保護するためであろう。なのに、事なかれ主義の貴公の行為は恩知らずの行為としか思えない。上官として貴公の過ちに対し刑罰を下す」

「統制使の尻を棒で二十回叩け！」

「ナニ？」都元帥の「棒で二十回叩け」という声に動転し、抵抗した。

「放せ！　貴様ら」

「直ちにやれ！」

権都元帥の声が再び鳴り響いた。気落ちした元均は、兵卒の力に負け、刑具にうつ伏せになった。

「一回目」

「痛っ！」

兵卒の二人が交互に元均の尻を気合を入れて叩いた。その度に元均は悲鳴を上げた。兵卒は太ってぶくぶくした彼の尻を、容赦なく叩きつけた。人望の厚い上司なら大目に見て、形式的に打つ振りをするのが慣例だったが、彼らは情け容赦なく元均の尻を叩いた。

「痛ってて」

元均は苦痛を我慢することができず、体面も気にせずにうめいた。一方、権慄の指揮下で白衣従軍した李舜臣も兵士の間でその様子を見た。が、彼は思わず顔を背けてしまった。

元均が統制使になって以降、水軍の綱紀と軍律が緩んで士気が地に落ちたことや彼が酒色に溺れていることは聞いていた。彼の独善と無能ぶりは、連合作戦の際に十分に分かっていた。その上、自分が白衣従軍を余儀なくされた原因の一つに彼の誹謗中傷があったことも知っていた。凡人であれば「ざまあ見ろ」と痛快な気持ちになりがちだが、彼はそうではなかった。

「統制使としての権威や威厳を失うと、軍令が効かなくなるのが心配だ」

むしろ、体面を失った統制使のことを案じた。

「起こしなさい」二十回も打たれた元均は、足が震えて一人では立ち上がれなかった。傍にいた兵卒が彼を助けた。

「今日は、これで良い。すぐ統制営に戻り、貴公の責務を果たすようにせよ」

権は上官として、彼に命じるとともに、「私も今すぐ固城に行く」と付け加えた。固城は統制営のある閑山島のすぐ近くにあり、しばらく彼の様子をみるということだった。

「痛い、痛い」

元均は一人で歩くこともできず、下僕に頼り足を引きずりながら勤務地に戻ろうとした。統制営のある閑山島までは十里を越える道程だった。往路は馬に乗って来たが、棒で打たれた尻が擦り剥け、馬に乗ることもできなかった。彼は痛みに耐えながら、途中輿を入手し、それに乗った。

やっと、統制営に戻った彼は、床に仰向けになることもできず、うつ伏せになった。そして、憎悪に満ちた目を剥き、「今に見ろ！」と歯ぎしりした。

オタアジュリア

師走の朝だった。オタアは肩に冷気を感じながら、いつものように早く目覚めた。

「寒い！」と呟きながら彼女は素早く服を着て、身なりを整えた。未だ和服には慣れていなかった。朝鮮のチマチョゴリとは違って、和服は何枚も重ね着しなければならない。一番上には染めた羽織を掛けた。朝鮮のチマ（スカート）には下にズボンの形をした下着があったため、座って作業をしても肌が見えることはなかった。ところが着物はズボンがないので、何枚も重ね着しても、つなぎ目がなく足を広げれば肌が人に丸見えになった。そのためいつも素肌が見えないように足をすぼめていなければならなかった。座る時や立ち上がる時、または腰を屈めるときも、足を狭くすぼめたりと注意しなければ肌のみならず陰部まで丸見えになってしまう。

「着物は、何でこうなんだろう」

オタアは布を何枚も羽織り、紐で結ぶのに時間が掛かった。やっと着物を着終えたオタアは、「ふう、寒い。床も冷たい」と、白い息を吐いた。

冬の畳は冷気を吹き出した。畳の材料であるイ草は元々冷気を帯びていた。朝鮮では夏に床から上がってくる熱気を防ぐために、暑い時だけ使うのだが、日本ではオンドルがなくその代わりに畳を部屋の床に敷いていた。寒い日にはイ草が噴き出す冷気は体をさらに冷やした。オタアは寒い朝が嫌だった。

この日も、オタアは膝を並べ、跪いた。そして、丁寧に布団を畳んだ。敷布団に残っていた暖かい温もりが体に伝わった。

「ああ、温かい」オタアは敷布団に手を入れた。顔も埋めてみた。まだ、目覚めず、しばし目を閉じた。もうしばらくの間、こうしていたかった。膝に伝わる冷気が嫌で、頭からすっぽりと掛け布団を被りたかった。

「いけない。早く起きないと」

彼女はさっと頭を上げ、左右を見計らって敷布団を畳んだ。敷布団は綿が硬くて分厚く重かった。厚い敷布団を三重に畳んだ。敷布団が敷かれていた畳には、温もりのせいか、所々に薄い緑色が漂っていた。イ草の本来の色だった。寒気が鼻先を突くのに、イ草に緑の温かさが残っているのが不思議に思われた。

「ああ嫌だ。でも起きないと」

彼女は眠気を振り払い、押入れの扉を両手で開いた。「すっ」と押入れの戸が開いた。オタアは、いつものように寝起きの悪い自分をちょっと責めながら、急いで布団を片付けた。それから畳の埃を手で素早く掻き出した。幼いのに女官のような手慣れた動きに節度があった。

そして、まっすぐ台所へ向かった。木樽には、井戸から汲んだばかりの水が入っていた。軽く洗面し、再び部屋に戻り、上着を羽織ってから速足で廊下を通り、奥の部屋に向かった。

「お母様、お起きになりましたか」

白い障子の前で丁寧に跪いたオタアは、部屋に向かって頭を下げた。

「おお、ジュリア、早くお入りなさい」

両手で引き戸を押すと、障子戸は音もなく開いた。

「おはようございます」

流暢な日本語で、オタアは歩幅を小さくし部屋に入った。花模様の明るい色の着物を身にまとった貴婦人がオタアに顔を向けた。畳に正座し、茶を入れていた夫人が笑顔でオタアを迎えた。夫人は小西行長の正室、菊姫だった。領主の正室だが、身につけた着物は決して派手ではなく地味だった。夫人はジュスターという洗礼名を持つカトリック信者だった。物静かな教養人、しかし、好奇心豊かな雰囲気を感じさせる女性だった。行動の一つ一つに、人に優しく接する余裕があった。夫人は毎朝、オタアと共に茶を飲み、部屋で礼拝をすることが一日の始まりだった。

「すみません。今日は少し遅れました」

「いいえ、私も起きたばかりなのよ。寒いでしょう」

夫人が湯をとると、オタアは両手で茶碗を丁寧に夫人の前に置いた。

「ジュリア、大きくなったね。貴方がここに来てどれくらいなるでしょう。覚えている?」

夫人は、慣れた手つきで湯呑みに湯を注いだ後、再び急須にゆっくりと注いだ。

「はい、もう七年になると思います」

「歳月が経つのは本当に早い。もうそんなに……」

　オタアは朝鮮出身だった。最初はみんなオタアと呼んでいたが、洗礼を受けてからは洗礼名のジュリアとなった。このとき、オタアジュリアは十五歳。髪を長く後ろで束ねていたが、分け目はきれいに分かれていた。髪は艶やかで黒檀のように輝いていた。肌は雪のように白かった。肌と顔の輪郭にはまだ幼さが残っていたが、体は成長した淑女のようにみえた。背が高く、痩身に、清純な顔がよく似合っていた。

「お母様、お茶をどうぞ」

「ありがとう、ところで、今も遅くまで聖書を読んでいるの？」

「はい、お母様。天主様の教えがあまりにも深く、その意味を理解し実践したいのです」

「心を込めて読めば、いつか天主様のお言葉の意味が理解できるでしょう」

「はい。仰せの通り、一節一句の意味がとても意味深く、丹念に読んでいます」

「ジュリアは信心深いので、天主様が特別に可愛がってくれると思う。精進しなさい」

「はい、お母様。私がここでこんなに平穏に暮らせるのも天主様を迎えたからこそだと思います。天主様のお言葉を教えてくださったお母様にも深く感謝しております」

「いいえ、すべてが天主様の思し召しです。私たちは皆、天主様の創造物にすぎません。すべては天主様のご意志によってなされたものなの」

「聖父、聖者、聖霊の御名においてアーメン」

オタアは菊姫の言葉を聞いて感激し、両手を握り合い、小声で祈祷した。

幼い頃のことで、朝鮮の記憶はおぼろげだった。漢字を学んだ覚えがあった。板の間があって、真っ黒な瓦屋根と青い空とが対照的だった。大門の内側には広い庭があった。庭はいつもきれいに掃かれ、幼い自分のそばで世話をしてくれる大きな娘がいた。母親ではないのに何でもよく聞いてくれた。その娘に泣きながら甘えた記憶もぼんやり残っていた。駄々をこねても、娘は嫌な顔をせず、いつも笑顔で、何でも頼っていた記憶が残っている。

幼い頃の記憶でもやもやしていた。だが、記憶に鮮明なことは、突然、家中が騒々しくなったあの日のことだ。

「何で倭兵が村に来たの？」

「怖い。どうすればいいの？」

家にいた大人たちが恐怖でぶるぶる震えていた。

「女と子どもは、家に残りなさい。体を大事に！」

その言葉だけを残して、男たちは皆、どこかへ行ってしまった。女と子どもだけが家に残され、不安の中で互いに手を握り合っていた。

「殺せ！　火を付けろ！」

その後、鬼のような形相の兵士たちが押し入ってきた。分からない言葉で大声を上げ、村を荒らし、家々に火をつけて回った。

「助けて！」

家にいた女たちは皆、火を避けて戸外に出た。外では兜を被った兵士らが、次から次に女たちを捕らえた。オタアの手を握っていたお姉さんも兵士に捕らえられ、どこかに連れて行かれた。オタアは一人残され、恐怖の余り地べたに座り、しばらく泣き続けていた。泣き疲れて、いつしか丸い柱にもたれて眠ってしまった。

夢を見た。

頭に角が生えた怖い鬼のような兵士が、家人を手当たり次第に殺し、ある者はその血ぬられた手で握った棒で人々を殴り続けた。家のあちこちで大人は血を流し倒れていた。鬼となった兵士たちは女を一カ所に集めては虐めた。あまりの恐ろしさに目を伏せていたが鬼と目が合ってしまった。大声を出したかったが、口から「お母さん」という声は出なかった。胸が苦しくて息が詰まった。何かに押されているようで、苦しかった。

その時だった。誰かが体を揺らした。怖い夢だった。四方を見回すと夢の中にいた馬に乗り、頭上には恐ろしい兜を被った大人がうろうろしていた。

「お母さん！　うあん」

オタアは、余りの恐ろしさに再び泣き出した。夢の中では出なかった叫び声が弾けるように口から出た。

すると鬼の仮面をかぶった大人が近づいてきて、分からない言葉で話しかけられた。

「うわぁん」

怖くて大声で泣き出すと、続いて朝鮮語が聞こえた。

「イェヤ。イルミモニ（おい、名前は何？）」

「オッカダ（玉花だ）」

「プモニムオディゲシニ（ご両親はどこにいるの？）」

「モルラヨ（知りません）」

すべてが恐ろしかった。知っている人は一人もいなかった。怖いのでただ泣いていた。朝鮮語で話した人は、知らない言葉で馬に乗った人と話し、自分の手を握った。

「じゃ、カチガジャ（さあ、一緒に行こう）」

そうやって朝鮮語を話す大人に付いて行くことになった。泣き疲れてお腹が空いた。幼い心に凄まじいばかりの恐怖心が残った。オタアは、言葉を忘れてしまったように黙りこくったまま連れていかれた。道すがらには、朝鮮服を着た大人は見当たらなく、たまにチマチョゴリのおばさんたちが、ご飯を炊いたり、お湯を沸かしたりしていた。

「ジベボネジュセヨ（家に送ってください）」

おばさんたちに朝鮮語で話しかけると、「チョリガ（あっちに行って）」と、女たちは兵士らを恐れて返事もせずに避けた。兵士たちは、朝鮮語で話すのを禁止した。

そして、しばらく兵士たちと共にあちこちを移動した。その道中、兵士たちの話す日本語を、オタアは口まねしたりした。朝鮮語を話す兵士が、日本語を教えてくれた。

時々、「との（殿）」という大人が部下と一緒に来て、優しく声をかけてくれた。

「ありがとうございます」

「おお。良い子だ」

習ったばかりの日本語で答えると頭を撫でてくれたりした。その殿という大人と兵士たちは、時々、跪き神に祈りをした。

「アーメン」

オタアも彼らの真似をした。兵士たちは自分の名を「オッカ（玉花）」ではなく「オタア」と呼んだ。なぜそう呼ぶのか理由は分からなかったが、自分を「オタア」と呼ぶことだけは分かっていた。オタアとオッカの音は少し似てはいたが、両親が呼んでくれるのとは何かが違っていた。

そんなある日、朝鮮語を話す大人が近づいてきて、

「オタア、一緒に船に乗って海を渡ろう。少し大変ではあるが我慢しなさい。そこに行けばお前の面倒を見てくれる良い人がいるよ」

呆然として頷くしかなかった。唯々、恐ろしくそうするしかなかった。

「良い子だね。オタア、海を渡ればきれいな服も着て、美味しいものもたくさん食べることができるよ」

そして、大人たちと船に乗った。船は初めてだった。海に浮かぶ船が不思議だった。その大きな船には見知らぬ朝鮮人が多くいた。皆、「お父さん、お母さん」と叫び、泣いていた。

兵士たちは自分には優しかったが、他の朝鮮人には厳しかった。男の大人たちには手と首に縄がかけられ、船底に押し込まれていた。女、子どもに縄はなかったが、常に監視の目は光っていた。一部の女は兵士に殴られたのか、髪が乱れ、チマチョゴリが破れ、乳房が半分ほど出て、唯々、泣くばかりだった。他の朝鮮人はその女を気の毒に思い、一緒に涙していた。

海は荒く、波に翻弄され左右に大きく揺れながら進んだ。オタアは船酔いしたらしく頭がくらくらし、食べ物もすべて吐き出した。

吐き出すものもなくなり、口から黄色い水が出た。

腸がちぎれるように腹の奥の全てを吐き出しても吐き気は止まらなかった。

「うわん、うわん」大人も子どもも苦痛で顔をゆがめ泣いた。全ての飲食物を吐き出した後、ほとんどの朝鮮人は疲れ果てて船の床に倒れていた。最初は興味深かった船も、海も、今は恐ろしく嫌だった。そんな苦痛の末、船は長い航海を経て陸に着いた。男の大人は船を降りるとすぐに兵士たちにどこかへ連行されていった。

オタアは、大人の女たちと共に大きな城に連れていかれた。そこが日本の九州であり、宇土城だったことは後になって分かった。宇土城は小西行長の居城である。オタアは城で、城主の正室に仕える侍女たちのいる所に案内された。侍女たちは、湯でオタアの髪を洗い、体も拭いてくれた。汚れたオタアのチマチョゴリは捨てられ、白い和服を着せられた。チマチョゴリとは違って、上下が付いている服だった。侍女たちは戸惑うオタアの腕を掴んで袖に入れ腰を紐で縛った。不慣れで不便だった。少し動くと足下が広がるような気がした。後になって分かったことだが、足下が広がらないようにするためには歩幅を狭め、足早に歩くことが求められた。すっかり綺麗になったオタアを、侍女たちがどこかに連れて行った。

「おお、とてもかわいい子だ。実に聡明な顔つきだ。海を渡り、疲れたでしょう。少し、休ませて」

夫人と侍女が言葉を交わしているが、オタアには意味が分からない。オタアはパチパチと激しく瞬きし、夫人を見た。夫人は気立ての良い、優しい顔立ちだった。少し血の気が足りないようで、青白い顔で、静かに話した。動きや話し方は小川が音を立てずに流れるように柔らかかった。

「私たちの言葉は知っているのか？」

「少しは聞き取れるようです」

「それは良かった。殿様に特別に頼まれた子なので、よく面倒を見てあげなさい。そして、我が言葉もよく教えるようにしなさい。毎朝には必ず私の元に連れてきなさい」

菊姫はオタアを見て喜んだ。夫の行長から手紙が届き、〈特別に頼みがある〉と書かれていた。期待以上で嬉しかった。菊姫は、行長に嫁いで女の子を授かった。その娘が成長し、対馬島主・義智と婚姻し、その後はずっと一人暮らしだった。菊姫は、行長と同じく篤いカトリック信者だった。娘のマリアも信仰心が篤く、精神的に支え合ってきた。ところが、その娘が嫁ぎ、寂しい思いをしていたところだった。

「戦で大変なはずなのに、私にまで配慮をしてくださるとは、ありがたい」

寂しい日々を過ごす妻を思い、行長がオタアを送ってくれたのである。菊姫は、行長の優しい心遣いに感謝した。その分、聡明なオタアを可愛く思った。

「奥様、ご機嫌いかがでしょうか？」

オタアはめきめき日本語が上達した。とにかく好奇心旺盛な子だった。聡明だったので一を教えれば十を知った。

「これは何と言いますか？」

何でも気になることは侍女や菊姫に聞いた。賢いだけに日本に来て一年弱で、生活に必要な言葉はほとんど覚え、生活の知恵を心得ていた。

オタアと一緒に暮らす侍女にゴネという娘がいた。年齢はおおよそ二十代前半で小柄だった。額は丸いが、横が広くて一見、人徳があるように見えたが眼は小さく目尻が上がっていた。頬骨が突き出て、さらに顎が尖がっていたので刺々しい感じだった。性格は決してよくなかったが、手早い仕事の腕は周囲に認められていた。その兄も行長に従って朝鮮に出征中だった。

「オタアは幼いけど、礼儀正しく、物事がちゃんと分かるんだね」

「そうね。賢い子だよ」

「それに愛嬌があって、かわいい」

「それだけじゃないよ。まだ子どもなのに気遣いは大人勝りだね」

「本当だ。幼いのに大人より思慮深い」

「噂によれば親が朝鮮の貴族だったそうだね」

「そうなんですか。特別な子に間違いないね」

大人の侍女は幼いオタアのことを褒め合った。が、それとは違ってゴネを初め、何人かの侍女たちはオタアのことを嫌っていた。彼女が朝鮮出身であることを弱点に、彼女を虐めたりした。

「何がかわいい」

そのような侍女は、他の侍女たちがオタアを褒めることに不満を抱いていた。一緒に連れて来られた朝鮮の女たちは、天守閣の近くにも近づけず、田畑で雑事ばかりをさせられていた。たまに雑事を手伝わせるために奥の台所に呼ばれることがあったが、言葉が通じないのでただ黙々と与えられた仕事をこなし、終わればすぐ外にある宿に帰った。その姿は、みすぼらしかった。

「朝鮮から来た人は、あれで当然よ」と、ゴネたちは思っていた。

ところがオタアだけは違っていた。領主から直接、奥様へ送った子で、菊姫お抱えの特別待遇である。ゴネたちはそれが嫌だった。幼いからと仕事もろくに手伝うことがなかった。朝鮮から来た当初、言葉も通じず、悪口や陰ごとを言っても問題はなかった。ところが言葉を覚えてからは、文句を言うと口答えをするのも嫌だった。憎たらしく、とにかく気に入らなかった。他の朝鮮の女たちは、自分たちが卑しいことを知っていて、常に侍女の顔色だけを伺っていたため優越感を感じることができた。ところが、オタアにはそれができなかった。

「朝鮮人のくせに」

ゴネと行動を共にする侍女らの心中には、オタアをかばい、自分らと同じように扱う他の侍女たちが変に思われた。しかも奥様の菊姫が自分らよりオタアを寵愛するので憎たらしかった。差別を通じて優越感を感じたかったが、それがだめになると心の中から妬みが芽生えた。

「おい、こっちへ来て、これを綺麗に拭け」

ある日、ゴネとオタアだけが奥の内室に残った時、ゴネがオタアを呼び、部屋の茶器を指し、拭かせた。実はオタアが来る前にゴネは菊姫夫人が大事にしている湯呑みを布で拭いていたが、手を滑らせ茶器を落としてしまった。

「ガチャン」

磁器は割れてしまった。

「あらっ、どうしよう」

素早く磁器を取り上げた。取っ手が取れていた。

「これは大変なことになった。どうしよう。どうしよう」

ゴネは取っ手を割れた部分に合わせたが、くっつくわけがない。まさに覆水盆に返らず。べそをかきながら、もぞもぞしていたゴネの頭にオタアが浮かんだ。

「そうだ！」

彼女は湯飲みを元の場所に戻し、巧に割れた取っ手をそっとくっつけた。というより辛うじて載せたといっていい。ちょっと見には、傷一つない普通の磁器のように見えた。

「分かりました」

ゴネに言われた通りオタアは何の疑いもなく、布巾で湯飲みの表面を拭こうと取り上げた。すると、すとんと磁器の取っ手が床に落ちて転がった。

「あら。あなた、何をしたの」

ゴネは、床に落ちた取っ手をさっと持ち上げて、「これは大変！　奥様が大事にしている品を……」

「私はただ持ち上げただけです。何もしていないのに、落ちました」

戸惑ったオタアは、困った顔をしながらゴネにありのまま説明した。

「嘘つき。何もしていないのにどうして落ちるの」

「…………」

「あなたが落としたんでしょう」

「いいえ、拭こうと取り上げただけです」

「この子、嘘つきだね。嘘はやめて」

ゴネはオタアの頭を叩きながら彼女を咎めた。オタアはゴネがあまりにも強く怒鳴りつけるのでただ黙るしかなかった。磁器を割ったということよりゴネの剣幕が怖かった。

「すみません。二度としません」

オタアは口答えするのをやめて、訳も分からず謝った。ゴネはそれでオタアが過ちを認めたと受け止めた。そして、ゴネはすぐさま上の侍女に報告した。

「奥様にはそのまま報告するしかない。が、幼いオタアをしっかり監督していなかった其方にも責任はある」

監督責任を咎められたが、ゴネの思い通りこの件は最終的にはオタアの責任となった。

「これから、そんなことのないようにしっかり教えなさい」

後に経緯を聞いた菊姫はそう言っただけだった。大騒ぎすることなく収まったが、「私がしたのではない」とオタアは、どうして取っ手が取れたのか、その理由は分からなかったが、自分の過ちではないことは分かっていた。

ゴネと一部の侍女たちの苛めを感じたオタアは故郷と両親のことを思い出して泣いた。なのに故郷の景色も両親の顔すらもぼやけていた。次第に記憶は薄れたが、ただ自分を世話した娘の姿だけは、はっきりと残っていた。ゴネとはまったく違う気立ての優しいお姉さんだった。夜になり一人になると故国の家族を懐かしみ、泣き疲れて眠りについた。だからと言って、生まれつき善良なオタアは他人を恨むことはなかった。ゴネが自分を苛めるのを知っていながら誰にも告げなかった。

磁器の事件以降も菊姫は相変わらずオタアを身近においた。毎朝、オタアを呼び聖書を読んだり、カトリック教理について分かりやすく説明してあげた。オタアにとって菊姫の話がとても面白かった。賢いオタアは理解が早かった。天主の人間愛に対する聖書のことや天主は人を差別しないということを理解した。慈悲という言葉の意味が分かるようになったのだ。天主の言葉は、まるで自分を慰めるためにつくられたことのように思われた。

オタアは菊姫のそばで聖書の話を聞くのが好きだった。そして、分からないことについてたくさんの質問もした。菊姫もまた、オタアをそばにして話すことを楽しんだ。菊姫が天主の話を始めるとオタアの目がきらきら輝いた。そして、彼女の聡明さと深い信心を見つめていた菊姫は、オタアを養女にしようと決心した。

そして朝鮮に出征している行長に便りを兼ねた手紙を送った。当時、行長は明国との間で講和を進めるため奮闘している最中だった。

〈中略

相変わらずお元気でお過ごしのことと察します。戦が予想以上に長引いており、多方面において大変とは存じながら、殿のご無事とご健勝を天主様にお祈り申し上げております。さらに天主様のご加護により一日も早く戦が終わり殿がお帰りになることを祈念しております。

色々ご軍務にお忙しい中、こんな書信を差し上げて申し訳なく思いますが、オタアについてご相談をさせていただきたいと思います。

オタアがここにきてもう三年目になります。殿の仰せの通り、私のそばに置いて我が言葉を教え、生活習慣などを教えました。仰せの通り、聡明で賢い子なので、習得が早く今は会話も生活するにも何の支障もなく、さらに毎朝、聖書を読んでいます。天主様の教えもしっかり理解し、信仰深い子になりました。

オタアは一つを教えれば十を理解するほど賢い子です。何より天主様のご意を悟り、幼いにもかかわらず、その教えを自ら実践しようとしています。誠に周辺の誰よりも天主様に対しての信心が深いのを感じ取れます。

そして、孤児であるオタアは天主様だけでなく天主様の言葉を伝える私を実の母親以上に頼り、敬っています。今は、オタアがいなければ私が寂しいほどです。このような諸事情を勘案し、この子を養女に受け入れたく手紙を差し上げることとなりました。お許しいただければ本当に幸甚に存じます。もしお許しいただけるならすぐにでも養女として迎え入れ、洗礼を受けさせたいと存じます。

天主様によるご加護と殿のご健勝を、聖父、聖者、聖霊にお祈り申し上げます。

敬具〉

手紙を送ってまもなく行長から返信が届いた。

〈オタアを養女にすることに賛同します〉

行長は城主であり、彼の養女になることは城主の養女になることを意味した。それは朝鮮出身のオタアが領主の家門の一員になることをも意味した。家門の一員になるということは家族になることで、以後、すべての利害を家門とともにしなければならない。オタアが日本に連れてこられて三年が経った頃だった。

「オタア、おめでとう」

養子縁組でオタアを養女として迎え入れた菊姫は、すぐ彼女に洗礼を受けさせた。洗礼名は「ジュリア」だった。

「天主様のご加護と恩寵に感謝いたします。お母様」

天主教徒である菊姫の養女になるための儀式と洗礼を受けてからは、それまで「奥様」と呼んでいた菊姫を「お母様」と呼んだ。

養子縁組については、最初からオタアの意見は無視されていたが、オタアも優しい菊姫の養女になることは嫌ではなかった。お住いも今までとは違って、奥座敷の一室が与えられた。朝鮮出身の孤児が名実共に城主の養女になったということは滅多にあり得ない身分の変化だった。

当時の城主の地位と権限は一国の王に匹敵した。つまりオタアは王女の身分になったのだ。

「これは大変。どうしよう」

足下に火がついたのは、それまでオタアを憎み、隙さえあれば、彼女を虐めていたゴネと若い侍女たちだった。

「私こそ、ご飯を奪って飢えさせたこともあるから仕返しされるに違いない」

「私は言うことを聞かないと言って、杖でふくらはぎを叩いたこともある」

噂を聞いて集まったゴネと若い侍女たちはおどおどしながら騒ぎ立てた。それぞれが、「悪いことをした」と泣きべそをかいていた。

ゴネは一言も言えなかった。彼女たちの過ちは自分の罪に比べればほんのご愛嬌にすぎないほどだった。彼女は、全身からすーっと力が抜けていくような気がした。オタアが今まであったことを菊姫に告げれば直ちに処罰が下りることは明らかだった。城の外に追い出されることも覚悟しなければならなかった。それも処罰を受けずに出れば天運だった。状況によっては主犯格として責任を問われるかもしれなかった。他の侍女たちが戦々恐々しながら騒ぎ出すと、ゴネは自分に腹を立て、「うるさい。みんな出て行って」と声を張り上げた。

オタアの一言で、もしかすると自分の生き死に関わるかもしれない。彼女は、喉が渇いて何もかもが手に付かなかった。しかし、数日が過ぎても何も起こらなかった。

そんなある日、菊姫の居間に食事を運ぶように言いつけられた。ゴネは恐る恐る居間に向かった。居間に近づき、頭を下げ部屋に向かって申し上げた。

「ゴネでございます。命じられてお食事を持って参りました」

「おぉ、早くお入りなさい」

ドアを開けると、そこには菊姫とオタアが座っていた。

「大変だ」

ゴネの顔色が真っ青に変わった。その場でオタアが自分のしたことを菊姫に言いつければ状況は一変する。彼女は頭を下げたまま、ぶるぶる震えていた。

「あ、ゴネ様」

オタアの明るい声が聞こえてきた。

「えっ？」

城主の養女が、自分に尊称の「様」をつけて呼んだ。続いて、「お母様、一緒にいたゴネ様です。私に多くのことを教えてくれた方です。色々お世話になりました」

「あら、そう。こっちへ来なさい」

菊姫はゴネの手を取り、感謝の気持ちを伝えた。ゴネは戸惑っていた。彼女は自分の耳を疑った。

「恐れ入ります。奥様」

「ジュリアがまだ幼いからこれからも色んなことを手伝ってほしい」

「恐れ入ります。私なんかがどうしてご令嬢様を」

そして、菊姫の居間を出るゴネの目には涙がこぼれた。死線を越えたという安堵ではなく、感激と感謝の涙だった。

「どうして小さいあの子に、あんな思いやりがあるのだろう」

年老いた侍女たちの言った言葉が、そのまま思い出された。部屋に戻ってきたゴネは布団をかぶって声を殺して号泣した。そして、自分の行為がどれほど愚かだったかを悟った。

オタアを養女にした菊姫は、彼女に聖書だけではなく多くのことを教えた。日本の仮名だけではなく漢字も教え、日本語で書かれた聖書も読めるようにした。菊姫は薬草についての知識をたくさん持っていた。舅が堺で薬種商を営んでいたことから、薬草についても造詣が深かった。彼女はそれをオタアにそのまま伝授した。こうしたすべてが天主の意思だと思った。

オタアは菊姫の信仰心や人生に対する態度に大きく感化を受けていた。幼いが、それなりに正しい生き方がどんなものなのかを気付こうとした。さらに聖書に書かれた天主様の言葉を心に刻んだ。それだけではなく、菊姫の考えや行動を受け入れ、次々に自分のものにしていった。

外国軍の侵略によっていきなり親と兄弟を失い、戦争孤児になったオタア。玄界灘を渡り、自分の故郷がどこかも分からなくなっていた。幼い頃のことで、朝鮮での記憶は微かにしかなかった。時が経ち生みの親や故郷の恋しさが骨身にしみるほどではなくなっていた。すべては夢の中で起きた騒動のような気がした。

突然、鬼のような兵士が突然現れ、家族の大人たちは皆どこかに消えてしまった。ひとりぼっちになり、兵士の手に引かれて海を渡ってきた。そして、城主の養女になり、カトリック教会の洗礼を受け、天主様を迎え入れた。やっと心が落ち着き、この世に生まれた甲斐を感じた。オタアは領主の養女になったことより、洗礼を受け、天主様を迎え入れたことのほうが嬉しかった。寸暇を惜しんで聖書を読み、天主様のお言葉を理解し、人々に伝えようと努力した。

ある日、朝鮮から連れてこられた人々が奴隷として、人間以下の扱いを受けていることを知り、「天主様の前では皆が平等だというのに、人の住む世の中にはなぜこのような不平等や理不尽なことが起きるのか」同じ境遇にあった身として心が引き裂かれるような痛みを感じた。彼女は朝鮮の人々に会うと必ず食べ物を渡したり、彼らに天主様の教えを伝えたりした。

「神様の国では貴賤の差別もなく皆が平等です。天主様を信じれば、救われて天国に行けます」

朝鮮語と日本語を混ぜて天主様のお言葉を聞かせ、一緒に祈ったりした。強制的にこの地に連行され、追い詰められた朝鮮の人々に同病相憐れむといった感情を抱いた。オタアは彼らの頼りになり、彼らの精神的混乱と虚しさを信仰心で乗り越えるられるよう手助けした。オタアの宣教で多くの朝鮮の人々が洗礼を受け、心の安息が得られた。

今のオタアは城主の養女として、朝鮮の人々と天と地ほどの身分の差が存在したが、オタアは全くそのようなそぶりすら見せず、朝鮮の人々はそのようなオタアを天使のように慕った。

「今に見ろ。いつか仕返してやるぞ」

尻を叩かれ、統制営に戻ってきた元均はうつ伏せになって歯ぎしりした。打たれた尻がパン、パンに腫れて仰向けになれなかった。彼は療養を口実に三日間公務を休んだ。将校や軍官らとも接見しなかった。

「では、座ってみてください」

「痛い。気を付けろ」

「だったらうつ伏しになりますか。ホ、ホ、ホ、……」

「ふざけるな、この忌ま忌ましい女め」

元均は尻が痛いと言いながらも、愛妾と三度の食事の時は酒を一緒に飲んだ。叩かれた場所には薬の代わりに焼酎を塗るという言い訳が添えられた。

「あ～ん」

愛妾の仕草に合わせて、元均は口を開けた。愛妾は、そのたびに飯と酒を口の中に入れた。

「お味はいかがですか？」

愛妾は、元均が食べ物を噛むたびに聞いたが、彼は何も答えなかった。

「あまりにも美味しくて返事もできないほどですか」

椿油を塗ったつやつやの髪と真っ白な額の愛妾は笑みを浮かべ元均を冷やかした。

「このアマ！　人が病気なのにふざけやがって」

元均が文句を言うと、「殿のおそばにいるとあまりにも嬉しくて、お許しを」

二人は昼夜を問わず仲睦まじく過ごした。

「都元帥が固城にやってきたそうです」

病を口実に公務を一切行わずに別棟で過ごしていた彼に、将校が来て、短い伝言を伝えた。

「あの鬼のような都元帥が俺を監視しに来たんだな」

指揮将の責任を問いただし、刑罰を下した都元帥が固城にやってきたという報告で彼は驚いた。全身に緊張が走った。

「今度は、尻だけでは終わらないだろう」と思った。

「駄目だ。お前はちょっと下がってろ」

叩かれた尻には未だ痛みが残っていたが、傍らの愛妾を退けた。そして、直ちに指揮下の将校たちを招集した。

「都元帥が近くまで来て、怒鳴っているようだ。これ以上、ぐずぐずしてはいられない。直ちにすべての船を統制営に集めろ。明日、出征する」

「明日には無理です」

「出征するためには水軍の点呼と準備が必要です」

「都元帥が既に固城まで来ていると言ったじゃないか。適当にして明日は必ず出陣する」

元均は、将校たちに自分の意図ではなく都元帥の命令なので仕方があるまいとほのめかした。彼なりの猿知恵だった。「都元帥は強引」という印象を与え、出征が失敗に終われば「都元帥のせい」にする、まさに「順調にいけば自分の功績、つまずいたら他人のせい」という責任転嫁である。

ところが、将校たちはそうは思わなかった。尻の痛みを言い訳に、三日間、何の指示もなく、事なかれ主義で愛妾と二人で過ごし、将校すら近寄らせなかった。それが急に都元帥が現れたと騒ぎ出し出征を急かせた。まるで子供騙しのような彼の行動は部下たちにも見抜かれていた。

「武器や兵たちの準備もせずに出陣して、もし誤った場合、災いを招く恐れがあります。必要な船だけ出陣させ、敵の様子を探るべきです。偵察もせずに全船出陣していたら、敵の襲撃で戦船を失う恐れがあります。さまざまな状況に備えなければなりません」

将校たちが訴えると、「とんでもない。そうすれば私の尻が破れてしまう。急げ」

元均は、唾を飛ばしながら大声をあげた。

「……」

「尻」という元均の下品な言葉に将校たちは我が耳を疑った。

元均は主将として、戦に備えるためには戦術を論ずるべきだった。ところが、元均は彼らの意見を断固として断ってしまった。将校たちはただ呆然として互いの顔を見つめ合うしかなかった。

海ではいくら武術に長けて、勇猛でも一人で戦うことはできない。敵を知りつくし、戦略を練った後、海に出なければならなかった。武術が優れた指揮将が力任せに太刀を振りかざして敵を制圧する陸戦とは違った。

波は変化しやすいし、海上では指揮官と将兵が状況に合わせて組織的に動かなければ勝利をもたらすことは難しかった。ところが、戦略会議も無視して無謀に出撃せよとは、将校たちがあきれるのも無理はなかった。

「よっぽど都元帥の罰が怖いんだな」

「まさに滑稽だ」

指揮将の強圧的な命令で、戦船を集めに統制営の階段を降りる将校たちは陰で彼のことを嘲笑った。

「ふう〜」

後方に続く将校らが元均を嘲笑すると慶尚右水使の裵は大きくため息をついた。

「間違いなく拙戦になるだろう。生き残れれば幸運だ」

翌朝、釜山浦にかすかな未明の光が海上に差し込んだ。閑山島の統制営の沖合には、板屋船と狭船が浮いていた。亀の頭の形をし、船全体が鉄板で包まれた亀甲船も波に揺れていた。

「釜山浦に向かえ！」

陰暦七月、真夏だった。武装した水軍の身体に朝の日差しが強く当たった。海上は凪（なぎ）だった。

旗手の手にした旗が左右に二度大きく揺れた。出発を知らせる合図だった。

漕ぎ手が下した櫓が海を叩きつけた。櫓は海水をはじきながら、くるりと半円を描き、泡の海を再び叩きつけた。櫓が海に沈むたびに「ツー」という音が飛び散り滴と共に響いた。一定の間隔で海を叩きつけて、櫓が後ろに引かれるとどっしりとした軍船が海を切り裂きながら滑り出した。

朝鮮水軍の総出動だった。朝鮮の軍船である板屋船は百余隻で、小型船を合わせると三百隻を超える船団だった。閑山島を発った船団は東に進んだ。東の海には巨済島が海道を塞いでおり、釜山浦に進むためには北の方面にある見乃梁（キョンネリャン）海峡を通り、昌原の沖合を通らなければならなかった。昌原の東には熊浦があった。そこには行長の一番隊の主力が陣取っていたため朝鮮水軍の出陣は熊浦の一番隊にすぐに見つかった。

「朝鮮水軍が出動しました」

侠船である小早船が素早く熊浦を出て、安骨浦（アンゴルポ）で陣取る部隊にこの情報を伝えた。この情報は瞬く間に巨済の永登浦と加徳浦、そして最終的に釜山浦の指揮部に伝わった。

「朝鮮水軍を倒す絶好の機会であろう」

「水陸両方で挟み撃ちすれば、朝鮮水軍を壊滅させることができる」

水軍長の藤堂は、陸軍と手を組み朝鮮水軍を攻撃することにした。

当時、釜山浦には六百隻余りの遠征軍の戦船が停泊していたが、その中の百隻余りが先鋒で海を分けた。釜山浦を出た戦船は、絶影島（チョルヨンド）を挟んで広い海に進んだ。加徳島の方向だった。

当時、朝鮮水軍は絶影島に向かって進んでいた。が、船の速度が出航時に比べ、著しく落ちていた。すでに統制営を出航し一夜が過ぎた。前日、風はなかったので、漕ぎ手の力に頼り、航海してきたため漕ぎ手は非常に疲れていた。

黄昏は西の空から絶影島の沖合を赤く染めていた。

「倭船が出没しました」

釜山浦から西に向かっている遠征軍の戦船が、朝鮮水軍に見つかりすぐに報告された。

「よし、全軍に倭軍を追うように伝えろ」

元均が乗っていた隊長船から旗が大きくはためいた。攻撃しろという合図だった。ところが朝鮮水軍の戦船が方向を変え、真正面に向かってくると倭船は一斉に方向を変え、釜山浦の方へ逃げ出した。

「敵が気付いたぞ。追いかけろ。櫓をもっと早く漕げ」

相手が怖気づいたと思った元均は、勝機を掴んだと確信し疲れ切っていた漕ぎ手をさらに促した。

「はあ、はあ」

漕ぎ手は長い航海で疲れており、風は釜山浦からの逆風となって吹いていた。主力船である板屋船は大きい分、風の抵抗を受けながら進むのは容易ではなかった。板屋船は徐々に遅れ、奇襲攻撃や連絡用に使われる小型船だけが前方に進む形になった。太陽は海の端に沈んで四方は暗くなりつつあった。黄昏が消えた海を闇が覆ってきた。

「ちょっと待て。板屋船が見えない」

小型船で櫓を漕いでいた水犬（スギョン）が後ろを見て叫んだ。彼は鮑を取る漁師だったが、海に潜るのが得意でオットセイと呼ばれていた。漢字を知る者が「水犬」と訳した。「水犬」を漢字の音読みで呼んだのがそのまま名前になった。

「止まれ。僕らだけで行っても何もできない。船を回して板屋船を探せ」

「早く回せよ、下手すると倭兵に捕まって死ぬぞ」

遅れを取っていた板屋船も四方が暗くなり迷っていた。

「倭船はどこに行った」

「倭船は見えず、我が水軍もバラバラになっています」

日が落ちて四方が闇で塞がると、倭船を追いかけるどころか、朝鮮水軍は互いに味方の位置を把握することすらできなかった。

「早く味方の船を探せ」

倭船を追っていた元均は、味方の艦隊が暗い海の上で縦横に散らばった状況を知り、瞬間的に孤立したことに気付いた。兵士が甲板の端から熱心に旗を振ったが、闇に覆われた海から見えるはずはなかった。

「船を回せ」

全羅右水使の李億祺（イ・オクキ）は闇の中で倭船を追いかけることは危険だと判断し、独自に指揮下の板屋船七隻を率いて加徳島に退いた。

「全羅右水使が退きました」

連絡を担当している鮑取りの小舟が近づき、李水使が西側にある加徳島に退いたことを知らせた。それを聞いた元均はためらうことなく呟いた。

「そうか。すると我らも加徳島に退く」

朝鮮水軍が方向を変えると、逃げたふりをしていた遠征軍の戦船が今度は朝鮮水軍を追い始めた。彼らが逃げたのは、朝鮮水軍を釜山浦沖に引き込むための計略だった。すでに釜山浦沖には六百隻あまりの軍船が出航準備を終え、朝鮮水軍を虎視眈々と待っていた。

水軍将である藤堂の戦略は、朝鮮水軍を釜山浦沖合までおびき寄せた後、追っ駆けられた百隻は後方に回り、待ち伏せしていた五百隻の艦隊が朝鮮水軍を逆襲するという手筈だった。さらに追われた朝鮮軍が近い陸地に逃げ込んだ時に備えて、小西と島津に連絡をし、陸地から攻撃するように手配していた。水陸挟み撃ち作戦だった。ところが、朝鮮水軍が方向を変えたので藤堂は直ちに作戦を変えた。

「直ちに朝鮮軍を追え」

指揮将の藤堂の命令が下りると待ち伏せし、逆襲を狙っていた連合隊の軍船は直ちに朝鮮水軍を追跡した。そして、釜山浦の下にある加徳島の前で朝鮮水軍の後尾を発見した。

「攻撃しろ！」

兵士らは直ちに攻撃を始めた。

「パン、パン、パン」

まず、鉄砲で先制攻撃をしかけた。機先を制した後、敵船に乗り込む作戦だった。ところが暗闇に包まれて相手がはっきり見えなかった。

「撃ち方止め！」

暗くて鉄砲攻撃が威力を発揮できなくなると、連合隊の船団は一旦後方に退くしかなかった。それでも一部の部隊は攻撃のため加徳島の東に接近し、警戒をし続けた。夜の間、接戦はなかった。そして翌朝が明けた。日が上り四方が明るくなると、加徳島にいた元均は命令を出した。

「船を移せ。西の巨済島の永登浦（ヨンドンポ）に入れろ」

前日、加徳島の前まで追ってきた相手の攻撃を恐れたからだ。つまり釜山浦に近い加徳島より離れた巨済島が安全だと思ったからだ。

ところが、朝鮮水軍の動きは斥候を通じて次々と連合隊指揮部に伝わっていた。しかし、元均は全く気づいていなかった。

兵法書（『孫子』）は、「知彼知己百戦不殆（己を知り敵を知れば、百戦危うからず）」と記している。戦いには見張りを送り出し、常に敵の動きを探らなければならなかったのに、元均はこうした基本原則を無視した。

巨済島の北にある永登浦は、天恵の湾だった。入り口が狭く、中は広い瓢箪の形をしている。元均はこちらに入れば相手がいくら大軍でも簡単には湾内に入ることはできないと思った。しかし、これは彼の誤算だった。遠征軍指揮部は、朝鮮水軍が加徳島を出て西に向かうことを探知し、既に永登浦をはじめ巨済島の前方にある七川島（チルチョンド）に先発隊を先行させていた。先発の兵士らは水陸に分かれ、一部は島に上陸し待ち伏せをしていた。海上では軍船を五十隻ずつ分散させ、朝鮮水軍を遠くから囲む陣形を取った。

一方、逃げ回って永登浦湾に入ると疲れ果てた水犬と漕ぎ手たちは愚痴をこぼした。

「これは何だよ。戦はなく行ったり来たりで、くたびれてしまったよ」

「うん。これ以上、櫓を漕ぐのは無理だ」

「本当だ。気力が尽き、これじゃあ戦もろくにできない」

「統制使は何を考えて、こんなに逃げ回っているの」

「逃げまくるのも作戦の一つか」

「まさにそうだね」

水軍兵士たちの口から不満が漏れるにもかかわらず、主将の元均は漕ぎ手たちの疲れを顧みなかった。そして、島に着いた彼は船を降りて上陸した。

「はあ、はあ」

太っている彼は島の険しい坂道を少し歩いただけで息切れした。

「疲れた。この辺に陣を張れ」

「承知しました」

彼の命令で陣幕を立てていると鉄砲の轟音が響き渡った。

元均が上陸して一刻もたっていなかった。朝鮮水軍の一部は、まだ船から下りていなかった。

「何、これ?」

突然の奇襲に元均をはじめ朝鮮水軍は動揺した。島に上陸し油断していた。無防備だった。

「キャー」

鉄砲隊兵士が放った弾丸に兵がバタバタ倒れた。やがて、遠征軍の戦船が湾の入り口から陸に接近していた。

「パン、パン、パン」

鉄砲玉と火矢が飛んできた。

「倭軍だ。逃げろ!」

奇襲攻撃を受けた朝鮮水軍はまともな反撃もできず逃げ出した。

「危ない」

元均は相手の攻撃を知って素早く船に戻った。そして、戦いを指揮することなく、真っ先に敵船を避け、湾を抜け出した。

「運が良かった」

湾を抜け出した彼は相手が総攻撃をしてきたわけではなく、一部の先発隊が攻撃してきたため包囲が緩んでいたので命拾いしたと思った。

連合隊の波状攻撃は激しかった。この戦いで朝鮮水軍は上陸できず、五百名以上が命を落とした。

「ふ〜ぅ」

永登浦湾から抜け出し、九死に一生を得た元均は近くにある漆川島に向かった。巨済島と漆川島の間には海峡を挟んでいた。

「なるべく南の方面に行った方が良い」

相手が怖い元均は、漆川島と巨済島の間に挟まれた海峡を沿って南の方向に下った。漆川島の南の方面に、はみ出ている岬を過ぎるとその中に入り江があった。外海から見えないのでそこに身を隠すには丁度良い場所だった。

「あそこに停泊しよう」

元均の命令で島の西側に上陸した。太陽はすでに海に落ち、四方は暗くなっていた。

「はあ、はあ」

櫓の漕ぎ手はくたびれへとへととなった。疲れ果てて機動力が落ち、もし今、相手が攻撃してくれば反撃は難しかった。一方、連合隊の一部が後を追ってきたが日が落ち四方が暗くなったために退いた。彼らにとっては幸いだった。

「敵の軍勢がこんなに多いとは。これからどうすればいいだろう」

島に上がり、陣を張った元均は真夜中に配下の将校たちを集め、対策を練った。太って大きな体を揺らしながら前に座っていたが、頬の肉がぶくぶくし、瞳は真っ赤に充血していた。

将校たちからの質問に、元均からは何の答えもなく、将校たちが悶々としていた。すると元均は突然、「天地神明が我らを助けるだろう。皆、死ぬ覚悟で敵を迎え撃とう」

勝利のために戦略を論じなければならない場で、「死ぬ覚悟をしよう」という言葉が出ると、先ほどから沈黙を保っていた慶尚右水使の裵が突如、口を開いた。

「戦場では時には勇敢に、時には卑怯にもならなければならないと兵書に書いてあります。今、目の前の敵は勢いがあり、我々にはその勢いがありません。むやみに戦って戦死するよりは、後日を図るために退くことが上策でしょう」

「何を言ってる。命がそんなに惜しいのか。死を以て、敵の攻撃を防がなければならないのに指揮官たる者がそんなことが言えるのか。二度と言うな。命令だぞ」

「……」

元均が声を荒げると、裵はそれ以上、発言することをやめた。そして、秘かに会議の場を離れ自分の船に戻った。

「死んだら終わり。ただの犬死にだ」

部下の前で呟いた裵は、「明日、倭軍との戦いで戦況が不利になればその場を離れろ。後日を図るために我々は船を回して統制営に帰る」

「はい。承知いたしました」

元均が無謀な戦をすることを知っていた将校たちは裵に従うこととした。

朝鮮水軍が戦略不在の状態で右往左往している時、すでに連合隊の一部は夜陰に乗じて漆川島の入り江に忍び込んでいた。奇襲に備えてのことだった。ところが、朝鮮軍側は誰もそれに気づいていなかった。三日間の昼夜を休まずに逃げ回っていた漕ぎ手と漁師たちは疲れ切ってそのまま眠りに落ちていた。指揮将の元均は警戒のための見張り番すら立てていなかった。

漆黒のような夜が過ぎると東方の釜山浦から黎明が薄らぎ明るくなってきた。漆川島の入り江が暗闇から灰色に変わり始めた。入り江は漆川島の高い峰に遮られ、まだ闇が完全に消えていなかった。その時だった。めらめらと、入り江に停泊していた船から炎が上がった。

「火事だ！　火事だ！」

「ドーン、ドーン」

太鼓が鳴り響き、カン、カン、カンと銅鑼（どら）は轟音を立てて、急を告げた。

「パン、パン、パン」

騒ぎ立つ中、相手が撃つ鉄砲の音が聞こえた。既にいくつかの船には連合隊の兵士が近づき、朝鮮軍の船の欄干に縄をかけて登っていた。

「応戦せよ」

金浣（キム・ウン）が叫んだ。彼は玉浦海戦で斥候長として李舜臣と相手を退けた経験があった。今は元均の指揮下で、助防長兼伏兵都将（伏兵を率いる将校）を務めていた。元均と一緒に漆川島に下り、上陸せず船に残っていた。明け方に目が覚め、寝返りをしていた。そして相手の不意打ちを知って、飛び起きた。突然の奇襲で、彼は兜もかぶらず甲板に出てきて指揮下の兵士を指揮した。

「ヒュー、ヒュー」

目をこすった射手が、向かい側の船に乗り移ろうとしていた相手兵士に向かって矢を放った。

「キャーッ」兵士三人が矢に当たり船から落ちるのが見えた。

「続けろ！」

金浣が甲冑を着て、射手を急かせながら指揮をとった。しばらく経って、ドーン、ドーン、と砲声が鳴り響いた。するとミシミシという音が耳元に響いた。相手が撃った砲弾で船が壊れる音だった。大船団を成した倭船から大砲が放たれたのだ。以前まで相手は鉄砲だけだったはずだ。五年余りが過ぎた今は相手も大砲を所有していた。

「死ぬ覚悟で戦え」

総大将である元均は、前日遅くに床に付いていた。

「何だ、あれは？」

相手の攻撃を受け、元均は慌てて起き上がった。太りすぎで動きが鈍い彼は部下に助けられて船に乗り込んで大声を出した。鎧はきつく、顔にも肉がまるまるとして兜も被れないのでただ頭に乗っけておくような格好だった。筋肉質とはほど遠く脂身が垂れとても武将の体型ではなかった。その格好で戦場で動いている姿は滑稽でもあった。一方、彼が乗り込んだ船の旗を見た兵士たちは、彼が主将であることに気付き刃先を向けた。

「船を回せ！　統制使の船が危ない」

金浣は、相手船が元均の船を狙い、接近していたため兵士に声を上げた。

「ドーン。ドーン」

金浣の乗っていた船から銃筒が火を噴き、相手船二隻に当たった。

「前進しろ」

相手船を追い出しながら、自分の船を元均の船に近づけるために彼は体を海の方に出して大声で叫んだ。

「統制使様、大丈夫ですか？」

声をかけられた元均は、「ああ、みんな逃げてしまったが、死を恐れない其方こそ正に勇ましい武将に違いない」

元均は、戦の最中で自分の安否を案ずる金浣に感謝し、彼を褒めた。

その時だった。

「慶尚右水使の船が逃げていきます」

慶尚右水使の裵の指揮下の船が、湾を抜け出す様子が見えた。

「卑怯者。直ちに右水使を捕まえろ」

慶尚右水使が逃げることを知った元均は腹を立て、軍官に彼を捕まえるように大声を上げた。

しかし、相手船の攻撃が激しかったのでそんな暇はなかった。慶尚右水使が導く船十二隻は元均を後にし、平然と漆川島の入り江を抜け出した。

「あんな卑怯者が水軍将だなんて、決して許すことはできない」

元均は歯ぎしりをしたが、彼を捕まえる手立てはなく地団駄を踏むだけだった。しかも、まもなく入り江に向かう朝鮮水軍の船が数え切れないほどに増えていた。戦勢が不利であることを知り、我先に湾を抜け出す船だった。彼らは生き残るために必死に巨済と金海方向に遠ざかった。

「畜生！」元均は憤った。朝鮮水軍の戦列が崩れると逆に相手船の攻勢が自分の船に集中した。

「ドーン、ドーン」「ミシミシ」

「統制使様、早く船を出してください」

全羅右水使の李億祺が近付いてきて叫んだ。彼は主将の元均が危険だと思い、自分の大型船を相手船に体当たりさせた。

「おお、ありがたい」

李の助けを受けた元均は遠征軍の攻撃を避け、島の方へ逃げた。その代わりに李の船が集中攻撃を受けた。

「船を陸に寄せろ」

元均は振り返らずに一目散に相手の攻撃を避けて島に向かった。彼は海戦を放棄したのだ。島に船を付けた彼は船から降りてすぐ山の丘へ向かった。

ところが、太った彼にとって坂を登るのは辛かった。すぐに息切れし、瞬く間に全身が汗まみれになった。

「はあ、はあ、もう歩けない」

彼は山の斜面にある木の幹を掴んで、あえいでいた。

「もう駄目だ」

そして、彼は向きを変えてドカッと音を立てて座り込んでしまった。顔は真っ赤に火照っていた。

座り込んだ元均は沖を見た。そこでは倭船と朝鮮水軍が激戦を繰り広げていた。倭船は三、四隻ずつ集まり、一団を成して朝鮮水軍を囲み攻撃した。朝鮮水軍はあちこちに散らばって防御を繰り広げたが、明らかに朝鮮水軍が守勢に追い込まれていた。

元均を助けた李の船からも炎が立ち上がった。

「戦え！」

銃弾に撃たれた李が最後に叫んだ命令だった。彼の戦死により朝鮮水軍は指揮将不在となった。総司令官の元均に加え、慶尚道と全羅道の水使の指揮将がすべて海から消えたことになる。指揮将のいない戦闘で勝利を期待することない。海に残された朝鮮水軍は倭軍の餌食になってしまった。

「敵を止めろ！」

伏兵将を務めていた金浣は、統制使の船が陸地に接近するのを見て海に残り、相手船の接近を阻止しようと必死に抵抗した。孤軍奮闘したが、すでに戦況は悪く、四方から攻め込まれ、彼の船のみでは食い止めることはできなかった。

「キャーッ」金浣の傍にいた指揮下の軍官の一人が相手の兵士の撃った弾丸に撃たれて倒れた。即死だった。

「痛っ」

今度は下僕が肩を握って座り込んだ。

「大丈夫か？」

下僕の肩からは血がにじみ出ていた。下僕を支えようとしたところだった。

スーッ、と弾丸の音が耳元をかすめた。すると左足がちくちくと痛んだ。

「何だ？」

金浣は、左足をつかみ甲板の上に倒れた。鮮血がほとばしった。船上には刀を手にした相手兵士が乗り込んでいた。

「危ない」

負傷した彼は敵兵が近づいてくるのを見て、すばやく体を船の手すりに向けた。

「いや～っ！」

敵兵が自分を狙って太刀を振るった。金浣は背を向け、海に身を投げた。

「ざぶ～ん」

遠征軍兵士は戦略と戦術に徹底した。一方、指揮将を失った朝鮮水軍の兵士は右往左往するばかりで多くが殺戮された。兵士らは、不倶戴天の敵に復讐するかのように朝鮮軍兵士を殺戮した。軍服の兵士はもちろん、木綿の服を着た漕ぎ手までもが兵士の銃刀や槍に刺され死んだ。清明な漆川梁の海は朝鮮水軍の血で赤く染まった。

朝鮮水軍が海で壊滅すると、遠征軍兵士は陸地に逃げ込んだ朝鮮軍を追いかけ始めた。掃討戦が始まった。

「あそこにいるぞ」山の斜面で木にもたれた元均を見つけた兵士が叫んだ。

「捕まえろ」

八人の兵士が坂を上った。

「こいつら。誰に向かって」

元均に従っていた軍官や兵士、下僕たちが兵士に立ち向かった。相手の武将が太刀を容赦なく振るった。

「ぎゃあ～」兵卒が血を流しながら丘の下に転がり落ちた。続いて槍が下僕の腹を狙って伸びた。

「ううっ」下僕が倒れると、軍官の一人が環刀を抜き、両腕を丸く広げ、元均を守ろうとした。

「こいつら」地べたに座っていた元均が太刀に頼って体を起こそうとした時だった。相手武将二人が同時に軍官を狙い刀を振るった。

「ヒュー」

「カッチャン」

軍官は目の前の武将の太刀に立ち向かったが、後方からの太刀にはどうしようもなかった。武将の太刀が彼の肩に深く切り込まれた。

「ううっ」左肩から鮮血が飛び散った。ふらついてバランスが崩れた彼の身体に足軽の槍が脇腹を突き刺した。

「イノム（こいつら）」

同時に大声が響いた。立ち上がった元均が出した叫びだった。やがて太刀が宙を割る音を出して元均を狙った。元均は抵抗もできず後ろに尻もちついた。彼は抵抗をやめ太刀を投げだした。

「はあはあ」彼はしきりに息を切らしていた。

「いや〜っ！」

武将の気合いが耳元をつんざいた。元均は太刀を避けずに体で受けた。敵将の刀に身を投じるように前方に身を傾けた。

元均の首と肩に太刀が切り込まれた。そして、彼の首は体から離れた。

「漆川梁海戦」の無残な結末だった。

総大将である統制使が倒れたことで慶尚、全羅、忠清の三道水軍は総崩れした。戦略を知る武将ならば一度の戦いでの勝利よりは、形勢不利と知れば戦力を残し、次の戦いで挽回できるようにしなければならなかったが、元均は自分の死とともにすべてを壊滅させてしまった。

一方、遠征軍の攻撃から海に飛び込み、逃げ伸びた金浣は口の海水を吐き出そうとしきりに咳き込んでいた。耳がヒリヒリ痛んだ。彼の首を狙った兵士の太刀が耳をかすめた時にできた傷だった。痛みを抑えるよりまず浮きものを探した。四方を見回すと鮑捕りが漁具を浮かべる時に使う苫(とま)が浮いていた。

「掴めなければ溺れる」金浣は必死に泳ぎ、紐を引っ張った。

苫に身を託した。櫓がないので波と潮流に任すしかなかった。彼は浮きものに乗せられてふわふわと流れ、海流に沿って漂流した。身の安全を確認し、ふと海戦が起きた海を眺めると真っ黒な煙が立ち上っていた。

「大惨敗だ」

彼の目から悔しい涙がぽたぽたと落ちた。

「これからこの海を誰が守るのか」

溜息を漏らした。しばらく漂いながら兵士たちの安否を気遣い周りを見回した。海上に散らばるのは壊れた船の残骸だけだった。

兵を失い、一人海に漂う自分が情けなかった。

苫は波に揺れた。

一方、湾から抜け出した慶尚右水師の裵はまっすぐに閑山島の統制営に入っていた。

「全て燃やせ」

兵法でいう清野戦術（焦土戦術の一種）だった。彼の命令により統制営にある食糧、槍や銃筒などを保管した倉庫に真っ先に火がつけられた。朝鮮水軍の本拠地である統制営のあちこちから真っ赤な炎が上がった。

「ああ、もったいない。全部燃やしてしまうなんて」

戦のためになくてはならない大事な食糧と兵器だが、敵に渡るのを防ぐための苦肉の策だった。

「倭敵がくる。伝令を出して住民たちに早く身を隠すように伝えろ」

「かしこまりました」

裵は、元均率いる「三道水軍」が総崩れしたと直感した。よって、やがて南海岸の一帯が遠征軍に支配されると見込んだ。

「終わったら、我々も身を隠す。南海の方に方向を定めろ」

統制営を焼却して、閑山島周辺の住民たちを避難させた彼は、指揮下の水軍を率いて閑山島の麓にある竹島(ジュクド)に入った。

南原城

文禄元年（1592）の春に始まった戦はすでに六年が過ぎた。時は慶長二年（1597）の七月を迎えていた。

「南からあがってきた報告でございます」

承旨（王の秘書）が捧げる書状を受け、王は顔をしかめた。

「これはどういうことだ」

王は開いた口が塞がらなかった。六年前、秀吉に突然、侵攻され恐怖におののいた王は鴨緑江の国境の村、義州まで逃げたことがあった。明軍の参戦により侵略軍は南に退き、やっと漢城に戻ることができた。明と秀吉との和平交渉が進み、戦は小康状態になった。ところが最近、交渉が決裂し、再び侵入するという報告を聞き、再び不安に襲われていた。その最中に、南から「朝鮮水軍の大敗」という急報が届いたのだ。元均が率いる朝鮮水軍が、漆川梁の沖で敗れたという書状だった。

「そんなはずがない。これは間違いだろう」

王は報告書を信じたくなかった。

「備辺司の大臣らを直ちに招集せよ」

すぐに備辺司（戦時最高機関）の会議が開かれた。集まった大臣たちの前で、承旨は報告書を大声で読み上げた。

「三道水軍が連合し、釜山浦に進み、倭軍と戦いが始まりました。ところが、倭軍の勢いに立ち向かうことができず、戦いながら後退しました。反撃の隙を探りながら加徳島を経て巨済島に下がりましたが、敵軍の戦力は天を突くような気勢で攻撃してきました。敵軍の攻撃により、ついに味方の戦船の多くが全焼し、沈没してしまいました。船は燃え上がり、溺れて死んだ兵士が数え切れないほどでございます。臣は統制使の元均と辛うじて船で脱出し、漆川島に上陸しましたが、統制使は体が肥大してうまく歩けず、結局、松木の下に座り込みました。臣が山の上に登り、後ろを振り返ると倭兵の六、七人が刀を振り回し統制使に襲いかかるのが見えました。その後、危ないと思い、そこを離れたので統制使の生死は分かりません」

承旨が読み上げる報告の内容をすでに知っていたにもかかわらず、王の顔色は蒼白に変わった。

「三道の水軍が敗戦したなんて。余はとても信じられない。ところで統制使はどうなったのか誰か知っているのか」

「おそらく戦死したと思われます」

「どうしてそれが分かるのか」

「生きていれば、連絡があるはずです。音信不通になっていることから推察しております」

「ああ、これからどうすれば良いのか」

「統制使を新たに任命し、収拾すべきと思われます」

「……」

王はしばらくした後、話を続けた。

「誰か良い武将がいるのか」

「白衣従軍している元統制使の舜臣を推薦したいと存じます」

「舜臣、李舜臣のことか？」

王は一瞬、顔をしかめた。その表情は不機嫌そうに見えた。

『頑固者！』

素直ではない李舜臣に、王には未だわだかまりが残っていた。

「そうでございます」

兵曹判書の李恒福（イ・ハンボク）が前に進みうつむいた。王は何も言わず、しばらく大臣らを見回した。誰か気の利いた大臣が自分の気持ちを察し、反対して欲しかったからだった。今までは、自分が答えをためらうと必ず誰かが異議を申し出た。ところが、今回は誰も異議を申し出る大臣はいなかった。だからといって、自分に他の代案があるわけでもなかった。雰囲気を把握した王は表情を変え、そして低い声で言い出した。

「他に異見がなければそうしなさい」

別の意見を持っているわけでもないので、渋々しながら王は受け入れざるを得なかった。王の許しがあり、直ちに王命を受けた宣伝官が晋州に派遣された。晋州には都元帥の権慄が駐屯し、李舜臣は彼の指揮下で白衣従軍をしていた。そこに李舜臣を三道水軍統制使に復帰させるという王命が伝わった。

「王命を受け、直ぐにでも統制営に向かいたいと思います」

残暑厳しい八月三日、肩書もない白衣で従軍していた李舜臣が都元帥に別れの挨拶をした。

「これまでご苦労様でした。必ず水軍を再建してください」

権慄は今までとは違って、統制使職を引き受けた李舜臣に敬語を使い、祝辞を伝えた。

翌日、晋州を発った李舜臣は、半月ほどで珍島（ジンド）にある碧波鎮（ピョクパジン）に入った。以前、統制営が設置されていた閑山島はすでに廃墟になっていたからだ。

「倭軍が西に回ってきたら都城が危険にさらされるだろう。まず倭軍がこれ以上、西海に進出できないように阻止しなければならない」

珍島に入った統制使は随所に伝令を送り、知らせの貼り紙を各所に貼るようにした。漆川梁の敗北により身を隠した水軍の将兵を集めるためだった。

しばらくして、「慶尚右水使が来ました」と声が上がった。

裵だった。南海の孤島である竹島に身を隠していたが、李舜臣が統制使に復帰したことを知り、指揮下の戦船十二隻を率いて現われた。李舜臣は裵が戦闘中に逃亡したという報告を受けていたので、脱走の罪で厳罰に処するつもりだった。

「板屋船十二隻を率いて参りました」

板屋船を率いているという褒の報告に、「何、船を十二隻も。それはまことか？」と問うた。

「はい、そうです」

「では直接、見たい」

自ら海に出て自分の目で十二隻の戦船を確かめた李舜臣は、「おお、これはこれは」涙が出るほど嬉しかった。しかも海に浮いている十二隻の船は何一つ損傷もなく、今すぐにでも出撃できそうなほど完璧な姿だった。

「漆川梁で朝鮮水軍はすべて壊滅したと思っていたが、船がこのようにまともに残っているとは。これは正に神様のお助けであり、天佑神助だ」

珍島の碧波鎮に臨時統制営を設置し、鮑獲りらが乗る小さな狭船だけを所持していた統制使は内心、心配が多かった。

「板屋船なしで、倭軍と戦うことは卵で岩を打つようなもの。小舟だけでは倭軍、しかも大軍を成している倭軍に挑むことは自殺行為であろう。倭軍に立ち向かうためにはまず板屋船を早く建造すべきだ」と思っていた。ところが大型船を作るには費用も時間も掛かる。しかも、彼を統制使に任命した王にはなるべく早く勝利を報告しないとどうなるか分からない。解決策の糸口が見えない李舜臣は悩んでいた。そこに何と全く傷のない板屋船が、それも十二隻もが海に浮いていたのだ。

「死んだと思った子が生きて帰ってきたことより嬉しい」

脱走したと思っていた右水使の裵が正に救世主のように思われた。李舜臣の喜ぶ姿を見た裵が、自慢げに言い出した。

「漆川梁の戦いは、勝算のない戦でした。戦略も戦術もない戦いで一方的に倭軍に追い込まれていました。焦心苦慮の末、板屋船を守り水軍の全滅を防ぐため漆川梁から抜け出した訳です」

裵の言葉が真実であれ、言い訳であれ、そんなことは今はどうでも良かった。大事なのは板屋船十二隻が残っていたことだった。こうしたことから、李統制使は戦場から逃走したと言われていた右水使の裵を咎めないことにした。

「これで、倭軍と戦える」

李舜臣は、再び戦意を燃やした。彼は、直ちに王に状況報告の書状を書いた。

〈三道水軍の状況を申し上げます。閑山島にあった統制営はすべて燃え、廃墟になりました。南海は倭軍によって占領されました。そこで倭軍が西海に進むことを防ぐため、珍島に臨時統制営を設置いたしました。漆川梁海戦の後、水軍の兵士は各地に散り統制営管轄の兵の数は百人余りでした。すぐさま檄文を書き、伝令を四方に送り、貼るようにしました。その結果、板屋船十二隻と鮑獲りの漁船十隻が集まりました。今、南海岸では倭軍が猛威を振るっていて、漁民たちは操業もできず、倭軍からの侵奪が甚だしいです。よって、一日も早く彼らを海から追い払わなければなりません。そのためには兵器と兵糧が必要です。聖恩をくださいますよう心よりお願い申し上げます〉

統制使の李舜臣は王の宣祖に報告を兼ね、物資の支援を要請した。ところが、王は李舜臣が上奏した内容を見て、こう言った。

「この戦力で倭軍から海を防ぐことができるのか。板屋船が不足し、兵器と兵糧が十分でないならむしろ水軍を廃止し、陸軍にした方が良い策かもしれない。海はこれから明の水軍が来るのでそれに任せれば良いだろう」

王は水軍を支援するよりも、これを口実に水軍を廃止しようとした。王は、朝鮮の軍隊よりも明の軍隊を信じていたので、それに頼りたかった。外勢に頼って国難を克服するということが、手っ取り早いかもしれないが、それがどれほど愚かなことか。それに伴う対価がどれほど恐ろしいものかを、王の宣祖は微塵も思いつかなかった。

「臣、申し上げます。我が国は三方が海で囲まれております。もし水軍がなければ、海を蹂躙する倭寇や外敵を防ぐことはできません。倭軍が全羅地域を侵略できなかったのは水軍が阻止したからであります。水軍は陸軍に劣らず国防に非常に重要な組織です。勘案していただきたく存じます」

柳成龍は王の前で水軍廃止はできないという持論を展開した。何の考えもなく水軍廃止を持ち出した王は、顔をしかめた。そして面倒くさそうに手を振りながら、こうも言った。

「わかった、わかった。でも、戦乱中で朝廷にも兵糧などの物資を送れる状態ではないという事は大臣たちも知っているでしょう」

王は、最初はため口で話したが、自分より十歳も年上の柳成龍に対し、申し訳なかったと思ったのか丁寧な表現にし直した。

「そのような事情は統制使に直接伝えておきます」

備辺使会議を終えた柳成龍は直ちに李舜臣に飛脚を送った。

〈水軍廃止が取り沙汰されているので、水軍の覚悟を固めるべきだろう〉

柳成龍からの手紙を受け取った李舜臣は、その場で答申を作成した。

〈臣には、まだ戦船十二隻があります。倭軍が大軍だといわれますが死に物狂いで戦えば、十分に戦えると思います。たとえ戦船の数は少ないとしても、臣が生きているだけでも敵は水軍を軽んじることはできないと思います。ご諒察くださいませ〉

統制使の悲壮な気持ちを込めた書札が王に伝えられた。

「兵糧や物質を送らなくても良いのであれば、強いて廃止する必要はない」

王はそれ以上、水軍廃止論を言い出さなかった。

一方、漆川梁海戦で朝鮮水軍を撃破した遠征軍は、朝鮮の南海岸一帯を掌握し、島嶼(とうしょ)地域を蹂躙していた。

「みんな殺せ」

「助けてください」

朝鮮水軍が壊滅した南海岸は、遠征軍の庭だった。兵士らは手当たり次第に人々を殺戮した。朝鮮水軍という防御幕が消えたため、朝鮮民が遠征軍兵士から受けた収奪と被害は言葉では表せないほどだった。遠征軍はこれまで水軍に遮られ、越えることのできなかった全羅地域にも出没するようになった。

戦乱の初期、釜山鎮城と東莱城が崩壊した後、晋州から東の地域は遠征軍が占領した。だが、李舜臣の率いる朝鮮水軍が防御していた西の全羅地域には遠征軍は近づくことができなかった。ところが、漆川梁の敗戦以降は、朝鮮水軍が消え、そこは遠征軍の庭に変わった。

「邪魔する者はいない」

朝鮮水軍という目障りがなくなり、南海岸を掌握した遠征軍は水陸双方から全羅地域を蹂躙した。まず、全羅地域の東の関門である順天府が陥落し、順天府を橋頭堡とした遠征軍はその勢いで陸路、近隣地域を踏み潰した。

「慶尚道と忠清道、全羅道を。その後、漢城を占領せよ」

再侵攻を決断した秀吉の戦略は、朝鮮の王都である漢城以北は明が管理し、漢城以南、つまり忠清、全羅、慶尚道を遠征軍が占領し管理するということだった。それによって、以前、兵糧供給に苦い経験をした遠征軍の指揮部は、まず慶尚道と全羅道などの後方地域を掌握し、確実に食糧供給基地を確保しようとした。

右軍と左軍に分け、躊躇なく湖南（全羅地域）地域を踏み潰し、北上した。最初の侵略以後、ほぼ五年間、足を踏み入れることもできなかった湖南地方を遂に占領することになった。

漆川梁の戦いが終わり、わずか一ヵ月も経たない旧暦の八月中旬には、行長を主軸とした左軍が求礼(クレ)地域を落とした。そして隣接する南原（ナムウォン）に進軍し、南原城を攻撃し始めた。

「倭軍が押し寄せてくる」

当時、南原城には明国の副総兵である楊元が率いてきた明軍兵士、三千と朝鮮の将校、李福男（イ・ボクナム）が率いる朝鮮軍民七千がいた。それに対し、左軍側は六万の軍勢だった。

「敵軍はあまりにも大軍です。数的に劣勢なゆえ、この邑城よりも後方の山城に入り、敵を引き込んだ方が有利と思います」

南原城は平地にある邑城だった。邑城とは、小規模の侵略に備えて邑民を保護するために造られた城だった。ところが南原の外郭にある蛟竜（キョリョン）山城は、山の険しい峰と稜線の上に築かれていて、城壁の長さが一里に達するほどだった。まさに天恵の要塞だった。少数の兵力で大軍と戦うには邑城よりは地形的な利点のある山城が有利だということは武将であれば誰でも理解できた。南原地域をよく知る全羅兵使（従二品の武官）の李福男が山城に移すことを主張するのは当然のことだった。

ところが、「それは違う。我が明軍の戦術ではこの邑城の方が有利だ」と明軍の指揮将・楊元は、李の提案を一言で圧殺した。

「撃て！」

そうこうしているうちに左軍の攻撃が始まった。

明と朝鮮軍の連合隊は南原邑城で攻撃を受けた。左軍は数だけでなく、釜山鎮城や東莱城など多くの邑城を陥落させた実戦経験があった。そんな彼らにとっては南原城などは朝飯前の仕事だった。

「パン、パン、パン」

左軍が鉄砲を撃ち始めると、朝明連合軍の兵士たちは素早く頭を下げた。応戦がないとみると左軍の突撃隊はいとも簡単に城壁をよじ登った。すると、朝明連合軍はあっという間に総崩れ。朝明連合軍の兵士は、蜘蛛の子を散らせたように逃げてしまった。

「ウェイシアン（危険）」

南原城の総大将である楊元までもが、馬とともに城外に逃げ出してしまった。

「指揮将が逃げてしまいました」

「ひるむな！　敵を防げ」

総大将である楊元が逃げたことを知った李は奮闘したが、左軍の集中攻撃を受けあえなく戦死してしまった。指揮将を失った南原城は、頭部を切られた蛇のようになってしまった。残された兵はただ右往左往するしかなかった。

「皆殺しにしろ」

南原城を占領した左軍は、城に残っていた朝鮮と明の兵をすべて殺害した。その残虐さを僧侶として従軍していた慶念（キョウネン）（臼杵の安養寺の僧侶）は次のように記した。

〈兵士たちは城を占領した後、罪のない人々の財物をむやみに奪った。民家に侵入し、食器の磁器などを略奪した。罪もない人の首を手当たり次第に斬りつけた。親を失った子供たちは阿鼻叫喚の中で泣き叫んだ。略奪が終わった後には、必ず火をつけて全てを燃やしてしまった。家を燃やす煙と人を燃やす臭いが山河を覆った。正に生き地獄でその悲惨さは言葉では表現できない〉

左軍兵士たちは民家を略奪し、領主は朝鮮の陶工や大工など技術者を捕まえた。朝鮮の文化が優れていることを知っている彼らは、技術者たちを捕虜にして自分の領地に送った。薩摩の領主・島津は約百人の陶工を捕虜とし、強制的に領地に送った。現在、鹿児島で薩摩陶器を焼いている沈守官（一五代）は、その時、連れて行かれた陶工の沈堂吉（シム・ダンギル）の子孫である。

兎も角、左軍は破竹の勢いで南原を陥落させた後、休む暇もなく全州城を狙い北上した。

「倭軍が押し寄せています」

全州城を守っていた明の遊撃将・陳と朝鮮の指揮将・朴は、「倭軍が南原城を陥落し全州に押しかけてくる」という報告を受け、「衆寡敵せずです。もしかすると犬死になります」と言って、二人ともそのまま城を抜け出してしまった。指揮将が二人も同時に消えると残された兵士らはバラバラになってしまった。左軍は全州城も無血占領した。

行長の左軍が、南原城、全州城を次々と陥落した頃、清正の右軍は蔚山城と西生浦倭城に本陣を置き、金海と晋州を経て北上した。北上を続けた右軍は全州に入って左軍と合流することとなった。清正は、行長とは犬猿の仲だった。なので、彼と一緒に全州に留まりたくはなかった。

「ここでぐずぐずしている暇はありません。余勢を駆って漢城に上るべきです」

手柄を挙げたい清正は、左軍にいた毛利と黒田を誘った。

「そうしましょう」

左軍にいた二人が清正の意見に同意し、連合を成し北上することとなったが、行長はそのまま残った。そして清正は公州(コンジュ)を占領した。すると、

「ここから部隊を分けましょう。我が隊は東の方に向かいます」

清正は一万の兵力を率いて清州方向に進み、毛利と黒田は三万の兵力を率いて天安(チョンアン)に向かって北上した。

「我が隊が先鋒を担います」

黒田が志願し、自ら先頭に立った。

「では、我が隊は後方を担当しましょう」

血気盛んな黒田が先鋒に立つと、毛利はこれを受け入れた。先方を担った黒田隊は天安を占領し、本陣を後にしたまま、先鋒隊五千が稷山(ジクサン)に向かってさらに北上した。

そんな時、漢城の朝鮮朝廷に南原城と全州城が相次いで陥落したという急報が届いた。

「これは、一体どうすればいいのか」

宣祖王は顔色蒼白になり、大臣らに問うた。

「倭敵の狙いは都城であることは間違いありません。まずは危険を避けるべきと思います」

大臣の一人が危険を避けて、逃げるべきと言い出した。今までも、危機に際し城を捨て逃げ出した経験があったので、今度もそうすればいいのではとあまり考えもせず、いとも簡単に言い放った大臣の進言に王は驚いた。戦乱の初期、宮殿を捨て、逃げ出した王の行き先での苦労は甚だしく、今まで経験したことのないことばかりだった。

「王位を譲ってでも二度と宮殿を離れたくない」

攻めてくる敵軍を避けて逃げ出し、辺境である義州に北上する際には、誰も食糧を持ってこなかったため食べることもろくにできず、二日間飢えを経験したこともあった。生まれて初めてのことだった。明軍が参戦したそのおかげで漢城に復帰できて、やっと王として平常を取り戻したのに再び宮殿を出て、各地を彷徨うのは嫌だった。

夢にも経験したくなかった。その時だった。

「離宮などと、とんでもないことでございます。平壌には明軍が駐屯しています。そして我が訓練都監には鉄砲を扱うことができる三水軍がいます。まず、平壌にいる明軍に助けを要請し、訓練都監の三水軍と連合して漢江を防御線にすれば、倭敵を防ぐことは十分できます。壬辰年（1592）とは状況が違います。倭敵は簡単に都城に入ってくることはできません。ご諒察ください」

柳成龍だった。当時、領議政（正一品の官職）を務めていた。

「離宮をすることになれば、すべての大義名分を失うだけで得ることは何もありません」

柳は、王が再び都城を離れることにでもなれば、朝鮮王朝は滅びると思った。王朝の象徴である王が宮殿を抜け出し、逃げる姿を見せることになれば、朝鮮軍民の士気が地に落ち、戦いは難しい局面を迎える。明軍の助けで運よく都城に戻ることになったとしても都城を捨てた行為は非難され、責任を取らざるを得なくなるに違いない。

官職が一番高い柳成龍が力強く離宮を引き止めると、「では柳大臣に対策を任せよう」と王は言った。

「ありがたき幸せでございます。ではまず平壌にいる明軍に宣伝官を送ってください」

「直ちに言われた通りにしろ」

当時、平壌府には明軍の楊鎬(ヨウコウ)が駐屯していた。彼の職責は経理だった。明軍で経理は総司令官職だった。つまり、総司令官を説得して朝鮮と明の連合軍を編成し、敵軍を撃退するという案だった。使節としては李徳馨が派遣された。

「倭敵が漢江を渡ることになると漢城以北が再び敵軍の蹄に踏みにじられることになります。そうなると遼東も安全ではありません。朝鮮軍を率いて倭軍が漢江を渡れないよう、願い申し上げます」

明軍の総責任者である、楊は素直に「了解した」と答え、李の訴えを受け入れた。そして、彼が明軍を率いて漢城に入った際に、都城の町中では「南原城が陥落し、明軍の兵士と朝鮮人が惨殺された。倭軍は朝鮮の人々を皆殺しにするそうだ。早く逃げたほうがよい」と上を下への大騒ぎとなっていた。

行長率いる左軍が南原と全州を占領した後に行われた蛮行は噂になり、都城の民心が動揺した。一時、地方に避難をしていた王が漢城に戻ったことを知り、都城に戻っていた両班貴族らも急いで荷物をまとめ、再び漢城を抜け出していた。

『この雰囲気を変えなければならない。まずは軍事会議を開こう』

都城に入って民が動揺するのを見た楊は、直ちに会議を招集した。

ところが、「敵の軍勢が大軍で形勢不利です。勝ち目がなくここは一時後退して援軍を待った方がよいと思います」と明の提督である麻貴（マキ）が言い出した。まさか味方に冷水をかけられた楊は、即座に「何を言う。いくら敵の数が多いといっても烏合の衆にすぎない。明軍は皇帝に仕える天軍である。農民の寄せ集めにすぎない倭敵などが怖くて逃げるなど、恥を知れ！」と大声を出し、叱った。

そして、「倭軍が漢江を渡るのをここに座して待つことはない。我らこそが漢江を渡り、倭軍を急襲するのが有利だろう。全軍は進軍する準備をせよ」

楊は、積極的に戦おうとする自分の意思を明らかにした。明軍総司令官が戦う意欲を表明すると提督をはじめ戦に消極的だった明軍の指揮将らは、反論できずに従うしかなかった。総司令官の命令により明軍の中から八千名が選抜された。明軍の精鋭だった、その八千が先鋒になり漢城の南にある崇礼門（南大門）を通り抜けるとその後を朝鮮軍が続いた。訓練都監所属の三手兵たちだった。

「皆、命を大事にしろ」

朝鮮軍服の一人が周りを見回し、仲間に朝鮮語で話しかけたがどことなくぎこちなかった。顔は髭もじゃで、よく見ると他ならぬ鳥衛門だった。彼の傍には矢一と拓郎がいて、後列には金ソバンも見えた。訓練都監所属の彼らは、明軍と連合隊を形成するため朝鮮軍精鋭として選ばれたのである。

明と朝鮮軍の連合軍が浮橋を設置し、漢江を渡る時には王が自ら河辺まで出てきて彼らを見送った。それだけ連合軍に期待は大きかった。王としては頼れる最後の手段だった。彼らが敗退すれば、王は漢城を去らねばならなかった。

時は旧暦九月六日、夜陰が漂う夕刻、やっと明朝連合軍は川を渡り終わった。王は嫌な顔もせずその始終を見届けた。

一方、右軍の先鋒を担った黒田は漢城の南、京畿地域の平沢(ピョンテク)に向かって北上していた。

「敵が接近しています」

斥候が明軍の動きを捉えて報告すると「戦力を把握せよ」と、黒田は明軍の戦力を把握するため先発隊を送り込み待ち伏せさせた。

「パン、パン、パン」

「うわっ！」

最前列の明軍兵士に向かって、先発隊が鉄砲で攻撃を仕掛けた。

「倭軍だ！」

「応戦しろ」

「ドーン」

直ぐ、明軍側から大砲が発砲された。

「ドカン」

中軍と右軍、左軍に分かれた明軍は三方から黒田隊を包囲し、応戦した。大砲の攻撃を受けた黒田隊の先発隊は後退せざるを得なかった。

「敵の軍勢多数、大砲を所持しています」

黒田に敵の状況を報告した。

「全軍は戦に備えろ」

一方、明の楊総司令官は黒田隊の先発隊が退くのを見て勝機を掴んだと思った。

「進め、敵を逃さず進め」

夜を徹して南下した朝明連合軍は翌日、黎明が昇る頃、黒田隊の主力に出くわした。

「撃て！」

「ドーン、ドーン」明軍の大砲から砲弾が放たれた。

「パン、パン、パン」続いて朝鮮軍側から鉄砲の音が響いた。鳥衛門が率いる鉄砲隊からの発砲だった。鉄砲隊は巧みに鉄砲を操った。鉄砲隊の軍官（将校）に昇進した鳥衛門の教えが実を結んだ。鳥衛門の射撃の正確さは、まさに鶏群の一鶴だった。ほぼ百発百中だった。

「さすがですねえ」

朝鮮兵砲手たちは彼に賛辞を送った。

撃たれた敵兵が倒れる度に士気が上がった。漢城を出発して南下する際、朝鮮出身の将兵たちは、鳥衛門ら降倭組が裏切らないかと疑いを持っていた。ところが、彼らは何の躊躇なく相手を狙い撃った。それを見た朝鮮出身の将兵らはそのような懸念を捨てざるを得なかった。

「列を整え。銃口を磨き、芯に火をつけて、狙いを定めろ。撃て！」

鉄砲隊の頭として軍官の階級を持つ鳥衛門の命令に従って、朝鮮の三手兵が一糸乱れずに動いた。何かにつけ降倭出身だと疑っていた朝鮮兵たちも素直に従った。

「チュイ、チュイ（すごい、すごい）」

鳥衛門の指揮と朝鮮の三手兵の活躍ぶりを見た明軍兵士も賛辞を送った。漢江を渡り、水原を通るまでは、明軍兵士は朝鮮軍を烏合の衆と見下していた。ところが、いざ戦が始まるとその認識ががらっと変わった。

「我らを虫ケラを見るようにしていた明軍が我らを褒めている」

「そうだな。じゃ、明軍に我らの腕をもっと見せようかな」

「パン、パン、パン」

調子に乗った砲手たちは激しく鉄砲を放った。鉄砲を浴びて相手がぴょんぴょんと飛び上がり倒れた。

「朝鮮軍も鉄砲を持っているのか」

相手が当惑する様子がありありだった。

相手が戸惑うと士気が高まった。朝明連合軍は黒田隊の本陣に攻め込み、肉薄戦が繰り広げられた。

「下がるな！」

黒田が兵を督励したが、士気が上がった朝明連合軍の勢いを止めることはできなかった。

遠征軍が朝鮮を侵略した際に、朝鮮軍兵士は鉄砲の音を聞いただけで逃げ出した。ところが、稷山の戦いから状況が変わってきた。黒田隊の兵士たちはまず朝鮮軍が鉄砲を所持していたことに驚いた。しかも鉄砲の操りや射撃がかなり上手だった。訓練を受けなくては命中させるのが難しいのが鉄砲だ。ところが朝鮮軍の射撃は非常に正確だった。彼らは単なる寄せ集めではなく、かなり訓練を受けた精鋭だと気づいた。黒田隊側は戸惑い始めた。それだけではなかった。

「ドーン。ドーン」

明軍の大砲は鉄砲より遠いところから放たれた。ドーンという音が聞こえるとすぐさま砲弾が飛んできてドカンと爆発した。

砲弾が落ちた所には土煙が上がり、当たった兵の体の一部や血が飛び散った。鉄砲の一発では一人を倒せるのがやっとだった。それに比べ、砲弾一発では数十人が殺傷を負った。予想できない展開に黒田隊の士気はかなり落ち込んだ。そこに相手が肉薄戦を仕掛けてきた。

「仕方あるまい。退け！」

朝明連合軍の怒濤のような攻撃に不利を感じた黒田はやむを得ず後退命令を出した。

相手が逃げ出すと朝明連合軍の士気はさらに高まった。必死で逃げた黒田隊は、後方にいた毛利隊の助けをかりて九死に一生を得た。

やむを得ず毛利と共に清州（チョンジュ）に退いた黒田は、清州に陣を取っていた清正隊と合流した。そして、清正隊と連合した黒田は雪辱するためにすぐ反撃を仕掛けた。数的には右軍の連合隊が優勢だったが、士気は朝明連合軍が高かった。一進一退が繰り広げられた。

「下がるな！」

殊に黒田は執念深かったが、朝明連合軍も粘り強かった。結局、勝負はつかず、戦況は膠着状態に陥った。

「近いところに、二番隊の奴らがいるぞ。あの旗は間違いない」

斥候の矢一が戻り、鳥衛門に伝えた。膠着状態ではあるが、あちこちで小規模な戦闘は続いていた。

「おそらく斥候隊のようだ。こっちに来そうだ」

それを聞いた鳥衛門は、「よし、待ち伏せしよう」と言った。

鳥衛門は二番隊と言われて、すぐ吾郎のことを思い浮かべた。漢城に駐屯していた時、清正率いる二番隊の兵士と揉め事があった。その結果、吾郎が斬首となったことがあった。その時のことが脳裏をかすめた。

「おい、キム。兵士たちに待ち伏せをするように伝えてくれ」

鳥衛門は、木々で生い茂り、前方が塞がった丘に登り、金ソバンに日本語で指示した。金ソバンはこれを直ちに朝鮮語で砲手らに伝えた。金ソバンは砲手として戦う一方、鳥衛門の通訳も担っていた。相手の戦術を熟知した鳥衛門は独自に動くことが多かった。そこに清正の別働隊が引っかかったのだ。

鳥衛門は自分を裏切り者とは感じていなかった。当時、日本は統一国家ではなく、各地域は領主を中心に独立しており、領地が違えば他国同然だったからだ。地域によっては言葉も違い、国といっても今の世のように言葉も意識も一体感はなかった。鳥衛門は行長の一番隊に所属して朝鮮に渡ってきたが、自分の主君である行長と二番隊を率いている清正は犬猿の仲だった。これは兵士たちにも広く知られたことだった。しかも親友の子である吾郎が二番隊の兵士との喧嘩に巻き込まれ、処刑されたことが清正の意思によったことも知っていた。秀吉を頂点にした場合には互いに味方ではあるが、主君を中心にした場合には行長隊と清正隊の兵士は互いにいがみ合う間柄で、もとより裏切るも裏切らないもなかった。以前から鳥衛門にとっては二番隊は敵同然だった。しかも、今は朝鮮側に立って戦う立場だった。正に敵だった。

鳥衛門指揮下の朝鮮軍が待ち伏せしている森に、二十人ほどの足軽が山道を登ってきていた。それを見た鳥衛門が手を口に当てて、「シィッ」と注意を払うと、朝鮮兵たちは素早く鉄砲の狙いを定めた。

「間違いなく二番隊の奴らだ」

坂道を登ってくる足軽の背後に翻る旗には、桔梗の葉の紋様がはっきり刻まれていた。清正が使っていた紋様は二種類あった。一つは桔梗の葉の形と、もう一つは大きな丸に小さな丸を重ねた紋様だった。外側の丸は黒で内側の丸は白だった。人々はそれを蛇の瞳に似ていることから「蛇の目紋様」とも呼んだ。

鳥衛門の片手が空を向けてすっと上がった。発砲の合図である。砲手は火縄を火薬に付け、引き金を引いた。

「パン、パン、パン」

鳥衛門が最初に発砲し、続いて朝鮮軍砲手が発砲した。銃口から一斉に鉛弾が飛び出した。

「キャー。ウワッ！」

「待ち伏せだ。逃げろ！」

先頭の足軽は即死。後方の兵士たちは急襲に驚き、抵抗することなく坂道を一目散に逃げ出した。相手が一体、誰なのかも分からないままだった。

「パン、パン、パン」

鳥衛門と砲手らは、銃弾を素早く装填し、逃げ出す彼らの背中目がけて銃弾の雨を浴びせた。何人かがバタバタと倒れた。

相手が逃げ去ると朝鮮兵から歓声が上がった。この攻撃で敵兵十二人の首を取った。

「手柄を高く評価する」

鳥衛門率いる砲手隊の一行には戦功が認められ、褒美の反物と肉が配られた。

ウルドルモック（鳴梁海峡）の海戦

漢城の南にある稷山で朝明連合軍と黒田隊を含む右軍の連合隊が一進一退を繰り広げていた、その頃、臨時統制営を設置した李舜臣は、戦船と武器を整備する一方、兵糧を集めることに余念がなかった。

「海南の於蘭浦（オランポ）の方に倭船が現れました」

見張り番から報告が上がってきた。

「何隻か？」

「十三隻です」

「直ちに出撃の準備を」

李舜臣は、ためらいなく即座に出撃を命じた。海南の於蘭浦は統制営が設置された珍島から一刻ほどの場所だった。李舜臣の命令に従い、水軍の兵士たちは直ちに船に乗り込んだ。

季節は、既に秋の気配に変わっていた。海は澄み、秋風を受けた帆がふくれあがった。

「櫓を漕げ」

漕ぎ手に檄が飛んだ。

「ざぶ〜ん」

櫓が打ち鳴らす音が海上に響いた。板屋船が速度を上げ、於蘭浦に接近する。

「逃げろ」板屋船をみた足軽らが慌てた。

「火砲を撃て」

倭船が逃げ出すと板屋船の火砲が火を吹いた。

「ドーン。ドーン」

「ドカン、ドカン」

「バリバリ」

砲弾が落ちた海から水柱が立ち、遠征軍兵士の乗っていた二隻が損傷を受けた。兵士たちは海に放り出され、海を漂った。

「助けて」

海に落ちた兵士は必死に助けを求めたが、砲弾に驚いた兵士たちは仲間を助けるよりも、逃げるのに精一杯だった。遠征軍の船は小さい関船のため、大きな朝鮮の板屋船より動きが速かった。

「船を回せ！」

李舜臣は、倭船をあえて深追いしなかった。ただ壊れた倭船から武器、戦利品を収拾し、統制営に帰還した。

「釜山浦にいる倭軍を相手にするにはまだまだ戦力が足りない」

決着をつけるには、今は時期尚早と思った。統制営に戻ると、武将の金億秋（キム・オクチュ）が全羅右水使に任命されたと挨拶に立ち寄った。元水使であった李億祺が漆川梁で戦死して以来、全羅右水使はしばらく空席であった。その任を担うことになった金は、「統制使殿、稷山で倭軍と朝明連合軍が接戦を繰り広げているそうです」と戦況を報告した。

　内容を聞いた李舜臣は、「うむ」と呻きのような声を発した。

　そして、言った。

「我が水軍が海をしっかりと守ることができなければ、陸軍は挟み撃ちを受けるでしょう。そうなると戦況はもっと悪くなる。正に朝鮮の命運は我が水軍にかかっていると言っても過言ではない。それだけに常に万端の準備を整え、いざという時の出陣に備えてくれ」

　普通であれば新任の水使にお祝いの言葉を伝える場だった。ところが、李舜臣は出陣に備えることを伝え、気を引き締めた。

　一方、朝鮮水軍にやられ逃げ出した遠征軍は東方の本陣に戻った。

「朝鮮水軍の攻撃を受け二隻の船がやられ、多くの兵士が死傷しました」

「ナニ？　海で我々に抵抗する敵の船がどこにあるのか！」

　指揮将の藤堂は、朝鮮水軍は壊滅したと思っていた。朝鮮軍は海の戦力を陸に回し、陸戦を助けていると聞いたのに、壊滅したという朝鮮水軍に味方がやられたとはどういうことだ。藤堂は、味方が朝鮮水軍にやられたという報告を信じられなかった。

藤堂はすぐさま加藤義明、脇坂、来島を呼び軍議を開いた。

「あの李舜臣が復帰し、朝鮮水軍を率いているようです」

「うむ、そりゃ大変だ」

李舜臣が戻ったことに、加藤と来島が反応すると、「いくら李舜臣でも、壊滅した朝鮮水軍を彼一人では何もできるはずがない。牙と爪が抜けた虎にすぎない」と、藤堂をはじめ諸将が李舜臣の復帰に慌てた様子を見せたことに、脇坂が大声で言い放った。

すると、来島が同調し言った。

「一理ある。李舜臣を捕まえる好機かもしれない」

合わせるように、脇坂が自信満々で公言した。

「今度こそ李舜臣の首を取る機会です。首を取って太閤殿下に送るべきです」

脇坂は漢山島の戦いで李舜臣に大敗した苦い経験があった。彼は秘かに雪辱を期していたのだ。

「李舜臣さえ倒せば朝鮮の海は我が軍のもの。そうなれば煩わしいことは何一つない。朝鮮の西海も我々の手に入り、海上で陸軍を支援しながら漢城に上がることができる。それこそ一石二鳥でしょう」

加藤も同調し口添えした。指揮将の意気投合ですぐ戦闘が決まった。戦船三百隻余りを率いた藤堂は、光陽(クァンヤン)を発ち、於蘭浦に向かった。攻撃を受けたと報告された於蘭浦の沖に着いたが、朝鮮水軍は影も見えなかった。

「ウハハハ。我が軍の勢力をみて李舜臣もさすがに恐れおののいたのだろ。そのまま西進せよ」

当時、朝鮮側には慶尚右水使の裵が引き連れてきた板屋船十二隻と鹿島の万戸（従四品の武官）である宋が乗ってきた板屋船一隻がすべてだった。他に鮑獲りが乗り回す小型漁船が三十隻ほどあったが、これは戦闘用というより連絡や斥候のためのものだった。結局、朝鮮軍の板屋船十三隻と遠征軍の三百隻との対決の構図となった。

一方、相手が西に向かっていることを知った朝鮮水軍は慌ただしくなった。

「衆寡敵せずで、海を諦めた方が良いです。船を捨て、陸軍と合流した方が得策です」

慶尚右水使の裵は、戦況がかなり不利であることを察し、李舜臣に陸地に後退することを進言した。

李舜臣は毅然と言い放った。

「私の所見は右水使とは違う。我が軍の戦力が不十分で、不利ではあるが、この海を倭軍に渡してしまえば陸地も決して安全ではない。海を捨てて陸上に逃げることは、姑息な考えであり、その場しのぎにすぎない」

「……」

陸地に後退という自分の意見が受け入れられないと裵は何も言わずに会議の席を立った。そして、翌日から彼の姿を見た将兵はいなかった。

一方、遠征軍艦隊を率いた藤堂は意気揚々として西に進んだ。

「海峡です。海の流れが速く激しいです。遠回りしましょうか？」

先鋒で航海していた斥候船から、鳴梁(ミョンリャン)海峡の潮の流れが激しいことから遠回りすべきかどうかを問い合わせてきた。

「怖がることはない。進め！」

藤堂は発した。朝鮮水軍の戦力を見下した彼は、わざわざ遠回りして、手間をかけることはないと思ったのだ。

潮流は激しいが鳴梁海峡を避けてまで遠回りはしたくなかった。圧倒的な軍勢を確信していた藤堂は、海南(ヘナム)半島と珍島に挟まれた海峡を通過することに決めた。

一方、相手の接近を知った李舜臣は偵察隊を派遣し、敵軍の動きを隈なく把握していた。

「先発隊と思える約五十隻は、すでに於蘭浦の沖を通過しました」

偵察隊を率いていた軍官の任が報告した。

「直ちに全羅右水営に伝令を急派し、海辺にいる民を全て陸に避難させよ」

李舜臣はまず漁民を避難させた。そして、板屋船十三隻と三十隻余の鮑獲り船を率いて鳴梁海峡の西側に陣を移した。

「優勢な倭軍を討つには、潮の流れが速い鳴梁海峡が最も良い。倭船を誘引して一気に攻撃すれば、勝ち目はある」

海峡が見える場所に陣を敷いた李舜臣は、水軍を集め訓示した。

「兵書に必死即生、必生即死（死ぬことを覚悟すれば生き、生きることを考えれば死ぬ）とある。一人当たり百、勇ましい一人が百名を退治できる。すべての将兵が死ぬ覚悟で敵に立ち向かえば勝ち目はある。勝利したら褒美をつかわそう。しかし、敵に怯え、軍令を破ったり、逃げだす者には、誰であっても容赦はしない。みんな、勇ましく戦え。そして勝利を手に入れよう」

「お、お、お……」

巨済県令（従五品）の安衛（アン・ウィ）が太刀を抜いて士気を鼓舞した。すると兵士が歓声を上げた。時は、陰暦九月十六日の未明だった。

「敵の船は海峡に入りました。先発隊だけではありません。全軍が入っています。その数が数え切れないほどです」

見張り番の兵士が息を切らして駆け込んできた。司令部である右水営には多くの漁民が避難していた。李舜臣は、漁民に色とりどりの旗を配った。そして、「漁民は後方にいて、戦況が我が軍に不利となったら素早く遠くへ逃げるようにしなさい」

漁民たちは戦には参加しないが、船に乗り水軍の後方につくように言ったのだ。朝鮮水軍も数では負けないぞと相手を欺くための欺瞞戦術だった。

「錨を上げろ！　進め！」

「ツアッ、ツアッ」

朝鮮水軍の板屋船が海峡に向かって進むと、先に相手の戦船が鳴梁海峡に入っているのが見えた。そこは激しい潮流で渦巻がしばしば起こる海域だった。朝鮮の固有語でウルドルモックと呼ばれ、海が鳴るという意味である。そんなことから、海峡の名が漢字で「鳴梁」と当てられたのである。名の通り、南海岸で最も狭く、流れの速い水路だった。

「うむ」

おびただしい数の軍船が鳴梁海峡を埋め尽くした。船上には色とりどりの華やかな旗がはためいていた。遠くからそれをみた李舜臣が静かに歯を噛んだ。

「鼓手は進撃の太鼓を打ち鳴らせ」

相手の勢いに押された兵士が気落ちしていることを察し、李舜臣が士気を高めた。

「ドゥン、ドゥン、ドゥン」

太鼓の音が海上に響き渡った。

続いて、旗が大きく振られた。李舜臣の大将船が先頭を切って進んだ。

「ドーン。ドーン。ドーン」

海峡に近づいた李舜臣の船から銃筒が火を吹いた。最前線の倭船に向かって砲弾は一直線に飛んだ。

「ドカン」

砲弾は倭船の腹部を打ち破ると中から爆発が起きた。火炎が上がり、兵士たちの悲鳴が上がった。

「バリ、バリ、バリ」

船はバランスを失い、海峡の渦に巻き込まれてあっという間に沈んだ。

「わあぁぁぁ……」

朝鮮水軍側から大きな歓声があがった。

すると「反撃しろ！」と倭船から、怒号のような号令がかかった。倭船は一団を成して、朝鮮水軍の船を囲んだ。

「パン、パン、パン」

足軽たちは鉄砲を撃ちながら朝鮮水軍の板屋船に飛びかかった。彼らが、板屋船に乗り込もうとした、その時だった。

「ツアッ、ツアッ」

潮流が向きを変え、激しく波がぶつかり合った。潮の流れが変わったと思ったら、波と波が互いにぶつかり合い海が暴れ出した。

「おやおや」

海峡に進んでいた倭船が揺れ始め、波と渦に巻き込まれた。

「ガチャーン」「バリバリ……」

荒れ狂う波と潮の渦に巻き込まれた倭船は方向を失い、船同士が激しくぶつかり合った。小さな小早船はウルドルモックの海流に巻き込まれ、翻弄された。

「撃て！」

朝鮮水軍はよろめく倭船を攻撃した。

「ドーン、ドーン」

倭船より大きく甲板が高い、朝鮮の戦船は倭船ほど波の影響を受けなかった。しかし、それでも激しく渦に巻き込まれた。揺れる朝鮮の船はあっちこっちで小さな倭船とぶつかり合った。

「バリバリ」

左右に揺れながら近くにいた味方の船にぶつかると方向性を失って、右往左往するだけだった。波に揺られ、船にぶつけられた兵士らは海に落ちた。

「ギャー」「ウワッ」

悲鳴が絶え間なく海原に響いた。

「この機を逃すな。総攻撃せよ」

勝機を掴んだと思った李舜臣は総攻撃を命じた。李舜臣の船から旗がするすると上がる。攻撃の合図だった。

「味方の船が付いてきません」

将校の叫び声を聞き、李舜臣が後ろを振り向くとなんと言うことか。確かに周辺に味方の船がいない。味方の戦船はさらに後方でもじもじしていた。

「何をしている！」

荒々しい海で孤軍奮闘していた李舜臣は、血が逆流した。

「旗を振れ。笛を吹け。早く呼べ！」

旗手が味方を呼ぶ招揺旗を振ると、やっと対岸の火事とばかり遠巻きにしていた戦船が動き始めた。巨済県令の安衛が真っ先に近づいた。怒った李舜臣は安衛の船に近づき、船の甲板にいる彼に向かって大声を上げた。

「安衛よ、お前は軍律で死ぬ気か。戦を避けて逃げられると思うか？」

李舜臣の怒声が響いた。李舜臣は船上の将兵に命じた。

「攻撃しろ」

安衛の船が李舜臣に先立って敵陣の真ん中に滑り込んだ。

続くように他の軍船が近づいた。そこにいる将校に李舜臣が叫んだ。

「貴様は、中軍の将であるにもかかわらず大将を助けずに遠く離れて何をしているのだ。すぐにでも貴様を処刑したいが、戦いの最中ではそれができないことを幸いだと思え。敵と戦い、手柄をあげることが罪を免れる唯一の道だ」

将校は許しを請うように頭を下げた。

将校は「進撃せよ」と命令を発し、海峡の渦に向かって進んだ。

「巨済県令が危ない。船を回せ」

その時、敵船に向かって真っ先に進んだ安衛の船が敵船に囲まれ、攻撃を受けるのを見た李舜臣は、直ちに自分の船を回し、彼を援護した。敵兵の一部は既に安衛の船によじ登り甲板で攻撃を仕掛けていた。

「ドーン、ドーン」

李舜臣の船から大砲が放たれた。

「ドカーン」「バリバリ」

安衛の船を取り囲んでいた倭船が破壊された。

「矢を射ろ」

砲弾を受けた倭船が安衛の船から離れると、至近距離から射られた矢は敵兵の胴体に当たった。朝鮮水軍が矢で攻撃をしかけてくると、安衛の船に乗り込んでいた足軽たちは海に飛び込んだ。

「撃て！」

朝鮮水軍の士気が上がると、朝鮮軍指揮官が板屋船を引き、ウルドルモックに入ってきた。

「倭船を挟み撃ちせよ」

板屋船が次々と相手の船を押し潰した。倭船の多くを占める関船は、その規模は板屋船より小さく、板屋船にぶつかればあっという間に破壊された。機動力はあって敵の船に接近し乗り込むには有用だったが、軽いため大きな船となると呆気なく壊れてしまった。しかも関船は海水に触れる船の吃水線が狭い尖底船だった。海を滑る時は安定感があるが、回転となると海水が邪魔になり、大きく回り込まなければならなかった。

ところが、ウルドルモックの潮流は荒いし各所に渦が巻いていた。関船は思い通りに回転できず苦戦を強いられた。それに比べ、板屋船は、船の底が平面で、航海する時は波に揺さぶられるのが短所だった。しかし、方向転換、回転するときは海水の抵抗が弱く、ウルドルモックの狭い海峡では、それが幸いし、倭船に比べて動き易かったのだ。それだけではなかった。板屋船には朝鮮に多い松の木が材料として使われた。反面、関船には杉やモミが材料として使われた。材質の面では松の木がはるかに強かった。船の数は少なかったが、操船の自由が効き、強い材質の板屋船は、相手の関船とぶつかっても強力だったのである。また板屋船は、船の構造として喫水線が高く、関船を上から見下ろすことができた。ウルドルモックの渦に巻き込まれて甲板の上で右往左往する相手の姿が朝鮮兵の格好の標的にされた。目の前の敵兵は朝鮮兵の餌食になるしかなかった。

「ドン、ドン、ドン……」

朝鮮水軍の船からどっしりとした太鼓の音が響き渡った。負けると思っていた戦いで、一転、優勢となるや調子に乗った朝鮮兵の叩き手は棒をしっかり握って太鼓を叩いた。

「あの赤い絹の鎧を着た男は、来島という武将です。あの者を捕らえるべきです」

朝鮮の板屋船には降倭と呼ばれた倭国の男たちが乗り込んでいた。その一人が李舜臣に向かって叫んだ。

ジュンサと呼ばれた男だ。朝鮮軍に降伏し、李舜臣の下で仕えていた。相手の状況に詳しいからと、李舜臣はジュンサを自分の船に乗せてきた。

「あの者を引き上げろ」

兵士が直ちに鉤を投げ、海に浮かぶ倭国の武将をすくい上げた。砲弾が直接に当たったのか、胸の一部が陥没して既に息は切れていた。

「間違いないです。来島という武将です」

「首を棒に締め、高く上げろ」

敵将の首級を取ったという噂が広がると、朝鮮水軍の喊声が天を着くほど高く響いた。

「ナニ？　来島殿が？」

指揮将の一人である来島が戦死したことを知った遠征軍の首脳部は嘆いた。

これを機に戦況は完全に朝鮮水軍に傾いた。

遠征軍の関船はウルドルモックで散々な目に遭った。朝鮮水軍の放った砲弾で船は次々に破壊され、沈没。来島のほかにも指揮将級の武将が相次いで戦死した。総大将だった藤堂も手に大きな傷を負った。

「これ以上は無理だ。下がるしかない。退け！」

十倍以上の戦力を誇り自信満々に進軍してきたが、ここは一旦、後退するしかなかった。遠回りを避け、あえて狭くて危険な鳴梁海峡を通ったが、これが裏目に出た。渦巻くウルドルモックの海に塞がれ、朝鮮水軍の激しい体当たり攻撃に立ち向かうすべがなかった。来島のような大名の死傷者も出てしまった。総大将の藤堂はこれ以上戦うのは無理と判断した。

「畜生！」

脇坂の口から罵声が出た。主戦派で短気な彼は戦闘では後れを取ることなどなかった。文禄元年（1592）の龍仁の戦いでは、少数の兵力で朝鮮の大軍を退けたことがある。このときの成功体験が、彼として朝鮮軍を軽んじることとなったのである。それも李舜臣に二度も敗れる羽目になったのは悔しかった。

閑山島の海戦で大敗した後、歯ぎしりしながら六年の歳月を待っていたが、またもや敗れてしまったのだ。元均が率いた朝鮮水軍が壊滅し、李舜臣が統制使に復帰したという噂を聞いた時、雪辱の機会と思い、万端の準備をしてきた。しかも朝鮮の兵船は数隻しか残らず、戦力もみすぼらしかった。大人と赤ん坊ほどの戦力差であった。誰一人、敗北を想像した武将はいなかった。

「今度こそ、借りを返すとき……」

雪辱のため出陣を強く主張したのも彼だった。鳴梁海峡が狭く潮の流れが速く、危険であることを知らないわけではなかった。

「むしろ逃げる朝鮮水軍を誘引して一網打尽にする良い機会です。我々が狭い海峡に入れば、朝鮮水軍は必ず攻撃に出るはずです。そこを狙って挟み撃ちをすれば完勝でしょう。今の戦力では、いくら李舜臣といえども手も足も出ないでしょう。李舜臣を捕らえる絶好の機会です」

脇坂の自信に満ち溢れた様子に総大将・藤堂と他の武将たちは頷いた。同意を得た脇坂は自ら先陣を切ったのだった。

「必ず李舜臣の首を取る」

腹に決めた脇坂は鳴梁海峡に真っ先に突入した。ところが、結果は惨憺たるものだった。ウルドルモックの激しい潮流と渦巻きを前に、彼は何もできなかった。ただ潮の流れに身を任せ、多くの将兵を亡くし、退くしかなかった。

一方、鳴梁の海峡を埋め尽くした敵船が逃げ出すと、右水営の裏山に登って海戦の一部始終を見ていた漁民たちが歓声を上げた。

「おお、敵が逃げてるぞ。勝った、勝った」

計り知れないほどの相手の大船団が鳴梁海峡に押し寄せた。それに立ち向かう朝鮮水軍はわずか十三隻の板屋船と鮑獲り漁船だけだった。戦知らずの者からしても、鶏卵で岩を打つようなものと見えた。相手の勢いを止めることは到底できないと思われた。漁民たちが右水営の丘に登ったのも朝鮮水軍が敗れるのを見届け、いつ逃げ出すかを判断するためだった。誰が見ても朝鮮側の勝ち目は最初からなかった。

「あれを見ろ。あれを！」

ところが、勢いよくウルドルモックに突き進んだ倭船が渦に巻き込まれてよろめいた。そして、一隻、二隻、倭船が海中に消えた。朝鮮水軍の船は悠々と海上をすべり倭船を攻撃し、体当たりした。

漁民たちは我が目を疑った。

「勝ったぞ、水軍が勝ったぞ。神様、仏様、統制使様」

漁民たちは涙を流して喜んだ。

「船を回せ！」

相手が逃げ出すと李舜臣は追跡を止め、鳴梁海峡を出て務安（ムアン）の島に向かった。戦力が上回る相手が再攻撃に来ることを懸念したのである。

李舜臣の船を先頭に朝鮮水軍の船団が務安の方面に進むと、沖にいた漁船三百隻余りが後に並んだ。

「恩返しをしないと」

「お怪我はございませんか？」

「些細なものですが、これをどうぞ」

朝鮮水軍に付いて、島に上陸した漁民たちは食糧をかき集め、餅を作り、牛や豚肉を水軍の兵士に配った。

「有難う。兵士たちは感謝の気持ちを持って頂くだろう」

李舜臣は素直に受け取り、兵士たちと共にそれを食べ空腹を満たした。

「良かった、良かった」

水軍兵士と漁民たちは共に勝利の喜びを分かち合った。

ウルドルモックの海戦で、遠征軍の船隊は半数以上が壊滅、武将の多くと兵士が海の藻屑となった。それに比し、朝鮮水軍の損害は、戦船も死傷者も少なかった。

戦には優秀な指揮官がどれだけ重要か。

李舜臣の助けで生き残った巨済県令の安衛は、今更のように元均と李舜臣の能力と戦の姿勢を比較した。戦の最中に、自分も衆寡敵せずと思い込み、攻撃をためらった。李舜臣に厳しく叱られ、死ぬ覚悟で戦闘に参加し、手柄を立てることができた。もし、あのまま逃げていたら今頃は処刑されたはずだった。李舜臣の指揮に頭が下がった。

すべての職務と官職、地位には責務が付き、その責務を遂行するために権威と権限が与えられる。にもかかわらず元均は自分に与えられた責務をほったらかし、責務のために与えられた権威と権限だけを振りかざした。一方、李舜臣は与えられた責務に従って最善を尽くそうと努力した。権威と権限は、軍律を確立するためにのみ厳しく適用した。戦力が足りなくても与えられた責務に従って最善を尽くした。危機的な状況においても逃げることなく死を覚悟した。その結果、勝利を手にした。反面、元均は死を恐れ、いざ戦いが始まったら最高指揮官として相手に立ち向かうより簡単に諦め、逃げ出した。一人でも兵士が大事なのに兵士だけでなく兵糧や武器などを疎かに扱った。公私の区別もなかった。自分の行動が戦況にどのような影響を及ぼすのか。

相手の北上で朝廷と村民がどうなるのか。思慮もなかった。それに対して、李舜臣は敗色が濃くなり、いざという時、漁民らが敵兵からの被害をできるだけ避けるように深く考え、逃げる算段までつけていたのである。

「ふ～～っ」

大きく溜息をついた安衛は、李舜臣を訪れた。

「愚かな行動をしてしまいました。お許しください」

許しを請うた。

李舜臣は彼を励ました。そして、王に報告する書状には安衛の功績を讃えた。

「もう終わった話だ。敵船に向かって進撃したあの姿はあっぱれだった。これからもっと活躍してほしい」

〈臣が海南沖で倭軍を退けたことで報告を申し上げます。倭軍が西海を通り都城に向かうという情報を得て、臣は戦船十三隻と鮑獲り船三十隻に水軍兵士を乗せ、海南の要所で待ち伏せをしました。倭船は最初、百三十隻が水路に入ってきました。全羅右水使と助防将、巨済県令たちと共に珍島の沖に進み、倭船の進出を防ぐために攻撃を仕掛けました。戦力の差はありましたが、死を覚悟して力戦し敵の船を打ち破り、倭軍を撃退しました。多くの倭船が海に沈み、倭兵の多くが戦死しました。陣中の降倭が赤い鎧と兜を被った倭敵を指し、敵将と伝えたため海に落ちた彼を引き上げ打ち首にしました。大将を失った倭軍はそのまま逃走、倭船から獲得した戦利品の中には色鮮やかな絹の服と漆函、漆木器、槍などが沢山ありました。この戦いの結果、倭軍が西海を通って都城に進もうとする道は遮断されました。朝鮮水軍を率いて、この関門を死

ぬ覚悟で防ぎます。よって倭軍が西海を通って都城に上ることはできません。ご心配なさらないでください〉

書状を受け取り、内容を知った王の宣祖は大いに喜んだ。

これほど喜ばしいことはない。舜臣に崇禄大夫（従一品）の位階を与えよ」

先日、南原城と全州城が日本の左軍の手に墜ちた後、北上する相手を防ぐために朝明連合軍を派遣したが、これといった戦勝報告がなかったので王は焦っていた。そんなときに李舜臣からの勝利報告であった。王は満面の笑みを浮かべ喜んだ。

「恐れ入ります。舜臣の爵位はすでに高く、これを上げてしまうと、次の戦いで勝利した折には与える爵位がなくなってしまいます。諸事情を推し量らなければなりません」

王が喜びすぎて従一品の爵位を下賜しようとすると統制使を警戒する西人派の大臣がそれを引き止めた。

「それなら、銀貨二十両を送り、巨済県令の安衛には統政大夫（正三品）を与えなさい。その他、功を立てた武将全員に褒美としてふさわしい官位を与えよ」

鳴梁海戦の勝利を王の宣祖がどれほど喜んだかが伺えた。一方、明の総司令官である楊鎬は鳴梁海峡の勝利を聞き、次のように評した。

「このような勝利は最近としては珍しい快勝であろう。直接、祝うのが道理だが遠く離れていて、それができないことが残念である。代わりに絹の反物を送る」

王の宣祖と明の最高司令官に褒められ、勝利に酔いしれるのが普通なのだが、李舜臣はそうではなかった。

「まだ倭軍が壊滅したわけではない。備えあれば患いなし。次の戦いに備えなければならない」

李舜臣は直ちに統制営を移すことにした。少ない戦力で相手と戦うためには地形で有利な場所を探さなければならなかった。

「西海にある島がいいだろう」

西海には島が多かった。李舜臣は天恵の要塞を探すために西海の島の地形を詳細に調べ、翌年に古今島（コクム）に統制営を移した。

その頃、李舜臣に故郷の実家から書信が届いた。李舜臣の三男である李葂（イ・ミョン）は、母親と共に故郷の牙山（アサン）にいた。が、李舜臣に仕返しをしようと牙山を荒らした敵軍との戦いで殺されたというのだ。李葂は当時二十一歳の青年だった。李舜臣は悔しさを次のように日記（『乱中日記』）に残した。

〈牙山から手紙が届いた。表には「慟哭」という二文字が書かれていた。三男の葂が敵との戦いで死んだことを知り号泣した。天はどうしてこんな試練をくださるのか。心臓が裂けそうだ。私が死にお前が生きるのが天理なのに、その真逆になっているこの事実をどうして受け入れることができようか。世の中が暗闇に転じ、太陽の光すら消えてしまった。あ、悲しい。息子よ。私を捨ててどこへ行ってしまったのか。賢く、利口だから天が連れていったのか。戦で、敵を殺した私の業報（ごうほう）がその身に被ったのか。これから誰に頼って生きられるか。息子よ。一緒に死にたいが、兄と姉、母が頼れる所がなくなってしまうからしばらく我慢する。

既に私の心は死に、殻だけ残ったまままただただ泣き叫ぶだけだ。お前がいないこの世で、生きていることは、正に一夜過ごしが一年を過ごすことのように辛い〉

一方、朝明連合軍に阻まれ、一進一退している黒田隊と毛利隊は稷山で鳴梁海戦の結果を聞いた。

「海上の支援を受けられなければ我が隊も安心はできない。一旦、南に退こう」

百戦錬磨の毛利が後退する意向をほのめかすと、「そうなると太閤様のご命令に背くことになります」と、主戦派の清正がすぐに反対意見を示した。

「では何か良い方法がありますか。しかもすでに兵糧が尽きています。ここでぐずぐずしていたら逆に挟み撃ちになる恐れがありましょう。そうなれば後退もままならないでしょう。既に左軍は退いたそうです。黒田殿はいかがでしょうか？」

若くて血気盛んな黒田は戦闘を続けて手柄を挙げたかった。ところが、一緒に行動してきた毛利の主張を無視することもできず、左軍が後退したという話を聞いて、こう言った。

「状況がそうであれば、退いた方が上策だと思います。残念ですが……」

黒田が毛利の肩を持つと清正も自分一人で意地を張ることができず、結局、南へ退くしかなかった。これで水軍が西に進み、三南（忠清、全羅、慶尚）地方の陸軍を支援し、漢城を攻めようとした秀吉策略は水泡に帰することになった。

ところが、南に退く各隊は朝鮮の人々を捕虜として手当たり次第に連行した。

「アイゴー、アイゴー」

それは人狩りだった。兵士に捕まった朝鮮人は泣き叫んだ。多くの領主が領地の産業を発展させるという名目で、陶工や大工などの朝鮮人技術者を自分たちの領地に連れて行くようにした。正に拉致だった。領地の殖産のために組織的な拉致行為が行われたのである。それだけではなかった。領主たちは技術者のほかにも、子どもたちまで手当たり次第に捕らえた。南原城を陥落させ、全州まで進撃した彼らは後退が決まると、その周辺地域の人々をさらった。その結果、再侵略によって被害が最も多かったのは全羅道地域となった。

「朝鮮の南海岸に城を築き、拠点を確保せよ」

朝鮮の都城である漢城占領に失敗したという報告を受け、秀吉が下した命令だ。都城の占領には失敗したが、忠清、慶尚、全羅の三南地域の支配に執着した秀吉は、派遣軍が倭国に戻ることを許さず、朝鮮の南海岸一帯を確保するよう厳命した。

「仕方あるまい」

戦が膠着状態に陥り、領主たちは秀吉の命令に従うしかなく、朝鮮人捕虜を動員して南海岸一帯に城を築いた。

以前、熊浦に陣を張っていた行長は、海の見える順天(スンチョン)の野山に新しく城を築いた。熊浦よりもっと西だった。順天の城はあまり高くない山上だったが、山頂から内陸の遠くまで見渡せた。視界がいいので敵の接近を容易に知ることができた。しかも、背後には海があって、いざ戦況が怪しくなれば、海から撤退できる最適な地形だった。

行長は、山頂に三万の大軍が滞在できる大きな城を構築した。山頂の城には領主が居住する天守閣もあって、内陸につながる東には山の傾斜を利用して城壁を築いた。城へとつながる山道もぐるぐる曲げてそれに合わせて城壁を作った。敵の接近を難しくするためだった。海が広がった西側にはまっすぐな傾斜があり、そこには海へとつながる石段を造っておいた。いざとなった時に、脱出できる路だった。

「アイゴー、アイゴー」

捕虜になった朝鮮人は、しきりに慟哭した。男たちは強制的に築城に動員され、子どもたちと若い女は武将たちの世話を強いられた。

順天倭城が完工し、行長は南西の最前方を担うことになった。薩摩の領主・島津は泗川(サチョン)地域に、清正は東の西生浦と蔚山に城を構築し、東側最前線を警戒するようになった。

慶長三年、東海岸の蔚山倭城をはじめ、朝鮮の南の海辺に築城された城は、その数二十六に達した。主な倭城を東海岸から西海岸の順に取り挙げると、蔚山、西生浦、機張、釜山、加徳島、竹島、馬山、熊浦、見乃梁、泗川、南海、順天であった。

遠征軍が南に城を確保することによって、戦況は再び膠着状態に陥った。一方、この頃、明の朝廷では「倭軍が再侵略した」という報告と講和交渉が決裂に終わったことを知り、その問題点を探っていた。明の調査官が朝鮮に派遣され、秀吉の再侵攻の理由と朝鮮の状況を詳しく調べ、明皇帝・神宗に結果を報告した。

〈倭軍の再侵略は、講和交渉の全権を持つ兵部が事を誤ったことに起因します。殊に講和交渉の内容の多くがでっちあげられ、双方の不信感が深まったことと推察されます。結局、でっちあげによる不信感が講和交渉の決裂と再侵略に繋がったと考えられます〉

この報告によって、明の朝廷では厳しい取り調べが始まった。沈惟敬と共に講和交渉の正使として倭国に渡り、秀吉に会った楊は、「沈惟敬がすべての事実をでっちあげ、歪曲しました」と罪を沈になすり付けた。

神宗は激怒した。

「沈惟敬を今すぐ捕らえろ」

神宗は、沈惟敬が倭国と結託し売国行為をしたと判断した。そして、投獄され、市場通りで公開処刑された。

南原城の戦いの結果も明の朝廷に報告された。

〈副総兵の楊元は、朝鮮の南原城で倭軍の攻撃を受け、戦況が傾いたと判断し、一人で城を抜け出しました。その結果、指揮下の遼東兵三千が殺害されました〉

これを読んだ神宗は、絶句した。

「三千の兵士が殺されるなんて。あり得ない」

神宗は、朝鮮に派遣された明軍は、平壌城の戦いで大勝し、敵軍を朝鮮の南端に追いやったと聞かされていた。講和交渉を通じて朝鮮とともに日本を臣下国として認め、朝貢を受け入れれば万事平安になると信じていた。なのに、相手の攻撃を受け、明の兵士がそれも三千もの兵士が殺戮されたという知らせを聞いた神宗は、唖然とするしかなかった。

「罪を追及し打ち首にしろ。そして、その首を朝鮮に送って梟首にせよ」

激怒した神宗は敗将である楊元を斬首に処した。そして、その首を朝鮮に渡し、晒すように命じた。南原城の敗北によって大きな犠牲と被害を受けた朝鮮の民の心を慰撫するという措置だった。

「すべては兵部尚書の過ちであろう。責任を取るべき」

それでも怒りがおさまらなかった神宗は、南原城の敗戦をはじめ沈の売国行為などすべてを石星の判断の誤りとみた。

「兵部尚書たる者が国の威厳を損ねた。石星を斬首刑にしろ」

〈事情を把握した上で、罪を問うても遅くないと思います〉

興奮した状態で神宗が兵部尚書である石星を斬首するように命令すると、刑部尚書が嘆願書を出した。彼は石星の同僚だった。

『まず沈惟敬の話をそのまま信じ込んだことが一つの誤りで、尚、倭の使臣を信じ、和平が成立すると期待したことが二つ目の誤りだった。その結果として倭軍が再侵略し、天兵三千も殺戮されたことになったことに責任を取るべきだろう』

獄中に閉じ込められていた石星は自ら断食し、獄死した。

〈私が死んだ後には母親を連れて朝鮮に移住しなさい〉

石星は獄中で長男に遺言を残していた。

長男である石潭は遺言を受け継いで、後日、母の柳氏夫人を連れて朝鮮に移住し帰化した。朝鮮の海州（ヘジュ）に住み着き、朝鮮の朝廷は石星の功を讃え、その長男の石潭に名誉の官職と土地を与えた。

石星には息子が三人いたが、長男の石潭は朝鮮の海州に住み着き、次男は星州（ソンジュ）に移った。三男は明王朝が清に滅ぼされた後、朝鮮に帰化し、この三人はいずれも海州、星州、潮州（ソジュ）石氏の始祖となった。つまり三氏の先祖は石星である。

明の神宗は、南原城の敗北を雪辱するために直ちに日本との講和を中止させ、新たな命令を下した。

「直ちに朝鮮の地に援軍を派遣せよ。そして朝鮮から倭軍を掃き出せ」

今度は明の援軍を陸軍と水軍に分けて送り、東征軍（東方にある朝鮮に遠征するという意味）司令官として陸軍には都督の劉綎（リュウ・ティ）を、水軍には陳璘（チン・リン）を任命した。

こうして明の援軍の中、陸軍は遼東を経て鴨緑江を渡り、水軍将の陳は戦船五百余隻を率いて中国の浙江省を発ち、朝鮮の西海の唐津（タンジン）を経て漢江に入った。

「神様は朝鮮を見捨てていない」

南原城の敗北が結果的に明の援軍を呼び込むことになり、朝鮮朝廷は轉禍爲福（てんかいふく）（災い転じて良い出来事に変わること）になったと喜んだ。

ところが、朝鮮に派遣された明の武将たちは一人残らず皆、傲慢この上ない人物だった。水軍率いる陳の横暴は言葉では言い表せないほどだった。傍若無人で一般民衆や朝鮮の兵士を下僕のようにこき使った。機嫌が悪くなると王の面前でも大臣らを縄で縛って地面に引きずり、暴言を吐いた。

「南海にいる水軍統制使のことが心配だ」

王は、明の水軍と行動することになる李舜臣のことを案じた。

「事前に伝令を送り、気をつけるように言っておきます」

鳴梁海戦以後、李舜臣だけを頼ってきた王・宣祖は、傲慢で残忍な陳の振る舞いを見て心配すると柳成龍が措置を講じた。柳成龍から連絡を受けた李舜臣は、海上の遠くまで出て明の水軍と陳を丁重に出迎えた。

「お待ちしていました。遠い海路でお疲れと察します。しばしお寛ぎください」

「わざわざ遠くまでありがとう」

王の前でも傍若無人に横暴を振るったという話を聞いた李舜臣は極度に気をつけながら対応したが、陳の対応は丁寧だった。

傲慢だった陳の態度が変わったのは李舜臣が率いる朝鮮水軍の威容を見てからだった。彼は元々、朝鮮を「小さな辺境のつまらない国」と見下ろし、当然、朝鮮の水軍をただの烏合の衆と見下していた。しかも朝鮮に来る前、彼の耳には「朝鮮水軍が漆川梁で倭軍に敗れ、ほぼ壊滅状態にある」という噂が届いていた。

「朝鮮水軍は、海に浮かび戦える戦船がせいぜい十隻だそうです」

漢江を通して西海に出て南に下りながら、朝鮮軍を蔑んだ陳は、何の期待もしなかった。ところが、出迎えに来た李舜臣と朝鮮水軍の戦船は自分が聞いていた数より遥かに多く、小舟を合わせるとその数が百隻以上に達していた。しかも主将の指揮によってすべての船が一糸乱れず動いていて明の水軍より軍律と紀綱があった。

「では、こちらでゆっくり寛いでください」

明の水軍を臨時統制営のある古今島に案内した李舜臣は、盛大な宴を開き、明の兵士を慰撫した。

先入観の虜になっていた陳は、こんな辺境の島での宴などまったく期待していなかった。ところが、牛、豚、鶏などの肉が食卓に並び、酒まで用意されていた。兵士たちが腹いっぱいに食べたり飲んだりしながら喜ぶと、自分の考えが間違っていることに気づいた。

『統制使は天地の調和と道理を知り、これを感服させる才能を持っている。東方の真の武将であり人物である』

李舜臣の真心を感じた陳は素直に喜び、宣祖王に書状を送った。

〈李統制使の率いる朝鮮水軍と力を合わせ、倭軍を朝鮮の海から一掃する。ご心配なさらないでください〉

李舜臣の真心と機知で、陳の態度が変わったように思えたが本性までは変わらなかった。陳をはじめ明軍兵士の横暴さはひどいものだった。食い物が気に入らないといって、担当者だけでなく責任者である将校まで厳しく罰するのが日常茶飯事だった。

以降、朝鮮水軍は戦に備えるよりも文句ばかり付ける明軍の世話をすることに気を取られた。

そんな最中、朝鮮の将校である宋が明の水軍と共に警戒のため海を出た。たまたま一番隊の兵士と出くわした。攻撃を仕掛け、首級七十余を取った。この戦闘で明の水軍は何のはたらきもなく戦利品は一つも得られなかった。

「明軍の手柄を朝鮮水軍が横取りしたのではないのか！」

手柄を挙げなかった部下に陳は立腹し、ケチを付けた。

「都督がいらして、朝鮮軍を統率したお陰で朝鮮軍が勝利を得ることになりました。これは正に天兵の勝利です。この首級をすべて差し上げます」

李舜臣は、すべての功を陳に回した。

「さすが、貴公は東国（朝鮮）の名将だ」

李舜臣の計らいでやっと頬笑みが浮かんだ、陳はそのように称賛し手柄を自分のものにした。このように朝鮮水軍は、外では敵軍を相手に内では明軍を相手にさまざまな試練を受けざるを得なかった。

撤収

慶長三年（1598）の五月に入り、秀吉は老衰のため死の床にあった。年齢に勝てる人間はいない。百薬も無効だった。体調は日に日に悪化し、主治医も手を施すすべがなかった。八月、秀吉は波乱万丈の生涯を閉じた。享年、六十二歳だった。臨終を迎え意識は混濁し、朝鮮出兵に関しては何の遺言も残さなかった。

遺言も残さず世を去ると徳川家康を中心とした五大老と奉行はしばらく秀吉の死を隠すことにした。しかし、噂は絶たず、家康と五大老はそれ以上、隠し通せることは無理と判断した。秀吉の死を正式に公表せざるを得なかった。

そして、朝鮮に出兵している遠征軍に撤収を命じた。

〈全軍、朝鮮から撤収せよ〉

時は、秀吉の死後二ヵ月が経った十月中旬の頃だった。

その間、朝鮮には明軍十万が援軍として参加し、朝明連合軍は加藤清正の蔚山城を攻撃、遠征軍は苦戦を強いられていた。順天城の行長も秀吉の死についてはすでに知っていたが、撤退命令が二ヵ月も経って伝わったことに「遅すぎ！」と怒りを露わにしていた。戦況が悪化し、苦戦を強いられていたからだ。

「我が軍の撤退が敵に知られたら危険です。朝明連合軍が海を封鎖、阻止するはずです。できるだけ撤退を隠して敵を欺くべきです」

「うむ」

内藤如安の提案を受け入れ、行長は家臣の中で朝鮮語のできる与次郎にだけ腹案を伝えた。与次郎は、朝鮮語が堪能で朝鮮の慶尚右兵使と内通し、朝鮮との間で「二重蝶者（回し者）」の役割を果たしていた。朝鮮朝廷では彼の交渉能力を高く評価し、僉知（チョムサ）（正三品の武官）の地位を与えるほどであった。与次郎は明軍の武将、劉のもとを訪れた。

〈戦をすれば両軍の犠牲は甚大なものになるでしょう。我が軍は静かに引き下がることを望みます。武器と捕虜を全て置いて退きます。我が軍が退いた後、全てを収拾してほしい〉

与次郎が持ってきた書状を読んだ劉は、「あの者を捕まえろ」と叫んだ。

劉は、彼を回し者（間蝶）と見た。

すると、与次郎が言い出した。

「これはどういうことですか。私には朝鮮の官職があります」

朝鮮の官職があると聞き、劉は彼を朝鮮側に引き渡した。朝鮮朝廷は、彼についてあれこれ詮索した。

「官職を与えたのは講和交渉が進められていれた時のことで、今や明皇帝の命により、すべての講和交渉は中止となっています。回し者として捉えた明軍の考えを考慮し、明国に送るべきです」

との結論が出て、与次郎は直ちに明国に送られた。

「順天城の倭軍は孤立しています。陸軍と水軍が手を組めば倭軍を追い払うことができます」

李舜臣は、明の水軍将である陳に提案し、順天城の行長隊を攻撃することとした。朝明連合軍が行長の本陣である順天城を攻め落とすために、明の水軍五千と朝鮮の水軍一万に、明と朝鮮の陸軍一万五千を加えた大連合隊が編成された。

その決定によって、朝明連合軍三万余の軍勢が、水陸の両側から順天倭城を挟み撃ちにすることとなった。出陣の前に明の劉は朝鮮の指揮官に次のような誓いを求めた。

「私の命令と指揮に絶対服従であること」

朝鮮側の指揮官・権慄と李舜臣は、侵略軍を追い出すことができるなら、誰にも服従できると思った。既に朝鮮の王・宣祖がすべての権限を明の指揮官に与えていたので応じないわけにもいかなかった。二人は服従を誓った。

連合軍の総司令官になった劉は朝明連合軍を三つに分け、順天城に向かった。劉が中軍を率い、順天に入った丁度その時、行長は秘かに密使を送った。和議要請を伝えるためだった。

「明日、順天城付近で和議をしたい。是非お目にかかりたい」

「良かろう」

劉は素直に行長の提案を受け入れたが、実は劉の計略だった。彼は行長を騙すつもりだった。和議に臨むと言って、部下を待ち伏せし、敵将・行長を捕虜として捉えるために企んだ。相手の戦力を過小評価した彼は敵将を捕まえて功を立てるつもりだった。彼は自ら下級将校に変装し、代わりに自分の鎧と兜を兵卒に着させ、順天城の付近で待ち伏せをした。ところが、彼の下手な動きが相手に見破られ、接戦の末に死傷者を多く出してしまった。

「思ったより倭軍は手強い」

浅知恵をはたらかせたが、結果的に何も得られなかった。命拾いした彼は肝魂を潰された。その後、彼は行長隊との戦いに非常に消極的になり、陣中に閉じこもっていた。総攻撃を決めておいたのに、総司令官がびくともしない。朝鮮側は困り果てた。

「倭軍は各地で孤立しています。攻撃する絶好の機会です。今こそ水軍と協力して順天の倭敵を潰すべきです」

劉が動かずに何もしないと、攻撃の準備を整えた朝鮮の武将たちが彼を訪ね、攻撃の命令を出すように要求した。すると劉は朝鮮の指揮官に逆上した。

「私の指揮に従うと約束しただろう。じっとしていなさい」

ところが、陸軍とは異なり、陳が率いる水軍と李舜臣が率いる朝鮮水軍は、海で果敢に行長隊を攻撃していた。陳は手柄を欲しがり、積極的に動いた。彼の率いる水軍はいつも先頭に立って相手を捕らえようとした。無理をして攻撃をしたため失敗も多かった。が、そのたびに李舜臣率いる朝鮮水軍が助け、幾度も勝利を収めることはできた。その結果、多くの戦利品を得て喜んでいた。

そんな時、劉からの伝令が届いた。書信には、こうあった。

〈倭軍と一戦があったが、一進一退で膠着状態です。敵の戦力が思ったより強く陸軍は一歩退いた後、戦力を整える予定です。水軍も一緒に引くべきと考えます。ご意見をください〉

陸軍の劉から後退を提案された陳は、直ちに返答した。

〈陸軍と水軍が連合して倭軍を攻めることに決めたのではないのか。今になって退くなんて。こんな提案にのることはできない。陸軍が退いたしても水軍は海から敵を討ち取る〉

その結果、陸軍のみが順天から退いた。そして、劉は秘密裏に行長に密使を送り、和平交渉を進めようとした。ところが、再び騙すであろうと、行長は劉を信じることはできなかった。悩んでいる行長に内藤如安が助言した。

「提案を受け入れましょう。それ以外、安全に撤退する方法がありません」

「仕方あるまい」

苦肉の策として行長は次のような条件を提示した。

「双方から互いに人質五十人を差し出す。偽りがあった場合には人質を殺す」

劉は提案を飲んだ。そして、劉は行長が出した以前の撤退案を受け入れた。和解が結ばれると、行長は、撤収のために先鋒隊として十隻の船を出した。

「和解通りであれば我が軍の撤退を阻むことはないだろう。しかし計略かもしれない。十分に気をつけるように」

　ところが先鋒隊が順天沖に進んだ時だった。朝鮮水軍が現れ、攻撃してきた。

「船を回せ」

　攻撃を受けた先鋒隊は慌てて、順天城に戻らざるを得なかった。

「ナニ？　撤退を妨害されたと？　人質を連れて来い」

　怒った行長は人質のうち二人を選び、彼らの腕を斬り落とした。

　そして、書簡とともに彼らを劉に送り返した。

「提督は再び私を騙した。我々は撤退せず、死ぬ覚悟で一戦を辞さない」

　事情を把握した劉はすぐに行長に返書を出した。

〈その攻撃は陸軍ではなく水軍の仕業です。願わくは水軍の司令官である陳都督に和議を請ってください。さすれば海も安全になるでしょう〉

　劉の書状で状況を把握した行長は、直ちに船二隻に贈り物を積み、陳に送った。

〈無謀な戦いで兵士たちが血を流すことを望んでおりません。我が軍はここから撤退します。海を開いて国に帰らせて頂きたい。実現すればその恩は忘れません。ささやかな物ですがお納めください〉

　賄賂を受け取った陳は行長の和議を受け入れたい気持ちは山々だった。が、共に戦ってきた李舜臣のことが気になった。陳は李舜臣の意見を無視できないと思い、「朝鮮側の許可を得て欲しい。得られれば我が軍は目をつぶる」と、副官を行長に派遣し、自分の意思を伝えた。

行長はすぐ鉄砲と宝剣を李舜臣に捧げ、和議を請うた。

すると李舜臣は和議を断固拒絶した。

「私は壬辰年以降、数え切れないほど海戦を経験した。その折に奪った鉄砲と宝剣が多く、それだけでも処理が不可能な状況だ。しかも、この地を勝手に侵略し、今になって和議を要請するなど勝手がすぎる。和議は絶対にない」

行長は、再び陳に部下を送って李舜臣を説得するように頼んだ。

「仕方あるまい」

行長から賄賂を受け取った陳は、宝物や酒、肉を李舜臣のもとに持参して説得に当たった。

「李統制使、倭軍が退くことを願っています。このまま行かせた方が良いでしょう。そうなれば互いに血を流すこともないし、結果的に倭軍を追い払うことになる。戦わずにして勝つわけでしょう」

陳は、行長隊の撤退を後押しした。

「申し訳ありませんが、倭軍からの和議を受け入れることはできません。彼らが勝手に侵略してきて罪のない人々を殺し、この地で行った蛮行を考えると戦況が不利となったからとそのまま帰らせることは到底できません。しかも、倭敵は貴国の兵士を多く殺傷しています。どうしてそれを許し、和議を受けられることができましょうか」

李舜臣の表情は決然としていた。

陳は、李の意志の強さに圧倒され曖昧な言葉に終始した。

「いや、許すという意味ではなく、犠牲を防ぐためというか……」

すごすごと引き上げた陳は、行長に伝えた。

「李統制使は頑固である。そちらの願いを配慮しようとしたが断れた。これ以上、為す術はない」

「うむ、困ったな」

行長は、李舜臣を説得するのは難しいと思い、計画を変更した。

「それなら、連絡船のみでも自由に出入りできるように許可して欲しい」と陳に許可を求めた。

「戦船ではなく、小型船なら認める」

陳はそう返答した。

そして、行長は即時に釜山近くの巨済島に連絡船を送った。そこには婿の対馬島主と島津が駐屯していた。

「援軍の派遣を願う」

行長は、撤退の安全が保証できなければ、武力でも突破せざるを得ないと思った。

「延ばせば延ばすほど危険が増すだけだ」

一戦の覚悟で援軍を求めた。

一方、行長隊の連絡船が頻繁に行き来しても明の水軍が放置していることが朝鮮水軍の探訪船に引っ掛かった。そして、直ちに李舜臣に報告された。

「明軍が倭敵を庇うなんて、あり得ない」

状況を知った李舜臣は明軍の行動に失望した。

「うむ、どうすれば良いだろう」

李が頭を抱えていると、副官の宋が申し出た。

「倭敵が東に連絡船を走らせるのは釜山の倭軍と内通するために違いありません。恐らく近々、多くの倭船が押し寄せてくるはずです。順天城にいる倭軍と釜山浦から来る倭軍が連合すると、我々は挟み撃ちになる可能性が高いです。下手すると壊滅することもあります。敵を分散させなければなりません。ここの海には一部だけを残して本隊は東から来る敵を防がなければなりません」

宋は、明軍の主将が行長率いる一番隊を庇護する状況では、朝鮮軍が先手を打つのが得策だと思った。

「同感です。我が軍が先に海に出て敵の援軍を撃退すれば、順天城の倭軍の帰路は絶たれます」

さらに、海南縣監の柳珩（ユ・ヒョン）も宋の考えに同感を示した。

「了解した」

李舜臣は直ちに陳に伝令を送った。

〈順天城から連絡船が出入りしています。釜山浦にある倭軍の本陣に支援を要請したようです。恐らく倭軍の援軍が東から押し寄せてくるはずです。まず、これを阻止しなければなりません。もし、順天城の倭軍と東の援軍が合流すれば我が軍は挟み撃ちに陥る恐れがあります。倭軍が合流するのを防ぐために我が軍は東に進んで待ち伏せすべきです。先手を打つためです〉

李舜臣の書信を受け取った陳は、頷き、直ちに返信を送ってきた。

〈兵法に戦わずに勝つのが一番の上策とあります。こちらは倭軍が退けば互いに傷をつけずに戦は終わりました。彼らが退けば結果的にそれが勝ちだと思い、彼らに海を開いた訳です。ところがそのような企みがあるとは考えもしなかったです。こちらの失策を許してください〉

行長の意図を把握した陳からの謝罪の書状だった。李舜臣は、直ちに露梁（ノリャン）海峡に出撃することを提案し、陳はそれを受け入れた。

順天城から東の方面にある露梁海峡は、南海と河東の間にある狭い海峡だった。

「ドン、ドン、ドン」

出撃を促す太鼓の音が鳴り響いた。

「ブーン、ブーン」

出航を知らせるラッパが行き渡った。朝明連合隊は統制営のある古今島を発ち、東方面の沖合いを経て露梁海峡に入った。朝鮮水軍は島の近い方面の港に陣取り、明軍は陸地に近い沖に陣を張った。

東の釜山浦や巨済島から海道で順天に至るには露梁海峡を通らなければならなかった。ここは海道の要所であり、険路だった。それを避けたければ、南方にある南海島の南を大きく遠回りしなければならなかった。海をよく知る李舜臣は、相手が必ずこの海峡を通ると予見し、待ち伏せをすることとした。

間もなく、約五百隻に近い船に兵士一万二千を乗せた船団が巨済島を出て西に向かった。彼らが西に進み、泗川の沖合に至った時、朝鮮側の監視に引っ掛かった。

「倭軍が押し寄せています」

李舜臣は報告を受け、この内容を直ちに陳に知らせた。朝鮮水軍は海峡の南方で右翼を担当し、明の水軍は、左翼を担うことにした。朝明連合軍は徐々に海峡に入り、相手の艦隊を待っていた。

旧暦十一月十九日、連合艦隊は朝鮮水軍の監視を避けるために夜陰に乗じ動いた。

「倭軍が海峡の入り口に接近してます」

「ドン、ドン、ドン」

すると明の水軍から海戦を知らせる太鼓の音が広がった。それを受けて、朝鮮水軍が吹くラッパの音が夜の海上に響き渡った。

「ドーン、ドーン。ドーン」

明軍の艦隊から火砲が火を吹いた。射程距離が朝鮮の火砲より長かった。それだけ音も大きかった。その威力は見る人、聞く人の度肝を抜いた。

「ドーン、ドーン」

これに負けじと朝鮮水軍側の砲口も火を吹いた。

「ドカン、ドカン」

砲弾が落ちた方向から砲弾が爆発する轟音が鳴り響き、命中した船は音を立てながら海に沈んだ。

倭軍にとって「寝耳に水」だった。突然、待ち伏せ攻撃を受けた兵士たちは驚き、慌ただしくなった。先端の列が崩れると、後方の船は方向を変えて後ずさりした。狭い露梁の沖合に火炎が上がった。火砲にやられ、瞬く間に多くの船が燃え上がった。露梁海峡の暗い海は閃光でぎらぎらと光っていた。

「進め、敵を討て！」

僉使職の李英男が、倭船の列が崩れるのを見て、本陣目がけて突き進んだ。そして方向を変えようした倭船の腹部に突っ込んだ。

「バリ、バリ、バリ」

倭船の動きが止まった。火矢が飛んだ。

「敵を討て」

朝鮮水軍は士気が上がった。腕力に自信があり勇猛な兵士たちは倭船に乗り込み肉薄戦で敵兵を倒した。

「ドカン、ドカン」

「ヒュー、ヒュー」

あちこちから砲弾と火矢が飛び交い、夜の海は灯りをつけたように明るかった。

「後退せよ」

朝明連合軍の猛烈な攻撃に島津隊はこれ以上は持ち堪えられないと退却の命令を出した。

「一人でも逃すものか。追え！」

倭船が海峡を抜けるのを見た李舜臣は、先頭を切って追撃した。船の前方からは徐々に夜明けが広がっていた。東方に退却する倭船がくっきりと見えた。

「火砲を撃て！」

「ドーン、ドーン、ドーン」

李舜臣の号令一下、朝鮮水軍の船から火砲が火を噴いた。

「反撃せよ！」

倭船のほとんどは東方に逃げ急いでいたが、その中でも数隻は死ぬ覚悟で反撃してきた。一方、軍官の宋は、李舜臣と共に倭船を追っていた。

「もっと頑張れ」

勝機を掴んだと思った彼は、船の先端に立って漕ぎ手に檄を飛ばしたが、突然、鉄砲の音が聞こえた。海上に響く鉄砲の音に朝鮮兵士たちが腰を低くし、屈みながら声を上げた。

「進め、進め！」

その瞬間、相手が撃った鉄砲弾が彼の額を掠めた。

「おっと」

その衝撃で、宋は船の甲板に倒れた。

「宋軍官が撃たれた」

彼の傍にいた兵士が大声で叫んだ。李舜臣は船の真ん中で前後を見ながら全軍を指揮し、宋は船の先頭に立って兵士たちを指揮していた。兵士が叫ぶ声は李舜臣の耳にも届いた。

「ナニ？　宋軍官が！」

李舜臣は、宋が撃たれたなら前方で指揮する指揮官がいないことに気付いた。

「それはいけない」

状況把握のため船の前方に進んだ。

「パン、パン、パン」

抵抗する相手の鉄砲の音が続いた。その中で「ヒューン」という音が鮮明に聞こえた。と、思ったら胸に強い衝撃が走った。

「うっ」

左胸に痛みを感じた李舜臣は、胸に手を当てながら後方に倒れるように二歩ほど下がった。

「統制使殿！」

後に従っていた兵士たちが急いで彼の体を支えた。

「ううっ、私をちょっと後ろに移してくれ」

素早く、後ろに移し鎧を脱がせると既に李舜臣の左胸が鮮血に赤く滲んでいた。

「あー、これは！」

将校の一人が嘆いていると、李舜臣は、痛みで苦しい表情を浮かべながらも戦の行方を安じ周りの将兵に厳命を伝えた。

「泣くな。そしてよく聞け。戦が大事だ。このことは口外するな。肝に銘じろ。もし、私が死んでも戦いが終わるまで絶対私の死を隠せ。敵に気づかれてはいけない」

「統制使殿、お亡くなりになってはいけません」

いつも李舜臣の傍で世話をしたり、馬回りをするために参戦していた下僕たちが動揺し泣いていた。

「泣くな。私の頭を高く支えろ」

「分かりました」

下僕の一人が彼の頭を支え、少し体を立たせた。

その時、太鼓の音が大きく響いた。

「統制使殿。あの太鼓の音をお聞きください。倭軍が逃げていきます。早く起き上がってその様子をご覧ください。勝ってます。勝ちましたよ」

苦しむ李舜臣を見つめながら下僕や将兵たちが、李舜臣の体を支え、立たせようとすると踏ん張っていた李舜臣の顔が柔らかくほぐれると同時に、息の音がしなくなった。

「統制使殿！　いけません！」

息が止まりピクッともしなくなり、慌てた下僕と将兵たちが大声を出して李舜臣の身体を揺さぶった。

「お父様！」

「叔父様！」

船の後方から長男の李薈(イ・フェ)と甥の李莞(イ・ワン)が事態に気づいて駆けつけた。

「統制使殿！」

弾丸が額をかすめ、しばらく気を失っていた宋は騒ぎに目が覚め、駆けつけたが、李舜臣は既に息を引き取った後だった。

「太鼓を打ち続けよ！」

宋は命令を出した。百戦錬磨の彼は、悲しみより戦が先と考えた。相手に気づかれないようにひたすら太鼓を打たせた。

「統制使の死が知らされれば味方の士気が下がり、敵の士気が上がるのは間違いない。そうなれば戦況は一気に変わる」

「わあぁぁぁ……」

朝鮮水軍の歓声が高く上がった。一方、李舜臣の長男の李薈は悲しみで胸が張り裂けそうだったが、宋から「敵に気づかれないように」と言われ、涙を堪えた。そして、李舜臣の倒れた体を盾で隠した。

「何しているんだ。太鼓を鳴らせ、太鼓を鳴らせ！」

宋は太鼓の打ち手が疲れて休むのを見て、ひたすら声を上げた。

「撃て！」

額から流れる血を袖で拭き、宋は何事もなかったかのように再び先頭に立ち、檄を飛ばした。

「容赦はいらん。殺せ！」

宋は、李舜臣の戦死に激怒し、敵兵に八つ当たりをした。

「親父の敵、これでも食らえ！」

李薈と李莞も立ち上がった。悲しみの涙を堪え、目を充血させた彼らは敵兵に向かって矢を放った。

矢を食らった足軽たちが悲鳴を上げながら海に落ちた。朝鮮軍の攻撃が一層激しくなると、反撃に出た相手の一部もそれ以上の抵抗を諦めるしかなかった。そして、素早く東の方面に船を回した。

朝鮮側から大きな歓声が沸き起こった。宋は、逃げる敵を追うのをやめさせた。

「お父様」

「叔父様」

「統制使殿」

相手が遠くへ退くと、李薈と李莞が号泣した。続いて同じ船に乗っていた宋と下僕たちが悲しみの涙を流した。

一方、明の水軍将・陳は倭船が東に消え去るのを見て喜んだ。

「ハハハ、完璧な勝利だ。船を回せ」

戦いが始まって、彼はすぐに島津隊に囲まれ苦戦していた。ところが、その様子を見た李舜臣は船を回し、駆けつけて彼を助けた。それに感謝し、勝利の喜びも分かち合おうと船を李舜臣の指揮船に近づけた。ところが李舜臣が戦死したという報告を聞き、陳の顔色が変わった。

「なんと！ありえないことだ」

そして、椅子から立ち上がり甲板に跪いた。陳は、仰向けになった李舜臣の体に向かって頭を下げ、号泣した。

「統制使よ、情け深い貴殿が、忽然とどこへ行かれたんですか。悲しい」

陳の慟哭に朝鮮水軍の将兵たちも涙を流した。戦で大勝利を収めたが、李舜臣を失った朝鮮水軍の悲しみは深かった。

「酒と肉食を固く禁じる」

明の兵士が勝利を祝おうとしたが、陳は葬儀期間中は酒と肉食を禁じた。

露梁海戦の結果、薩摩領主・島津が率いる艦隊は惨敗を喫した。それにより順天城にいる行長の撤退を助けるという計画は失敗に終わってしまった。五百隻余の中、無傷で戻れた船は百隻余にすぎなかった。多くの兵士は慌てて海を避けて陸地に逃げ、彼らが捨てた船はすべて燃えてしまった。島津隊の戦死者は五百を超えた。

朝鮮軍側では統制使・李舜臣、李英男と楽安郡守の方（パン）が、明軍側は副総兵が戦死した。

葬儀が始まり、喪輿（サンヨ）（朝鮮式棺）が古今島から李舜臣の地元である牙山に向かった。沿道では、老若男女を問わず民衆が慟哭し、郷里の貴族たちは冥福を祈る文を捧げ、心から哀悼の意を表した。

〈李統制使は經天緯地（天と地を治める能力）があり、国運を立て直した補天浴日（天を助け、太陽を洗い流す）。つまり、国を救った偉大な功があります〉

陳が、宣祖王に送った書状である。

一方、援軍が露梁海峡で大敗を喫したことを知った行長は驚き恐れた。

「はて、一体どうすればいいのか」

脱出する方法が塞がり、途方に暮れた。

「今、海に朝鮮軍がいません」

偵察兵から報告が届いた。海戦が終わった翌日、光陽沖に朝鮮水軍の姿がないというのだ。

「そんなはずがない。罠ではないのか」

「これは、もしかすると天の助けかもしれない。敵は、勝利に酔って監視が疎かになったかもしれません」

行長はまだ李舜臣の死を知らずにいた。

「それが事実であれば隙をついて……。素早く退却せよ」

順天城にいる兵士たちに直ちに撤退命令が発された。

「荷物は捨てろ。身を軽くして船に乗れ。すぐ出発しないといけない」

慶長三年（1598）十一月二十日の早朝だった。行長たちは順天城の南の急勾配を下り、秘かに船に乗り込んだ。そして、朝鮮軍がいると思われる露梁海峡を避け、麗水の南へ遠く下り、南海島を通って巨済島に向かった。行長一行は、順天城を脱出して巨済島に無事到着した。

行長の婿である義智は、義父の行長の助けに失敗し、孤立させたため意気消沈していた。ところが突然、行長が自力で巨済島へ来たのを見て、嬉しい反面、驚いた。

「殿、御無事でしょうか。どのようにして」

無事に会えた嬉しさと、救出に失敗した申し訳なさで複雑な表情を浮かべる義智を見て、行長は彼を慰めた。

「心配ない。安心しなさい。兵も全て無事だ。運が良かった」

「誠に申し訳なく存じます」

行長たち一行が無事に合流すると巨済島に駐屯していた島津と共に、全ての兵が釜山浦に向かった。以前から朝鮮に駐屯する遠征軍は、全て釜山浦に集結することが決まっていた。

こうして釜山に集結した遠征軍は、十一月二十六日から撤収を始め、朝鮮に残っていた全兵力は釜山浦を出て佐賀の名護屋に向かった。

船が波にぶつかり、揺れるのを感じながら行長は呟いた。

「これでやっと終わった。無駄な戦だった」

慶長三年（一五九八）、旧暦の霜月（十一月）末には朝鮮側の釜山浦と絶影島の沖が空っぽになった。長い間、沖に停泊していた倭船がすべて消え去った。

遠征軍が去った釜山浦の沖には再び静けさが戻った。

秀吉が起こした七年間にわたる戦のことを、日本では文禄・慶長の役、朝鮮では壬辰倭乱（壬辰の年に起きた倭乱の意）と呼ばれた。行長の言った「無駄な戦」は、多くの民の血を流してこうして幕を閉じたのである。

異国

男は、朝日に照らされた砂浜に足跡を残しながら歩いていた。そして、大きな体をぐいと回し沖を眺めた。吹きつける海風は冷たかった。

「ふう〜っ」

男は、深く息を吸い風に立ち向かった。寒風が顔面を刺した。それは鋭い刃のようだった。

「ヒューン、ヒューン」

海風は呻き声を上げながら耳元で響いた。

「海はあんなに静かなのに」

海が空をそのまま青く照らしているのを見て、男は呟いた。

海風は海をかすめて白い傷を作った。鋭い風に掻かれた海は白波を跳ね返した。そして、小波は激しい風と相まって水滴を跳ねながら視野から消え去った。冷たい北風を体で受けながら、遠い海を見つめ、見張り石のようにじっとしていた。

男はオドンだった。

「また冬か」

遠い水平線の先を見て、オドンは心の底に貯めていた全ての憂いを晴らすように大きく溜息をついた。

「海と風は変わりがないのに……」

冷たい朔風（北風）を一心に体で受けながら、オドンは故郷の海の香りを思い出した。

光陰矢の如し。過ぎ去りし日々の思い出が走馬灯のように脳裏を過ぎた。捕虜となって異国に連れて来られて六年が過ぎていた。釜山鎮城で兵士に捕まり捕虜となった。強制的に船に乗せられ、海を渡った。運が良いのか悪いのか。多くの人が殺されたが自分は死なずに生きてきた。その苦しみは脳裏に鮮明に刻まれた。

「静かにしろっ！」

知らない言葉で兵士たちは声を荒げ、オドンたち朝鮮人捕虜を威圧した。船の底に押し込んで、食べ物もろくにくれなかった。言葉が通じなくて何の訴えもできなかった。言葉が通じないという理由で兵士たちは槍と刀で体を突き、朝鮮人を獣のように扱った。

「皆の者、船底に下りろ。抵抗する者は即時に打ち首だ」

通訳がいたが、彼は指揮官の一方的な命令と伝達だけの役目だった。数日、船底に閉じ込められて海を渡った。男の捕虜には首に太い縄が引っかかり、手も後ろに縛られて身動きすらできなかった。船には女や子どもも多くいた。女たちは縛られてはいないが、船底に閉じ込められて監視されていたのは同じだった。女、子どもはよく泣きわめいていた。泣き疲れ、丸太のように船床に顔を付けて眠った。

食べ物は一日に一回だけ配給された。雑穀の握りだった。夜になると兵士が船底に降りてきて女たちを連れて行った。女たちはチョゴリ（朝鮮式の袴）の結び紐がほどけ、髪は乱れて帰って来た。戻らなかった女も二人ほどいた。

旧暦の四月だったが、船底は風がまったく通らず、蒸し暑かった。まさに生き地獄だった。何人かの男が我慢できず大声でわめき、兵士に掴みかかったが制圧され、酷く殴られた。死者が出て無残に海に放り投げられたこともあった。

「人の命って何でこんなにしつこいんだろう」

直ぐにでも死にそうだった命が絹糸のように粘り強く続いた。異国でも実に厳しい状況下でよくここまで耐えてきた。オドンは、北風が吹く日になると故郷を思い出し、寝返りを打った。夜が明けると寝そびれて赤くなった目をしたまま、波打つ海辺に出た。澄んだ海の香りで郷愁を紛らすことができたからだ。だが、海は無情だった。

彼は、再び大きく溜息をした。

「何が、私をここまで来させたのだろうか」

姉の安否も心配だった。ここに連れて来られてから姉の生死を知るすべがなかった。あの海が故郷との音信を閉ざした。

「元気にいて欲しい。義理のお兄さんは良い人だった。あの娘はどうなったんだろう」

姉の紹介で婚姻を約束した娘のことも思い出された。

「みんな無事にいて欲しい」と願うしかなかった。

その時だった。

「また、ここに来ているのか」

耳慣れた朝鮮語が聞こえた。振り向くと声をかけたのは朴善植（パク・ソンシク）という男だった。

「ああ、はい。朴様」

彼は、オドンと共に連れてこられた朝鮮の両班（貴族）だった。捕虜の女たちが夜中に兵士に脅され連れ出されたことがあった。兵士たちはその女たちだけに食べ物を与えた。他の朝鮮の男たちが目尻をつり上げて女たちを誹謗した。今にも大きな衝突になろうとしたとき、オドンと親友のトルツルが間に入って止めようとしたが止められなかった。それを体を張って止めたのが朴だった。彼は、両班出身で科挙に合格した人物だった。漢文が分かるので、行長の居城、宇土城に宿舎が提供され、そこで侍の子息たちに漢文を教えていた。

面白いことは、教本として使った冊子には漢字の上に仮名が付いてあったが、朴はこれを二日で丸覚え、仮名と音の関係を理解したことだ。

漢字は元々、中国から伝わったので朝鮮と日本での発音が少しずつ異なるのもあったが、似た発音も多かった。なおかつ、発音が少し違っていても漢字の持っている意味は変わらないので教えるのに大きな問題はなかった。

オドンは、朴を師匠のように敬い、朴はオドンたち朝鮮の人々に朝鮮の文字である諺文（ハングル）や漢字を教えた。朴は正義感の強いオドンのことが好きだった。暇がある度に会い、ハングルや簡単な漢字を教え、身分を越え交流しあった。オドンは教えられたハングルを使い、朝鮮語だけでなく日本の言葉も発音通りに記録し、和語までも覚えた。

朴の教えによって、地元の人々とも和語で意思疎通が可能になった。地元の人々も自分たちの言葉で意思が通じるようになると文句を言ったり、虐めたりすることが減ってきた。

一緒に連行されてきた李彬烈（イ・ビンヨル）は、朴と同じ両班出身だった。彼は釜山鎮城で下僕たちと捕虜になり、下僕たちと一緒に連れて来られた。ところが、捕虜の生活の中でも李は下僕たちを働かせ、貴族のように振る舞った。捕虜として異国に来ても両班という身分に固執し君臨しようとした。それが宇土城の役人の目に留まり、彼は獄に閉じこめられ間もなく鬱病で死んでしまったのだった。同じ両班出身でも二人は真逆な性格で、それによる結果も大きく違った。

「心が落ち着かない。故郷、忘れ難しだな」

「そうです。心が落ち着かず、ここに来てしまいました」

「あの海がなければ、歩いてでも行けるのになあ……」

「いつかは帰れるのでしょうか」

「君はここでも認められている。いずれ良い機会が来るだろう。必ず！」

「そうなってほしいです」

一年前のことだった。オドンとトルツルたち捕らわれた人々は、農作業のために宇土城の役人に召集され、城外の農地に出たことがあった。暖かい春の日だった。役人は、彼らに水田に種を撒くための手入れを指示した。場所は城から少し離れていたところで、朝鮮の人々を働かせ、開拓した水田だった。

「おい、ここは景色が故郷とすごく似ているぞ」

「そうだね。今日は天気も良くぽかぽかだし……」

「機張（キジャン）の沖合でメルチ（片口鰯）を獲った日々が懐かしい」

「ところで私たちはここに来て一体、どのくらい経ったんだろう？」

「朴様から聞いたが、もう五年が過ぎたそうだよ」

「本当に早いな。正に光陰矢の如しだ」

「お前、朴様と近くしてからは偉そうな言葉を覚えたなあ」

「ハ、ハ、ハ……」

オドンとトルツルは幼馴染だったので田んぼの作業をしながら、冗談を混じえて雑談をしていた。そんな時、馬の走る声が聞こえた。

「貴様らっ」

叫び声が遠くから聞こえてきた。気になって頭を上げると、馬に乗った男を筆頭に武装した足軽が走ってきた。

「何だ？」

馬上の男たちの勢いに圧倒された朝鮮の人々は、慌てて水田から出た。

「危ない！」

すると、宇土城の役人が馬上の男たちを阻止した。二人の役人に相手は十人ほどだった。急な出来事に、朝鮮の人々は遠くから彼らの諍いをただただ見守るしかなかった。

「誰の許可を得たのだ？」

「ここは我が領地だ」

和語を理解できるオドンは、すぐ相手が清正の部下だと分かった。領地の境が曖昧だったため行長側が、開拓した農地をめぐり、清正側がケチを付けたのである。

「もしかすると、大事になるぞ」

オドンが成り行きを見ながら、興味深そうに周りの仲間に朝鮮語で話した。

「鯨の喧嘩にエビの背中が破れる（とばっちりが掛かるの意）、下手すると巻き込まれるぞ」

相手の人数が多く、こちらが不利とみたトルツルは顔色を失い逃げ腰になった。

「それをこっちに頂戴」

オドンもこちらが不利であることに気付き、トルツルの持っていた土掘り用の木の棒を受け取った。それを見た清正の手下が、案の定、「畜生」と叫びながら刀を抜いた。合わせるように足軽が槍を取り直した。彼らは人数も多く優勢で自信満々だった。清正の家臣とみえる男の態度は傍若無人で、行長の家臣を小馬鹿にした。最初は喧嘩を避けようとした宇土城の役人も追い詰められて、自尊心が傷ついたのか、刀を抜かざるを得なくなった。後ろにいた近衛が槍を構えたが怖じ気づき、後ずさり、逃げ腰になってしまった。

「貴様が死んだら、あの朝鮮人たちをもらう」

「勝手なことは許さない」

「ヌグマウムデロ（勝手にはならない）」

二人のやり取りをオドンが朝鮮語で喋りながら宇土城の役人の方に近づいた。

「…………」

清正の部下と宇土城の役人との間に、一瞬、何事が起きたのか分からなくなった。奇妙な空気が漂った。

朝鮮語がわからない清正の部下は、オドンの言葉を聞いて彼を見つめた。そして、オドンが近づいてくると、「貴様、死にたいのか」と刀を振りかざし軽く振った。脅しのつもりだった。

「おっと」

敏捷な動きでオドンは後ろに身を引いたと思ったら、農機具の棒切れで彼の腕をたたきつけた。

「かちゃっ」と鈍い音がして「痛っ」と叫んだ。

不意を突かれた相手は太刀を落とした。

「こいつを殺せ！」

腕を叩かれた相手は、刀を拾い味方に叫んだ。後方の足軽が槍でオドンを狙った。すると、宇土城の役人が抜いた刀で彼らを制止した。すると一人の足軽が彼に向かって槍を突きつけた。

「こいつめ」

役人は、槍をさっとかわし足軽の身体を斜めに刀を振り下ろした。

「わあっ」

斬られた足軽が悲鳴を上げて倒れた。

「一か八かだ」

売られた喧嘩にオドンは、刀を手にした清正の部下の肩を何度も叩きつけた。

「ウゥッツ」

腕の痛みで動作が鈍くなった相手は肩をやられ田んぼに転がった。力持ちのオドンの腕力は相当な打撃だったようだ。最初は、オドンの傍にいて逃げ腰だったトルツルも農機具でオドンに続いた。

「いや～っ」

宇土城の役人は刀を左右に振り回しながら相手を斬った。足軽二人が悲鳴を上げて転がった。リーダー格が田んぼに鼻を突きつけて倒れ、目の前で血を流している三人の足軽を見て、残りの六人は怖じ気づいた。これを逃がすまいと思ったオドンが和語で、「貴様らあ～！」と叫んだ。

六人は、そのまま丸くなって逃げてしまった。

このできことは行長の弟、行景にそのまま報告された。

「腕力があり、力持ちで動きも早く度胸があります」

「褒美をとらせろ。体を鍛え、兵士として勤めさせたらどうか」

代理領主の行景は、オドンに農作業を免除され武術を学ぶことになった。武士として育てるためだった。

行長が朝鮮に出征する際に、武術に長けた鳥衛門や若い吾郎たちのような領民をすべて連れて行ったので、領地には武術に長けた兵士が足りなかった。農作業の十名より武術に長けた兵士が必要だった。

「馬の乗り方を覚えなさい」

オドンは、清正の部下が使っていた馬を奪ってきた。行景の側近はその馬をオドンに与えた。馬の所有を許されたということはそれなりの身分を意味する。オドンは武士並みの待遇となった。農作業に代わって馬に乗ることや刀の使い方を学び、身体を鍛えることが日課となった。

「ヒューン、ヒューン」

元々、骨格も大きく、力持ちだったオドンが虚空に太刀を振ると風の音が響いた。試し切りの藁の束は、ざっくりと鮮やかな切り口だった。

「お前も振ってみろよ」

オドンは、仲間のトルツルにも刀を渡した。

トルツルは刀を振ってみたが、オドンほどではなかった。が、トルツルも一応、刀を扱うことができるようになった。

宇土城の侍たちは、オドンを仲間のように接した。朴善植は書籍を通して兵法を研究し、その内容をオドンに伝え、教えた。オドンは、朝鮮出身の男たちに武術を教えるまでになった。捕虜として捕らえられた朝鮮の男たちは、徐々に侍のように槍や太刀さばきを覚えていった。

オタアが城主の養女となり、オドンの待遇が変わってから朝鮮の人々の待遇も少しずつ変わってきた。そんな彼らは、十五夜には領地の裏手の丘に集まり、故郷を偲んだ。

——そんなある日。

「殿が、帰ってこられました」

宇土城が歓喜に包まれた。長く朝鮮に出征していた行長が帰ってきたのだ。

「ご苦労様でございました」

代理領主の行景は、兄、行長と兵士たちを笑顔で迎えた。

「まず、兵士たちを休ませてくれ」

長い航海の後、佐賀から二日間に渡り領地まで歩いてきた。兵士たちは皆、くたびれていた。彼らは、朝鮮の順天城から明軍と朝鮮軍の目を盗み、巨済島から釜山浦へ出て、他の部隊と合流した後、九州北端の佐賀に戻ってきた。佐賀の名護屋には朝鮮侵略司令部があった。名護屋城は秀吉が朝鮮侵略を指揮するために築いた山城だった。しかし、その秀吉はすでにこの世にはいない。行長は名護屋城を下から眺め、まっすぐ肥後まで移動してきたのである。

「やっと着いたか。助かった」

兵士たちも延べ七年に及ぶ戦からの帰郷だった。心も体も傷だらけ。出征した兵の半分以上が死ぬか行方不明となった。遺体を収拾することすらできなかった。

鳥衛門をはじめ、矢一らの姿もなかった。

宇土城の悲劇

秀吉の死後、五大老の決定により朝鮮に渡った全ての派遣隊は帰ってきた。そして、領主たちの帰還により大阪と京都を巡る政治が混乱しはじめた。

まず、戦争中に水面下でいがみ合っていた文治派と武断派の激しい諍いが露呈した。石田三成と小西行長を中心にする文治派に対し、加藤清正と福島正則を中心とした武断派は以前から犬猿の仲だった。

武断派は、幼少期から秀吉を補佐し生死をともにしてきたため、自分たちだけが秀吉の真の家臣だと思っていた。したがって、外部から迎え入れられた三成や行長たちが主君の秀吉に重用されることを快く思わなかった。彼らは文治派が巧みに秀吉を惑わしているとみなした。いわゆる文治派は弁で、自分たちのみが是と信じ込んだ。したがって武断派の領主たちは機会があれば文治派を秀吉の周辺から排除すべきと隙をうかがっていた。

慶長の役の際に朝明連合軍との戦闘で、戦力と食糧が不足し、何度も全滅の危機に瀕した。が、秀吉は何の措置も取ってくれなかった。武断派は主君である秀吉を恨むより、支援をしなかったのは文治派の三成たちの奸計によるものだと思い込んだ。葛藤が誤解を生み、再び恨みに変わった。過激で性急な武断派は、朝鮮から戻った後も三成と行長たち、文治派を討つ機会を狙っていた。結局、武断派は三成の排除を実行し、慌てた三成は京都にいた家康の屋敷に逃げ込むという事件が起こる。家康は武断派の領主を落ち着かせる一方、三成にも責任を問い、彼に謹慎を命じた。その結果、三成は京都を離れ、領地の佐和山城に行くこととなった。

この事件以降、家康は京都を中心に政局の主導権を握るようになった。そして、越後の上杉との葛藤を理由に討伐を命じることになり、領主たちのいがみ合いは東西に分かれた。一方、京都を追われた三成は家康に恨みを抱き、雪辱を期していた。居城の佐和山城で悶々の日々を送っていた三成のもとに知らせが届いた。

「家康が、上杉討伐のため江戸に向かった」というのである。

三成は、これを機に家康を京都から追いだそうと計らった。

「これは良い機会だ。これを逃すまい」

まず秀吉の家臣だった武将や豊臣秀頼に忠誠を誓った領主、そして家康の専横と独善に不満を抱くすべての領主たちを味方に取り込んだ。家康の敵となった上杉にも伝令を送り、自らの挙兵計画を知らせた。これに薩摩の盟主、島津をはじめ小西行長も西軍に加わり、あの天下分け目の関ヶ原合戦の火蓋が切られたのである。

秀吉の死後、わずか二年後のことだった。

「関ヶ原に出陣する」

行長も宇土城の兵士を率い京都に出陣した。清正は家康の東軍側に付いたので二人は敵となった。

そして、九月十五日の朝、関ヶ原で合戦が始まった。

「わあ。わあ」

朝鮮出征中には味方だった兵士たちは、関ヶ原では東軍と西軍に分かれ、肉薄戦を繰り広げた。

「やっつけろ」

行長率いる西軍の小西隊は、東軍の小田隊と田中隊を相手に激戦となった。その戦場で、並み居る兵士の中で、頭ひとつ大きな武将が刀を振り回し奮戦していた。

「イノム（こいつ）」

太刀を振る男の口から朝鮮語が飛び出した。オドンだった。関ヶ原合戦に参戦した宇土城からの兵士の中には、オドンたち朝鮮からの捕虜もいた。

「イヤップ」

オドンが振り回す太刀には力があり、斬られた相手はバタバタと倒れた。彼の怪力にひとたまりもなかった。力に加え、鍛錬した武術の程がうかがえた。トルツルをはじめ、行長の兵士は槍を手にオドンに続いた。

オドンの活躍で小西隊は東軍を追い詰めた。血を流して倒れた東軍兵士の死体が積み重なった。戦が長引きオドンも疲れた。

一方、本陣にいた西軍の三成隊は、東軍の黒田隊の激しい攻撃を受けたが持ち堪えた。小西隊の踏ん張りで、東軍の動きが弱まったと見た三成は勝機を掴んだと判断し、「狼煙を上げろ」と命令を発した。狼煙が上がれば、小早川隊の一万五千と毛利隊の一万五千、長宗我部隊七千、島津隊の一万の兵士と脇坂隊が東軍の側面と後方に攻め込み、一気に東軍を叩く戦略だった。

ところが、狼煙が上がっても西軍の領主たちは動かなかった。領主たちは、それぞれ戦況をみながらどちらを選択するか考えていた。と、その時、小早川隊が裏切り、東軍と合流し逆に西軍を攻撃してきたのである。

「あの裏切り者め」

戦況は東軍に傾きはじめた。三成は、小早川隊が東軍に加勢したのを見て勝機を失ったと落胆した。関ヶ原では東軍の喊声がとどろいた。

西軍の主力である石田隊は挟み撃ちになり、三成はわずかの近衛に守られ戦場を抜け出した。行長や島津たちも敗北を受け入れ戦場を脱出した。日本の領主が東西に二分して激突した関ヶ原の戦いは、家康主導の東軍の勝利に終わった。

合戦の後、石田三成をはじめ小西行長、安国寺たちは、京の三条河原で処刑された。そして、見せしめとして三人の首は人通りの多い京の三条大橋に晒された。

オドンたちは戦場を抜け出し九州に向かった。京から九州まで約二百里。大人が一日二十里を歩いても十日以上はかかる厳しい道程だった。

「ここで死ぬわけにはいかない。皆、領地に戻らなければならない」

道をよく知る兵士を頼りにオドンとトルツルたちは半月ほどかけ宇土城に戻った。

「お、お、帰ったか。戦はどうなったのか」

「味方から裏切り者が出て戦列が崩れました。破れ、皆、ちりぢりになりました」

宇土城にいた行景は、城に戻ったオドンから関ヶ原の戦いで敗北したことを聞き、表情を曇らせた。

「主君はどこに？」

「戦場から脱出するのは見ました。山の方に向かわれましたが、どこかにいらっしゃることでしょう」

「うむ。ご苦労だった。くつろいでくれ」

オドンとトルツルたちが宇土城に着いた頃と、行長たちが処刑された時期はほとんど同じ頃だった。その時、宇土城では行長たちの消息が伝わっていなかった。

関ヶ原の戦いが終わると、家康は自分に反旗を翻し、少しでも西軍に同調した領主を徹底的に懲らしめようとしていた。

「残党を探し、始末しろ」

家康は、天下統一のために抵抗勢力の一掃をはかった。

一方、清正は家康の東軍に加担を表明したが、実際に関ヶ原での戦いには参戦しなかった。ところが西軍が敗れて三成や行長らが処刑されたことを知り、家康に請願した。

〈肥後の宇土城の攻撃はこの清正にお任せください〉

つまり清正の腹の中は、自分の領地に接していた行長の宇土城を占領し、自分の領地にする計略だった。

〈九州の領主と連合して宇土城を攻略して良い〉

家康は、清正の願いを受け入れた。

「これで、積年の恨みを晴らすことができる。仏に感謝だ」

家康の許しを得た清正は大層、喜んだ。

「行長よ、あの世で見てろ。どのように踏み潰すか」

行長に対する恨みと、それを果たせるという喜びに清正は拳を堅く握った。

行長は、関ヶ原に出陣する際、朝鮮侵略の時と同じく宇土城を実弟の小西行景に頼んだ。行景もカトリック教徒だった。兄に似て篤実で学問を好む人物だった。武術を練磨したが、カトリック教徒らしく殺生を控え温厚な人柄で領内の人望は厚かった。行長の軍事役を務め、明との外交を担ったカトリック教徒の内藤如安も関ヶ原の戦いには参加せず、行景とともに宇土城に残っていた。

「清正の動きに警戒する必要があります。何かを企んでいるに違いありません」

関ヶ原の戦いの敗北を知った如安が、行景に注意を促した。

「どうすればよいか？」

「清正は武力を好む男です。宇土城を攻撃してくる可能性があります。まず周辺に堀をつくりましょう」

如安の提案を受け、行景は宇土城を難攻不落の城にすることを命じた。城壁のすぐ下には内湖を深く掘り、さらに百歩外側は広く外堀を掘った。城の壁も高めにした。城壁に接近した敵を攻撃しやすくするためだった。

領内の人々は皆、砦工事に参加した。オドンと朝鮮の人々も動員された。太陽が西に落ち四方が暗くなる夕方に、オドンはトルツルと共に朴をたずねた。

「朴様、オドンでございます」

「おお。肉体労働が多く大変だろう」

朴は二人を笑顔で迎えた。

「もうすぐ終わりそうです」

「それはそれは、お疲れ」

「ところで、戦が始まるのですか？　雰囲気が怪しいのです」

床に座るや否や、オドンが言い出した。

「そうみたいだ。私も噂は聞いている」

領内の子どもに漢学を教えている朴は、さすがに事情に詳しかった。子どものほとんどが家臣の子弟であり、家で聞いた戦話を朴も耳にしていた。

「これからどうなるんですか？」

「君が参戦した関ヶ原の戦いでは徳川側が勝った。反対側に立った小西家は窮地に追いやられるだろうとの噂だ。隣りの熊本、加藤清正が徳川側についたから、彼が、ここぞとばかり攻め込んでくるだろう。おそらく君らが掘った堀は城壁を強化するための措置だろう」

朴が深刻な顔で話すとオドンの傍で黙っていたトルツルが心配そうな表情で聞いた。

「もし攻撃されて城が占領されるとどうなるんでしょうか？」

「うん。領主や重臣は処刑されるに間違いないだろう。私たちのような者をどうするかが心配だ。戦いが始まれば君らは動員されるはずだから気をつけなければいけない。倭人同士の争いだ。怪我することをしないように気をつけろ。命さえあれば、どちらが勝とうが朝鮮の捕虜をわざわざ殺すことはないだろう」

「分かりました。ところで、ここの城主様は良い方なんですか？」

「そのように見えるけど、良い人なら最初から私たちみたいな者をここに連れてくるはずがないだろう。あまり近づかない方が良い。ここの人々のように主君のために命を捧げるなどという考えは捨てなさい」

「ネ（はい）」と朝鮮語で返事をしながらオドンは、首を軽く撫でおろした。

「ところで、君らは、ちゃんと地道に漢字を学んでいるか？」

「すみません。戦から戻った後はなかなか手につきません」

トルツルが恥ずかし気に答えると、オドンが虚し気に率直な気持ちを話した。

「戦場で多くの人の死を見たせいか、こうして生きていても生きているという実感がありません。虚しいです。人間がまるで地獄にいる餓鬼のように思われ、漢字なんかどうでも良いという気分です」

心情を聞いた朴は、二人を優しく戒めた。

「そうだろうな。無実の人をむやみに殺すなんて。だが、そうすればするほど人の道理を考えるべきだろう」

「はい、肝に銘じます」

オドンとトルツルは師匠である朴に大人しく頭を下げた。

そして、宇土城の堀と城壁が完成して数日が経った。

「加藤清正軍の旗です」

行景に清正軍が攻めてきたという報告が届いた。

「予想していたことだ。とうとう来たか」

「防御態勢に入れ」

行景は直ちに城壁に兵士を配置した。

「旗を見るかぎり清正軍だけではなく連合隊です。私たちも援軍を要請しなければなりません」

如安は、西軍側だった領主たちに援軍要請しようと伝令を送った。城門はしっかり閉ざされ、オドンたち朝鮮人も外が見える城壁に配置された。

「天主様。ここは天主様の場所です。我らが、無事に敵を撃退できるようにお力をください。天主様の御名をおいてお祈りいたします」

宇土城には領主の影響を受けてカトリック教徒が多かった。彼らは信仰心で団結していた。行景は兵士たちから信望が厚く、兵士たちの士気は高かった。

「撃て！」

九州一帯の東軍連合隊を率いた清正が大軍を率いて宇土城の攻撃を始めた。

「怯まずに反撃せよ」

「パン、パン、パン」

士気の高い宇土城の反撃は手強いものだった。

「退くな」

清正は家康に宇土城を簡単に陥落させてみせると豪言したが、思うままにはならなかった。城壁の前に新しく二ヶ所も堀が掘られ城壁が以前より高くなっていた。落城はそう簡単ではなかった。清正は苦戦を承知で指揮下の兵士を怒鳴りながら檄を飛ばした。

「わあ」

「パン、パン、パン」

「キャー」

清正軍が城壁に近づくと宇土城の城壁から鉄砲音が響き、悲鳴が上がった。

「主君、味方の犠牲が大きいです。一旦、下げた方が良いと思います」

「しつこい連中だな」

家臣の進言に清正はやむを得ず、堀の後方に退くしかなかった。そして、両軍はしばらく膠着状態に陥った。

すると「京から伝令が来ました」と、家康の戦況報告を求める伝令が届いた。

「う～ん、困った」

城攻めに手こずる清正は焦った。

「早く決着をつけないと……。下手すると計画が水の泡になってしまうぞ」

彼の下心は、宇土城を占領して自分の領地にすることだった。城を陥落させれば家康に論功行商として宇土城を要求するつもりだった。ところが、意外なほどの抵抗で手を焼いていた。

清正は、武力で攻略するには時間がかかると考え、懐柔策に作戦を切り替えた。

〈降伏をせよ。さすれば家臣と兵士たちの命は保証する〉

清正は宇土城に使節を送って降伏を求めた。

「子ども騙しのような姦計でしょう。最後まで戦わなければなりません」

清正の残忍さをよく知っていた。宗教上の違いもあった。法華宗(ほっけしゅう)の信徒である清正が支配すれば、多くのキリスト信者を弾圧するに違いないと思った。信仰のためにも降伏はいけないと考える者が多かった。

「どこまで意地を張るのか」

あらゆる懐柔策にも一向に動かない行景に、清正は和戦の両面作戦を展開した。しかし、城の攻略は容易ではなかった。

「いつ攻め落とせるのか？」

宇土城の士気は極めて高かった。その間、京の家康から度々、催促の伝令が届いた。

「ええ〜い！　城を燃やして皆殺しにしてしまえ！」

怒りに燃えた清正は激高の声を上げたが城を燃やすすべはなかった。相変わらず、清正がいくら猛攻を仕掛けても宇土城はびくともしなかった。次の手として、清正はカトリック宣教師を使節として宇土城に送った。

〈降伏し、城門を開ければ絶対に宗教的な弾圧はしないと誓う〉

「うそに決まっている。騙されてはいけません。それに主君がどこかで生きていらっしゃるかもしれません」

この時、未だ宇土城の行景には兄の行長が京で処刑されたことは知らされていなかった。彼は、行長がどこかで生きていると信じていた。

「ぜひ宇土城に伝えてくれ」

行長は処刑される前、実弟の行景に直筆の遺言を残した。これを携帯した馬廻りの家臣が京から宇土城に着いたのは清正と対峙して二十日ほど過ぎてからだった。

「はあはあ」

京からの家臣が秘かに城内に入り、無言で号泣しながら行長の遺言を行景に手渡した。

「おお、難儀だった」

行景は、何も言わない家臣を見つめ、渡された書状を不安げに開いた。

彼の両の手が激しく震えた。

〈西軍、関ヶ原で大敗。この書札が到着する頃には、私はこの世にいないはず。後を頼む。行長〉

遺言は簡潔だった。

「これは事実なのか？　それで主君はどうなったのか？」

「主君は、京の三条河原で家康によって斬首されました」

「何だって！」

行景の心境は、驚天動地まさに天が崩れる思いだった。西軍が大敗したとしても兄の行長が無事に戻って来さえすれば宇土城を守り切れる自信があった。そして、力を蓄えていけばいつか再び再興も可能ではと思っていた。なのに行長がこの世にいない以上、もはや自分の力だけでは領地を守り勢力を再建することは無理と感じた。その上、同じ西軍だった薩摩の島津に援軍を要請したが、何の音信もなかった。

「ああ、お兄様」

「お悔やみを申し上げます。亡き殿のご冥福をお祈りいたします」

兄の処刑を聞いた行景が落胆するのを見て、如安が言葉をかけた。

「うむ、悔しいが、これ以上の戦いは無理でしょう。戦いを続けても城民の犠牲だけが増えるだけ」

「犠牲を防ぐためには仕方があるまい」

行景の話を聞いた如安も同意した。

「私は切腹する。代わりに城民と家族の命だけは保証することを約束してくれさえすれば、抵抗はやめよう」

行景は書状をしたため、「これを清正に」と使節を出した。

「やっと来たか」

焦っていた清正は書状を見て喜んだ。

「すべて受け入れると伝えろ」

清正の回答を確認した行景は、「では、後を頼む」と如安に別れを告げた。行景の首は清正に渡った。そして、固く閉ざされていた宇土城の門が開かれた。

「うはは。喉にひっかかっていた棘がとれた気分だ」

宇土城に入った清正の第一声だった。

「天主様、ここは地上で唯一の天主様の国です。天主様を祀ることができるようにここを守ってください。これ以上の悲劇が起こらないようにしてください。私たちを助けてください。聖父、聖者、聖霊の御名を以てお祈りいたします。アーメン」

オタアはひたすら祈った。清正が宇土城を占領し城内は蜂の巣をつついたようになったが、オタアは戦が始まって以来、ずっと祈ってきた。しかし、オタアの切なる願いは叶わなかった。

「今日からカトリックを禁ずる。守らぬ者は罰する」

法華宗を信じる清正は、直ちにカトリックを禁止する一方、信徒を弾圧しはじめた。内藤如安を始め、行長の家臣や親族にも財産没収だけではなく禁教の命令が下された。

「ずるい商人が信じていた宗教だ。認めることができない。西洋の神を信じるなどもってのほか、徹底的に監視せよ。祈る者は捕まえて追放せよ」

カトリック信者の多い宇土城は行長と犬猿の仲だった加藤清正に占領され、宗教活動が厳しく監視された。

「祈る時は絶対に口に出さず、心の中で祈りなさい」

如安は、清正の激しい迫害に耐え声を出さず、心の中で祈るよう指導した。

一方、宇土城が陥落したことは直ちに家康に伝えられた。

「大儀であった」

家康は宇土城陥落の功を認め、清正に宇土城を与え、統治させた。

「うはは。ほら、思った通りだ」

思惑通り宇土城を手に入れた清正は満悦の笑みを浮かべた。行長の封録を自分のものにした清正は、倍の五十二万石の領主となった。行長に対する積年の恨みを晴らした清正だったが、行景が降伏の条件として出された「家族と家臣を助ける」という約束を破棄する訳にはいかなかった。清正は、行長の家族と家臣を探し出した。切腹の命令を下すことはなかったが、代わりに追放を命じた。

「後患無窮（こうかんむきゅう）になる恐れがある。全て取り除け」

若くきれいな侍女たちは戦利品のように東軍各地の領主に送られた。行長の夫人である菊姫も同じだった。

「あの小綺麗な女は誰だ？」

「朝鮮から連れてきたおなごです。今は城主の養女です」

「小西の娘か。京の伏見に送れ」

まだ幼いが、淑女然としたオタアを見た清正は、その美貌に一瞬惹かれたが行長の養女と聞いて眉をひそめた。そして、他の二人の侍女と共に家康に送ることにした。

オタアと侍女二人は、京に向うことになった。宇土城から京へ行くには、まず宇土から陸路で東の海に向かい、そこから船で瀬戸内海をゆくのが近道だった。オタアは、朝鮮から日本に連れてこられた時のことを思った。船は苦手だった。瀬戸内の波は荒く、オタアを乗せた小舟は揺れに揺れた。

オタアと侍女たちは激しい船酔いに悩まされた。

「天主様。天主様の御慈悲で我が子羊たちの苦痛を鎮めてください。天主の御名を以てお祈り申し上げます」

苦痛に耐えながらオタアは祈り続けた。揺れる小舟の上でやれることはそれしかなかった。航海の末、小舟は無事に堺に着いた。オタア一行は、そこからは再び徒歩で京へ向かった。

「こんなに華やかなところがあるとは……」

堺と京の華麗な姿を見たオタアは驚いた。これまで滞在していた肥後の宇土城とはその規模や華やかさはあまりにも違っていた。朝鮮で幼児期を過ごし、宇土城で育ったオタアは、この光景に息をのんだ。

「宇土城の城主、小西行長の養女でございます。朝鮮出身だそうです」

「朝鮮？」

「はい、そうです。出征の際、連れてきたそうです」

「ほお、これは！」

秀吉の朝鮮出兵には家康は元々否定的だった。秀吉の命令一下、多くの領主が兵士を召集して朝鮮に出征した時も兵を派遣することはなかった。朝鮮に渡った多くの領主が七年間の戦を強いられ、その結果、領地は疲弊し財政は苦しかった。だが、家康は運良く影響を受けなかった。そのため財政的な逼迫はなかった。こうした財政的な余裕が、後に起こる関ヶ原での戦いを勝利に導いたという見方もある。家康は朝鮮の地を踏んではいないが、朝鮮に関しては好奇心が強かった。

「我が言葉が分かるか？」

オタアに向かって、家康が発した。

「教えていただきました」

オタアは小鳥がさえずるような声で答えた。この時、オタアは十六歳。声にはいまだ幼さが残っていた。

「そうか」

家康はしばし黙ってオタアを見つめた。

「うむ、奥に部屋を用意してやりなさい」

家康は家臣に命じた。

「承りました」

家康の配慮によりオタアと侍女二人は伏見城の奥で暮らすこととなった。伏見城に滞在しながらも、彼女たちは秘かに聖書を読んだり、祈ったりしながら信仰生活を続けていた。

オタアが伏見城に来て三年が過ぎた頃、家康は征夷大将軍に就任した。足利幕府十五代将軍、足利義昭が信長と対立して追放されてから廃止されていた幕府を、家康は堂々と再開した。江戸幕府の始まりである。

その二年後（1605年）、家康は、幕府の基盤と将来のため、さらには自分の年齢と健康を考え将軍職を三男の徳川秀忠に譲った。そして秀忠の娘で、自分の孫である千姫を秀吉の嫡子である秀頼と婚姻させた。政略結婚を通じて、幕府を盤石なものにしようという意図だった。

将軍職を譲った家康は、京を離れ駿府城に移った。駿府城は幼い頃、今川家の人質として育った城であった。引退を象徴する意味で故郷に戻ることとしたのである。家康は駿府城に移る際、家臣に自分の愛用物をすべて移すように命じた。

「朝鮮のおなごはいかがいたしましょうか？」

家臣の問いに家康はしばらくためらった後、言った。

「一緒に連れて参ろう」

家康の一言でオタアも駿府城に移ることとなった。

刷還使（捕虜帰還の使節）

――ここで話は、少々、遡る。

舞台は、朝鮮。

文禄・慶長の役に終止符が打たれ、加藤清正や小西行長を始め、遠征軍はすべては日本に戻った。

「沖にいた倭軍の船がすべていなくなったぞ！」

釜山浦は喜びの歓声に包まれた。

「本当だ！」

「良かった。本当に良かった」

釜山浦の人々は目障りだった倭船もなく遙かに広がる海を眺めて喜んだ。噂はすぐ漢城の朝廷にも伝わった。

「誠か。間違いないのだな。徹底的に確認せよ」

朝鮮朝廷では釜山鎮城をはじめ各地の官衙（役所）に調査官を派遣した。倭軍のすべてが撤退したかを確認するためだった。

〈申し上げます。南海岸には倭軍の影はありません。遠く沖合まで調べましたが倭船は一隻も見えません。

倭軍が朝鮮の海から姿を消したことと推察します。倭軍が駐屯していた倭城にも兵の姿は見えません。周辺の民家からも、このところ倭軍による侵奪や被害の苦情がありません。陸、海から倭軍が姿を消したことは間違いありません〉

全羅と慶尚の水営と兵営から上がった報告も同じだった。各地から届いた報告をもとに朝鮮朝廷ではすぐ御前会議が開かれた。

「敵はすべて逃げたことと推察されます」

「ああ、それが事実なら幸いだ。しかし倭軍はなぜ慌てて退却したのか。その理由が分からん」

「降倭の話によれば、敵の首魁である豊臣秀吉が病死したようです。最近、捕まった捕虜の間にそのような噂が広まっているそうです」

王が尋ね、柳成龍が答えた。

すると、西人派の尹根寿(ユン・グンス)が慎重論を提起した。

「倭敵が完全に退いたのか、一時的に退いたのかを把握しなければなりません。戦が終わったのかどうかを分からずに、ただ敵の姿がいないだけで警戒を緩めてはいけません」

彼は当時、外交担当の大臣だった。

「もっともだ。倭軍の動態を完全に把握するまで、倭敵に対する警戒を怠ってはいけない。各兵営と水営には倭敵の再侵略に備えるよう命じろ」

約七年間の戦を経験した宣祖は、「石橋も叩いて渡る」心境だった。そして、むしろ沿岸の警戒をさらに強化するようにした。一方、柳成龍を呼び、「倭軍がなぜ撤収したのか、その真意を把握しなさい」と指示した。

「御命を受け賜ります」

王命を受けた柳成龍はすぐに日本の事情に詳しい降倭を呼び、政局の動態と撤退の真意を探った。

「噂を聞いただけです」

朝鮮に帰化した降倭が日本の事情に詳しいのは事実だが、最近の情勢まで把握することには無理があった。

「うむ、噂だけで上様に報告することはできない」

そして、柳成龍は直接管轄している訓練都監所属の降倭を選び、秘かに対馬に派遣することを企んだ。

「まず、豊臣秀吉が本当に死んだのかを確認せよ。もし彼が本当に死んだのであれば、その代わりに誰が王になったのかを調べなさい。兵船の状況や兵士の動きも探り、再侵略の気配があるかどうかをしっかり調べなさい」

柳成龍の指示を受けた降倭は、「肝に銘じます」と朝鮮語で答えた。

一方、訓練都監に所属していた金ソバンと鳥衛門は、明軍と一緒に小西隊が駐屯していた順天にいた。そこで相手が撤収したことを知り、再び加藤隊がいた蔚山に移動した。既に相手が国に戻ったことを知り、しばらくそこに駐留していた。

「倭軍が全て退いたという噂が広まっています」

金ソバンが鳥衛門に噂を伝えた。

「そうか。だから最近は戦がなかったわけか」

鳥衛門がやっと納得した顔をした。鳥衛門が頷く様子をみた拓郎は尋ねた。

「では、我々はどうなるんですか？」

不安げに鳥衛門を見つめた。

「どうなるのかなぁ～」

鳥衛門はしばらく沈黙していた。それを見て拓郎はさらに鳥衛門に問うた。

「故郷には帰れますか？」

鳥衛門と矢一は互いに顔を見つめた。鳥衛門と矢一は朝鮮軍の捕虜になり、協力を約束した時から故郷に帰ることを諦めていたのである。

ところが、若い拓郎と彦兵衛はそうではなかった。彼らは腹が空いて食い物を求めて山を下り捕虜になった。協力すれば助けてくれるという金ソバンの話を聞いて、その場凌ぎで深く考えもせずに降倭になっただけだった。

「戦が終わったなら、行ける道はあるだろう」

若い二人の意思が強いのを知った鳥衛門がそう答えた。

「うむ、でも故郷に帰ってもそこに住むのは難しいんじゃないか」

鳥衛門がため息をつきながら続けて言った。

「故郷に住めないですか？　なぜ？」

今まで黙っていた彦兵衛がいきなり高い声で尋ねた。

「俺たちが五島隊と一緒に山を下ったことはそこにいた皆が知っているはずだ。ところが俺たちだけが帰還しなかった。恐らく俺たちは死んだか、朝鮮軍に捕まっていると思うはずだ。なのに急に故郷に現れたりすれば、当然、疑われるだろう。結局、咎められ、取り調べを受けることになる。そうすれば嘘は通じず裏切り者の烙印を押されて、処罰を受けることは間違いないだろう。故郷に帰りたいなら夜陰を利用し、密かに家族に会ってからそのまま故郷を離れ、他の地に行って暮らさなければならない。じゃないと待っているのは処罰のみだろう」

「…………」

鳥衛門が憂鬱な面持ちで話した。すると、拓郎と彦兵衛はやっと状況を把握できたのか、当惑した表情をした。

「いや、困ったな。どうすれば良いですか？」

彦兵衛が鳥衛門を咎めるように聞いた。

「他の地に行って暮らすのなら、わざわざ海を渡る必要はないだろう。もし他のところに行ったとしても裏切りがばれるとそれも危ない。色んな状況を考えるとここで暮らした方が安全で良い」

鳥衛門の傍にいた矢一が呟くように話した。

合わせるように、急に、後ろにいた金ソバンが困った顔をして言い出した。

「私も倭国に行かなければならないんです」

すると、鳥衛門がそれを受け、板挟みになった気持ちを吐き出した。

「そうだね。妻子が連れていかれたんだからね。それで我が言葉をあんなに一生懸命に学んだ訳だからね」

「そうです。私を一緒に連れて行ってくれると言ったではないですか。どうすれば良いのですか？」

「俺たちと一緒に行けばいいんですよ」

拓郎が固い表情でそう答えると、金ソバンは拓郎の帰郷の意志が固いことを知りホッとした顔をして言った。

「行くつもりですね。なら良かった」

そして、拓郎たちは帰るには船も必要だし、準備するものも多いので金ソバンに手伝って欲しい旨を伝えた。

「心配しないでください。私が調達しますので」

金ソバンは、若い拓郎と彦兵衛にも丁寧な言葉遣いだった。それは捕虜になった時から彼らを上司のように接してきた癖が残っていたからだった。

金ソバンは蔚山の兵営にいたが、地元の東莱と近いこともあって暇をみては東莱を訪ねていた。

戦が終わり、もしかしたら妻や子が故郷に帰ってきているかもしれない。

淡い望みを抱いて東莱の家に行ってみたが草屋には雑草だけが生い茂っていた。

妻子の行方が知れず、心の中では不安が募り焦っていたが、為す術もなくただひたすら無事を祈るだけだった。

『どうか生きていてくれ』

釜山浦から遠征軍が退いた後、時々、落伍兵が捕まったことはあったが、大規模の兵士が出没することはなかった。山に逃げた朝鮮の人々も徐々に村に戻り、再び平穏な日常が戻った。

戦に明け暮れた朝鮮の地に、平和が戻った。豊かな陽光が差し、月は大きくなったり歪んだりの満ち欠けを繰り返しながら歳月は流れた。

金ソバンや鳥衛門たちの訓練都監所属の兵士たちは、依然、蔚山の兵営にいた。再侵略を警戒して陣立ての訓練をするだけで戦はなかった。寒い冬が過ぎ、春の気配が漂っていた。百姓たちは田畑を耕し、農作業の準備に忙しかった。

「訓練都監所属の兵士たちは漢城に帰る。荷物をまとめて明日、出発する」

敵兵の出没もなく、暖かな日差しの下、退屈な日々を送っていた兵士たちに慶尚地域の責任者からの命が下った。

〈豊臣秀吉は老衰のため病死しました。倭軍が急に撤収した理由はそれでした。そして、秀吉の嫡子はいま

すが、あまりにも幼く徳川家康が代わりに権力を握りました。再び侵略する気配はありません〉

柳成龍が派遣した間諜が対馬に潜入し、探った内容だった。柳成龍は、これを王に伝えた。王はすぐに会議を招集し対策を議論した。

「敵が退いた背景には、敵の王の死が直接的な原因でしょうが、明の天兵が参戦したことも理由の一つでしょう。天兵が参戦した後、倭軍は守勢に追い込まれ、南方で滞留していました。依然、天兵が朝鮮にいるので天兵の助けを借り、倭を撃つべきです。特に対馬島主の恩知らずは到底許せません。島主は殿下の恩恵を受け、朝廷からは毎年、多くの米を贈っていましたが、恩を仇で返しました。見せしめのためにも対馬に兵を派遣して懲罰を与えるべきと思います」

対策を議論する場で、西人派の尹が対馬征伐を主張してきた。

すると、西人派の大臣たちは口を揃えて同調した。

「ごもっともです。対馬の倭人たちはもうすでに許せない敵となりました。南海岸にいる我が兵士を集め、天兵と共に対馬を征伐すべきです。二度と朝鮮に挑発しないようにすることがこれからのためにも良いことと思われます」

すると、李徳馨が反論を展開した。李徳馨と柳成龍は同じ東人派として訓練都監を管掌していた。

「謹んで申しあげます。倭国が隣国である朝鮮を侵略したことは道理に反することで許せない行為であります。仰せの通り倭国が仇であることは朝鮮の人であれば誰も否定できないことと思います。しかも恩を仇で返した対馬島主の行為は信頼に背いたことに間違いありません。ところが、長い戦で今は朝鮮の全土が荒廃し、民衆は飢饉に苦しんでいます。もし、天兵と共に対馬を征伐することになれば多くの兵糧をはじめ武器を用意しなければなりません。そうなれば、戦で苦しんでいた民衆は再び苦しみが重なります。よって、仇を討つという名分で対馬を征伐するよりは、今は戦乱により悲しみと苦痛に包まれている民衆の心を察し、それを慰撫することが急務と思われます。王室と朝廷のためにも、戦より内政の安定に力を入れるべき時期と申し上げます。対馬への懲罰はそれが終わった後でも可能です。諒察ください」

「うん。一理ある」

李の意見を聞いた王は相槌しながら頷いた。王も戦にはうんざりしていたので、西人派の主張を退け、李の意見に従った。

王の決定により南海沿岸の警戒が解除され、明の兵士たちも撤収することが決まった。

朝廷からの命令を受けた金ソバンと鳥衛門たちの仲間は、他の兵士たちと共に訓練都監のある漢城に戻ってきた。

「都城と宮殿を防御せよ」

漢城に戻った訓練都監所属の兵士たちには王都である漢城の防衛任務が与えられた。砲手（鉄砲兵）、殺手（太刀や槍）、射手（弓）で構成された三手兵は王宮の近くに居住しながら、都城防御任務を遂行することとなった。当時、訓練都監に所属した三手兵の数は約一千名だった。朝鮮軍の中でもしっかりとした訓練を受けた精鋭だった。彼らには俸禄として月に白米約六斗が支給された。

「俸禄をもらえるなんて、出世したもんだ」

朝廷から正式に俸禄をもらった鳥衛門が喜ぶと、矢一が笑顔で答えた。

「こんなの初めてだ」

思いもかけなかった俸禄に、鳥衛門たちは満面の笑みを浮かべた。俸禄を貰うこと自体が初めてであった。侍の身分でもない百姓出身の彼らとしてはあり得ないことだった。

鳥衛門は故郷で、何度か戦に駆り出されたが俸禄などもらったことはない。半農半兵の彼らは、戦で食べ物は与えられたが戦が終わって故郷に戻っても、特別に手柄を立てた場合を除いては俸禄などはなかった。収穫税が少しばかり免除されただけだった。俸禄を受ける連中は領地を管理する侍だけだった。

「これは余るでしょう」

拓郎が嬉しそうに言うと、

「余るのが心配ですか？　米さえあれば布や肉などと交換ができるので心配要りません。必要なものと交換すれば良いです」

金ソバンは俸禄を受け取り、浮かれていた皆に助言した。

「それはそうだ。米以外に必要なものがあるだろう。でも、米が余るとは嬉しいね」

金ソバンの言葉を噛みしめながら、寡黙な鳥衛門も喜びを露わにした。

「とにかく食べ物がなく空腹に堪えられず、挙句に食い物を求めて捕まった。でも処刑されることもなく、このように待遇を受けるなんて、本当に運が良かった。すべて金ソバンのお陰だ」

「いいえ、鳥衛門様のお陰で、私までも俸禄を貰えることができました」

金ソバンが鳥衛門に功を回すと、故郷に帰りたいと言っていた彦兵衛が、「災い転じて福となすって、こんなことですね」と言いながら喜んだ。

『米を節約し、貯めておかないといけない。倭国に渡る船を調達するためには』

鳥衛門と仲間の喜ぶ姿を見ながら金ソバンは心の中でそう思った。彼の心は列島に連れて行かれた妻子をひたすら助けたいという一念のみだった。

とにかく、豊臣秀吉により文禄元年に起こった戦乱は、再侵略を経て七年も続いた。戦場となった朝鮮の全土が戦乱に巻き込まれ荒廃した。農地は歳月が経てば回復し耕作も可能である。ところが、多くの人々が死に、なお捕虜として倭国に拉致され、戦乱の傷跡は朝鮮民の心の中に大きな傷痕を残した。

朝鮮ほどではないが、戦乱による被害は列島にも直接、間接的に現れていた。

「島民の生活は窮乏を極めています。食糧を確保できなければ多くの人が飢饉で飢え死にします」

対馬島主の義智を真ん中に、僧侶の玄蘇と勘兵衛ら家臣が左右に座っていた。席上、玄蘇が嘆きながら悲壮な面持ちで言った。

対馬隊が釜山浦を離れ、故郷に戻って一年が過ぎた頃だった。島主とや家臣たちは、やっと戦が終わり安堵していた。ところが、島民の生活は最悪だった。対馬は元々、穀物の穫れない不毛の地が多かった。挙げ句、健常な若者は戦に駆り出され、その長引く戦に多額の戦費を出資しなければならなかった。戦の最中は朝鮮からの略奪品や食糧もあってなんとか持ちこたえてきたが、戦が終わった今、長年のツケが回ってきたのである。島民の飢えを本土の義父・行長たちに助けを求めたが、窮状はどこもかしこも対馬と変わらなかった。しかも京都と大阪を中心に混迷する政局は関ヶ原の戦いを前に、対馬の困窮を気に掛ける領主はいなかった。

「本土からの支援は期待できない。こうなると朝鮮に頼るしかない。朝鮮との関係を回復すべきだろう」

義智が呻くようにつぶやいた。

「今のところ、それしか方法はないと思います。しかし、回復ができるんでしょうか。何かいい妙案でも?」

僧侶の玄蘇が再び尋ねた。

「我が対馬は当初からこの戦に反対していた。それについては朝鮮側もよく知っているはず。その例として通信使の派遣を求めたことや戦の最中でも和平の交渉を進めようとしたことを知らないわけがない」

義智が打開策を言い出すと、

「それは間違いない事実ですが、我が軍が戦闘に参加したことを朝鮮側が許すことは容易ではないと思います」

玄蘇が違う意見を述べた。対する義智は、心を固く決めたように言い出した。

「とにかく、このまま座して死を待つようなわけにはいかない。亡き秀吉様のご命令に逆らえなかった我が立場を伝えるべき。そのためには、朝鮮の朝廷に使節を送るべき。そして、朝鮮から連れてきた捕虜の中から両班出身を何人か選びなさい。彼らを和睦の印として使節と一緒に送れ。あらゆる手を使い、許しを請うべき方法を考え出せ」

「承知いたしました。朝鮮側の怒りは相当なものでしょうが、それでも、繰り返し最善を尽くせば、朝鮮側も少しは動いてくれるでしょう。一番大事なのは朝鮮側が望むことを探ることです。可能性がなくはないと思います」

今度は、家臣の柳川が義智の意見に同意した。彼は文禄元年に朝鮮の大同江で李徳馨と船上会談をした人物である。

「窮余の一策かもしれませんが、何もしないよりはいいでしょう」

玄蘇が柳川の意見に同調する。

「では朝鮮側への書状をしたためてください」

義智が書状の作成を頼み、玄蘇が受け入れた。

「使節には誰が適任だろうか？」

義智が聞くと、柳川が言った。

「朝鮮の風習と言葉がよく分かる勘兵衛が良いと思います。今回の派遣は朝鮮側の意向を探ることなので身分が高く、責任の取れる人物は要らないと思います。勘兵衛と掛橋を一緒に派遣すれば十分でしょう。朝鮮側の反応を探りながら順次、身分の高い者を派遣すべきと思います」

「それはいい案だ。一回で終わる問題ではない。今回はそれで行こう」

「その通りでございます」

柳川とやり取りした後、義智は二人を呼びつけた。

「李大監（テガム）（朝廷の官吏）を訪ね、この書状を手渡し事情を上手く説明せよ」

義智は、遠く離れた席にいる掛橋と勘兵衛を見ながら言い聞かせた。

「はあ。肝に銘じます」

掛橋と勘兵衛が、背筋をピンとして腰を曲げ答えた。

朝鮮の大同江で李と船上会議で和平交渉を経験した柳川は、穏健派の李徳馨を通じて朝鮮との関係が回復できると見込んでいた。

「難しいだろうが、朝鮮人捕虜を連れて行くから、咎めはある程度免れるだろう。事情をよく説明して交易ができるようにすればそれ以上望むことはない」

「はっ！　肝に銘じます」

島主の義智の言葉に、勘兵衛と掛橋が頭を下げた。

『良かった』

勘兵衛は心の中でそう喜んでいた。彼は、妻子を探すため戦乱中に何度も釜山浦にある家を訪ねたが、見つけられなかった。戦が終わり、対馬に戻った後も心残りであった。

「戦が終わったからもしかすると家に帰っているかもしれない。使節に行くことになったら、ぜひ訪ねてみよう」

実際、戦乱中は和平交渉などの通訳で多忙を極めた。熊浦の倭城に駐屯していた折にも訪ねたが、それが最後になっていた。釜山浦から離れた妻の家には雑草が茂っていて妻子が家に戻ってきた形跡はなかった。何か悪いことでもあったのではないかと気になっていた。

使節の船が出航すると、勘兵衛は頭を過ぎる不吉な思いを払拭するように頭を振った。そして一縷の望みを期待した。

「ツアッ、ツアッ」

波は激しい音を立てた。

「ヒューン、ヒューン」

朝鮮と対馬を結ぶ真っ黒な玄海に強風が吹いていた。冷たく吹きつける風を受けながら、勘兵衛は船の帆先に立って沖を見つめた。その先には朝鮮半島があり、そこには愛妻の草良（チョリャン）と二人の娘がいるはずだ。

「間違いなく朝鮮に行くんですね」

朝鮮式のまげを結った中年の男が、勘兵衛のそばに近づき念を押すように聞いた。流暢な朝鮮語だった。

「そうです。今までご苦労さまでした」

勘兵衛も朝鮮語で丁寧に答えた。

「ああ、本当に故郷に帰れるんですね。良かった。良かった」

中年男の後ろには男三人と女三人がついていた。彼らも手を取り合って喜んだ。

「フッ、フッ」

急に、女二人が声を押さえて泣き出した。そして、後ろに振り向いてチマ（朝鮮式スカート）を巻き上げ涙をぬぐった。

「ありがとうございます。神様、仏様のお陰です。本当にありがとうございます」

女は、独り言のように呟きながら両手を合わせこすっていた。

「向こうに着けろ！」

釜山浦の海や陸地の地理をよく知る勘兵衛は、船を船着場に着けた後、朝鮮人捕虜たちと一緒に船を下り、釜山鎮城を訪れた。釜山鎮城は修復され、役所を兼ねていた。

「この書状を李徳馨様に伝えてください。この人たちは捕虜として連れていかれた人々です」

勘兵衛から詳細を聞いた釜山鎮の主将は、独自に処理する事案ではないことと判断し、勘兵衛から受け取った書状と自分の直筆で作成した報告書を付け加えて漢城に早飛脚を出した。そして、書状は朝廷へ伝わり、王に渡された。

「倭国からの書状である。大臣たちの意見を聞きたい」

すると、

「倭人らの厚顔無恥と破廉恥が憎らしいです。対馬島主という者は我が朝廷の官職に就き、上様の恩恵として節々に穀物や布を下賜してきました。にもかかわらず、戦乱中には倭軍の嚮導（先に立って案内すること）の役割を果たしました。恩を仇で返した倭人の蛮行に民の恨みと怒りは、正に怒髪天を衝いています。なおも厚かましく戦乱が終わって一年も経たないうちに再び朝貢と交易をしてほしいというその図々しさには憎たらしく空いた口が塞がりません。もし倭人の朝貢を受け入れたり、交易を許可すれば、再び仇がこの朝鮮の地に汚い足で踏み入れ、動き回るはずです。もしそんなことが起きたら戦乱中に犠牲を強いられた民衆は朝廷をどう思うでしょうか。倭人は到底許せない仇敵であります。いくら交隣と外交が重要だとしても、倭人がこの地に再び足を踏み入ることは許してはいけないと存じます。なにとぞご諒察ください」

西人派の尹根寿だった。彼は西人派の頭役を担っていた。

「御諒察を願います」

尹の発言が終わると、西人派の大臣らが一斉に同調した。

「臣、申し上げます。尹大臣のお言葉はもっともなご意見と思います。隣国同士が守らなければならない道理があるべきです。倭国はそれを破ったので、信頼を失ったことになります」

西人派の動きが静まると李徳馨が前に出て、相槌をしながら話を続けた。

「ところが、先人と聖賢の教えに以夷制夷（夷を以て夷を制すの意）という言葉があります。つまり、倭人を利用して倭人を制圧することを申し上げます。一年前、倭敵が退いたことで戦乱が終わりましたが、未だ倭人らの動向は分からない状況でございます。どういう下心なのか、どういう計略を持っているのかが全く分かりません。よって対馬を利用すべきと思います。つまり倭国が再び侵略してくるのかどうか、そのような動きがあるのかを対馬の倭人を使って倭国の情勢を把握する必要があるのではないでしょうか。なお、今回、戦乱の最中に連れて行かれた我が民を連れてきましたので、対馬の倭人を通じて捕虜として連行されている人々の実情を把握し、彼らを刷還（民を連れ戻すこと）する方法を講じた方が得策と思います」

「うむ」

王は、理屈の面からは李の言葉に一理あると思った。ところが、尹の主張のとおり戦乱中に被った被害や自分が経験した苦悩を思えば、対馬島主の裏切りは許し難かった。最初から対馬の頼みをなど断ろうとしていた王は複雑な心境となった。どう判断すべきか葛藤している際に、李が言い加えた。

「そして何より緊急で重要なことがあります。戦乱中に解決できなかった先王の御陵と墓穴を壊した犯人を探し出すべきです。墓穴が掘られた宣陵（九代王の墓）と靖陵（十一代王の墓）の犯人を捕らえ、必ず処刑すべきです」

「それが可能と思うのか？」

先ほどから淡々と李の発言を聞いていた王がこの意見にはすぐに反応した。

「倭人らが全て自分の国に退いたので、犯人を探し出す道は対馬島主を通じるしかありません。対馬島主に命じて自ら調査させ、犯人を捕まえこちらに送還させれば可能と思います。戦乱の前に朝鮮の叛民であるサルドンを送還させた例があります」

「お、それは妙案だ」

王が顔色を変え、李の意見に同意した。すると尹をはじめとする西人派の大臣らは互いの顔を見つめ合ったが、黙りこくった。

文禄元年に戦乱が起こり、王が義州に逃げ出し、遠征軍が漢城を占領していた時、先王の王陵が二つも盗掘と毀損された事件があった。九代目王の成宗と十一代目の中宗の王陵が敵兵によって盗掘、毀損されたことが分かった。宣祖王にとって、成宗は曽祖であり、中宗は祖父である。つまり二人の祖先の墓が毀損されたことは、朝鮮ではあってはならない驚天動地の事件だった。

「獣より酷い連中だ」

先王と王后の陵はすべて掘り返されており、遺体の痕跡すら見つからなかったという報告に王は唖然とした。あまりにも酷い内容だった。王は嘆くばかりだった。

「人間の姿をしてどうしてこのような蛮行を犯すことができるのか。非道の者どもである。これは決して許すことはできない」

王は亡き祖先に恥をかかせた倭人らに復讐を誓ったが、戦が続く状況下で犯人を捜し出すことはできなかった。そして、歳月が流れ、事件はそのまま葬られていた。ところが、このことを李が掘り出し、その解決方法まで提示してくれたので王は喜んだ。

「対馬とのことはそなたに任せる。しっかり仕切って、良い結果を報告しなさい」

「恐れ多く、承ります」

李徳馨が俯伏した。その様子を見た王は、「他に違う意見があれば言いなさい」と、他の大臣たちを見回した。自分の決定に「文句をつけるな」と言わんばかりであった。先王の盗掘事件が取り上げられると、誰も対馬との通交の必要性を否定できなくなった。もし、正論を主張し、対馬との通交に反対すればかえって逆鱗に触れることと解釈される恐れがあった。

王から全権を任された李は、書状を作成し釜山浦に伝令を送った。

〈倭乱により朝鮮が侵奪され、我が民が被った苦難を考えると眠ることすらできない。振り返れば、飢饉に苦しむ対馬の民のため朝鮮の朝廷は親の気持ちで交隣（隣接国との交流、外交）を許可し、便宜を図り倭館まで設置した。正に親が子どもを案じるように必要な米、穀物、反物などを与え、困窮する島民の生活を支えてあげた。にもかかわらず、倭敵の嚮導となり、上様の恩を仇で返すという恩知らずの背徳を犯した。親を敬うべき子が、親に背を向け裏切るという行為は正に親不孝であり、人倫に背く行為である。朝鮮は仁義礼智信を大切にする国である。人倫に背き、獣のような非道を歩む、そなたらと再び交隣を論じることは到底、理に合わないし言語道断であろう。よって、もし心底、交隣を望むのであれば、まず自らの過ちを反省し許しを請うべきであろう。倭乱により我が民が被った苦難を考えると我々は眠ることすらできない。本当に過ちを懺悔するつもりであればまず、次のようなことを実行せよ。


第一、戦乱中に起きた王陵盗掘犯を捜し出し、犯人を朝鮮に召喚せよ。

第二、戦乱中に捕虜として連れ去られた朝鮮民を全員送還せよ。

第三、戦乱について倭国の実力者である徳川家康の謝罪の親書を持参せよ

李は柳成龍を通じ、家康が倭国の権力者であることを知り、条件に家康の謝罪と親書を要求した。

「期待より大きな成果であろう」

李から要求書を受け取った掛橋と勘兵衛は喜んだ。そして、直ちに対馬へ帰る船に乗った。釜山浦に滞在する間、勘兵衛は夜中に何回も妻の家を訪れた。ところが、廃屋になった家には人影すらなかった。

「どうしたんだろう。もしかすると……」

不吉な思いを打ち消すように、頭を左右に振った。

「廃家になった我が家を見て、他者を頼ってどこかに行ったのかもしれない。そうだ。その可能性はあるだろう。なんと言っても七年という歳月が経ってしまったのだからなあ。どこかに定着していたらここに戻る理由はないだろう。親戚のところに行ったのかなあ」

結局、勘兵衛は妻と二人の娘を見つけることができなかった。公務には成果を上げたが、私的には何の成果もなかった。ただただ虚しかった。

『生きていればいずれは会えるだろう』

と、勘兵衛は自らに言い聞かせた。朝鮮への道が途絶えなければ、いつか妻子を見つけることができると思ったからだ。そして、対馬に帰った二人は、島主に李の書札を届けた。

「おお、これは良かった。ご苦労であった」

書札は漢文でしたためられていた。玄蘇が島主に向かって読み上げた。書状の前文は厳しい口調で、義智は顔をしかめながら聞いた。が、読み進むうち徐々に交隣の可能性を見出したため顔色が少し明るくなった。

「捕虜は集めて送ればいいだろう。盗掘犯もつくり出せばいい。しかし、徳川様の親書を、それも謝罪文をとなると容易ではないだろう」

朝鮮側の要求を具体的に考えながら、義智は家康の親書には難色を示した。

「方法はないわけではありません。まず、できることから一つ一つやっていきましょう」

玄蘇の答えには、何か妙案があるようにも感じられた。

「まず、島にいる捕虜を集め、送還しましょう。そして、親交のある領主たちに使節と書信を送り、送還を望む朝鮮の捕虜がいたら送ってほしいと頼みましょう。そのように集めた捕虜を良く待遇し、徐々に返せば、我らの真心と誠意を朝鮮側も認めてくれると思います」

「なるほど。捕虜を待遇するということは、彼らの口を通じてこちらの誠意を伝えるという狙いだな。すぐに実行せよ」

島主の義智は、直ちに九州とその周辺の領主らに飛脚を走らせた。

対馬島主の努力により強制的に連行された人々が朝鮮に戻ると、朝鮮朝廷もその行為を高く評価し、通交のための真心として受け取った。

〈この度の捕虜の送還はありがたい。そちらの誠意を一部ではあるが確認できた。ところが、先王の陵を盗掘した犯人捜しはどうなっているのか？　次は、是非、犯人を差し出してくれることを期待する〉

捕虜解放で朝鮮から戻った勘兵衛が、島主に朝鮮朝廷からの書状を差し出すと義智の表情がみるみる曇った。

「うむ、どうすれば良いのか」

「歳月が過ぎ、真犯人を見つけるのは簡単ではありますまい」

玄蘇も腕組みしながらそう応えるしかなかった。

「ならば罪を犯し、獄にいる囚人から何人かを選び盗掘犯とするしかない」

家臣の柳川が、犯人をでっち上げようと言い出した。

「盗掘犯が見つかればいいが、見つけられなければそうするしかないだろう。じゃなければ今までの努力が水の泡になってしまう」

義智は、朝鮮との通交のためなら何でもする覚悟だった。それほど朝鮮との交易は領地統治における死活問題だった。

そんな折、肥後からの伝令が届いた。

義父、行長からだった。

「兵を集め、上京しなさい」

関ヶ原の戦いがこのとき、まさに始まろうとしていた。西軍に加わった行長は、娘婿の義智にも参戦するように要請してきた。

「そうでなくても朝鮮出征で財政が苦しいのに、また戦をすると言うのか」

義智は内心そう思ったが、だからといって要請を断るわけにもいかなかった。もし行長の西軍が敗れでもしたら自分も安泰ではなかった。領地没収だけではすまないだろう。家門一族が皆殺しにされる可能性もあった。

「殿自ら出征する必要はありません。兵だけを派遣し、ここで戦の推移を見るのがいいでしょう」

玄蘇は、義智に参戦しないように助言した。

「義父が参戦するのに、わしが行かなくてもいいのか」

「朝鮮との交渉が重要で領地を離れられないとでも言い訳をしましょう。島民の状況が厳しい今、軍隊を送るだけでも親子の道理を尽くすことになりましょう。重ねて申し上げます。殿ご自身が直接、出征することはありません」

「承知した。では五百の兵を引率し海を渡れ」

義智は玄蘇の提言を受け入れ、家臣の橘(たちばな)に兵を率いて関ヶ原に参戦させた。

その後、関ヶ原の戦いが始まると、朝鮮との外交はすべて中断し、義智はひたすら戦の推移を見守った。

戦に勝てば家康の領地の分配もあり得るだろうという期待もあったからだ。

「そうなれば島の財政も少しはよくなるだろう」

ところが、結果は惨憺たるものだった。

「惨敗し、小西殿は京で処刑されました」

五百の兵士を率いて参戦し、傷だらけの兵士三百余で対馬に帰ってきた橘の報告である。

「なに？　行長様が……」

義智は激しい衝撃を受けた。戦に敗れ処刑されたとの知らせに呆然となった。

「殿！　早く先手を打たなければなりません」

さすがの玄蘇も動揺していた。

「戦で勝利を掴んだ家康殿が、西軍に加担した我が対馬を放っておくわけがありません。まずは家康殿に許しを請った方が得策でしょう」

「どうすべきか」

義智は、処刑された義父を憐れんでばかりいる状況ではなかった。西軍に与した彼は足元の火を消さなければならなかった。下手すると家康に領地を奪われ、家門が皆殺しになる恐れもあった。

「まず、マリア様と絶縁してください」

「何を言う！」

玄蘇の言葉に義智の声が荒くなった。行長の娘、小西マリアと夫婦仲が良かっただけに玄蘇からの絶縁の言葉に逆切れした。しかし玄蘇は微動だもせず言葉を続けた。

「死活の問題です。まず小西家との縁を切ったことを宣言して家康殿に善処を求めてください。家康様は、朝鮮との関係回復に積極的ですのでそれを利用すべきです。朝鮮との外交を再開するには殿を頼るしかありません。先に服従を誓い、外交を通じて忠誠を示せば領地を奪われることはないでしょう。小西家には薄情かもしれませんが領地と家門を存続させるにはその道しかございません。服従を示すためには先手を打つべきでしょう。時間がありません。先方が動けば手遅れになります。そうなれば後の祭りになりかねません」

「う～む」

夫婦関係にまで口を挟む玄蘇の言葉が冷たく感じ、憎たらしかった。しかし、冷静に考えれば彼の進言は正しかった。家康がどう思うかは分からないが、対馬が生き残るにはその方法しかなかった。

「殿は知らなかったふりをしてください。私がマリア様にお伝えします」

「うむ」

義智は肯定も否定もできなかった。このときマリアは子を宿していた。嫡子がなかった義智は、妻が懐妊したことを知り、大変喜んでいた。もし絶縁となれば妻を領地から追放することになり、生まれてくる子とも別れることになる。

「愛する妻と子まで棄てて領地と家門を守るべきものなのか。何ということだ」

義智の心は揺れに揺れた。だが、厳しい現実が立ちはだかった。

絶縁された小西マリアは対馬を離れ、父の領地である肥後宇土城に戻ろうとした。が、領地は既に加藤清正の手に落ちていた。やむを得ず彼女はカトリックを頼り、信者が多く住む長崎・島原半島の有馬に向かった。

後日談だが、生まれた子は男子だった。この子は、何事もなければ領主の長男として対馬の島主になる運命だったはずだ。ところが、事情から実父の姓も継げず、小西姓を継いだ。洗礼を受け、十五歳の時、幕府のカトリック追放令によりマカオに流された。そして、ポルトガルで神学を学び、二十五歳の時、ローマのイエズス会の神父になった。三十三歳の時、イエズス会の神父として祖国に戻り布教活動を行い、十一年後、幕府のカトリック弾圧によって殉教した。

さて、玄蘇の窮余の策で対馬はどうなったか。

義智は、京の家康に玄蘇を使節として派遣した。

「偽りはないのか？」

玄蘇から話を聞いた家康は、疑いの目で尋ねた。行長の娘と絶縁したというがどこかに密かに隠しているのではないか。家康の猜疑心は深かった。

「恐れ多くも既に領地を離れ長崎に去りました」

「うむ」

服従の証として小西家との縁を切ったという玄蘇の言葉に、家康はしばらく考え、自分に服従を誓う義智をここで切り捨てる必要はないと思った。

「よし、誓いを受け入れよう。これからは幕府のために忠誠を誓うべし。今後、朝鮮との関係回復のためにも最善を尽くせ」

と、家康は決断し言い切った。

これによって、義智は時の実力者になった家康から領地の統治と朝鮮との外交を一任されることとなった。

「ご苦労であった」

玄蘇が京から朗報を手に戻ると、義智は妻子を棄てた悲しみも超えて喜んだ。

「それだけ家康公も朝鮮との関係を重要視しているということであろう。朝鮮との関係を修復するために全力を尽くすべき。早く良い結果が出るように直ちに朝鮮に使節を送るべし」

「仰せの通りです。使節を派遣する際には、王陵盗掘犯を連れて行くべきだと思います。更に朝鮮側が要求する家康様の書状を手渡すことができれば、朝鮮側も納得がいくでしょう。朝鮮側も、交易を拒否する名分がなくなりますから」

「いずれにせよ、まずは使節を派遣し倭国の現状を説明した方がよい」

義智は急かせた。

まもなく朝鮮に使節が派遣された。関ヶ原の戦でしばらく中断していた朝鮮との外交を再び推し進めるためだった。関ヶ原の戦に参戦していた橘も使節に加わった。通訳には勘兵衛が指名され海を渡った。そして、関ヶ原の結果と、新たな権力者となった家康が朝鮮との国交回復に積極的だという内容を朝鮮朝廷に伝えた。

「徳川家康の意思がそうであれば、先日、伝えたように朝鮮人の捕虜を送還し、盗掘犯を捕まえて引き渡せ。そして前の戦乱に対する謝罪の書状を持って来い」

朝鮮朝廷からの要求は李徳馨を通じて使節団に伝えられた。

一行は再び対馬に戻ってきた。

「家康様に朝鮮との接触を報告し、先方の要求を伝えたほうがよろしいかと思います。ここにいる捕虜は多くありませんので、朝鮮側の要求を満たすためには各領地に連れて行かれた捕虜を集めなければなりません。この前は領主たちに直接頼み、捕虜を集めましたが、この度は、家康様を通じ、各地の領主に命令を下せば容易に捕虜を集めることができるはずです」

「うむ。それこそ一挙両得ではないのか。まず、家康様に我々の努力と外交の成果を伝え、さらに捕虜も容易に集めるられるなら朝鮮の要求を満たせる妙案じゃな」

義智は、玄蘇の話を聞いて満足げだった。

「領地統治と家門の存続のために妻子を棄てなさい」という玄蘇の進言を聞いた時には、心の中で玄蘇に不満を持った。

ところが、すべてが彼の言う通りになると義智は再び玄蘇を信頼する気持ちになった。さらに、「統治安定のためにも後継者が必要です。新しく奥様を迎え入れるべきです」という玄蘇の提案を受け新妻も受け入れた。前妻と絶縁した時の心のしこりは雪が解けるように消えていた。

一方、対馬の使節から朝鮮との交渉の結果を聞いた家康は「先方の要求がそうであればまず捕虜を集め帰すべきだ」と直ちに行動に移した。その結果、老若男女を合わせ二百五十人ほどの捕虜が各地から集まった。そして彼らは対馬から朝鮮に送還された。慶長六年（1601年）の六月のことだった。

この時、送還された人の中には、幼い頃に晋州（ジンジュ）で捕虜になっていた康遇聖（カン・ウソン）もいた。当時、弱冠二十歳だったが、美濃黒野城主である加藤貞泰の配慮で送還が決まった。遇聖より一つ年上の貞泰は、関ヶ原の戦いで当初は石田の西軍にいたが途中から家康の東軍に寝返った。それに応え、家康は、貞泰に引き続き領地の統治を許した。

関ヶ原の戦いには遇聖も参戦していた。貞泰にとっては、生きるか死ぬかの戦とあって信頼できる遇聖を引き連れたのである。そんなことから、遇聖は関ヶ原の戦いの顛末を目の当たりにすることができた。

戦場はとても正視できないものだった。何のためにあのような殺し合いをするのか。まさに修羅場だった。学問を重んじ、人の道理を求めてきた遇聖は、殺気を抱いた槍や太刀で相手を刺し、互いに血を流し殺し合う戦場の惨状を見て嘆いた。

戦が終わり、領地の統治を認められホッと一息継いでいた貞泰にも家康から朝鮮人捕虜を集めろとの通告があった。

「朝鮮に帰りたければ言いなさい。だが、家康様は朝鮮との関係回復を希望しているから今回、戻らなくても、これからはいつでも帰れるはずだ。よく考えなさい」

貞泰は、遇聖に隠さずに伝えた。本心を確かめたかったからだ。遇聖の学識を高く評価し、彼の人柄を慕う貞泰は内心、遇聖には残って欲しかった。遇聖との友情に期待した。

しかし、遇聖は言い切った。

「許してくだされば故郷に帰りたいです」

「えっ！　そうか」

遇聖の即答に貞泰は当惑した。

「ここに居たい気持ちがないわけではありません。それ以上に両親の安否が気になり、落ち着くことができません。機会が与えられれば、一度は故郷に帰り、もし再会できれば再び戻って来たいと存じます」

残って欲しいという貞泰の表情から、遇聖は貞泰の気持ちに配慮し、あえて「戻る」と言った。城主である貞泰をここで失望させては、帰郷も叶わなくなるかもと、遇聖は咄嗟に案じたのだ。幼い頃に連れられて、貞泰と親しくなってはいたが、そうとはいえ捕虜であることに変わりはなかった。貞泰は今や絶対権力者である。すべての領地民は彼の一言で命すら左右された。貞泰のそばで権力者の気まぐれを幾度となく見てきた。遇聖は、自分の意向を明らかにした以上、貞泰の助けがどうしても必要になると直感した。

「君は、ここに来てどのくらいになるのか？」

「ほぼ十年です。朝鮮では十年経てば山川も変わるといわれます。長い歳月が流れました」

「そうか。両親に会えず、さぞや寂しい思いであったであろうな。その気持ちを十分に理解できる」

貞泰は、このときはたちを過ぎたばかりだった。若い頃の十年はひどく長く感じられるもの。彼も幼い頃、実父を亡くした。父親の加藤光泰は朝鮮に出征し赤痢に罹患し息を引き取った。幼くして城主となったが、父親の情が恋しく何度も涙した。

「よろしい。ご両親に再会できればまた戻って来い」

貞泰は、遇聖を哀れに思い、故郷に帰ることを許した。

「この恩、けっして忘れることはありません」

「帰郷にあたり、他に希望はないか？」

貞泰は、遇聖に堅い友情を感じ、寂しさを押さえて言った。

「両親に会えるなら他に何も要りません。ただ、一つ気になるのは、一緒にここに連れてこられた朝鮮の人々のことです。もし、私一人だけが朝鮮に帰るとなると彼らは辛いでしょう。隠し通せる話ではありません。いずれは知られると思います。彼らの中には私と同じく故郷に家族がいます。彼らにも機会をくださるわけにはいかないでしょうか？　ここで結婚し、定着した者たちは帰りたいとは言わないでしょうが……。よろしければ彼らの意向を聞いて、帰りたいと言うなら叶えさせてくだされば嬉しいです」

遇聖は、頭を深々と下げて願った。

「そうすることにしよう。こうなったからには、そのようにしよう」

貞泰は、迷うことなく遇聖の願いに応じた。

『家康様が主導する帰還には、積極的に応じて損することはない』

という思惑も貞泰の腹にはあった。

とにかく遇聖の努力で一緒に連れてこられた捕虜二十五人中、十二人が朝鮮に戻ることを望んだ。居残り組は、現地の民と家族になった者がほとんどだった。元々、奴婢（ぬひ）で朝鮮に帰っても昔のように賤民扱いされることは分かっていたから帰還を拒む人も結構いた。

数日後、帰郷を希望する遇聖ら一行は京に送られた。その後、再び対馬を経て釜山浦に入り朝鮮に送還されたのである。その数、約二百五十人だった。

「私は晋州に行きます」

釜山浦に到着した遇聖は、役所で手続きを済ませた後、両親を探すため休む間もなく晋州に向かった。遇聖とともに中年の男二人も一緒だった。

晋州城は二度に渡って遠征軍の攻撃を受けた。最初は文禄元年（1592）十月に、二度目は文禄二年（1593）の六月だった。第一次晋州城の戦いは、晋州牧使である金時敏（キム・シミン）の奮闘で攻撃を退けた。晋州城陥落に失敗した遠征軍は腹いせに城の周辺の民家を燃やし、人々を捕まえて連行した。遇聖が捕虜になったのもこの時だった。遠征軍が、初めて敗北した時で、後でこれを知った秀吉は激怒した。年が変わり明軍が朝鮮に入り、平壌城の戦いをきっかけに遠征軍が守勢に追い込まれ和平交渉が始まった。交渉により遠征軍は南海岸に拠点を移した。それ以後、遠征軍は南海岸に城を築き、駐屯していた。そして、秀吉の命令を受けた加藤清正が中心となり、十万の兵を集め、再び晋州城を攻撃した。このとき晋州城には牧使の徐禮元と忠清兵使の黄眞が孤立した状態で七日間、耐え抜いたが全員殉職してしまった。第一次晋州城の戦いの復讐としては城にいた朝鮮人をことごとく殺戮した。二度に渡る遠征軍の侵略を受けた晋州城とその村はすべて焦土と化した。

「まさかっ！」

記憶を頼りに我が家に辿り着いた遇聖は唖然とするしかなかった。十年余の歳月の間に敷地は雑草だけが生い茂り、家の形跡すら見分けができなかった。雑草の下には屋根瓦の残骸が埋まっていた。その隙間にひっそりとアザミがつぼみを開いていた。歳月は無常だった。

実は、遇聖の母は兵士を避け自ら命を絶った。父はその時の戦いで戦死したことを後で知った。遇聖は天を見上げた。

「親不孝をお許しください。ご冥福をお祈りいたします」

自分の親不孝を嘆き、そして両親の祭祀（先祖を祭る風習）を執り行い、故人となった両親の霊を慰めた。

「こんなことは二度とあってはならない」

行き場のない遇聖はそのまま晋州に留まった。そして学問に専念し、日本で習得した日本語と風俗の記憶を辿りながら整理した。彼は三十歳にして、官僚登用試験である科挙の訳科に合格した。当時、訳科には、中国語の漢学、モンゴル語の蒙学、倭語の倭学、満州語の女真学の四つの分科があった。日本語が堪能で倭学に合格した遇聖は司訳院所属の正九品の官員となった。司訳院で日本語の能力を認められた彼は東萊府に派遣された。そこで倭学の訓導（教授）を担当した。訓導の主な任務は、日本との通商で通訳と若者に日本語を教えることだった。捕虜として約十年間も日本を経験した彼は、その後、日本との外交で三度も海を渡り通訳の任務を果たした。日本の風俗と捕虜の実情をよく知る彼は、通訳の仕事の他にも地元人と接触し、多くの朝鮮人の捕虜が朝鮮に戻れるように努めた。

貞泰との再会も果たした。官員になったことを伝えた際、貞泰は遇聖が領地に戻らないことを惜しみながら、彼が官員になったことを喜んで祝った。

そして、東萊にいる際には使節を迎え、自ら経験した外交の習わしを基に日本語学習書を著した。『捷解新語』である。著名の『捷解新語』の「捷」は早いという意味であり、「解」は悟り、「新語」は日本語を指す。つまり、日本の言葉を素早く理解できる書という意味だった。

その内容は、日本の使節と朝鮮の官員が言葉を交わす会話の形式で構成され、仮名の横にハングルの音を付け、仮名を覚えなくてもハングルを見て、日本語の発音を覚えさせるように工夫している。

彼が著したこの本は、後に司訳院から刊行され、倭学の教科書として使われることになった。遇聖はその功労が認められ従二品まで昇進した。

一方、家康は国内で着実に実権を強化していく一方、朝鮮との関係改善に力を入れた。

「先日、朝鮮からの要請を受け入れ捕虜を返したのに、その後、朝鮮側からは何か返事があったか？」

家康は、対馬の義智を京に呼び出し、朝鮮の動きを探った。

「恐れ多く、申し上げます。随時、使節を派遣していますが、いまだ具体的な回答はございません。推測ではありますが、朝鮮側は連行された捕虜の数に比べて、送還された捕虜の数が少ないと思っているようです。せっかくの善意が誤解を招き、申し訳ありません。朝鮮側には誠意を以て説明するつもりです」

義智が頭を下げて、何度も「申し訳ない」を繰り返し、詫びた。

「交流を再開せず、意地を張るのであれば再侵略することもできるという噂を流したらどうか。交易の再開とともに通信使を派遣しないと大変なことになるとほのめかせたらどうか。とにかく手段を選ばず、交易の再開と両国関係の改善のために通信使を早く派遣するように促せ。だが、相手を追い詰めすぎて器が割れてしまってはならん。この点を肝に銘じなさい」

家康は一刻も早く朝鮮との関係改善を図り、自分が権力者であることを内外に知らせたかった。自分の年齢を考え早くこの件をまとめたかった。

「承知いたしました。肝に銘じます」

家康に念を押された義智は対馬に戻ってきた。

「朝鮮との交流に家康殿があれほど大きな関心を寄せているとは、喜ぶべきことです」

義智は家臣を集めて家康の意向を伝え、直ちに朝鮮に使節を送るようにした。橘が使節になり、通訳で勘兵衛が同行することとなった。家康が幕府を設置し、権力を握って初めての正式な使節だった。これを機に対馬が正式に幕府の外交担当を担うことになった。義智は大変、満足した。

〈新しく日本の王になった徳川家康様が朝鮮との修交を望んでいます。釜山浦に倭館を開いて交易を許可していただきたい。そして、通信使を派遣してくだされば、これからの朝鮮と倭国との和平を持続させることができるでしょう〉

使節として派遣された橘が朝鮮朝廷に捧げた書状の内容である。

「大臣を招集せよ」

王の宣祖は直ちに備辺司（最高議決機関）会議を招集した。

「書状の内容を聞いて意見を述べなさい」

戦乱が起こり、夜陰に宮殿を抜け出し、辺境まで逃げまわり多くの苦難を経験したためか、五十歳を過ぎたばかりの王の顔には以前より皺が多く、老けたように見えた。

戦乱が起きた後、王において良いことを一つ挙げるとすれば、去る年、新しい王妃を受け入れたことだった。以前の王妃との間では子を授かることができなかった。王は王后と相性が合わなかったのか、側室を可愛がった。その結果、側室の恭嬪との間で、王子である臨海軍と光海君を授かり、もう一人の側室、仁嬪とも王子の信城軍を授かった。光海君の実母である恭嬪が早死に世を去ると、王后は光海君を実の子のように育てた。戦乱の最中、王は側室の仁嬪と共に避難したので、王后は王と離れて光海君と共に平安道と黄海道を転々とした。敵軍を避け、辛い日々を過ごした王后は戦乱が終わった翌年（1600）、病でこの世を去った。正妃の座が空席になると二年後に正妃を迎えたのである。

当時、王の年齢は知天命といわれる五十歳を過ぎたばかりの五十一歳。新王后は十九歳だった。相性がよかったのか、翌年には娘が生まれた。そして、王が五十四歳の折には王子を授かった。正妃から授かった初めての王子だったので王は大変喜んだ。

さて、話を対馬の使節に戻そう。使節からの書状を受け取り、備辺使会議を招集した王が大臣に意見を聞くと、李徳馨が言い出した。

「申し上げます。捕虜を送還した対馬島主の功績は高く評価しますが、彼らの要求通りに今すぐ通信使を派遣することはできません。なぜならば、すでに捕虜送還とともに先王の王陵を毀損した盗掘犯を探し出し、送還するように伝えてありますが、未だ何の返答がありません。更に侵略について謝罪を含めた国書を要求しましたが、これについても何の答えもないからです。そして、倭国に連れて行かれた我が民の数に比べて、送還された捕虜の数はその一部にすぎないことを申し上げます。尚、和平のための通信使を倭国に派遣するとなれば天朝である明の承認を得なければなりません。大明国の許可なしに通信使を独断で派遣するということは、再造之恩（滅びることを助けてくれた恩）に反することです。諸事情を勘案し、通信使をすぐに派遣することはできないことと申し上げざるを得ません」

「では、どうすれば良いのか？」

通信使派遣について否定的な意見を聞いた王は、腹を立てているように声を荒げた。すると李は再び言った。

「状況はそうでありますが、だからと言って対馬との関係を断つこともよくないと思われます。外交は焦ってはいけないと言われます。よって今すぐ通信使を派遣するよりはその前に探賊使を派遣し、倭国の動静を探るのが得策と判断いたします」

「探賊使とは、敵を探るための使者のことか？」

「そうでございます」

王の表情が少し緩んだ。

「通信使ではなく探賊使か。なら明国の許可はいらんな。では使節として誰が適任なのかを議論せよ」

王は既に王座に就いて三十五年余。さまざまな経験を積み、以前に比べ貫禄と老獪さがあった。十代で王の座に付いた際には周りの大臣らすべてが年上だった。だが、今は重臣といわれる大臣らは自分より年下がほとんどだった。意見を述べた李も自分より十歳も年下だった。

「恐れ多く、承りました」

李が腰を大きく曲げて拝むと王は大臣たちを残して退室した。李をはじめ大臣たちは場所を移し対策を論じた。

「探賊使としては何方が適任と思いますか？」

「東班より西班が良いでしょう」

東班は文官を、西班は武官を指す。王の御前会議で東には文官出身が、西には武官出身の大臣たちが並ぶこととなっていた。両班と呼ばれるのはこの二つを合わせた総称である。正一品の地位である領議政を歴任した李恒福が応じた。彼と李徳馨は幼馴染みの親友だった。武官である西班を推したのは予期せぬ危険を考慮してのことだったのである。

「西班か」

李徳馨が、李恒福の意見に自問し、「そういえば適任者がいます」と言った。

「それは誰ですか？」

「僧将である惟政（ユ・ジョン）」と李徳馨は答えた。

「惟政？　松雲（ソンウン）大師と称する僧侶のことですか？　でもその人は西班出身ではないでしょう！」

それに対し、大臣で、年上の尹根寿はきっぱりと言った。尹の厳しい追及に、李徳馨は惟政を推す背景をこう説明した。

「惟政は大臣ではないですが、戦乱中に僧軍を率いて倭軍との戦いで多くの功績を挙げ、正三品の官職と称号が与えられました。それに加え、西生浦では倭将の加藤清正と直接会って和平交渉したことがあります。倭将らは彼を高く評価しているという噂を聞いたことがあります。さらに、先日、帰還した捕虜の間では、対馬の倭人たちが松雲大師を大層、称賛していたそうです。彼に勝る適任者はいないでしょう」

「うむ」

それでも尹根寿が、僧侶出身である惟政を使節に派遣する提案に渋い顔をみせると、李恒福が素早く反応した。

「それこそ名案ですね。官職がないため、後で問題が生じても朝廷は責任を免れることができます。ところが、良く考えると今回の件はもう少し慎重を期すべきだと思います。今、釜山浦に来ている橘という者はそれほど高い地位の者ではありません。そういうことであれば、最初から惟政を派遣するのではなく、その下の副官級を派遣し、相手の反応をみたらどうでしょう。安全が確認されればその時に惟政を正式に派遣することでいかがでしょう」

李恒福が話をまとめると、大臣たちは皆、頷いた。備辺司の会議の結果、探賊使として惟政を送る前に、副官級の武将を派遣し状況を探ることとした。派遣される武将は、万戸（従四品）職の孫文彧（ソン・ムンウク）が選ばれた。彼は武科に合格し、文禄・慶長の役の時、第一番隊である行長軍の捕虜になった経験があった。捕虜として連れて行かれ、対馬に抑留され日本語を覚えた。後に、行長と明との講和交渉が始まると、自身は朝鮮人であることを明軍に明かし朝鮮軍に復帰したことがある。日本語が堪能で漢文にも長けた彼は、戦乱中に捕虜になった兵士の尋問や講和交渉の通訳などを務めた。

その孫は、海道の安全を探る名目で対馬を訪ね、対馬島主の書札を持参して帰国した。その書状の内容は次の通りだった。

〈倭国対馬島の義智が、朝鮮国の礼曹（事務を担当する局）大臣に答申いたします。この度は孫様に海を渡らせ、通信使に来られる松雲大師の書状をいただき、深く感謝申し上げます。両国の友好のために和平提案を受けていただき、誠に幸甚に存じます。その内容を本国の右大臣（家康）に送り、見せたところ、『朝鮮の立場は十分理解できる。早く使節を送っていただければ直接面会し、真心を伝える』と言われました。そして、この度、孫様の帰国の際に、我が臣の橘を同行させ、松雲大師の船路を案内することといたしました。願うには、貴国の松雲大師を派遣してくださり、和平の志を見せてくだされば、両国の和平と万民の幸福に繋がると思われます。詳細については、お越しいただく大師と十分にご相談しまとめたいと存じます。改めて心より深くお礼申し上げます〉

孫が持参した対馬島主の書状は、礼曹と備辺使を通じて王に伝えられた。そして直ちに御前会議が開かれた。

「書状の内容を見ると既に使節に関する話が家康にも伝わったようだ。さらに、海道を案内するために対馬の倭人を一緒に送ってきたということから、対馬島主は相当急いでいる様子だ。急かせるには何か理由があると推察されるが大臣たちはどう思うか？」

王が切り出すと、すかさず李徳馨が言った。

「恐れ多いですが申し上げます。先日の会議で惟政を探賊使として派遣することとなりました。当人の同意を得ているので随行員を人選し、素早く派遣した方が良いと思います。もし、準備が遅れ、釜山浦で待機している対馬の者が手ぶらで帰ることになれば、交渉は難儀となりかねません。先王の御陵を毀損した犯人を取り調べるためにも、未だ倭国で呻いている朝鮮民捕虜を送還してもらえるためにも必要な措置です。どうか御了察ください」

日本との通交の重要性を認識し、推進してきた李徳馨が使節を直ちに派遣すべき理由と必要性を述べた。

すると、正一品の地位である領議政を務める尹承勲（ユン・スンフン）が反論を唱えた。

「いいえ、それはいけません。書状の内容を勘案すれば、倭国に使節を派遣する前に天朝である明の許可を得ることが先です。もし明国の承諾を得ないで、倭国に使節を派遣することになれば、朝鮮が秘密裏に倭国と外交を行ったことになり、何かと誤解されるかも知れません。そうなれば後で大変なことになります。ご諒察を申し上げます」

尹は、その年の正月に謝恩使（明の皇帝に派遣する使節）として明国に行き、明の事情に接していた。よって承認なしの派遣に懸念したのである。

「領議政のおっしゃったことはごもっともでございます。戦乱中に援軍を派遣してくださった皇帝と天朝国の恩恵を忘れてはいけません。当然、倭国に正式な通信使を派遣することになれば、明にこれを知らせ、事前の許可を得るべきと存じます。ところが、今回の対馬に派遣する惟政の役割は正式な使節ではなく、倭敵の動態を探る任務の探賊使です。あえてこれを明国に知らせ、ことを煩わしくする必要はないと思われます」

李は敵を探る探賊使を強調し、尹が主張する事前許可の論理を否定した。この件については既に、最高議決機関である備辺司の会議で、決まったことでもあった。

さらに李は、弁舌爽やかにこう言い放った。

「倭国から和平を要する国書が届いているわけでもないから使節派遣のための明国に許可を求める必要はありません。明の許しを得るのは、倭国から和平を要請する国書が届いてからになりましょう。諸事情を鑑み、今やるべきことは、まず捕虜の送還、先王の陵の盗掘犯の引き渡し、そして、和平を要請する倭王の国書を対馬島主に要求すべきです。言い換えれば、これらのことすべてが明国の許可を得るための事前措置であります。上国である明国が我が朝鮮のために先に動くことは無いと思います。朝鮮が先に動いて状況を打開し、根拠を作ってこそ、明の上帝も和平の必要性を理解し、通信使派遣を許してくれるでしょう。今すぐ、明国に使節派遣の許可を要請することは無意味ですし、望むことはないと思います。こうした状況を考慮してこそ、経験豊富な惟政を倭国に派遣する所為です。備辺司の大臣が諸般の状況を反映し、決めた結論でもあります。ご諒察を願います」

李は、正式な官職のない惟政を探賊使という名分で対馬に派遣することは、万が一、和平交渉がつまずき問題になった場合、朝廷の公論ではなく私的な交流の中で起きた出来事にすればいいという意図だった。

「了解した。直ちに準備をし派遣せよ。なお、探賊使といっても国を代表することなので準備に手落ちがないようにせよ。通信使ほどの規模ではないが、万一に備えて物品が不足しないよう隅々まで配慮せよ」

王の決定で派遣は決まった。王は今回の探賊使が対馬だけでなく本土まで行くかもしれないと予見し、不足のないように指示を下した。名目上は敵を探索する探賊使だが、実質的には和平の使節だったからだ。

慶長九年（1604）七月、対馬では松雲大師として知られる惟政は探賊使の資格で釜山浦を発ち対馬に渡った。随行員としては先に対馬に行ってきた孫と訳官の金孝舜（キム・ヒョウスン）と朴大根（パク・デグン）、それに大師の弟子の僧侶たちが選ばれ海を渡った。

「よく、おいでくださいました」

島主の義智をはじめ玄蘇たち対馬の家臣が大師を貴賓として丁重に迎え、持てなした。一年前、孫が大師の書状を持ってきたことがあるので、義智は大師に以前、会ったことがあるかのように親しみを感じた。清正等の領主が称える松雲大師は、国賓のように最高の待遇を受けた。

「大師様、京の右大臣から使節が参りました。大師を京にご案内するためです。朝鮮側の要求を成し遂げるための二度とない機会です。船は私たちが用意いたしますので是非、足を延ばしていただきたく思います」

実は、義智は自分の外交成果を報告するために大師の訪問を和平通信使であるかのように家康に伝えた。

家康は大師を朝鮮からの通信使と誤解し、京まで案内するように伝えてきたのである。

「行けないことはないが、この度、私が海を渡ってきたのは対馬島主に会って前の戦乱が間違っていることを指摘し、二度とそのようなことがないように誓いと約束を取り付けるためです。それがあれば釜山浦への出入りが許可され、以前のように交易と交流が再び行われることが可能になりましょう」

大師は、固く自分の役割が対馬に限られていたことを伝えた。

「それは十分存じております。ところが、昨年、右大臣が将軍職に就いてからあらゆる外交や他国との交流は右大臣の許可を得ずにはいけなくなりました。ここの状況を理解してくださり、是非、大師が右大臣に会って、朝鮮の要求を説明して欲しいです。そうなれば、これまで引き延ばされたすべての問題が一挙に解決できると思います。わが国では既に右大臣が最高の権力者であります。右大臣の許可を得ることができなければ手も足も出ません。さらに右大臣の許可さえあれば多くの捕虜も送還できると思います。なお、国書も右大臣が直接、作ってくださるでしょう。その間に我が島では先王の陵を毀損した盗掘犯を探し出します。ご配慮を願います。是非、京までご同行くださることを願います」

大師は、通訳を通じて義智の言葉を理解した。

大師はその時還暦を迎えてきた。山中で厳しい修行を行い、人の観相を見抜く力、人の下心を読み取る力を得ていた。義智の観相や表情から彼の本心を把握した。

「仰ることはよく分かりました。でも京へ行くには私一人で決めることはできません」

「誰の許可が入りますか？」

「朝廷の許可なく勝手に動くことはできません」

「そうであれば今ここで朝廷に書状を書いてください。部下を朝鮮に派遣して許可をもらって参ります」

義智が急かすと、大師は言った。

「ことを早く進めたい島主のお気持ちはよく分かります。しかし、朝鮮朝廷に人を派遣するなら、私と同行してきた者を行かせてください。島主の部下となると朝鮮側は疑問を抱くでしょう。もしかすると我が身に何かあったとも誤解されがちです。誤解を与え、今までの努力を水の泡にすることは避けるべきです。両国の関係を回復させるためには何よりも信頼が大事です。少しでも不信の余地があってはいけません」

「仰せの通りです」と義智も頷いた。

実は、対馬に渡る前に大師は李徳馨に言われたことがあった。

「探賊使というのは名ばかりです。実際は和平使の役割を期待しています。なので、まず対馬に渡ってからは彼らの動向を探ってください。僧侶である大師の立場から先の戦乱の過ちを叱り、二度とそのようなことが発生しないように諭してください。おそらく相手は和平交渉と釜山浦の開放を要求してくると予想します。ところが、和平交渉は明国の許可なしでは朝鮮が独断で進めることはできません。明国の許可なく公的に進めることが困難なので、私的な形を取り大師に無理なお願いをするわけです。対馬の島主に要求されたり、頼まれたりすることはすべて私的に扱ってください。ただ我が朝廷が和平交渉の条件として望むことは、捕虜送還と謝罪が含まれた倭王の国書、そして王陵の盗掘犯を差し出すことです。それさえ叶えれば、それ以外のことは大師のご判断にお任せいたします」

大師は、ある程度は自分の裁量で決められるとの認識があったはずだ。

「島主の御意向がそうであるならば、まず右大臣から書状を受け取ってください。私を招待するという書状があれば、それをもとに本土に渡り、右大臣と会うことができます。朝鮮朝廷には後でその書状を証拠に見せればいいでしょう」

「本当ですか。書状さえあれば京に行っていただけますか」

大師の言葉を聞いて義智は喜んだ。

「南無阿弥陀仏、観世音菩薩、……」

大師は念仏で返事をした。

大師が前向きの姿勢にかわると事は進んだ。対馬から京に伝令が送られ、家康からの返事は半月もかからなかった。

〈ご苦労である。海が荒れ大変だと思われるが朝鮮の和平使と共に京へ来られよ。自ら和平使に会い、両国の和平について話し合いたい〉

「大師、右大臣からの書状が届きました」

義智は満面の笑みを浮かべ大師に伝えた。

「南無阿弥陀仏観世音菩薩……」

大師は、無表情に念仏を詠えながら言葉を慎んだ。以前から日本の本土に行き人々の暮らしぶりや権力者たちの動きを探りたかった。が、その気持ちを決して表に出さないようにしていた。

「すると、いつ京へ出発いたしますか？」

「南無阿弥陀仏観世音菩薩…。仏様の御意に従うのみです」

大師のやりとりはまさに禅問答だった。

「では準備が終わり次第、ご連絡いたします。冬ですので寒いですが、航海には万全の準備を整えておきます」

大師が釜山浦から対馬に渡ってきたのが八月。すでに三ヵ月が経ち十一月になっていた。気が急く義智は、強引といわれても冬の海を渡ることにした。冷たい海風を受けながら大師一行は対馬を発った。

大阪に到着した大師一行は、そこから陸路で京に入った。このとき家康は幕府のある江戸にいたため、大師との対面は翌年二月になって実現した。

「遠路はるばるご苦労であった」

「南無阿弥陀仏観世音菩薩」

がっしりとした体格の家康が、大師に労をねぎらうと大師は合掌と念仏で答えた。人生経験の豊かな二人は、多くの言葉を交わさなくても理解し合っていた。その年に大師は還暦を迎え、家康は大師より一歳上の六一歳を迎えていた。二人は共に人生の苦難を経験し達観の境地に入っていた。

「この度のご訪問は両国の国交回復のためと承知しております」

家康は、大師の今回の訪問を和平交渉のためと信じていた。対馬島主・義智からそう報告を受けていた。

「すべては仏様のご意思でございます。南無阿弥陀仏観世音菩薩」

大師は、極力に言葉を慎んだ。

「うむ、まず朝鮮の朝廷が誤解を持っているようですので率直にお話しします。先の戦乱は、亡くなった太閤が起こしたものです。私は初めから戦に反対していました。それが証拠に、我が兵はたったの一人も朝鮮に渡っておりません。戦を起こし朝鮮との間に取り返しのつかないことをしましたが、その太閤はもうこの世にいません。戦を起こした張本人がいないのに、戦を反対したこちらに恨みを持つのは理に反するでしょう。両国が犬猿の仲になっている状況を打開して、近隣国として和平を維持して交流すべきと思います。交流により友好関係はさらに深まり、そうなれば両国の民も言い争うことなく、より幸せになるはずです。高僧である大師がこの点をよく理解し、朝鮮の朝廷に伝えて欲しいと願っています」

家康は自分が朝鮮との戦に反対し、自分は秀吉とは違って、隣国の朝鮮との和平と交流を望むことを時には権威的に一方では訴えるように説明した。

大師は最初、家康が策略で自分を弄するのではないかと疑い深く対談に臨んだ。ところが、家康は心から和平を望んでいることを感知した。

「お話は承知いたしました。お話の中に最初から朝鮮への侵略に反対し、兵士を派遣しなかったということでありましたが、それが事実であれば、和平の道をともに歩むのは難しいことではないと思います。ところが、戦乱中に罪のない多くの朝鮮人が捕虜になり、強制的に連れてこられ、親兄弟と離れて異国で涙を流しているると聞いております。これを解決せずに放置したままでは両国の和平交渉の進展は期待できないと思います。右大臣様がこれを解決してくだされば、両国の和平交渉に大いに役立つと思われます。南無阿弥陀仏観世音菩薩」

「以前、捕虜を集めて送ったのではないのか？」

大師の言葉を聞いて、家康は同席していた義智を問い詰めた。

「朝鮮では戦が終わった後、捕虜になった人々を調べ、その数を把握しているようです。それに比べると一部にすぎないということです。我が国に連行された朝鮮人は各地に分散されたので全体的な実情は把握できない状況です」

「うむ、それなら各領地に知らせて、連れてきた朝鮮人を直ちに帰らせるように伝えなさい。大師と共に一緒に帰還させれば大きな贈り物になるだろう」

「仰せの通りです」

大師が海を渡って来たことに感謝の意を抱いた家康は、土産として捕虜を集めるように指示し、大師を手厚くもてなした。しかも、大師を正式な和平使と思った家康は、大師の要請を受け入れ自由な行動を許した。それにより探賊使の使命も担っていた大師は倭国の僧侶らと交友し、京とその周辺の寺を自由に行き来することができた。三ヵ月も江戸と京を行き来しながら過ごした大師は、日本の風習や政治状況を正確に把握することができた。

一方、家康は全国から集めた朝鮮人捕虜二千人を大師と共に連れて帰れるように配慮した。

「ああ、こんなに有り難いことがあろうか」

以前、送還された捕虜の数は二百人だった。今回は、その十倍を超える人数である。大師は家康の配慮に改めて感心した。

「もし私がこうして海を渡って来なかったら、彼らは故郷に帰る道は閉ざされていただろう。海の道を導いてくださったお釈迦様のご慈悲と教えに感謝したい。俗世を離れ仏様に入って以降、もっとも嬉しい出来事であろう。南無阿弥陀仏観世音菩薩」

「南無」とは梵語で「帰依」を意味する。そのため「南無阿弥陀仏、観世音菩薩」という念仏は阿弥陀仏（極楽世界を管掌する仏）と観世音菩薩（仏を補佐し衆生を導く修行者）の教えに従うという意味である。対馬から義智の提案を受けて海を渡り京に入る時には全く予測もしなかった結果だった。想像を超える二千名余の捕虜送還という大業を成し遂げた大師は、これらのすべてが自分の意志ではなく仏様の意思と信じた。それでしきりに「阿弥陀仏と観世音菩薩」に帰依するという心情で念仏を唱え続けた。

釜山浦を離れて一年が過ぎた翌年五月。大師は、戦乱の渦中に強制的に連れて行かれた朝鮮人捕虜二千名を連れて釜山浦に帰ってきた。

「倭人に連れて行かれた人々が帰ってきた」

「良かったね」

大師が連れて帰ってきた捕虜たちの噂が全国に広まり、都城にいた金ソバンの耳にも入った。

「もしかすると、妻や子どもたちも……」

訓練都監所属だった金ソバンは、知り合いの官員に尋ねた。

「送還されてきた人々は簡単な調査が行われ、その後、みな地元に帰った。探すなら故郷の家や官衙（役所）に聞けば分かるだろう」

「そうですか。ありがとうございます」

金ソバンは直ちに仮病をつかい勤務を休んで地元の東莱に向かった。漢城から東莱までは百里を超える道程だ。一日に十里を歩いても十日以上はかかった。焦った彼は急ぎ足で歩いた。途中で草鞋が破れ、何度も履き替えをした。足元が擦れ合いふくらはぎは腫れ上がった。彼は、必死に歩き八日で家に着いた。

「ボクナムア（福男）、ヘンニョヤ（行女）」

庭には雑草が茂っていた。叫ぶように子どもたちの名を呼んだ。が、何の返事もなかった。家には人影はなく、台所にまで雑草が生い茂っていた。草屋を覆っている藁束（わらたば）は手入れをしていないのでカビが生え真っ黒な色をしていた。足の皮が剥け、痛みを耐えながら速足で来たのに無駄足だった。

「戻ってこなかったのか。すると……」

金ソバンは諦めずに東莱城に設置されている官衙（役所）に寄った。東莱城はあの激しい戦も忘れ、今は平穏だった。

「あんなに多くの人が殺されたのに、その痕跡はどこにもない。何という無情な世の中だ。亡くなった人が悲しい」

官衙を訪ねた金ソバンは、自身の所属と事情を説明し、捕虜の身元を確認したが妻子に関する記録はなかった。

「果たしてどこに連れて行かれたのか」

金ソバンは、むなしく東莱を離れ、漢城に戻るしかなかった。

『直接、倭国に渡って探し出すしかないか』

漢城に戻った金ソバンは鳥衛門の元を訪れ、日本に渡る方法を相談した。

「船さえあれば行けるだろう。対馬と肥後に行けば何か手がかりがあるだろう。東莱城で捕まって連れて行かれたのだから対馬か肥後に行った可能性が高い。でも一人では無理だろう」

「拓郎と彦兵衛も帰りたがっているから一緒に行けば」

「だが彼らは下手すると裏切り者として捕まって、処刑されるかもしれない」

鳥衛門は、拓郎と彦兵衛がこちらの生活に安定していて、今は故郷に帰りたがっていないことを知っていたので困惑の顔をした。

「そうですか。何か良い方法はないですか？」

それでも金ソバンは諦めずに海を渡る道を探った。そして、

「倭国へ通信使を派遣するため朝廷で議論が行われている」という噂を耳にした。

先に松雲大師が家康に会い、二千人余の朝鮮人捕虜を連れて帰ってきた折、対馬の家臣である橘も一緒に朝鮮に来た。彼は対馬島主・義智の書状を朝廷に伝えた。

〈対馬太守・宗義智がこの書状を差し上げます。この度、松雲大師を使節として派遣してくださったことに深く感謝を申し上げます。松雲大師だからこそ叶えられたことが多くあり嬉しく思います。松雲大師は厳しい状況にもかかわらず、こちらの願いを受け入れて京に渡り、倭国の将軍である徳川家康右大臣と面談を行いました。右大臣は朝鮮国との和平交渉を喜ぶ一方、国交回復への期待を願う措置として大師の希望を受け入れ、倭国全土に命令し、朝鮮人捕虜を探し出すようにしました。そして、その捕虜たちを大師と共に帰還できるように取り計ってくれました。両国の和平のためにこれ以上の喜びはなく、嬉しいことと存じます。右大臣の善意に配慮し、願わくは貴国から両国の和平の印として正式に倭国の京に通信使を派遣していただきたくお願い申し上げます。両国の和平と友好が深まれば両国の人々は大変、喜ぶと存じます〉

大師を通し、日本の状況と家康の和平の意思を聞いた朝廷は、和平交渉を推進することを公論とした。そして既に明国に通信使派遣の許可を得る使節を派遣していた。

「捕虜の送還は実現しましたが、未だ盗掘犯と国書に対する返事がございません。通信使の派遣を条件に押し出せば、彼らもやむを得ず我々の要求に従うのではと思われます」

二千の捕虜送還に対し、その誠意を無視することはできない。王と朝廷は、通信使の派遣をこれ以上、先送りすることはまずいと思った。そのため以前から要求していた王陵の盗掘犯を、右人臣の国書を条件に差し出すことを要求した。

翌年、孫が再び対馬に派遣された。

「どうすれば良いだろう」

義智は家臣を集め、内々に対策を論じた。

「真犯人を探し出すのは到底、無理と存じます。もう十年以上経っているので真犯人を捕まえることは藁の中から針を探すようなもの。対馬の兵士が盗掘したという証拠もありません」

松雲大師と一緒に朝鮮に渡ったことのある橘が言い出した。

「だから、どうすれば良いんだっ？」

困った顔の義智が苛立って聞いた。

「この件を長引かせることは得策ではないでしょう。事を早く進めるためには代わりに誰かを犯人に仕立て朝鮮に送るしかないと思います」

「では、誰を犯人にすれば良いのか？」

「監獄にいる者の中、殺人罪を犯した者を代わりに送るのはいかがでしょうか。殺人の罪を犯した者なら、いずれここでも斬首刑に処されるはずです」

義智の質問に橘が答えた。

「うむ、それは分かった。右大臣の詫びの入れた国書はどうする？」

「それもまた難儀のことです。右大臣は、友好交流に応じるために多くの捕虜を送り配慮をしてくれました。なのに何の見返りもなく、さらに詫びの国書まで要求されれば怒るでしょう。朝鮮側が通信使を派遣した後、会談でそれを要求するなら良いですが、今そのような期待はできません。しかも、右大臣は朝鮮からの通信使を首を長くして待っているに違いありません。あまり遅れると朝鮮との外交を一任されている我が島にその責任が問われます。朝鮮側も通信使の派遣を公にしているので、遅滞なく要求に応じるべきです。恐れ多いことですが、お詫びの含まれた国書も、我らが作って送ることにしてはいかがでしょう」

玄蘇の隣に座っていた柳川が解決策を提示した。

「うむ」

義智は当惑した表情で、年配の玄蘇を見つめた。

「申し上げます」

歳を取ったせいか、やつれ顔の玄蘇は咳払いしてから、一息入れて言った。

「すべては和平のためです。戦いのためにこのような行為をするなら非難されるでしょうが、国交回復のための苦肉の策です。白い嘘でしょう。その偽書によって朝鮮から通信使が海を渡って来るのであれば右大臣も喜ぶでしょう。ただし、このことはここだけの秘密。絶対に口外してはいけません。草案は私が作成します」

文禄の役の前にも秀吉の国書を書き換えたことがあった。玄蘇はその時のことを思い出しながら話をまとめた。

「よし、仕方ないだろう」

義智は、その提案を受け入れざるを得なかった。そして、獄にいる罪人二人と偽書がでっち上げられた。程なく、橘と共に、捕縛された二人の罪人を乗せた船が対馬を発った。

釜山浦で朝鮮の官員に引き渡された二人は直ちに漢城に連行された。そして、二人は盗掘犯として朝廷の義禁府（罪人の尋問機関）で尋問を受けた。尋問で二人の名前と年齢が分かった。名と歳は、マゴサゴ三十七歳とマタハジ二十七歳。ともに対馬出身だった。

十日間、厳しい尋問が続いた。が、彼らが自白した内容は、盗掘犯とは程遠い話だった。マゴサゴは王陵が毀損された当時は、二十三歳で戦に駆り出されて海を渡ってきたことは間違いないが、漁師で船の管理を任され、ずっと釜山浦にいた。王陵のある漢城には行ったこともなかったと言い続けた。二十七歳のマタハジは十四年前には十三歳で、兵士としての招集に該当しない年齢だった。戸籍がきちんと整理された時期ではなく、体が大きければ年齢を欺いて参戦が不可能ではなかった。が、彼は成人になった今も体格は大きくはなかった。当然、彼は朝鮮に渡ったこともなく、今回が初めてだということだった。

「嘘をついてはいけない。罪人たちが事実を吐くまで痛めつけろ」

彼らの膝に石をのせ、拷問をした。

「痛い」

「俺たちは罪を犯して対馬においても処刑される身です。だが、嘘をついてまでして対馬に戻ることを望んでいません。やっていないことをやったと言うことはできません」

彼らの言い訳を聞いた尋問官は、

〈対馬島主が偽の盗掘犯を送ったに違いありません〉

と尋問の結果をまとめ、報告した。

「そんなデタラメがあるのか」

報告を聞いた王と大臣たちは唖然とした。

「それが事実なら、どう処理すべきか」と王が難色を示すと、「もし、彼らが真犯人でなければ、そのまま対馬に帰すべきです。真犯人を見つけ出し、再度、送り出すように措置を求めなければなりません。真犯人が捕まるまでは通信使の派遣を延ばすべきです」

日本との国交回復に否定的な西人派の大臣が党派の意見を代弁した。

すると、すぐ李徳馨が相反する意見を述べた。

「既に十年以上の歳月が流れています。島主も真犯人を見つけるのが容易ではなくあの二人を犯人にして、送ってきたことと推察します。もし証拠がないということであの二人を対馬に帰すことになれば、対馬では再び新たな犯人を作り上げ送って来るでしょう。それを繰り返すことはただ新しい犠牲者が出るだけで得られることは何もありません。諸事情を考慮し、島主が尋問した内容に基づき彼らを真犯人として処分するのが得策と思われます」

しばらくの間、大臣たちの間でとやかく言い合ったが、李の意見に同調する大臣が多かった。

「では、彼らをどう処分したら良いのか？」

王は、一度、絡んだ糸は解き難いと感じながら解決策を聞いた。

「二人が真犯人ではないのが確実であるのに彼らを処刑することは何の役にも立たないと思います。対馬にも帰れない状況なので、南の地方に流しそこで静かに隠棲させるのが道理と思います」

人の命を大切に思う李徳馨が、慈悲を施すべきと提案した。

すると、「それはいけません。彼らは罪人として強制送還されて来た以上、見せしめのためにも処刑すべきです。対馬島主が盗掘犯として送ってきた罪人を釈放し、それが対馬に知られたら外交上、難しいことになると思います。島主を信じ、彼らを真犯人とし処刑すべきです」と再び、西人派の大臣が異見を言い出した。

結局、濡れ衣を着せられ朝鮮に送られた二人は、斬首の刑に処された。王陵の盗掘事件は、こうして暗黙のうちに終止符が打たれた。

騒ぎが一段落すると、朝鮮朝廷は国交再開のため江戸に通信使を派遣する段取りをはじめた。通信使の正式な名称は「回答兼刷還使」に決まった。回答は国書に対する回答で、刷還は捕虜として連れて行かれた朝鮮人を連れて戻るという意味だ。

慶長十二年（1607）一月、呂祐吉（ヨ・ウギル）を正使とし、副使には慶暹（キョン・ソム）が選ばれた。随行員を含め四百六十人余の通信使一行が海を渡ることとなった。

「夢のようなことだ」

随行団には金ソバンもいた。彼は、通信使を派遣するという噂を聞いて、自ら船で海を渡るよりも通信使の一員になった方が確実と思った。情報を集め、担当官員を内密に訪ねた。彼は、日本に渡るための資金として、それまで蓄えた米や反物などを賄賂に使った。

「倭語が話せます。訓練図鑑では倭人の通訳を担当しました。通訳に役立ちますので是非お願い申し上げます」

いくら賄賂を使ったとしても日本語能力がなかったら随行団の一員にはなれなかった。正使や副使の通訳は司訳院（通訳養成所）出身の官員が担当するが、荷物を運ぶなど雑事をする随行員にも通訳は必要だった。

「通訳ができる者は多ければ多いほどいい」と、金ソバンも歓迎された。

「倭語をどこで習ったのか？」

面談した司訳院の官員が、金ソバンの流暢な日本語に驚き、聞いた。

「倭軍の捕虜になり、随分長い間一緒に生活しました。そして訓練都監でも通訳を担当していました」

「合（合格）」

金の説明を聞いた官員は、その場で合格を決めた。

「良かった、良かった」

金ソバンが通信使の一行として選抜されると、鳥衛門と矢一たちも喜んだ。個人が、自ら船で海を渡るには多くの危険が潜んでいた。若い拓郎と彦兵衛が同行するとしても状況は変わらない。まず、小さい舟で荒々しい海をどう渡るか。舟を用意したとしても漁師の経験のない彼らが、荒い玄界灘の波を乗り越えるのは簡単なことではなかった。船路に詳しい漁師を雇わなければならないが、莫大な費用が掛かるのは当然だった。そんなカネなどあるはずがない。仮に対馬や肥後に無事に着いたとしても問題は山積だった。言葉は分かっても風習や地理を知らない。朝鮮人とばれたら間諜と疑われるだろう。妻子を捜すどころか、朝鮮に帰ってくることさえ保障できない。拓郎と彦兵衛も、故郷の肥後に帰れたとしても、裏切り者としてどう扱われるか分からない。状況をよく知る鳥衛門は、金ソバンが個人的に渡海することは無理と思っていた。そんな悩みを吹っ飛ばしたのが使節団の一員に加われたことだった。これですべての懸念が一気に消え、自分のことのように喜んだ。

金ソバンは、日本で公に妻子の消息を聞くことができる。しかも、今回の使節の主な目的が捕虜を送還させる刷還使だった。金ソバンにとっては正に二度とない絶好の機会だった。

「行って参ります」

金ソバンは、鳥衛門と仲間に別れの挨拶をし、釜山浦から対馬に向かった。対馬に渡った使節団はそこで約二ヵ月間滞在したが、到着した金ソバンが真っ先に探したのは与右衛門だった。彼は文禄の役の折、対馬の通訳を担当していた者だった。金ソバンに頼まれて日本語を教えた人でもあった。

「何だ！　君がどうして？」

使節団と一緒に来た者が、自分を探しているという話を聞き、使節団の宿所を訪れた与右衛門は、金ソバンを見て驚いた。朝鮮で捕虜になっていた彼が生き残ったのも驚きだったが、その男が使節団の一員として海を渡ってきたことが不思議でならなかった。

「信じ難い。間違いなくあの金だよね？」

「そうです。お久しぶりです。あなた様もお元気ですか？」

与右衛門が、さらに驚いたのは金ソバンの日本語の能力だった。流暢で丁寧な挨拶を聞いた与右衛門は目を見張った。

「あ、あ、ありがとう。ありがとうございます」

と、あまりの衝撃で与右衛門の方がどもった。しばし、戸惑った与右衛門は、かつては捕虜として金ソバンにため口やぞんざいな言葉を使っていたが、今は使節団の一員である。どう言ったらいいのか。ついついため口が出そうになるが、立場を考えて丁寧な言葉を使った。

「こちらこそありがとうございます。お陰様でここまで来ることができました」

金ソバンは、日本語の先生である与右衛門に感謝を伝え、これまでの経緯を簡略に説明した。

「あ、そうだったんですか。でも、良かったですね」

それから二人は頻繁に会った。金ソバンが日本語が上手だということは朝鮮側の使節団の間でも広く知られていたから、彼が与右衛門や他の現地人に接することを疑う者はいなかった。むしろ、金ソバンを通じて交易の斡旋を頼もうとする者が多かった。二ヵ月の間、対馬に滞在しながら金ソバンは与右衛門と対馬の官吏を通じて妻子のことを探ったが、誰も知らなかった。

「もしかしたら、肥後に連れて行かれたかも」

「肥後、そこはどこですか?」

与右衛門は、肥後の可能性を言い出した。

「海の向こうです。が、肥後に行くにはそう簡単ではない」

与右衛門は、肥後の領主が加藤清正に代わったことや小西行長一族が滅亡し、対馬との関係が途絶えたことを金ソバンに説明した。

「肥後にいる妻子を探し出す方法はないですか?」

金ソバンは苛立っていた。

「おそらく今回の使節団は江戸に行くので、肥後には寄らないと思います。代わりに京や江戸に着いたらそこの役人に頼んだほうが早いと思います。将軍の家臣が言えば、加藤清正も従わざるを得ないでしょう。そうするのが一番手っ取り早いでしょう」

家族の悲劇を不憫に思った与右衛門は、自分のことのように方法を詳しく教えた。

「ありがとうございます。恩に着ます」

そして、金ソバンは使節団と共に対馬を離れた。

金ソバンは妻子が生きていることのみを祈った。

三月に対馬を出発した使節団は、下関、兵庫、大阪、京を経て五月に江戸に到着した。四百名を超える朝鮮通信使一行の行列は見ものだった。沿道は人混みに包まれ、使節が滞在する宿舎には地元の多くの庶民が群がってきた。彼らは扇子や楮(こうぞ)の木から作られた美濃紙など日本の特産物を持ってきて、使節団に漢詩などの掛け軸との交換を求めた。

「アイゴー、アイゴー」

時折、捕虜となっていた朝鮮の人々が使節団が滞在する寺を訪ねてきて大泣きをしたこともあった。

「もしかして、オンヤン(呼び名)を知りませんか? 福男という子どもを見たことがありますか? 行女という女の子を知りませんか?」

金ソバンは朝鮮の人々に会うたびに妻子の消息を尋ねた。

「いいえ、聞いたことないですね」

砂の中から黄金を探すに等しかった。金ソバンの問いに皆、首を横に振った。

「必ず知っている人はいる」

金ソバンは希望を捨てなかった。対馬から江戸に向かう途中で通信使一行は多くの朝鮮人捕虜と出会い、彼らの実情を肌で感じた。

「今回の使節団の主な役割の一つが皆を連れて帰ることです。名前と今いる場所を記録するので教えてください」

使節団は、訪れた朝鮮の人々の身の上のことを細かく記録して残した。そして、江戸に入り、家康と面談した際の朝鮮国王の書状と捕虜の記録を一緒に渡した。そして、家康にこう願った。

「朝鮮国の王は、捕虜になっている民の安否を特に心配をしています。帰途に多くの朝鮮人捕虜を連れて帰ることができるように善処してくだされば幸甚に存じます。そうなれば両国はこれからもっと有意義な友好関係になるでしょう」

正使と副使が懇願すると、家康はそれを受け入れ、各地の領主に再び通達を出した。

「各領地における朝鮮人捕虜の実情を明らかにせよ。朝鮮から連れて来られた者たちを探し出し、名簿を作り報告せよ。偽りは許さない」

幕府から厳しい指令書が伝わると各地の領主は真剣に調べ、報告した。

「金福男、年齢（十五歳）。金行女、年齢（二十歳）。母、玉今、彦陽出身、年齢（四十五歳）」

金ソバンも妻と息子、娘の身の上の情報を記入し、記録担当の書記官に渡した。それぞれの名前と年齢、探しやすく漢字で出身地も追加した。使節団は約二ヵ月間、江戸に滞在した。

晩春に江戸に入った使節団の一行は、真夏を江戸で過ごした。江戸は漢城より湿気が多く、暑かった。

「捕虜のことがまとまったらすぐに帰りたいです」

家康との面談が終わり、役目を終えた使節団が朝鮮に帰ることを希望すると、希望に合わせたように、〈朝鮮人捕虜を集めておきましたから、彼らを連れてお帰りください〉と幕府から知らせが届いた。実は、使節団が江戸に滞在している間、各地に派遣された幕府の官吏が朝鮮人捕虜を調べ集めていたのである。その名簿が使節団に伝わった。その数は一千二百四十人だった。

「これは誠に有難いことです。色々お世話になりました。全国各地に散っていた捕虜を集めてくださったことに深く感謝を申し上げます」

使節団の正使は、朝鮮に連れ帰る捕虜の数が千人を超えるという内容を知り、家康と幕府の官吏に心から感謝を表した。

「これほどの数なら、今回の任務は十分果たしたことになります。すべては正使様の努力の賜物です。本当に良かったです」

使節団の副使が喜んで正使に言った。

「仰せの通り。しかし、本当に連れて帰れるかどうか心配です」

正使は、江戸で朝鮮人捕虜に会うことができなかったため、心中、穏やかではなかった。家康は文禄・慶長の役には指揮下の兵士を朝鮮に派遣しなかったため、関東地域には朝鮮人捕虜がほとんどいなかった。ところが、使節団が帰途に京に着くと、使節団が来る前から、朝鮮人捕虜たちは指定所に集まっていた。列を作って遠くから近づく華麗な服装をした使節団の姿を見てあまりにも嬉しく、夢だと思った。やがて、自分たちの身の上の惨めさがあまりにも悲しくて涙を流した。

「もしかして、オンヤンを知りませんか？　息子と娘がいるのですが」

折角、日本まで来たのに妻子を見つけられず、肩を落としていた金ソバンが聞いた。金ソバンは、朝鮮の人々に妻子の人相や年齢を説明し、しつこく聞き回った。しかし、知っている者はいなかった。

「一体、どこにいるんだろう。もしかすると……」

金ソバンは不吉な思いが脳裏をかすめた。

「そんなことはない。絶対どこかで生きているはずだ」

金ソバンは首を振った。

使節団は、合流した捕虜たちを連れて京を発ち、大阪と兵庫を経て西に移動した。途中、多くはないが別の捕虜たちが合流した。

使節団の列が、筑前（福岡）に着いた時だった。

「アイゴ、アイゴ」と泣き声が聞こえてきた。そこには多くの朝鮮人が集まっていた。筑前の領主は黒田長政であり、その父が黒田孝好だった。黒田家はもともと秀吉の家臣団に属したが、関ヶ原の戦いでは家康の東軍の側に立ち、その見返りに九州北部の筑前を授かった。

朝鮮使節団の復路は、福岡を経て壱岐島と対馬を経ることとなっていたので、家康は九州全域からの捕虜を筑前に集めておいた。そこで使節団と合流させ一緒に朝鮮に帰らせる算段だった。家康の命に、黒田は積極的に九州地域の捕虜を集めた。九州南方の薩摩と西方の長崎からも多くの捕虜が送られてきた。九州地域は朝鮮人捕虜が最も多く連行された場所であった。

金ソバンの娘、行女と妻が連れて行かれたのは平戸だった。平戸藩主・松浦は、文禄の役の際に行長の一番隊に属し、兵士三千と共に海を渡った。東莱城の戦いが終わった折、捕虜を分け合い各自の領地に送ったが、金ソバンの妻と娘は平戸に送られた。松浦も関ヶ原の戦いで家康の味方となり、戦いの後、そのまま領地支配を認められた。

東莱城で捕まった金ソバンの妻は、息子を兵士に奪われた後、息子がどうなったのかも分からず、娘の行女と共に平戸に連れて来られた。

「この子だけでもしっかり守らないといけない」

彼女は、六歳である娘の面倒を見ながら、ずっと離れず一緒に暮らした。農家で雑用をしながら農業に動員されたりした。野原で農作業をする時も、決して娘を離さなかった。

「子どもは連れて来なくてよい」

「いいえ、死んでも離しません」

官吏が娘を置いて来るように言っても、彼女は娘を胸に抱き離さなかった。官吏も彼女の執着に舌を巻き、認めるしかなかった。

捕虜の生活は奴隷のような暮らしだったが、彼女は娘を守り大事にして育ててきた。幼い娘はすぐ言葉を覚え、地元の人々とよく話し合っていた。十歳になると娘は、母親とは朝鮮語で話し、まわりとは日本語で喋っていた。

そうして十四年の歳月が経った。

「唐の国から人が来て、人々を連れて行くんだって」

平戸にいた朝鮮人の間に噂が広まった。「唐（から）」とは、地元の人々が朝鮮を表現する時に使う言葉である。故国から誰かが来たことを知った。

領主の松浦は、朝鮮の人々の中で帰国を望む人々を集めざるを得なかった。家康が送った命令書を受け取り、最初はこれを拒否したかった。朝鮮から連れてきた人々は所有物だった。つまり私有財産と同様で離したくなかった。

「従わないとまずいですよ。もし幕府が調査官を派遣し、調査を行うことになれば、結局、協力していなかったことになり追及を受けるかもしれません」

「うん、仕方あるまい。朝鮮人捕虜を集めるように」

松浦は、渋々、朝鮮人捕虜を集めた。これは他の領地でも同様だった。

金ソバンの妻を含め、帰国を希望する六十二名の朝鮮人捕虜が福岡に送られた。残った人もいた。帰国しても頼れる親族のいない賎民出身や既に地元の者と結婚し家庭を築いた人々は故郷を偲んでも結局そこに残る道を選んだ。

一方、福岡に到着した金ソバンは集まっている捕虜たちを見て希望を抱いた。福岡では九州の各地から送られてきた多くの朝鮮人捕虜で賑わっていた。

「必ず見つける」と強い決意を胸に金ソバンは必死になって人々に尋ねた。

「オンヤンのことを知りませんか。金福男という息子と行女という娘がいるのですが」

続々集まってくる人々に金ソバンは朝鮮語で大声をあげた。

一方、帰途に際し、使節団は別途、捕虜の名簿を作っていた。捕虜は名前と出身地、年齢を登録することとなっていた。書記を担当する書記官の傍にいれば、自然に捕虜たちに接することができた。が、焦った金ソバンはあちこちの朝鮮人をまわり妻子を探していた。

「オンヤンをご存じないですか？　息子と娘もいますが……」

一方、金ソバンの妻は、平戸からの一群の中、朝鮮官吏がいる寺の前にいた。

「オンヤンを知りませんか？　息子と娘が一緒ですが……」

女は、藍色の使節団の服装をした男が、大きな声で何度も何度も尋ねるのを遠くから見ていた。どっかで見た顔のようだが……。

「キムボクナム（金福男）、オンヤン」

という声が、女の耳に届いた。大声の主、藍色の服を着た朝鮮官吏が近づくにつれ、次第にはっきり聞こえた。耳を疑った。

「うちの家族と同じなんだ。誰かしら」

そう思いながら官吏の顔を見た。

「えっ！」

彼女は列から離れ、思わず声を上げた。

大声で人々に妻子のことを探していた官吏が、女を見つけた。

「お前は、間違いない、間違いないよね、ねっ！」

金ソバンは妻の手を取り、しげしげと顔を見つめた。

「あんた、あんたなの？」

女は、突然の夫の姿に呆然とした。

「これは、これは夢じゃないよなっ」

金ソバンは、妻の顔を何度も撫でた。妻は、声を殺すように大粒の涙を流した。

二人の再会を見て、まわりの人々も号泣した。

「ところで、福男と行女はどこにいるんだ？」

妻は答えず、涙を流すだけだった。

「泣くな、泣くな」

泣き崩れる妻を抱くようにして、金ソバンは使節団が滞在する寺に行った。そして、妻から一部始終を聞いた。息子の福男を朝鮮で兵士に奪われた後、行方知れずになったこと、娘は成人し、現地で結婚して息子を産んだのでここに来られなかったということだった。

「そうだったのか。苦労したなあ」

金ソバンは涙の妻を慰め、抱擁した。

「行女は良かったね。父親もいないのに嫁に嫁いで、しかも息子を産んだなんて。本当に良かった。福男はきっと朝鮮にいるはずだ。戻って探せば会えるだろう」

金ソバンは妻の手を握りしめ、二人は声を抑えながら泣いた。

「ところで、なぜあなたがここにいるのですか？」

金ソバンは、家族と離れて十四年間、家族を探すために日本語を学び、使節団について海を渡ってきたこと、対馬と京で家族を見つけることができず心細かったことなどを話した。

「十年一昔、十年もすれば世が変わるといわれている。十四年も過ぎてここで出会ったのは天運だな、天運」

金ソバンの話を聞きながら、そのたびに妻が泣くと、「もう大丈夫だ。これからは絶対、離れることない」

と労った。すると、妻は夫が日本語ができるのを知って、「行女も倭語がとても上手ですよ。なので心配することはないと思います」と夫の気持ちに寄り添った。

「それは良かった。それを聞いて私の気持ちは晴れた」

金ソバンは娘のことが心残りだった。だが、妻の話を聞き、娘の幸せを祈った。

金ソバンが、妻を見つけたという噂はすぐ広まり、同行した人々は自分のことのように喜んでくれた。使節団の責任者である正使も二人の再会を祝い、別途に部屋まで用意してくれた。

使節一行、一千名以上の朝鮮人捕虜を乗せた船は、その年（1607）の晩夏に釜山浦に帰った。王と朝廷の大臣たちは、一千名を超える捕虜を連れ戻したことで非常に喜び、その功労として褒賞を与えた。

釜山浦に到着した金ソバンは漢城には行かず、妻と共に東莱の家に戻った。

迫害

「駿府城に移動せよ」

侍女二人と京で暮らしていたオタアに移動命令が下された。

駿府城は元々、今川家の城だったが、今川家が滅んだ後、家康の領地になっていた。家康は関ヶ原の戦い以降、将軍職を長男の秀忠に譲り、自分は駿府城に移ることを決めた。

「朝鮮から通信使が来て朝鮮に帰る者たちを探している」

オタアは駿府に移って間もなく通信使が来たという噂を聞いた。

「希望する者は朝鮮に連れて帰るそうだ」

だが、幼い頃に日本に連れて来られた彼女は故郷に対する記憶が薄れた。

「朝鮮ではカトリック教が普及しておらず、宣教師も聖堂もありません」

故郷である朝鮮のことが気にはなったが、今や彼女にとっては信仰こそが最も大切だった。

「天主様と信仰を諦めてまで故国に帰ることはできない」

わずかだが朝鮮語を覚えてはいたが、お祈りと自分の意思を伝えるには朝鮮語より日本で学んだ言葉の方が便利だった。

「家族の顔も知らないし、私には天主様が親。天主様に仕えることができない朝鮮よりここの方がましです」

彼女は天主を信じ、信仰活動をし続けることができる日本を選ぶべきと結論を出した。自ら朝鮮に帰ることを諦めた。

ところが、身の回りの状況は悪化していった。

「カトリックを禁ずる」

第二代将軍・秀忠は禁教令（1612）を発令した。背景には、九州肥前地域の領主・有馬晴信が天主教の勢力拡大を図り、幕府の家臣に賄賂を渡していたことが発覚。天主教への弾圧となったのである。

「徹底的に取り締まれ」

カトリック禁教令により江戸と京、そしてオタアのいる駿府の聖堂はすべて撤去され、十字架も破壊された。取り締まりは、ますます厳しくなってきていた。

「カトリック教徒をすべて探し出せ」

幕府は各地域の領主と家臣団の中にもカトリック教徒がいると考え、徹底した調査を命じた。

「カトリックを捨てて改宗すれば、命だけは助けてやる」

厳しい禁教令で、信奉するカトリックを捨てて改宗しなければ処罰される羽目になった。カトリック教徒であるオタアも改宗を強要された。

「それはできません。天主様は私の命でございます」

オタアは最後まで拒否した。

「改宗を拒否した者は、斬刑に処するか、流刑を下す」

駿府城にいたオタアは、改宗するように懐柔されたが、「天主様を裏切ることなどできません」と粘った。

駿府城の家臣たちもオタアが天主教を選択して朝鮮に帰ることすら諦めたことを知っていた。

「信念の強い女です。まわりに影響を及ぼさぬよう島に追放した方がよい」

彼女の敬虔な信仰心と決意を確認した駿府城では、彼女を追放処分した。追放先は伊豆大島に決まった。

島流しの後でも幕府の官員は引き続き彼女を監視した。

「改宗を誓えば今すぐにでも駿府に帰ることができる」

オタアは厳しい島の生活でも祈りを怠らなかった。幕府の官員はそんな彼女をあの手この手で懐柔を試みた。

しかし、オタアはいつも、同じ言葉で拒絶した。

「天主様は私の命でございます。天主様を裏切ることはできません」

強固な意志の固まりのように、オタアは静かに首を横に振った。

「頑固な女だ。仕方あるまい」

オタアが命よりカトリックを大切にするという報告を受け、駿府城では、これ以上の説得は無意味と考えた。オタアが改宗することはないと考え、彼女をさらに絶海の孤島に流刑することとした。命を奪うよりは孤島に送ることで、彼女によってカトリックが伝播されることを防ぐ方策を選んだ。そして、伊豆半島からさらに遠く離れた神津島に送ることにした。

新しい流刑地の神津島は、大島よりもはるかに遠く小さな島だった。島の名に神霊を冠する「神」が入っているのは、神霊たちがここに集まって神津島を含め七つの島を作ったという神話に由来した。

駿府城ではオタアが信仰を捨てないことを不敬と思った。そして、この神津島で、一生を終えるように処分したのである。神津島は小さな島で島民の数も少なく、そのほとんどが追放または島流しになった者たちの子孫だった。

島の中央には高い峰が聳え、飲み水の心配はなかったが、農業をするほどの耕作地はなかった。しかし、島の人々は山の斜面を削ってわずかばかりの田畑を耕し、生活に必要な野菜を得ていた。人々は魚を獲り、細々と生活を営んでいた。めぼしい漁具もなく、ひとたび海が荒れると魚は獲れず、島民の多くは耐え忍ぶしかなかった。

「天上の天主様、今日も我々に日用の糧食をくださり、誠にありがとうございます。私たちの罪をお許しください。天主様のご意志でこの地上が天のようになれるようにしてください。天主様の御名をもってお祈りいたします。アーメン」

オタアは、宇土城では城主の養女として、京や駿府城では敵将の姫として特別な扱いを受け、何不自由なく暮らしてきた。今、絶海の孤島では、食糧の少ない神津島で窮乏に堪えながら、すべてに感謝し天主様に祈り続けた。神津島に着いてからは、信仰を弾圧する者がいなく、生活は厳しいが精神的には解放されたような自由を感じていた。暮らしの中の、ごくありきたりな事にも感謝し、聖書を読み、彼女の信仰心はさらに深まっていた。オタアは聖書の教理を悟った。

「天主様のお言葉を、私一人だけが悟ってはいけない」

天主の意思を島の人々に伝えなければと思い、布教活動に入った。それのみならず、知識を活かし島民の病気を治療したり、困りごとの相談にのったりした。また、子どもたちには仮名も教えた。

「オタア様、オタア様」

幼い子どもだけではなく、当初、彼女の布教活動に冷淡だった男も女もオタアを積極的に受け入れるようになった。そして、多くの島民が天主を信奉する信者となっていった。

一方、幕府が全土に天主教禁教令を発令し、領主たちに改宗を命じた頃、内藤如安は加賀の前田家に身を寄せていた。前田家は関ヶ原の戦いで、家康の東軍に味方し、石田三成率いる西軍と戦闘を繰り広げた。その功労により領地は大きく増えた。前田家の領主、利長はカトリックに寛大だった。そのため、多くのカトリック領主を客将として招聘し、俸禄を与えていた。

内藤如安は、小西行長の参謀として、文禄・慶長の役の時は和平交渉のために明国の都である北京を訪れたこともある。しかし、関ヶ原の戦いに敗れ、行長が処刑された後、宇土城が清正に陥落した時、彼は宇土城にいた。

新城主となった清正は、仏教の法華教徒で、敵視していた行長が信奉するカトリックを徹底的に弾圧した。

「天主様が見下ろしています。これは天主様が私たちを試す試練です。ここで挫折してはいけません」

如安は、清正の執拗で過酷な迫害に屈しないように信者たちを説得した。それが功を奏し、宇土城の信者たちは殉教する覚悟で堪えた。朝鮮からの捕虜の中にも如安によって洗礼を受けた者が多かった。

「改宗すれば命だけではなく、家臣としても奉職してやろう」

清正の執拗な懐柔にもかかわらず、如安は提案を断った。その結果、如安は宇土城の地位と財産のすべてを没収された。

「天主様は私の魂である。地上の地位と快楽を求め、信仰を捨てることは有限な権力を選ぶことになる。天主様は永遠の存在であり不滅の全能者である。この世での寿命が尽きれば、来世には天主様の御国で永遠の命を得られる。この世で与えられた肉体は一次的なもの。悟りを得た魂が真なら肉体は皮にすぎない。魂を奪われ、殻の肉体に快楽を求めることは地獄に陥るのと同じであろう。地獄のような現世を求めるより天主様のご意思に従い、死んで天国に行くべし」

清正がいくら脅し弾圧を加えても如安の信念は揺るがなかった。

〈弾圧を受けているという知らせを聞きました。早く平戸へ来てください〉

肥前領主・有馬から如安に秘密裏にふみが届いた。有馬はカトリック教徒で、朝鮮出兵の際には一番隊に属していた。如安とは一緒に出陣した間柄だった。が、有馬は関ヶ原の戦いでは東軍に属し、行長の敵軍となっていた。そんな有馬から書信が届き、如安は快くそれを受け入れたのだった。如安の誘いで朝鮮人捕虜も多く同行した。

「俺は行く。お前は？」

「お前が行くなら、俺も行くよ」

カトリック教徒となった捕虜たちが、如安について宇土城を抜け出すという噂が出回ると、カトリック教徒でもない多くの朝鮮人捕虜者も同行したいと言い出した。オドンと、親友のトルツルも共に行動することとした。

「私は行かない。私はここにいて朝鮮に行く道を探るつもりだ」

その中で両班出身の朴善植は、ここに残ると言い出した。科挙にも合格し、「君師父一体（王と師匠、父親は一つである）」という儒教観の強い朴善植は、どうしてもカトリックを受け入れることができなかった。長い間「四書三経」の教えを受け、先祖を大事にする彼にとってカトリックは迷信にすぎなかった。

「分かりました。では、お達者で」

オドンは、朴善植と別れるのが惜しかったが、身分や価値観が違い、別れることとなった。如安は信仰を捨てず自分に従う人々を連れ、清正の監視の目を避けて宇土城を抜け出し平戸に向かった。

一方、高山右近は既に領主の身分を捨て、前田家の客将になり金沢城に滞在していた。

「内藤如安様は、カトリック教徒として多くの宣教師と交流しており、西洋の事情に詳しいです。しかも、

（足利）義明将軍を補佐し漢文が堪能で、学問に造詣が深いです。朝鮮に出征した時は和平交渉の全権を引き受け、明国に入国した経験もあります。おそらくこの国において如安様ほど外交経験が豊かな人物はいないでしょう。今後の情勢がどのように変わるか分かりません。将来のためにも、如安様のような参謀を傍におけばきっとお役に立つと思います」

同じクリスチャン領主だった行長が、関ヶ原の戦いで処刑されると右近は如安の先行きを考え、前田利長に推薦した。如安の学識、外交経験などの能力を認めた利長は、四千石の俸禄を与え、客将として招いた。よって、如安と一行は平戸から加賀に移ることとなった。

カトリック教の領主を客将として招いた前田は、彼らが領地内で信仰、布教活動することを禁ずることもなく後援した。そして、領主の支えもあって二人は領地内に聖堂を建てるなど積極的に布教活動を展開した。金沢にはカトリック教会堂が建立され、慶長十三年（1608）には金沢で初めて大規模なミサが開かれた。全土から多くの信徒が集まり盛大に催されたこの出来事は、ローマのイエズス会にも報告されるほど話題になった。

ところが、「カトリック教の布教と信じることを固く禁止する」との、幕府の禁止令により、各地のカトリック教組織は大きな打撃を受けた。聖堂も多くが閉鎖された。翌年には全国に禁止令が発布され、捕縛されたカトリック教徒二十二人が公開処刑されるという大事件が起きた。

「改宗をしない者はすべて国外追放せよ」

幕府は、古来からの神道と仏教だけを認め、カトリック信者を追放した。幕府からカトリック教徒の外国追放令が加賀に伝わったのは一六一四年の一月だった。

「面目ない。家門のためにこれ以上は留めおくことはできない。ご理解いただきたい」

右近と如安を支えた前田も幕府の命令には逆らうことはできなかった。前田は、右近たちと幕府との板挟みになり、ふたりに許しを請うた。加賀の領主、前田とはいえ、右近と如安たちカトリック信徒を京にある幕府直轄官庁に引き渡さざるを得なかった。

「いや、そのようなお気遣いには及びません。これまでのご支援にただただ感謝を申し上げたい」

この言葉を残して、右近と如安は加賀を去ることとなった。

「俺たちはどうする」

オドンとトルツルは祈りに参加していたが、カトリック教に心酔することはなかった。信仰のために殉教するなどという気持ちはまったくなかった。朝鮮の人々が集まって話し合った。

オドンが言い出した。

「見えてもいない天主様のために命を捧げることは到底無理だね」

「そうだ、そうだ」

信仰心の深い人々は如安に従い、加賀を去ることとなったが、そうではないオドンたちは殉教の道を選ばず、そのまま加賀に残ることとなった。

「よかろう。殉教の道は険しいからな。では、天主様のご加護がありますように。アーメン」

如安と行動を共にする人々には女が多く、男は少なかった。如安は残る朝鮮人のために祈りを捧げ、オドンは「アーメン」を唱えた。

如安一行が、加賀を去るのは厳しい酷寒の一月だった。加賀は雪が多かった。殉教の道を選んだ人々は、冷たい風を受けながら雪の山道を歩いた。極寒で手足は凍傷になり、女の信者たちはまともに歩くことができなかった。

「天主様のご加護に頼り、天主様の道に従います」

彼らは過酷で困難な道を祈り続けた。倒れては起き上がり、力を振り絞って歩いた。倒れた仲間を支え、助け合って苦難の行進を続けた。信仰心が厚い如安だが、還暦を過ぎ、肉体的には限界だった。

「ここで倒れてはいけない。もう少し頑張れば、必ず天主様が導いてくれるはず。耐えましょう」

大雪は腰まで積もっていた。十日をろくに食べず、休まず歩き続けた。だが、京に近い坂本に着いた時、死んだ者も脱落した者もいなかった。信仰心と意志の強さが、まさに奇跡をおこした。

寒さの中、強行軍で凍傷にかかった者たちが多く、彼らの回復のためにしばらく坂本に留まった。ところが、彼らの存在を知り、突然、京から幕府の役人が嗅ぎつけてきた。

「改宗せよ。カトリックを捨てるなら何もしない。意地を張るな」

役人は、右近と如安を説得したが無為なことだった。

如安には妹がいた。彼女も幼い頃、カトリックの洗礼を受けた。洗礼名はジュリア。敬虔なカトリック教徒として、兄と離れ京や大阪で熱心に布教活動を行っていた。彼女が主導した修道会には女が多く、二十名ほどが活動していた。多くが領主夫人や貴族など上流階級の女だった。その修道会にマリア朴という女がいた。朝鮮出身だった。両班の娘だったが、文禄の役の際に捕虜として連れて来られ、カトリックに接し洗礼を受けた。朝鮮からの使節団が京に来た時に、望むなら朝鮮に帰ることもできたが、祖国の親兄弟よりもカトリック教徒として生きる道を選んだ。聡明でジュリアと共に修道会を率いていた。

「改宗すれば楽に暮らせるぞ。女どもは結婚して家庭を守ればいいのに、何で国を騒がせるのか」と、幕府役人は罵るように怒鳴りつけた。

幕府の禁教令は日増しに厳しく、弾圧の嵐が吹きすさぶようになってきた。幕府の役人は、彼女たちを捕まえては改宗を強要した。

「命を捨てることはできますが、天主様を捨てることはできません」と、頑固な女たちに対し、「これ以上、意地を張るなら罰を受けるぞ！」と役人の口調も激しくなっていった。

役人は、修道会に集まった女たちを縛って街頭にさらしたり、米を入れる藁束で彼女たちをぐるぐる巻きにして京の繁華街を引きずり回したりした。そして、人々に足で蹴らせ、夕方には縛ったまま川辺に放置し棒で殴るなどした。

「死ねっ！」

役人の顔をうかがう人々は、彼女たちを罵った。

「天主様、あの人たちの罪をお許しください」

信者の中には教養ある上流の女も多く、耐え難い侮辱を受けながらも信仰を捨てる者は一人もいなかった。

「改宗しない男たちは長崎に連行せよ。女は京にいることは許すが一切の信仰活動は禁止する」

幕府から新しく下された命令だった。棄教しないキリシタンは処刑するより国外に追放しようという措置だった。

「長崎に行きましょう。そこから海外に行く道を探りましょう」

高山右近と内藤如安は長崎に行くことにした。

「私たちも同行します」

加賀からの全員が同行を望んだ。そして、長崎に行く道すがら、大阪で如安は妹のジュリアに遭遇した。

「よく堪えた。この国では布教どころか信仰生活もできなくなってしまった。私たちは自由を求め、国を離れることにした」と、如安は言った。

「お兄様、ここにいる人々は皆、宗教の自由を求めています。一緒に連れて行ってください」

ジュリアも、信仰を続けるにはこの国を離れるしかないと決心した。

「今後も多くの苦難があるだろう。しかし、天主様のご意思と受け止め、天主様のご意思に従えば信仰の自由が得られるだろう。そしていずれは天主様の救いを受け、天国で永生を得られると信じている。一緒に行こう」

如安は、ジュリアと共にする十四人の修道会の女たちを歓迎し、共に長崎へ向かった。朝鮮出身のマリア朴も同行した。

長崎に到着すると、現地の宣教師、信者たちが温かく迎えてくれた。

「京では幕府の弾圧がとても厳しいとの噂を伺いました。が、こうして無事にお会いできてよかったです。少しお休みになってください」

「ありがとうございます。すべて天主様の思し召しとお導きだと思います」

長崎にはカトリック教徒が多く、この日は天気も穏やかだった。厳冬の前田家の加賀に比べれば、ここは天国だった。

しかし、彼らが長崎にいる間も、役人は如安や右近たちの行動を監視していた。右近と如安が、カトリック教徒を率いて幕府に反旗を翻すかもしれないと疑っていたのである。

そして、その年の八月末、幕府からの使者が長崎に来た。

「棄教せぬ者は全て海外に追放する！」

改宗を拒否し続ける如安と右近らの処分に苦慮していた幕府は、極刑ではなく海外に追放することを最終的に決定した。追放先はマカオとマニラだった。

「どうする」

如安や右近たちは既にこうなるであろうと覚悟を決めていた。が、一部の信者の中には、海外に追放されることを恐れていた。

「どちらを選ぶかは自由です。自分の意思に従ってください」

海外を選んだ信者は、マカオかマニラかを自分で選択することになった。

「私たちはマカオに行く」

ポルトガル出身の宣教師らはマカオを選んだ。

「我々はマニラに参ります」

如安と右近はマニラを選んだ。右近が大きな影響を受けたモレホン神父がマニラ行きを選んだためだった。ジュリアとマリア朴をはじめ、修道会の女信徒もマニラ行きの船に乗った。

一六一四年の十月五日。

イエズス会所属の六十二人の宣教師と信徒五十三人を乗せた小さな舟が長崎を発ちマカオに向かった。続いて如安と右近たちドミニコ会所属の司祭と信徒を含む約三百五十名がマニラに向かう数隻の舟に分けて乗船した。

「早く出港しろ！」

幕府から派遣された役人が出港を急かせた。

「弾圧が続く限り、再びここに戻ることはないだろう。さようなら」

長崎を出発し、大海原に出ると小舟は高波に激しく揺れた。五島列島を通りすぎ、周辺の山野が遠くなった。幕府は彼らに小さくて古い舟を渡した。どうせ舟は海の藻屑となって沈むだろう。まさに棄民だった。想像通り、小舟は荒海で大波に飲み込まれ海水が染み込んできた。食べ物も十分ではなかった。

「聖父、聖者、聖霊の御名でお祈りいたします。どうぞ、天主様の平安を我らにお与えください。あなたはいつも私たちと共にいてくださる主なる神様です。感謝いたします。無事、目的地に着くことができますように導いてください。そして私たちを正しい道に導いてください。天で志が成ったように、この地からも成されるようにしてください。イエス様の御名によってお祈り申し上げます。アーメン」

漂流する船上で、揺れながら彼らができることは祈ることしかなかった。皆が懸命に祈り続けたが、アントニオ・フランシスコ・クリタナという老神父を含め四人が亡くなった。

「ご冥福をお祈りいたします」

悲しみながら茫々たる海に漂流し、飢えや疲労との戦いを強いられた彼らに神様への祈りが通じたのか長崎を出て二ヵ月余、マニラに辿り着いた。

「陸地が見えるぞ、陸地だ。良かった」

十二月二十一日のことだった。

空腹と船酔い、沈没の不安に耐えながらの航海だった。食べ物もなく死人、病人が続出した。

「天主様のご加護のお陰です。感謝を申し上げます」

スペイン出身の宣教師が、ルソン島のマニラに到着したことを信者たちに告げると、信者たちはそろって祈りを捧げた。

長崎を出たときは冬だったがマニラは夏。皆、温かい空気にホッとした。

「ビエンベーニドス（Bienvenidos）ようこそ、いらっしゃいませ」

スペインから派遣されていたマニラ総督が一行を出迎え、歓迎した。総督はすでに宣教師を通じて右近と如安が領主だった情報を得ていた。総督は失礼のないように一行を手厚くもてなした。マニラはスペインの植民地で、噂を聞いたマニラ滞在のスペイン貴族と聖職者たちが彼らを歓迎した。そして、総督は疲れた彼らに配慮し、サンティアゴの要塞であるイントラムロス城内に宿泊所を用意していた。

「手厚いお心遣いに心から御礼申し上げます」

如安と右近は、総督に感謝を表した。以後、一行は入植地を与えられ、自由に信仰活動を行うことができた。

「ここは正に神様の国です」

「そうですね。国を離れて良かったです」

右近たちは、何事にも縛られない自由に心底喜んだ。

ところが、マニラに着いて一ヵ月ほど経った頃だった。

入植地にやっと生活の場を整え、信者たちと共同で信仰生活を営んでいた時、高齢の右近が高熱に襲われたのである。額から大粒の汗を流し、苦しんでいる右近を如安が気付いた。

「右近様、お顔色がよくないです。どこか具合が悪いところはございませんか？」

「マニラに来てからずっと熱が下がらない。体調は悪い」

右近は、如安に元気なく答えた。

「食べ物がお口に合わないからでしょう。無理せずにお休みください」

「すべきことが多いのに、本当に済まない」

右近は、同年代の如安に申し訳ない気持ちでいっぱいだった。如安が航海中にも元気で人の面倒をよく見ていた。そんな姿を見ながら、自分は何もできずにいたからだ。

「マリア様、右近様が衰弱しているのでしばらく看病をお願いいたします」

「かしこまりました」

如安は、直ぐに漢方医学に詳しく思慮深いマリア朴に右近の看護を頼んだ。マリア朴は、朝鮮の捕虜として日本に渡りカトリック教徒になった。彼女は心を込め献身的に右近の看護をした。

「お口に合わないようですが、少しでも召し上がらなければなりません。早く元気を出して信仰で私たちをお導きください」

高熱に苦しむ右近に、マリア朴はマニラでは貴重な米を手に入れ粥をつくった。フィリピンの米は朝鮮とも日本とも違い、時間をかけて炊いてもなかなか柔らかくならなかった。マリア朴は、誠意を尽くし、柔らかい粥を作ろうとしたが限界があった。食欲のない右近は、米が固くわずかしか食べられなかった。症状は悪化し、水を飲み込むことすら難しくなった。

「ジュスタ様。しっかりしてください」

ジュスタは右近の洗礼名だった。右近は、高熱でいつも呻き声を出していたが、その夜、マリア朴が右近の部屋を訪れた時、物静かで呻き声もなかった。

「症状が良くなったようだ。良かった」

マリア朴は、右近が寝入っていると思った。しかし、その時、右近は息切れていた。マリア朴の献身的な看病にも拘わらず、病床に付いて半月も経たず、右近は静かにこの世を去った。

一六一五年一月八日のことだった。マニラに着いて二ヵ月も経たなかった。幕府のカトリック弾圧で、寒さの加賀から京を経て、休む間もなく長崎に。そこから長い航海の末にマニラに渡ってきた。これまでの強行軍が六十を過ぎた彼の体を蝕んだのだ。

「ああ、ジュスト様」

自由なマニラに到着して間もなく、同志の右近がこの世を去ってしまったことに如安の心は大きく揺れた。衝撃だった。悲しい気持ちを抑え、葬式を挙行した。

「謹んでご冥福をお祈り申し上げます」

如安は、右近の葬儀をカトリック教会と共同で行った。葬式を終えた如安は、

「私たちがマニラに来たのは信仰の自由を求めることとともに、天主様のお言葉を現地の人たちに伝えるためです。この城の中にはスペイン人だけが住んでいますので布教活動には向いていません」

右近の死を契機に、如安はイントラムロス要塞を出て、現地人と交流するために日本からのクリスチャンで構成する村、サンミゲルを建設した。

そして、漢文能力を活かし中国の漢学書を探求し病気に苦しむ現地人を治療したりした。日本語の聖書を現地語に翻訳し、現地人に配るなど布教活動も精力的に行った。老齢にもかかわらず布教活動を積極的に展開し、サンミゲル村の実質的な指導者として役割を果たした。その如安は、マニラに着いた十年後、七十七歳でこの世を去った。

権謀術数に長けた松永家の長男として生まれ、幼い頃に洗礼を受け、敬虔なカトリック信者となった。漢学にも関心が高く、学者の道を歩むはずだった。ところが、父親の死により若くして領主となった。伯父の命により将軍の足利義昭に仕え、後に信長に領地を奪われた。その後、小西行長の参謀となり朝鮮出兵を経験した。明国との講和を進めるために北京まで派遣されたこともあった。関ヶ原の戦いで主君の行長が敗北し、処刑されてからは各地を転々とした。そして、クリスチャン禁教令によって異国のマニラまで渡ってきた。信仰心の篤い彼は、天主様の意思をこの地に実現させようと努力した真のカトリック教徒だった。

後年、如安の妹ジュリアとマリア朴をはじめマニラに渡ったカトリック教徒たちは、皆そこで生涯を終えた。

ヌルハチ

秀吉の死で七年間に渡る戦（文禄・慶長の役）は終焉を迎えた。この事件によって後遺症が多く残ったのは、当事者である朝鮮と日本のみならず明国も同じだった。

朝鮮が秀吉軍に占領されれば、その影響は明国にも及ぶとのことで、明の朝廷はやむを得ず朝鮮に援軍を送らざるを得なかった。その結果、多大な戦費を使い財政的に大きな負担を抱えていた。時すでに明王朝は、繁栄期をすぎ衰退期に入っていた。長く中原を支配していた明王朝が衰退すると、「機会到来」とばかり女真族のヌルハチがこの隙を狙った。

東北部の満州地域に広がる女真族は、遊牧民族であり部族単位で暮らしていた。満州族には固有の言語と風習があったが、まとまりもなく満州地域でばらばらに暮らしていた。そんなことから長い間、漢族の支配を受けていた。

ところがヌルハチが族長になり、散らばっていた各部族をまとめた。その女真族は十二世紀頃、金王朝を建国して、一時期、中国本土を支配したことがあった。ヌルハチは、明の衰退をみるやその隙を突き、金王朝を受け継ぐという大義名分を掲げて後金王朝を建てたのである。明国から独立して満州を実効支配した。

「いずれは明を滅ぼし中原を支配する」

ヌルハチの野心は満州支配で終わるものではなかった。明王朝に代わって中国全体を統治することが究極的な狙いだった。満州族は次第に南下し遼東にまで勢力を伸ばした。

「大きな禍根になる前に火種を消さなければなりません」

ヌルハチの勢力拡張を放ってはおけないという強行な主張により、明の皇帝は征伐軍を派遣することとした。すると、大臣の中からこんな意見が飛び出した。

「申し上げます。兵法には以夷制夷（夷を以て夷を制す）という教えがあります。満州族を討つために朝鮮を先鋒に立たせた方が得策と思います。以前、倭国が朝鮮を侵略した際に、殿下が皇軍を派遣して朝鮮を救ったことは誰もが知っているはずです。今度こそ、その恩を返させるべきでしょう。もし、朝鮮がこれに逆らうのであれば、それは恩知らずになるでしょう。朝鮮には優れた射手が多いと言われています。彼らを先鋒に立たせれば、皇軍は傷を負うことなくヌルハチを鎮圧できると思います。朝鮮も、上国である我が朝廷に恩返しができると、きっと喜ぶと思います」

「おお、それは名案だ。朝鮮も喜んで兵士を送るだろう」

皇帝・神宗は、朝鮮が自分の要請を絶対に断ることはないと思い、直ちに朝鮮に使節を送ることにした。

満州地域を掌握したヌルハチが後金を建てたのは一六一六年。日本では徳川家康が大阪城を二度にわたり攻撃して政敵の秀頼を倒した翌年だった。

朝鮮では既に八年（1608）前に、十四代の王、宣祖が亡くなり、光海君が王に即位していた。先王の宣祖が亡くなる前の年（1607）、江戸に使節団が派遣され、金ソバンの妻を含め、千二百名余の捕虜が帰還し、日本との和平交渉が現実味を増し、宣祖王は喜び、朝鮮の民たちにもやっと笑顔が見え始めていた。その宣祖が、年が変わった正月の寒い日、突然、脳卒中で倒れ五十五歳の生涯を終えた。

宣祖は、正妃との間に王子がいなかったので、側室との間に生まれた王子の中から王世子を決めなければならなかった。側室から生まれた王子のうち、臨海軍が長男で、光海君が次男だった。序列からすれば臨海軍が王世子の候補だった。ところが、臨海君は幼い頃から素行が悪く、君王としての人徳を備えていないとの評価が多く、重臣らも礼儀正しく、賢い光海君を支持していた。宮廷内は、王世子の座を狙って、側室とその王子たちとの間では、暗闘を繰り返した。そんな中、戦乱が起き、宣祖は重臣たちの推薦を受け入れ、急遽、次男の光海君を王世子に任命したのである。

さて、王位を継承した光海君は、即位するや積極的に改革を進めた。まず、王室の権威を回復し、戦で疲弊した経済の立て直しに奔走する。

その中の一つが戦乱で焼失した王宮の再建だった。その財源として、まず税制を改めることから着手。合わせて戦乱で焼失した書物を再刊行するなど文化の復興にも努めた。戦乱の際に、王世子として分朝（臨時朝廷）を率い、統治を経験したこともあり政局は少しずつ安定を取り戻していた。

そんな折、満州への出兵を求める、明国からの使節が到来した。使臣は、明皇帝の勅書を新王の光海君に渡した。赤い絹で装飾された勅書を承政院の大臣が受け取った。

〈余は遼東の蛮族を征伐する。朝鮮は一万の捕手と射手を派遣せよ〉

勅書を読んだ光海君の顔色が変わった。

満州族の後金が、今では明より強力な軍事力を誇っていることは光海君も知っていた。そのため満州族を敵に回すことは朝鮮にとって得策ではないと光海君は感じていた。加えて、新王には王位継承をめぐって明国に密かに恨みを抱いていた。先王が没し王位を受け継いだ光海君は、明国の皇帝に許可を得るため使節を派遣した。ところが、「庶子出身である上に長男でない者が、なぜ王になれるんだ。王の冊封は許し難い。その事情を調べろ」と継承に難色を示した。王位継承で調査団を派遣してきたことがあった。調査団が来ると、新王と大臣たちは継承を認めてもらうために莫大な銀と貴重品を与えた。それにより新王が推進してきた戦後復興事業にも大きな影響を及ぼすことになったのだ。

「滅んでいく明王朝にそのように屈するべきか」

新王は明国に対する事大主義に疑問を抱くと同時に、満州族の後金とも交流すべきではないかと考えていた。

「朝鮮という小国が強大国の間で生き残る唯一の方法ではないか」

つまり、「不可近不可遠（近くもなく遠くもない距離での関係）」策を取ろうと。朝鮮の平和と安定のために、明国との関係も絶たず、後金とも適当に平和友好的な関係を保つことこそ朝鮮の生きる道だと信じていた。

明国はその意中を見抜いたかのように派兵を要請してきたのである。

苦渋の表情を浮かべる光海君に、諭すように重臣の何人かが声を上げた。

「倭乱の時に助けてくれた明国の恩恵は海のように大きいです。その恩は、言葉で表すことはできません。倭軍の侵略を受け、正に風前の灯火、危機に瀕した朝鮮のために援軍を派遣し、敵を撃退してくれたことは、『再造之恩（滅びゆくのを助け、再建をも助けた恩）』と言えるでしょう。親の恩を子が一生忘れることができないのに、皇帝の恩を臣下である朝鮮が忘れることなどできません。親の恩を受けた子が親が苦しんでいるのを知りながら、知らんぷりすることは人倫に背くことでありましょう。親のような明国の困難を知っていながら軍隊を派遣しないとは、正に恩知らずで理に叶いません。皇帝が使節を派遣し、我が軍の派遣を要請することは、むしろ感謝すべきことであります。恩を返し、今後も両国の絆をさらに固くしなければなりません。今回の要請は朝鮮にとっても光栄であり、すべては明皇帝の配慮と推察いたします」

親明派の重臣（明国を支持する大臣）は、満州族の建てた後金国を野蛮と見下していた。彼らは、新王に明国の「再造之恩」を持ち出し軍の派遣を迫った。

「うむ」

新王の考えは重臣たちと違った。朝鮮半島をめぐって対外情勢が大きく急変していたのに親明派大臣はそれに疎かった。対外情勢の変化を知ろうともせず、大義名分だけで出兵を主張する大臣たちが嫌だった。しかし新王の力は、まだ盤石ではなかった。明国と古参の大臣たちとの板挟みになっていた。古狸のような彼らの支援を受け、王となった光海君には彼らを抑え込む力はなかった。

「皆の意見は十分に理解した。派遣の規模に関しては余に任せてください」

新王は、明国の「再造之恩」を強調する重臣の要求を退けることができなかった。今は、自らの意思とは違って軍を派兵するしかなかった。

「姜弘立(カン・ホンリプ)を呼びなさい」

今の自分の胸中を理解する者は誰か？　悩んだ末、新王は兵馬節度使（従二品）を歴任した姜弘立に白羽の矢を立てた。

「この度、明国から派兵を頼まれた。が、派兵する兵は我が国の宝である。彼らが他国の争いに巻き込まれて犠牲になることだけは避けたい。彼らを失えば、それこそ朝鮮の国防は風前の灯となる。難しい任務とは思うが、其の方が兵を指揮し、兵の命をできるだけ無駄にしないでほしいのだ」

「しかし、殿下！　私は武科出身ではありません。戦闘経験もありません。そんな不器用な私が朝鮮の大黒柱である兵を指揮することなど相応しくありません。それに私は持病を持っており、遠く遼東まで行くことは到底無理と思われます。ご諒察ください」

王から内密に命を受けることは喜ぶべきことなのに姜はそれを断った。体調も悪かった。到底、遠くの遼東には行けそうな状態ではないと自分では思った。さらに今回の派兵は単純なものではなかった。女真族と一戦、交えることなのだ。野戦の経験もない彼には自信がなかった。

「心配は無用だ。武官出身ではないなら武官を副将として補佐すればよい。急ぐことはない。体調が回復してからでよい。まずは静養し、体を癒やしなさい。この度の件は、余が信じる其方に特別に頼みたいのだ。引き受けてほしい」

「承知いたしました。厚恩にお礼を申し上げます」

王の意志が強いことを察した姜は、受け入れざるを得なかった。その後、紆余曲折の末、王は姜を派兵総司令官の都元帥に決定した。そして、全国に命を下し、兵を集めた。

明国からは、主に砲手と弓手を要請されていた。砲手と弓手は、訓練都監で養成した兵が多かった。その兵たちの中には、文禄の戦いで実戦を経験した者が多かった。

サントゥ（朝鮮式髷）の髷がまっすぐ立たず、髷止めもやや斜めに差し込まれ、ぎこちない様子の男が門の前でウロウロしていた。長い髪が突き出ていて、端正な両班の髷とは程遠い姿だった。

「なんであんなに寝坊するんだ」

耳の上の髪が、まるで霜のようになった初老の男が独り言を言い、家の周りをひとまわりし隣家に足を運んだ。髭も無精で顔の輪郭すらはっきりしなかったが、よく見るとほかならぬ鳥衛門だった。

「おっ、来たのか」

鳥衛門が近寄ると人の気配を感じたのか、家の中から男が出てきて日本語で挨拶をした。

「今日、狩りに出かけようとしたのに、あいつらが寝坊したから先にこっちに来たよ」

鳥衛門と話をしていたのは、親友の矢一だった。

このとき、鳥衛門は開城から一里ほど離れた開豊（ケプン）に住んでいた。十数年前、金ソバンが朝鮮通信使として日本に渡り、妻と共に朝鮮に戻って来て、その後、金ソバンは妻と共に故郷の東莱に帰った。鳥衛門とその仲間はそのまま漢城に残っていた。

ところが、朝鮮と日本との交流が再開すると都城と宮殿を防御する必要がなくなった。

「降倭たちは全て東大門の外に住むようにせよ」

朝鮮朝廷は、訓練都監所属で漢城の警備に当たっていた鳥衛門のような降倭出身者を都城の外に移すように命じた。そこに田畑を与え、住むようにしたが、降倭の数が多く次第に地方に分散させられていた。一部は南の蔚山や慶州に移住した者もいた。鳥衛門たちは漢城の北にある開城の近くに移住先が決まった。定着してもう十年余が経っていた。

鳥衛門もすでに五十を過ぎていた。元々、体格が良く年齢よりは若く見えた。足取りもしっかりしていて筋力も衰えていなかった。

朝廷から農地が支給され、矢一や彦兵衛、拓郎らと共に百姓をしていた。皆、朝鮮に渡る前も百姓だった。手慣れたもので収穫も良かった。農閑期の冬になると、鳥衛門は仲間を集めて雪山に登った。農繁期には百姓を、農閑期には猟師をやって暮らしていた。

冬の雪山では獣の足跡を追い、鳥衛門は得意の射撃で獲物を狙った。

漢城より北の開城には松岳山（ソンアクサン）や万寿山（マンスサン）など険しい山が多く、猛獣も多く生息していた。食べ物がなく飢えた猛獣が民家を襲い、家畜だけでなく人に殺傷を負わせることもあった。猛獣が出没し被害が多ければ、地域を治める官長は朝廷に報告をしなければならなかった。自分の失政を自認するようで、官長は猛獣が民家に現われたという報告が上がるのを嫌った。

逆に、被害を与えた獣を退治すれば、朝廷からその手柄が認められた。虎や熊のような猛獣を捕え、証拠として朝廷に捧げれば、その能力が認められ、昇進や栄転することもあった。なので、官長は猛獣を捕るための猟師を必要とし、開城の役所では近辺に住む猟師の名簿を作成し、管理していた。

鳥衛門は以前、中央の訓練都監の教官職を務めたので、降倭の中でも彼の鉄砲の腕前は広く知られていた。鳥衛門と仲間が、開城に移ってきた時から役所では彼らを帰化者と猟師として管理していた。名簿の一番上に鳥衛門の名が書かれていた。

そのおかげで鳥衛門と仲間は、猟師として鉄砲を所持することが認められた。猛獣が現れ、役所から召集がかかると彼らも喜んで参加した。その度に鳥衛門は腕前を発揮し、褒美も多く受け取った。

金出島（キムチュルド）。

鳥衛門の朝鮮名である。金出島という名は島国出身の意味だ。朝鮮人の有職者からいただいた名前という。鳥衛門と矢一は、捕虜となって朝鮮側に付いた時から帰国を諦めた。だが、若い彦兵衛と拓郎は故郷に帰りたがっていた。ところが、帰ったとしても裏切り者扱いされることを知り、鳥衛門と一緒に朝鮮に留まり、朝鮮名をもらった。矢一は金島一（キム・ドイル）、彦兵衛は金来島（キム・レド）、拓郎は金島男（キム・ドナム）になった。苗字に金を付け、名前には島の字が含まれたので、みんな兄弟のようだった。

金ソバンが日本に渡り妻と、多くの朝鮮人の捕虜を、連れ帰ったという話を聞き、彼らは母国の領主たちを恨んだ。数回に渡って捕虜を送還させた朝鮮朝廷の努力に比べ、自分たちは無理矢理、戦に駆り出され、戦が終われば放ったらかし、何の措置もなかったからだ。

「これこそ使い捨てじゃないかっ」

何の恨みもない朝鮮に連れて来られ、命の危険に晒され、平壌まで進軍した。罪もない人たちをどれだけ殺したか。ただ国が違うから、言葉が通じないから、習慣が違うからといって殺してきた。腹が空いたからといって食糧を奪い、寒いといって服を奪った。兵士たちは金目の物は何でも略奪した。領主らは、領地で働かせる労働力として朝鮮の人々を次々と拉致した。戦の修羅場になった朝鮮では、人倫も人道もなかった。弱者は強者の餌食だった。

それまで朝鮮は平和な地だった。庶民が槍などの武器を所持することもなかった。百姓として土地を耕し、秋になれば収穫し、つましい暮らしを営んでいた。決して豊かではないが、人の道理は大切にされていた。

鳥衛門は、早くから領主たちの争いごとにうんざりしていた。

「天下布武のために」

「極楽浄土を作るために」

「領地と家臣を保護するために」

領主たちは常にそれなりの大義名分を掲げて戦を起こし、民衆を巻き込んだ。鳥衛門はいかなる大義名分があっても、人を殺し合う戦は酷いことで許されることではないと思っていた。

「今まで大義名分のためにどれほど多くの人が犠牲になり、死んでいったか」

罪なき人が大義名分の下で殺され、大義名分のために腹を切って死ななければならなかった。

「領主らのいう大義名分はあまりに勝手すぎた」

鳥衛門は、朝鮮に渡って来てうんざりするほど戦い続けた。振り返れば朝鮮の捕虜になってかえって良かったと思った。遠征軍が退いてから人間らしい暮らしができてほっとしていた。

降倭としての手柄が認められ土地も授かった。

「俸禄も貰っていることだし、そろそろ嫁でもと思う」

「うん、それがいいです。毎度、毎度、飯炊きもうんざりでしょう」

いつだったか金ソバンが鳥衛門に嫁を勧めると、炊事担当の矢一が同調した。

鳥衛門は、金ソバンの紹介で朝鮮の女と家庭を持った。二人の息子も授かった。早いもので、その長男は十八歳、次男も十六歳になった。

朝鮮に帰化したとはいえ朝鮮の社会情勢には疎かった。それまで通訳をしていた金ソバンが故郷に帰ってしまい、通訳なしでは難解な朝鮮の国内事情までは理解できなかった。

それでも鳥衛門が、仲間の中で一番、朝鮮語が上手だった。金ソバンから朝鮮語を習ったが、朝鮮語には方言が多く、発音が違うので聞き取りに苦労した。長男が生まれても、長男は片言の日本語しか分からず互いに完璧に理解し合うことはなかった。

そんな鳥衛門の耳にも、以前から北の満州で蛮族が建国したという噂が入っていた。その時は、「俺たちとは関係ないだろう」と思っていた。ところが、突然、「砲手は武装して役所に集まれ」という通知が届いた。降倭の仲間たちに満州派兵の通知が届いたのだ。軍役は満十六歳から六十歳までの白人（普通の民）が果たすべき義務だった。

鳥衛門と矢一、彦兵衛、拓郎は勿論、鳥衛門の二人の息子である島植（トシク）と島哲（トチョル）も招集された。

「一つの家から男三人も招集されては困ります。私と長男が行きますので次男は外してください」

鳥衛門は嘆願書を作成し、長男と二人で役所を訪ね役人に訴えた。

「一家族から軍役の対象が三人だと。ふむ」

役人は、指に唾を付け帳簿を捲った。

「そうだね。国の法律にも軍役で生計を脅かすことは禁止とある。了解した」

役人は、鳥衛門のことを猛獣狩りで功を立てたことを知っていて快く受け入れた。

「良かった、良かった」

鳥衛門の次男が軍役を免除されるのが決まると、矢一が自分のことのように喜んだ。

「本当だ。運が良かった。理解のある役人で良かった。悪い役人だったら必ず賄賂などを要求したはずだ」

矢一の話を聞いた鳥衛門は、胸を撫で下ろした。

鳥衛門は、長男が十歳を過ぎた頃から狩猟に連れて行った。そして、銃の撃ち方も教えていた。腕前は特段優れているとは言えないが、百歩離れたところで獲物の胴体を射止めることはできた。

一方、派兵軍の総司令官を担う姜は都元帥を、そして補佐役の副元帥には武将出身で平安道節度使を務めていた金景瑞（キム・ギョンソ）が着任した。その他、軍官として李継善（イ・ゲソン）、安汝訥（アン・ヨヌル）と防御使や左右の助防長らが任命された。彼らの指揮下に全国から鉄砲を操る砲手三千五百、弓手つまり射手が三千五百、そして接近戦のために槍や刀などの武器に長けた殺手三千が集まった。

鳥衛門が暮らしている開城周辺からは約一千の砲手が集められた。各地から厳正な選抜を経て選ばれた精鋭だった。兵の中には訓練都監出身で鳥衛門のような降倭も多かった。四十歳を過ぎた者の中には「東五軍」の所属で戦乱を経験した者が多かった。

光海君の治世十二年（1619年）の三月、鳥衛門を含む派遣兵は義州を経て中国の遼東に入った。そこで明国の総大将である楊鎬の隊と合流した。楊は慶長の役の時、参戦した人物だった。蔚山城の清正軍を攻めたこともある。

「援軍一万を率いて参りました」

朝鮮軍を率いた姜が、楊に援軍の兵数や構成について報告をした。すると、労いの一方で「砲手が少ない」と不満を漏らした。

「いきなり不満を言うなんて」

援軍の総大将である姜は、楊の不満に光海君から秘密裏に頼まれたことを思い出した。

「今回、集めた兵は朝鮮の精鋭だ。万が一、戦が始まったとしても積極的に臨む必要はない。戦う振りをしながら状況をよく見極め行動するように。どんなことがあっても兵の犠牲は防がないといけない」

「うむ、指揮将の不満を買って良いことはあるまい」

姜は、王からの言葉を思い出し、戦場では明軍を巧みに目くらましをしなければならないと思っていた。そのためには最初から不満や疑いを持たせてはいけないと心に誓った。

そして、彼は直ちに朝鮮に飛脚を出した。

〈砲手の数が足りないと文句を言っています。このような状況のままでは、信用を得ることが難しいと思われます。信頼獲得のため、目くらましをするには砲手の増員が必要です。砲手の増員をお願い申し上げます〉

姜から書札を受け取った王は、直ちに砲手一千名を招集して、遼東に送った。これをみた楊は、

「おお、ご立派。姜司令官の配慮に感謝します」と姜を称賛した。

そして、楊はまず明軍を四つの隊に分け、満州族の本拠地であるサルフ（薩爾滸／遼寧省撫順の東方にある地）に向かった。朝鮮軍は、明の武将である劉綎が率いる南路軍に属した。

姜も、朝鮮軍を中軍、左軍、右軍の三つに分けた。中軍が主力で、左軍と右軍は中軍を援護する隊だ。烏衛門と仲間は中軍に配属され、先鋒に立った。

「あいつらが何で先鋒に立つんだ」と文句を言う朝鮮軍兵士がいた。今回の派遣兵は朝鮮の全国から呼び集められ、腕力を自慢し「俺一人で蛮族を全滅させる」と豪語する者が多かった。人より頭一つは大きい大柄な兵士の一人が、烏衛門とその仲間が先鋒に立つのを見て不満を漏らした。彼は、それほど寒くないのに毛

皮の帽子と毛皮で体をまとっていた。彼が、将校にも聞こえるように文句を言うと、その将校は「彼らは降倭出身だぞ。鉄砲の腕前が優れている」と短く、断固とした口調で言い切った。

　すると不満な表情でいた大柄男は、鳥衛門と仲間の様子を見て後方に下がった。朝鮮の砲手たちの間でも、「降倭出身」の腕前と敏捷さ、そして勇猛さは広く知られていた。鳥衛門は訓練都監で多くの砲手を訓練、指導した。このたびの参戦でも、鳥衛門に直接、撃ち方を習った兵もたくさんいた。

　明軍の陣形は北路軍が先鋒に立ち、南路軍は後方を担った。南路軍を率いる劉は、明では名将として知られていた。怪力で、彼が手にする剣は二十貫（約七十キロ）を超え、彼はその剣で敵兵の胴を真っ二つにした噂があるほどだった。

　南路軍に属した朝鮮軍は、明軍の後方で深河に向かって進軍した。ところが、川が氾濫し思いがけない事が起きてしまった。朝鮮軍は、朝鮮を出発する時、約十日分の食糧を背負っていた。が、氾濫した川を渡る際に食糧のほとんどが水に浸かってしまった。濡れた穀物はすぐに変質した。

「濡れた米は捨てなければならん」

　兵士たちが、濡れた米を捨てると食糧はたったの二日分しか残らなかった。ところが、満州は広大で果てしなく平原が続いてた。進んでも進んでも地平に終わりがなかった。

「一体、目的地はどこだというのだ」

　果てもなく歩き、食糧は尽き、腹は減り、疲れ切った。

朝鮮語の流暢な島植が独り言を言うと、前を歩いていた鳥衛門が言った。

「俺たちが住んでいるところとはまったく違う土地だ」

鳥衛門は戦の経験がない長男・島植を気遣いながら言った。

すると、矢一もあきれたようにぼやいた。

「どこまで行くつもりか。三日歩いてきたのに蛮族は一人もいないじゃないか」

「ホントだよ。蛮族なんかいないよ。とにかく、いつまで歩くつもりなんだ？」

今度は拓郎が文句を言った。

「ところで、オランケ（満州族）を見たことはある？」

彦兵衛も負けじと矢一に聞いた。

「君が見てないんだから俺が見たはずがないだろう。朝鮮兵の話では、あいつらは馬に乗るのが上手だそうだ。敏捷で獰猛だから接近戦はやめた方がいいと言われた」と矢一は知っている限りのことをみんなに言った。

「見つけたらこの鉄砲で頭を吹っ飛ばしてやりますよ」

いつのまにか中年になり、あご髭に覆われた拓郎が、発砲する身振りをした。彼らはみな、鳥衛門から鉄砲の撃ち方を教わり、実戦の経験も豊富だった。

「とにかく気をつけなければならん。これは獣狩りとは違うんだからな」

烏衛門は、島植を見ながら、みんなに注意を促した。

明軍の兵力は十万を超え、兵力を四つに分けた総司令官の楊は、「所詮、女真族は烏合の衆。これで十分だ」と女真族を見下していた。明の計画は、ヌルハチ率いる女真族を四方から挟み撃ちし、一気に潰す戦略だった。

各部隊はそれぞれ進軍し、女真族の本拠地で合流するという戦略を取った。つまり目的地を定め、隊列ごとに別々に動くという作戦だった。

女真族を見下していたのは楊だけではなかった。それぞれ三万余の大軍を率いた指揮官たちは皆、「我が隊だけで蛮族を滅ぼせる」と甘く見ていた。

その中でも山海関の総兵・杜松（トショウ）は得意満面だった。

このとき後金軍の先遣隊は、既に撫順近くまで進み、堅牢な城を築いていた。

杜の元に、その諜報が届いた。

「よし、我が軍の力を見せつけようぞ」

彼は手柄の欲望を抑えきれず、一斉に攻撃するという作戦の約束を破った。指揮下の主力兵を単独で動かした。ところが、その動きはすぐさま女真族の斥候に見つかった。

「明軍が近づいています」との報告を受けるなり、ヌルハチは直ちに騎馬隊を派遣した。続いて自ら主力軍を率いて撫順に到着した。

「直ちに攻撃だ！」

夜陰に乗じヌルハチは、騎馬隊を先鋒に奇襲攻撃を命じた。杜松の率いる主力は遠い距離を移動してきたので疲れていた。四方も暗くなり、後金軍の奇襲を予測できず、夕食の支度をしている最中だった。

「パカ、パカ、パカ……」

遠くに馬の足音が聞こえたかと思うと、その足音が地鳴りのように大きく響いた。あっという間の出来事だった。

「キャー」

騎兵の素早い動きを前に、明兵たちはただ悲鳴を上げるだけだった。奇襲に大砲や鉄砲などの火力は役立たなかった。後金軍の不意に明軍はまったく歯が立たなかった。

明兵たちは逃げるしかなかった。地理に詳しい女真族の騎馬隊は敏捷だった。後金軍の奇襲攻撃にやられた西路軍は何一つ抵抗もできず、支離滅裂になって敗北した。指揮将の杜と指揮官の多くが戦死した。三万近くの兵士の中で生き残った者はごくわずかだった。明軍のこの惨敗は、その後の戦局に大きな影響を及ぼした。

緒戦で大勝した後金軍の兵士たちが歓声をあげても、「油断するな」とヌルハチは緊張を緩めなかった。すぐさま戦列を整え、ヌルハチは明軍の先鋒である北路軍を狙った。

北路軍を率いた馬林（バリン）は、後金軍の来襲に「丘に上り陣を張れ。陣地の後方に火砲を配備せよ」と檄を飛ばした。

馬林は、以前から後金軍の騎馬隊が神出鬼没だと聞き、それを無力化させる戦略として有利な場所を選んだ。ところが、ヌルハチは北路軍のこの動きを察知していた。

「騎馬隊は馬から降りろ。馬を引いて丘の斜面に登れ。敵に気づかれないように遠回りしろ」

きつい斜面だったが、後金軍の騎馬隊は一人の落伍者もなく丘に上った。後金軍の規律は厳格だった。

山の斜面に登った騎馬隊が小旗で合図を送ってきた。

「攻撃の合図を送れ」

すると、ヌルハチは直ちに攻撃命令を出した。本陣にいた旗手が大きな旗を左右に振った。

「わあ、わあ、わあ……」

山頂の騎馬隊が下に向かって突っ走った。

「ドウ、ドウ、ドウ……」

地面が大きく揺れ、轟音が鳴り響いた。石ころが転がり、乱れ散った。

後金の騎馬兵が明兵を踏み潰した。

意表を突かれた明兵は戸惑った。

ところがその時、「反撃せよ」と指揮将の馬林が叫んだ。陣地内に塹壕を掘って備えていた明軍は反撃を始めた。

「パン、パン、パン、……」

明軍の反撃が激しく、後金の騎馬隊は下るしかなかった。このときはヌルハチの作戦は失敗に終わった。

それからしばらく、両軍は一進一退を繰り返した。

ところが、徐々に明軍に戦死者が多く出て、形勢不利となった。対する機動力に勝る、後金軍は各部族と連携し兵が増員されていった。北路軍は孤立した。すでに西路軍は壊滅し、中路軍と南路軍も離ればなれになってしまった。

「丘の上に登れ」

ヌルハチは、増員された騎馬隊を三つに分け、再度、攻撃を仕掛けた。明軍が陣を張っている丘の左右に騎馬隊を登らせ側面攻撃をし、中軍の精鋭隊は正面から攻撃するようにした。

女真族に包囲され、挟み撃ちになった明軍は総崩れになった。

「北路軍は後金軍に大敗しました」

「何だって！」

西路軍が壊滅し、北路軍まで大敗したという報告が総司令官の楊に伝わると、あまりの衝撃でしばらく開いた口が塞がらなかった。

「どうしたことだ。このままでは危ない。直ちに退却せよ」

とにかく、ここは一時退却し陣を立て直すべきと判断した。

「今、総攻撃は無理だ。南路軍にも退却をするようにしろ」

すぐ伝令を送った。ところが、伝令は途中で後金軍に捕らわれてしまった。よって、南路軍司令官の劉にはその退却命令が伝わらなかった。

南路軍は後方の支援を担当していた。いわば予備隊だった。そんなことから劉司令官は急ぐことなく悠然と進んでいた。合流地点に着けば、後金軍を包囲し、後方から火砲で支援射撃をすればいいと思っていた。

「蛮族の巣窟かもしれない。火を放て」

「女真族を見つけたら皆殺しにせよ」

明軍が女真族を潜在的な敵とみなし、民家を燃やし、人々を殺すとヌルハチに報告された。南路軍は満州で民家を見つけると女真族の巣窟とみて放火、襲撃した。だが彼らの動きは斥候隊を通じヌルハチに逐一報告されていた。

一方、南路軍の劉も後金軍の戦力を軽くみていた。将校たちも同じだった。敵を甘くみた将校たちは警戒を緩め、斥候すら出していなかった。

「騎馬隊は相手に気づかれないように後方へ回れ。敵を後方から包囲せよ」

左右に高い山が聳えている地形を背後にしてヌルハチは近づく南路軍を包囲した。

明軍の包囲が終わるとすぐさまヌルハチは攻撃を命じた。彼の命令により騎馬隊が四方から怒涛のように明軍を攻めはじめた。

既に後金軍によって退路が絶たれた南路軍は、身動きできなかった。

馬が突っ走る音が四方から響いた。

「火砲を撃て！」

奇襲に気づいた劉が火砲を撃つように命じたが、火砲隊は発砲する前に後金の騎馬隊に踏み潰された。

「先鋒が襲撃されています」

先頭の明軍が後金軍の攻撃を受けた際に、朝鮮軍は後方にいた。

先鋒にいた斥候隊が丘の上に登り、旗を左右に激しく振った。敵が現れたという印だ。

「戦闘準備」

司令官の姜は直ちに戦闘態勢に入った。馬上の司令官の左右には副元帥である金と助防将が並んだ。

「朝鮮軍は両翼で戦ってくれ」

鉄砲隊と弓手隊（射手）を左右の丘に配置し、後金軍をおびき出して挟み撃ちするという戦略だった。

「了解しました」

朝鮮軍は、すぐさま二手に分かれて丘の上に登った。

「それぞれの場所で構えろ。だが指示が出るまで待て」

鳥衛門は、傾斜は厳しいが見通しの良い場所を選んだ。

「ここは前に広がり、横に岩があるから安全だ。ここに身を隠し攻撃しよう」

鳥衛門は、そこを攻撃と防御に適した地形と考えた。

「満州族は馬を操るのが上手いし、敏捷だからなるべく肉薄戦は避けた方がよい。身を露出するのは避け、ここが一番安全な場所だ」

鳥衛門の傍にいた息子の島植と矢一、彦兵衛、拓郎が頷き、鳥衛門と一緒に傾斜を下った。彼らはそれぞれ岩に身を隠した。

一方、後金軍を率いて後方に回ってきたのはヌルハチの八番目の息子で、後に清帝国の二代目の皇帝となるホンタイジだった。彼の率いる騎馬隊は、馬に鉄の鎧を被せて戦うことから鉄騎部隊と呼ばれた勇敢な精鋭だった。

明軍先鋒隊は、既に壊滅状態だった。後金軍の攻撃を受け、百戦錬磨の名将として知られた劉は、既に銃弾に倒れ戦死していた。総司令官を失った明軍はただ右往左往するだけだった。

一方、ホンタイジの騎馬隊が、後方の明軍に狙いをつけると、明軍の指揮官は慌てて火砲攻撃を命じた。

その時だった。あっという間に空が暗くなり、ゴロゴロと轟音がした。そして、大粒の雹（ひょう）が降ってきた。さらに、ヒュー、ヒュー、と音を立てて黄砂の嵐が吹き始めた。火砲の火薬が雹に濡れてしまい火が付かなくなってしまった。

「どうする」

火砲隊は慌てた。

その時、ホンタイジの騎馬隊は丘の麓で陣を取っていた後方の明軍に向かって突撃してきた。

後金軍の騎馬隊は、まるで嵐の中から現われた神兵のように動いた。その動きは噂通りだった。実に敏捷だった。馬上での武器を使いこなした。馬を走らせながら腰をかがめ刀や斧で相手を倒した。

馬の周りには明兵の首が転がり落ちた。

後金軍の騎馬隊が丘の下の路地に入ってくると鳥衛門は火縄に火をつけ、発砲の構えをした。指揮官の姜をちらっと見た。

「撃て！」の命令を待ったが、いつまでたっても指示がなかった。

「どうしたんだ？」

鳥衛門の目には、姜が躊躇しているように映った。

「おかしいな。戦の最中なのに……。変だ！」

鳥衛門は異変を感じた。

「あの、蛮族は勇ましい。馬の背にへばりついて馬と一体化してみえる。撃ちづらいなあ」

矢一が後金兵の動きを見てつぶやいた。

「逃げろ！」

後方隊が攻撃を受け、一刻ほど過ぎた時点で明兵が敗走し始めた。騎馬隊の突撃で明軍の戦闘隊形は総崩れした。隊列が崩れ、指揮体系が崩壊すると明兵たちはばらばらになって四散した。

離脱した明兵は、武器を捨て丘に逃げ登った。

「来るぞ」

彼らを追って、騎馬兵が追いかけてきた。

その騎馬隊目がけて、朝鮮の砲手が発砲した。

朝鮮軍司令官である姜が、やむなく発砲命令を出したのだ。

命令が下ると鳥衛門も後金軍の兵を狙い、引き金を引いた。火薬が焦げる音がした。激発式なので引き金を引くと火縄の火が傾いて火薬と薬室に燃え移り、しばらくしてから、パンという轟音と同時に弾丸が飛んだ。騎馬隊の兵士がバランスを崩し落馬、丘の下に転がった。

「パン、パン、パン……」

丘の上のあちこちから銃声が鳴り響いた。

一発目の発射を終えた鳥衛門は、素早く体を動かし、岩の斜面に体をつけたまま銃口を拭き取り弾丸を装填した。手さばきが早く器用だった。そして火薬を詰め、火縄をかけて照準を合わせ標的を狙った。

「うわっ」

丘の下の方で陣を取っていた朝鮮軍の弓手が、騎馬隊の先鋒隊に踏みにじられていた。

「ジジッ」

という音がして火薬が燃えている間、鳥衛門は味方を攻める馬の胴体に照準を合わせた。

引き金に合わせて、パンッ、という乾いた音が耳元で破裂した。

ヒヒーン、という呻き声を出しながら、馬が両足を前に持ち上げて横倒した。

馬から落ちた後金兵は丘から転がった。朝鮮軍が激しく反撃したが、後金軍の騎馬隊は、絶え間なく丘を登ってきた。中央の明軍が壊滅すると側面を担っていた朝鮮軍が彼らの標的になったからだ。

後金軍の騎馬の数が次第に増えてきた。毛皮を身にまとった彼らはまるで獣のように勇猛だった。動きも早く死を恐れなかった。

「矢一、こっちに来て連射隊形を作れ」

鳥衛門が日本語で叫んだ。そして、ぎこちない朝鮮語で隊列を決めた。

「わしと島植が一列目、矢一と拓郎が二列目、彦兵衛が三列目」

日本語が分からない息子に配慮したからだ。

後金軍の接近で危機を感じた鳥衛門は、連射隊形を作って騎馬隊の接近を阻止するつもりだった。火縄銃は発砲後、再び弾丸を銃口に装填し、薬室に火薬を入れて撃発するまでに時間がかかった。そのため、一列目で発砲を終えて装填する間、二列目、三列目の順に発砲すれば連続発射が可能となる。鳥衛門が陣形を変えたのは、後金軍の騎馬隊の勢いが凄く、連続発射でそれを防ごうとしたのだ。

「下手すると敵の馬に踏み潰されるぞ」

鳥衛門たちは連射した。組織的な攻撃で、後金軍の馬はバタバタと倒れた。そのたびに後金の兵は丘の下に転がり落ちた。鳥衛門と仲間は、右側の丘に陣を取っていた。彼らの組織的な抵抗で、後金軍の方も多くの犠牲がでた。相手も手こずった。

ところが、朝鮮軍の左陣が崩れ始めた。左陣を率いていたのは助防将の金だったが、彼は後金軍の鉄砲に当たりこの時、すでに戦死していた。指揮官が倒れたとなれば三千余の朝鮮軍の指揮系統は乱れ、総崩れになった。

左側の陣が崩れると後金軍はそちらに火力を集中した。相対的に右陣に対する攻撃はぐんと弱まった。

「ふぅ」

右陣にいた朝鮮軍の兵たちは一瞬だが、一息つくことができた。

「次は右側だ！」

後金軍は右陣を狙って近づいた。

「撃て！　敵を退けろ！」

姜弘立総司令官は発砲命令を出し、兵士たちを督励した。

右陣の鉄砲隊が一斉に発砲した。すると右陣を狙い怒涛のように丘を登ってきた後金軍が、突然、攻撃を止め下がった。

「あれっ？」

寸前まで激しく攻撃してきた後金軍が、潮が引くように後方に退くと朝鮮軍の兵士たちが呆気にとられた。

「何でだろう？」

「分からない。皆、大丈夫か？」

矢一と鳥衛門がやり取りしながら、仲間の安全を確認した。

「怪我はないようです」

島植が自分の体をあちこち触りながら答えた。

戦に没頭している時は、負傷しても感じないことが多い。

「また仕掛けてくるだろう。油断してはいけない」

鳥衛門は、近くにいる息子の安否を確認しながら警戒を緩めなかった。

一方、後金軍が退いた後、一息ついた朝鮮軍指揮部は今後どうすべきか意見が分かれていた。

「死に物狂いで戦えば、負けることはない」

副元帥の金は武官出身らしく決戦を主張した。

「既に明軍は壊滅した。我々だけでは衆寡敵せずでしょう」

都元帥の姜ら文官出身は、戦って死ぬより生きる道を模索しようとした。

「今回、率いて来た兵士たちは国の精鋭である。朝鮮の棟梁ゆえ、無謀な犠牲者を出すべきではない」

姜は遼東に出征する前、王からそのように言われていた。遼東に来て以来、常に戦況を逐次、王に報告していた。

〈明軍の西路軍が撃破され、北路軍も崩壊してしまったようです〉

〈何度も言ったように戦況をよく見定めなさい。明軍の敗北が明らかになったら、戦いを止めて後金軍に善処を頼むようにしなさい。ただし、誰にも気づかれないように実行をしなければならない〉

光海君は今回の参戦を明国と後金との戦いとみていた。運悪く朝鮮が巻き込まれたことで、無意味な犠牲を出してはいけないと彼に念を押したのだ。

「私たちだけではどうみても勝ち目はない。無意味に犠牲者を出すより、後金軍に使節を送り、講和を提案した方が良かろう」

姜が講和を切り出した。王からの密使がなくても、自分たちは援軍として戦に参戦した朝鮮軍である。所属していた南路軍も壊滅したのに後金軍と死に物狂いで戦う理由はないと結論づけた。

「異論を申し上げます。文明国と自負する我が朝鮮が一介の蛮族である後金軍に降伏するなどできません。降伏しても捕虜として処刑されるに違いありません。どうせ死ぬなら先制攻撃をし包囲網を破って朝鮮に戻る道を探った方が上策と思います」

副元帥の金は、姜の講和案を強く反対した。彼の話にも一理はあった。それに対し、姜は「包囲網をくぐって朝鮮に帰ることができたら、それに超したことはない」と拒むことはしなかった。

「両方の意見に一理あります。今、考えるべきことは兵の犠牲を減らし、無事に国へ帰ることです。都元帥のご意見は、このまま戦いを続け、犠牲を大きくするよりは後金軍に投降し、一旦、兵の命を保全した後、朝鮮に帰る方法を模索したい案だと推察いたします。副元帥のご意見は、一戦交えても敵の包囲網をくぐり国へ帰る道を模索する案でしょう。しかし、敵の包囲網を破るには後金軍との一戦は避けられず、そうなれば多くの犠牲が出る可能性があります。仮に運よく包囲網を破ったとしても、その揚しのぎにすぎません。そこから朝鮮までは十日以上の距離があります。一次的に包囲網を破ったとしても騎馬隊が主力である後金軍の追撃をかわすことは難しいでしょう。弱り目に祟り目。明軍が壊滅し、今やここ満州は蛮族の地となっています。この状況では朝鮮に帰る前に全滅されてしまうと思われます」

対立する総司令官と副司令官の意見に加え、自分の見解を伝える将校がいた。

武官としての講和と投降に反対した金も、冷静な状況分析に頷くしかなかった。

しばし沈黙が続いた。

進退は極まった。

「緊急報告です。後金軍の兵士が近づいて来ます。いかがいたしましょうか？」

見張り役の将校が本陣に駆けつけた。後金軍の使者だった。

「丁寧に案内しろ」

姜は、後金軍の使者を丁重に扱うように指示した。

講和を願っていた姜は、自ら陣幕の外に出て後金の使者を迎えた。

「責任者は誰だ！」

使者は、馬上のまま大声で尋ねた。その態度は不遜で礼儀知らずだった。使者は満州語で話し、使者に同行の通訳が朝鮮語に訳した。通訳は服装から満州族に見えるが朝鮮語がえらい達者な男だった。

「ご足労、お疲れ様です。私が責任者です」

姜が応対すると、馬上の使者は一気に喋った。

「我が大将であるホンタイジ様の伝言だ。よく聞け。我が後金軍は、朝鮮には何の恨みもない。我が軍は、我が領土を侵略する明国軍のみを仇と思っている。もし、朝鮮軍が我が後金軍と講和を望むなら使節を派遣しろ。そうしなければ、朝鮮軍のすべてがここに骨を埋める覚悟をしなければならない。以上」

通訳が朝鮮語で伝える間、使者は姜を睨み続けていた。

「うむ」

伝言を聞いた姜は戸惑った。陣中の指揮官の意見がまだまとまっていなかったからだ。さらに、使者派遣となれば誰にすべきか。講和の条件を提示する文書はどうするか。

「考えさせて欲しい。陣幕でしばしお待ち願いたい」

姜は、後金軍の使者に丁寧に伝えた。

「早くしろ！　帰るぞ！」

とは言ったものの無愛想な使者は、馬を下り陣幕に入った。姜は、使者に茶を出すように指示し、自分は指揮官たちと話し合い、書状の作成を急いだ。

〈明国は我が朝鮮において親に等しい国です。朝鮮がこのたびの戦闘に参加するようになったのは後金に恨みがあったわけではありません。明国から援軍の要請を受け、拒むことができず出征せざるを得なかったからであります。事情を後金軍にお伝えしようとしたが、その機会がありませんでした。どうか朝鮮の事情をお察しいただき、我が兵士の帰国をお許しくださることをお願い申し上げます〉

姜は、降伏の文書を作成した。

「私が、使者として参ります。敵の情勢なども探りたいと思いますゆえ」

姜が文書を作成する間、兜と鎧を脱ぎ平常服に着替えていた副元帥の金が申し出た。彼は、後金軍との講和を強く反対したあの人物である。

姜は、彼の両手を強く握った。

「頼む。朝鮮のためにもしっかり任務を果たしてください」

後金の使者に従い、金副元帥が続いた。武官だけに金の乗馬姿も威厳があった。

「今後、後金軍の味方になって明軍と戦うと約束するなら、皆の命は助けてやろう。明軍との戦いが終わったら故郷に帰してやろうではないか」

姜の文書を一瞥した後金軍のホンタイジは、明軍との一戦を構えている今、朝鮮をわざわざ敵に回す必要はないと考え、朝鮮軍を自軍の戦力として活用することを決めていた。明の征伐軍を撃破したとはいえ、まだ明軍を完全に退けたわけではなかった。これからが主戦だとホンタイジは見込んだ。明と朝鮮を分離しておけば、それだけ自軍に有利と判断した。

使者の金は、ホンタイジの申し出を引き受けざるを得なかった。陣営に戻った金は、自らの目で確認した後金軍の軍勢も報告した。

「後金軍の軍勢は精鋭です。騎馬隊の兵士からここを抜け出したとしても、徒歩では逃げられないでしょう」

金が戻って来るまで、主戦派と講和派が分かれて激しい舌戦を戦わせていた。が、彼の報告で言い争いは終わった。誰よりもあれほど投降を拒否した主戦派の金が言うのだから説得力があった。

「屈辱ではあるが兵の命を救うためには仕方があるまい。今回の決定について私が全て責任を取る」

総司令官である姜は、口元を固くさせながら言い切った。

その決意に反対する指揮官はいなかった。

「明との戦いが終われば故郷に帰す」

という金の伝言が、降伏受け入れの後押しをした。

ホンタイジは、朝鮮軍を降伏したとして、後金の各部隊に配置した。

鳥衛門や島植らは、八旗軍の鉄砲隊に所属された。そして、満州を彷徨う明軍の掃討戦に参加することとなった。

明軍を見つければ、後金軍の騎馬隊が先回りし彼らを包囲、鳥衛門らの銃砲隊が明軍兵を狙い発砲した。

攻撃を受けた明兵たちは何も抵抗できなかった。すると騎馬隊が明兵を一人残さず殺戮した。

「あっぱれだ」

戦闘が終わると、ホンタイジは鳥衛門を含む朝鮮軍の砲手を称賛した。朝鮮軍鉄砲隊の腕は、ホンタイジを心底、喜ばせた。

その勢いのまま、ホンタイジ率いる後金軍は、満州の各地に散った明軍の敗残兵を掃討し続けた。八旗軍に属した朝鮮軍は彼らに従い、広い満州を転々とした。

「いつまでこんなことが続くんだろうか」

「うん、もううんざりだ。早く家に帰りたい」

矢一がつぶやき、拓郎が相槌した。満州に来て、六ヵ月余が過ぎていた。みな顔はやつれ、髭が伸びて誰が誰なのか見分けがつかないほどだった。

農作物を栽培し、土地に根付いて暮らすことに慣れていた朝鮮軍の兵士たちは、後金軍兵たちのような遊牧の生活に馴染めなかった。後金軍の主力である女真族はどこででもよく寝て、獣の匂いがする獣肉も食った。移動しながら食事をし、用事が終わるとゲル（家屋）を片付けて駐屯地を離れた。

ところが、鳥衛門たちにとってまず寝床が合わなかった。極度に疲れていても、野原では眠れなかった。食い物もそうだった。獣の肉より米や麦のような穀類が欲しかった。服も、朝鮮兵たちは木綿や麻だったが、女真族は獣の毛皮を乾燥させ、そのまま着ていたので匂いが鼻を突いた。しかし、半分は捕虜扱いだった朝鮮軍兵士たちは、衣食住すべてを女真族の風習に従うしかなかった。

鳥衛門たちは朝鮮に定着して約二十年。当初はその違いに苦労したが、今では朝鮮軍兵士たちと生活習慣は変わらなくなっていた。

しかし、満州の女真族とは大違いで苦労した。

「都元帥は我々兵士を朝鮮に返してくれるように交渉しているそうだね」

「本当か！　そうなって欲しいな」

鳥衛門が、希望を持たせようと話を振ると矢一の表情が緩んだ。

「ところで、この戦はいつ終わりますかねえ」

拓郎が、矢一の顔を見ながら聞いた。

「満州族はすぐ終わると言ってるらしいが、朝鮮の将校たちは明は大国だからそんなに簡単には終わらんだろうと見込んでいるようですよ」

島植が話に割り込んだ。彼は朝鮮語が達者だった。降倭の鳥衛門や他の帰化世代は朝鮮語がイマイチだったが、朝鮮生まれの彼にとっては母語だ。鳥衛門らには言葉の壁があって、多くの人たちと交わることができなかったが、島植はそんなこともなく得る情報も多かった。

「お前、それどこで聞いた？」

島植の話に矢一が飛びつくと、こう答えた。

「朝鮮の軍官がひそひそ話をしていました。都元帥は一部の兵士だけでも返してほしいと頼んでいるようです」

「え、そうなの。すると希望がないわけでもないね」

朝鮮語が分かる島植の話から、矢一が「二十年も住んでいるけど、俺は早口の朝鮮語は聞き取れないな」とぼやくと鳥衛門がちゃちゃを入れた。

「結婚もせずに、いつも俺たちと付き合ってばかりだからだぞ。早く朝鮮の女と所帯を持てと言ったではないか」

すると、「それは女房のせいじゃないだろう。朝鮮の女と結婚した彼らだって下手なのは俺と同じだ！」

矢一は、拓郎と彦兵衛を指さして笑った。

実際、ハングルを理解できない彼らが、成人してから母語以外の言葉を覚えるには限界があった。鳥衛門は、金ソバンからハングルを教わったので、朝鮮語の音を文字で記録し習得できたが、他の者たちは日本語の仮名すら知らず、記憶だけで難しかった。すでに頭の中は母国語で固まっているから、いくつかの単語や表現は覚えられたが朝鮮語を朝鮮人のように駆使することには無理があった。

「とにかく、ここはもううんざりだ。早く帰して欲しいよ」

「どこへ？」

矢一が自分たちを引き込むと、拓郎が話題を変えようとした。

すると、矢一が戯れるように突っ込んだ。

「どこって、決まっているでしょう。妻子がいる朝鮮です」

「あ、そう。もう肥後には帰りたくないのか？」

拓郎が当たり前のように言うと、矢一がまたからかった。

「肥後に行ったって、歓迎してくれる者はいませんよ。妻子がいるわけでもないし、村の人たちに朝鮮で死んだと思われているでしょう」

拓郎が嘆くように足先の砂利を蹴った。

「それはそうだ。今や帰るところは朝鮮しかない」

鳥衛門がなだめるように呟き続けた。

「まあ、どこであれ、ここは俺たちの住むところではない」

戦もなく、後金軍と共にただただ歩き続けた。知らないのは鳥衛門たち朝鮮兵士だけで、ホンタイジの行き先は、後金の本拠地である興慶だった。興慶はヌルハチが後金を建国した地で、遼寧省の南東に位置した。

興慶に入ると、多くの兵士が集まり歓迎した。

「しっかりと待遇しなさい」

後金の王・ヌルハチは、ホンタイジが連れてきた朝鮮軍指揮官の姜と金らと面談し好感を示した。ヌルハチは、彼らをただの武官だと思っていたが、漢文に詳しく学識があることを知って驚いた。女真族の武将の中で漢文をよく知る者はほとんどいなかったからだ。捕虜扱いを受けていたが、節度があり礼儀を大事にすることが分かり、ヌルハチは朝鮮軍を特別扱いするようにした。

一方、朝鮮軍の姜もヌルハチと接見し、彼の人柄に魅了された。

「蛮族と卑下してはいけない」

朝鮮では彼らを蛮族と見下していたが、ヌルハチは器が大きく非凡な人物だと判断した。権力を握ったからといって傲慢ではなく、横暴な振る舞いもなかった。合理的な考え方の持ち主で、部下を大事にし包容力もあった。分別と判断力が優れていた。

文明国と自負する明国と朝鮮から見れば、粗野で野蛮に見えるかもしれないが、人を大切にし、部族を率いる力量からヌルハチは間違いなく立派な指導者だった。明国と朝鮮では類例のない、民を統治の対象ではなくともに共同社会を成す一員として扱う先覚的な指導者なのかもしれないと思われた。

姜はヌルハチという人物がただの匪賊ではなく民衆愛が強いことに気付き、興慶に滞在中、ずっと訴え続けた。

〈私を始めとする将校たちは、朝鮮の朝廷から俸禄をいただく官僚で職業軍人です。戦闘に負けたゆえ捕虜になっても当然だと思います。しかし、私たちに率いられている兵士たちはほとんどが農作業に従事する百姓です。明の要請を断りきれず兵役の義務から連れて来られた者たちです。彼らはどこの誰と戦うことも知らず、私たちに従ってここまで来ました。彼らには何の過ちもありません。彼らの中には、家に残した家族に農作業を任せてきた者も多いと思います。おそらく女と子どもたちだけでは農作業をすることができず、食糧がなく飢えていると推察されます。この度、貴軍は満州に入ってきた明軍を掃討し、今や彼らが再び侵略してくる不安も解消されたと思われます。当分の間は大きな戦はないと見込まれます。そのような状況を鑑み、我が兵士たちを故郷に帰らせてくださることをお願い申し上げます。私たちの指揮官を人質にしていただき、兵士たちだけでも故郷に帰らせてくだされば、朝鮮はその恩を決して忘れまいと思います。そうしてくだされば、ハン（皇帝の意）の海のように広い慈悲と恩恵は間違いなく朝鮮全土に伝わり響き渡るでしょう。それを機に後金と朝鮮は兄弟のような関係を築けると思われます。是非、心からお願い申し上げます〉

姜は、自分を犠牲にしてまで部下を大切にする気持ちで訴えると、ヌルハチは感服した。姜の言葉通り、満州の明軍はほとんど掃討され、すぐに大きな戦が起こることはないと見込まれていた。

「戦もないのに兵を抑留することは恨みを買うばかりだろう。指揮官だけを残して兵士たちを帰せば、朝鮮に恩を与えることになる。恩恵を施し朝鮮に借りを作っておける。食糧も節約することになるから一石二鳥であろう」

諸事情を考慮し、ヌルハチは朝鮮兵の一部を放免することとした。

「今から呼ぶ者は前に出ろ」

ある日、朝鮮の軍官が白紙を手に、朝鮮兵たちが集まる兵舎の前で言い出した。

「チョン・ドルソク、金出島、パク・チャイン、金島一、金来島、金島男、イ・インホ、……」

軍官は兵士の名を呼び続けた。

島衛門の朝鮮名である金出島をはじめ、矢一の金島一、拓郎の金来島、彦兵衛の金島男の名も呼ばれた。

「ネ（はい）、ネ（はい）」

呼ばれた者は、朝鮮語でハキハキ答えながら前に出た。

「うん」

鳥衛門は、前に出て後方の島植をみた。息子の名が呼ばれなかったためだ。息子は、自分の名も呼ばれるだろうと、兵士たちを押しのけて前に出たが呼ばれなかった。

「今、呼ばれた者たちは、明日、朝鮮に帰る。これから荷造りをしなさい」

「えっ、本当か？」

「まさか、夢じゃないよね」

平安道から来た兵士が訛りの強い言葉を発し、抱き合って喜んだ。彼らの姿を見ていた軍官たちは複雑な表情をした。将校はまだ許されなかったからだ。

「ところで、どういうことですか？」

軍官に、鳥衛門が問い詰めた。

「何がだ」

鳥衛門は、「あの子は私の息子です。名が呼ばれてないので、もう一度、確認してください。一緒に帰れるようにしてください」と軍官に抗議するように願った。

ヌルハチは朝鮮軍兵士の一部放免を許可したが、指揮官と若い兵士たちは除外された。最初、ヌルハチは彼らすべてを一緒に放免しようとしたが、八旗部隊を率いる司令官らの考えは違った。若い朝鮮兵士たちは、今後、後金軍の主力を成す人材とみていた。結局、若い兵士は除外されたまま午配の兵士だけが放免を許されたわけだった。

「俺に聞くな。あそこの後金の指揮官に聞いてみろ。俺も帰れないんだ」

軍官は問い詰める鳥衛門にそう答え、自分の立場を不憫に思っていた。

その時、後金の将校が近づき、満州語に続き朝鮮語が飛んだ。

「名を呼ばれた者は早く準備をしろ。名が呼ばれなかった者は、八旗軍の所属になる。俺に従え」

鳥衛門は、息子に近づき彼の手を握った。

「どうすればいいんだ」

すると、島植は不安げな顔を浮かべ、父に言った。

「父上、私のことは心配しないでまず故郷にお帰りください。私はまだ若い。ここで死ななければいずれ帰れるでしょう。放免されなければいずれ隙を見て脱出します。父上が先に帰った方が脱出しやすいですよ。若いから一人で行動した方がいいです」

「おじさんも元気でいてください。父のことを頼みます」

鳥衛門のそばで心配そうにする矢一にこう伝えた。

矢一は、島植の手を握り励ました。

「お父さんのことは心配するな。お前は朝鮮語も堪能だし若いからいつでも戻ってこられるだろう。ただ、戦場では気を付けなければならんぞ。俺たちは先に行くが必ず生きてまた会おう」

「ふ〜〜ぅ」

矢一の言葉を聞きながら、鳥衛門は憂いを込めた大きな溜息をついた。息子は若いが、射撃術と戦いの経験はまだまだだった。

「戦場では経験豊かな俺の方が生き残る確率が高いだろう。一緒にいるべきではなかったか」

鳥衛門の頭は入り乱れていた。残りたい気持ちは山々だったが、一方で朝鮮に残した家族のことも心配だった。どうしたらいいのか？　鳥衛門は混乱した。

「とにかく死ぬな！　必ず生きて帰って来い」

鳥衛門は、別れを惜しみ息子に助言をしたが、胸が裂けそうだった。

「早く出発せよ」

翌日、鳥衛門たちは満州を発った。

「達者でなっ！」

島植は、未練がましく振り向く父・鳥衛門のことを案じた。

「すったもんだがあったが、やっと帰れてよかった」

朝鮮に戻ることが許された兵士たちには、後ろめたさの陰で喜びもあった。残された将校と若い兵士たちは、鳥衛門たちの後ろ姿をずっと眺めていた。

「満州からもどってきたとは、死んだ方がましだ。情けない奴ら」

朝鮮に帰還した鳥衛門たちへの風当たりはきつかった。

朝鮮の精鋭として選抜、派遣されたが、結果的に主力の明軍が壊滅し、戦闘らしき戦闘もできず捕虜になってしまった。一年以上を抑留され敵である後金軍に組み込まれ、あろうことか味方の明軍と戦う羽目になってしまったのだからだ。

「裏切り者！」

九死に一生で帰還した彼らに世間の目はあまりに冷たかった。彼らは公然と反逆者の扱いを受けた。

「敵兵の捕虜となって、明国を裏切った者を反逆罪で処罰すべきです」と主張する朝廷の大臣もいた。例の親明派と名乗る大臣たちだった。

「捕虜になりやむを得ずそうしたと思う。きっと訳があるはずだ」

派遣隊長である姜都元帥と内密に連絡しあった王は、その裏事情を朝廷の大臣らに明すことはできなかった。そして処罰の主張を無視し続けたが、処罰すべき論が強まり、鳥衛門と仲間の耳にも届いた。

「なんと！　俺たちを反逆者として処罰するというのか！」

参戦した多くの者たちはその噂を聞き、怒りとともに虚しさがこみ上げてきた。彼らは朝鮮に戻れば派遣に対する労いと褒美ぐらいはあるだろうと期待していた。

「嫌な世の中だ。誰の命令で満州にまで行ったのか。息子まで参戦し満州に残したままで……。労いの代わりに反逆者呼ばわりか。一体、誰に反逆したというのかっ、つっ！」

鳥衛門も腹が立った。が、怒る暇もなかった。派兵に参加した者たちは長い間、家を空けたため田んぼは疲弊した。帰還した折には食べ物もろくになく、山の松木の皮を取り、穀物と混ぜて作った粥で辛うじて飢えを凌ぎ、命をつないだ。空腹に堪え、田畑を耕しても収穫期まで待たなければならなかった。

後金軍の捕虜となった時だって、ろくに食べることも着る物もなく、寒くて荒涼とした満州の荒野で戦わなければならなかった。彦兵衛と拓郎は四十代、鳥衛門と矢一は五十代だった。以来、体と心が疲れきっていた。でも朝鮮に帰ってきても休む間もなく働き詰めだった。

何よりも食うことが先。

少しでも多くの収穫を得ようと炎天下でも田畑に出かけ、作物に手を入れた。秋を迎え収穫はあったが借金の返済で困窮は続いた。春は飢えに備え、穀物を借りたが、秋になれば高利で返済しなければならなかった。二年越しでやっと暮らし向きが少しだがよくなりつつあった。

満州に残してきた息子からは何の音沙汰もなかった。あの満州行きでは手柄を挙げ、息子の分まで褒賞を期待した。ところがすべてが水の泡となってしまった。挙げ句の果て、大事な息子さえ死地に追いやってしまった。

「何のための参戦だったのか。無駄死にだけはだめだ。必ず生きて帰って来い」

鳥衛門は、夜になると息子のことで胸が締め付けられる思いだった。

「ふぅ〜」

家族の暮らしはわずかだが良くなった。が、満州で苦労する息子のことを思うと辛く、そのたびに溜息を漏らすのだった。

サルフ（薩爾滸）の戦闘以来、女真族の後金は勢いを増し勢力を拡大した。一方、明王朝は、国力が衰え守勢に追い込まれていた。明の衰退は著しくなった。すると女真族は徐々に朝鮮国境を脅かすようになった。

「後金を蛮族と見下してはいけない。後金国を認め通交をすべき。それは明国を捨てるという意味ではない。朝廷を守るために我が朝鮮は、明国と後金国の両方を認め、中立を守るべきである」

王の光海君は、満州族が建てた後金国を認め、明国と後金国との間で中立外交を展開することが朝鮮が生き残る道と確信していた。ところが、朝廷の重臣たちは王と違う意見を持っていた。

「蛮族の国を認めることは、恩恵を受ける親の国、明国を捨てることになります。蛮族と手を握ることは親を裏切る行為です。道理を大事にする朝鮮にとってはあってはいけないことと存じます」

王が朝廷の会議で内心を述べると即刻、反論が出た。

高麗王朝を倒した朝鮮は、王朝の開国と同時に親明と事大（弱者が強者に仕えること）を国策に定め仕えてきた。朝鮮王朝が成立して二百年。ずっと親明を基調としてきた。そんなことから多くの大臣は上国の明王朝の敵である蛮族の後金国と通交することは到底、許し難きことだったのである。

王は、嘆いたが大臣たちの意見を無視することはできなかった。親明派の大臣らに同調する有志たちから、王の中立政策に反対する上訴が次々届いていた。このような世論の動きは、とくに西人派から多く出ていた。

西人派は「明国の再造知恩を忘れてはいけない」と叫んでいた。

倭乱（文禄・慶長の役）が終わった直後、西人派は先王・宣祖の末期に急に勢力を伸ばしていた。ところが新王となった光海君が即位すると権力から遠ざけられた。そして西人派の代わりに、東人派から派生した大北派が権力を独占していた。権力の座から追われた西人派は、地元の郷里に戻らざるを得なかった。彼らは新王と大北派に不満を抱ぎ、地元の有志らをそそのかし権力への復権を期していた。

正室の子ではないということで、すったもんだの挙げ句に光海君は辛うじて王位は継いだ。が、正妃から生まれた異母兄弟の永昌大君（ヨンチャン）が存在していた。先王が残した多くの王子の中で唯一、正妃から生まれた永昌大君は正統な嫡子だった。しかし光海君の立場からすれば、異腹の弟は目の上の瘤だった。王権が少しでも弱くなればいつでも叛乱が起きやすい状況だった。

世論が悪く、叛乱を警戒していた大北派と王は、結局、謀反を口実に弟の永昌大君を江華島に流刑させた後、毒殺してしまった。永昌大君は八歳だった。それだけではなかった。権力の主柱である大北派は、先王の王妃であり永昌大君の実母である大妃を王室の資格を剥奪し、宮殿から追い出してしまった。

「今に見ろ」

先王の末期に政権を握り、権力の味を知った西人派は、虎視眈々と政権簒奪の機会を窺っていた。丁度その折、永昌大君の毒殺と大妃の資格剥奪の事件が起こると、さらに多くの有志が反発することになった。隙を狙っていた西人派は、「大義名分はできた」と思った。

そして西人派は、王の光海君と大北派の行為を「異母兄弟と継母を殺した仁義なき許せ難い行為」と規定した。

王が明国と後金国の間で中立外交を取ろうとしたため、これも「再造之恩」を裏切る人倫に反する行為とみなした。西人派は、世論を追い風に王に圧力をかけ始めたため、王としては正に「内憂外患」と言える危機的状況に陥った。このように内外情勢が不安定の中、鳥衛門たちが満州から帰還して二年が経った。

一六二二年の冬のことだった。

〈申し上げます。開城のあたりに大虎が出没し、百姓を殺傷し、被害が大きいです。兵を集めて虎を捕まえようとしましたが、あまりにも乱暴で気性が激しく、狩りに出た兵三人が死に五人が負傷しました。頻繁に民家に現れ、被害が大きいゆえ朝廷から精鋭の兵を派遣していただきたいと願います〉

開城から虎が出没し、人を襲ったという報告が朝廷に伝わった。

「獣が出没し民の被害が大きい。急いで朝廷から精鋭の兵を派遣せよ」

王は、虎騒ぎを解決するため朝廷から李貴（イ・ギ）という人物を責任者として派遣しようとした。すると、

「李貴は西人派です。他の者に任すべきと思います」と、大北派が李を責任者として派遣することを極力、反対した。

「民を殺傷した獣を捕まえるためなのに派閥は関係ないだろう」

派閥の争いにうんざりしていた王は、大北派の反対に嫌気がさした。王としては、権力を笠に着る大北派の独断専行に嫌気がさしていた。異母兄弟の永昌大君を毒殺し、継母大妃の資格を剥奪した際にも、王である自分を無視して党派の独断で決行したのが大北派だった。王は、意図的に西人派の李貴を派遣することにした。

「虎はそもそも山で暮らさなければならないのに、民家にまで来て民に被害を与え、人々を殺傷するそうだ。一刻も早く捕まえて村人が安心して暮らせるようにしなければならない。其方の手腕を期待し全ての責任を与える」

王は李貴を呼び、府使（正三品）に任命した。

「聖恩を承ります」

ところが、西人派は李貴の府使赴任を謀反を起こす絶好の機会と判断した。

「虎を退けるために兵を募集する。特に砲手たちは皆、役所に集まれ」

李貴は、開城近くの平山（ピョンサン）に到着するや、直ちに「虎を退ける」という名目で砲手を中心に兵を集めた。

「虎退治のための兵募集だ。誰も文句は言えないだろう」

李貴はそう思った。

季節は冬だった。農閑期で百姓たちは暇な時期だった。

「虎を捕るための砲手を募集する」

噂は、鳥衛門と矢一の耳にも伝わった。

満州から戻ってきて戦はこりごりだった。が、虎退治となれば話は別だ。鳥衛門は、すぐに矢一のもとを訪ねた。

「ここには役所から届いてないのか？」

前庭で薪木を割る矢一を見て、鳥衛門が冗談ぽく言った。

「おお、久しぶり」

矢一は斧を置き、額の汗を拭きながら鳥衛門を見た。

「届かないはずがない。君と僕は同じ降倭だ。鉄砲を持って来いという知らせがあったよ」

「じゃあ、何をグズグズしているんだ！」

鳥衛門が、からかうと矢一は落ち着いて言った。

「だから～、行く前に焚き火に使う薪でも用意しておこうと、ね。狩りに出かけて戻ると焚き物が必要でしょう。この冬は特に寒いから」

矢一は足下の薪を、足で掻き集め、鳥衛門がその薪を両手でひょいと持ち上げ壁に沿って積み上げながら、

「そうだなあ。歳のせいか、今年は寒さが特に身にしみる」と鳥衛門。

そこに矢一が、鳥衛門の顔を覗きながらやや不安げな表情で問うた。

「ところで、虎狩りだそうだが大丈夫なの？」

矢一は独り暮らしで世間に疎く、情報に明るい鳥衛門に尋ねた。

「役所のことだから俺だって分からないよ。噂だが平山に虎が現れ、被害があったということだ」

鳥衛門は、知っているわずかな噂を伝えた。

「そうか。狩りならいいが戦はもうまっぴらだ。虎が相手なら、ムズムズする腕前を久しぶりに試そうか。銃もたまには撃たないと錆び付くからね。じゃあ、他の連中にも声かけなくちゃあ」

二人は、近くに住む拓郎と彦兵衛を誘い役所に向かった。

役所には、既に朝鮮人砲手と他の地域で住む降倭が集まっていた。四人は役所で手続きをし名札を受け取った。

「皆の者、よく聞け。先日、平山に虎が現われ、農民を殺傷したという報告があった。農民たちは怯え、農作業もできず家に籠もったきりだそうだ。朝廷の上様もご憂慮なさり、府使としてこの私が派遣されることになった。この度、皆に集まって貰ったのは、その虎を捕らえるためである。猛虎を捕まえた者には朝廷から褒賞があるはずだ」

李貴は長たらしく、偉そうに砲手を前に目的を説明した。今の王を、王座から追い払う絶好の機会と判断し、虎退治を名目に砲手を集めたのである。

「下命を承り、直ちに出陣いたします」

将校の軍官が李にお辞儀をした。

「この度、出没した虎は、とても凶悪だという。皆、十分に注意しろ。必ず捕まえてこい」

「府使様のお言葉を肝に銘じます。凶悪な虎を必ず捕獲してまいります。府使様は、あまりご心配なさらないでください」

李は文官出身で狩りには詳しくなかった。彼は役所に残った。その代わりに将校が指揮をとり鳥衛門ら砲手を率いることになった。

指揮をとる軍官は、砲手の鳥衛門や兵士たちを引き連れて山に向かった。山のあちこちに罠を仕掛けた。弓手の一部は鉄の矢を用意していた。鉄矢は、射程距離は短いものの正確だった。命中すれば致命傷になること必定だった。鳥衛門たち降倭の武器は、当然、鉄砲だった。

虎は敏捷な獣だった。飛ぶようにして人を襲い、凄い破壊力で人の命を奪った。山中では木や岩を楽々飛び越え、あっという間に谷から谷を縦横無尽に走り回る。いくら狩猟慣れした強者でも、ちょっと隙を見せれば命取りだ。

鳥衛門は、これまで多くの狩りを経験したが虎退治は初めてだった。虎の足跡は見たことはあるが、極力、避けてきた。狩りに対してずっと「必要な食糧だけが得られればいい。命をかけるほどのことはない」と思っていた。ところが、今度の狩りは王命という重大事だった。

「みんな気をつけろ。ノロジカやウサギとは違うからね、虎は……」

鳥衛門はいつも以上に仲間に言った。

「狩り子と槍兵、砲手の一部は山頂に登れ。そして、射手は両側の谷に身を隠せ、残りの砲手は山の下に広がって待ち伏せしろ」

虎狩りに長けた朝鮮砲手の作戦を軍官がみんなに伝えた。軍官の考えは、虎をできるだけ山の下に追い込まなければならないと思っていた。

鳥衛門は山の麓に凹んだ地形を見つけた。

「俺たちはここにしよう」と待ち伏せの場所を決めた。

他の降倭出身砲手も近くに陣地を構えた。長槍を手に狩り子と砲手が山上に登った。

「ドン、ドン、ドン」

「チェチェンチェン、チェチェンチェン」

山頂から太鼓や銅鑼の音が響いた。

「構えろ！　虎がいたら狩り子を避けて駆け下りてくるだろう。そうなれば虎との真っ向勝負だ。俺たちのいる山の下が一番危険だ」

鉄砲を山上に向け、矢一が仲間に言う。

と、合わせるように鳥衛門が銃口に火薬を詰めながら注意を促した。

「虎が近づいたら一発勝負だ。早いからな。一発目を撃った後、装填する余裕はない。撃った後は命中しようがしまいが、頭を下げて身を隠せ。とにかく死んだふりをするしかない」

鉄砲の扱いに長け経験豊富の彼は、仲間にしつこく言った。

「いくら何でも三十人だよ。これだけの砲手がいれば何発かは当たるだろう。そうなりゃ虎だってくたばるよ」

鳥衛門があまりにも慎重だったので、矢一が場を和らげようと口を挟んだ。

「そうなって欲しい。ところが聞いた話だと急所じゃないと虎は一発では簡単に倒れないというよ。とにかく用心に越したことはない」

「昔、清正公が秀吉公に捧げようと虎狩りしたという話を聞いたことがある。ところが一頭を捕まえるのに数十人の足軽が犠牲になったという噂だった。一発で仕留めなければ、大怪我をするかもしれないぞ」

隣にいた降倭出身の砲手が話に割り込んできた。加藤清正の二番隊にいて捕虜となった男だった。

「キュエッ、キュエッ」

「わああ……」

山頂にいた狩り子が太鼓と銅鑼を鳴らしながら下りてくると、雪に覆われていた谷間から数頭のイノシシが逃げ出した。狩り子は大声を出し、山の下に追い込んだ。獣は雪上を走り出し、狩り子を避け下に向かった。前足が短いウサギは転がり、足長のノロジカやイノシシは傾斜を避け横に突っ走った。

「ヒューン、ヒューン」

矢が鳴り響いた。イノシシが突進してくる。射手が矢を放つ。

「キイ―、キイー」

矢が刺され、ハリネズミのようになったイノシシは方向を変え、倒れた。

「この谷にきっと虎がいますね」

谷間にいた軍官に、髭を蓄えた砲手が言った。虎狩りに慣れた男だった。彼の確信に満ちた言葉に軍官の手が挙がった。そして、

「皆の者。しっかり自分の位置を守りなさい。すぐ虎が来るぞ」

普段ならイノシシだけでも士気が上がるのに、今回は狙いが違った。

「勿体ないな」

仕留めたイノシシを放置するのが惜しいが、射手は再び矢をつがえた。

「うむ」麓で待ち伏せしていた砲手は、イノシシと鹿が横で駆け抜けるのを見てもじっとして待っていた。

その時だった。

「ガオーッ」

山の中腹に突き出た大きな岩から虎の鳴き声が聞こえてきた。狩り子のすぐ下の岩だった。

虎が大声を出すということは自分の存在を知らせるということで、すでに攻撃準備を終え、獲物を威嚇する仕草だった。

「危ない」

頂上から下ってきた狩り子は驚き、再び上に向かって這い上った。

「向こうの岩の上です」

軍官のそばにいた砲手が虎の居場所を指さした。軍官が再び手を上げて兵士に旗を振るようにした。青色の旗が左右に三回はためいた。

「虎だあ〜。警戒せよ！」という知らせだった。

射手や砲手は方向を定めた。太鼓と銅鑼を鳴らした狩り子は山上に戻り、太鼓と銅鑼の音も消えた。しばらくの間、山中は静まり返った。

「ガオーッ」

静けさを破るように虎の声が響いた。同時に岩の端に雄牛ほどに太った虎が姿を現した。向かいの谷とは二百歩。鳥衛門らからは百歩程離れた場所だった。

「パン、パン、パン」

鉄砲の音が弾けた。山頂から下ってきた砲手が発砲したのだ。

「ガオーッ」

弾はすべて外れたのか、虎はびくともしなかった。が、機嫌を損ねたのか岩から飛び降りた。あの巨体が軽々と飛び上がって着地した。斑点が鮮明に見えた。

「ドン、ドン、ドン」

「チェチェン、チェチェンチェン」

太鼓と銅鑼の音が再び響き渡った。

パン、パン、パン、と発砲音が弾けた。山上にいた砲手が威嚇発砲した。

すると虎は方向を変え、谷に向かって飛び降りた。あっという間に五十歩、百歩と谷底に近づいた。

「ヒューン、ヒューン」

潜伏していた射手らが矢を放つ。

「パン、パン、パン」

砲手も発砲する。ところが全て当たらなかった。「飛虎」という意味は、実際に宙を飛ぶことではなく、飛ぶように速いという意味だ。それだけ動きの速い虎に命中させるのは難しい。致命傷を与えられず、逆に人間の方がやられてしまうことが多かった。

「ガオーッ」

矢が飛び交い銃声が響くと、霊物といわれる虎は危険を感知し渓谷を避けて右に方向を変えた。そこには鳥衛門らが布陣していた。土を蹴散らして虎は向かった。おそらく鳥衛門らを見つけたようだ。

「こっちに来るぞ！」

砲手の降倭が焦ったからだろう。なんと、日本語が飛び出した。

「パン、パン、パン」

何人かが発砲した。大きい虎を初めて見た彼らは、怯えて当てずっぽうに引き金を引いた。銃弾はほとんど土と木に当たるだけだった。

虎はびくともせず彼らに向かって突き進んできた。

鳥衛門の横にいた砲手が堪えきれずに発砲した。

「もうちょっと、待て！」

周りの仲間に叫んだ。鳥衛門は芯に火を付けた後、引き金に指をかけたまま、じっとその時を待っていた。何度もその気になったが、虎の動きがあまりにも速いので待つしかないと思った。無意味に発砲してしまうと再装填する間がなくなると考えたからだ。

「うわっ」

あっという間だった。

空中から飛んできた虎は、着地と同時に砲手を攻撃した。装填に間に合わない砲手が狙われたのだ。虎は、着地するなり鋭い爪で砲手の胴体を強打した。襲われた砲手は悲鳴を上げながら倒れた。隣にいた砲手が驚き、逃げようとしたが虎は鋭い歯で彼の足を噛んだ。

「キャー」

足を噛まれた砲手は、空中に飛び五歩先に落ちた。

太ももの肉がちぎれ血が飛び散った。それを見た仲間が一目散に逃げた。

「こいつ」

鳥衛門が銃口を虎に向けた。虎と鳥衛門の目が合った。鳥衛門には、虎の眼に何かが光っているのが見えた。その瞬間、引き金を引いた。

「ジジッ」という音がした。同時に叫んだ。

「撃て！」

虎とはわずか十歩程だった。

虎は、吠えながら跳ね上がった。

「ガオーッ」

発砲の轟音が激しく耳元で響いた。

「パン、パン、パン」

鳥衛門の両脇にいた矢一と拓郎、彦兵衛の銃口からも轟音が鳴った。

鉄砲の破裂音と同時に、銃弾が虎の体内に奥深くに撃ち込まれる生々しい音が聞こえた。それほど距離が近かったのだ。鳥衛門と仲間は、しばらく放心状態だった。その隙を突くように、虎の前足が彼らを狙った。慌てた矢一が身体を後ろに反らした。

「うあっ」

矢一は、逃げながら悲鳴をあげた。

「ガオーッ」

矢一は死んだと思った。が、虎は体を右に傾け、前足を上げたままバランスを崩した。眼を大きく見開き、矢一を見た。そして、その大きな胴体が横にふらついて倒れた。

「ふぅ〜ぅ」

鳥衛門が大きく息を吐いた。

「寿命が十年は縮んだな」

冷や汗を流しながら、矢一が体を起こした。

「大丈夫か。虎が前足で君を狙ったんだ」

「一瞬だった。危なかった。運が良かった」

「この大きさを見てください。牛より大きい」

矢一が無事であることを確認して拓郎が言った。

彦兵衛が虎に近づき銃口であちこち弄った。

「こんなに大きいのにあんなに飛べるのか、凄い」

「痛っ、痛っ」

隣では虎に引っかかれた砲手が肩から胸に深い傷を負って呻いていた。その先では、足を噛まれた砲手が死んだようにうつ伏せになっていた。

「ご苦労であった」軍官は鳥衛門と仲間をねぎらった。軍官らは、横たわる虎の皮に触れながら検死した。

「三発が急所に当たったようだ。動きが早いから命中させるのは大変だったはずだ。それにしてもすごい腕前だ」

経験豊富な砲手は、鳥衛門と仲間を見ながら心から敬意を表した。

「あっぱれだった」

それを聞いた軍官が鳥衛門と仲間を褒めた。

「ありがとうございます」

鳥衛門は、謙虚に礼を返した。

実際、鳥衛門とその仲間でなければ、一体どうなっていたか。あれほど至近で虎に襲われたら大抵の者ならひとたまりもなかったろう。やはり海千山千の戦場を経験した、鳥衛門と仲間たちとの連携と度胸がものをいった。虎が跳ね上がっても、仲間の中で怯えた者は一人もいなかった。鳥衛門は冷静に、虎の急所を狙った。それまでじっと堪えた我慢と集中力がすべてだった。

「よし、虎を縛って運べ」

そして手柄を立てた鳥衛門と仲間たちの名を記録に残した。

「こりゃあ、でかいなあ」

府使の李貴は虎を見て手を叩いて喜んだ。

そして、「この虎を漢城に送りなさい」と言った。

後刻、虎を見た光海君も大喜びした。

「李府使が大きなことを成し遂げたぞ」

王は、李貴に登用に反対した大北派の前で李貴を褒めちぎり、皮肉った。

一方、王からご褒美と賞賛を受けた李貴は、機会を逃さず王に書状を捧げた。

〈申し上げます。この度、人々を殺傷した虎を捕らえた場所は京畿（キョンギ）と黄海（ファンヘ）の両道の境界です。そこの山々には害を与える虎がいるという苦情がその後も絶えません。この度、虎を捕まえた勇猛な砲手たちを指揮し、虎退治を続けるべきと思われます。ところが、ここらの山は道の境界に位置します。追いかけても虎が境界を越えれば管轄が違うということで、砲手たちも山を越えることができず、逃げられることがしばしばあります。それこそ『鶏を追っていた犬、屋根を見上げる』といった具合です。そこでお願い申し上げます。虎を追う際には境界を越えられる許可をいただきたく思います。でなければ虎を根絶することは難しいと存じます〉

「もっともであろう」

虎の根絶を期待した王は、李貴の建議を妥当と判断した。これまでこのような問題を指摘した大臣はいなかった。王は李貴の誠実さを高く評価した。

「では、境界に縛られず全ての官庁は力を合わせて虎を掃討せよ」

王は李貴の申し出を承諾した。長湍と開城の官庁に御命を下した。

「よし」

王からの御命を授かった李貴は、ほくそ笑んだ。それからというもの、李貴たちは、虎狩りを口実に兵士を集めていった。

その年の冬には虎狩りを名目に遠くの長湍まで進んだことがあった。長湍の防御使は李貴と同じ西人派だった。二人に加え、謀反に加わった西人派の仲間がそこに集まり謀反の計画をいよいよ本格化させようとした。

ところが、李貴の一連の動きは大北派の罠に引っかかった。

「虎が現れてもないのに兵を集めています。長湍とその周辺で頻繁に軍事訓練をしています。この動きは警戒すべきです」

国法で許可なしには兵を勝手に動かすことはできなかった。李貴が虎狩りを口実に王から許可を受けたことは特別な例外措置だった。

「李貴が捕ろうとしたのは虎ではなく、上様ではないのか！」

政敵の大北派がそれに気付き動きだした。

「王様が許可したのは虎退治のためです。虎の被害がないのに兵を動かしたことは国法に反する謀反にあたります。直ちに李貴を捕らえ、謀反の全貌を突き止めるべきです」

政権を握る大北派にとって、李貴は目の上のたんこぶだった。

王は渋々しながら大北派の意見を受け入れ、李貴は直ちに府使を罷免された。

「この度の謀反の動きについてはこのまま終わるわけにはいきません。李貴を捕らえ厳しく尋問すべきです」

大北派は、これを機に西人派を一掃しようと企んでいた。

ところが李貴は、自分の娘が王の寵愛を受けていた官女・金尚宮と親しい間柄であることを利用した。

「すべてのことは大北派の陰謀です。誣告(ぶこく)です。彼らが父上を政敵として排除しようとしています。彼らは、自分たちの意見を押し通そうと殿下に圧力をかけようとしているんです。臣下としてやるべきことではありません。率直に申し上げます。逆賊は、殿下に圧力をかけ侮辱する、大北派の連中です」

李貴の娘のこの話は、そのまま王に伝わった。

そして、王は大北派の大臣たちにこう言い、意見を退けた。

「余は、虎退治のために境界を越えてもよいと許可したことはある。それに則って兵を動かしたのであれば必ずしも彼の過ちとは言えない。実際に彼は虎を捕まえ、手柄を立てたこともある。よって罷免で十分だろう」

謀反は逆賊の大罪。発覚すれば死罪だが、仮にもし罪が晴れたとしても拷問によって体はボロボロになるのは確実だった。娘の機転で投獄は免じられ、罷免ですんだ李貴は直ちに西人派の幹部に会い、自分が訓練してきた兵士たちの名簿を渡した。

「指示を待て。指示が出たら、早速この名簿の兵士を動員して漢城に送れ」

李貴が渡した名簿には、虎退治に手柄を挙げた鳥衛門と仲間たちの名も載っていた。そして、李貴はこう付け加えた。

「彼らを反乱軍の先鋒に立たせれば、きっと役に立つに違いない」

都城に戻った李貴は、後に十六代王（仁祖）になる綾陽君（ヌンヤングン）を訪ね密約を交わした。綾陽君は十四代王・宣祖の庶孫だった。庶子・定遠君の長男で、光海君七年（1615）の謀反事件で嫌疑をかけられ弟が毒薬を授かった。それにより実父・定遠君が鬱病を発症し世を去っていた。

「いずれ、この悔しさを必ず晴らす」

彼は父と弟の死で、異母叔父にあたる光海君に強い恨みを抱いた。父と弟の復讐は王位を簒奪することだと決意していた。そして、自分のすべての財産を使ってでも謀反のための私兵を秘密裏に集めていた。

李貴は、大北派に気づかれることを考え、行動を急ぐべきだと主張した。

「すべて内密に行うべきです。大北派の連中が目を光らせています」

謀反の計略が発覚すれば処刑は間違いない。しかも自分だけで終わらない。家族や家門が破門になり、親族のうち、男はすべて処刑。女は奴隷になる。つまり三族の滅亡だった。

李貴と綾陽君は、薄氷を歩くように気を付けなければならなかった。

「すべて整えました。三月十二日の夕刻に集まってください」

李貴は、謀反の賛同者に緊急連絡した。各自の私兵を率いて三月十二日の夕方までに弘済院に集まることとした。弘済院は都城に近く、中国からの使節が都城に入る前に休憩したり宿泊する所だった。李貴は、そこに集結し、翌日未明に都城に入り、宮殿を占領する計画を立てていた。

謀反が成功すれば、現王を廃位し、綾陽君を推戴するという密約だった。

「皆、官庁に集まれ」

暖かい春の日差しが野原に陽炎を作っていた。とはいえ朝夕にはまだ冷たい風が吹く三月の初めだった。

飛脚が走る大通りに役人が大声を張り上げた。

「今ですか？　すぐ集まれと言うことですか？」

鳥衛門の朝鮮語には開城の訛りが滲んでいた。

「そうだ。直ちに集まれとの命令だ。遅れたら酷い目にあうぞ」

鳥衛門は急ぐしかなかった。

「狩りの時期は過ぎただろうが……。何かあったのかな」

鳥衛門には、腑に落ちないどこか不安なものがあった。

以前、満州に狩り出されたことが脳裏に浮かんだ。モヤモヤとした不吉なものを感じながら綿服のチョゴリを羽織った。

家を出ると外には、既に矢一と拓郎、彦兵衛が待っていた。四十を超えた拓郎と彦兵衛にも白髪が目立った。

「今度はまた何んなのかね〜。何か聞いた？」

「いや〜。急いで来いと言われただけだ」

「お前も聞いてないのか？」

矢一が、鳥衛門を送るためにいた次男の島植に聞いた。

「ううん。私も聞いていません」と彼も首を振った。

「もしかして蛮族たちが攻めてきたんじゃないよな」

矢一は心配そうにつぶやいた。すると鳥衛門の表情が一瞬、強張った。満州族の捕虜になっていた長男からは未だ何の音沙汰がなかった。もし蛮族なら、長男と銃口を突き合わせることになるかもしれないと思ったからだ。

「とにかく行こう」

鳥衛門が歩き始めた。

拓郎と彦兵衛が続いた。

鳥衛門は、脇目も触れずただ黙って官庁に向かった。

官庁の前庭には多くの人が集まっていた。

北方の方言があちこちから聞こえてきた。何も知らされずに動員された人々はざわめいていた。と、その時だった。

「静まれ！」

鎧をまとった武官が踏み石の上から大声を出した。

「私は長湍の府使だ。今から出征する。皆は、指揮官の指示に従え。列から離脱する者は厳罰に処す。手柄を挙げた兵士には褒美を授ける」

府使の話が終わると軍官が前に出た。

「右往左往せず一糸乱れずに列を作れ」と言いながら軍官の一人が鳥衛門に近づいた。

「上の村に住む金出島か？」

「はい、そうです。軍官様」

若い軍官に丁寧に頭を下げた。朝鮮の生活にも慣れ、身の振り方も決まっていた。

「降倭と聞いているが朝鮮語がなかなかだね」

軍官は、鳥衛門より明らかに年下だが年長者のようにため口で話した。

「皆は先鋒に立つ俺に従え」

軍官は、鳥衛門を含む降倭出身の砲手とともに先鋒に立った。

「虎を捕まえることではなさそうだね」

鳥衛門が声を潜めて矢一に囁いた。虎退治なら狩り子がいるはずだ。

「軍官様。虎を捕まえに行くのではないのですか？」

矢一が先に歩いていた軍官に尋ねた。すると
「虎？　そうだ。本当の虎を捕まえるんだよ。生きている本当の虎を。ハハハ……。手柄を挙げれば、そなたらは大きなご褒美を授かるだろう」

軍官の皮肉った言葉に、矢一は鳥衛門を見た。

「本当に虎を捕まえるって言うけど、ちょっと違うんじゃないかな～」

朝鮮語に慣れない矢一は、皮肉だと気付いてはいたが確信はなかった。単語は聞き取れたが何かを感じたからだった。もっと聞いてみたかったが叱られると思い、鳥衛門の方を見た。鳥衛門も理解していない様子だった。

「まあ、どうでもいいや。どうせなるようにしかならない」と呟き、黙々と隊列に従い歩いた。

矢一と軍官の話を聞いた鳥衛門は、出征の真意がつかめないまま肩の鉄砲に手をかけた。何はともあれ頼れるのは鉄砲だけだと思った。

漢城方面に南進していた隊列が碧蹄館の近くで、前方から近づく武装した隊列と鉢合わせになった。

「誰だ？」

「私です。綾陽君です」

先頭に立った軍官の問いに静かな声で答えた。

「これはこれは。なにゆえここまで？」

報告を受けた長湍府使が近寄って頭を下げた。府使は、挙兵が成功すれば王に推戴されるはずの人物が目の前にいきなり現れたのだから、それは驚くのは当然だった。綾陽君はわずかな兵を率いていた。実は、先回りして集合場所である弘済院に行ったが誰も現れなかった。下手をして謀反が失敗に終われば逆賊として首が飛ぶのは必至のこと。不安になった綾陽君は、援軍を待つことができず、直接北上してきたとのことだった。

「ほっとした。ところでどうしてこんなに遅れたのか？」

綾陽君は、長湍府使が引き連れてきた大軍を見て安堵した。

「ご心配をおかけしました。ご安心ください」

府使は、綾陽君と共に弘済院に向かった。

北方兵使の李适（イ・グァル）は軍官二十人を引き連れて集結地に着いた。武官出身の彼は、謀反に加わるよう声をかけられたが心を固めるには時間が掛かった。主導する首謀者の多くが文官出で実行力を疑っていたからだ。首謀者の一人である李貴は、高齢である事に加え軍事作戦の経験が全くなかった。なので、李适は様子見で指揮下の将校のみを連れて参加したのだった。状況が悪ければいつでも抜けるつもりだった。

夜が深く、弘済院には綾陽君を筆頭に反乱軍の首謀者である李貴、崔明吉（チェ・ミョンギル）、長湍府使の李曙（イ・ソ）と兵使の李适らが合流した。

「金瑬(キム・リュ)大将は、どこにいるのか？」

大将を務めるはずの金瑬が集結地に現われなかった。

「一体どうしたことだ」

続々と合流する反乱軍を迎えながら、李貴は金大将が現れないので焦りを隠せなかった。時刻は既に子の刻（夜の十二時頃）を過ぎていた。待てども待てども金の姿は現れなかった。

「何の連絡もなく、どういうことだ！」

李适は不安になった。と、その時だった。張維(ジャン・ユ)という男が駆けつけ、謀反が発覚した事を伝えた。

「謀反に気付き、王命で次々に捕まえています。更に、都城を警備する中軍大将が兵を率いてこちらに向かっています」

「まずい！　終わりだ」

兵がざわめいた。知らせを聞いた李适はたじろぎ身を引こうとした。それを察した李貴がすぐに李适に近づき腕を握って耳元で何か囁いた。

「大将が来ないのが発覚の何よりの証左。このまま引き下がれば、我々すべてが反逆者として処刑される。李兵使が大将になって頂きたい。兵を率いて都城に攻め入れば必ずや成功します」

李适は、眉をひそめて李貴を見た。そして、釘を刺すように返答した。

「すべての指揮を私に任すこと。軍令に背けば、誰彼構わず処断する権限をください。それなら考えましょう」

「分かりました。そのようにします。李大将」

李貴が大声で従うことを約束すると、周りにいた指揮官たちは跪いた。兵士たちも李适に頭を下げた。鳥衛門とその仲間も頭を下げた。

「私たちを導いてください」

「承った。ではまずこれを全軍に配れ」

李适は、直ちに手下の軍官を集め、あらかじめ用意しておいた「義」の字が書かれた布を兵に配らせた。布を背中に貼り付けて彼我を区分するためであった。

「我々は、理不尽極まる王を追い出し、民の安寧を取り戻そうとする正義の軍隊である。これから、この義の字のない兵士は敵と思え」

彼は、武官らしく大きい声を張り上げ、檄を飛ばした。

「お、おー」

喊声があがった。

李适は、直ちに軍立てを行った。

「砲手は先頭に立て」

李适の命令で鳥衛門を含め、降倭出身の砲手が先鋒に立つことになった。鳥衛門と仲間もやっと自分たちが今、謀反に加わるのだと事態を理解した。

「どうすればいいいんだ」

矢一が怯えながら言い出すと鳥衛門は諦めて答えた。

「このまま従うしかない。離脱したら即座に処刑されるだろう」

これまでも全てがそうだった。朝鮮に渡って来たのも自分の意志ではなかった。会ったこともない太閤秀吉の命令で海を渡り、何の恨みもない人々を殺し、挙げ句の果てに捕虜になった。次は朝鮮軍に属して味方だった遠征軍を相手に戦った。辛うじて生き残ることができたが、またまた自分の意志ではなく、ただただ生き残るために権力者に加担して殺戮を繰り返してきた。満州に遠征した時だって同じだった。最初は明の側に立って女真族と戦い、投降後は満州族の後金軍に属し、今まで味方だった明の兵士と戦わなければならなかった。相手をたくさん殺すほど能力を買われ褒められた。実に相反することばかりだった。自分の運命は、何一つ自分では決められず、権力者の意志で弄ばれてきた。

こんな世に生を受けたことだって自分の意志ではない。しかし、生まれてきた以上、生を全うするしかないと、ただただ本能のなすがまま権力に従ってきた。今回の謀反に巻き込まれたことだって同じだった。反乱軍といっても権力そのものだった。それに抗えば「蟷螂の斧（巨大な車に飛びつく愚かなカマキリ）」として愚かな者とみなされるだけだった。

「ひゅー」

鳥衛門は、ただ溜息をつくしかなかった。

一方、反乱軍の大将に推戴されていた金は自宅にいた時、謀反が発覚したと聞き、ずっと座り込んでしまっていた。

「すべてはおしまいだ」

息子にそう言い出し、親子は落胆して朝廷から自分を逮捕する兵を待っていた。ところが都城で彼と合流するはずだった人々は、金瑬の動きがないことを知り、彼の家に駆けつけた。

「大将！　何をしてるんですか？」

「私を逮捕する朝廷からの兵を待っているところです」

青ざめた顔の金を見て、呆れた沈が言った。

「では、捕まるのをただ待っているんですか？」

「もし、朝廷からの兵が来たとしても戦うべきでしょう。我々と一緒に集結地に行きましょう」

その言葉を聞いた金は、やっと我に返った。

「戦えますか。では急いで馬を用意しないと」

金は、傍らの息子を急かした。

鎧をまとった金は弘済院に向かった。弘済院に着いたのは約束時間をはるかに過ぎていた。既に李适を大将として、都城の宮殿に向かって出発するところだった。

「大将を担う者が遅れて現れるなんて。出陣に先立ち貴殿の罪を問う」

約束の時刻より遥かに遅れたにもかかわらず、金が平然として現われると、大将の李适は刀を抜き、彼を斬るふりをした。

「いけません、敵を前に分裂は……」

李貴が慌てて仲裁に入る。すると、「今回は、許すが二度とこんなことがあってはならない」と李适は刀を収めた。

「出発！」

直ちに、李适は手を挙げて出陣を命じた。彼らが都城に着いた時、夜が明けていた。

李适の命令で先鋒隊が城門に近づいた。鳥衛門と仲間は、前方を警戒して進んだ。その時だった。

「誰だ！」

軍官の一人が現れた。

「斬れ！」

降倭の一人があっという間にその軍官の首を斬った。そして、城門を突破した反乱軍は太鼓を打ちながら宮殿に向かって突進した。王の寝室がある昌徳宮（チャンドククン）の前まで進んだ時、都城の警備を担っていた訓練隊長が兵を率いて現れた。ところが彼とはつながっていた。よって彼の協力により反乱軍はほとんど無血で宮殿の門を越えることができた。

「こんな首尾良く終わるものなのか」

一発も撃たずに宮殿内に入った鳥衛門と仲間は呆気ないものだと思った。権力者である王を追い出すのに、鉄砲を一発も撃たずに済むとは……。

「先鋒に立ったけど、何も手柄などないぞ」

矢一が呟いた。

反乱軍が王のいる宮殿に侵入すると、宿直していた朝廷の官僚たちは、慌てて一斉に宮殿の塀を越えて外に逃げ出した。

反乱軍の主勢力は宮殿を占領すると同時に宮殿の門を斧で壊し、中庭でかがり火を焚くように命じた。兵士たちは訳も分からず壊れた門を薪代わりに火を灯した。

実は、反乱軍首謀者らは謀反が失敗する場合に備え、

「十三日の未明、宮中からかがり火が上がらなかったら、皆、腹を斬った方が良かろう」と家族に伝えておいたのである。

宮殿から燃え上がる炎を見て、家族はため息をつき喜んだ。

「何の騒ぎだ？」

王の光海君は、燃え上がるかがり火を目にして宦官に問うた。

「殿、謀反です。逆賊が宮殿に入りました」

事態を聞いた王は、「あれは、間違いなく大北派の仕業だろう」と思い、宦官の案内で北門に逃げた。王は西人派の反乱ではなく、大北派主導の反乱と誤認していた。その理由は、王の権力強化を大北派が阻止しようとする兆しがあったからだった。

そんなことを考えながら、宦官の助けを頼りに宮殿を抜け出した王は、宮殿近くにある御殿医・安国臣(アン・グックシン)の家に逃げ込んだ。

「殿下、こちらへどうぞ。むさくるしいところですがここは安全です。落ち着くまでご辛抱くださいませ」

安国臣は、当初は王を保護するつもりで最善を尽くした。ところが、流れが変わったことに気づき豹変した。

「こちらに王がいることを反乱軍に通報しなさい」

彼は、妻を通し王の居場所を伝えた。すぐさまに反乱軍が光海君の身柄を抑えた。

「斬首刑に処すべし」

光海君が捕まったことを知らされた義理の母・大妃は、光海君を直ちに処刑することを主張した。実子を殺され、長い間、堪えていたメラメラと燃える復讐の心が今こそ露わになった瞬間だった。

ところが、処刑はせず江華島に流刑とした。処刑には反発する勢力がいるかと思ったからだ。その後、江華島から更に遠い済州島に流刑地を移した。廃王になった光海君は、島の生活を強いられ、さまざまな屈辱を味わい六十五歳で一生を終えた。

王を追い出し流刑に処した反乱軍は、続いて光海君の下、権力を欲しいがままにした大北派の大臣らをすべて粛清した。

首脳級の人物四十人余が斬首刑に処せられた。大北派と烙印された人物の中で、流刑に処された数は二百余人に達した。

大北派は、光海君を新王として王座に推した功労により政権を握り、振る舞ったが、「権力十年久しからず」で没落した。虚しい権力の末路だった。

仁祖政権

「御祝賀申し上げます」

謀反が成功すると主導勢力の西人派は、約束通り綾陽君を王に推戴した。朝鮮王朝の第十六代王である仁祖（インジョ）の誕生だった。

西人派は、この謀反を「仁祖反正」と呼んだ。反正とは捻じられたのを正しい状態に戻すという意味だった。大義名分を得るためだった。

陵陽君は朝鮮王朝十四代目の王、宣祖と側室との間に生まれた庶子の次男である。つまり宣祖の庶孫。このように宣祖の時から始まった庶子出身の王位継承は、光海君を経て三代目に至ることになった。

一方、反乱軍いや反正軍を主導した李貴と金瑬たちはいずれも西人派だった。ところが、もう一人の主役である李适は派閥もなく武官出身だった。李は、文官出身とは反りが合わなかった。

謀反を企み、集結地の弘済院に兵が集結したが、大将になるはずだった金瑬が現れず、一時はどうなるかと思われたが、李适が大将を引き受けることになり反乱は成功した。最大の功臣は李适であることは誰も否定できなかった。

ところが、大遅刻の土壇場になって金瑬が現れた時、李适は軍律を正し見せしめとして彼を処罰しようとした。あの時、もし李貴が止めていなければ金瑬の首は飛んだかもしれない。

「今に見ろ」

しかし、金はこの時から李适を憎み目の敵のように思っていた。

西人派所属の大臣らが集まり、挙兵の成功を祝い論功行賞を誰にするかを論じている時だった。

「いくら大手柄といっても李适は後から参加した者です。彼を最高の功労者とするのはいかがでしょう？」

李适がいない時を見計らって、李适を憎んでいた金瑬は、彼の功労を下げ、二等功臣に分類した。李适の息子も反正軍に参加し、手柄を挙げたが何も与えなかった。いわゆる兎死狗烹（兎が死ねば、それを捕らえた猟犬は不必要となり、煮て食われてしまうとの比喩）だった。

「なあに！」

この話を後になって聞いた李适は怒った。

「けしからん。誰のお陰で成功したと思ってんだ。恩を仇で返すのか」と、西人派の連中に不満を抱くようになった。

一方、西人派勢力に推戴され新王となった仁祖は、先代の光海君の中立外交を廃し、明国との事大関係を維持する親明背金（明国を友好国とし金国に背く政策）の政策を推し進めた。この政策変更によってたちまち後金国とは敵対関係に変わってしまった。さらに仁祖と西人派は、後金国との国交をすべて断ち切ってしまった。

こうした方針変更に後金は目をつり上げて怒った。

「朝鮮が明国の肩を持ち、我が国を敵と見なすなら、見せしめだ」と、後金の兵士が朝鮮の北方に出没し、家々から略奪、民衆を虐殺した。

「蛮族の出没で、北方の住民が危険に晒されております。兵を派遣し、警戒を強化しなければなりません」

今まで穏やかだった北方の国境周辺が、後金の脅威で混乱に陥ると、朝廷は李适を平安北道の兵馬節度使兼副元帥に任命し、収拾を図った。

「余は、李大将の能力をよく知っている。外敵を退けてほしい」

李适が都城を発つ折には、わざわざ王が自ら見送り彼を励ました。ところが李适は、北方行きは左遷だと思い込み、大いに不満を抱いた。が、ともあれ李适は、今は黙って北方に行くしかなかった。

李适は北方の寧辺(ヨンビョン)まで進軍し、そこに陣を張った。その折、「なんで俺がこんな目に遭わなければならんのだ」と不満が渦巻くように湧いた。

「女々しい文官どもが権力を握ったと偉そうにしている姿は笑えるわい」

李は彼らを嘲笑った。彼は、自分のお陰で反正が成功したと自負していた。なのに、西人派がその立役者である自分を辺境に追いやったと思い、メラメラと復讐の心が芽生えた。

彼の指揮下には朝鮮兵の精鋭一万二千が従っていた。それに加え鳥衛門ら降倭出身の鉄砲兵百三十名ほどがいた。いずれも朝鮮全国から選抜された精鋭である。

一方、何も知らされず反正に加わることとなった鳥衛門らは謀反が成功し行賞として米を受けた。ところが帰郷して間もなく、その年の冬、再び動員されることとなった。

李は武官として毎日、陣法（軍事における陣の構え方）を組み、実戦さながらの訓練を行った。

「彼らは優遇せよ。手厚く待遇しなさい」

李は、鳥衛門ら降倭の兵士たちの銃砲の腕前を高く評価していた。

自分たちが他の兵より手厚く優遇されることに、「きっとなにか下心があるに違いないだろうが、まあ良しとするか」と喜んだ。

「この間のように白米や反物をくれれば最高ですがね」

中年を過ぎた拓郎が本音を漏らした。どんな理由があっても、褒美さえ貰えれば暮らしは楽になる。

「前回は王を引き下ろしてご褒美を受けたが、今回は蛮族が相手だろう。ご褒美は期待できそうにないね。以前、満州に派遣された時だってそうだったではないか。苦労して帰っても悪口ばかり言われたじゃないか。今回だって大きな違いはないかもな」

鳥衛門は、そう言いながら未だに帰らぬ長男・島植のことを案じた。

「ところで、いつまで軍役を勤めなければならないんですか。鳥衛門さんは、もう軍役の対象ではないでしょう」

朝鮮では、六十歳まで軍役が適用されたが、鳥右衛門と矢一は既に還暦を過ぎていた。彦兵衛が不満そうに聞くと、鳥右衛門は答えた。

「朝鮮人は六十歳までだが、俺たちのような降倭は例外だろう。こんなに特別待遇されるのもそうだし。でもよく分からない。聞くこともできないし、なっ」

降倭と呼ばれ、常に異邦人扱いされてきた。降倭とはいえ年齢上では軍役の対象ではないが、鉄砲の腕前を買われたことで例外として動員されていたのが実情だった。しかし、誰もそんな説明はしてくれなかった。

「まあ農閑期の動員だったから、前回のように米や反物が貰えるならそれはそれで良いよ」

鳥衛門と矢一は、別に文句もなかった。

年が変わり、仁祖二年（1624年）の正月ことだった。

「ヒュー、ヒュー」

都城に北風が激しく吹いていた。冷たい寒風が地面をカチンカチンに凍らせた。

「北方の李适副元帥が西人派に不満を抱いています。よって李适を味方につけて謀反を起こせば今の王を追い出すことができます。前回の謀反も李适将軍が反乱軍を統率して成功させた訳です。彼を味方につけ、大将にすれば必ず成功しますよ」

極寒の中、歩く人もいない早朝、尹仁発（ユン・インバル）は仁城君（インソングン）の邸宅を訪ねて反乱をそそのかした。仁城君は、先代王・宣祖の王子である。庶子出身で七番目の王子とあって王になる見込みがなかった。ところが、前代の光海君と親しく、彼の政策には大いに賛同していた。甥である仁祖が叔父の光海君を王座から引き下ろし、その座を奪ったことに強い不満を抱いていた。

それを知った尹が仁城君を誘ったのだ。尹は西人派に不満を持っていた勢力を糾合し、既に李适とも密約を交わしていた。

ところが、彼の図った謀反の計略は仲間の裏切りによって西人派に漏れた。

「李适とその息子、尹仁発らが反乱を企てるという噂です。彼らを捕まえ、尋問すべきです」

謀反が失敗すれば一族すべてが滅亡することを恐れた文晦（ムン・フェ）という人物が西人派に告げ口をしたのだ。さっそく西人派の大臣らが騒ぎ出した。反正による政権交代になって二年目。政局はまだ安定していなかった。そうしたこともあって毎日のように謀反を疑う告発があった。人が集まり不穏な動きがあればなんでも告発の対象になった。反対勢力に目を光らせる西人派は、褒美を餌に告発を促した。

一方、王の仁祖は李适を信頼していた。謀反の折、弘済院で見せた李の決心と行動は王の頭に深く刻まれていた。

「李适の協力がなければ謀反は成功していないはず」

もし反乱が失敗していたら自分は今この世にいないはずだった。王は心の中で李貴のような文官よりも武臣である李适を信頼していた。

なので謀反を告げられた王は「偽りはないのかっ！」と確認を求めた。

「間違いありません」

西人派の大臣が答えると、「もしそうなら漢城にいる李适の息子と尹仁発を逮捕し、尋問すべきだ。事実かどうかを確かめるのが先だろう」と言った。王は、今回の告発も根拠のない誣告だと思っていた。できれば李适の逮捕は止めたかった。そこで苦肉の策として、彼の息子を先に逮捕し咎めようとした。

尹仁発は、謀反の計画が漏れたことを察知し、逮捕直前に李のいる寧辺に逃げた。

しかし、漢城にいた謀反の一党を捕まえた西人派は厳しい尋問を行った。

「自白すれば命だけは助けてやる」

多くが厳しい拷問を堪えきれず自白した。

「李适を大将にし、今の王を追い落とす企みをしたのは事実です」

自白があったという西人派からの報告に、「まさか」と王は唖然とした。

「李适を捕らえろ」

朝廷では急いで義禁府（罪人を扱う機関）の都事（従五品）を、李适の兵営に向かわせた。ところが朝廷と西人派の動きを知った李适は先手を打った。

「殺すべきは奴らだ」

李は、息子が逮捕され、今、自分に追っ手が駆けつけていることに憤っていた。

「兵士を集めろ」

彼は、漢城に攻め込む兵士を急遽、集めさせた。丁度その時に、

「朝廷から義禁府都事が来ています」

助防将が耳打ちした。

「分かった。しばらく外で待たせておけ」

覚悟を決めた李适は、側近の李守白（イ・スベク）、奇益献（キ・イクホン）らを集め、決意を明かした。

「私には息子が一人しかいない。その子が西人派に濡れ衣を着せられ投獄されている。しかも反逆の罪だそうだ。息子が反逆の罪であれば、その父である私も無事に終わるはずがない。捕まって処刑される身であるなら、彼らが言う通り反逆してやろうではないかと思う。どうせ死ぬなら戦って死ぬことを選ぶ。ころころ豹変する文官らにまんまと捕まり、処刑されてなるものか！」

と言い、李适は太刀を抜き天を突いた。

「俺に従う者はここで誓え」

「死をともにいたしましょう」

側近は皆、同調した。そして李守白が、

「まず、将校の軍官を呼ぶべきです。彼らの前で、まず義禁府の都事を殺し、私たちの意思を明らかにした方が良いでしょう。反対する者がいれば一緒に除去すべきです」と提案した。

「よろしい。実行せよ！」

李适は直ちに将校を呼び集めた。そして、自分の計画を明らかにした。

「私の決意に背くというなら死んで貰うしかない」

太刀を宙に振り、威圧する大将の険しい表情に将校たちは震えた。

「ともにします」

彼らは全員、跪き賛同した。

「では、都事を連れてこい」

外で待機していた都事は、陣中の雰囲気が尋常でないことに気づいた。

が、都事らは逃げるわけにはいかなかった。陣中に入ると殺伐とした気配が漂っていた。しかし、都事らは平然を装い、進んだ。

「遠いところ、ご苦労」

鎧をまとった李适が壇上から高飛車(たかびしゃ)に言った。

「あ、ありがとうございます」

都事と一行は、閻魔大王のような目の李适を怖々見て、頭を下げた。そして、懐から罪命が書かれた文書を取り出そうとした。

「奴らの首を討て！」との声に、軍官が飛びかかり都事と一行の首を一瞬にして斬り落とした。血が飛び散り、首が床に転んだ。あっという間だった。惨殺だった。都事に同行してきた兵士たちは、残虐なその光景に身をすくめた。すると李适は、

「兵士たちよ。我が軍はこれから正義を正す。私に従え」

兵士たちは何が起きたのかさえ分からず言いなりになった。

そして、李适は近くの兵営と近隣の首領に伝令を送った。

「急を要する軍務で相談したきことがある。急いで寧辺に来て欲しい」

定州（ジョンジュ）牧使の丁好恕（チョン・ホソ）は、以前から李适に謀反の動きがあることに気づいていた。

「あの者を捕らえろ」

丁好恕は、李适が送った伝令をその場で殺した。そして、直ちに兵を率いて平壌にいた都元帥の張晩（チャン・マン）に合流した。

「伝令が戻らないのは、何か変です。早く実行に移すべきです」

李守白は、李适を促した。

「よし！　進軍だ！」

翌朝、李适は指揮下の兵士を率いて陣営を発った。

「無駄に戦をする必要はない。できるだけ早く漢城を占領すれば、他の地域の主将らも従ってくるだろう」

李は漢城をいち早く占領し、王を追放すれば計画通り進むと目論んでいた。

彼は、戦闘に長けた降倭を四組に分けて先鋒に立てた。鳥衛門と仲間は一組に配置された。朝鮮人の軍官が組長になり彼らを指揮した。そして、李适の軍は寧辺から開城を経て漢城に進撃した。平壌を避ける道を選んだ。それは、平壌にいる都元帥との衝突を避けるためだった。

〈李适が反乱を起こしました〉

都元帥の張が送った急報が朝廷に届き、王と西人派の大臣らは狼狽えた。李适が反乱を起こしたという噂は、たちまち都城中に広がり民心が動揺した。

「どうする？」

王が尋ねると、

「李守一（イ・スイル）を平安兵使、李元翼（イ・ウォンイク）を都体察使に任命し、討伐するようにすべきです」

大臣からの案に「そうしなさい」と答えながら、怯えていた王は、さらに討伐の措置として、京畿監使の李曙（イ・ソ）に反乱軍を阻止するように命じた。そして、各道に伝令を送り、兵を集めた。

当時、李适の反乱軍は、既に漢城の北部、西興（ソフン）に進軍していた。

ここで初めて官軍と遭遇した。二月二日未明のことだった。

「鉄砲で、烏合の衆の奴らを痛い目にあわせてやれ」

李适は、鉄砲隊に先制攻撃を指示した。烏衛門らの降倭部隊が先頭に立った。

「パン、パン、パン」

銃弾に当たった兵士がバタバタと倒れた。朝廷軍は一瞬にして戦意を失った。朝廷の兵がオロオロしている間に、反乱軍が接近した。肉薄戦が始まると降倭部隊を先頭にした反乱軍に、朝廷軍の陣営が一気に崩れた。戦に慣れ、経験豊富な降倭部隊に朝廷軍は最初から敵にならなかった。反乱軍の電光石火の攻撃に、朝廷軍の兵は砂上の城のように崩れ去った。指揮将らも全て惨殺された。

緒戦で朝廷軍を撃破した反乱軍は歓声をあげ、その勢いをかって怒涛のように開城から臨津江まで突き進んだ。

先鋒隊を担った鳥衛門と仲間は、その腕を存分に発揮した。彼らの射撃能力や刀の腕前、豊富な実戦経験は常に戦いを勝利に導いた。

「素晴らしい」

李适は、いつも彼らを自身の身辺に置き、指揮した。降倭部隊は、時には近衛隊として、また時には先鋒隊として縦横無尽に活躍した。

「ところで、俺たちは一体、どこに向かうのかね？」

拓郎が鳥衛門に尋ねた。

朝廷軍が相手であることは分かったが、目的地は未だ知らされなかった。

「噂によれば都城らしい」

「都城って、王のいる？　なぜですかね？」

「よくは分からないが、王を引きずり下ろすようだ」

鳥衛門は答えはしたが確信はなかった。

「それが本当なら、是非、成功してほしいな」

拓郎が言い出した。

「どういうことだ。君は今の上様に何か恨みでもあるのか？」

矢一が問い詰めた。

「いや、何の恨みもないですよ。でも成功すればご褒美があるでしょう。前回はあまりなかったが、今回は多いんじゃないかと」

「へ〜え、お前は、念仏より団子かよ」

拓郎が、胸の内を話すと、仲間は互いにあきれた顔をした。鳥衛門は複雑な心境となった。拓郎の言う通りに成功すれば、功績が認められるだろうが失敗すれば逆賊として処刑されかねない。

鳥衛門は、家族のことを考えると不安がよぎった。満州に残してきた長男の消息もなかった。その長男が帰って来るまでは、家族と共に故郷で待ちたかった。ところが、望まない戦に巻き込まれてしまった。だからといって手を引くわけにもいかず、八方塞がりだった。

『捕虜になって朝鮮に帰化し、どれほど多くの戦に駆り出されたことか』

振り返ると今の王だって、俺たちの助けがあって王になれたのではないか。

鳥衛門の口からため息が漏れた。

『この戦で負ければ生きては帰れない。そうなれば息子とも会えないことになる。それに今の王は満州族を敵対視しているそうだ。満州族と敵対すれば島植は永遠に帰って来られなくなるかも。しかし王が代わり、満州族と仲良くなれば、島植も戻れる可能性が高くなる。息子のためにもこの反乱を成功させねばならない』

鳥衛門は、心の中で自分に言い聞かせた。

さて、李适の反乱軍は二月八日の未明には碧蹄（ビョクジェ）を過ぎた。そこから都城までは早足で一日の距離だった。

〈反乱軍が臨津江を渡り、碧蹄を過ぎました。反乱軍の勢いは止められません。都城を離れた方がよいと思います〉

危機を知らせる急報が朝廷に届いた。

「こりゃ大変」

王と朝廷は慌てて都城を抜け出すことにした。

王が都城を捨てるのは文禄の役以来である。文禄の役の時は南方面から押し寄せる倭軍を避けて、北に逃げたが、今回は北からの反乱軍である。宮殿を出た王と大臣らは南大門を抜け、南の漢江に向かった。同時に、「反乱が起き、反乱軍が都城に向かっている」という噂が四方に広まった。

文禄の役の折には、王が都城を逃げ出したのを知って、国が亡びると泣き悲しむ民衆が多かったが今回は違った。内乱だということを民衆は知っていた。

噂は王の動きより早かった。反乱の噂を聞いた漢江の船頭たちは、船を密かに隠してしまったのだ。

漢江の砂浜に着いた王と大臣らは、川を渡れず地団太を踏んだ。その中でも一番怯えていた王は、今にも李适が現れるとでも思ったのか、何度も何度も後ろを振り向いた。

「舟を探せ。隅々まで調べ、もし、なければ水に浮かぶものなら何でも集め舟を作れ」

王は大臣たちを急かした。反乱軍に捕まれば命はないと思うと、王位も何も全てを捨てたかった。王として死ぬよりも生きて百姓となる方がましだと思った。

王は大臣たちに八つ当たりしながら、ああだこうだと叫んでいた。

その時だった。

「船だ。あそこに船がある」と女官が叫んだ。

「どこ？　どこ？」

一斉に女官の指先に目が向いた。薄暗い闇間に揺れる小さな何かが見えた。

「本当だ。微かに見える。間違いなく船だ」

随行一同が喊声をあげた。

「誰かあの船を引いて来い」

王が言い出すと、すぐ「小生が引いて参ります」と応じる武官がいた。

禹尚重(ウ・サンジュン)という人物だった。禹は、上着を脱ぎ川に入った。胸元まで浸かり蛙のように泳ぎながら、川の向こう岸に浮かんでいる船に向かって進んだ。川の流れは激しかった。冬の漢江は冷たく体力の消耗は早かった。彼は息切れした。だが、禹は王のために死に物狂いで泳ぎ続けた。歯を食いしばって川の流れに抗い、もう限界かと思ったとき船の突端に手が届いた。体力の限りに船に上がった禹は直ちに櫓を漕いだ。

「あっぱれだ。正に忠臣だ」

王は感嘆し、彼を褒めまくった。

「殿下。どうぞお上がりください」

禹が引っ張ってきた船には、まず王と女官らが乗った。続いて川向こうにある他の船を見つけ、大臣らと随行員が川を渡った。船の数が少なく、小さな舟は漢江を一晩かけて何度も何度も往復した。そして、辛うじて川を渡った王と朝廷の大臣らは焦りを募らせ、更に南の水原に向かった。

一息ついた王は、水原の役所を臨時行在所に定め、直ちに朝廷会議を開いた。

「逆賊である李适とその反乱軍を撃破する方策を言いなさい」

すると、元老の李元翼(イ・ウォンイク)が言い出した。

「殿下。釜山に居留する倭人に助力を求めることを提案いたします。彼らは鉄砲を所持しているので急いで援軍を頼むべきです。そして倭国にも援軍を要請し、反乱軍を鎮圧する方策を考えるべきです」

李元翼が窮余の策として倭国に助けを求めるべきとする意見を提示すると、

「それはいけません」と反対の声がすぐ上がった。

「なら、他に良い方策を提案してください」と李が強気で言い返した。

「仕方あるまい」

状況が緊迫していたため、何人かの大臣が同調した。

すると、李は「とにかく、今はこの危機を乗り越えることこそが大事です」と付け加えた。

沈黙がしばらく続いた。

極力、反対する大臣がいないと判断した王は、「以前、兵使を務めた李景稷（イ・ギョンジク）が倭国に使臣として行ったことがある。しかも倭人が彼を信頼しているという話を聞いたことがある。李を釜山に派遣し、話をつけさせたらいいだろう」と述べた。

王と西人派の大臣らは、すぐ当事者の李に日本に援軍を請うように伝えた。ところが、御命を受けた李はこの決定に反対の上訴を上げてきた。

〈釜山の倭人がこの事実を本国に知らせ、出兵するまでには時間がかかるでしょう。そして、倭人が出兵の名目でこの地に上陸すればその弊害は甚だしくなるでしょう。決して良い方策ではないと推察されます。各地の兵を集めて、反乱軍を鎮圧すべきです。水原は漢城と近く、安全ではありません。まずは行在所を南にある公州に移した方が安全でしょう。勤王のためにこれから指揮下の兵を率いて水原に向かいます〉

李适の反乱軍が、今にも水原に押し寄せてくるのではないかと恐れていた王たちは、李の意見を受け入れ、ひとまず行在所を南に移すこととした。

「李景稷の指摘はもっともだ」

李の書状を見た王は、日本に援軍を依頼することを取りやめた。李适も怖いが、朝鮮を侵略した日本に援軍を頼むことには強い反感があったことも事実だった。

李の意見に従い、倭国への援軍要請についてそれ以上論議されることはなかった。

一方、二月十日の午前、鳥衛門らの降倭部隊は都城の城門に到着した。

「気をつけろ。特に城壁の上から飛んでくる矢を、なっ」

城壁を見上げ、鳥衛門は仲間に注意を促した。特に拓郎のことを心配した。手柄を焦る拓郎が軽率に行動することは防ぎたかった。文禄の役の緒戦、釜山鎮城の戦いで吾郎がやられたのも城壁からの矢だった。

「ここで待って」と腰を曲げた鳥衛門が先に飛び出した。

矢一と仲間は、城壁の上に照準を合わせた。ところが何の気配もなかった。鳥衛門がなんの抵抗もなく城壁に着くと仲間も城壁に向かって走った。

「変だなあ」

まったく攻撃がない。鳥衛門が城壁の上を見たが静まりかえっていて、人の気配すらなかった。

「皆、逃げたんじゃないか」

矢一が呟くと、「よし。確認します」と拓郎が城壁をよじ登った。

「気を付けろ」

鳥衛門が小さな声で言った。

拓郎は城壁を登り切った。

「誰もいません」

拓郎が内から城門を開き、鳥衛門と仲間は城門を潜った。

「よし、城壁の上にこの旗を突き立てろ」

拓郎が旗を手に再び城壁に登った。

城門を占領したという印だった。

「周りを調べろ」鳥衛門は用心深く動いた。

李适が率いる反乱軍は、全くの無血入城だった。

「あっぱれであった」

がらんとした宮殿を占拠した李适の側近らは、鳥衛門たち降倭を高く評価した。

「ついに成功したぞ」

李适は感無量で、すべてが夢のようだった。

「勝てば官軍、負ければ賊軍」の謂われが改めて心に響いた。

李适は反乱を一緒に謀議していた仁誠君を探した。新王に推戴するためだった。しかし、彼は姿をくらました。

「仕方あるまい」

大義名分のために急を要すると思い、李适は、代わりに腹違いの弟である興安君（フンアングン）を王に推戴した。彼は、宣祖の十番目の王子だった。

〈暴君である先王を追い出し新王が即位した。人々は動揺することはなく以前のように生業に勤めれば良し。暴君が退き、慈悲深い新王が即位したから、これからは太平の世が繰り広げられるはずである〉

漢城を占領し新王を立てた李适は、反乱の大義名分と新王即位を知らせる貼り紙を都城の隅々に貼った。

そして、宮廷の周辺に直轄の軍隊を駐屯させた。

鳥衛門を含めた降倭出身もそこに駐屯し、都城の警備を担った。彼らの警備で都城の治安が安定すると西人派の勢力に憎まれ弾圧を受けてきた有職者が李适の元に集まった。彼らは、西人派に権力を独占され不満を抱いていた。

鳥衛門と仲間も政局が落ち着くと勝利を実感し喜んだ。

「勝って良かったですね。今回の手柄が認められれば俺たちもそれなりに待遇されるでしょう。本当に良かった」

駐屯地で酒を飲んだ拓郎が、浮かれ顔で鳥衛門に言った。

「当たり前だろう。命をかけて戦ってきたんだから」

と彦兵衛が答えると、「絹の反物だけでも貰えると良いなあ」と鳥衛門が独り言のように呟いた。すると、拓郎がかっとなって反論した。

「何を仰いますか。この度の戦いに死に物狂いで戦ってきたのにいくら何でも反物だけでは足りないでしょう。俺たちの手柄がなければ成功したかどうかも分かりませんよ。それは誰もが知っているはずです」

「お前の言う通りだ。戦で怪我したり死んだ仲間がいるからな」

今度は、矢一が拓郎に調子を合わせた。

「そうでしょう。だから俺たちも大きな行賞を受けるべきです。反物で済む話ではありません。都城の近い田畑を授かるべきでしょう。そうなれば都城の警備をしながら楽に暮らせる。今に見てください。大将も俺たちを必要とするに違いないし、必ず大きなご褒美があると思いますよ」

「そうなれば、それ以上、願うことはないけどな」

こう仲間に調子を合わせた後、鳥衛門はしばし口をつぐんだ。

戦場で功績を立てたのは事実だが、果たして今後、どうなるかは予測がつかなかったからだ。だからといって期待に胸を膨らませた拓郎と仲間たちの気持ちに冷や水を掛けたくはなかった。

「俺たちは、歳を取ってしまったからどうでもいい。が、お前たちは違う。行賞を貰い、ますます大事にされて欲しいし、あわよくば両班にもなって欲しい」

鳥衛門が沈黙すると、代わりに矢一が拓郎と彦兵衛を励ました。

「当地に来て三十年余。そうなるべきです」

拓郎が当たり前のように答えた。

拓郎の言う通り、李适は降倭を非常に信頼し近衛として宮殿の治安を担当させた。正規軍の軍服を着た降倭に、宮殿を出入りする者たちは頭を下げ道を開けた。

その度に、拓郎は偉くなった気分を味わった。

「みんなが俺たちに対する態度を見ると、世の中が変わったことを実感するよ」

朝鮮に帰化して降倭と言われ、後ろ指を指されてきた。ずっと冷や飯を喰わされてきた。拓郎は、人々が自分たちを敬う姿を見て隔世の感を禁じえなかった。

「そうだね。確かに変わったね」

同年の彦兵衛が拓郎に同調した。

しかし、鳥衛門は彼らとは考えが違った。彼には突然の変化が怖かった。権力は与えられた分だけ、責任が伴うということをよく知っていたからだ。確かに、彼らが都城に入ってきた当初は騒然としていたが、巡視を強化するにつれ、落ち着きを取り戻し、今は騒ぎが一切なかった。そんなことから仲間は前回と同じように反乱が成功したものと思っていた。

ところが、鳥衛門は、「こんなに簡単に反乱が成功するなら、また誰かが反乱を起こすだろう。それを防がないとこの成功は長くは続かない」という先行きの不安を感じていたのである。

李适が自分たちを高く評価し、認めてくれているからできるだけ長くこの政権が続いて欲しいと思った。

「ああ、もう昼メシか」

宮殿を巡視し、駐屯地に戻ると奴婢が昼食を用意していた。

「丁度、腹ぺこだった」

「さあ、召し上がってください。たくさんありますから存分に召し上がってください」

食事をつくる奴婢も、反乱軍の主力である鳥衛門たち降倭を手厚く待遇した。白飯が大盛りに盛られていた。炊きたてで湯気が立っていた。戦場では雑穀の握り一個が精一杯だったのでみんな喜んだ。

「こりゃ贅沢だね」

「これからずっとこうなればいいなあ」

矢一が喜ぶと、拓郎が当たり前のように言い出した。

「チャルモッケスムニダ（いただきます）」

と、みんなが朝鮮語で子どものように、はしゃぎ白米を口にした。

「美味い、美味い」

腹いっぱいに満たした後、おこげ湯で口をすすいた。そして、ゆっくりしていた時だった。

パカパカと、馬が近づく音がした。振り向くと馬は宮殿の方に向かっていた。走る馬の脚から土埃が白く煙っていた。

「止まれ！」

警備の降倭出身の兵士が槍で馬を制止した。

馬上の将校らしき軍官は、「早く李适大将のところに案内しろ」と大声を発した。

降倭の警備兵は、丸太を取り払い軍官を通した。

「都元帥が兵士を率いて南下してきました」

平壌にいた都元帥の張晩が各地の兵を集め、漢城が見下ろせる峠に駐屯していたという報告だった。

陣を張っていた寧辺から都城に向かう時、李适は都元帥のいる平壌を避けて、迂回してきた。張晩を避けたのは、李适にとってそれだけ手強(てごわ)い相手だったからだ。

その張が、大軍を率いて都城から一里ほど離れたところで陣を張ったというのである。

張の大軍が近くに現れたという報告を受けた李适は、直ちに斥候を派遣した。同時に降倭の兵士には、秘かに張晩たちの軍に接近して攻撃を試みるように伝えていた。

一方、都元帥の張が峠の下を見下ろすと官軍の服装をして胸に白い布をつけた兵士が現れた。

「あの兵士たちは何だ？」

「反軍です」

彼らがつけていた白い布は、彼我を区分するための標識である。

「皆の者、戦闘の準備をしろ」

慎重な張は、反軍の姿を見て警戒した。

「パン、パン、パン、パン」

案の定、丘の近くから銃声が聞こえた。

「反撃せず、もっと近づかせろ」

張は、相手をもっと引きつけるように言った。丘の上に向かって発砲したが、反応がないとみて鳥衛門と仲間は、さらに接近した。彼らが丘の中腹に辿り着き様子を伺おうとした時だった。

「わあ」

張晩軍が群れをなし、丘の下に向かって駆け下り始めた。

「パン、パン、パン」

怒涛のような張晩軍に、鳥衛門と仲間は撃ちまくったが相手の数があまりにも多く手こずった。

「撃て、撃て」

指揮をする軍官が鉄砲隊を促したが、再装填するのに手間がかかった。

「後退しろ」

鳥衛門は、仲間と丘の下に逃げ出した。

「ヒューン、ヒューン」

張晩軍の放った矢が雨あられと飛んできた。

「逃げるな」

味方のはずの将校が太刀を抜いて逃げる兵士を背中から斬ってきた。

「ギャー」

降倭の兵士二人が悲鳴を上げて丘の下へと転がった。ところが反乱軍の兵士は我先と逃げ出した。

「殺せ」

勢い付いた張晩軍は、ここぞとばかり追撃する。

「パン、パン、パン」

鳥衛門と仲間が、丘の下に逃げ込んだ時、そこで待ち伏せしていた降倭出身の兵士たちが追ってくる張晩軍を狙い、援護射撃をした。

「はあはあ」息を切らせた鳥衛門と仲間も彼らと合流し火薬を装填した。

「パン、パン」

装填を終えた鳥衛門も発砲した。

「ギャー」鳥衛門が引き金を引くと、銃弾に当たった敵兵の悲鳴が聞こえた。

「退け」丘の下に向かっていた張晩軍は反撃を受け勢いを失った。

張晩の率いる官軍と反乱軍の最初の衝突だった。

「六名の姿が見えないです」

降倭の中で六名が行方知れずになった。反乱軍側は彼らは戦死したと思った。

「官軍の数が多いです」

戦闘の結果は、すぐに李适に報告された。

「愚かな者が邪魔しやがって」

報告を受けた李适はカンカンに怒り出した。そして、「今に見ろ。痛い目に遭わせる」と、張晩が自分の計画を妨害したと思った。それでまずは彼から懲らしめることにした。しかし、李は心の中では焦りがあった。

「新王の推戴が終わったので、これから大臣らを任命し、新しい朝廷を発足させるつもりだったのに、張晩の奴め、邪魔しおって」

これから地方官を任命すれば、反乱は成功裏に終わるところだった。そうすれば新しい朝廷に逆らう者はすべて逆賊となり、罰することができると考えていた。

「計画通りにいけば、南に逃げた前王も全国手配し、捕らえることもできる」

これが彼の筋書きだった。だから彼にとって張晩は、正に喉に刺さった棘だった。

「明日、全軍を率いて張晩の軍を討つ。数がいくら多くても恐れることはない。どうせ烏合の衆にすぎない。鉄砲隊を先鋒に立て攻撃すれば、簡単に敵を崩すことができるだろう」

「仰せの通りです。蛇の胴体がいくら長くても頭さえ切れば終わりです。張晩の首級を斬り落とせば敵軍は支離滅裂に崩れる。我が軍を二つに分け、第一隊は降倭の鉄砲隊を主軸にし、城外を遠回りして敵を後方から攻撃させましょう。そして第二隊は丘の付近で待ち伏せします。鉄砲隊の攻撃を合図に後方と前方から敵を挟み撃ちにします。そうなれば自ずから崩れるはずです」

計略に長ける尹仁発が作戦を示した。

「良かろう」

李适は頷き、尹の作戦を受け入れた。

「では、今晩は兵士たちに腹いっぱい食べさせて、休ませるように」

兵士には食事と酒が配られた。鳥衛門と仲間にも酒が配られ少しばかり酔いが回ってきた拓郎が功名心に走った。

「よし！　これを飲んで明日は踏ん張るぞ」

そして二月十一日を迎えた。未明だった。李适は武装して馬に乗ったまま檄を飛ばした。

「張晩が兵を率いて峠に陣取っている。知っての通り既に新しい上様が即位し、今や彼らは反逆者だ。これからその反逆軍を撃退する。敵は寄せ集めにすぎない。戦は一刻で終わる。みな、朝飯前で腹が減っていると思うが、今すぐ敵を撃退しよう。帰って来ての朝食は格別うまいことだろう。さあ、進撃」

李适の激励の言葉が終わると喊声が上がった。李适は、計略通り兵を二手に分けた。降倭を中心とした第一隊は彰義門（チャンイムン）（北大門）を通り抜け、弘済院の方へ進んだ。朝陽が仁王山（インワンサン）を昇り、周囲が明るくなる頃、降倭を先鋒にした迂回攻撃隊は反逆軍の後方に回ることができた。

銃の発砲音に合わせ、丘の下の味方が同時に攻撃を開始する作戦だった。

「鉄砲隊が先鋒に立ち、発砲が終わったら残りの槍部隊は峠に向かって突進せよ」

指揮官の指令に従って、彼らは峠に近づいた。

ところが、突然、「わあ。わあ」という喊声が峠の中ほどから沸き起こった。

「ヒューン、ヒューン」

引き続き、矢が雨のように降り注いだ。

「ギャー」

実は、張晩軍は斥候を通じて敵の動きを隅々まで把握していた。張晩は、敵の動きが始まる前に先制攻撃を仕掛けるように待ち伏せをしていた。

喊声を上げながら丘から下る官軍は巨大な波そのものだった。張晩軍の先制攻撃は両面で同時に始まった。弘済院と丘の下、両方に進んだ李适の軍は、峠を登る前に攻撃を受けた。

「反撃せよ」

指揮官が逃げ腰になった兵士に檄を飛ばしたが、先制攻撃され李适の軍は総崩れになった。それでも、弘済院側にいた降倭の兵士たちは銃で応戦しつづけた。張晩軍は、その激しい反撃にたじろいだ。それもつかぬ間。峠の上にいた張晩軍の騎馬隊が電光石火、坂を下り攻めてきた。騎馬隊の後ろには無数の歩兵が控えていた。その勢いを鉄砲のみで止めることはできなかった。

「山に逃げろ」

鳥衛門は危険を感じ、身を隠すために仲間と共に山中に逃げた。

一方、丘の方に進み、陣を張っていた李适も張晩軍の先制攻撃を受けた。

李适の軍は、まともに戦うこともできず総崩れだった。数的に劣勢で、反撃もできなかった。兵士たちは命からがら戦場から逃げ出した。作戦を提案した策略家、尹仁発も命を落とした。

「駄目だ。都城に退こう」

敗色が濃くなると、李适は後退せざるを得なかった。ところが、西大門は閉ざされていた。城門を守っていた兵士たちが敗戦を知り逃亡したため、都城の民衆が李适の軍を城に入れないように閉めたからだ。

「これが民心なのか」

李适は、やむなく迂回して南大門に回った。そこだけはまだ李适軍の兵士たちが守っていた。

「門を開けろ」

李适の兵士たちはやっと都城の中に入ることができた。

一方、山中に逃げ込んだ鳥衛門と仲間は「大通りは危ない。山を越えよう」と仁王山の山並みに沿って、辛うじて都城の駐屯地に戻ることができた。本陣と合流はできたが、すでに味方の兵は大幅に減っていた。

「張晩が兵を率いて押し寄せてくるはずです。都城の各門を防御する兵士も不足しています。都城を捨てるべきです」

そこには降倭出身の兵士百名と李适軍の核心勢力だけが残っていた。戦闘で敗れると逆賊になることを懸念して、皆、逃亡するという始末だった。残りの兵はすべて合わせても五百だった。

李适の副官、韓明璉（ハン・ミョンリョン）は兵士が少なくなったから都城を抜け出すべきと強く提案した。

「仕方あるまい。一旦退いて再起を図ろう」

李适は都城を退くこととした。

彼の心に迷いはなかった。

「夜陰に紛れて都城を出ましょう」

李适と兵士たちは、闇の中、人通りの少ない水口門（死体を都城から出す門）を抜け出した。そして漢江を渡り、京畿道の光州（クァンジュ）に向かった。光州の牧使は、林会（イム・フェ）という西人派の推薦で牧使に任命された人物だった。

林会は、

「逆賊を捕らえろ」

仁祖と西人派の恩を受けた彼にとって李适は正に逆賊だった。彼は、李适が光州に向かっていることを知り、指揮下の兵士を率いて李适を攻撃した。

ところが、林会の兵士は、李适たちの相手にはならなかった。敗残兵といわれても李适の率いる軍は精鋭だった。李适は、鳥衛門らの降倭兵士を先鋒に立たせ、相手を攻めた。轟音が響くと林会の兵士たちは我先にと逃げ出した。主将の林会までも捕虜となった。

「今の王は操り人形である。朝廷を牛耳るのは西人派だ。私と手を組み西人派の奸臣を追い出そう。歪んだ朝廷を正すことが忠臣の役目だろう。志をともにする気はないか」

林会の兵士が欲しい李适は、捕縛された林を柔らかい口調で懐柔しようとした。

「上様が、貴殿の功績を高く評価し、功臣として高い位を与えたのにどうして恩人に反逆を企てたのか。天罰が落ちるだろう。上様から俸禄を受けているこの私が逆賊のお前を捕まえて処刑できなかったことが千秋の恨事になるだけだ」

林会は、文官出身であるにもかかわらず命乞いをしなかった。姿勢を正し、両目を吊り上げて、李适を叱った。そして、「これ以上、恥をかかせるな。早く殺しなさい」

彼が一喝すると、李适は腹が立ったのか、顔を真っ赤にして、「あの者の舌を切れ」と叫んだ。

「いや、死ぬのが怖くないと言っているのだから、私が望み通りにしてやる」と太刀を抜き、林会の首を斬った。

林会の抵抗で、光州で援軍を確保する事ができず、李适は再び南下した。

「利川(イチョン)に行け」

利川は、光州より南である。途中、散発的に地方の朝廷軍の攻撃を受けたが、手を払うようにすべて退けた。

「地方の軍などは烏合の衆にすぎない」

各地の朝廷軍を撃破した李适は、利川に入り陣を張った。

兵士たちはひとときの休息がとれた。

「腹減ったよ」夕方になり兵士が文句を言った。陣中には食糧がなかった。

「仕方あるまい。村に行って食糧を集めよう」

近くに墨坊里（ムクバンリ）という村があった。ひもじくなった兵士は村を襲撃し食糧を略奪した。李适や将校たちはその略奪行為を見過ごすしかなかった。

「逆賊が現れ、食糧だけでなく罪のない民まで殺した」

という噂が周辺地域に広まり、李适軍の兵士たちは民の恨みを買ってしまった。その結果、地方の兵士を集めようとした李适の戦略は大きく狂い始めた。

『このままホントに逆賊になってしまう』

状況がまずい方向に進んでいることを将校たちは不安に思った。戦闘に負け、兵士を糾合するために都城を出たが、同調する兵は集まらない。逆に民衆の抵抗にぶつかってしまった。

「どうしてこんなことになったのだ」

李适としても今の状況は想定外の展開だった。王を追い出し、都城を占拠した時は、全て成功裏に終わったと思った。大義名分のために新王を推戴し、絶対権力が自分の手中に入ったと思ったのに、その権力が水のように手から漏れて消えてしまった。今や逃亡者の身である。

また、状況が変わると、今まで加わっていた将校たちの心に動揺が走り始めた。奇益献（キイクホン）と李守白（イ・スベク）は李适の側近だった。李适の腹心といわれ苦楽をともにしてきた。今回の反乱にも主導的に動いた。李适が、王を引きずり下ろした時、彼らは大きな行賞を期待した。

「失敗すれば逆賊だが、成功すれば功臣になり一生安泰だ」

権力が欲しかった彼らは、李适と生死を共にすることを誓っていた。ところが、今や彼らも揺れ動いていた。

「逆賊になれば三代までが殺され、家門が滅びる」

彼らの多くが、この呪縛から逃れられないでいた。

「このまま逆賊となって消えるわけにはいかない」

反乱が失敗したと確信した奇益献は、同僚の李守白を訪ねた。

「もはや、兵士を集めることは難しい。都城を失った我々のために朝廷に反旗を翻す地方官や兵士はいないはずだ。今、思うに都城を出たところで、今回の旗揚げは失敗に終わったのだと思う。このままでは逆賊の汚名で家門と一族が処刑されてしまう」

「何か妙案はないか？」

「ちょっと、耳を……」

奇は周りを見回し、李の耳元で囁いた。

「うむ。それしか生きる方法がなければ、そうしよう」

奇の提案に、李守白は即座に同意した。

「万が一のため、他の部長たちも味方につけた方が良い」

李の提案で、二人は将校以上の軍官を訪ね、味方にした。敗色濃いなか、将校たちも奇と李の提案に乗った。

奇と李が首謀者になり、夜になって彼らは李适の宿所を襲撃することにした。

このとき鳥衛門たち降倭の兵士は李适の近衛を務めていた。降倭出身者を信頼していた李适は、彼らに身辺の護衛を任せていた。

夜が更け、まわりは漆黒の闇、一寸先が見えなかった。奇と李、腹心の将校たちは足音を立てず宿所に向かっていた。

「ヌグニャ（誰だ）？」

鳥衛門と仲間は、彼らを見て朝鮮語で話かけると、「ナダ（私だ）」と奇が声を抑えて答えた。彼は、すぐ指を口に付けて、落ち着けとの仕草をした。

「……」

鳥衛門たちは警戒を緩めて道を開いた。

すると、「こいつらを捕縛せよ」と言い出し、奇と李は同時に陣幕へ飛び込んだ。

そして、寝ていた李适の首を斬り落とした。それから副官の韓明璉と李适の息子たち、反乱の首謀者の首を次々と斬った。

「兵士たちを集めろ」

李适と側近を殺した奇と李は、夜が明けて全兵士を広場に集めた。彼らの前には李适らの首級、九つが並んで置かれていた。

「皆、聞け！　ここに反逆者の李适とその一味の首がある。これで、反乱は終わった。私たちは自ら反乱を起こしたのではなく、逆賊の李适の下で務めたため、やむを得ず反乱に加担するしかなかった。前々から機会を伺っていたがやっと天が機会を与え、その大業を果たすことができた。兵士の皆は動揺せず、私たちに従えば朝廷から咎められることはないだろう」

李守白が兵士の前でこう大義名分を伝えた。すると、隣に立っていた奇が李适の首級を高く上げた。朝陽の薄明りに首級からぽたぽた滴り落ちる鮮血が地面を濡らした。

一方、両腕を後ろ手に縛られた鳥衛門と仲間は戸惑っていた。

「どうした。李适大将が殺されたのか？」

矢一が小さく囁いた。

「裏切りですよ。裏切り。裏切りが起こったに違いありません」

拓郎が悲しく嘆いた。

彼は、仲間の中でも今回の李适の反乱を一番期待していた。

「それじゃ、俺たちはどうなるだ？」

矢一が黙っている鳥衛門に聞いた。

すると、「予期せぬことだった。側近が裏切るとは。これで終わったな」

鳥衛門は、反乱が淡い夢で終わったことを直感した。

「ああ、こんなに虚しく終わるとは。何と情けないことだろう」

捕縛され身動きできない中、矢一は体を捻り、唸っていた。

後から分かったことだが、裏切りの混乱の渦中、殺された九人の一人、韓明璉の息子の、韓潤（ハン・ユン）は警戒のため外で不寝番をしていたが、自分の父と李适が惨殺されたことを知り、その場から逃げていた。

「今に見ろ。必ず復讐する」

涙を飲んで一緒に行動するわずかの部下と共に北に向かって朝鮮の国境を越えた。後日、彼は満州族の後金軍に投降し、帰化を許された。

一方、裏切り者の李守白は降倭出身の兵士の処理について、奇に意見を求めた。

「あの降倭たちをどうすべきか？」

「彼らは、朝廷軍との戦闘で先鋒に立ち積極的に戦ったのだから、朝廷軍に引き渡した方が良かろう」

「良い案だ」

李と奇は、自分たちの潔白を装うため、鳥衛門ら降倭の兵士を全て捕縛したまま、李适の首級とともに張晩に引き渡した。

「逆賊の首級と捕虜です」

張晩は、李适と首謀者九名の首級、そして捕虜を確認し、

「投降を受け入れる」と都元帥の資格で奇と李の投降を受け入れた。彼らの投降で、「李适の乱」と呼ばれた反乱は呆気なく幕を下ろした。

奇と李の裏切りで反乱は収拾され、王は都城に戻った。

「反乱に加担した者を徹底的に探し出し、二度とこのようなことがないようにせよ」

都城に復帰した王が最初に下した御命だった。

「仰せの通り実行いたします」

西人派は、反乱に参加したとみなされる者たちを徹底的に懲らしめた。そして李适の首級を取った奇と李に対する議論が行われた。

「反乱に参加した者は、全て斬首刑に処すべきです。見せしめのためにも処刑すべきです」

「それはいけません。既に都元帥である私が許すと約束をしました。彼らが素直に降伏してきたのもその約束があったからです。男子の一言、金鉄の如しです」

反乱により都城を離れるなど、苦味を味わった西人派の大臣らは強く加担した者の処刑を主張した。ところが反乱の鎮圧に一番の功労者である張晩が、二人の処刑に反対した。

「仕方がない。島流しに処する」

西人派は、結局、李适を殺害した手柄を認め、李と奇を流刑の処分にした。

「兵士たちはどうしますか？」

「放免しろ」

反乱軍に参加した朝鮮人兵士たちは上官の命令に、ただ従うしかなかったと判断され、すべての者を放免することとした。

ところが、降倭の兵士をめぐっては意見が分かれた。

「他の兵士たちと同様に彼らにも何の罪もありません。軍籍に登録されているので官長の召集に従っただけでしょう。彼らは、官の命令に服従するしかなかったのです。良い例として、彼らは以前の反正の折には私たちの味方でした。朝鮮のことをよく知らない彼らが率先して反乱に参加したとは思えません。彼らは今まで朝鮮の風習に従い、問題を起こしたことはありません。よって、北方の蛮族が村民の安全を脅かしている今、戦に長けている彼らを使い、北方の蛮族の脅威を取り除く必要があります。彼らを放免すべきです」

という擁護論がある一方、「敵にすれば手強い」というだけで処刑すべしと主張する大臣もいた。

「いくら何でも、反乱に積極的に参加した者を許してはいけません。彼らは逆賊である李适の近衛隊を担っていました。戦では、官軍に多大な損失を与えた者たちです。見せしめとし処刑すべきです」

西人派の大臣の間で意見が拮抗した。

そんな事情から、結論が出るまで鳥衛門と仲間は、義禁府の獄中に閉じ込められた。しばらくして、対立する大臣たちの意見の折衷案ということで処分が決まった。

「降倭のうち、単純な加担者は放免し、首謀者は処刑とする」

降倭の兵士たちは獄から引き出され個別に審問が行われた。

まず、李适の命令を受け、積極的に官軍を攻撃した者を選び出した。

「正直に言え！」

「何も言うことありません」

「こいつを懲らしめろ」

尋問官に逆らう者は鞭に打たれた。

厳しい尋問に耐えられず、誰かを指すことで拷問から逃げたかった。指されたのは、鳥衛門だった。実際、

「あの人が、直接、指示を受けていました」

鳥衛門が李适に気に入られていたのは降倭兵士の誰もが知っていた。

矢一、拓郎、彦兵衛も名指された。結果、十二名が積極的な加担者とされた。

「貴様らは降倭として朝鮮に帰化し、朝鮮から恩恵を受けていた。なのに反乱軍に加担し協力した。その罪は重い。決して許されることはない」

そして、別途の尋問が行われた。

「私たちは、何も知らずに参加しました。むしろ反乱が起きて、これを鎮圧するという話を聞きました。私

たちは前回にも大臣たちに従い都城に参ったことがあります。新しい上様の味方だった私たちが何の恨みがあって反乱を起こしますか。私たちは何も知らなかったんです」

尋問に理不尽を感じた矢一が強く反発をした。

「こいつ、本当のこと言え。白状せよ！ でないと痛い目にあうぞ」

矢一が、さらに大声で反論をすると官員は怒り出した。そして、棒で殴るように命じた。

矢一の背中に、容赦なく棒が食い込んだ。

「痛っ」

肩を強打され骨が折れたのか、矢一の体がだらんとなった。

「次の者！」

鳥衛門だ。

「先頭に立って官軍を攻撃した理由は何か？」

太い荒縄（あらなわ）で身動きできなかった。地べたの鳥衛門は心身ともに疲れ切っていた。

「もう処罰は決まっているだろう」

尋問は形式にすぎず、何を言っても無駄だと思い、何も言わなかった。

「貴様。質問が聞こえないのか？ 逆賊の首魁（しゅかい）だろうお前は。攻撃した理由を正直に白状しろ」

尋問官は声を高めた。鳥衛門にはその姿が滑稽に見えた。鳥衛門は、無言で興奮した尋問官の顔をじっと見上げた。そして、「ふ〜う」と息を吐いた。

「何だ。貴様。尋問しているのに何も答えないのか。こいつも痛めつけろ」

尋問官の指示と同時に、獄卒の棒が容赦なく鳥衛門の身体を強打した。獄卒は、情け容赦もなかった。頭や身体などところ構わず、手当たり次第に鳥衛門を殴打した。

「ウッ」

鳥衛門は唇を噛んだ。悲鳴を堪えた。

「いっそ早く殺してくれ。何を言ったって、罪を被せて殺すつもりだろう」

内心そう思って、鳥衛門は拷問を耐えた。降倭を率いた首魁とみなされた彼には恐ろしいほどの鞭打ちが続いた。

「しつこい奴だ」

鳥衛門が気を失った。尋問官は尋問を諦めたのか、獄卒に手を振り止めた。

「次の者」

拓郎と彦兵衛が引き出され、半殺しにされた。

「痛い、痛い」

呻き声が獄中に響き渡った。首謀者として最も酷く殴られた鳥衛門は、地面に横たわり身動きしなかった。棒で殴られ体から血が垂れて、冷たい床で凝り固まっていた。髪の毛はボサボサ。垂れた血が乾き、髪の毛は太い縄のように伸びていた。
「このまま死んでしまった方がまし」
鳥衛門は生きる希望を失った。肥後での子どもの頃を思い出していた。希望に溢れた幸せな時期だった。幼い頃、友と共に経験した何もかもが楽しかった。春の温かい日差しの下では大人たちと種をまき、夏の暑い日には素っ裸になって川で水遊びをした。毎日が新鮮だった。平穏な時期だった。ところが、その平和なひとときが急変したのは成人した時からだった。秀吉が全国を統一し、肥後を支配したことで世の中が混乱した。

秀吉の号令一下（いっか）、肥後を統治した佐々成正の検地に地元の有力者・隈部氏が抵抗した。鳥衛門たちは、小作人として隈部氏の戦に駆り出された。初めての戦で、恨みもない赤の他人を槍で刺した。戦場で生き抜くためとはいえ、血だらけになって目の前で死んでゆく者たちをたくさん見てきた。戦は嫌いだった。血を見るのが嫌だった。幼い頃のように、百姓として平穏に暮らしたかった。

佐々に代わって小西行長が新しい領主になった。ところが、朝鮮侵略が始まり海を渡り、戦に明け暮れた。何度も死線を越えてきた。飢えに直面し、食糧を求めて村を襲い、朝鮮軍の捕虜となった。秀吉が死去したことで戦が終わった。だが、故郷に帰ることもできなかった。帰郷を諦めこの地に残った。鉄砲の腕前を買われ、田畑を与えられ暮らしぶりはなんとか落ち着いた。

妻をめとり二人の子も授かった。一家四人の平穏な暮らしが嬉しかった。ところが、その束の間の幸せを破壊するように、今度は満州族が平穏な暮らしを打ち破った。満州族の後金国と漢族の明国が対立したことで、その争いに朝鮮が巻き込まれ、満州にまで朝鮮兵として参戦することになった。挙げ句には一家の大黒柱である長男を満州の地に残してこざるを得なくなってしまった。その長男からは未だに何の音沙汰もない。そして次は、両班たちの権力争いに巻き込まれ、反乱軍として酷く拷問された。鳥衛門の身も心もボロボロになっていた。

「自分が望んだ人生ではなかった。この世では権力を手にした者が他人の人生を踏みにじるだけではないか。故郷でもここでも、それは変わりはない」

人生を振り返り、権力者に振り回された自分の一生を哀れに思った。

「こんな終わりを見届けるために、この地に残ったわけではない。どうしてこんなことになったのか。これが俺の運命なのか。それはないだろう」

考えれば考えるほど、人生のすべてが不可思議に思えた。

「答えのない愚問か？　とにかくもう疲れた。もう未練はない」

鳥衛門の頭には万感の思いが交差した。

「ウッ」

鞭に打たれた苦痛でしばしば呻きながらも自分の人生を振り返ると、正に波乱万丈だった。すべてがはかなく、無常に思われた。

「ところで、島植はどうしているだろうか……」

女真族に捕らわれた長男のことが脳裏に浮かんだ。

苦痛に呻き、眠れずに夜が明けた。朝陽が昇った。

「金出島、金島一、金来島、金島男……」

獄門が開き、獄卒が大声で鳥衛門ら仲間の名を読み上げた。

「うむ。はい」

痛みに堪えて返事をした。

「前に出ろ」

すると、獄卒は彼らの体を再び太い縄で後ろ手に結んだ。手首は痣だらけだった。鳥衛門、矢一、拓郎、彦兵衛と他の降倭十二名が獄舎から外に出された。

「歩け！」

獄卒は、彼らを鐘楼通りに連れて行った。そこは毎朝、市が立ち、多くの人々で賑わっていた。

一同は広場で跪かされた。鳥衛門は素直に従ったが矢一は抵抗した。

「素直に従え」と獄卒の一人が槍で矢一の膝の後ろを打った。

「痛っ」と呻きながら矢一の膝は屈した。

執行官が大声で書状を読み上げた。

「罪人は聞け。お前たちは朝廷を覆そうとした非道な逆賊の首魁である李适に協力し、多くの官軍兵士を殺傷した。その大罪は、手足切断の刑に処するはず。だが上様の慈悲で斬首刑に処されたことを幸いと思え」

矢一が首を捻って鳥衛門を見つめた。

矢一の視線を感じた鳥衛門は、彼の顔をじっと見た。

「あばよ」

矢一が目で別れを言った。その顔は涙で溢れていた。

鳥衛門は、拓郎と彦兵衛を見た。二人はこくりと頭を下げた。

「良い世でまた会おう」

鳥衛門が低い声で、それも朝鮮語で言い放った。

「一人ずつ引っ張り出せ」

顔に灰色の粉を塗ったマンナニ（処刑人）が、大きな剣を手に踊るように彼らの前をグルグル回った。執行官の命令が下りると獄卒の二人が鳥衛門の両腕に手を入れて上体を起こした。

そして数歩前で跪かせた。獄卒が、鳥衛門の頭を前に垂らした。鳥衛門は素直に従った。そして目を閉じた。

「虚しい人生だった」

「ヒューッ」

頭の上から妙な音が聞こえたように思えた。

何も感じなかった。

還暦を過ぎた鳥衛門の人生は、終わった。

百姓なのに戦に駆り出され、海を渡り捕虜に、挙句に朝鮮人になった。降伏した倭人という意味で「降倭」と呼ばれた。朝鮮に帰化し、三十年余をこの地で生きた。家庭を築き二人の息子を授かり、兵役にも担った。が、最後まで彼は異邦人扱いだった。

命掛けで虎狩りをしたり満州にも出征した。戦では誰よりも先頭に立って敵と戦った。そして最後は死罪。権力者はいつも彼らを利用した。

「狡兎（こうと）死して走狗（そうく）烹（に）らる（兎を捕まえる猟犬も、兎が死ねば用無しとなり煮て食われる）」

故事に言われる通りだった。

矢一、拓郎、彦兵衛も首を斬られ、生涯を閉じた。

エピローグ

李适が側近に裏切られ殺された際、陣中を逃げ出し、朝満国境を越えて後金国に帰化した韓潤は切歯腐心（歯ぎしりして怒ること）した。彼は満州族の風習に従い弁髪し、女真語も学んだ。後金国の権力層に近づき、全てを掛け必死に努力した。

「朝鮮の現在の王は不当に叔父の王位を奪った者です。以前の王は親金政策を取り、後金国と友好な関係を保とうとしました。ところが、現在の王は自らの過ちを隠し、民を欺くために親明背金政策（明国に近く、後金国を排除する政策）を取っています。正統性もなく朝廷は党派の争いに没頭しています。軍兵は烏合の衆にすぎません。朝鮮を従わせる絶好の機会です」

韓潤は、個人的な復讐のために後金国の支配勢力に前王・光海君の正当性を訴えた。そして新しい王の仁祖の不当性を主張し、朝鮮を攻撃するようにそそのかした。

それが功を奏した。

鳥衛門と仲間たちが処刑されてから三年が経った、仁祖五年（1627）の正月だった。後金国の王位についたホンタイジは側近に三万の兵を与え、朝鮮への出撃を命じた。韓は先頭に立って道案内した。

朝鮮の丁卯年（1627）に起きた蛮族の乱として、丁卯胡乱（チョンミョホラン）と称される事件である。

後金軍の侵略を受けた朝鮮はまったく反撃もできず総崩れした。王の仁祖は再び都城を捨て、西海岸の江華島（カンファド）に逃げ込んだ。

後金国は、朝鮮に兄弟国になるという条件を突きつけて和親の盟約を要求した。朝鮮朝廷は後金国に屈した。後金国が兄の国であり、朝鮮は弟の国となった。

その後、満州とモンゴルを統合したホンタイジは、大清国を建国（1636年）し自ら皇帝に就任した。そのホンタイジは明国討伐のために朝鮮に援兵と朝貢を要求した。ところが、仁祖と西人派は親明政策に固執した。

「けしからん」

これを知ったホンタイジは同年の師走、十二万の大軍を率いて再び朝鮮に侵攻した。これは丙子年（1636）に起こった乱として、丙子胡乱（ピョンジャホラン）と称される大事件であった。攻撃を受けた朝鮮の王は、南方面にある南漢山城（ナムハンサンソン）に逃げ込み清軍と対峙した。しかし二ヵ月も堪えず、ホンタイジに降伏した。降伏の礼としてホンタイジは、仁祖に一度膝を曲げる度に、三度、頭を地面につける、いわゆる「三拜九叩頭禮」の恥辱を味合わせた。

この事件のわずか四十余年前、秀吉による侵攻で七年間の戦を経験した朝鮮である。侵略によって多くの民衆が死に、捕虜として日本に連行された。国全体が疲弊するほどの痛い目に遭ったにもかかわらず、宣祖、光海君、仁祖の三代にわたる期間中に、王と大臣の為政者たちは、外国からの侵略に備えるしかるべき国防を疎かにした。

彼らは、国の安危よりも自分たちの権力や利益のための党派争いに没頭した。結果、三度も外勢に国が踏みにじられた。その挙句に野蛮人と罵った満州族に降伏するという屈辱を味わうこととなった。

為政者たちの失政で民衆は被害をもろに被った。ホンタイジに降伏した朝鮮朝廷は、戦の代償として朝鮮人の男女十万人を清国に捧げた。その多くが女性だった。

それから日清戦争（1894年）が起こるまでの約二百六十年間、朝鮮は清の属国となり、外交や王の就任などの国家的行事は必ず清の許可を得なければならない歪んだ関係に陥ることとなる。

因みに、鳥衛門の長男・島植は、胡乱（1636年）の際に清の兵士として朝鮮に戻った。朝鮮王が降伏し、戦が終わった後、彼は故郷の家を訪れた。が、そこには何ひとつ残っていなかった。

終わり

著者紹介

金　敬鎬（キム・キョンホ）

韓国の中央大学英語英文学科卒業。その後、日本へ留学し、秀林外語専門学校で日本語を学び、専修大学大学院文学研究科で博士号を取得する。一時は帰国し、韓国の大学に勤務したが、本作品を構想し調査のために再び玄海を渡って日本へ向かう。現在、目白大学韓国語学科の教授として勤務している。

監修者紹介

松本逸也（まつもと　いつや）

元朝日新聞編集委員、目白大学名誉教授。

代表著書に『世紀末亜細亜漂流』（人間と歴史社）、『東アジアの「海道をゆく」』（人間と歴史社）などがある。

玄海　海の道 -後編-

初版発行　2024年12月25日

著　　者　金 敬鎬

監　　修　松本逸也

発 行 人　中嶋啓太

発 行 所　博英社
〒370-0006 群馬県 高崎市 問屋町 4-5-9 SKYMAX-WEST
TEL 027-381-8453 / FAX 027-381-8457
E・MAIL hakueisha@hakueishabook.com
HOMEPAGE www.hakueishabook.com

ISBN　978-4-910132-72-3